KB085022

아, 김수환 추기경

1

아, 김수환 추기경 1
_신을 향하여

교회 인가   2016. 1. 4. (서울대교구)
1판 1쇄 발행 2016. 2. 19.
1판 4쇄 발행 2016. 2. 22.

저자 이충렬
감수 조광

발행인 김강유
편집 김윤경 | 디자인 이경희
발행처 김영사
등록 1979년 5월 17일(제406-2003-036호)
주소 경기도 파주시 문발로 197(문발동) 우편번호 10881
전화 마케팅부 031)955-3100, 편집부 031)955-3250
팩스 031)955-3111

값은 뒤표지에 있습니다. ISBN 978-89-349-7310-2 03810, 978-89-349-7365-2(세트)

독자 의견 전화 031)955-3200
홈페이지 www.gimmyoung.com   카페 cafe.naver.com/gimmyoung
페이스북 facebook.com/gybooks   이메일 bestbook@gimmyoung.com

좋은 독자가 좋은 책을 만듭니다.
김영사는 독자 여러분의 의견에 항상 귀 기울이고 있습니다.

• 이 책 인세의 절반은 천주교 서울대교구 옹기장학회의 장학기금으로 기부됩니다.

1922~1979

아, 김수환 추기경

1

신을 향하여

이충렬 지음 | **조광** 감수

김영사

"교회는 전 인류와 함께 길을 걸으며 세계와 같은 운명을 겪는다."

| 제2차 바티칸공의회 '사목헌장' 40항 |

참행복을 전하는 책

—

염수정 추기경

예수님께서는 "행복하여라, 마음이 가난한 사람들! 하늘나라가 그들의 것이다"(마태 5:3)라고 하셨습니다. 이 말씀을 깊이 간직하고 사셨던 김수환 추기경님은 서울대교구장 자리를 물러난 뒤 자신이 하느님 앞에 설 때 야단을 맞을 것이라며 부끄러워하셨습니다. 자신의 삶을 돌아볼 때마다 가장 후회스러운 것은 더 가난하게 살지 못하고 고통받는 사람들에게 더 다가가지 못한 것이라고 자책하셨습니다. 김수환 추기경님은 자신의 허물과 부끄러운 모습 그리고 부족한 모습을 하느님과 세상에 고백하는, 참으로 솔직하고 겸손한 사제이셨습니다.

김수환 추기경님께 교회와 세상은 하나였습니다. "가난한 이들에게 복음을, 소경과 같이 어둠 속에서 방황하는 이들에게 광명을, 억압된 사람들에게 인간으로서의 해방을 주는 것이 교회의 사명"이라면서, "절망과 체념에 빠지기 쉬운 사회와 세계 속에 희망의 빛"을 비추는 등대가 되어주셨습니다. 서울대교구장에 착좌할 때의 사목 목표인 '세상 속의 교회'를 위해 교회의 높은 담을 헐고 세상 속에 교회를 심고자 하셨습니다.

제가 서울대교구 사무처장을 수행하면서 김수환 추기경님을 옆에서 지켜볼 수 있었던 것은 큰 행운이었습니다. 예수님이 가난하고 병든 이들을 사랑하셨듯이 김수환 추기경님도 세상에서 소외된 이들과 그늘진 곳에서 힘들어하는 이들을 진심으로 사랑하셨습니다. 그분은 자신을 필요로 하는 곳이면 어디든 달려갔고 그들과 마음의 친구가 되셨습니다.

그러나 김수환 추기경님은 당시의 불안한 정치 상황으로 고뇌와 번민의 밤을 보내실 때가 많았고, 불면증의 고통과 함께 사셨습니다. 그래도 늘 편안한 미소로 사람들을 만나고 유머로 딱딱한 분위기를 부드럽게 하려고 노력하셨습니다. 어떤 사람을 만나도 그 시간만큼은 최대한 그 사람에게 집중하고 귀를 기울이고 진솔한 만남을 가지려고 애쓰셨고, 상대를 편안하게 해주셨습니다. 참으로 소탈하고 맑은 영혼의 소유자이셨습니다.

추기경님의 선종 7주기인 올해, 전기작가이자 김수환 추기경님의 동성중고등학교 후배인 이충렬 실베스텔 씨가 김수환 추기경 87년의 삶을 복원한 전기 《아, 김수환 추기경》을 출판한다는 소식을 들었습니다. 지난 3년 동안 준비한 책이라고 합니다. 김수환 추기경님이라는 큰 산을 담아내기 위해 많은 자료를 조사하고 많은 분들을 인터뷰해서 만든 노력의 흔적이 역력한 책이라고 생각합니다. 저조차 생각하지 못한 사진자료 또한 풍부해서 놀랐습니다. 그리고 이 책을 꼼꼼하게 감수해주신 교회사 연구의 권위자인 조광 교수님께 감사의 마음을 드립니다.

7년 전, 김 추기경님은 "고맙습니다, 서로 사랑하세요"라는 말씀을 남기고 선종하셨습니다. 마지막까지 우리에게 감사와 사랑을 전해주셨고, 자신의 두 눈을 이웃에게 내어주는 나눔을 몸소 실천하셨습니다. 김 추기경님께서 평생 동안 남기신 말씀을 살펴보면, 그 모든 것은 한마디로 '사랑'이었습니다. 하느님을 사랑하고, 이웃을 사랑하고, 자신을 사랑하는 것이 바로 참행복의 길임을 알려주셨습니다.

이충렬 실베스텔 작가는 김수환 추기경님의 '나눔 정신'을 따르기 위해 이 책의 인세의 반을 서울대교구 옹기장학회의 장학기금으로 기부하기로 했습니다. 이에 진심으로 감사의 인사를 전합니다.

이 책이 나오기까지 수고해주신 작가님과 도와주신 모든 분들과 독자들에게 하느님의 은총이 가득하기를 기원합니다.

2016년 1월
천주교 서울대교구장
추기경 염수정 안드레아

김수환 추기경을 통해서 본
한국 현대사와 천주교사

—

조광 고려대학교 명예교수

한 인물의 전기는 그 사람이 걸었던 길을 합리화하고 정당화시키는 작업이거나, 그의 영웅적 면모를 제시하면서 그를 모방하도록 강요하는 도구일 수는 없다. 한 인물의 전기는 대상 인물에 대한 가감 없는 서술을 통해서 그의 인간다움을 드러내주며, 그의 진실을 전하려는 작업의 결과여야 하기 때문이다. 그리고 전기를 저술하는 작업은 특정 인물이라는 조그마한 창문을 통해 그 인물이 살았던 시대와 사회를 바라보는 일임에 틀림없다.

단재 신채호는 "역사란 시간과 공간 그리고 인간의 세 요소가 갖추어져야 한다"고 말했다. 이 말은 그 자신의 고유한 견해라기보다는 근대 역사학에서 일반화된 관념을 정리하여 제시한 것이었다. 그러나 그는 인간이 역사에서 중요한 역할을 함을 이렇게 강조했다. 그는 인간이 시간과 공간을 통해서 구체적 존재로 드러남을 알고 있었다. 그리고 우리는 그 인간이 '한 일'에 대한 서술과 의미 부여 작업을 역사라고 한다.

단재 신채호는 한때 역사상의 위인이나 영웅을 중시하기도 했다. 그러나 그는 얼마 안 가서 이를 포기하고, 역사 발전에 참여한 사람들 모두가 역사의 주역이라고 보았다. 이 역사의 주역들은 발전하는 시간과 공간 안에서 다른 모든 사람들을 존엄한 존재로 인식해나가면서 자신의 존엄성을 드러낸다. 특정 인물에 대한 전기는 바로 이 인간존엄성에 대한 상호 이해가 되어야 한다.

우리는 이 역사 과정에서 남달리 의미 있는 일을 한 사람들을 만나게 된다. 그들은 평범한 인간이 이루어갈 수 있는 위대한 역사를 설명해주는 사람이며, 우리가 그 역사의 주역임을 일깨워주는 이들이다. 한국 사회와 한국 천주교회가 만난 현대인 가운데 하나인 추기경 김수환은 바로 그런 사람이었다. 가난한 옹기장이의 아들로 태어나 교회와 한국 사회에서 추기(樞機)의 자리에 올랐지만, 결코 자신이 가난한 사람임을 잊지 않고 가난한 사람에 대한 우선적 선택을 마다하지 않았던 사람이었다.

추기경 김수환에 대해서는 지금까지 몇 편의 평전과 어록이 간행된 바 있다. 여기에 더하여 작가 이충렬은 '추기경 김수환'을 다시금 조명하고자 했다. 그런데 그가 수행한 이번의 작업은 종전의 평전이나 어록을 모아 집대성한 작업이 결코 아니었다. 이충렬은 이번의 작업을 통해서 다른 작가들이나 연구자들이 드러내지 못했던 김수환의 전체를 새롭게 드러내고자 했다. 그리고 그는 이 일을 성공적으로 마무리할 수 있었다.

나는 무척 다행스럽게도 지난 3년 동안 그의 작업 과정을 지켜보았고, 감수자라는 명분으로 그 작업 과정을 좀 더 세심히 들여다보며 약간의 의견을 줄 수도 있었다. 그는 역사가의 정신과 문인의 필재를 겸비하여 이 작업에 임했다. 그는 김수환 추기경의 삶을 추적하는 과정에서 역사가 못지않은 정밀함을 발휘하고자 했다. 모든 서술에서 확실한 전거를 중시했고, 이를 찾기 위한 탐색 작업에 결코 게으르지 않았다. 그는 많은 사람들을 거침없이 만나서 김수환에 관한 '이야기'를 들었고, 이 '이야기'와 자료들을 가다듬어 역사로 서술했다.

그러면서 작가 이충렬은 김수환이란 개인의 창을 통해서 1930년대 식민지시대부터 우리가 살고 있는 지금까지에 이르는 한국 사회를 서술해주었다. 그의 이 책에는 인간과 시간과 장소가 조화와 균형을 이루며 서술되고 있다. 작가 이충렬은 인간을 사랑했던, 그리하여 인간의 존엄성을 깨닫도록 일깨움을 준 이 땅의 추기경을 서술했다. 그가 쓴 추기경 김수환의 전기는 인간의 존엄함과 위대함에 대한 탐구였다. 그리하여 작가는 추기경 김수환을 통해서 20세기 역사의 격랑을 헤치고 나아간 한국 사회와 한국 천주교회를 서술해주었다.

한국은 근현대 사회에 이르러 여러 경험을 하게 되었다. 전통과 근대의 대결, 민족자결의 원칙과 식민주의의 갈등, 자본주의와 공산주의라는 이념이 빚어낸 동서문제의 체험, 빈부의 갈등을 반영하는 남북문제의 제기, 민주주의와 전체주의의 대립, 자본과 노동의 대립은 우리를 격랑 속으로 밀어붙였다. 우리가 체험한 현대사는 격랑 그 자체였고 뒤끓는 용광로였다. 이 시기 한국 교회도 그 사회상 못지않게 변동을 체험하며 갈등과 결의와 감동을 함께했다. 이 갈등의 현장에서 한국 교회는 정련되어갔고, 한국 사회와 인류를 위해 자신의 경험을 이제는 나눌 수 있게 되었다.

격동하는 시대를 살았던 추기경 김수환의 생애는 개인사에 그치지 않고 깊은 역사적 의미를 가지고 있다. 김수환 추기경의 전기에는 무수한 사람들이 등장한다. 이 책은 한 개인의 전기임과 동시에 당대를 살았던 교회 안팎의 많은 사람들에 관한 집단 전기이기도 하다. 그러므로 이 책은 추기경 김수환 당대의 한국 현대 교회사와 한국사 이해의 지름길이요 마중물이 된다. 언젠가는 부지런한 역사가가 나타나 이 책을 기초로 삼아 새로운 집단전기학集團傳記學, prosopography의 방법을 구사하여 한국 현대 사회와 현대 교회를 분석해낼 수도 있을 것이다.

물론 작가 이충렬의 작업에는 천주교 추기경이었던 김수환의 전통적 종교활동에 관한 부분은 상대적으로 약하게 서술되어 있다. 그러나 이 때문에 이 책은 일반 독자들에게 좀 더 쉽게 다가갈 수 있으며, 종교의 활동 영역에 대한 새롭고 폭넓은 인식을 줄 수 있을 것이다. 그의 작업을 통해 한국 현대 인물 연구는 한 걸음 더 나아갈 수 있었다. 작가 이충렬은 이 모든 일을 해냈다.

2016년 1월
조광

III 경제 발전과 인권 사이에서, 성난 70년대
"지금 무엇을 두려워하는가?"

1권

+

신을 향하여

사제로 가는 길

I

"앗숨! 예, 여기 있습니다"

—

천주님, 제가 예수님께서 가신 길, 사랑과 용서, 가난과 겸손, 고난의 길을 가는 사제가 되도록 도와주소서. 주님께서 그러하셨듯이 가난한 이, 약한 이, 천한 이, 고통받는 이들 속에 들어가서 그들과 희로애락을 나누는 사제가 되게 하여주소서. 십자가를 피하고 싶은 유혹에 빠지지 않게 도와주소서. 오직 그리스도만을 드러내는 겸손한 사제가 되게 도와주소서……

옹기장이
막내아들

1

"하느님, 저를 불쌍히 여기소서."

| 시편 51장 3절 |

1951년 9월 15일.

전쟁은 아직 끝나지 않았지만 대구는 평온했다. 파죽지세로 남하하던 인민군은 낙동강을 넘지 못하고 후퇴했다. 대구에서는 전투가 없었고, 사람들은 일상으로 돌아왔다. 앞산인 대덕산 자락에 빼곡한 초가집 굴뚝에서는 저녁마다 연기가 피어올랐다. 사람들은 초가집이나마 비바람을 피할 집이 무사한 걸 감사했고, 가족들끼리 오순도순 모여앉아 피죽이라도 먹을 수 있는 게 다행이라고 여겼다.

아직 가을은 오지 않았다. 대덕산 소나무숲은 푸르렀고, 골짜기를 따라 내려온 물은 계산동으로 흘러들었다. 개천을 따라 시내로 가는 길목에는 붉은 벽돌의 대구대성당(지금의 계산성당)이 있다. 조선시대 끝자락에 대구에서 사목활동을 하던 프랑스 신부들이 고딕 양식으로 건축한 성당이다. 두 개의 뾰족한 첨탑이 나란히 하늘을 향했고, 그 위에 십자가가 있다. 종탑에서는 하루에 세 번씩 종소리가 울렸다. 천주교 신자들에게 삼종기도三鐘祈禱 시간을 알리는 종소리였다. 개천 주변 초가집에 사는 사람들은 아침 6시, 정오, 오후 6시에 뎅그렁뎅그렁 울려퍼지는 종소리로 시간을 짐작했다.

대구대성당은 대구 천주교의 중심 성당이라 일요일에는 신자들이 북적였다. 그러나 이날은 토요일인데도 개천을 따라 걸어오는 사람들이 많았다. 두 명의 '새 신부'가 탄생하는 날이었다. 대구가 고향인 김수환 부제副祭(사제 서품을 받기 전 단계의 성직자)와 왜관 출신의 정하권 부제였다. 서울에서 대신학교(사제가 되기 위한 대학교와 대학원 과정)를 다니다 대구에 피난 와서 나머지 과정을 마치고 오늘 사제 서품을 받는 것이다.

이때는 신학교 과정이 길었다. 대구 성유스티노 신학교 예비과(초등학교 5~6학년 과정) 2년, 서울 동성상업학교(지금의 동성중고등학교, 이하 동성학교) 을조乙組에서 소신학교 과정 5년, 대신학교 6년, 모두 13년이었다. 이 긴 과정을 마치고 신부가 되는 수는 입학 때의 5분의 1 정도였다. 그런데 김수환 부제는 동창들에 비해 4년이 늦은 17년 만에 신학교 과정을 마쳤다. 일본 유학 중 학병으로 강제징집을 당했고, 해방되고는 일본군 전범재판의 증인으로 괌에 다녀오느라 해방 2년 후에야 귀국했기 때문이다.

김수환 부제의 친가와 외가는 조선 말 천주교 박해시대부터 신앙을 지켜온 구교우舊教友 집안이다. 할아버지 김보현 공은 대원군의 병인박해[1] 때 희생된 순교자이고, 어머니와 두 누나는 대구 성요셉성당(지금의

---

1   丙寅迫害. 우리나라 최대 규모의 천주교 박해 사건. 조선조 말기인 1866년(고종 3년)부터 대원군이 실각하기 한 해 전인 1872년까지 6년여 동안 지속된 천주교 박해다. 프랑스 신부 9명을 비롯해, 당시의 천주교 신자 2만 5천여 명 중 8천여 명이 순교했다고 추정하고 있다.

대구 남산성당)의 오래된 신자다. 그리고 셋째형은 해방되던 1945년 12월에 사제 서품을 받은 김동한 신부다. 외할아버지 서용서 공도 박해 시대를 거치면서도 신앙을 지켰다. 어머니보다 십수 년 위인 큰외삼촌은 신학교는 못 갔지만 신부처럼 독신으로 신앙생활을 해 '서동정徐童貞'이라고 불렸다. 이모들 역시 신앙심이 깊다고 소문난 신자들이었다.

그래서 대구에는 김수환 부제와 집안을 아는 천주교인이 많았다. 그들은 흔치 않은 형제 신부의 탄생을 축하하기 위해 아침부터 서둘러 대구대성당으로 향했다.

이때 김수환 부제의 어머니는 69세였다. 열일곱 살에 경상북도 칠곡 장자골 옹기촌에서 옹기를 굽던 서른한 살의 김영석과 혼인을 했다. 서로 다른 옹기촌에 사는 천주교인끼리의 중매결혼이었다. 결혼 후에는 가난하고 서러운 '옹기장이' 신세를 벗어나기 위해 피눈물 나는 고생을 했지만 얻은 건 남편의 해수병뿐이었다. 결국 김수환 부제가 일곱 살이던 22년 전에 남편이 세상을 떠났다. 그때부터는 더욱 이를 악물고 옹기와 포목을 머리에 이고 다니면서 두 딸과 네 아들을 키웠고, 그중 셋째아들과 넷째아들을 신학교에 보내 신부가 되게 한 것이다.

옹기장이! 조선 말기 천주교 박해 때 순교자의 자손이나 체포를 피한 신자들은 깊은 산속으로 들어갔다. 천주교 박해가 진행되던 시절이라, 다른 마을로 이사를 가도 신앙생활을 하는 건 불가능에 가까웠기 때문이었다. 산속에 모인 천주교인들은 산비탈에 움막을 만들어 살면서 붉은데기 언덕을 찾아 옹기가마를 만들었다. 그들이 산속에서 식량을 구할 수 있는 방법은 붉은 흙으로 옹기를 만드는 일뿐이었다. 신자들은 구워낸 옹기를 지게에 지고 이 마을 저 마을을 다니며 곡식과 바꿨다. 박해에 대한 소문도 듣고 전교傳敎도 했다. 그래서 한국 천주교에서 '옹기장이'라는 단어는 모진 박해 속에서도 옹기를 구우며 신앙을 지킨 조

꼭 김수환 추기경이 사제 서품을 받은 대구대성당(지금의 대구대교구 주교좌 계산성당)의 1930년대 모습. 당시 대구교구 사제들은 이곳에서 서품을 받았다.

선시대 신자와, 가난한 옹기촌에 살면서도 그리스도를 따르는 길을 포기하지 않은 근대의 신자를 상징한다. 훗날 그가 아호雅號를 '옹기'라고 한 연원이다. 그러나 그는 신앙 선조들에 비해 부족한 게 너무 많다며 가슴속에만 간직했다.

대구대성당에는 신자들과 선후배 신부들이 속속 모여들었다. 그들은 까까머리 소년 시절부터 한솥밥을 먹으며 기숙사와 교실에서 동고동락했기에 동창 이상의 의미가 있었다. 형제이자 가족이었다. 오랜만에 만난 동창들은 서로 반가워하며 웃음꽃을 피웠다. 그러나 평양교구 소속으로 북한에서 사목하다 소식이 끊긴 강만수 신부 등 네 명의 동창 신부들 이야기가 나오자 모두들 침울해져서 그들의 생사를 걱정했다.

성당 입구에서는 밝은 표정으로 도착한 신자들이 새 신부의 상본을

나
의
사제승품 첫미사
1951. 9. 15 1951. 9. 16
대구계성당 성요셉성당
원
한
기
념

천주여나를
궁련히녀이소서
(성영50)

金壽煥
스테파노

 상본의 앞뒷면. 상본은 새 신부가 앞으로 사제생활을 할 때 가슴에 담고 싶은 성경 구절을 인쇄한 '카드'다. 신자들에게 기도를 부탁하며 나눠준다. 김수환 신부가 선택한 구절은 시편 51장(당시 성경으로는 성영 50장)에 있는 "하느님, 저를 불쌍히 여기소서"였다.

받느라 북적였다. 어머니와 가족, 일가친척들은 일찌감치 성당 안에 들어가 맨 앞에 앉았다. 그러나 김수환 부제의 셋째형 김동한 신부는 오지 못했다. 해군에 군종신부가 없다는 걸 알고, 참전 중인 해군 신자들에게 조금이라도 힘이 되겠다며 지난달에 자원입대했는데, 훈련 기간에는 휴가를 나올 수 없다는 규정이 있어 동생의 사제 서품식에 참석하지 못했다.

어느새 성당 안은 신자들로 가득했다. 어머니와 누나와 이모들은 붉은 카펫이 깔려 있는 중앙 통로 왼쪽 맨 앞에 무릎을 꿇고 앉았고, 매형과 외삼촌과 이모부 등 남자 친척들은 오른쪽에 앉았다. '남녀칠세부동석'이 지켜지고, 마룻바닥 위에 방석을 깔고 앉던 시절이었다.

김수환 부제는 제의실에서 조금 긴장된 표정으로 입당을 기다렸다.

새하얀 장백의長白衣를 입었고, 왼손에는 안수가 끝나면 입을 제의祭衣를 들고 있었다.

대구대성당 제의실 입구에서 서품식 시작과 사제단의 입당을 알리는 작은 종소리가 울렸다. 김수환 부제는 잠시 눈을 감으며 심호흡을 했다. 성당 안에는 엄숙한 침묵이 감돌았다. 종소리가 그치자 성가대와 신자들이 부르는 입당성가가 성당 안에 울려퍼졌다. 서품식 주례인 최덕홍 주교와 선배 신부들이 성당 앞쪽 가운데에 있는 제대를 향해 발걸음을 옮겼다. 김수환 부제와 정하권 부제도 조심스러운 발걸음으로 사제단을 따라 걸음을 옮겼다.

서품식이 시작되었다.[2] 그는 제대 앞에 무릎을 꿇고 앉았다. 십자가를 메고 갈 마음의 준비가 되었기 때문일까, 제대 뒤의 십자가가 유난히 뚜렷하게 시야에 들어왔다. 천주님, 제가 언제나 예수님을 바라보며 살아가는 사제가 될 수 있도록 도와주소서…… 김수환 부제는 그리스도를 따라 착한 목자로 살겠다는 다짐을 하고 또 했다. 성당 안에는 아무런 소리도 들리지 않았다.

최덕홍 주교가 엄숙한 목소리로 "김수환 스테파노!" 하고 불렀다. 이제부터 세상에서는 죽고 그리스도 안에서 살겠느냐는 물음이었다. 신자들의 눈동자가 '불림'을 받은 김수환 부제를 향했다. 어머니는 눈을 감았다. 김수환 부제는 고개를 들었다. 허리를 세우고 일어나면서 큰

---

2   서품식 순서는 서품 동기인 정하권 신부와 최익철 신부의 증언, 서품식 때의 독백은 〈지금도 주님께 용서를 빈다〉(김수환 구술, 오홍근 정리, 중앙일보 1981년 9월 22일자), 《추기경 김수환 이야기》(김수환 구술, 평화신문 엮음, 평화방송·평화신문, 2009년 증보판) 137쪽에서 인용했다. 결심과 응답은 CBS 대담(1986년 5월 18일), 천주교 서울대교구 홍보국 편 《김수환 추기경과의 대화》(햇빛출판사, 1988) 62쪽, 김수환 추기경 인터뷰(평화신문 2001년 9월 23일자)에서 인용했다.

소리로 "앗숨Ad Sum(예, 여기 있습니다)!" 하고 외쳤다. 자신을 끊고 십자가와 함께하는 사제의 삶을 살겠다는 각오가 담긴 대답이었다. 미사 예절이 라틴어로 거행되던 시절이라 라틴어로 대답한 것이다. 그는 마루에서 일어나 제대 앞으로 나갔다. 신자들은 숨을 죽이고 두 손을 모았다. 어머니는 계속 눈을 감은 채 기도를 했다.

최덕홍 주교는 김수환 부제의 머리에 손을 얹고 기도했다. 그가 예수 그리스도와 열두 사도로부터 이어지는 사제직을 올바르게 수행할 수 있는 성령의 은혜를 내려주시도록 하느님께 청원하는 축성 기도였다.

기도가 끝나자 김수환 부제와 정하권 부제는 두 손을 모아 이마를 받친 자세로 마루에 엎드렸다. 부복俯伏은 하느님께 대한 경배 동작으로, 자신의 부족함을 인정하고 그 부족함을 하느님께서 채워주시기를 바라는 간절한 청원을 최고로 표현하는 동작이다. 아울러 세상에 가장 낮은 사람이 되어 그리스도처럼 자신을 비우고 죽기까지 하느님의 뜻에 순명順命하겠다는 뜻도 포함되었다.

최덕홍 주교와 성가대가 부르는 성인열품도문聖人列品禱文(지금의 성인호칭기도)의 성스러운 메아리가 성당 안에 울려퍼졌다. 십자가와 엄숙한 기도만의 세계였다. 신자들도 새 신부를 위해 기도했다.

주님 자비를 베푸소서 / 주님 자비를 베푸소서

그리스도님 자비를 베푸소서 / 그리스도님 자비를 베푸소서

하늘에 계신 천주 성부님 자비를 베푸소서

세상을 구원하신 천주 성자님 자비를 베푸소서

---

3   가사는 현재 사용하는 '성인호칭기도'를 인용했다.

천주 성령님 자비를 베푸소서
삼위일체이신 천주님 자비를 베푸소서

김수환 부제는 장엄하게 울려퍼지는 기도문을 들으며 마음을 비워냈다. 그는 지나간 17년의 세월을 반추하면서, 신부가 되는 것을 망설이게 했던 많은 갈등과 시련의 환영들을 하나둘 지워냈다. '부족한 내가 어떻게 신부가 되겠느냐'면서 자신을 긁어대던 소심증과 자격지심도 떠나보냈다. 마음속이 고요해지자 그는 기도를 시작했다.

천주님, 사실 저는 다른 길을 가려고 했습니다. 그렇지만 주님께서는 다른 길을 보여주지 않으시고 이 길만을 보여주셨습니다. 주님의 뜻에 따르겠습니다. 주님과 함께 십자가를 지겠습니다. 무겁고 힘들어도 주님께서 주신 십자가를 지겠습니다. 그리고 주님께서 오르셨던 십자가에 오르겠습니다. 그리스도와 같이 십자가에 죽기 위해 이 순간 저 자신을 끊습니다…… 천주님, 저 스테파노를 불쌍히 여겨주소서…….

성 베드로, 저희를 위하여 빌어주소서
성 바오로, 저희를 위하여 빌어주소서
성 안드레아, 저희를 위하여 빌어주소서
성 요한, 저희를 위하여 빌어주소서
성 야고보, 저희를 위하여 빌어주소서

성인열품도문의 성가 소리가 계속 성당 안에 울려퍼졌다. 그러나 그에게는 더 이상 들리지 않았다. 오직 자신과 천주님만 있을 뿐이었다. 김수환 부제는 앞으로 사제로서 가야 할 길을 기도했다.

∽ 위는 사제 서품식에서 부복한 김수환 부제와 정하권 부제. 정하권 당시 부제(현재 몬시뇰)은 오른쪽부터 연장자 순으로 부복했다면서, 오른쪽이 김수환 추기경이라고 증언했다. 아래는 최덕홍 주교가 두 명의 사제 서품자 앞에서 성인열품도문 기도를 하는 모습이다.

천주님, 제가 예수님께서 가신 길, 사랑과 용서, 가난과 겸손, 고난의 길을 가는 사제가 되도록 도와주소서. 주님께서 저를 사랑하시는 것처럼 저도 양떼들을 사랑하는 사제가 되게 도와주소서. 예수님의 사랑을 온몸으로 실천하는 사제가 되도록 도와주소서. 예수님처럼 저 자신을 낮추고, 주님께서 그러하셨듯이 가난한 이, 약한 이, 천한 이, 고통받는 이들 속에 들어가서 그들과 희로애락을 나누는 사제가 되게 하여주소서. 십자가를 피하고 싶은 유혹에 빠지지 않게 도와주소서. 오직 그리스도만을 드러내는 겸손한 사제가 되게 도와주소서……

성인열품도문 기도가 끝났다. 김수환 부제와 정하권 부제는 제대 앞으로 나갔다. 최덕홍 주교는 두 명의 머리와 손에 기름을 바르고 안수를 했다.

안수가 끝나자 선배 신부들이 제의를 입혀주었다. '그리스도의 대리자'인 신부가 된 것이다. '새 신부' 김수환은 최덕홍 주교의 반지에 입을 맞추며 존경과 순명을 서약했다. 그러자 최 주교와 선배 사제들이 새 신부들을 포옹했다. 한식구로 받아들인다는 의미와 사제단의 일치를 나타내는 전례적 표현이었다.

서품식 마지막 예절은 새 신부들이 서품미사에 참석한 모든 사람들에게 하는 첫 강복(축복)이었다. 그 순간, 김수환 신부는 자신이 신부가 되었다는 사실이 실감났다. 엄숙한 마음 때문일까, 신자들을 향해 성호를 그으며 강복하는 그의 손이 가볍게 떨렸다. 신자들은 새 신부의 강복을 따라 이마, 가슴, 양쪽 어깨에 십자十字 성호를 그으며 허리를 숙였다.

그가 강복을 마치고 중앙 통로를 향해 걸어나오자 신자들은 큰 박수로 새 신부의 탄생을 축하했다. 어머니의 주름진 눈에서 눈물이 흘렀다.

김수환 신부가 성당 문밖으로 나오자 최덕홍 주교와 부제 시절 지도

사제 서품식이 끝나고 찍은 가족사진. 오른쪽이 어머니, 그 옆 위가 둘째형, 그 뒤에 안경 낀 이가 큰고모부, 김수환 신부 위가 큰누나, 그 오른쪽이 작은누나. (조카 김병기 증언)

신부였던 장병화 신부 그리고 선배·동창 신부들이 축하인사를 건넸다. 그의 가족이 다니는 성요셉성당의 신자들도 '스테파노 새 신부님'을 부르며 축하했다. 신부에게 이름 대신 세례명을 부르던 때였다. 김수환 신부는 기다리던 가족들과도 함께 사진을 찍었다. 어머니의 표정은 담담했다. 지난했던 세월을 생각하는 것일까, 아니면 이제 다 이뤘다고 생각하는 것일까. 가족사진을 찍은 후 어머니와 단둘이서도 사진을 찍었다.

"어머니, 고맙습니다."

"아닙니다, 새 신부님. 그동안 고생 많으셨습니다. 열두 살 나이에 예비신학교에 들어간 게 엊그제 같은데 이렇게 의젓하게 신품을 받은 모습을 보니 여한이 없습니다. 이제 새 신부님은 내 아들이 아니라 천주님의 아들이니, 어미 걱정하지 말고 신자들을 잘 보살피이소……."

　내년이면 칠순이 되는 어머니는 사제가 된 막내아들에게 경어를 썼다. 천주교 집안의 전통이었다. 어머니가 그의 손을 잡았다. 김수환 신부도 어머니의 손을 잡았다. 첫 사목지가 발표되면 또다시 어머니로부터 떠나야 했다. 열두 살 때 검은색 두루마기를 입고 붉은 벽돌의 신학교 건물 안으로 들어갈 때부터 시작된 가족으로부터의 떠남, 그것이 사제의 길이고 숙명이었다.

열두 살
예비신학생

2

"천상에서 덕과 의의 충만한 복을 누리는 성 스테파노여
나 비록 죄악이 중하나 다행히 영세할 때에 네 거룩한 이름을 얻은지라."

| '본명 성인을 향하여 하는 기도' |

1934년 3월 중순. 열두 살이 된 순한은 군위 용대리 집에서 130리(약 52킬로미터) 길을 걸어서 대구 대덕산 자락에 있는 큰누나 집에 왔다. 셋째형 동한이 서울로 가는 걸 챙겨주기 위해 대구 큰누나 집에 와 있던 어머니를 만나기 위해서였다. 용대리 집에 함께 있던 큰형이 밥을 제대로 안 챙겨준다는 것이 이유였지만, 어머니를 보고픈 마음이 더 컸다.

그러나 어머니는 그날 아침 군위로 떠나 큰누나 집에 안 계셨다. 길이 서로 엇갈렸던 것이다. 결국 다음 날 저녁때 어머니는 다시 대구로 오셨고, 큰형에게 말도 없이 온 순한을 나무랐다. 그리고 열흘 후에 성 유스티노 신학교 예비과 입학시험을 보자며 큰누나 집에 그냥 머물자고 하셨다.

3월 말, 예비과 입학시험 날. 마침 서문시장 장날이라 순한의 큰누나 집도 아침부터 바빴다. 매형은 광에 있던 옹기들을 꺼내 지게에 얹었다. 간장 항아리, 새우젓 단지, 김치 버무리는 큰 소래, 물을 담아두는

∝ 김수환 추기경이 태어난 1920년대의 대구 남산동 모습. 왼쪽 뒤에 보이는 건물이 성유스티노 신학교. 그 뒤편에 대구교구 주교관이 있어, 이 부근에 천주교인들이 많이 살았다는 기록이 드망즈 주교 일기에 있다.

물동이, 솥단지, 떡시루, 국을 담는 투가리, 술장수들이 술 담을 때 쓰는 귀옴박지, 앵병, 자배기, 단지보다 작은 궁텡이, 식초 담는 촛병, 양념단지, 약탕관이 차곡차곡 올라갔다. 칠곡에 있는 천주교 신자 옹기마을인 신나무골에서 갖고 온 옹기들이었다. 순한은 지게 위의 옹기를 바라보며 큰매형과 둘째 필수 형이 용대리 초가집 바로 옆에 있는 유씨네 옹기가마에서 땀을 뻘뻘 흘리면서 매통질을 하던 모습이 떠올랐다. 불과 2년 전까지 했던 일이다.

1922년, 부모님은 김천 지대리 옹기마을을 떠나 큰집(큰아버지 집)이 장사를 하고 있는 대구로 왔다.[4] 천주교인들이 많이 사는 대구교구 주

---

4   대구 이사 부분은 김동한 신부가 남긴 '연보'(《밀알회와 김동한 신부》, 밀알회 발행, 1993, 372~379쪽)를 참고해 재구성했다.

아,
김수환
추기경

2005년 1월 29일 육필일기.

우리 부모가 나를 낳으셨다. 그러나 우리 부모가 나라는 존재를 의식하고 낳으신 것은 아니다. 오히려 어머니는 나를 임신하셨을 때 당신 연세 40이었고, 당신이 낳은 맏딸이 첫아이를 가졌기 때문에 외손자를 곧 갖게 될 그 나이에 나를 임신하신 것을 부끄럽게 생각하셨다고 한다. 그래서 내가 태어나서도 당신 젖을 물리지 않으셨고 먼저 애기를 낳은 누나 젖을 먹었다고 한다. 그런 가운데 내가 병으로 죽을 지경에 이른 적이 있었다. 대구 주교관 근처에 사셨기 때문에 죽기 전에 견진성사를 받고 죽게 하시겠다는 뜻으로 어머니는 나를 안고 달려가 주교님(안 주교님)으로부터 견진성사를 받게 하셨다. 그런데 나는 그 견진성사의 은혜인지 죽지 않고 살아났다. 어머니는 그제야 불쌍하다고 당신 젖을 먹이셨다 하셨다.

교관 아래 남산동 허름한 초가집으로 이사를 하고 큰누나네와 옹기전을 차린 것이다. 결혼한 지 20년 만에 허리가 휘도록 일을 해야 하는 옹기장이에서 벗어나 옹기장수가 됐다. 그때 어머니와 큰누나의 배가 동시에 불러왔다. 순한을 임신한 것이다. 그해 음력 5월 8일(양력 7월 2일), 순한이 태어났다.

순한이 세 살 때 큰아버지가 장사를 하다가 파산했다. 빚보증을 섰던 순한의 부모와 누나네는 옹기전과 초가집을 빼앗겼다. 큰집은 만주로 야반도주했고, 순한의 부모는 대구에서 멀지 않은 구미 부근 선산으로 떠났다. 아버지의 상심은 컸고, 해수병은 깊어졌다. 이때 순한의 큰형은 돈을 벌겠다며 일본으로 떠났고, 둘째형은 옹기 일을 배우러 큰누나네가 있는 신나무골로 갔다.

선산에서의 생활은 어머니의 몫이었다. 어머니는 머리에 옹기를 이고 장터를 다니셨다. 마을에 곡마단이 들어올 때는 공터 구석에서 국화빵을 구웠다. 그러나 어머니가 혼자 버는 걸로는 네 식구의 입을 해결할 수 없었다. 그때 큰딸네가 옹기가마가 있고 천주교 신자들이 제법 살고 있는 군위군 용대리로 이사를 갔다.[5] 순한의 가족도 따라갔다. 순한이 네 살 때였다.

용대리는 마을 입구에 개울이 흐르고 주변에 야트막한 산이 있는 조용한 마을이었다. 어머니는 옹기가마 바로 옆 언덕 위에 있는 방 두 칸짜리 초가집을 얻었다. 집이 옹기가마 가까운 곳에 있어야 일을 하면서 거동이 힘든 남편을 돌볼 수 있기 때문이었다. 아버지는 순한이 일곱 살 때 세상을 떠나기까지 해수병으로 방에 누워 지냈다.

둘째형과 어머니는 큰매형과 함께 유씨네 가마에서 일했다.[6] 옹기 일은 어린 그가 보기에도 너무 힘든 일이었다. 그러나 1869년 조부의 순교 후 옹기마을을 떠돌던 순한의 가족이 할 줄 아는 것이라고는 옹기 일밖에 없었다.

순한의 가족은 가마 앞에서 흙을 물에 풀어 불순물을 걸러낸 다음 며칠 동안 햇볕에 말렸다. 그리고 그 흙을 부드럽게 만들기 위해 무거운 매통자루로 내리쳤다. 매형이 내리치다 땀이 비 오듯 흐르면 필수 형이 했다. 형은 땀을 닦으며 "매통자루는 손에 쥐기만 해도 땀이 줄줄 흐른

---

5   용대리 생활과 어머니에 대한 부분은 〈김수환 '어머니, 우리 어머니'〉(《샘이 깊은 물》 1984년 11월 창간호)와 《월간조선》 1986년 5월호 오효진 차장과의 인터뷰, 〈지금도 주님께 용서를 빈다〉(김수환 구술, 오홍근 정리, 중앙일보 1981년 9월 22일자)를 참고해 재구성했다.

6   옹기가마 주인이던 유덕수(柳德秀) 공 후손 유광호 씨의 증언.

다"면서 거친 숨을 몰아쉬었다. 반죽이 잘된 흙을 물레에 빚어 형태를 만들고 잿물을 입혔다. 그 과정이 끝나면 옹기를 가마에 넣었다. 가마는 유씨네 뒷마당에 있었다. 경사진 언덕에 30도 각도로 박혀 있는 통가마였다. 큰매형과 형은 그릇 하나하나에 받침을 괴기 위해 어둡고 좁은 가마 안으로 들어갔다. 그 일이 끝나면 어머니는 가마 아궁이에 불을 때는 화장이 일을 하셨다.

어머니가 이렇게 4~5일을 고생하신 후에야 옹기는 완성되었고, 매형과 셋째형은 가마 안으로 들어가 옹기를 꺼내 가마 밖에 쌓았다. 그때 유씨는 순한의 가족에게 품삯만큼의 옹기를 나눠주었다.

큰매형과 둘째형은 옹기를 잔뜩 지게에 지고 의성, 도리원, 안계, 이흥 등 군위 인근 50리 지역을 다니며 옹기를 팔았다. 허기진 배를 움켜쥐고 태산준령을 넘었고, 달과 별을 지고 밤길을 걷다가 풍찬노숙했다. 그렇게 옹기를 팔고 집에 오면 며칠 동안 잠만 잤다.

어머니는 옹기를 머리에 이고 군위 근처 마을을 다니셨다. 당시 옹기장수 여인들은 몇 명씩 함께 다니며 옹기를 팔았다. 호젓한 시골길을 혼자 다니는 것이 위험해서였다. 서로 다른 종류의 옹기를 이고 나갔기 때문에 볼썽사나운 일은 생기지 않았다. 오히려 여러 명이 함께 다니면 옹기 종류가 다양해서 마을 사람이 더 많이 몰려나왔다.

순한과 동한은 큰누나 집에 가서 저녁을 먹은 후 마을 어귀에서 어머니를 기다렸다. 순한과 동한뿐 아니라 동네 아이들도 함께 기다렸다. 아이들은 어머니들을 기다리며 장난을 치거나 씨름을 했다. 순한은 체격이 좋은 동한 형이 이길 때마다 박수를 치며 좋아했고, 그런 형을 자랑스럽게 바라봤다. 용대리 생활이 익숙해지자 아버지는 방 두 칸의 옹색한 초가집을 공소公所로 내놓았다. 이때부터 동한과 순한 형제는 믿음 좋은 부모님을 따라 신앙생활을 했다.

▻ 어린 시절 신앙을 키운 군위군 용대리 옛집. "1926년 (무렵) 선산에서 이사 온 김영석(김수환 추기경의 부친) 가정이 살면서 옹기굴 옆에 있는 그의 집이 '용대공소'가 되었다. 이후 신자들이 늘어나서 가실본당의 여 동선(빅토르) 신부가 1년에 두 번 방문해 미사를 드렸다."8

1929년, 순한은 일곱 살이 되었고 셋째형 동한을 따라 집에서 10리 (4킬로미터) 떨어진 군위보통학교(지금의 초등학교)를 다녔다. 그런데 그해 겨울, 해수병으로 고생하던 아버지가 세상을 떠났다. 이때부터 어머니 는 밖에 나가 '아비 없는 자식'이라는 말을 들어서는 절대 안 된다며 자 식들을 더욱 엄하게 키웠다.

어머니는 성품이 곧고 거짓이나 불의와는 일절 타협이 없는 엄격한 신앙인이었다. 매일 저녁 기도문책인 《천주성교공과》를 펴놓고 "임하 소서 성신이여, 엎디어 구하노니, 하늘로서 네 빛을 쏘아 내 마음에 충

---

7   신부가 상주하지 않는 성당보다 작은 단위의 신앙공동체. 마을 신자들이 주일마다 모여 기도회를 했다.

8   《대구대교구 100년사-대구본당사》104~110쪽, 《대구대교구 100년사-은총과 사 랑의 자취》71~72쪽.

아,
김수환
추기경

聖教要理問答

천주성교공과

천주 강생일천구백삼십오년

소화섭년 을해 (제십판)

경셩감목 원아드리아노 감준

당시 교리서 《성교요리문답》과 기도서 《천주성교공과》. 《성교요리문답》은 《천주교요리문답》이 나오기 전까지 한국 천주교회의 공식 교리서로 사용되었다. 《천주성교공과》는 1972년 한국 천주교중앙협의회에서 《가톨릭기도서》를 간행하기 전까지 사용한 한국 천주교회의 공식 기도서다.

만케 하소서"로 시작하는 '성신강림송'을 비롯해 '만과(저녁기도)'를 한 시간 넘게 했다. 그는 형 동한과 함께 어머니를 따라 그 기도들을 바쳤다. 형은 열심히 따라했지만 순한은 자신도 모르게 잠이 드는 경우가 많았다. 그래도 어머니는 혼을 내지 않았다.

어머니는 저녁마다 두 아들에게 할아버지의 순교와 할머니의 서럽고 애달픈 옥바라지 얘기를 들려주었다. 동한과 순한에게 《천주성교공과》와 함께 교리책 《성교요리문답》을 외우게 하기도 했다. 할아버지도 이 책을 외우면서 믿음에 대한 확신을 갖게 되었고, 그래서 천주님을 위해 순교했다고 강조했다. 두 형제에게 할아버지의 순교는 신앙의 뿌리가 되었다.

1931년, 순한이 아홉 살이 되었다. 대구에 다녀온 어머니는 두 형제를 불렀다. 그리고 동한과 순한에게 신부가 되라고 말했다.[9]

아이들을 신학교에 바침은
주를 위하여 피를 흘림과 같다

신학기 입학기를 앞두고 권고의 말씀을 한마디
드리려 합니다. 사람은 누구나 자기 자손에 대하
여 원대한 욕망이 마음속에 깊이 박혀 있는 것
입니다. (중략) 그러나 가슴속에 빛나는 신덕을
품고 계신 교우이시여, 이 세상을 초과(초월)하는
저 거룩한 하늘나라의 참된 부귀와 영화로 여러
분의 자녀들을 행복스럽게 하여주심이 어떨까
요? 천주님의 앞으로 지금부터 영영 아들로 보
내어드림이 어떨까요? (후략)

∝ 《경향잡지》 1935년 1월호.

　　당시 대구교구 드망즈 주교는 지역 신부들에게 믿음이 좋은 신자 가
정 중 미래에 신학생이 되고 싶은 학생이 있는지 눈여겨보라고 했다.
그리고 그런 학생이 나타나면, 초등교육 과정을 총정리하고 교리를 배
우는 대구의 성유스티노 신학교 예비과에 입학할 수 있도록 준비시키
라는 공문을 보냈다. 천주교에서 발행하는 《경향잡지》에도 신학교 진
학을 권고하는 글이 계속 실렸다. 《경향잡지》 1933년 1월호에 발표된
통계에 의하면, 천주교인 총수는 12만 명이었다. 성당은 전국에 262곳
이 있는데, 신부는 외국인 100명, 한국인 93명 등 총 193명뿐이었다.
신부 수가 성당 수보다 적었기 때문에 신부 양성이 절실했던 것이다.

9　　김수환 추기경은 《월간조선》 오효진 차장과의 인터뷰(1986년 5월호)에서, 당시 어머
　　니가 두 아들에게 신부가 되라고 말한 이유가 "대구 시내에서 장엄한 사제 서품식
　　광경을 뵌 후 감동을 받으신 것 같다"고 추측했다. 그러나 당시 상황으로 볼 때 그보
　　다는 '신부가 부족하다'는 말을 듣고 왔을 가능성이 더 많다.

아,
김수환
추기경

"네, 어머니."

동한은 눈을 빛내며 얼른 대답했다. 그러나 순한은 어머니와 형을 번갈아 바라보았다. 그는 어머니가 저녁기도 후 읽어주던 알록달록한 《육효자전六孝子傳》에 나오는 김효징처럼 되고 싶었다. 김효징은 집안이 몰락하자 안동 거부의 집에서 허드렛일을 하다가 결국 주인의 신임을 얻어 큰 부자가 되었고, 이 소저에게 장가가서 부모님 모시고 효도하며 살았다고 전해지는 인물이다. 순한은 그 이야기를 들을 때마다 무거운 옹기와 포목을 머리에 이고 이 장 저 장 다니며 고생하시는

⚬ 김수환 추기경이 어린 시절 읽었다는 《육효자전》(회동서관, 1916) 표지. 그의 회고대로 알록달록하고 혼례식 그림이 있다.

어머니를 위해, 초등학교를 졸업하면 곧 읍내 상점에 취직하리라 다짐했다. 5~6년쯤 장사를 배워 독립한 후, 스물다섯 살이 되면 장가를 가서 어머니를 모시고 효도를 하겠다는 계획도 세웠다. 그런데 신부가 되라는 말을 들으니, 어머니를 보살피며 효도를 하겠다는 꿈을 이룰 수 없다는 생각에 낙담이 된 것이다.

어머니는 대답을 하지 않는 순한을 바라봤다. 순한은 그때서야 모기만 한 목소리로 대답을 했다. 마음 같아서는 "싫어요"라고 말하고 싶었지만 어머니 말씀을 감히 거역할 수 없었다. 이때부터 순한의 마음속에서는 '나는 아닌데…… 형제 중에 한 명만 신부가 되면 됐지, 나는 아닌데, 아닌데……'라는 생각이 계속되었다.

1932년, 순한이 열 살 되던 해, 셋째형 동한은 대구에 있는 성유스티

노 신학교 예비과에 입학했다. 동한 형이 대구로 떠난 얼마 후, 돈을 벌겠다며 일본으로 갔던 큰형이 다리에 화상을 입어 꼼짝달싹 못하게 되었다는 편지를 보내왔다. 어머니는 일본어를 한 마디도 못하면서도 일본으로 갔다. 얼마 후 어머니는 큰형을 우마차에 싣고 돌아왔다. 돈이 없어 병원은 꿈도 못 꿨다. 어머니는 옹기마을에 살 때 봤던 민간요법으로 치료하기 위해 약초를 모아 약을 만드셨다.

몇 달 후 큰형은 다리가 어느 정도 치료되어 조금씩 걸을 수 있게 되었다. 이번에는 둘째 필수 형이 집을 떠났다. 의성, 군위, 도리원, 안계, 이홍 등 50리 지역에 있는 태산준령을 헤매면서 옹기를 팔러 다니는 일도 너무 힘들고, 인간 이하의 비렁뱅이 취급을 당하는 수모를 더 이상은 못 견디겠다고 했다. 조선시대 말 옹기장이는 농가의 머슴도 양반의 종도 아니면서 '고리백정' 다음으로 천대를 받았고, 양반 상놈 서열이 남아 있던 근대 초기에도 조선시대와 비슷한 대접을 받았다. 늘 시뻘건 황토를 뒤집어쓰고 살았기 때문이다.

필수 형은 이건 그냥 고생이 아니라 너무나 참혹한 고생이라며 어머니 앞에서 눈물을 뚝뚝 떨어뜨렸다. 대구에 가서 가게 점원으로 들어가 장사를 배우겠다고 했다.[10]

둘째형이 떠나자 매형과 어머니 둘이서 옹기 일을 하려고 했다. 그러나 매통 일은 매형 혼자서 할 수 있는 일이 아니었다. 결국 큰누나네도 군위를 떠나 대구로 갔다. 매형은 신나무골 옹기가마에서 옹기를 받아다가 서문시장의 2일장과 7일장, 그리고 대구 인근의 장을 다니며 팔았

---

10   오효진, 〈김수환 추기경의 뿌리 3대〉 중 김필수 증언, 《월간경향》 1984년 1월호, 224-243쪽.

다. 어머니는 첫째아들, 막내 순한과 함께 계속 군위 용대리에서 살며 옹기와 포목을 팔러 다녔다.

1934년 3월, 성유스티노 신학교 예비과를 졸업한 셋째형 동한은 서울의 동성학교 을조(소신학교 과정) 입학시험에 합격했다. 이번에는 열두 살이 된 순한

∞ 1930년대 남자 옹기장수 모습.

이 예비과에 입학할 차례였다. 어머니는 순한을 성유스티노 신학교 예비과에 보내기 위해 서류 준비를 하다가 깜짝 놀랐다. 첫째와 둘째는 달수, 필수, 셋째와 넷째는 순한, 동한 등 나름대로 항렬에 맞춘 작명이었는데, 순한의 이름이 '수환壽煥'으로 바뀌어 있는 게 아닌가. 구미와 군위에 살 때 아버지는 충청도 식 억양을 붙여 "순한아아"라고 부르고는 했다. 아버지가 출생신고할 때 불러준 이름을 호적계 서기가 잘못 알아듣고 '수환'이라고 써서 '김수환'이 되었을 것이다. 순한의 나이 열두 살에야 비로소 이름 바뀐 것을 알게 되었다.

"우짜겠노? 수환이도 괜찮다 아이가?"

본 이름을 찾으려면 어떻게 해야 하는지 알 리 없는 어머니는 순한에게인지, 누나에게인지 그렇게 동의를 구했다.

"수환이도 좋은데 뭐. 앞으로 신부가 되면 신자들이 '스테파노 신부님'이라고 부를 테고. 괜찮다, 그쟈?"

큰누나도 그렇게 말했다. 순한도 속으로 '김수환, 김수환' 되뇌어보

왔다. 나쁜 것 같지는 않았다. 이때부터 그의 이름은 김수환이 되었다.

신학교 예비과 입학시험 날, 어머니는 수환을 데리고 큰딸 집을 나섰다. 수환은 고개를 숙인 채 어머니를 따라 남산 언덕에 있는 신학교를 향해 걸어갔다. 수환은 아직도 신부가 되고 싶은 마음이 없었다. 사실은 신부가 되면 장가를 가지 않는다는 것 외에 어떻게 살아가는지조차 잘 몰랐다. 지금도 장사해서 돈을 벌어 효도를 하고 싶다는 마음뿐이었다. 그러나 수환은 어머니에게 신부가 되기 싫다는 말을 차마 할 수 없어 계속 땅만 보고 걸었다.

시험은 생각보다 어렵지 않았다. 산수 문제는 구구단과 더하기·빼기였고, 교리 문제는 이미 외우고 있는 내용이었다. 낯선 분위기가 어린 수환을 조금 위축시켰지만, 어머니가 밖에서 기다리시는 게 위안이 되었다.

시험이 끝나고 곧 타게 교장신부와 마주했다. 교장신부는 수환에게 예비과 5학년부터 시작하면 되겠다고 말했다. 수환은 군위보통학교에서 이미 5학년을 마친 상태였다. 그러니 6학년부터 다녀야 옳은 것이다. 수환은 자신의 입학시험 성적이 낮아 5학년을 다시 다니게 된 것은 아닌가 하여 부끄러운 마음이 들었다. 그러나 대부분의 학생들도 마찬가지였다. 얼마 전 동성학교로 간 셋째형 동한도 그랬다. 동성학교 을조는 소신학교였지만, 정규 학교 교과목을 모두 공부해야 하는 학교였다. 성유스티노 신학교 예비과는 나중에 동성학교 을조에서 수업에 적응할 수 있도록 대부분의 학생을 5학년부터 가르쳤다. 하지만 그런 사정을 모르는 수환은 울적한 마음으로 어머니를 따라 큰누나 집으로 향했다. 누나 집에 들어서자 큰형 달수가 군위에서 와 있었다. 달수 형은 화가 잔뜩 난 표정으로 마치 기다리고 있었다는 듯이 수환에게 목소리를 높였다.

 성유스티노 신학교 전경. 김수환 추기경은 1934년부터 2년 동안, 형 김동한 신부는 1932년부터 2년 동안 이곳에서 기숙사 생활을 하며 소신학교에 진학하기 위한 준비를 했다.

"야, 수환이 너, 형에게 말도 안 하고 이리 도망을 오면 어떻게 하냐? 내가 네 걱정에 군위군 전체를 얼마나 돌아다니며 찾았는지 알아?"

수환보다 열세 살이 많은 큰형은 나이 어린 동생을 자식 다루듯 소리를 질렀다. 그만큼 걱정이 컸던 것이다. 한동안 심하게 화를 내던 형이 잠시 머뭇거리더니 어머니에게 드릴 말씀이 있다며 방으로 들어갔다. 달수 형의 심상치 않은 행동에 수환과 큰누나는 귀를 기울였다. 형은 만주에 가겠다고 했다. 어머니는 낯선 만주에 가서 사느니 차라리 대구에서 취직하라며 큰아들을 설득했다. 마지막에는 네가 떠나면 나는 누굴 의지하며 사느냐고 사정을 했다. 그러나 큰형은 이 땅에서는 아무런 희망이 없다며 요지부동이었고, 다음 날 아침 결국 서울로 향했다. 그것이 큰형과의 마지막 이별이었다. 큰형은 서울의 동성학교에 들러 며칠 전 입학한 동한을 만나고 만주로 떠났다.

큰형이 만주로 떠난 며칠 뒤였다. 저녁상을 물린 어머니가 수환을 불러 앉혔다.

"수환아, 이제 내일 아침이면 니는 예비신학교 학생이 된다."

"예, 어머니."

"이 어무이는 니와 니 형이 좋은 신부님 되게 해달라고 정말 기도 많이 드렸다. 니도 알제?"

"예, 어머니."

수환은 계속 고개를 숙인 채였다.

"신부님이 신학교에 가는 일은 거룩한 지향, 착한 지향으로 시작해야 한다고 하셨다. 그러니까 신부가 되는 지향을 오직 천주님의 영광을 위하는 데 둬야 한다는 말이다. 신자들에게 존경을 받고 편안히 살기 위해서 신부가 되겠다는 마음을 가지면 안 된다는 말이다. 어무이 말 무슨 뜻인지 알겠나?"

"예, 어머니."

작지만 대답은 쉽게 나왔다. 그러나 수환의 속마음은 아직 불안했다. 천주님은 좋지만 기숙사에서 살아야 하는 것도 싫고 신부가 되는 건 더욱 싫었다. 어머니와 떨어져 살아야 한다는 것도 불안했다. 혼자 떨어져 생전 처음 보는 아이들과 함께 살면서 하루종일 공부만 해야 한다는 게 자신이 없었다. 그래서 '어머니, 저 신부 되기 싫어요. 저는 장사 배워서 어머니와 함께 살며 효도하고 싶어요' 그런 소리가 입가에 맴돌았지만, 어머니 말을 거스를 용기까진 없었다. 어머니를 슬프게 할 수는 없는 일이었다.

다음 날 아침, 학교에서 준 검은 두루마기를 입고 입학식을 했다.[11] 구두는 생전 처음 신는 거라 좀 어색했지만 그래도 앞코가 물렁해서 아프

성유스티노 신학교 예비과 입학사진. 앞 줄 열 명이 신입생으로, 왼쪽에서 세 번째가 소년 김수환이다.
현재 전해지는 사진 중 가장 오래된 것이다.

지는 않았다. 아직 어린 소년들이 낯선 얼굴로 서로를 바라보았다. 대
구교구장이자 신학교 설립자인 드망즈 주교가 훈화를 했다.

"신품 성소를 가슴에 품고 신학교에 온 학생들, 지금부터 2년 동안
열심히 지내기로 결심하자. 이제 시작하는 예비과 과정 동안 너희들은
신학생으로서의 의무를 다하되, 친구와 선배들을 충만한 사랑으로 대

11   예비신학교의 교과 과목은 김진식《천주교 대구대교구 교육사업−복음화를 위한 학교》, 천
      주교 대구대교구 학교법인 선목학원 발행, 2009), 학교생활은 성유스티노 신학교 1914년
      제1회 입학 이기수 몬시뇰 회고(가톨릭신문 1989년 1월 15일, 1월 22일), 1926년 입학
      장병화 주교 회고(가톨릭신문 1990년 6월 3일, 6월 17일),《월간조선》1986년 5월호 오
      효진과의 인터뷰를 참고해서 재구성했다. 강의 내용과 어투는 1934~1935년 당시
      천주교 기관지인《경향잡지》에서 인용했다.

플로리앙 드망즈(Florian Jean Demange, 한국 이름 안세화, 1875~1938) 주교는 파리 소르본대학 철학과와 파리 가톨릭대학 철학과를 졸업한 후 파리 외방전교회 신학대학에서 공부했다. 1898년에 사제 서품을 받고 낯선 조선땅에 온 그는 경상도 지방에서 사목활동을 시작했다. 1911년 경상도, 전라도, 제주도와 충청도 일부를 관할하는 대구교구장에 착좌했다.

드망즈 주교는 신학생 양성에 큰 관심을 쏟았다. 당시 한국 천주교는 파리 외방전교회 소속 신부들이 주축이 되어 각 교구를 운영했지만, 그들의 목표는 한국인 신부를 많이 양성해서 한국 교회가 자립하는 것이었다. 그는 1911년 대구에도 신학교를 세우겠다는 계획을 세웠고, 그때부터 프랑스의 신자들에게 도움을 요청했다. 1914년에 성유스티노 신학교를 개교했다. 신학생 24명분의 영구 장학금을 확보했고, 이후에도 프랑스 신자들로부터 장학금을 후원받아 신학생들을 교육시켰다.

△ 드망즈 주교.

하고, 천주님 자녀답게 행동하고 말해야 할 것이다. 우리가 날마다 외우는 바와 같이, 성부와 성자와 성신[12]의 이름으로 인하여 행할 것이며, 공부뿐 아니라 학교생활의 모든 일을 이 거룩한 이름으로 해야 한다."

드망즈 주교의 훈화는 무거웠지만 깊은 애정을 느낄 수 있었다. 다음

---

12   현재는 성령. 1969년 미사 전례 용어 변경 이전까지는 '성신'이라고 했다.

엔 예비과 교장이자 2년 동안 천주교 교리 과목을 가르칠 타게 신부가 신입생들 앞으로 나왔다.

"이 학교는 여러분이 다니던 세속 학교와는 다른 예비신학교이기 때문에, 세속 학교에 없는 여러 규칙이 있다. 이제부터 2년 동안 규칙을 잘 지키면서 생활해야 한다."

타게 신부의 말에 열 명의 신입생들이 몸을 바로잡고 귀를 세웠다.

"여기서는 개인이 돈을 갖고 있으면 안 된다. 학교에서는 여러분이 공부에 필요한 학용품을 비롯해 모든 걸 줄 뿐 아니라 하루 세 끼 식사도 주기 때문에 돈이 필요없다. 주머니에 돈이 있으면 몰래 나가서 군 것질을 하고 싶고 세속 유혹에 빠질 수 있다. 그러니까 집에서 갖고 온 돈은 교실에 들어가기 전에 당가當家(지금의 사무처장) 신부님께 맡겨놓아야지, 만약 돈을 갖고 있다 들키면 더 이상 학교를 다니지 못하고 집으로 가야 한다."

타게 신부의 단호한 목소리에 학생들의 표정이 굳었다. 신학교 예비과에서는 이런 방법으로 세상의 유혹을 이겨내는 훈련을 시켰다.

타게 신부의 한국 이름은 엄택기였다. 학생들은 그를 '으뜸 신부님' '엄 신부님'이라 불렀고, '엄'이 무서울 '엄'이라면서 '호랑이 선생'이라는 별명으로 부르기도 했다. 그러나 그는 별명과 달리 꽃과 나무를 사랑했고, '무골호인'이라는 말을 들을 정도로 너그럽고 자상한 신부였다. 나이 어린 소신학생들이 겪어야 하는 여러 어려움에 대해서도 걱정을 많이 했다.

입학식이 끝난 후 참석했던 가족과의 작별인사 시간이 주어졌다. 수환 역시 어머니와 누나들이 있는 곳으로 다가갔다.

"수환아, 신부님들께서 하시는 말씀 잘 들었제? 니는 이제부터 신부님이 되는 공부를 시작하는 예비신학생인기라. 그래서 앞으로는 나도 이름 부르지 않고 스테파노라고 부를 끼다. 그러니까 학교에서 신부님들 말씀 잘 듣고 공부 열심히 하그라. 스테파노, 니 잘할 수 있제?"

"예, 어머니."

수환은 고개를 끄덕였다. 두려움도 있지만, 예비신학생 옷을 입고 사진을 찍는 순간, 자신도 모르게 하루 사이에 훌쩍 자란 느낌이었다.

"우리 수환이 아까 사진 찍을 때 보니까 아주 의젓하더라. 그럼, 나도 어머니처럼 이제부터는 스테파노라고 불러줄게."

큰누나가 환한 표정으로 수환의 등을 두드렸다.

"누님아……."

수환은 겸연쩍은 표정으로 누나를 바라보았다. 뭔가 말을 할 듯 입술을 조금 움직이다가 다시 한 번 주먹을 불끈 쥐어보았다. 그러다가 그냥 어머니에게 고개를 숙여 인사를 했다.

"어머니, 공부 열심히 하겠습니다."

"고맙다, 스테파노. 니는 틀림없이 훌륭한 신부님이 될 끼다. 그럼, 그렇고말고."

어머니는 수환의 머리를 몇 번 쓰다듬으며 마음속으로 다시 한 번 천주님과 성모님을 찾았다. 교장신부가 방울을 흔들며 면회 시간이 끝났음을 알리자 여기저기서 훌쩍거리는 소리가 들렸다. 그러나 교장신부는 계속 방울소리를 냈고, 학생들은 가족에게 손을 흔들며 건물 입구로 발걸음을 옮겼다. 수환은 붉은 벽돌의 신학교 건물을 바라보았다. 신부님이 되기 위한 공부란 어떤 걸까? 그는 자신이 신부가 되기 위한 공부를 시작한다는 현실이 아직 실감나지 않았다.

수환은 고개를 들어 푸른 하늘을 바라봤다. 뭉게구름이 탐스럽게 떠있었다. 군위에서도 흐르던 구름인데…… 나도 구름처럼 흘러갈 수 있을까? 그는 교장신부를 따라 사제로 가는 길을 향해 걸음을 옮겼다. 붉은 벽돌건물 안으로 들어섰다. 조용하고 긴 복도 끝에 교실이 보였다. 그는 깊게 숨을 한번 내쉰 후 뚜벅뚜벅 교실로 향했다. 수환의 뒷모습을 바라보던 어머니는 한동안 그 자리를 떠나지 못했다. 막내아들이 더 이상 보이지 않았다. 어머니는 눈을 감고 벽돌건물 앞에 서서 기도했다. 천주님, 성모님, 우리 스테파노가 훌륭한 신부님이 될 수 있도록 도와주소서.

오전 5시 30분, 아침 기상을 알리는 기숙사 종소리가 울렸다. 소년 수환은 억지로 눈을 떴다. 침대가 처음이라 밤새 몇 번이나 잠이 깼다. 어제 함께 입학한 신입생 중 몇 명은 침대에서 떨어져 울기도 했다. 그러나 기숙사 생활이 몸에 밴 6학년 학생들은 이부자리를 걷으며 일어나더니 큰 소리로 라틴어 기도문을 외웠다. 당시 전세계 사제는 라틴어로 미사를 드렸기 때문에, 예비과 때부터 간단한 기도문은 라틴어로 외는 훈련을 했다.

"베네디까무스 도미눔(천주님을 찬송할지어다)."

"데오 그라시아스(천주께 감사하나이다)."

"성부와 성자와 성신의 이름을 인하여 하나이다. 아멘."

십자성호를 그으며 성호경을 읊조린 6학년 학생들은 찬미성가를 부르기 시작했다.

수환은 침대에서 일어났다. 침대 위에서 조금만 더 자겠다고 중얼거리며 일어나지 않은 신입생도 몇 명 있었다. 그러나 언제인지 들어온 교장신부가 이불을 벗기자 그들은 기겁을 하며 일어났다. 학생들은 이부자리를 가지런히 갠 후 하루 시작 기도를 합송했다.

"주여, 오늘 하루의 내 모든 생각과 말과 행실을, 예수와 마리아의 생활과 합하여 주께 드리나이다. 호수천신과 주보성인은 나를 도와주소서."

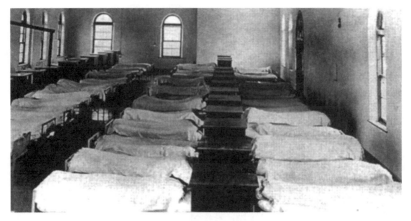

〇 성유스티노 신학교 기숙사. 예비과 신입생들은 침대가 처음이라 입학 후 한동안 자다가 떨어져서 우는 학생들이 있었다는 기록이 있다.

기도가 끝나자 6학년 학생들은 침대 밑에 있는 세숫대야를 들고 학교 마당에 있는 우물가로 나갔다. 수환과 신입생들도 뒤를 따랐다. 5시 45분부터 기도 시간이라 모두들 세수를 하는 둥 마는 둥 하고 기도실로 뛰어갔다.

수환은 무릎을 꿇고 십자성호를 그은 후 두 손을 모았다.

"천주님, 저를 효자가 되게 도와주세요. 아버지가 돌아가신 후에도 저를 잘 길러주신 어머니 마음을 아프게 할 수 없습니다. 그러니까 천주님, 제가 공부를 잘해서 어머니께 효도할 수 있게 도와주세요. 제가 공부를 못해 학교에서 쫓겨나면 어머니께서 얼마나 실망을 하고 가슴 아파하시겠습니까. 주님, 제발 저를 도와주세요……."

수환은 눈을 살며시 뜨고 주변을 둘러봤다. 주변을 두리번거리는 건 그뿐이 아니었다. 어제 함께 입학한 친구들 중 몇 명도 고개를 들었다가 다시 숙였다. 수환도 다시 고개를 숙이고 집에서 어머니를 따라하던 '본명(세례명) 성인을 향하여 하는 기도'를 했다.[13]

천상에서 덕과 의의 충만한 복을 누리는 성 스테파노여,

나 비록 죄악이 중하나,

다행히 영세할 때에 네 거룩한 이름을 얻은지라,

나 이제 너 세상에 계실 때에 행하신 바 선공을 생각하여,

오로진 마음과 진실한 뜻으로,

힘써 네 덕행을 본받기를 간절히 원하나이다.

바라오니 천주께 내 신력을 더하여주시기를 전달하사,

나로 하여금 사언행위에 항상 네 착한 표양을 따라

사후에 너와 한가지로 하늘에서 복을 누리게 하소서. 아멘.

15분의 기도 시간이 끝나자, 학생들은 미사를 드리기 위해 한 줄로 서서 학교 안 성당으로 향했다. 수환은 성당 입구에 있는 성수聖水를 손에 찍은 후 십자성호를 그으며 '성수를 찍을 때 기도'를 마음속으로 읊조렸다.

"오 주여, 이 성수로써 내 죄를 씻어 없애시고 마귀를 쫓아 몰으시고 악한 생각을 빼어버리소서."

그러고는 앞의 선배들처럼 기도손을 하고 왼쪽 무릎은 세우고 오른쪽 무릎은 바닥에 닿게 꿇고 제대를 향해 고개를 숙였다.

성당 양옆의 의자 앞에 선 학생들이 '미사전송(미사 시작 전 기도)' 합송

---

13   천주교 세례명은 세례를 받고 새 이름을 가짐으로써 예수 그리스도 안에서 새로 태어난다는 것을 뜻한다. 신자가 자신이 좋아하는 성인의 이름을 골라 정하는데, 평생 그 성인을 수호자로 공경하며 덕행을 본받으려 애쓴다는 의미가 있다. 김수환 추기경의 세례명 성인인 스테파노는 사도들이 직접 뽑은 일곱 부제들 가운데 한 사람으로, 가톨릭 최초의 순교자다.

∝ 성유스티노 신학교 성당 내부.

1965년 이전에는 사제가 등을 돌린 채 제단 벽면 십자가를 바라보고 라틴어로 미사를 드렸다. 지금처럼 사제가 신자들을 바라보며 한국어로 미사를 집례하기 시작한 것은 제2차 바티칸공의회(1962~1965) 때인 1963년 12월 4일 '거룩한 전례에 관한 헌장'이 공표된 이후다. 우리나라에서는 《우리말 미사경본》이 준비된 1965년 3월부터 한국어를 사용하고 새 전례 방식으로 미사를 집례했다. '하느님'을 '천주'와 공용(共用)한 것은 1964년 9월 1일 한국 천주교주교회의 승인 이후다.

을 마치자 고요와 정적이 감돌았다. 그때 작은 종소리와 함께 교장신부가 복사服事를 서는 대신학교 학사 두 명과 함께 성당 가운데로 들어서서 제대 앞으로 향했다. 학생들은 일어나 시작성가를 불렀다.

미사는 30분 정도 걸렸다. 미사가 끝나자 신부가 복사들과 함께 성당 가운데로 걸어나왔고, 학생들은 성모경을 합송했다.

"성총을 가득히 입으신 마리아여, 네게 하례하나이다. 주 너와 한가지로 계시니, 여인 중에 너 총복을 받으시며, 네 복중에 나신 (고개를 숙이며) 예수 또한 총복을 받아 계시도다. 천주의 성모 마리아는, 이제와 우리 죽을 때에 우리 죄인을 위하여 빌으소서. 아멘."

학생들은 성모경을 세 번, 성모찬송과 '성 미카엘 대천사 기도문'[14]을 한 번씩 합송한 후 대신학교 학생들부터 줄을 서서 식당으로 향했다.

식탁은 학년별로 나뉘어 있었다. 학생들은 다시 한 번 학년 순서대로 줄을 서서 주방으로 갔다. 식쟁반 위에 밥과 반찬, 국을 받아 식탁으로 왔다. 교장신부가 조그만 종을 흔들자 학생들은 일제히 십자성호를 그은 후 '식사 전 기도'를 합송했다.

"주여, 우리와 네 은혜로 이 음식에 강복하시되, 우리 주 그리스도를 인하여 하소서. 아멘."

수환은 푸짐하게 담긴 밥그릇과 콩나물, 무말랭이, 콩장 반찬과 배춧국 그릇이 놓인 식쟁반을 앞으로 당겼다. 식사를 끝낼 무렵 교장신부는 다시 종을 흔들었다. 모두가 정숙한 자세를 취했다. 대신학교 학생 한 명이 강단 앞에 나가 5분간 성경을 읽었고, 그가 내려오자 모두들 큰 소리로 외쳤다.

"데오 그라시아스."

학생들은 모두 자리에서 일어났다. 다시 한 번 십자성호를 그은 후 '식사 후 기도'를 합송했다.

"전능하신 천주여, 네 모든 은혜로 인하여, 우리가 네게 감사하나이다. 아멘."

교장신부가 선창했다.

"주의 이름은 찬송 받으소서."

---

14   성모찬송과 '성 미카엘 대천사 기도문'은 1972년 《가톨릭기도서》를 간행할 때 기도서에서 제외시켰다.

∝ 성유스티노 신학교 별장 식당에서 식사하는 모습. 학교 식당 사진은 현재 전하지 않는다.

학생들이 합송으로 화답했다.

"이제로부터 무궁세에 이르러지이다. 죽은 믿는 자들의 영혼이, 천주의 인자하심으로 평안함에 쉬어지이다. 아멘."

학생들은 또다시 학년 순서대로 줄을 서서 식당을 빠져나가 학교 마당으로 향했다. 신학교에서 아침에 일어나서부터 식사를 비롯해 모든 순서의 시작과 마지막에 기도를 하는 이유는, 학생들에게 기도 없이는 아무 일도 안 된다는 신앙심을 심어주기 위해서이고, 끊임없는 반복을 통해 기도의 중요성과 필요성을 깨달아가며 하느님과 가까워지게 하기 위해서였다.

공부는 8시부터 시작했다. 당시 교과목은 교회 과목은 교리·수신, 세속 과목은 국문·한문·일문·산술·지리·역사였다. 첫 시간은 교장인 타게 신부의 교리 수업이었다. 수업은 시작한 지 50분 후에 끝났고 휴식 시간은 10분이었다. 수환은 필기한 노트를 살펴보며 새로 외워야 할 부분이 많다는 사실에 한숨을 쉬었다. 그때 키가 커서 뒤에 앉아 있던 김영일 아오스딩[15]이 다가와 물었다.

"스테파노, 필기 잘 했어?"

"어, 아오스딩. 그런데 힘들고, 잘 모르겠다."

김영일은 수환보다 세 살이나 많았다. 그러나 수환은 군위에서 학교 다닐 때는 같은 반에 서너 살 위인 친구도 여러 명 있었기 때문에 자연스럽게 반말을 했다.

"나도 마찬가지다. 시험 볼 생각 하면 벌써부터 머리가 아프다."

김영일의 말에 수환은 고개를 끄덕였다. 수환은 영일이 자신보다 나이가 많고 의젓한 형처럼 느껴졌다. 그래서 그를 의지할 때가 많았고, 영일은 훗날 그의 불면증을 걱정하며 약을 보내주기도 했다. 이런 우정은 1993년 김영일이 선종할 때까지 계속되었다. 수환은 김영일뿐 아니라 다른 동기생들과도 친하게 지냈다. 그해 입학생은 열 명뿐이었고, 매일 함께 지냈기 때문에 친형제와 다름없었다.[16]

둘째 시간 수업은 한문이었다. 셋째 시간 조선어와 넷째 시간 일문日文 수업이 끝나자 12시였다. 수환과 학생들은 12시를 알리는 종소리가 들리자 삼종기도를 합송한 후 식당으로 갔다. 점심식사 때도 아침과 마찬가지로 성경 읽기와 기도를 마친 후 운동장으로 나왔다.

수환은 벽에 기대 공놀이를 하는 학생들을 물끄러미 바라봤다. 이제

---

15   아우구스티노(Augustino)라는 세례명의 중국식 표기인 오사정(奧斯丁)의 중국어 발음. 조선시대 천주교인들은 중국에서 번역한 성경과 교리서를 사용했고, 중국식 한자로 음차한 이름을 그대로 통용했다. 프란체스코는 '방지거', 베네딕토는 '분도', 바오로는 '보록', 토마스는 '도마'라고 불렀다. 세례명과 미사 전례 용어가 자국어 중심으로 바뀐 제2차 바티칸공의회 이후에 수정되었다.

16   김수환 추기경의 '김영일 신부 장례미사 강론'(《김수환 추기경 전집》, 김수환 추기경 전집 편찬위원회, 가톨릭출판사, 2001, 10권 295쪽).

I
사제로
가는 길

55

거우 반나절이 지나갔는데 며칠이 지난 것 같았다. 그는 군위초등학교에서 친구들과 자유롭게 뛰어놀던 때가 그립다는 생각을 하며 파란 하늘을 바라봤다. 그때 김영일이 다가오며 어깨를 툭 쳤다.

"스테파노, 너 집에 가고 싶어 이러고 있는 거야?"

"아니다. 보통학교 동무들 생각이 났다."

"나도 그렇다."

"그러면 아오스딩 너는 집에 가고 싶나?"

"그건 아니다. 나는 열심히 공부해서 꼭 신부님이 될 거다."

"아오스딩, 너는 네가 신부님이 되고 싶어 신학교에 왔나?"

"그렇다."

수환은 김영일의 단호한 대답에 깜짝 놀랐다.

"그렇구나…… 그런데 솔직히 나는 아직 잘 모르겠다……."

"그러면 왜 신학교에 왔는데?"

"그게 어머니께 효도하는 길이라고 생각해서다."

"아버지는 돌아가셨나?"

수환은 고개를 끄덕였다.

"스테파노, 그럼 일단 효도한다고 생각하고 열심히 공부해라. 그러면서 천주님께 신품 성소를 달라고 기도해라. 나도 처음에는 부모님이 권하셨다. 그런데 그 말씀을 듣고 기도하니까 신부님이 되고 싶다는 마음이 들었다."

영일은 제법 의젓하게 수환을 위로했다.

"아오스딩, 기도하면 정말 신품 성소를 주실까? 솔직히 나는, 천주님께서 나를 부르고 계신다는 생각이 잘 안 든다……."

수환은 그동안 어머니가 여러 차례 신품 성소를 위해 기도하라고 말씀하셨지만, 어떻게 하면 신학교를 가지 않을까 궁리만 했지, 신부님이

∞ 성유스티노 신학교 학생들이 휴식 시간에 운동장에서 공놀이를 하는 모습. 드망즈 주교가 프랑스 후원자들에게 보내기 위해 직접 촬영한 사진이다.

되게 해달라는 기도는 하지 않았다. 그런데 막상 신학교에 들어오니까 김영일의 말이 귀에 솔깃했다.

"스테파노, 신학교에 들어와서 그렇게 생각하면 안 된다. 기도를 열심히 하면 된다. 나도 처음에는 천주님께서 부르신다는 생각이 안 들었다. 그런데 계속 열심히 기도하니까, 어느 날 천주님께서 나를 부르신다는 생각이 들기 시작했다. 그렇지만 그런 생각이 들려면 기도를 정말 열심히 해야 한다. 나는 정말 열심히 기도했다."

"아오스딩, 너는 기도가 정말로 효험이 있다고 생각하나?"

수환은 가난했지만 크게 아쉬운 일이 없어서 간절하게 기도를 해본 적이 없었다. 그저 어머니를 따라했을 뿐이었다. 그리고 《요리문답》을 잘 외우면 그게 신앙이라고 생각하며 지냈다.

"그렇다. 나는 그렇게 믿는다. 천주님께서는 내 기도를 들어주신다. 나도 이제부터는 너의 신품 성소를 위해서 기도할 테니까, 너도 열심히 기도해라. 그러면 천주님께서 너를 부르신다는 생각이 꼭 들 거다."

"고맙다, 아오스딩……."

수환은 고개를 끄덕이며, 이제부터는 열심히 기도를 해야겠다고 생각했다.

1시 30분에 시작된 오후 수업 첫 과목은 줄리앙Marius Julien(한국 이름 권유랑) 신부의 수신 과목이었다. 수신 수업 다음은 산수 시간이었고, 그다음은 지리 시간이었다. 이렇게 오후 세 시간 수업이 끝나고 잠시 쉰 뒤 5시부터는 모든 학생이 줄지어 성당 옆에 있는 경당으로 가서 15분 동안의 성체조배聖體朝拜(성체가 있는 감실 앞에서 하느님께 감사와 존경을 바치며 하는 기도. 하느님과 본인이 대화를 할 수도 있고, 조용히 묵상하며 기도할 수도 있다)를 시작했다.

경당은 고요했다. 수환은 성수를 찍어 십자성호를 그은 다음, 선배들을 따라 성체가 모셔진 감실을 향해 깊이 절했다. 그리고 의자 앞 장궤틀에 양 무릎을 꿇고 기도를 시작했다. 어머니가 하던 대로, 자신의 마음에 신품 성소의 씨를 심어주시고 바른 지향을 갖게 해달라고 기도했다. 이 세상에 태어나 처음으로 간절한 마음으로 하는 기도였다. 그래서였을까, 그는 학생들이 성당을 나가는 소리가 들릴 때까지 기도를 계속했다.

5시 30분에 시작하는 마지막 수업은 복습 시간이었다. 공책을 펼쳐 놓고 하루 동안 배운 걸 다시 살펴보는 시간이었다. 그런데 6시가 되자 삼종기도 시간을 알리는 종이 울렸고, 학생들은 자리에서 무릎을 꿇고 삼종기도를 합송했다. 복습 시간이 끝난 후 6시 45분에는 5·6학년 예비과 학생들이 모여 타게 교장신부의 훈화를 들었다.

훈화가 끝나자 학생들은 다시 줄을 서서 식당으로 갔다. 아침과 점심 식사 때처럼 기도하고 밥 먹고, 성경 읽고 기도하고 마당으로 나왔다. 마당에는 서서히 어스름이 내렸고, 수환은 노을 지는 북쪽 하늘을 바라보았다. 그는 점점 어두워지는 하늘을 바라보며 서울의 동성 소신학교로 간 형 동한을 불렀다. 형아, 너도 내가 보고 싶나?

저녁 8시, 기숙사로 돌아온 학생들은 '취침 시의 기도'를 합송했다.

"주여, 비오니 이 집을 돌보사 마귀의 계교를 멀리 쫓으시고 네 천신의 무리를 머물러 우리를 지키어 평화케 하시고, 또 네 성총과 성우 항상 우리를 떠나지 말게 하시되, 우리 주 그리스도를 인하여 하소서. 아멘."

기도가 끝나자 전등이 꺼졌다. 아침 5시 반부터 하루종일 계속된 공부에 지친 수환은 침대에 눕자마자 잠 속으로 빠져들었다.

수환은 하루 이틀 시간이 지나면서 학교생활에 적응해나가기 위해 노력했다. 매주 일요일 미사가 끝나면 문답식으로 보는 교리시험과, 한 달에 한 번씩 교실에서 보는 세속 과목들에 대한 시험도 무난히 치렀다. 소풍은 매주 목요일에, 대신학교 학생들부터 줄을 서서 신학교 별장이나 인근 산으로 갔다. 도시락을 보자기에 싸서 허리에 두르고 산에 도착하면 친구들과 점심을 먹었다.

시간이 지날수록 수환은 친구들과 대화도 많이 하고, 친구들에게 사랑을 실천하겠다고 소풍 가서 딴 산딸기와 앵두를 나눠주기도 했다. 가랑비에 바지 젖듯, 자신도 모르는 사이에 사랑이라는 단어가 일상 속에 조금씩 들어오기 시작했다.

7월이 되자 방학을 했고, 수환을 비롯한 학생들은 데리러 온 부모님을 따라 집으로 갔다. 수환도 어머니를 따라 필수 형네 집으로 갔다. 필수 형은 스물세 살이었지만 돈도 제대로 못 버는데 어떻게 장가를 가겠

느냐며 어머니를 모시고 살고 있었다.

수환은 며칠 후 서울에서 내려온 동한과 반가운 재회를 했다.

"순한아, 그동안 공부 열심히 했나?"

"근데 형아, 이제 내 이름은 순한이가 아니라 수환이다."

"그게 무슨 말이고?"

수환이 자초지종을 설명했다.

"그라면, 나하고 같았던 돌림자가 없어진 거네?"

동한이 섭섭한 표정을 지었다.

"그렇다. 그렇지만 뭐 괜찮다. 형은 사람들이 '가롤로 신부님'이라 부를 거고 나한테는 '스테파노 신부님'이라고 부를 테니까."

수환이 누나가 했던 말을 떠올리며 말하자 동한이 아우의 머리를 쓰다듬었다.

"야, 우리 순한이가 몇 달 동안에 어른이 됐구나. 그래 맞다. 우리는 세속 이름보다 본명이 더 중요하니까."

"그런데 형아, 우리 대신학교 학사님들은 학교에서 말할 때 라전말羅 典語(라틴어)만 하는데, 서울 소신학교에서는 무슨 말을 하노?"

"소신학교에서는 조선말을 한다. 라전말은 하루에 한 시간씩 공부하는데, 처음에는 어려운 것 같지만 자꾸 하면 그래도 할 만하다."

수환은 지금 공부도 힘든데 라틴어 공부까지 해야 한다는 사실에 한숨이 나왔다. 그래도 수환은 오랜만에 형과 함께 있는 것이 좋아, 밤이 늦는 줄도 모르고 이야기꽃을 피웠다. 그러나 동한은 방학이라고 해도 방학이 아니었다. 방학 때에도 집 근처에 있는 본당 신부님 복사와 심부름 등 성당 일을 도우며 지내다가 개학할 때 활동증명서를 가지고 가야 했다. 그래서 동한은 매일 대구대성당에 가서 신부님을 도와드리느라 수환과 보낼 시간이 없었다. 이렇게 방학 때도 엄격한 규칙 속에서 보내게 하는 것은, 훗날 신부가 되었을 때 중심을 잃거나 생활이 흔들리지 않게 하려는 훈련이었다.[17]

성유스티노 신학교 예비과의 여름방학은 세 달이었다. 그 대신 겨울방학은 없었다. 여름방학이 긴 이유는, 신학교에서는 마지못해 규칙에 끌려가는 수가 많았으니 자유를 주면서 스스로 자신을 견제하는 습성을 길러보라는 뜻이었다. 그러나 동한이 다니는 동성학교는 정규 학교라 여름방학과 겨울방학이 한 달씩 나뉘어 있어, 8월 초에 다시 서울로 올라갔다.

---

17   윤형중 신부, 《진실의 빛 속으로》, 가톨릭출판사, 1989, 63쪽.

I
사제로
가는 길

61

9월 말, 수환은 신학교 기숙사로 돌아왔다. 가을이 지나고 겨울이 되자 기숙사 생활이 힘들어졌다. 당시 대구의 겨울 날씨는 영하 15도까지 내려가는 것이 보통이라 기숙사는 몹시 추웠다. 게다가 기숙사에는 난로가 없었다.

어려움은 이뿐이 아니었다. 우물이 얼어 전날 세숫대야에 물을 받아두어야 했지만 기숙사가 냉방이라 얼어붙기 일쑤였다. 그래서 아침이면 얼음을 깨고 세수를 해야 했다. 집에서 귀여움을 받으며 편하게 지내던 습성을 털어내고, 앞으로 사제가 되었을 때 힘든 일을 참고 이기면서 남을 위해 희생과 봉사를 할 수 있게 하기 위한 훈련 과정이었다.

1935년, 수환은 6학년이 되었다. 그때 김재덕 아오스딩[18]이 새로 전학을 왔다. 당시 대구교구 관할이던 전북 진안에서 공립보통학교를 마치고 온 그는 수환보다 두 살 많았는데, 그도 순교자의 자손이었다. 증조부인 김영오 아오스딩(1805~1866)이 김수환의 조부와 같은 고향인 충청도 연산에 살았고, 병인박해 때 체포되어 공주 감영에서 치도곤을 맞다 숨진 순교자였다.[19] 공통점이 많은 둘은 금세 친해졌다.

6학년 수업은 5학년 때에 비해서 내용만 조금 어려웠을 뿐 교과과정은 같았다. 수환은 여전히 새벽에 일어나 8시 취침 시간까지 기도와 공부를 반복했다.

5월이 다 지나갈 무렵, 둘째형 필수가 성요셉성당 신부님의 중매로 착실한 신자인 공달선과 결혼했다. 그러나 엄격한 신학교 규칙은 조부모와 부모가 상을 당했을 때만 외출을 허락했기에 결혼식에는 참석하

---

18   1920~1988, 훗날 주교, 전주교구장 역임.
19   김진소, 《천주교 전주교구사》, 천주교 전주교구, 1998, 330~331쪽. / 교회사연구소,
      《병인박해 순교자 증언록》, 94~95쪽, 158~159쪽.

아,
김수환
추기경

지 못했다. 그 또한 사제는 세속의 인연을 너무 가까이하지 말아야 한다는 훈련이었다.

다시 여름이 오고 방학을 맞아 수환은 집으로 갔다. 처음 본 형수가 반갑게 맞아주었다. 수환은 형수에게 절을 했다. 며칠 후 서울에서 내려온 셋째형 동한과 반갑게 해후했다. 1년 만의 만남이었지만 동한의 표정은 밝지 않았다. 큰형이 봉천(지금의 심양)에서 동성학교로 '누가 우리집에 와서 무슨 조사를 할지 모른다. 그때 내 행방을 묻거든 모르는 걸로 해다오. 지금 나는 쫓기고 있다'[20]는 내용으로 보낸 편지를 어머니께 보여드렸다.

편지를 읽은 어머니는 편지에서 생략한 내용이 무엇인지 알겠다는 듯 깊은 한숨을 내쉬고는 잠시 눈물을 보이시더니, 십자성호를 그으며 기도했다. 동한과 수환도 어머니를 따라 기도했고, 둘째형과 형수도 옆방으로 가서 기도했다.

어머니는 동한이 방학이 끝나 서울로 올라가자 수환을 불러, 형수 말잘 듣고 있다가 개학하면 학교에 가서 공부 열심히 하라고 이르고는 큰아들을 찾으러 만주로 떠났다. 여비가 넉넉지 않은 형편이라 포목 행상을 하면서 다녀오겠다며 머리에 커다란 포목 보따리를 인 채 집을 나섰다. 잠자리는 중도에 있는 성당이나 공소에서 해결하면 되고, 만주에도 신자 수가 만 명이 넘으니 걱정할 게 없다고도 했다. 큰아들이 일본에서 다리를 다쳐 꼼짝 못하고 누워 있다는 편지를 받고는 일본어 한 마디 못하면서도 현해탄을 건너 아들을 우마차에 싣고 온 어머니였다.

---

20   오효진, 〈김수환 추기경의 뿌리 3대〉중 김필수 증언,《월간경향》1984년 1월호.《밀알회와 김동한 신부》에 실린 김동한 신부 연보에도 같은 내용 수록.

수환은 무거운 포목을 머리에 이고 떠나는 어머니의 뒷모습을 보며, 자식을 향한 어머니의 깊은 모정을 가슴 깊이 느꼈다. 그리고 그런 어머니를 실망시켜드리면 안 된다고, 다시 한 번 마음을 다잡으며 2학기를 시작했다.

만주로 간 어머니는 일단 아들이 편지를 보낸 봉천에 가서 수소문했다. 그러나 큰아들의 행방은 오리무중이었고, 어머니는 낙심한 채 대구로 돌아왔다. 수환이 동성학교 을조에 입학한 후에는 연길, 그다음 해에는 하얼빈을 다녀왔지만 끝내 큰형을 찾지 못했다.

1936년 3월 초, 6학년 과정을 마친 수환은 '졸업 대시험'에 통과한 아홉 명의 학생들과 함께 타게 교장신부를 따라 동성학교 을조 입학시험을 치르기 위해 서울로 가는 기차를 탔다. 대구에서 아침 일찍 떠났지만 서울역에 내렸을 때는 서쪽 하늘에 노을이 내렸다. 서울이 처음인 수환은 눈이 휘둥그레졌다. 남대문 쪽에서 생전 처음 전차를 탔다. 종로를 지나 당시 '창경원'이라 불리던 창경궁 앞에서 내렸다. 소신학교 과정이 있는 동성상업학교는 창경궁에서 멀지 않은 혜화동에 있었다. 학교에 도착한 수환과 다른 학생들은 평양교구에서 온 학생들과 함께 기숙사 식당에서 저녁식사를 한 후 잠자리에 들었다.

다음 날 아침, 운동장에 모인 을조 수험생은 모두 60명이었다. 두 반으로 나뉘어 시험을 봤다. 을조 입학시험은 갑조가 보는 일반 과목 외에 교리시험이 포함되어 있었다. 오후에 교리시험이 끝나자 을조 수험생들은 교무실에서 면접을 봤다. 갑조는 수험생이 너무 많아 1차 합격자를 추린 후 면접을 봤지만, 을조 수험생들 중에는 대구와 평양에서 온 학생이 많아 같은 날 치르게 했다.

면접관은 독실한 가톨릭 신자인 박준호 교장과 서무주임 겸 영어교사인 38세의 장면[21] 그리고 을조 기숙사 사감으로 소신학교 교장 역할

∝ 예비과 2학년을 마친 후 찍은 졸업사진. 위 왼쪽에서 세 번째가 김수환 추기경, 가운뎃줄 오른쪽에서 세 번째가 김재덕 주교다. 뒤에 '1936년 동성학교 시험 보러 가기 전날'이라고 쓰여 있다. 맨 앞줄과 두 번째 줄 일부 학생은 예비과 신입생들이다.

을 하고 있는 33세의 라가르드 신부[22]였다. 수험생들은 교무실 앞 복도에서 줄을 서서 기다리다 이름을 부르면 들어갔다.

수환의 차례가 되었다. 교무실로 들어간 수환이 허리를 숙여 인사하자 라가르드 신부가 물었다.

"스테파노는 언제부터 신품 성소를 품었느냐?"

"소학교 4학년 때부터입니다."

---

21   1899~1966. 박준호 교장이 서거하자 1936년 11월 교장에 취임. 훗날 주미대사, 국무총리, 부통령을 역임하였으며 4·19혁명 후 내각책임제하의 국무총리로 선출되었다.

22   Lagarde, 나 신부, 1903~1988.

당시 동성상업학교와 혜화동 일대. 왼쪽 위에 혜화문이 보인다. 오른쪽 가운데 보이는 학교 건물은 상업학교 학생들이 수업하던 갑조 건물이고, 왼쪽 뒤가 서울대교구·대구교구·평양교구가 연합으로 운영하던 을조(소신학교 과정) 건물이다.

수환은 차렷자세를 한 채 조금 떨리는 목소리로 대답했다.

"몇 대째 교우가정인가?"

"치명(순교)하신 조부님 때부터입니다."

라가르드 신부와 박준호 교장, 장면 서무주임이 동시에 수환의 얼굴을 쳐다보았다.

"언제 치명하셨나?"

"무진년 군난窘難[23] 때입니다."

라가르드 신부는 잠시 생각에 잠겼다가 물었다.

"그러면 김동한 가롤로의 동생인가?"

"예."

23　　병인박해 시작 2년 후인 1868년부터 1869년까지의 박해. 지금은 통칭하여 '병인박해'라고 부른다.

66

아,
김수환
추기경

수환은 자신도 모르게 어깨가 으쓱해지며 긴장이 풀렸다. 라가르드 신부는 고개를 끄덕이며 종이 위에 동그라미 표시를 했다. 순교자의 자손이고 형제가 사제를 지망할 정도면 최고의 가정환경이었다.

"스테파노는 왜 신부가 되려는가?"

이번에는 장면 서무주임이 물었다. 수환에게 성소가 있는지와 성소의 의미를 올바로 알고 있는지를 확인하는 질문이었다. 신학생들이 사춘기를 거치면서도 성소를 유지하고 신앙을 더욱 굳게 하기 위해서는, 성소를 확실히 갖고 있어야 했기 때문이다.

장면은 독실한 가톨릭 신자로, 용산신학교 최초의 세속 교사(신부가 아닌 일반인 교사)를 역임했고, 미국 유학 후 귀국해서는 좋은 자리를 다마다하고 평양교구청에서 일했다. 박준호 교장이 동성학교에 소신학교 과정이 생겼으니 도와달라고 해서, 영어와 수신을 가르치게 되었다.

수환은 갑자기 말문이 막혔다. 눈앞이 아뜩해지며 머릿속이 하얘지는 것 같았다. 이마에서 땀이 송골송골 나기 시작할 때, 타게 신부가 늘 강조하던 말이 생각났다.

"영혼과 육신과 일평생을 세속에 바치지 아니하고 오직 천주님께 바치기 위해서입니다."

"스테파노, 그러니까 왜 육신과 일평생을 천주님께 바치려는지 좀 더 구체적으로 대답을 해봐라."

수환은 다시 말문이 막혔다. 그는 다시 땀을 흘리며 예비과에서 배운 기억을 더듬었지만, 신부의 자세에 대한 훈화만 떠오를 뿐, 목적에 대한 훈화 내용은 떠오르지 않았다. 그래서 수신 시간에 줄리앙 신부에게 수없이 들었던 내용을 말했다.

"주 예수의 사랑을 실천하고 알리기 위해서입니다."

자신도 모르는 사이에 '예수의 사랑'이 중요하다는 걸 알게 되었던 것이다. 장면은 수환의 대답에 흡족한 미소를 지었다.

"좋은 대답이다. 그러면 성소가 흔들리지 않을 자신이 있는가?"

수환은 가슴이 뜨끔했다. 솔직히 아직도 천주님으로부터 부름을 받았는지에 대해 확신을 갖지 못하고 있었다. 그렇다고 잘 모르겠다고 대답할 수는 없었다.

"예."

수환의 대답에 장면은 그의 이름 옆에 동그라미 표시를 하면서 박준호 교장을 바라봤다. 그러나 박 교장은 이미 충분하다는 듯 고개를 끄덕이며 다음 학생을 부르자고 했다.

수환이 이마의 땀을 훔치며 교무실 밖으로 나오자, 복도 의자에 앉아 있던 타게 신부가 애썼다면서 운동장에 나가 기다리라고 했다.

수환이 운동장에서 서성이고 있는데 김재덕이 걸어오며 물었다.

"스테파노, 세속 과목 시험 잘 봤어?"

"어, 아오스딩. 다른 건 괜찮았는데, 산수는 어려워서 잘 못 봤다."

"나도 산수를 잘 못 봐서 걱정이 된다."

당시 동성학교 을조 산수시험 문제는 상업학교인 갑조에 비해서는 쉽게 출제되었다. 그래도 주로 교리를 공부해온 성유스티노 예비과 학생들에게는 어려웠다. 대구교구뿐 아니라 다른 교구 출신들도 마찬가지였다. 그러나 동성학교에서는 세속 과목을 따라오지 못할 것 같은 학생들은 모두 낙방시켰다. 그래서 그해 소신학교 과정은 정원 50명을 채우지 못하고 44명만 합격했다.[24]

---

[24]　김수환 추기경의 입학 동기인 최익철 신부의 증언에 의하면, 당시 불합격자는 소속 교구의 예비신학교로 돌아가서 1년을 더 공부한 후 다시 입학시험을 봤다고 한다.

이튿날 수환과 대구교구 학생들은 타게 신부를 따라 대구로 돌아왔다. 역에 도착하자 학생들의 가족들이 마중을 나왔고, 수환의 어머니도 셋째형 동한과 함께 그를 기다리고 있었다. 타게 신부는 학생들에게 합격자 발표가 3월 14일이라며, 그날 오전 10시까지 부모님 중 한 명과 함께 학교로 오라고 했다.

집으로 돌아온 수환은 초조하게 결과를 기다렸다. 만약 떨어진다면 큰형 때문에 속상해하고 계신 어머니의 근심이 더 커질 것 같았다. 형 동한은 그런 수환에게 틀림없이 합격해서 자신과 함께 학교를 다닐 거라며 위로했다.

3월 14일, 수환은 어머니와 함께 성유스티노 신학교로 갔다.

"스테파노, 니는 꼭 합격할 끼다. 천주님께서 그동안 이 어무이가 기도한 열성을 봐서라도 꼭 합격시켜주실 끼다. 그러니 너무 걱정하지 말고 마음을 가라앉히레이. 니는 순하고 착한 건 좋은데 너무 무뚝뚝한 게 걱정이다. 나중에 신부님이 돼서도 그렇게 무뚝뚝하면 신자들이 어려워한데이."

어머니는 수환이 벌써 신부라도 된 것처럼 걱정을 하셨다.

학교에 도착하자 이미 많은 학생들이 타게 신부 방 앞 복도에 모여 있었다. 잠시 후 타게 신부는 순서대로 학생들과 부모를 교장실 안으로 불렀다. 잠시 후 모두 환한 웃음을 지으며 나왔는데, 학생이 먼저 나오고 부모는 조금 후에 나왔다. 얼마 후 수환의 세례명을 불렀다. 수환은 심호흡을 하고 어머니와 함께 들어가 꾸뻑 인사를 했다. 타게 교장신부가 빙그레 웃으며 입을 열었다.

"스테파노, 합격을 축하한다."

수환은 다시 한 번 고개를 숙여 인사했다. 어머니는 십자성호를 그은 후 교장신부에게 인사를 했다.

△ 동아일보에 발표된 동성상업학교 합격자 명단. 1936
년 3월 14일자. 네모 표시 한자가 '김수환'이다.

"교장신부님, 스테파노를 잘 공부시켜주셔서 고맙습니다. 정말 고맙습니다……."

"스테파노가 지난 2년 동안 열심히 공부했습니다. 그러나 지금부터 하는 공부는 더 힘드니, 천주님께 더욱 열심히 기도해야 합니다."

"예, 교장신부님."

"그럼 스테파노는 먼저 나가거라."

교장신부의 말에 수환은 다시 한 번 꾸뻑 절하고 나왔다.

"스테파노 어머니. 가롤로도 동성학교에 다니고 있으니 아시겠지만, 교구에서는 장학금으로 학교 교육비와 기숙사비만 부담을 합니다. 교복, 구두, 사전 등 필요한 책은 각 가정에서 부담해야 합니다."

"예, 교장신부님. 잘 알고 있습니다."

"그럼 이달 말에 경성에 올라갈 때까지 준비 잘 시키고, 계속해서 열심히 기도하세요."

"예, 교장신부님. 정말 고맙습니다……."

어머니는 인사를 한 후 교장실을 나왔다. 그리고 며칠 후 어머니는 성요셉성당 신부님으로부터 수환의 이름이 포함된 동성상업학교 합격자 명단이 실린 동아일보를 전해받았다. 어머니는 흐뭇한 표정으로 신문을 바라보았다.

두 번째 단계,
소신학교

3

"가끔은 혼자서, 둘은 결코 안 되고, 늘 셋 이상."

1936년 3월 22일, 수환은 타게 교장신부와 대구교구의 합격생 8명 그리고 이미 소신학교에 다니고 있는 학생들과 함께 서울로 떠났다.[25] 입학식은 4월 5일이었지만, 3월 25일부터 사흘 동안 신입생 피정에 참석하기 위해 며칠을 더 앞서 출발했다. 어머니와 둘째형과 형수 그리고 두 누나가 나와 서울로 가는 두 형제를 향해 힘차게 손을 흔들어주었다.

수환은 형과 함께 학교를 다니게 되었다는 사실이 기뻤다. 그는 열차 창문을 통해 산언덕에 활짝 핀 노란 개나리를 바라보다 옆에 앉은 동한

---

25   동성학교 율조 과정은 김수환 추기경의 동창인 최익철 신부의 증언, 《월간조선》 1986년 5월호 오효진과의 인터뷰, 이원순의 《소신학교사》(교회사연구소, 2007), 《동성 100년사》(동성중고등학교, 2011), 임충신 신부의 《노사제가 만화로 남기는 소신학교 이야기》(가톨릭출판사, 1998)를 참고로 재구성했다. 강론과 훈화의 내용은 김수환 추기경의 증언, 어투는 1936~1940년 《경향잡지》를 참고했다.

∝ 대구교구 신학생들의 사진. 1936년 동성학교 을조 1학년 때 모습으로, 맨 뒷줄 오른쪽이 김수환, 앞에서
두 번째 줄 가운데가 형 동한이다.

에게 물었다.

"형아, 지난번 시험 보러 갈 때 보니까 학교 옆에 앵두나무가 잔뜩 있
던데 그거 따먹어봤나?"

당시 혜화동 로터리 일대는 동성학교 운동장이었고, 그 옆 명륜동 일
대는 앵두밭과 우거진 숲이었다.

"니는 언제 그걸 봤노?"

동한이 웃으면서 물었다. 수환은 어렸을 때부터 자연에 대한 감수성
이 예민했다. 아버지가 돌아가신 일곱 살 때 하관을 위해 파낸 흙을 보
고 둘째형인 필수에게 "형님, 땅이 참 깨끗하고 좋네요"라며 아버지가
좋은 곳에 누우신다고 말하기도 했다. 어려서부터 감수성이 발달해서
였을까, 그는 동성학교 을조 2학년 때까지 열심히 시를 썼고, 추기경에

서임된 후에도 가끔 시를 썼다.

주여, 당신이 보고 싶습니다.
당신과 만나고 싶습니다.
당신과 함께 살고 싶습니다.
목숨 다하는 그날까지
당신과 함께 영원을 향하여 걷고 싶습니다.
형제들을 위한 봉사 속에
형제들을 위한 가난 속에 그들과 함께 모든 것을 나누면서
사랑으로 몸과 마음 다 바치고 싶습니다.

_〈나의 기도〉 부분, 1979년

동한의 물음에 수환도 웃으며 대답했다.

"전차에서 내려서 학교까지 걸어가다 봤다."

"눈도 밝다. 갑조 학생들은 쉬는 시간에 몰래 운동장 측백나무 울타리를 빠져나가 몇 전 주고 한 봉지 사와서 수업 시간에 몰래 먹는 애들도 있다는 얘기는 들었지만, 우리 을조 학생들은 양심이 있어서 규칙 위반을 안 한다. 산보 가는 자유 시간에 지나가다 사먹는 애들이 있기는 하다."

"경성에서는 앵두도 돈 주고 사나?"

"그렇다. 성유스티노 예비학교에서 소풍 갈 때는 산에 있는 앵두라 그냥 따먹었지만, 경성에서는 사람들이 앵두나무를 키워서 판다. 그래도 그 명륜동 앵두가 경성에서는 알아주는 명물이라 카더라."

수환은 앵두를 돈 주고 사먹어야 한다는 말에 잠시 시무룩해졌다. 아직도 가정 형편이 어려워 교복도 동한이 입던 걸 물려입었고, 영어와

라틴어 사전도 형처럼 친구들 걸 빌려봐야 할 정도였으니, 용돈은 꿈도 꿀 수 없었다.

피정을 마친 후 입학식이 끝나자 소신학교 학생들은 두 줄로 서서 언덕 뒤편에 있는 소신학교 건물로 올라와 교실로 갔다. 라가르드 신부가 입학 훈화를 했다.

"이제 너희들은 영혼과 육신과 일평생을 세속에 바치지 아니하고 오직 천주께 바치기 위하여 소신학교에 들어왔다. 너희들이 신품 성소를 갖게 된 건 참으로 거룩하고 아름다운 일이다. 그러나 천주님의 부름을 받는 자가 되기 위해서는 학생 스스로가 합당한 노력을 해야 신품을 받는 것이지, 누구나 다 간선자(선택자)가 되는 것은 아니다. 이제 너희들은 발에 묻은 세속의 티끌과 먼지만 떨어버릴 뿐 아니라, 세속의 행동과 태도를 다 버리고 순직한 마음으로 들어가서 예수성심 속에서 거룩히 살며 공부해야 한다. 오직 거룩한 덕과 거룩한 학업을 숭상하여 주야시각에 거룩한 목적으로만 나아가기 위하여 열심히 기구하여야 한다. 이 신품학교(신학교의 별칭)는 각 교구와의 관계가 막중하고 필요한 집이니, 실로 못자리²⁶와 같아 각 교구의 소년들을 간택한 것이니, 너희 신생들은 매일 염경과 주일과 파공 첨례날(대축일) 미사뿐 아니라 매일 미사와 미사복사 그리고 성체강복을 하면서, 예수성심 속에서 세속의 죄악을 멀리하는 학생들이 되기 바란다."

소신학교 일과는 예비신학교와 비슷했다. 30분 빠른 5시에 일어났고

---

26   라틴어에서 신학교를 뜻하는 세미나리움(seminarium)은 '못자리'라는 뜻이다. '못자리'에서 어린 벼를 길러 논으로 옮기듯, 사제 성소를 품고 있는 어린 학생들을 교육시켜 교회를 위해 봉사할 수 있도록 만드는 곳이기 때문이다.

∝ 동성학교 을조 건물. 왼쪽 1~2층에 교실과 자습실, 3층은 침대가 있는 침실, 중앙은 사감신부와 영성지도 신부의 사무실과 교무실, 오른쪽 1층에 식당, 2~3층에 해당하는 부분에 성당이 있었다. (최익철 신부 증언)

2층의 성당에 가서 아침미사로 하루를 시작했다. 6시 30분부터 7시까지 아침식사를 했다. 그러나 식사가 끝나면 예비신학교 때처럼 운동장으로 나가지 않고 식당, 기숙사, 성당 청소를 했다. 상급생 청소부장이 있어, 신입생들에게 담당 구역을 정해주고 감독도 했다. 마룻바닥은 물 청소를 하고, 일주일에 한 번은 마루에 밀초를 입혀서 문질러 반짝반짝 광택이 나도록 닦은 후 검사를 받았다. 감독하러 온 상급생들도 신입생들과 함께 마루에 엎드려 초칠을 하고 걸레로 닦았다. 말로 시키는 것이 아니라 행동으로 가르쳤다.

청소를 끝내고 잠시 휴식을 취한 뒤 8시에 갑조 운동장으로 내려가서 갑조 학생들과 함께 조회에 참석했다. 박준호 교장의 훈시가 끝나면 선생님 몇 분이 올라와 지시사항과 주의사항을 알려줬다. 조회가 끝나면 체육교사가 단상에 올라갔다. 학생들은 교복 윗도리를 벗고 체육교사를 따라 15분 동안 체조를 했다. 그리고 학년별로 두 줄을 지어 교실로 돌아갔다.

수환의 반은 모두 44명이었다. 대구교구 9명, 서울교구 25명, 평양교구 10명. 전국에서 온 학생들이 모여 있다 보니 휴식 시간에는 팔도 사투리가 어우러졌다. 반장은 나이가 가장 많은 최찬옥이 맡았다. 그는 같은 반에 있는 최익철의 조카였지만 나이는 한 살 많았고, 반에서 가장 연장자라 반장이 된 것이다. 교실에서는 나이순으로 앉았다. 수환은 자신보다 생일이 한 달 빠른 서울교구 출신 김정진과 짝이 되었고, 5년을 옆자리에서 지냈다. 졸업 후에 일본 유학도 같이 갔고, 1943년 1월 20일 부산 부두에서 함께 학병으로 끌려갔다. 그리고 광복 후 대신학교에서 다시 만나 함께 사제의 길을 걸었다.

기숙사에는 라가르드 사감신부 외에 한 명의 신부가 더 있었다. 공베

1936년 입학생 중 사제 서품자 명단

김수환(추기경, 서울대교구장 역임), 지학순(주교, 원주교구장 역임), 김재덕(주교, 전주교구장 역임), 최석우(한국교회사연구소 설립 및 소장 역임), 최익철, 김영일, 김정진, 최동오, 신종호, 구전회, 박지환, 이철희, 정덕진, 박동섭, 강만수(한국전쟁 때 순교), 서운석(한국전쟁 때 순교), 김이석(한국전쟁 때 순교), 최상준(한국전쟁 때 순교). 당시 소신학교 입학생 중 무사히 5년 과정을 마친 후 대신학교에 가서 신부가 된 학생은 모두 18명이었다. 동성학교 을조 역대 졸업생 중 가장 많은 수였다. (일반 학교 과정인 갑조 출신 나상조는 서울대 졸업 후 대신학교에 입학해서 신부가 되었다.) 김수환 추기경의 형 김동한이 입학한 1934년 45명의 학생 중에서는 10명, 그 이듬해인 1935년에는 8명, 1937년에는 6명이 사제 서품을 받았을 뿐이다. 1936년 입학생 중에서는 훗날 추기경 한 명과 주교 두 명이 배출되어 1970년대 한국 천주교에서 큰 역할을 했다.

르 신부였다. 그는 '양심 성찰 지도(영성 교육)'와 고해성사를 담당했다. 그래서 학생들은 그를 '양심신부' 혹은 '지도신부'라고 불렀다. 가톨릭에서 '양심'은 사제가 끝까지 지켜야 할 중요한 가치이기 때문에 소신학교 때부터 양심을 지키는 훈련을 했다. 시험 때도 감독관 없이 양심껏 답안지를 작성하게 했다.[27]

신앙 훈련은 매일 아침에 드리는 미사 외에도, 오후에 성체조배 그리고 공베르 신부로부터 '양심 성찰' 지도를 받았다. '양심 성찰'은 공베르 신부가 성경의 한 구절을 읽어주면 학생들이 10분 동안 성경이나 십계명에 어긋나는 행동을 했는지 생각하는 시간이었다. 이틀에 한 번씩 '양심 성찰'에 따라 지은 죄를 고백하는 고해성사를 의무적으로 봐야 했다. 그리고 고해성사를 봤다고 쓴 '성사표'를 사감신부에게 제출해야 했다. 만약 이틀 동안 지은 죄가 없으면 고해소(고해성사를 보는 곳)에 가서 "죄가 없으니 강복이나 해주십시오"라고 한 후 성사표를 제출하는 학생도 있었고, 죄가 없어서 아예 고해소에 들르지 않고 성사표를 제출하는 학생도 있었다. 저녁식사 후에는 15분 동안 묵주기도를 했다.

오전 수업은 9시에 시작해서 12시까지 세 과목을 공부했다. 모든 학년의 첫 시간은 라틴어 수업이었다. 라틴어가 천주교회의 공용어처럼 사용될 때라 매일 한 시간씩 배웠다. 학교에 상주하는 두 명의 신부 외에도 한국인 신부 세 명이 라틴어 교육 담당 강사로 와서 지도했다. 라틴어는 문법이 까다롭다. 동사와 형용사의 변화가 있고, 명사의 경우에는 남성·여성·중성의 변화가 심해 변화의 법칙을 철저히 암기한다

---

27   최익철 신부의 증언에 의하면, 시험 때 시험감독이 없었지만 다들 양심이 있어서 커닝하는 학생은 없었다고 한다.

∝ 소신학교의 라틴어 수업 광경.

는 것은 쉽지 않은 일이었다. 교사신부들은 발음이 틀리거나 문법이 틀리면 면박을 주며 매일 까다로운 숙제를 냈다. 언어 자체는 논리적이고 과학적으로 구성되어 있지만 열심히 하지 않으면 진도를 따라가기가 어려웠다. 학기가 끝날 때 시험에서 다른 과목이 괜찮아도 라틴어 성적이 60점 미만이면 다음 학기에 학교로 돌아올 수 없었다. 라틴어는 진도를 따라가지 못하면 다시 쫓아가기가 힘들기 때문이다. 수환은 변화되는 규칙을 암기하고 응용을 해보면서 라틴어를 익혔다.

12시부터 한 시간 동안 점심식사를 하고 휴식을 취했다. 오후 수업은 5시까지 네 과목을 공부한 다음, 한 시간 복습을 했다. 수업 후 휴식 시간에도 복도에서는 이야기를 못하게 했기 때문에, 친구들과의 대화는 교실이나 운동장에서 해야 했다. 그래서 학생들은 복도를 '침묵의 복도'라고 불렀다. 기숙사에서도 저녁식사 후부터 다음 날 아침 기상 때까지는 '침묵의 시간'이었다. 하느님을 깊게 만나기 위한 영적 훈련이었다.

학교 수업이 끝나면, 성당에서 성체조배를 하고, 7시부터 30분 동안 저녁식사를 했다. 7시 30분부터 한 시간 동안의 자유 시간 후에는 다시 30분 동안 자습실에서 복습을 하고 9시에 '하루 마침 기도'를 하고 취침을 했다. 빨래는 일주일에 한 번씩 번호표가 달린 자루에 담아 빨래실로 보냈다.

청소년기로 접어드는 열네 살에 세상과 단절된 생활을 하는 것은 어린 나이이던 예비신학교 때보다 더 어려운 일이었다. 그래서 소신학교 신학생들은 입학 후 선배들로부터 전통적으로 내려오는 "가끔은 혼자서, 둘은 결코 안 되고, 늘 셋 이상 다니라(raro unus, nunquam duo, semper tres)"는 경구를 전달받았다. 같은 길을 가는 동료들과 우정을 나누지만, 지나치게 한 친구에게 의존하지는 말라는 경구였다. 그래서 수환은 대구에서 함께 올라온 김재덕, 이철희 그리고 짝인 김정진 외에도 지학순, 정덕진, 박지환 등과 가깝게 지냈다.

수요일 오후에는 의무적으로 산보 가는 일과가 있었다. 매일 똑같이 반복되는 일상에서 벗어나 자연 속에서 휴식을 취하고 오라는 배려였다. 그러나 라가르드 신부와 공베르 신부는 학생들에게 창경궁 쪽으로는 가지 못하게 했다. 당시 창경궁에는 동물원이 있어서 구경하러 오는 여학생이 많았기 때문이었다. 두 신부는 강론이나 훈화 시간에 "여자를 조심하고 가까이하지 마라. 여자는 마귀 같은 존재여서 유혹당하기 쉬우니 얼굴도 쳐다보지 마라"는 말을 수도 없이 했다.

산보는 주로 저녁식사 시간 전에 학교로 돌아올 수 있는 성북동 계곡이나 정릉 골짜기로 갔다. 학생들은 친한 친구들끼리 삼삼오오 이야기를 하며 길을 걸었고, 한적한 나무숲 그늘이나 시냇가에서 산책을 했다. 토요일 오후와 일요일에는 자유 시간이 있어 정구, 농구, 축구, 탁구 같은 운동을 했다.

수환은 일요일 아침미사 후 친구들과 함께 북한산에 올라가곤 했다.

"기숙사 생활을 했는데, 거의 매주 북한산 꼭대기에 올라가 막 소리도 지르고 노래도 부르고 그랬어요. 내려올 땐 반 시간이면 내려왔지요. 요전에도 제가 북한산을 바라보며 '내가 저 산엘 옛날에는 자주 올라갔는데……' 하고 생각했지요."_《월간조선》 1986년 5월호 인터뷰

이 드로잉은 2007년 동성학교 개교 100주년 행사 때 '바보야' 자화상과 함께 출품한 작품이다. 그가 서울대교구장직에서 은퇴한 후 북한산을 자주 가고, 동성학교 개교 100주년 행사 때 북한산 그림을 그려서 출품한 이유도 바로 학생 때의 추억 때문일 것이다.

∝ 김수환 추기경의 북한산 드로잉.

당시에는 수유리까지 교통편이 없어 정릉에서 올라갔다. 계곡을 따라 산길을 올라가면 북한산성 14문 중의 하나인 보국문이 나왔고, 오른쪽 성벽을 따라가면 힘들지 않게 백운대 부근까지 갈 수 있었다. 하늘은 바로 위에 보이고 세상은 아래에 있었다. 성聖은 가깝고 속俗은 멀었다. 그는 친구들과 함께 성가도 부르고 소리도 질렀다. 하늘에서는 대답이 없었지만 건너 산에서는 대답이 들려왔다.

세속 과목은 영어, 불어(선택), 조선어, 일어, 역사, 수신, 지리, 수학, 물상(물리), 생물, 음악, 서도(서예), 체육 등이었다. 교사는 한국인과 일본인을 합쳐 15명 정도였고, 그들은 담당 시간에 소신학교로 올라와서 수업을 했다.

갑조 선생님들이 가르치는 세속 과목은 수환의 호기심을 충족시키면서 새로운 세계에 눈뜨게 했다. 특히 미국 유학을 다녀온 장면 선생 시

간이 재미있었다. 장면은 수신과 영어 두 과목을 가르쳤다. 영어 시간에는 미국 맨해튼대학에 다닐 때(1921~1925)의 경험담과 뉴욕의 풍물에 대해서도 들려주곤 했다. 앞으로 만나게 될 넓고 큰 세상을 알려주기 위해서였다. 그러나 미국에 대한 정보를 접하지 못했던 학생들은, 장면 선생의 이야기를 재미있게 들으면서도 믿기 힘들다는 표정을 지었다. 영어 시간이 끝나면 둘러앉아 미국에 대한 각자의 생각을 말했다.

"나는 미국이라는 나라가 아무리 발전했어도 30층, 40층짜리 건물이 수두룩하다는 게 잘 믿어지지가 않는다."

"그렇지만 요왕 선생님(장면의 세례명이 요한이었다)이 우리에게 거짓말이야 하겠어?"

"그래도 과장이 좀 있는 거 아닐까?"

"나도 그런 생각이 들기는 한다. 지진이라도 나면 다 무너질 텐데, 그렇게 높은 건물을 많이 지었다는 건 아무래도 과장된 것 같다."

"뉴욕(뉴욕의 당시 발음)은 지진이 안 일어나는 도시라고 말씀하시지 않았나? 그래서 몇 년 전에는 100층짜리 마천루(엠파이어스테이트 빌딩, 1931년 완공)도 지었다고 하셨고……."

"그게 높이가 400미터라는데, 그러면 우리 학교 운동장을 네 개 합해서 올려놓은 것과 같은 거다. 나는 믿어지지가 않는다. 진짜 그렇게 높으면 세우기도 전에 쓰러질 텐데."

학생들은 중구난방으로 떠들었다. 그러나 이야기는 다람쥐 쳇바퀴 돌 듯 아무런 결론도 나지 않았다. 수환은 그렇게 미국이라는 나라를 알게 되었다.

수환이 기숙사 생활에서 감명 깊게 느낀 부분은, 형 동한을 비롯한 상급생들의 모범적인 생활이었다. 상급생들은 공식적인 자리에서는 신입생들에게도 존댓말을 했다. 청소 때에도 먼저 실천을 하면서 모범을 보였고, 궁핍한 것이 없는지 불편한 건 없는지 알게 모르게 보살피고 도움을 줬다. 수환은 상급생들이 행동으로 모범을 보이는 모습을 보면서, 훌륭한 말보다 더 중요한 것이 실천이라는 걸 체험으로 느꼈다.

7월 중순, 방학이 가까워지자 학생들은 성모상 앞에서 '9일기도'[28]를 드리기 시작했다. 기도를 드릴 때는 무릎을 꿇었고, 라틴어 성가인 '오 예수'를 부른 후 일어났다. 방학 중에도 "세속과 마귀와 육신의 간교한 유혹에서 우리를 지켜주시고, 쟁기를 잡고 뒤를 돌아보는 자는 당신 사람 될 자격이 없으니, 불러주신 그 길을 성실하게 걸어갈 수 있도록 도와달라"는 내용이었다. 학생들은 당시 이 구절을 '신부가 되려고 마음먹었으면 딴마음 갖지 마라. 특히 여자를 멀리하라'는 뜻으로 받아들이며 불렀다. 수환은 방학한다는 기쁨에 소리 높여 불렀지만, 쟁기를 잡고 뒤를 돌아보는 자는 하느님 나라에 합당하지 않다는 루카복음 9장 62절 말씀은 그의 마음속 깊은 곳으로 내려왔다.

9일기도가 끝나고 방학 날이 되자 라가르드 사감신부는 신학생들에게 훈시를 했다.

"모두들 집에 돌아가서도 신덕을 굳세게 하고 천주님을 사랑하는 마음을 더욱 열렬히 갖기 바란다. 좋은 성직자는 신학교에서 가르치는 것으로만 되는 것이 아니라, 가정에 돌아가서도 독실한 가톨릭 생활을 해야 한다. 그래야 신덕의 뿌리가 깊이 박히고 기초가 튼튼하여지고, 후에 많은 결실을 낼 것이다. 세 살 버릇이 여든까지 간다는 조선의 속담은, 어려서 얻은 습관의 힘이 얼마나 강한지를 말하는 것이다. 그래서

---

28 9일이라는 숫자는 예수님이 승천하신 후 제자들이 성령을 받기 위해 예루살렘에 머물러 9일 동안 기도한 다음 10일 만에 성령이 강림하셔서, 새로운 은혜를 받고 만방에 퍼져 복음을 전했다는 데서 유래되었다.

청소년 시절에 신앙의 씨를 두터이 묻어주고 거룩한 생활을 길들여야 한다. 무엇보다도 언어에 삼가고 품행이 단정하며 수계범절에 충실하기를 바란다.”

훈시를 마친 라가르드 신부는 학생들에게 성당에 가는 길에도 여자가 보이면 눈을 감고 가라면서, 사춘기 학생들이 유혹에 빠지지 않도록 신신당부했다. 그리고 각자의 본당에 가서 신부님을 도운 후 개학할 때 그 증명서를 받아오라고 했다.

수환은 형 동한과 대구교구 신학생들과 함께 서울역에 가서 대구로 가는 기차를 탔다.

둘째형 집에 도착한 수환과 동한은 모자를 벗고 어머니에게 큰절을 했다. 어머니는 제법 의젓해진 셋째 동한과 막내 수환을 바라보며 흐뭇한 표정을 감추지 못했다.

“스테파노, 학교 공부는 어렵지 않으냐?”

“할 만합니다.”

“형하고는 자주 만나고?”

그가 머리를 긁적이며 우물거리자 형 동한이 나섰다.

“어무이, 같은 학교를 다니기는 하지만 학년이 달라 함께 어울릴 시간은 없습니다. 미사 드릴 때와 밥 먹을 때 그리고 조회 시간에 멀리서 얼굴만 보는 정돕니다.”

동한의 대답에 어머니는 고개를 끄덕였다.

“스테파노, 그러면 동무는 많이 사귀었냐?”

“예.”

어머니는 그의 퉁명스러운 대답에, 그러면 그렇지 무뚝뚝한 성격이 하루 이틀에 바뀌겠냐고 생각했다.

“그럼 이제 너도 나전말을 할 줄 알겠구나.”

"그건 아직도 잘 모릅니다."

"어무이, 스테파노 말이 맞심더. 나전말은 어려워서 저도 아직 끙끙 댑니다."

"그래도 너무 기죽지 말고 공부 열심히 해서 너희 둘 다 꼭 신부님이 되어야 한데이. 그래야 내가 너희들 조부님과 아버지를 만났을 때 얼굴을 들 수 있다……. 아무튼 먼 길 내려오느라 고생들 했다."

그때 둘째형수가 밥상을 들여왔다. 두 형제는 생일상처럼 차려진 밥상을 보며 어머니를 바라봤다.

"어무이요, 우리는 학교에서 잘 먹습니더……."

"형 말이 맞습니다."

"아니다. 그래도 어디 집에 밥만 하겠느냐. 우리는 미리 먹었으니, 너희들 많이 묵으라."

어머니는 둘째형수와 함께 방을 나갔다. 형제는 고개를 숙인 채 밥을 제대로 먹지 못했다.[29]

수환과 동한은 대구교구청 바로 아래에 새로 지은 성요셉성당에 가서 파이예Paillet(한국 이름 방약종) 신부를 도와 미사를 준비하고, 미사복사와 심부름을 했다. 어머니도 매일 미사에 참례하면서 두 아들의 모습을 흐뭇하게 지켜보았다.

그러나 둘째형의 벌이는 신통치 못했고, 집안 형편은 어려움의 연속이었다. 하루는 집에 들어가려는데 형수가 부엌에서 어머니에게 "내일 아침 먹을 쌀이 떨어졌다"며 걱정하는 소리가 들렸다. 그는 발길을 멈

---

[29]   "방학이 되어 큰 작은아버지(김동한 신부)와 작은아버지(김수환 추기경)가 집으로 오시면 할머니께서는 평소 먹지 못하던 고기 등 좋은 반찬을 밥상에 올려주시던 모습이 기억납니다." (조카 김병기 증언, 가톨릭신문 2009년 4월 26일자)

칫한 채 고개를 떨궜다. 가슴이 아렸다. 그러나 그가 집안의 경제를 위해 할 수 있는 일은 없었다.

다음 날 아침에도 밥상은 들어왔다. 어머니가 아는 교우 집에 가서 꾸어오셨으리라 짐작하는 건 어렵지 않았다. 어머니는 그렇게 신부가될 두 아들을 위하셨다. 자식들을 위해서라면 열 번, 백 번이라도 목숨을 내놓으실 분이었다. 그래서 어머니는 두 형제에게 특별한 존재였다.

방학은 금세 끝났고, 형제는 학교로 돌아갔다. 그해 가을 박준호 교장선생이 병으로 세상을 떠나고, 서무주임이던 장면 선생이 교장이 되었다. 그때부터 그는 공무가 바빠 영어를 가르치지 않고, 수신 과목만가르쳤다. 수환과 학생들은 그에게 더 이상 미국 이야기를 듣지 못하는걸 아쉬워했다.

1937년 봄, 15세 소년 수환은 소신학교 2학년 학생이 되었다. 동기생중 한 명이 라틴어 과락으로 학교로 돌아오지 못했다. 두 명은 결핵으로 중퇴를 했다. 당시 결핵은 우리나라뿐 아니라 전세계적으로 공포의전염병이었다. 훗날 주교가 된 지학순도 4학년을 마친 후 결핵에 걸려휴학을 하고 평양 부근인 중화의 집에 가서 요양했다. 다행히 몇 년 후완치되어 함경남도에 있던 덕원신학교에 편입을 했다가, 한국전쟁 때월남해 대신학교에서 김수환과 함께 신부 수업을 계속했다.

2학년 교과과정은 수준이 조금 높아졌을 뿐 1학년 때와 거의 같았다. 훈화와 강론도 계속되었다. 그는 사랑이라는 단어에 점점 익숙해졌고, 어떤 날은 사랑이 가슴속에 와닿을 때도 있었다. 하루는 라가르드 사감신부가 이런 훈화를 했다.

"나라를 사랑할 줄 알고 나라를 사랑하는 애국심이 뜨거울수록 그나라는 점점 강성하여지느니, 이는 과거의 역사가 가르쳐주는 사실이다. 보라, 조선 역사에도 나라에 중대한 일이 생기면 조정으로부터 서민에 이르기까지 얼마나 흥분된 마음으로 일제히 나아가 나라를 위하여 맹렬히 활동하였는가. 자기 나라를 사랑하는 뜨거운 애국심이 있기 때문이다. 세속의 자녀들이 자기 나라를 사랑하는 마음이 이와 같이 맹렬한 것처럼, 우리들은 주 예수의 나라의 백성이 되어 천주교회를 사랑하여야 한다. 교회를 사랑함은 곧 주 예수를 사랑함과 같다."

수환은 이 훈화를 들으면서 자신의 이마에 남아 있는 흉터를 만져보았다. 선산에서 군위로 이사 오기 직전인 네 살 때 생긴 상처였다. '그렇지. 어릴 때였지만 형이 일본 아이들과 싸움을 하니까 나도 모르게 울분이 일어 덩달아 싸움에 끼어들었다가 돌멩이를 맞은 거지. 그럼 그때 나도 사랑하는 형을 위해 희생한 거라고 할 수 있겠지?' 하는 생각이 들었다. 사랑을 하면 자신을 희생할 수 있다는 말의 뜻을 어렴풋이 이해하기 시작한 것이다.

일상의 반복 속에 다시 여름방학이 되었다. 수환은 형과 함께 집에 가서 여름방학을 보내고 다시 학교로 돌아왔다.

2학기가 시작되고 두 달이 지났을 즈음, 수환은 고민에 빠졌다. 나약한 성격에 단점투성이인 자신을 극복할 자신이 없었다. '내가 신부가 될 수 있을까? 이런 내가 꼭 신부가 되어야 하나?' 하는 생각이 들었다. 자신감이 없어질수록 신부가 되기에는 부족한 부분이 너무 많다는 자격지심이 마음을 억눌렀다. 아무리 생각해도 천주님께서 원하시는 모습의 사제가 될 자신이 없었다. 기숙사의 겨울이 너무 춥고 어머니가 보고 싶어서 집에 가고 싶었던 성유스티노 예비과 시절과는 다른 차원의 흔들림이었다.

기도를 하면서 마음을 다잡으려고 노력했지만, 무너진 자신감과 의욕은 회복되지 않았다. 시간이 흐를수록 수업조차 듣기 어려운 상태가 되었다. 그는 기숙사 사감 라가르드 신부를 찾아갔다.

"신부님, 머리가 몹시 아파서 수업을 못 듣겠습니다."

"오, 스테파노. 그러면 머리가 나을 때까지 기숙사에서 쉬거라."

"예, 신부님."

그는 기숙사에 누워 신부님이 위로의 빵을 갖다주기를 기다렸다. 사감신부님께서 몸이 아파 누워 있는 학생에게 빵을 갖다주신다는 말을 들었던 것이다. 그는 가끔 간식으로 나오던 그 달콤한 빵을 생각하며 계속 신부님을 기다렸다. 정 못 참겠으면 집에 가서 휴양을 하고 오라는 말씀을 하실지도 모른다는 기대감도 있었다. 그러나 이틀이 지나도 신부님은 빵을 갖다주시기는커녕 방문조차 하지 않으셨다.[30]

그는 아무래도 '꾀병 작전'은 실패한 것 같다고 생각하며, 다시 교실로 가기 위해 침대에서 일어났다. 그때 옆자리에 누워 있던, 가끔 그와 이야기를 나누던 상급생이 물었다.

"스테파노, 너는 어디가 아프기에 이틀 동안이나 누워 있는 거냐?"

"그러니까 제가요…… 머리가 몹시 아픕니다."

"다른 데 아픈 데는 없고?"

선배는 의사라도 되는 것처럼 물었다.

"머리만 아픈 게 아니라 얼굴 전체도 아프고, 잇몸도 좀 아픕니다."

"내 그럴 줄 알았다. 너, 코도 아프지?"

선배의 말을 듣고 생각해보니 코도 조금 아팠다. 그가 화들짝 놀라며 얼른 되물었다.

"예, 선배님. 맞습니다. 그런데 그걸 어떻게 아셨습니까?"

---

30   구술 회고록인 《추기경 김수환 이야기》(평화방송 · 평화신문, 2009) 63쪽.

"그럼 그렇지. 너 지금 코로 숨 쉬기가 힘드니까 입으로 숨 쉴 때가 많지?"

그러고 보니, 코가 답답해 입으로 숨을 쉴 때도 있는 것 같았다.

"맞습니다, 선배님. 그런데 선배님은 어떻게 그렇게 잘 아세요?"

"어, 우리 아버님이 한의를 하셔서 환자 진맥 보실 때 옆에서 보고 들은 거다. 흠흠."

"그러면 제가 무슨 병에 걸린 건가요?"

"내 생각에, 너는 축농증이다."

처음 듣는 병이었다. 수환은 겁이 난 목소리로 조심스럽게 물었다.

"선배님…… 혹 축농증이라는 병이 결핵처럼 위험한 건가요?"

그의 물음에 선배는 빙긋이 웃으며 대답했다.

"스테파노, 무서운 병은 아니니 걱정할 건 없다. 축농증은 폐가 약하고 열이 많아서 생기는 병인데, 흠…… 치료하려면 시간도 걸리고 좀 고약하지만 유근피(느릅나무 뿌리껍질)에다 칡뿌리, 도라지, 생강, 무, 마늘을 함께 넣어 달여 마시면 된다. 그리고 몇 가지가 더 있는데, 갑자기 기억이 안 나네…… 아, 감초도 집어넣는다고 하셨다."

"선배님, 대단하시네요. 한의사 하셔도 될 뻔했는데, 선배님은 어디가 아프세요?"

"나는 위장이 안 좋다. 그래서 가끔 위에서 경련이 일어나면 꼼짝 못하고 누워 있어야 한다."

수환은 고개를 끄덕이며 자리에서 일어나 라가르드 신부 방으로 가서 문을 두드렸다.

"오, 스테파노. 이제 좀 괜찮으냐?"

"신부님, 제가 아무래도 축농증에 걸린 것 같습니다."

사감신부는 고개를 갸우뚱하며 물었다.

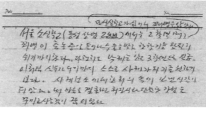

∞ 2005년 1월 29일 일기.

"서울 소신학교(동성상업 을조)에서는 2학년 때 다시 신학교가 싫어서 꾀병을 앓았다. 꾀병이 축농증으로 드러나 수술을 받고 한 학기를 완전히 쉬기까지 했다. 다행히도 낙제는 하지 않고 3학년으로 진급. 이처럼 신부가 되기까지 스스로 사제가 되기를 원하기보다 사제 성소에 대한 회의 속에 보낸 시간이 더 많다. 내 마음은 결혼하고 처자식과 단란한 가정을 꾸미고 사는 것이 꿈이었다."

"스테파노, 너 축농증이 어떤 병인지 아느냐?"

"저는 잘 모르는데, 옆에 누워 있던 선배님께서 제가 머리, 얼굴, 잇몸이 아프고 코로 숨을 잘 못 쉰다고 했더니 축농증 같다고 하셨습니다."

"그래? 그렇게 여러 군데가 아프면 진작 자세히 말했어야지."

라가르드 신부는 혀를 찼다.

"스테파노, 그럼 내가 써주는 편지를 갖고 우리 성교회(천주교회)에서 운영하는 성모병원엘 가거라. 명치정(명동)에 있다. 거기 가면 수녀님도 많이 계시니까 편지를 드리면서 동성 소신학교에서 왔다고 하면 얼른 진찰받을 수 있을 거다."

수환은 곧바로 신부님이 소개해준 성모병원에 가서 진찰을 받았다. 선배의 말대로 축농증이라는 진단이 나왔다. 결국 그는 수술을 받은 후 휴양을 위해 대구로 내려갔다.

식민지 소년의
분노

4

"신부는 기도실에서 울다가도 세상에 나와서는 미소를 잃지 않아야 한다."

| 공베르 신부 |

1938년 봄, 학교로 돌아온 열여섯 살의 수환은 3학년이 되었다. 몇 달을 쉬고도 진급을 할 수 있었던 이유는 어학 성적이 좋았기 때문이었다. 당시 소신학교 교과 채점 방법은 일주일 수업 시간에 100을 곱한 숫자를 만점으로 계산한 후 전체 평균을 냈다. 매일 수업이 있던 라틴어는 600점, 영어는 400점, 불어는 200점, 수학은 200점, 체육은 100점이 만점이었다. 그래서 입원하기 전까지 어학을 잘했던 수환이 몇 달학업을 쉬고도 전체 평균 점수가 낙제점을 넘어 진급할 수 있었다.

수환이 친구들과 반갑게 해후한 것도 잠시였다. 지난 한 학기 공부를 따라잡으면서 새 학년 진도를 쫓아가는 일이 급했다. 또 라가르드 신부와 공베르 신부의 훈화와 강론을 들으면서 다시는 신품 성소가 흔들리지 않겠다는 각오를 굳게 다지는 일도 중요했다. 하루는 라가르드 신부가 이런 훈화를 했다.

"글에는 거룩한 글, 착한 글도 많거니와 악하고 해로운 글도 이 세상에 적지 않다. 해로운 글에는 여러 종류가 있지만, 소설에도 해로운 글이 있고, 이를 읽어 해를 받는 경우가 많다. 세속 학생들은 이런 소설을 봄으로써 '문자를 배운다', '말을 잘 꾸리는 법을 배운다', '구변을 배운다'고 평계하지만, 그런 글을 재미있게 보며 정성으로 읽다가 부지중에 영신 상에, 특히 청소년은 뇌가 연하고 감각이 민첩한 고로, 그 소설에 있는 글과 생각이 오래 남아 있게 되고, 그러면 기도를 할 때나 묵상 기구를 할 때에 분심을 이루게 된다."

수환은 가슴이 뜨끔했다. 물론 이제는 흥미를 잃었지만, 그동안 도서관에서 남녀가 사랑하다 헤어지고 때로는 삼각관계에 빠지는 책을 많이 봤기 때문이었다.

라가르드 신부의 훈화는 계속되었다.

"해롭고 위태한 글은 마치 기묘한 옥합에 독사가 감추어 있음 같다. 물론 성총이 견고해지고 대죄를 범치 않는 단계가 되면 그런 글을 읽어도 기묘히 여기지도 않고 해를 받지 않지만, 우리 신학생들은 추루하고 위태하고 해로운 세속 글을 읽지 말고, 성서와 성인의 행적을 기록한 책을 재미있게 보고 내용을 공부해야 할 것이다. 청년의 시간은 보배의 시간이고, 시간은 지나간다. 사랑하는 신학생들아, 조선 성교회의 장래가 너희에게 달려 있음을 잊지 말아야 한다."

수환은 라가르드 신부의 훈화를 들으며 이제까지 나태했던 자신의 영적 수련에 대해 반성했다. 그리고 이제부터라도 열심히 성인전을 읽고 그들의 삶을 본받겠다는 결심을 했다.

'하느님의 장미'라고도 불리는 '소화小花(작은 꽃) 테레사'는 1873년 프랑스에서 태어나 가르멜 봉쇄수녀원의 수녀가 되었다. 1897년 스물네 살에 폐결핵으로 세상을 떠났고, 1925년 성인에 추대되었다. 수환은 소화 테레사의 삶을 통해 자신을 낮추는 삶이 사랑이라는 것을 가슴 깊이

ↄ 1938년경 사진. 오른쪽 두 번째가 김수환 추기경이다. 교복 바지에서 가난을 볼 수 있다. 김수환 추기경은 "소신학교 시절 집안 형편이 어려워 라틴어사전을 사지 못해 친구들 것을 빌려봤다"고 회고했다.

느끼면서, 그런 성녀도 성소가 흔들린 적이 있다는 사실에 큰 위로를 받았다.

돈 보스코 성인은 1818년 이탈리아의 가난한 농가에서 태어나 1888년 선종할 때까지 가난하고 배우지 못하고 버림받은 청소년들을 위해 일생을 헌신했다. 수환은 집이 가난해 머슴살이를 하면서도 신부가 되기 위한 공부를 그치지 않은 그의 신품 성소에 큰 감동을 받았다. 자신의 현재가 얼마나 축복받은 삶인지를 깊이 깨닫는 계기도 되었다. 그리고 천주님께 의지하며 평생을 버림받은 청소년들을 위해 자신을 희생한 돈 보스코 성인의 삶의 모습을 통해 사랑의 의미를 깊게 생각했다.

수환은 돈 보스코 성인의 신학교 시절 지도신부가 형무소의 사형수

성인 소화 테레사(오른쪽)와 돈 보스코의 행적을 기록한 책의 한 면.

들을 찾아가서 격려하고 위로할 뿐 아니라, 교수대까지 따라올라가 그
들의 마지막 길을 위해 기도해주었다는 부분에서 큰 감동을 받았다. 그
부분을 읽고서야 소화 테레사 성인이 어린 나이에도 사형수의 죄 사함
을 위해 기도한 것도 결국에는 사랑이라는 사실을 알게 되었다. 수환은
사제가 평생 마음에 담고 살아야 하는 단어는 사랑, 낮춤, 헌신, 희생,
용서, 화해일 것이라고 생각했다. 실제로 그는 훗날 신부가 되었을 때
가난한 이들에 대해 깊은 관심을 갖고 자주 찾아다녔으며 그들을 사랑
으로 보듬었다. 교도소도 자주 방문해 사형수에게 많은 관심을 보였고,
그들의 회개를 위해 기도했다.

　4월 중순, 라가르드 신부는 기숙사 사감직을 사임하고 급히 귀국했
다. 유럽에 제2차 세계대전의 전운이 감돌기 시작하자 프랑스 정부에
서 해외에 있는 젊은 신부들에게까지 군 입대 소집령을 내린 것이다.
학생들은 학교 성당에서 열린 환송미사에 참석해 그가 무사하기를 기

원했다. 그러나 그는 다음 해 전투에서 독일군의 포로가 되었고, 제2차 세계대전이 끝날 때까지 고초를 겪었다. 전쟁이 끝난 후에는 몸이 쇠약해져 프랑스에 남아서 사목활동을 했다.

라가르드 신부 후임으로는 신인식(바오로, 1894~1968) 신부가 부임했다. 그는 용산 대신학교를 마치고 1920년에 신부 서품을 받았다. 명동성당과 약현성당의 보좌신부를 거쳐 1927년에는 지방 학생들을 위해 명동성당 내에 설립된 '성가기숙사'의 사감으로 있었기에, 라가르드 사감신부의 후임자로는 적격이었다.

수환을 비롯한 소신학교 학생들은 드디어 소신학교에도 한국인 신부가 사감이 되는 시대가 왔다며 그를 열렬히 환영했고, 신인식 신부 역시 훗날 한국 천주교회를 짊어지고 나갈 학생들에게 따뜻한 관심을 갖고 보살폈다.

1939년 3월, 수환은 4학년이 되었다. 열일곱 살이 된 수환은 제법 의젓한 모습으로 학교생활을 시작했다. 형 동한은 소신학교를 졸업하고 대구 성유스티노 신학교에 입학했다. 본격적으로 사제의 길을 걷기 시작한 것이다.

1939년은 기해박해[31] 100주년으로, 천주교 각 교구에서는 '순교 100주년'을 기념해 순교자 현양 운동을 전개했다. 보름에 한 번씩 발행되는 천주교 기관지《경향잡지》1월호에서는 순교 선조들의 순교정신을 이어가자는 논설을 실었다.

---

31   1839년(헌종 5년)에 일어난 천주교 박해 사건. 프랑스인 앵베르 주교와 모방 신부, 샤스탕 신부가 군문효수(軍門梟首) 당한 것을 비롯하여 모두 119명이 순교했다.

군난(박해)으로 인하여 생기게 된 '치명', '순교'가 얼마나 장엄한 사실이며, 그 '순교정신'은 얼마나 고상하고 거룩하며, 순교한 인물들은 얼마나 흠모하올 인물들인가. (중략) 우리가 치명자들을 종교적으로 공경함에만은 만족할 수 없고 좀 더 범위를 넓게 잡고 일어나, 우리 치명자 현양을 목표로 하고 일보 전진하여야 한다.

순교자 현양 운동을 지켜보던 일제는, '종교적으로 공경함에만 만족할 수 없다'는 부분을 문제 삼았다. 당시 일제는 1937년 중일전쟁을 도발하여 중국 대륙을 침략했다. 그 후 전선을 중국 전지역으로 확대하면서 우리나라에서 혹독한 수탈과 강제동원을 시작했다. 이런 상황에서 순교자 현양 운동이 민족주의 운동으로 발전할 것을 우려한 것이다. 천주교는 발끈했다.

우리 조선 순교자들을 현양하자는 운동이 혹시 가슴속에 숨은 민족사상이 어느 모양으로 나타남이 아닌가 하여 염려스러운 눈으로 보는 자도 있고, 또 우리 순교자 현양 운동 선상에 선뜻 나서기를 꺼리는 자도 있는 것 같다. (중략) 순교자는 이 세상 민족 문제나 정치 문제로 인하여 죽은 자가 결코 아니요, 세속을 초월한 천주교의 진리를 위하여 생명을 희생한 자이다. 이 점을 보고서 순교자를 현양하는 그 행동이 어찌 사상과 관계가 있을 것이며, 순교자를 현양하는 행동을 보고서 어찌 엉뚱한 의심을 가질 수 있으랴!

_《경향잡지》 1939년 2월호(제896호)

도서관에서 이 글을 읽던 수환은 일제의 폭압에 분노가 치밀었다. 그의 조부가 기해박해 순교자는 아니었다. 그러나 모진 고초를 당한 순교자들은 모두 남 같지 않았기에 가슴속에서는 불덩이가 타오르는 것 같았다. 분노는 가슴속에 남았고, 일상에서도 표정이 굳어 있었다.

그러던 어느 날 공베르 신부가 방으로 불렀다.

"스테파노, 요즘 무슨 고민이 있는가?"

"아닙니다, 신부님."

"그러면 요즘 표정이 왜 그런가?"

수환은 공베르 신부가 자신에게 이렇게까지 신경을 써준다는 사실에 감동을 느꼈다. 그래서 고해성사를 하듯 자신의 가슴속에 있는 울분을 토해냈다.

"스테파노, 그 심정은 충분히 이해한다. 그러나 신부는 자신의 감정을 억누를 줄 알아야 한다. 물론 혈기가 많을 때니 쉽지 않겠지만, 열심히 기도를 하면서 마음을 차분하게 가라앉히도록 해라."

"예, 신부님. 고맙습니다."

"스테파노, 내가 화를 풀고 울분을 가라앉히는 비법을 한 가지 알려줄까?"

공베르 신부가 빙그레 웃으며 물었다. 수환은 그런 비법이 있는가 싶어 고개를 들어 공베르 신부를 바라보며 "예" 하고 대답했다.

"스테파노, 얼굴에 미소를 지어라. 그러면 마음을 가라앉히는 데 도움이 될 거다. 신부도 사람인데 화나는 일, 속상한 일이 왜 없겠느냐. 그러나 신부는 기도실에서는 울다가도 세상에 나와서는 미소를 잃지 않아야 한다. 그래야 마음의 평온을 찾기 때문이다. 너도 지금부터 그 훈련을 해야 한다. 미소를 지으면 너의 마음도 편안해진다."

그때부터 수환은 얼굴에 미소를 지으려고 노력했다. 그러나 무뚝뚝한 성격의 그가 얼굴에 미소를 띠는 일은 쉽지 않았다. 친구들과 이야기할 때는 오히려 더 엄숙해지기까지 했다. 잘못 미소를 지으면 '너 미

공베르(R. Antoie A. Gombert, 한국 이름 공안국, 1875~1950) 신부가 우리나라에 온 것은 1900년이었다. 역시 신부인 동생도 함께 왔기 때문에 동료 사제들은 그를 '큰 공베르 신부'라고 불렀다. 같은 해 경기도 안성 본당(안성 구포성당)에 주임신부로 부임하여 1932년까지 사목했다. 당시 기울어가던 대한제국의 국력 회복은 교육에 달려 있다고 판단하여 1909년에 안법학교(지금의 안법고등학교)를 세웠다. 안성에서 '안(安)' 자와 프랑스의 당시 표기인 '법국(法國)'에서 '법' 자를 딴 이름이다.

3·1만세운동 때 일본 경찰에 쫓기는 사람들을 성당 안으로 들여보내고 성당 밖에 프랑스 국기를 게양한 뒤 치외법권 지역임을 주장해 경찰의 성당 진입을 막았다.

공베르 신부는 미사용 포도주를 조달하기 위해 프랑스에서 포도나무 32종을 들여와 성당 앞마당에서 재배하면서 주변의 신자들에게도 나눠줬다. 그가 시작한 포도농사는 새로운 소득원이 되어 점점 확산되었고 오늘날 '안성 포도'로 발전했다.

1932년부터 동성학교 을조 '영성 교육' 신부로 발령받아, 후일 한국 천주교의 원로 사제가 될 학생들에게 신앙 교육을 시켰다. 김수환 추기경에게는 "신부란 자기가 되고 싶다고 되고, 되기 싫다고 안 되는 게 아니"라며 흔들리는 그의 성소를 붙잡아주었다.

1950년 6월 25일, 대신학교 총급장이던 김수환 신학생은 스승의 사제 서품 50주년을 기념하는 금경축 행사를 마련했다. 그러나 공베르 신부는 7월 15일 인민군에 의해 북한으로 끌려가, 11월 12일 북한 압록강 부근 감옥에서 추위와 굶주림으로 선종했다.

∝ 공베르 신부.

쳤냐'고 놀림을 당할 것 같았기 때문이다. 그러나 공베르 신부는 그를 볼 때마다 "스테파노, 미소 좀 짓고 살라니까!" 하며 웃었고, 수환은 어색한 웃음으로 답했다.[32]

1940년 봄, 또 한 번의 방학을 마치고 학교로 돌아온 수환은 5학년이 되었다. 졸업반이 된 것이다. 일제는 점점 더 전쟁에 광분했고, 군국주의와 황국신민화 정책을 강화했다. 학교에서도 교련 시간에 하던 군사 훈련이 강화되었고, '내선일체'를 강조했다.

당시 동성학교 세속 과목 교사(갑조 교사)들 중에는 민족의식이 투철한 선생님이 많았다.[33] 경성제국대학(지금의 서울대학교) 사학과를 졸업한 유홍렬 선생[34]은 역사를 가르쳤다. 당시 모든 학교에서 한국사 강의는 엄격히 금지되어 있었다. 그러나 유홍렬 선생은 일본 역사를 가르치는 척하면서 한국사를 이야기해주었다. 우리 역사를 잊으면 안 된다는 말도 했다. 광복 후 서울대학교 법문학부장을 거쳐 문리대학장을 역임한 한글학자 조윤제 선생(1904~1976)은 한문강사로 출강했다. 그는 한문으로 〈적벽부〉를 가르치면서 신라의 화랑도 이야기 등을 해주었다.

장면 선생이 교장 업무 때문에 수업을 많이 못해서 새로 부임한 영어 교사 이훈 선생은, 창밖을 힐끗거리면서 조용한 목소리로 상해 임시정부 이야기를 들려주었다. 김구 선생 이야기도 하고 여운형에 대해서도 이야기했다.

일본인 교사 중에도 군국주의에 반기를 드는 이가 있었다. 일본어를 가르치는 사노左野久綱 선생은 일본의 명문 도쿄제대 출신으로 약소민족 해방 운동가였다. 하루는 그가 학생들에게 국내외 정세를 이야기하더니 "이 학교를 졸업하고 신부가 되어서는 안 된다. 조선인 학생들은 모름지기 민족해방운동에 뛰어들어야 한다. 일본 제국주의를 타도하는

---

32   《추기경 김수환 이야기》 442쪽.
33   동성중고등학교 교사 부분은 《동성 100년사》 141~158쪽을 참고했다.
34   1911~1995. 역사학자. 훗날 서울대학교 교수, 미국 하버드대학교 초빙교수, 성균관
      대학교 대학원장을 역임하고 《한국 천주교회사》를 저술했다.

일이 무엇보다도 급선무라는 걸 왜 모르는가" 하고 사상교육을 시키기도 했다.

그 외에도 많은 한국인 교사들은 수업 시간에 은근히 한마디씩 일제의 만행들을 이야기했다. 감수성이 예민한 수환의 마음속에서는 다시 분노의 불덩이가 자라났다.

수환은 일제에 대한 울분이 치솟을 때마다 그 심정을 일기장에 토해놓거나 시를 쓰기도 했다. 일요일 오후에는 동기생들과 북한산에 올라가 '민족의 운명'에 대해 토론하며 울적한 마음을 달래곤 했다.

그러던 어느 날, 수환은 서랍에 넣어둔 일기장을 기숙사 사감 신인식 신부에게 들켜 "야, 이놈아! 너 이래가지고 어떻게 할래! 조심하지 않으면 큰일 난다"는 호된 꾸지람을 들었다.[35]

소신학교 학생들의 분위기가 심상치 않자, 신인식 신부는 기숙사에서 학생들을 좀 더 세밀히 지도할 신부교사를 증원했다. 대구교구에서 최덕홍 신부가 올라와 기숙사 사감이 되었고, 신인식 신부는 소신학교 업무를 총괄했다. 1939년 6월 25일이었다.

최덕홍 신부는 성유스티노 신학교 출신으로, 수환이 아버지처럼 생각하는 신부였다. 최 신부도 수환을 각별하게 생각했지만, 학교에서는 그런 내색을 하지 않고 오히려 더욱 엄하게 지도했다.

최덕홍 신부가 온 얼마 후, 수환의 가슴속에 있던 불덩이가 폭발하는 사건이 발생했다. 수신 과목이 끝나자 장면 교장은 그를 교장실로 따라오라고 했다.[36] 친구들은 교장 선생님이 상이라도 주시려나 보다 하며

---

35   《월간조선》 1986년 5월호 오효진과의 인터뷰.
36   김정진 신부의 《추억의 산책》(가톨릭출판사, 2003, 153~154쪽)과 《월간조선》 1986년 5월호 오효진과의 인터뷰를 참고해 재구성했다.

최덕홍 신부(1902~1954)는 1949년 주교 서품을 받고 제6대 대구교구장을 역임했다. 김수환 추기경은 1951년 최덕홍 주교에게 사제 서품을 받았고, 1953년에는 그의 비서신부를 역임했다.
"최덕홍 주교님은 내게 아버지 같은 분이시다. 나를 어릴 때부터 알고 계시던 분이라 당신이 입던 옷을 곧잘 내게 물려주시고, 내가 실수를 하면 스스럼없이 '바보 같은 녀석!'이라고 혼을 내셨다. 워낙 아버지 같은 분이셨기 때문에 그런 식으로 야단을 쳐도 전혀 귀에 거슬리지 않았다."_《추기경 김수환 이야기》 147~148쪽.

∝ 최덕홍 주교.

그가 돌아오기를 기다렸다. 그런데 얼마 후 그가 시무룩한 모습으로 교실로 돌아왔다. 짝인 김정진이 물었다.

"스테파노, 요왕 선생님이 왜 부르신 거니?"

수환은 잠시 숨을 고른 후 대답했다.

"며칠 전에 수신시험 답안지에 나는 황국 신민이 아니라서 천황의 칙유勅諭(친히 내린 말)에 대해 소감이 없다고 썼다고 따귀를 맞았어. 너는 위험해서 신부가 되면 안 되겠다는 말씀도 하셨고. 아무래도 학교에서 쫓겨날 것 같아."

학생들은 그의 대답에 모두 깜짝 놀랐다. 신학생이 반항기가 있거나 참을성이 없어 사제생활을 하기가 어렵다고 판단되면 퇴학 조치를 취한다는 사실을 알고 있었기 때문이다. 모두들 걱정을 할 때 김정진이 의젓하게 그를 다독였다.

"스테파노, 너무 걱정하지 마라. 내가 생각할 때는, 그건 네가 나쁜 일을 했다고 생각해서 때리신 게 아니라, 그렇게 민족정신이 강하다가는 신부가 못 될 테니까 정신 차리라는 뜻으로 때리신 '사랑의 매'가 확실하다. 나는 요왕 선생님이 너를 학교에서 쫓아내실 분이 아니라고 생각한다."

김정진의 말에 다른 학생들도 고개를 끄덕이며 수환을 위로했다. 그러나 수환은 그때부터 언제 퇴학 명령이 내려질까 마음을 졸였다. 그렇게 며칠이 지나가자 여름방학이 시작되어 대구로 내려갔다. 집에서도 그는 매일 가슴을 졸이며 '퇴학통지서'가 오길 기다렸다. 다행히 방학이 끝날 때까지도 학교에서는 아무 연락이 오지 않았다.

수환은 다시 기차를 타고 학교로 돌아왔고, 마지막 학기 수업에 열중했다. 공베르 신부는 지나칠 때마다 그의 세례명을 부르며 미소 짓는 모습을 보여줬고, 최덕홍 신부는 수신 수업 때 대답을 잘못하면 "바보 같은 녀석"이라며 고개를 흔들었다.

12월 중순, 마지막 시험을 끝내고 방학을 며칠 앞둔 날이었다. 방학이 끝나면 졸업식이라는 생각에 모두들 들뜬 기분으로 기숙사와 성당 청소를 하고 있을 때였다. 최덕홍 신부가 오더니 대구교구장 무세 주교가 오셨으니 모두 나와서 인사를 하라고 했다. 대구교구 학생들이 운동장에 나가 무세 주교에게 인사를 하자, 그는 손을 흔들면서 학생들을 격려했다. 그러고는 최덕홍 신부와 함께 사무실로 향했다. 학생들이 "주교님이 왜 오셨지?" 하면서 웅성거리고 있는데, 조금 후 장면 교장이 갑자기 건물 쪽에서 올라오더니 소신학교 건물 안으로 들어갔다. 그 모습을 보며 수환은 지난여름의 일이 이제 불거진 게 아닐까, 하는 생각에 덜컥 겁이 났다.

얼마 후 무세 주교가 부른다는 연락이 왔다. 그는 심호흡을 한 후 신인식 사감신부 방으로 들어갔다. 그가 인사를 꾸뻑 하자 무세 주교가 인자한 눈길로 그를 바라보며 미소를 지었다.

"스테파노, 그동안 공부를 열심히 했더구나. 네가 대구교구 학생 중

무세(Germain Mousset, 한국 이름 문제만, 1876~ 1957) 주교는 드망즈 주교 후임으로 1939년 대구교구장에 착좌했다. 일제의 강압으로 교구장에서 물러난 1942년 말까지 김수환 추기경의 유학을 후원했다.

에서 가장 성적이 좋다. 이번에 졸업하면 일본으로 가서 공부를 더 하고 오너라."

'유학지명'이었다. 교구 장학금으로 유학을 보내는 제도로, 소신학교 졸업생들 중 불과 몇 명만 선택되었다. 재정이 약한 대구교구 같은 지방교구에서는 겨우 한 명, 그것도 소신학교 졸업 성적이 아주 우수한 경우에만 보냈다. 대단한 행운이었다. 그러나 수환은 유학지명은 고마운 일이었지만, 일본에 가서 공부하는 건 마음에 내키지 않았다.

평양과 서울 그리고 대구교구에서는 몇 년 전까지만 해도 대신학생 한두 명씩을 로마로 유학을 보냈다. 그리고 대구교구에서는 대신학생을 일본에 유학생으로 파견하기도 했다. 그러다가 유럽이 제2차 세계대전 중이라 이탈리아 유학 파견은 불가능해졌고, 소신학교 졸업생 중 일부를 일본으로 보내기 시작한 것이다. 수환의 머릿속에서는, 마치 어머니가 신부가 되라고 했을 때처럼, 이걸 어떻게 해야 하나, 하는 생각이 맴돌았다.

장면 교장과 신인식 신부, 최덕홍 신부는 수환에게 축하인사를 건넸다. 수환이 멍한 얼굴로 제대로 인사를 못하자, 최덕홍 신부는 "인사도 할 줄 모르는 바보 같은 놈"이라며 웃었다. 그때서야 수환은 무세 주교에게 고맙다며 허리를 숙였고, 장면 교장과 두 신부에게도 인사를 했다. 무세 주교는 "성덕에 나아가기를 진심 전력하라"며 격려했다.

운동장에 나온 수환은 그 자리에 서서 구름이 가득한 하늘을 바라봤다. 이것도 천주님의 뜻인가. 내가 여기까지 온 것도 천주님의 뜻이었듯, 내가 일본으로 가야 하는 것도 천주님의 뜻인가. 눈이 내리기 시작했다. 수환은 오랫동안 그 자리에 서 있었다. 하늘에서는 계속 눈이 내렸다.

'영적 스승'
게페르트 신부

5

"고독의 순간은 인간과 하느님이 만나는 순간이다."

1941년 3월, 19세 청년 김수환은 대구역에서 최덕홍 신부와 가족들의 환송을 받으며 부산행 기차를 탔다.[37] 어머니는 막내아들이 그 힘들다는 유학지명을 받아 일본으로 떠나는 것이 자랑스러워 오랫동안 손을 흔드셨다. 그러나 김수환은 아직도 유학지명의 기쁨이나 설렘 대신 일본에 대한 반감이 남아 있었다. 예수의 사랑을 실천해야 하는 신학생이었지만, 마음 다스리는 일이 쉽지 않았다. 개인의 문제에서 오는 분노가 아니라 민족 문제에 대한 분노였기 때문이다.

창밖의 풍경은 황량했다. 봄인데도 산에는 푸름이 없었다. 말 그대로

---

[37]   조치대에서의 생활은 《월간조선》 1986년 5월호 오효진과의 인터뷰, 한운사의 〈인생만유기〉(매일경제 1992년 7월 연재), 철학 공부와 독서 내용은 CBS 이삼열과의 1986년 5월 16일 대담, 《신동아》 1969년 7월호 박권상과의 인터뷰, 가톨릭신문 1999년 1월 10일자 인터뷰를 토대로 재구성했다.

민둥산이었다. 유난히도 눈이 많고 추웠던 지난겨울에 땔감으로 잘려 나갔기 때문이다. 밭갈이를 시작하는 들판에는 나이 많은 노인과 아낙들뿐이었다. 힘을 쓸 청장년 남자들은 만주로 갔거나, 1939년 7월에 선포된 징용령으로 일본의 탄광과 공장으로 보내졌다.

그는 창밖을 바라보며 한숨을 내쉬었다. 그때, 기차 안이 어수선해졌다. 일본 형사들이 '불령선인不逞鮮人(명령을 듣지 않는 조선인)'을 색출하기 위해 기세등등한 발걸음과 날카로운 눈빛으로 통로를 오가기 시작한 것이다. 식민지 백성이 당해야 하는 굴욕감이 가슴을 파고들었다. 어금니를 꽉 다물었다.

부산에서 연락선을 탄 김수환은 시모노세키에서 내렸다. 그곳에서 도쿄까지는 기차로 스물세 시간이 걸렸다. 도쿄에 도착한 그는 조치대학에 가서 대구교구에서 만들어준 서류를 제출했다. 조치대학은 훗날 서강대학을 설립한 가톨릭의 예수회[38]가 1913년에 설립한 대학이었다. 예수회에서는 '소피아Sophia 대학'이라고 불렀는데, 이 단어를 한문으로 번역하여 '조치上智' 대학이라고 한 것이다. 입학 수속을 하는 동안 그는 일본이 아니라 다른 세상에 온 듯했다. 학교 직원들도 친절했다.

당시 일본에는 서울대교구에서 유학지명을 받은 네 명의 동성학교 을조 동창이 있었다. 그중 신종호가 조치대학으로 왔다. 5년 동안 짝을 하면서 친하게 지낸 김정진은 최익철과 함께 메이지明治 대학, 최석우는 호세이法政 대학에 입학했다. 신종호를 비롯한 서울교구 학생들은 교구

---

38   가톨릭교회 내의 남자수도회 중 하나. 16세기에 스페인 출신의 성 이냐시오 데 로욜라(Ignatius de Loyola)가 프란시스코 하비에르(Francisco Xavier) 등과 함께 프랑스 파리에서 창립했다. 1540년에 교황청 인가를 받았다. 교육과 학문을 통한 봉사와 선교에 많은 노력을 기울였다. 현 프란치스코 교황이 예수회 소속이다.

∝ 1941년 조치대에서 찍은 한국 유학생 단체사진. 1941년 11월 8일. 앞줄 왼쪽이 김수환 추기경이고, 오른쪽 끝이 김형석 연세대 명예교수다. 2년 선배였던 김 교수는 김수환 추기경이 "말수가 적고, 생각이 깊은 후배였다"고 회고했다. (평화신문 2009년 3월 29일자)

에서 빌린 집에서, 선배들과 함께 단체생활을 했다. 그래서 그는 소신학교 동창들과 함께 어울릴 기회가 별로 없었다.

4월 10일, 입학식을 마친 김수환은 이튿날부터 독일어 공부를 시작했다. 대구교구에서는 그에게 예과에서 독일어를 공부한 후, 본과에서는 신학의 기초인 철학을 전공하라고 했다. 세계의 유수한 철학자들 중 독일 출신이 많고, 많은 철학책이 독일어로 저술되었기 때문에 독일어 공부가 중요했다.

조치대학 예과에는 동창 신종호 외에도 한국인 유학생이 여러 명 있었다. 훗날 유명한 극작가가 되어 일본 유학 시절과 학병 시절의 경험을 책으로 쓴 한운사[39]도 동기였다. 본과에는 예과보다 조금 더 많은 조선인 유학생이 있었는데, 대부분 그보다 위 학년이었다. 훗날 연세대학교 철학교수를 역임한 김형석과 전 종로서적 회장 장하구는 2년 선배였고, 교수가 된 왕학수와 조기준은 3년 선배였다.

교정에는 벚꽃이 만발했다. 바람이 불면 꽃비가 내렸지만 캠퍼스의 낭만을 즐긴다는 건 생각조차 하지 않았다. 그러나 가끔 교정을 오가다 한운사를 만나면 그에게 바람을 불어넣곤 했다. 한운사는 예술가적 기질이 다분해 자유분방했고, 여학생들에게 관심이 많았다. 한번은 '바흐의 방'이라고 불리던 음악실에서 피아노 치는 독일 여인이 너무 아름답고 피아노 솜씨도 좋다며 함께 들으러 가자고 꼬드겼다. 그러나 김수환은 '여자 근처에는 가지도 말라'는 소신학교 시절 신부님들의 훈계를 떠올리며 고개를 흔들었다. 영화구경을 가자고 해도 고개를 젓자 한운사는 또 다른 한국인 유학생들을 찾아서 어울리기 시작했다.

수환은 자신이 한국에서 공부하는 신학생들보다 교구 신세를 더 많이 지고 있다는 사실에 중압감을 느끼며 공부에 매진했다. 기껏해야 좋은 철학책이 나온다는 소식이 들리면 용돈을 아껴 모은 돈을 들고 서점 앞에 가서 줄을 서는 것이 외출의 전부인 정도였다.

12월 8일, 일본은 하와이주 오아후섬의 진주만에 있는 미국 해군과 육군 기지를 선제공격했다. 태평양전쟁이 시작된 것이다. 일본의 각 라디오 방송에서는 12척의 해군 함선을 침몰시켰고, 188대의 비행기를 격추 또는 파괴했다고 선전했다.

김수환은 그 소식을 들으며 전율을 느꼈다. 앞으로 미국과 전쟁을 하면서 얼마나 많은 조선의 젊은이들을 징용과 학병으로 동원할지 생각

---

39   《현해탄은 알고 있다》, 《현해탄은 말이 없다》 등의 저자.

∝ 1942년 3월 초에 있었던 형 김동한 신학생의 삭발례에 참석한 모습. 뒷줄 왼쪽에서 두 번째가 김동한 신학생, 앞줄 맨 왼쪽이 김수환 당시 신학생. 처음으로 웃는 모습이 보이는 사진이다.

하면 끔찍했다. 대학에 들어오면서 가슴속에 묻어두었던 불덩이가 다시 꿈틀거렸다. 그러나 방학이 시작되었고, 그는 다시 연락선을 타고 대구로 돌아왔다.

1942년 3월 초, 김수환은 스무 살이 되었다. 형 동한은 대구의 성유스티노 신학교에서 삭발례削髮禮 예식을 치렀다. 세속을 끊고 자신을 하느님께 완전히 봉헌한다는 뜻에서 머리를 깎는 예식이었다. 당시에는 삭발례를 받은 후부터 성직자 반열에 들었고, 성직자의 옷인 검은색 수단을 입을 수 있었다. 그래서 삭발례를 받는 신학생들은 사제 서품을 받는 것만큼이나 감격스럽게 생각했다. 아직 방학이라 대구에 있던 그는 어머니를 모시고 셋째형의 삭발례에 참석했다. 머리를 깎고 검은 수단을 입은 형의 모습을 흐뭇한 표정으로 바라봤다. 형은 기쁨으로 가득한 모습이었다. 형은 틀림없이 사랑이 넘치는 사제가 될 거라고 생각했고, 그런 형이 한없이 자랑스러웠다.

4월 초, 김수환은 개학과 함께 다시 조치대학 기숙사로 돌아왔다. 계속해서 독일어 공부에 매진했고, 성적도 잘 나왔다. 신앙적으로도 성숙해지기 위해 기도생활에 열심을 냈다. 천주님을 향하겠다는 마음과 그리스도 이상의 고귀한 가치가 없다는 것을 깨닫게 해달라고, 아침저녁으로 학교 성당에서 묵상기도를 했다.

김수환은 점점 고독한 신학생이 되어갔다. 그는 독일 소설가와 철학자의 책을 읽으며 '인간이란 무엇인가?' 등, 인간존재에 대해 성찰했다. 아리스토텔레스의 '인간은 이성적 동물'이라는 정의를 생각할 때가 많았다. '이성적'이라는 말이 전제되었다고 하더라도 인간을 '동물'이라고 한 것은 인간에 대한 정의로는 부족하다는 생각이 들었다. 책을 읽을수록 철학과 성경에서 인간을 바라보는 관점이 다른 것 같았다. 인간과 신과 영혼에 대한 끝없는 물음이 시작되었다.

그때부터 김수환은 기숙사 사감이자 영성 교육 신부였던 독일인 게페르트Theodor Geppert(1904~2002)를 만나러 기숙사 안에 있는 사제실을 자주 들락거렸다. 고해성사도 보고 영적 상담과 지도도 받았다. 그뿐 아니라 독일어 수업 때 이해하기 힘들었던 부분에 대해 질문도 했다. 철학에서 보는 하느님과 인간의 관계에 대해서는 오랜 시간 이야기를 나눴다.

게페르트 신부는 문학에도 조예가 깊어 많은 조언을 해줬다. 그는 18세 때인 1923년 네덜란드에서 예수회에 입회한 후, 1933년 아일랜드에서 사제 서품을 받았다. 그 후 베를린에 있는 동방신학원에서 일본어를 공부했고, 영국의 더블린에서 신학을 공부했다. 그리고 스위스의 바젤

대학교에서 경제학과 수학 박사학위를 받았으며, 파이프오르간을 프로급으로 연주하는 독특한 경력을 갖고 있었다.

어느 날, 게페르트 신부는 수업이 끝나고 묵묵히 기숙사로 돌아오는 김수환을 불렀다.

"스테파노, 무엇이 그렇게 자네를 우울하게 하는 거지? 공부가 많이 어려운가?"

"아닙니다, 신부님."

"그런데 왜 그렇게 표정이 어두운가?"

"그게……."

"음, 여기서 얘기하기 어려운 문제 같으니까, 내 방으로 가지."

게페르트 신부는 물을 끓인 후 김수환에게 차를 한잔 권했다.

"스테파노, 고민이 무엇인가?"

김수환은 얼굴이 붉어지더니 조그만 목소리로 대답했다.

"요즘 들어와서 부쩍 외롭고 고독하다는 생각이 듭니다."

그의 말에 게페르트 신부는 빙그레 미소를 지었다.

"스테파노, 신부들은 어떨 것 같은가?"

김수환은 그 물음에 다시 한 번 얼굴이 붉어지면서 아무런 대답을 못했다. 그는 대답 대신 차를 한 모금 마셨다.

"스테파노, 신부가 되면 더 고독하다. 나도 마찬가지다. 나도 인간인데 왜 고독하지 않겠나. 그러나 신부는 그 고독을 이겨내야 한다."

그는 고개를 숙였다. 성유스티노 예비신학교와 동성학교 을조 시절, 새벽부터 저녁 늦게까지 엄한 규율 속에서 규칙적인 생활을 했다. 하느님과 더 가까워지기 위한 훈련이었고, 고독과의 싸움에서 이기는 훈련이었다. 그러나 대학에서는 그런 훈련이 없었다. 유학 2년 동안 편안한 생활을 하면서 자신도 모르게 영적 심신이 흐트러졌다는 사실이 부끄

∝ 조치대 성알로이시오 기숙사 앞에서 게페르트 사감신부, 동료 학생들과 찍은 사진이다.

러웠다.

게페르트 신부는 그를 바라보며 차분한 목소리로 말했다.

"그 고독을 이겨내는 좋은 방법은 너만의 도서관을 꾸미는 것이다. 유명한 작가의 고전을 읽어라. '예수를 누구로 보느냐에 역사의 진로가 달려 있다'고 한 도스토옙스키의《죄와 벌》,《카라마조프의 형제들》그리고 톨스토이의《전쟁과 평화》같은 책들은 인간의 심리 묘사가 뛰어나다. 철학에서 인간을 배우듯, 그런 문학작품에서도 인간을 배우게 된다."

소신학교 때 문학책은 멀리했다. 대학에 와서도 철학 관계 책만 봐온 그였기에 게페르트 신부의 조언은 또 하나의 세상을 만나는 문이었다.

김수환은 그때부터 시간이 나면 러시아 고전문학과 유럽 작가들의 고전을 탐독하기 시작했다. 주말에는 도서관에 가서 독일어를 전공하는 학생답게 괴테의 《젊은 베르테르의 슬픔》이나 릴케의 《말테의 수기》 같은 문학책을 빌려봤다. 그러나 신학생이기에 문학책만 읽을 수는 없었다. 아우구스티누스의 《참회록》이나 《고백록》 같은 종교서적도 함께 읽었다. 그는 다양한 독서를 통해 "고독의 순간은 인간과 하느님이 만나는 순간, 만남의 상태다"라는 신앙적 깨달음을 얻기 시작했다.

4월 18일, 미국은 일본에 대한 반격을 시작했다. 16대의 B-25 미첼 폭격기가 도쿄, 나고야, 고베 등 세 도시에 첫 공습을 했다. 전쟁은 중국이나 남태평양에서 일어나고 있는 일이라고 생각하던 일본인들과, 승전 분위기에 젖어 있던 군부는 큰 충격을 받았다. 긴장감이 일본을 뒤덮었다. 얼마 후에는 미국 함대가 일본을 향해 오고 있다는 소문도 들렸다.

일제는 5월 8일 내각회의에서 조선에서도 징병제를 실시하기로 결의했다. 전쟁의 그림자가 조선의 젊은이들 그리고 김수환에게 점점 가까이 다가오기 시작했다.

9월 25일, 김수환은 독일어를 배우는 예과 과정을 마쳤다. 10월 1일부터 조치대학 본과 문학부의 철학과에서 공부를 시작했다. 철학은 신학생에게는 필수 과정이었다. 신학은 하느님이 당신의 뜻을 인간에게 계시하셨다는 사실과, 인간은 이 계시를 신앙으로 수락하여 하느님과 인간 사이에 인격적 관계를 성립시켰다는 사실을 탐구하는 학문이다.[40] 따라서 하느님과 인간의 관계를 탐구하는 신학을 공부하기 위해서는 먼저 인간과 세계에 대한 근본 원리와 삶의 본질 등을 연구하는 철학을 공부해야 했다.

---

40   신학의 개념은 《가톨릭대사전》의 정의를 인용했다.

아,
김수환
추기경

그는 본과에서 가톨릭교회의 전통적인 철학 바탕인 토마스 아퀴나스의 토미즘Thomism을 공부하기 시작했다. 그는 종교와 관계되는 철학책뿐 아니라 니체의 《도덕의 계보》나 《비극의 탄생》 같은 일반적인 철학책도 읽었다.

1942년 한국 천주교에는 많은 수난과 변화가 있었다. 당시 일제는 천주교를 적성종교敵性宗敎로 분류했다. 눈엣가시 같은 천주교를 어용종교화하기 위해 각 교구의 교구장에 일본인 주교가 임명되도록 공작을 했다. 그런 계획을 알아차린 조선인 신부들은 당시 조선 천주교를 관리하고 있던 파리 외방전교회 신부들에게 우선 서울교구장에 조선인 주교가 임명될 수 있도록 강력히 요청했다. 서울대교구장이던 프랑스인 라리보 주교는 노기남 신부를 후임자로 선택한 후 자신의 비서인 오기선 신부를 일본 주재 교황대사인 마렐라 대주교에게 보냈다. 이런 과정을 거쳐 노기남 신부가 1월 8일 서울교구장에 임명되었고, 11월에 주교로 승품했다.

일제는 조선 천주교에서 가장 중요한 교구인 서울교구에 한국인 주교가 임명되자 조선 천주교의 성직자 양성 학교인 용산 대신학교를 폐교하는 보복조치를 취했다. 조선 천주교에서는 신학생들을 함경남도 덕원에 있는 덕원신학교로 보냈다. 독일 베네딕토수도회에서 운영하는 덕원신학교는 조선총독부 학무국의 공식 인가를 받은 신학교였다. 조선총독부는 조선인 신학생의 씨를 말리려는 계획이 실패하자, 대구교구와 전주교구의 교구장을 일본인 주교로 교체하라는 압력을 가했다. 파리 외방전교회 주교들의 고민이 깊어졌다. 그러나 결국 조선 천주교의 존립과 프랑스 신부들의 안전을 위해 타협하지 않을 수 없었다.

12월 25일, 대구교구 무세 주교가 일본의 압력으로 물러났다. 신임 대구교구장에는 일본인 하야사카早坂久兵衛(1888~1946) 주교가 임명되었다. 당시 김수환은 겨울방학이라 대구에 와 있었다. 그는 자신을 일본으로 '유학지명'을 하면서 큰 기대를 가져주었던 무세 주교의 퇴진을 안타까워했다. 그러나 그는 대구교구 소속 신학생이었다. 착잡한 심정으로 대구대성당에서 거행된 하야사카 주교의 착좌식에 참석했다.

1943년 봄, 김수환은 다시 조치대학으로 돌아왔다. 그러나 학교도 전쟁의 광기를 피해갈 수는 없었다. 학교에서는 매일 아침에 일장기를 게양하고 해 지기 전에 내리는 의식을 행했다. 매월 8일 '개전기념일'에는 일장기가 걸린 게양대 앞에서 군인들의 무운장구와 충성 및 봉사를 다짐하는 의식도 거행되었다. 정오를 알리는 사이렌이 울리면 길을 가다가도 멈춰서서 1분간 묵도를 해야 했다.

〜 1943년 당시 일본에 있던 소신학교 동창들과 함께. 왼쪽부터 최석우 몬시뇰, 미상, 최익철 신부, 김수환 추기경, 미상, 신종호 신부, 강창호 신부(동성학교 1년 후배), 김정진 신부. (최익철 신부 판독)

시간이 지날수록 조선 청년들에 대한 징병 압박이 심해졌다. 일제 관리들이 김수환의 대구 집으로 찾아가서 가족을 괴롭혔다. 일본인 하야사카 주교에게도 "신학생들의 지원율이 저조하다"면서 압력을 가한다는 소식이 들려왔다. 그러나 그런 압박은 김수환뿐 아니라 당시 일본에 유학 와 있던 조선인 신학생들 모두가 받고 있었다. 가끔 소신학교 동창들을 만나 앞날을 걱정했지만 무슨 뾰족한 대책이 있을 리 없었다.

여름방학이 되었지만 집에도 갈 수 없었다. 기차역과 항구에서 강제로 학병지원서를 쓰게 한다는 소문 때문이었다. 그는 밤늦게까지 서점에서 어슬렁거리다 기숙사로 오는 날이 잦아졌다. 그래도 사감인 게페르트 신부는 "너, 수고했다. 이렇게 늦게까지 다니면서 마음을 풀었으니, 참 잘했다. 피곤할 테니 빨리 방에 가서 쉬어라" 하면서 그의 어깨를 두드려주었다. 그때마다 그는 게페르트 신부의 따뜻한 마음에 감동하며 고개 숙여 인사했다.

남태평양 전쟁에서 계속 수세에 몰린 일본은 노골적으로 학도병 강제모집을 시작했다. 징용령도 내려 조선인들을 일본 탄광과 무기공장 그리고 사할린, 동남아, 남양군도로 끌고 갔다. 한국인 징용 노무자의 수가 70만 명을 넘어섰다.

앞날을 예측할 수 없었다. 나라 잃은 백성으로서의 서글픔이 몰려왔다. 기도와 신앙으로 극복하려고 해도 마음속에서는 분노와 원망이 생겼다.

10월이 되자 학도병제 및 해군 특별지원병제가 실시됐다. 11월 30일에는 도쿄에서 강제징집한 학도병들을 모아놓고 '조선·대만 특별지원병 장행회壯行會'를 거행했다. 김수환은 소신학교 동창들을 만나는 일이 잦아졌다. "함경남도에 있는 덕원신학교로 가자"는 친구도 있었고, "피할 수 없는 일이라면 지원해서 일본이 주는 밥을 먹으며 열심히 전술을

⟋ 한운사 작가.

김수환 추기경의 조치대학 예과 동창 한운사 작가는 당시 상황에 대해 이렇게 회고했다.
"연락선을 탈 때다. 평소 같으면 학생증 제시를 요구받는데 이상하다. 아무도 서 있지 않고 프리패스다. 선실 앞에서 공손히 절을 하는 친구가 신문을 주었다. 울긋불긋 방선을 그은 경성일보. '학병제에 감동하여 진충보국(盡忠報國)하겠다는 지망생들의 미담(美談), 열렬한 호응.'
이윽고 중앙 단상에 장교 하나가 나타나더니 조국 대일본제국은 지금 백척간두에 서 있다. 이때야말로 황은(皇恩)에 보답할 절호의 기회. '조선학도 특별지원병제' 실시 만세다. 지원서에 도장을 찍어라.
종이가 배포되었다. 맨 앞에 앉아 있던 학생들이 반발을 하자 즉석에서 소지품 조사를 당하고 어디론가 끌려갔다. 우격다짐이었다. 일본이 벌여놓은 대동아전쟁(태평양전쟁)에 내가 말려들어갈 줄이야. 50년이 지난 지금 누가 우리에게 욕을 할 수 있는가."
_매일경제 1992년 7월 20일, 30일자.

익히자. 그리고 중국으로 파병되면 그쪽에 있는 우리 독립군에 합류해서 일본군과 목숨을 걸고 싸우자"는 친구도 있었다. 그러나 이미 기차역과 부두에는 일본 형사들이 상주한다는 소식이 들려왔다. 조선인 학생들이 보이면 잡아서 강제입대시킨다고 했다. 실제로 조치대학 예과 동창 한운사를 비롯해 많은 유학생들이 연락선 안에서 강제징집을 당했다. 시모노세키에서 부산으로 가는 관부關釜 연락선 안에서 강제로 지원서에 도장을 찍게 한 것이다.

소신학교 동창들과 조치대학 조선인 유학생들은 현실을 받아들여야 했다. 수환도 곧 전장으로 끌려가 총알받이가 되겠구나, 하는 생각이 들었다. 죽음에 대해 생각하는 시간도 많아졌다. 철학 시간에 학문적으로 하던 성찰이 아니라 자신에게 닥칠 수 있는 상황에 대한 성찰이었기에 밤을 새우곤 했다. 그러나 아무리 생각해도 자신의 죽음은, 일본의 제국주의적 광기에 어이없이 희생되는 헛된 죽음이었다. 자신에게 닥쳐올 죽음은 예수님처럼 인간을 구원하기 위해 십자가에 매달리는 것이 아니었다. 신앙과 관계없는 죽음이었다. 그렇게 무의미하게 죽는 건 너무 분하고 억울하다는 생각뿐이었다.

강제징집과
절해고도

6

"누구든지 내 뒤를 따라오려면, 자신을 버리고 제 십자가를 지고 나를 따라야 한다."

| 마태오복음 16장 24절 |

1943년 12월 15일, 일제는 학도병 미지원자 징용령[41]을 시행했고, 대구교구에서는 일본에 유학 중인 김수환에게 입대하라는 전보를 보냈다. 1942년 대구교구에서 사제 서품을 받은 뒤 일본 주오中央 대학에 유학 중이던 전석재 신부(훗날 대구가톨릭대 초대총장)에게도 같은 내용의 전보를 보냈다. 서울교구에서도 최익철, 신종호, 최석우, 김정진에게 '입대 전보'를 보냈다.[42]

전보를 받은 김수환은 이제는 도저히 빠져나갈 방법이 없다고 생각

---

41   이 징용령으로 한국과 일본, 만주 지역에서 대학을 다니다가 일본군에 강제징집된 한국인 청년은 4,385명이다. 이 가운데 생존자는 1,300여 명에 불과했다. _한국일보 2005년 8월 15일자.

42   일제강점기, 천주교에서는 한공렬 신부와 김수환 등 동경 유학 신학생 6명은 학병으로 강제징집당했고, 박성춘 신부와 신학생 10명은 징용에 차출되었다. _평화신문 2000년 8월 13일자.

아,
김수환
추기경

했다. 그는 교구장의 '입대 명령'에 순명하기로 마음을 정리했다. 서울 교구에서 온 다른 동창들도 마찬가지였다. 그는 성당으로 갔다. 그리고 무릎을 꿇고 기도했다.

"천주님, 보잘것없는 저를 천주님께 바치겠다고, 성직자가 되겠다고 마음먹었지만, 성소에 대한 확신이 흔들리기만 했습니다. 10년 동안 교구에서 장학금을 받으며 공부했지만, 교회에 아무런 보탬이 되지 못한 채 이제 전쟁터로 끌려갑니다. 인간의 생사는 오직 천주님만이 아시오니, 이제 저를 주님 앞에 내려놓습니다. 저 스테파노를 주님의 뜻대로 하여주소서……."

그는 어머니를 비롯한 가족에게 작별인사를 전하기 위해 대구에 갈 준비를 했다. 그러나 모든 항구와 역에서 강제징집을 하고 있었다. 집에 인사조차 하지 못하고 끌려갈 수도 있는 상황이었다. 도쿄에서 학병 지원서를 작성한 후 증명서를 갖고 연락선을 타야 했다.

다음 날 그는 서글픔과 분노의 마음을 누르면서 학병지원서를 작성했다. 심사관은 대학생인 그를 일본 본토에서 근무하는 사관후보생으로 분류했다. 그리고 이듬해 1월 20일 부산 부두에 나와 훈련소를 배치받고, 훈련 후 사관후보생 자격시험을 치르라고 했다. 당시 일본 군부는 대학이나 전문대 재학생은 고급 인력으로 분류해 조선인·일본인 구별 없이 본토에서 근무하게 했다. 그는 학병으로 끌려가는 것도 모자라 사관후보생이 되어야 한다는 사실이 기가 막혔다. 그러나 그에게는 선택의 여지가 없었다.

김수환은 끓어오르는 분노를 참으며 함께 귀국할 동성학교 5년 선배 전석재 신부를 만났다. 한참 동안 신세한탄을 한 후 그와 함께 사진을 찍었다. 신학생뿐 아니라 신부까지도 전쟁터로 끌고 간 사실을 천주교 회사에 남기기 위해 배급받은 사관후보생복으로 갈아입었다.

김수환 추기경은
일본군 장교가 아닌 일등병이었다

당시 강제징집당한 대학생은 모두 일본 본토에서 근무하는 사관후보생으로 분류되어 훈련을 받았다. 그러나 김수환 추기경은 훈련 후 사상검열을 통과하지 못했고, 일등병으로 분류되어 지치지마섬에 배치되었다.

일부에서는 김수환 추기경이 지치지마섬 장교훈련소에서 훈련을 받고 장교가 되었다고 주장하지만, 이는 사실이 아니다. 일본과 미국의 기록을 보면, 지치지마섬에 장교훈련소가 있었다는 기록은 없다. 지치지마섬의 전략적 가치는 남양군도와 일본 본토의 무선중계를 연결하는 기지국이었다. 1944년 당시 1,400명의 군인이 주둔하고 있었고, 대부분 해군이었다. 육군은 기본 병력만 주둔했기 때문에 장교훈련소가 설치될 필요성이 없는 섬이었다.

종전 후 지치지마섬의 사령관이던 릭시 대령(Colonel Rixey)의 비망록에도 김수환 추기경을 비롯한 한국인 학병들은 장교가 아니라 "노역을 계속해야 하는 사병들(still soldiers)"라고 기록되어 있다. _Chesler Hearn, 《Sorties into Hell: The Hidden War on ChiChiJima》, Prager Publisher, 2003, 53쪽.

김수환은 게페르트 신부를 찾아갔다. 그는 안타까운 눈길로 수환을 바라보다 차를 끓여 내왔다.

"스테파노, 천주님을 원망하는가?"

김수환은 잠시 고개를 숙였다.

"신부님, 찻잔이 넘칩니다."

"예수님도 이 지상에서 마지막 순간에 천주님께 왜 나를 버리시느냐고 절규했네. 천주님은 결코 자네를 버리지 않으실 걸세."

게페르트 신부는 따뜻한 목소리로 위로하며 의자에서 일어났다. 그리고 그의 머리 위에 두 손을 얹고 전쟁터에서도 스테파노를 보호해달라고 강복했다.

얼마나 지났을까, 사제가 되겠다고 현해탄을 건너온 식민지 국가의 제자가 주검으로 변해 돌아올지 모를 전장으로 나간다는 사실에 가슴이 미어졌던 것일까, 게페르트 신부의 두 손이 심하게 떨리더니 사나이의 깊은 울음이 터져나왔다. 그 순간, 김수환은 게페르트 신부가 자신을 진정으로 아꼈다는 사실을 새삼 깨달았다. 그의 가슴에서 설움이 북받쳤다. 그는 자신도 모르게 자리에서 일어나 밖으로 뛰쳐나갔다.

1944년 1월 초, 김수환은 대구의 집에 도착했다. 그가 학병을 나가게 되었다는 소리에 어머니는 대성통곡했다. 일본 유학에서 돌아오면 훌륭한 신부가 될 거라고 기대하며 하루에도 몇 번씩 기도를 바치던 어머니였다. 그런데 언제 죽을지 모르는 전쟁터로 끌려간다니, 그 심정이 오죽했겠는가. 옆방에 있던 형수도 와서 눈물을 흘렸고, 저녁 늦게 소식을 듣고 달려온 큰누나와 작은누나도 막냇동생의 손을 잡고 우짜노, 우짜노, 하며 울음을 터뜨렸다.[43] 방학이라 집 근처 성요셉성당에서 신부님을 도와드리다 늦게 들어온 셋째형 동한과 얼마 전부터 장사를 시작한 둘째형도 침통한 표정을 감추지 못했다.

그날 밤, 어머니는 막내아들 옆에서 잠을 청했다. 그러나 조금이라도 더 얼굴을 보려는 듯 날이 새도록 잠을 이루지 못했다. 어머니는 아침 일찍 일어나셨다. 막내아들을 위해 하얀 쌀밥을 짓고 반찬을 만드셨다. 그러고는 대구교구청 뒤에 있는 성모당에 가서 무릎을 꿇고 막내아들을 위해 기도했다.

이튿날 아침, 어머니는 대구의 천주교회 지정 사진관에서 사진사를 부른 후, 가족들을 모두 데리고 성모당 앞으로 가서 사진을 찍었다. 김수환은 가슴이 아팠다. 그러나 어쩌면 마지막이 될지도 모르는 사진이

---

43   조카 김병기의 2014년 증언.

ᕽ 1944년 1월 초에 찍은 가족사진. 앞줄 왼쪽부터 둘째형의 딸(김정자), 둘째형의 큰아들(김병호), 큰이모, 어머니(안경 쓰신 분), 둘째형의 둘째아들(김병기), 뒷줄 왼쪽부터 둘째형(필수) 내외, 김수환 추기경, 셋째형 김동한(당시 신학생), 큰누나, 작은누나.

라는 생각에 억지로 웃는 표정을 지었다. 살아 돌아올 가능성이 많지 않은 상황이었기에, 어머니에게 조금이라도 환한 모습을 남겨드리고 싶었다. 어머니는 가족사진을 찍은 후 조바위를 쓰고 꼿꼿한 자세로 독사진을 찍었다.

1월 20일, 김수환은 아무 말 못하고 눈물만 흘리는 어머니에게 큰절을 했다. 어머니는 며칠 전 찍은 당신의 독사진을 아들에게 건네며 손을 잡았다. 사진을 받아든 그는 아스라한 눈길로 어머니를 바라보고는 고개를 숙이고 사진을 주머니에 갈무리했다. 그리고 식구들의 환송을 받으며 대구역에서 동한 형과 함께 부산행 기차를 탔다. 역은 학병과 징용 가는 청년과 중년으로 가득했다.

기차가 출발하자 수많은 가족들이 기차를 따라 뛰어가다가는 털썩 주저앉아 목 놓아 울었다. 그의 어머니도 그렇게 멀어져가는 아들을 바라보며 눈물을 흘렸다. 그러고는 그 자리에 오랫동안 서서 묵주를 굴리며 기도를 했다.

부산 부둣가에 도착한 김수환은 부대 배치를 받기 위해 줄을 섰다. 그곳에는 김정진, 최석우, 최익철도 있었다. 네 명의 동창은 서로를 위로하며 같은 부대로 가면 좋겠다면서 초조한 마음을 달랬다.[44]

부대 배치가 끝났다. 김수환은 일본 중부 나가노 부근 마쓰모토 훈련소, 김정진과 최석우는 니가타의 시바타 훈련소, 최익철은 도쿄에서 멀지 않은 곳에 있는 훈련소에 배치되었다. 모두들 허탈한 표정으로 서로를 바라보는데, 승선 명령이 떨어졌다.

그 순간, 부산 부두까지 온 셋째형 김동한은 연락선에 오르는 동생의 손을 잡고 그동안 참았던 눈물을 줄줄 흘렸다. 그는 서럽게 우는 형을 더 이상 바라볼 자신이 없어 주먹을 불끈 쥐고 배에 올랐다. 그러고는 갑판 위에서 형을 향해 손을 흔들며 가슴속으로 외쳤다.

"형아, 꼭 훌륭한 신부가 되어서 어머니께 효도해라……."

동한도 그를 바라보며 계속 손을 흔들었다.

"수환아, 꼭 살아서 돌아와야 한다. 꼭 살아와서 훌륭한 신부가 되어야 한다……."

1월 25일경, 김수환은 트럭에 실려 마쓰모토 훈련소에 입소했다.[45] 이튿날 아침부터 고된 훈련이 시작되었다. 그러나 총에 칼을 꽂고 사람을 찌르는 총검술 훈련은 그 어떤 고된 훈련보다 더 고통스러웠다. 불과

---

44 "1944년 1월 20일, 일본에 유학했던 우리 조선 학생들은 모조리 학도병으로 끌려갔습니다."_김정진 신부의 앞의 책, 154~155쪽.
45 《추기경 김수환 이야기》 88쪽.

한 달 전만 해도 천주를 사랑하고 이웃을 내 몸같이 사랑하기 위해 공부하던 신학생이 사람을 죽이는 훈련을 해야 한다니…… 절망과 자괴감이 그를 에워쌌다.

또 다른 고통도 있었다. 잠이 부족하고 배가 고픈 것이었다. 젊은 청년이 하루종일 고된 훈련을 하면 배가 고픈 건 당연했다. 그러나 단무지 하나 들어간 조그만 주먹밥이나 고구마를 주면서 허기를 때우라고 했다. 중국 대륙과 남태평양에서 전투를 하는 군인들에게 식량을 보급해주느라 훈련소로 배당되는 식량은 매우 적었다. 취침 시간도 불과 서너 시간뿐이라 보초를 서면서도 꾸벅꾸벅 졸 때가 한두 번이 아니었다. 하루에도 몇 번씩 인간의 한계를 느끼게 하는 고된 훈련의 연속이었다. 그러나 역설적으로 그런 힘든 상황이 그의 신앙을 훌쩍 자라게 했다.

김수환은 하루에도 몇 번씩 "나를 따르려는 사람은 누구든지 자기를 버리고 제 십자가를 지고 따라야 한다"는 마태오복음 16장 24절을 되뇌었다. 머리로만 알고 있던 그리스도의 고난이 점점 가슴속 깊이 느껴지면서, '자신을 비우는 것Kenosis'이 무엇인지를 조금씩 깨달아갔다. 그는 시간이 날 때마다 기도를 했다.

어느 날 밤, 한 학병이 그에게 다가왔다.

"너, 천주교 신자야?"

그가 고개를 끄덕였다.

"그렇구나. 가슴에 십자가를 긋는 걸 보고 그럴 거라고 생각했다."

김수환은 다시 고개를 끄덕였다. 전 같으면 신학생이라고 대답했겠지만, 총검술을 하면서 그런 신분을 밝히는 것이 오히려 부끄럽다는 생각이 들었다.

"고향이 어디야?"

"대구……."

"난, 서울이다. 내 이름은 안병지인데, 감리교 목사다."[46]

김수환은 깜짝 놀란 표정으로 그를 바라보았다.

"그렇구나, 나는 신학생이야."

"신학생? 그러면 신부가 되는?"

김수환이 고개를 끄덕이자 안병지는 반가운 표정을 지었다.

"야, 정말 반갑다. 종교는 좀 다르지만……."

그는 그때부터 안병지와 말을 나누는 친구가 되었다. 훈련소에는 안병지 외에도 조선인 학병이 몇 명 더 있었다. 그중에는 김학렬[47]도 있었다. 경상도 말을 써서 물어보니 경상남도 고성 출신이라고 했다. 부산상고를 졸업한 후에 일본에 유학 와서 주오대학을 졸업한 후 강제징집을 당했다고 덧붙였다. 그렇게 가끔 조선인 학병들과 몇 마디 나누는게 유일한 낙이라면 낙이었다.

6개월이 지나 초년병 훈련이 끝날 무렵, 나이 많은 선임 상사가 김수환과 안병지를 불렀다.

"나는 종교가 없지만 예수를 믿는 너희들의 정직함이 마음에 든다. 너희 두 명은 취사당번으로 일할 때 밥을 훔쳐먹는 일이 없었다. 솔직히 이제까지 취사당번 중 주먹밥 한 덩어리를 주머니에 넣지 않은 놈은 너희 둘뿐이다. 오늘 저녁에 나와 속 시원하게 털어놓으며 얘기 좀 하자."

김수환과 안병지는 잔뜩 긴장한 채 그의 말을 들었다.

---

46   같이 훈련받은 목사의 이름이 '안병지'라는 것은 《Sorties into Hell: The Hidden War on ChiChiJima》(Chesler Hearn, Prager Publisher, 2003)에서 확인한 사실이다.

47   김학렬은 훗날 경제개발 5개년계획을 입안했다. 김수환 추기경이 서울대교구장에 착좌했을 때 청와대 정무수석비서관으로 근무하면서 박정희 대통령과의 만남을 주선했다.

I
사제로
가는 길

125

"지금 일본의 전세는 매우 안 좋다. 내 생각에는 일본이 도저히 이길 수 없을 것 같다."

두 사람이 계속 긴장을 늦추지 않고 아무런 말도 하지 않자, 선임 상사는 좀 더 강하게 말했다.

"일본은 너무 교만했다. 중국으로 동남아로 태평양으로 세력을 확장하면 크게 잘살 줄 알았지만 그건 오산이었다."

그때서야 김수환은 선임 상사가 일본의 제국주의에 동의하지 않거나, 일본의 패전에 불안을 느끼면서 뭔가 위로받기를 원하는 것 같다는 생각이 들었다. 조치대학에도 그런 일본인 학생들이 있었기 때문이다. 그는 긴장을 풀면서 안병지를 바라봤다. 안병지도 눈빛으로 동의를 나타냈다.

"저는 일본이 미국을 너무 만만하게 본 것 같다고 생각합니다. 제가 조선에서 듣기로는 미국은 그렇게 호락호락한 나라가 아닙니다."

김수환의 말에 선임 상사가 고개를 끄덕이며 동의했다.

"나도 그렇게 생각한다. 일본이 실수를 했다. 미국을 건드리는 게 아니었다."

"일본인들이 충의忠義를 최대의 미덕으로 알고 나라의 말이라면 무조건 복종하는 건 잘하는 일이 아니라고 생각합니다."

안병지도 거들었다. 그때부터 대화는 물 흐르듯 흘렀고, 김수환과 안병지는 내친김에 조선에 대한 착취와 차별의 부당성을 토로했다. 그렇게 두 시간이 흐른 후 선임 상사는 두 사람에게 숙소로 돌아가라고 했다. 사상검열을 마친 것이었다.

며칠 후, 드디어 초년병 훈련이 끝났다. 그러나 김수환과 안병지는 일본 본토에서 근무하는 사관후보생 자격시험을 치르지 못하고 일등병

이 되었다.[48]

그다음 날부터 전에 비해 강도 높은 실전 훈련이 시작되었다. 선임 상사는 툭하면 김수환과 안병지를 불러 "조센징, 이놈의 새끼들!" 하며 기합을 주거나 두들겨팼다. 기합을 주면 받고, 때리면 맞는 수밖에 없었다. 김수환은 밤마다 괴로워했다.

몇 달 동안의 실전 훈련이 끝나자 선임 상사는 김수환과 안병지를 불렀다.

"이제 너희 조센징들은 전선戰線으로 투입된다. 너희들의 희생으로 너희 식구들이 지켜진다는 사실을 명심하고, 천황폐하께 감사해라. 천황폐하 만세!"

그러나 두 사람은 만세를 부르지 않았다. 선임 상사의 눈꼬리가 올라갔다. 김수환은 눈을 감았다. 선임 상사는 주먹질을 하며 온갖 욕을 해댔다.

이튿날, 김수환과 안병지는 다른 일등병들과 함께 트럭에 실려 어느 역에 도착한 후 기차에 탔다. 그리고 요코하마에 도착했다.

12월 26일, 김수환은 안병지와 몇 명의 조선 학병 그리고 일본 군인들과 함께 2천 톤급 화물선에 올랐다. 잠시 후 배는 출항했다. 그는 멀어지는 육지를 바라봤다. 자신의 영명축일靈名祝日[49]에 죽음이 기다리는 전쟁터로 간다는 현실이 마음을 울적하게 했다. 그는 조용히 눈을 감고

---

48   《월간조선》 1986년 5월호 오효진과의 인터뷰.
49   김수환 추기경의 세례명인 스테파노 성인의 축일. 가톨릭교회는 세례를 받는 사람에게 특정 성인의 이름을 세례명으로 정해주며 그 성인을 본받고 따르기를 권한다. 각 성인은 가톨릭의 전례에서 특별히 기념하는 축일이 있다. 신자들은 자신이 세례명으로 받은 그 성인의 축일을 자신의 영적 생일로 삼고 이를 기념한다. 이를 영명축일이라고 하니, 영명은 곧 세례명의 다른 표현이다.

'스테파노 성인을 향하여 하는 기도'를 드렸다.

배는 남쪽 어딘가로 향했다. 미군 잠수함을 피해 지그재그로 항해하는 바람에 멀미가 심해 아무것도 먹지도 마시지도 못했다. 김수환은 가마니와 자전거 사이에 축 늘어져서 고통스러운 시간을 보냈다. 몸을 왼쪽으로 뒤척이면 바퀴에 걸리고, 반대로 돌리면 핸들에 걸려 죽을 맛이었다.

1945년 1월 1일, 배는 계속해서 태평양 망망대해를 항해했다. 태평양 전투 상황을 아는 일본군들은 갑판 위에서 목적지에 대해 중구난방으로 떠들었다. 벌써 닷새가 되었으니 아무래도 오키나와로 가는 것 같다는 군인도 있었고, 오가사와라제도에 있는 화산섬 이오지마로 가는 것 같다는 군인들도 있었다. 당시 일본군은 일본 본토 사수를 위해 전투기를 보유한 공군기지가 있는 이오지마섬을 '절대 국방권'으로 지정한 후 계속 증원군을 보내는 중이었다. 그래서 이오지마섬일 것 같다고 주장하는 수가 우세했지만, 두 섬 모두 미군의 총공세가 임박한 곳이었다. 김수환은 어두운 표정으로 한숨을 내쉬었다.

요코하마에서 떠난 지 7일 후인 1월 2일, 드디어 멀리 섬이 보였다. 섬이 점점 가까워지자 일본군 장교들이 이오지마섬이 아니라 조금 못 미쳐 있는 지치지마섬이라고 했다. 도쿄에서 남쪽으로 약 1천 킬로미터 떨어진 곳이라 3일이면 올 수 있었는데, 미 해군의 잠수함 공격을 피해 지그재그로 항해를 해서 7일이 걸린 것이다.

김수환은 갑판 위에서 지치지마섬을 바라보며, '미군은 이렇게 배를 타고 상륙작전을 할 거고, 나는 저 섬에서 방어를 하겠지. 그러면 총을 하늘에다 쏴야 할까, 아니면 바다를 향해 쏴야 할까. 운이 좋아 살아남으면 미군에 투항을 할 수 있을까……' 그런 생각을 하는 사이에 배는 부둣가에 도착했고, 김수환과 안병지 그리고 조선인 학병들과 100여 명의 군인들은 육지에 내렸다.

　김수환을 비롯해 새로 도착한 군인들은 모두 해안경비대에 투입되었다. 산 위에서 보초를 서면서 미 해군의 폭격기와 군함의 출현을 감시하는 임무였다. 지치지마섬은 화산섬이었지만 세월이 오래 흘러 아열대의 원시림이 있었고 습기가 많았다. 약 1천 명의 원주민이 살고 있었지만, 반 정도는 일본 본토로 피난을 갔고, 남아 있는 주민들은 원시림 부근에 살면서 카누를 타고 바다에 나가 생선을 잡으며 생활했다.[50]

　김수환은 절해고도의 산꼭대기에서 끝없이 펼쳐진 검푸른 바다를 바라보았다. 미군이 상륙하면 어디에 숨어야 전투를 하지 않고 투항할 수 있을까. 그때부터 그는 주변 지형을 유심히 살폈다. 안병지와 함께 보

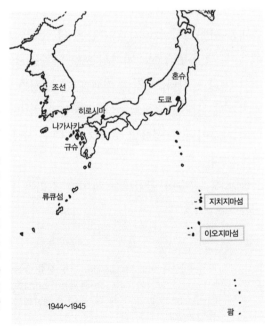

　지치지마섬의 위치. 지치지마섬(父島)은 오가사와라제도에 속한 화산섬으로, 연평도보다 조금 크다. 갑신정변이 실패로 돌아가자 일본으로 망명한 김옥균(1851~1894)이 1886년 8월 중순부터 2년 동안 유배생활을 한 섬이다. 김옥균은 이 섬에서 '정관(靜觀, 조용히 사물을 관찰함)'이라는 글씨를 남겼다. 미국에서는 이 섬을 '보닌 아일랜드(Bonin Island)'라고 부른다. 남태평양 전투 중 가장 많은 사상자가 발생한 이오지마섬(유황도)은 지치지마섬 남쪽에 있다.

초를 서는 날에는 어느 바위틈에 숨을 만한 동굴이 있는지 찾아다녔다.

그렇게 한 달이 조금 더 지난 2월 15일, 미 해군은 지치지마섬 200킬로미터 남쪽에 있는 이오지마섬을 향해 대규모 함포사격을 시작했다. 이오지마섬은 일본 전투기 부대가 주둔하고 있는 전략적 요충지였다. 미군은 1944년 여름, 마리아나제도를 손에 넣은 후 B-29 폭격기를 이용해 일본 본토까지 장거리 폭격을 개시했다. 그러자 일본군은 이오지마섬에 주둔하던 전투기를 이륙시켜 B-29의 비행을 방해했다. 미군으로서는 눈엣가시 같은 이오지마섬을 점령할 계획을 세웠다. 일본군 사령부는 이에 맞서 2만 명의 군인에게 '결사항전' 명령을 내렸다. 미군은 2월 15일부터 계속해서 함포사격을 하며 상륙 준비를 했다.

2월 18일, 미국의 이오지마섬 함포사격이 절정에 달하던 날, 미군 폭격기 편대가 지치지마섬을 향해 날아왔다. 지치지마섬에 있는 해군기지와 아사히산에 있는 무선중계국을 무력화시키기 위해서였다.

대공 사이렌이 울리자 김수환은 다른 군인들과 함께 방공호로 대피했고, 조금 후부터 여기저기서 포탄 터지는 소리와 고사포 쏘는 소리가 쉬지 않고 들렸다. 폭격은 전과 달리 장시간 계속되었다. 김수환은 여기저기서 포탄이 떨어지는 소리를 들으며, 전투는 이렇게 순식간에 시작되는 것이니, 그렇다면 동굴 같은 데로 피난할 시간도 없겠다는 생각이 들었다.

한참 후, 공습이 끝났다는 사이렌 소리가 들렸다. 모두들 총을 거머

---

50 지치지마섬과 미군 및 일본군의 전투 상황 등은 《Fly Boys》(James Bradley, Little, Brown and Co., 2003)와 《Sorties into Hell: The Hidden War on ChiChiJima》(Chesler Hearn, Prager Publisher, 2003)을 참고해서 재구성했다. 사진도 위의 두 책에서 인용했다.

아,
김수환
추기경

∝ 미군 폭격기가 지치지마섬에 폭탄을 투하하는 모습. 1945년 2월 18일 미 해군이
촬영한 사진이다.

쥔 채 방공호 밖으로 뛰어나갔다. 군인들은 점호를 받기 위해 사령부 앞으로 갔다. 사령부 안에서는 보통 때와 달리 웃음소리, 박수소리, 만세소리가 들렸다. 점호가 끝날 무렵, 포로가 된 미군 조종사들이 물에 젖은 모습으로 낙하산을 다 풀지도 못한 채 줄지어 사령부 앞으로 끌려왔다. 일본군들은 그들이 끌려올 때마다 박수를 치고 그들에게 욕을 했다. 그날 포로가 된 미군 조종사는 모두 아홉 명이었다. 미군의 피해가 컸지만 섬 해군기지에 있던 소형 전투기들과 정박해 있던 잠수함도 막대한 피해를 입었다.

2월 19일, 미 해병대는 이오지마섬에 상륙을 시도했다. 사흘 동안 집중적으로 함포사격을 했지만 그곳을 지키는 일본군의 저항은 거셌다. 첫 번째 상륙작전은 실패로 돌아갔다. 그러나 미군은 포기하지 않왔고, 다시 상륙작전을 감행했다. 이때부터 치열한 전투가 시작되었다. 태평양전쟁 중에서도 가장 참혹한 전투로 일컫는 '이오지마전투Battle of IwoJima'가 시작된 것이다. 11만 명에 가까운 미 해병이 물밀듯이 상륙했고, 전투 4일 만인 23일 오전 이오지마섬의 스리바치산 정상에 미국 국기를 게양했다. AP통신의 종군기자 조 로젠탈이 그해 퓰리처상을 수상한 '이오지마의 깃발'이 바로 이때 찍은 사진이다.

3월 21일, 일본제국 대본영은 3월 17일 이오지마섬에 있던 일본군이 "옥쇄玉碎했다"고 발표했다. 그리고 3월 26일, 최후로 남아 있던 300명의 일본군이 마지막 돌격을 했지만 결국에는 전멸했다. 20,933명의 일본군 수비병력 중 20,129명이 전사했고, 미군에서는 6,821명의 전사자와 21,865명의 부상자가 발생했다. 미 해병 역사상 가장 피비린내 나는 전투로 기록되었다.

이오지마섬이 함락되자 지치지마에 있던 일본군은 얼마 전 포로가 된 미군 조종사들에게 잔학하게 보복했다. 일본군 장군과 장교 및 일부 병사들이 포로들을 구타하여 죽인 다음, 그 시체를 잘라 인육을 먹은 것이다.[51] 굶주림이나 식량 부족이 원인이 아니었다. 당시 지치지마섬의 쌀 배급량은 하루 3홉으로, 본토보다는 훨씬 사정이 나았다.

지치지마섬은 좁았다. '식인 사건'에 대한 소문은 김수환의 귀에도 들려왔다. 그는 소문을 듣는 순간, 설마 하며 믿지 않았다. 그러나 시간이 지나면서 구체적인 정황들이 들려왔고, 그는 일본군의 야만성과 잔학성에 몸서리를 쳤다.

아무리 전쟁이지만, 어떻게 인간이 이런 잔학한 짓을 저지를 수 있단

---

51   《신동아》1969년 7월호 박권상과의 인터뷰.

아,
김수환
추기경

말인가. 이것이 그들의 민족성이란 말인가. 그래서 아무런 죄책감 없이 우리나라를 빼앗고 수많은 우리 민족을 고통 속으로 몰아넣었단 말인가. 이들이 인간보다 중요하게 생각하는 제국주의, 군국주의의 목적은 무엇이고, 그들의 가치관은 무엇이란 말인가. 그는 고개를 흔들며 밤하늘을 바라보다가 기도를 했다.

"천주님, 인간이 어떻게 이런 잔혹한 짓을 할 수 있단 말입니까. 어떻게 이런 비인간적인 일이 일어날 수 있습니까. 모든 것이 암흑입니다. 이 조그만 섬 전체가 암흑이고, 저의 조국도 암흑이고, 저도 암흑입니다. 빛이 보이지 않습니다. 주님, 저는 어떻게 하면 좋습니까. 저를 이 섬에서 탈출하게 도와주십시오……."

김수환과 안병지를 비롯해 조선인 학병 몇 명은 미군이 점령한 이오지마섬으로 탈출하자는 계획을 세웠다. 문제는 이오지마섬까지 거리가 얼마나 되는지 모른다는 거였는데, 그래도 가다 보면 도착하지 않겠느냐는 쪽으로 의견이 모아졌다. 그때부터 섬의 원주민들이 갖고 있는 카누를 한 척 구할 계획을 세웠지만, 쉬운 일이 아니었다. 부피가 커서 훔치기도 쉽지 않았고, 그렇다고 사정을 해 빌려왔다가 신고라도 하는 날에는 그 자리에서 총살이었다. 결국 수단 좋은 안병지와 다른 한 명이 어렵사리 카누 한 척을 구했다. 그리고 수류탄, 비상식량용 건빵, 흰 천을 감춰두었다. 흰 천은 바다 한가운데서 미군 폭격기나 군함을 만나면 항복의 표시로 흔들기 위해서였다.

4월 중순, 탈출을 하기로 한 날이 밝았다. 김수환과 일행은 아침에 미군 전투기가 폭격을 하고 돌아가면 곧바로 배를 타고 바다로 나가기로 했다.[52] 약속한 장소에 모인 일행은 바닷가에 몸을 숨기고 폭격기를 기다렸다. 그런데 그날따라 해가 중천에 걸릴 때까지 폭격기가 나타나지 않았다. 그렇다고 폭격기가 오기 전에 바다로 나갈 수는 없었다. 만약

∝ 김수환 학병이 지치지마섬에서 탈출할 계획을 세울 즈음인 1945년 2월 미 해군 폭격기가 지치지마섬 해안을 저공비행하는 모습. "미군 폭격기가 나타나 탈출을 포기했다"는 김수환 추기경의 회고를 뒷받침하는 사진이다.

바다 한가운데서 폭격기를 만나면 흰 천을 흔들어도 기총소사를 당할 가능성이 클 것 같았다.

시간이 흘러도 폭격기는 나타나지 않았다. 일행은 그냥 부대로 돌아갈지, 아니면 태평양 한가운데서 죽을 각오를 하고 출발할지 상의했다. 결론은 출발이었다. 그들은 숨겨뒀던 카누를 꺼내 바다에 띄웠다. 그때 멀리서 폭격기가 보였고, 일행은 배를 돌려 부랴부랴 섬으로 돌아왔다.

훗날 알아보니, 목적지인 이오지마섬은 지치지마섬에서 남쪽으로 200킬로미터나 떨어져 있었다. 카누 같은 작은 배를 타고 도주하기엔 너무나 먼 거리였다.

---

52   조선일보 1975년 9월 2일자 선우휘와의 인터뷰와《추기경 김수환 이야기》92~94쪽 종합.

134   아,
                                    김수환
                                    추기경

5월 7일, 독일이 연합군에 항복했다. 연합군의 승리가 목전으로 다가왔다. 그러나 지치지마섬에 있는 김수환은 독일의 패전 소식을 알 수 없었고, 계속되는 미군 폭격기의 공습만 피할 뿐이었다.

김수환은 탈출이 실패로 돌아간 후, 산꼭대기에 올라갈 때마다 수평선을 바라봤다. 미군이 상륙하면 자신도 이오지마섬의 군인들처럼 아무런 의미 없이 죽을 수도 있다는 생각이 들었다. 가족뿐 아니라 지금까지 맺었던 스승, 친구 등 모든 인간관계에서 단절된 채 홀로 죽음을 맞아야 한다는 것은 너무 허무하다는 생각이 그를 괴롭혔다. 그는 기도했다.

"천주님, 모든 걸 당신께 맡기고 의지하겠다고 했지만 그래도 불안은 사라지지 않습니다. 저의 불안은 어디서 오는 것인지요? 이렇게 산꼭대기에서 먼 하늘을 바라보고 수평선을 바라봐도 천주님은 보이지 않고, 언제 미군이 올지 모르는 불안만 가득합니다. 저의 마음은 너무 황폐해서 빈 그릇과 같습니다. 천주님께서 도와주시지 않으면 저는 이 어두움을 혼자의 힘으로는 이겨내기 힘듭니다."

그는 언제 닥칠지 모르는 미군의 공격에 불안의 시간을 보내면서 자신의 삶과 신앙을 반추했다. 때론 이집트에서 이스라엘 백성을 데리고 홍해와 사막을 건너는 선지자 모세의 모습을 생각하며, 깊은 명상에 잠기기도 했다.

일본군 전범재판 증인으로
괌에 가다
7

"남을 탓하느라 너 자신을 잊으면 안 된다."

| 켈리 신부 |

8월 15일, 전 부대원은 사령부 앞마당에 정렬하라는 명령이 떨어졌다. 김수환은 무슨 일일까, 고개를 갸웃거렸지만 특별히 짚이는 게 없었다. 안병지나 다른 조선인 학병들에게 물어봐도 모두 모르겠다고 했다. 그러나 완전무장을 하라는 소리가 없는 걸로 봐서 급박한 상황은 아닌 것 같았다.

사령부 앞마당에는 무거운 침묵이 감돌았다. 잠시 후 라디오에서 일왕의 목소리가 흘러나왔다. 그러나 잡음이 너무 심해 무슨 소리인지 알아듣기가 힘들었다. 방송은 계속되었고, 일본인 장교들의 표정이 일그러졌다. 무릎을 꿇고 눈물을 흘리는 장교도 있었고, 허리에 찬 칼을 뽑아 땅에 꽂으며 분을 토해내는 장교도 있었다. 사병들 사이에서 항복이다, 항복, 하는 소리가 들려왔다. 김수환은 속으로 드디어 해방이구나, 하는 생각을 하며 안병지를 바라보자 그도 고개를 끄덕였다.

방송이 끝났다. 장교들은 할 말을 잊은 듯 모두 자신들의 막사로 돌

136

아,
김수환
추기경

아갔다. 마당에는 사병들만 남았다. 조선인 학병들이 운동장 한구석에 모이자, 한 일본군이 "조센징 이놈의 새끼들, 오늘이 오기를 학수고대했지. 너희들 지금 엄청나게 기쁘지? 그러나 미군이 올 때까지는 아직 우리 세상이니까 경거망동하지 마라, 조센징 새끼들……"하며 분을 이기지 못하겠다는 표정으로 김수환과 조선인 학병들을 노려보았다. 그러나 그의 말대로 아직은 미군이 상륙하지 않았기 때문에 모두들 머리를 숙인 채 아무런 대꾸도 하지 않았다.

일본군이 흩어지자 조선인 학병들은 우르르 산 중턱으로 올라갔다. 그러고는 서로 얼싸안으며 눈물을 흘렸다. 김수환은 아, 조국에서는 백성들이 거리로 뛰쳐나와 태극기를 흔들며 만세를 부르겠구나, 생각하며 자신도 모르게 무릎을 꿇고 십자성호를 그은 후 감사기도를 드렸다. 안병지도 무릎을 꿇고 기도했다.

잠시 후 두 사람이 일어나자 조선인 학병들은 축하 담배라며 서로 담배를 권했고, 김수환은 이렇게 좋은 날 나도 한 개비 피워보자며 담배를 청했다.[53] 처음 피워보는 담배였지만, 쓰기는커녕 오히려 달콤하다는 생각이 들었다.

10월 6일, 미 해병 선발대가 지치지마섬에 들어왔다. 이들은 일본군을 무장해제시키면서 무기와 탄약을 압수했다.

10월 13일, 미군 지휘관인 해병대 릭시 대령이 도착했다. 그러나 미군은 김수환을 비롯한 조선인 학병과 노무자들을 일본군과 격리시키지 않았다. 일본군 측에서도 조선인들이 미군과 접촉하는 것을 엄하게 금지시켰다. 미군은 일본군이 사령부로 쓰던 건물과 그 일대를 '미국인

---

53   가톨릭에서는 담배를 금하지 않는다.

구역American Zone'으로 설정했다. 일본군 구역과의 사이에는 완충지대를 만들었고, 미군과 일본군이 경비를 섰다. 김수환과 조선인들은 미군 측과 접촉할 수 있는 방법이 없었다. 그래도 곧 조국으로 돌아갈 거라는 희망을 품고 귀국 날을 손꼽아 기다렸다.

12월 15일, 김수환의 형 김동한은 대구 성유스티노 신학교를 졸업하고 대구대성당에서 사제 서품을 받았다. 이 무렵, 어머니는 매일 기차역에 나가 막내아들을 기다렸고, 성모당에서 막내아들이 무사히 돌아오게 해달라고 간절히 기도했다.

12월 중순, 드디어 미 해병대 500명이 지치지마섬에 도착했다. 일본

김동한 신부의 사제 서품식 후 기념사진. 왼쪽에 아기를 안고 있는 분이 어머니다. 셋째아들의 사제 서품식을 바라보는 어머니의 마음은 기쁨보다는 슬픔이 컸다. 그날 기념사진에 찍힌 가족들의 표정에는 웃음이 없었다.

군을 귀환시킨 후 지치지마섬에 주둔할 병력이었다. 그때부터 일본군의 본토 귀환이 시작되었다. 그러나 일본군 장교들은 일본인 군인들만 먼저 배에 태워 보내고 조선인들에게는 아무런 조치를 취하지 않았다. 미군도 마찬가지였다. 김수환과 조선인들은 답답했지만, 순서가 되면 갈 거라고 생각하며 기다리는 수밖에 없었다.

지치지마섬에서 사령관 업무를 시작한 릭시 대령은 일본군을 상대로 지난 2월 포로가 된 미군 조종사들의 행방과 실종 과정을 탐문하기 시작했다. 하지만 모두들 모른다거나 방공호에서 폭사했다고 잡아뗐다. 결국 실종 사건 조사는 성과를 거두지 못했다.

김수환은 강제로 끌려온 조선인들을 빨리 조국으로 보내주지 않는 미군의 처사에 화가 났다. 더 이상 무작정 기다리기만 할 수는 없었다. 그는 미군에게 편지를 썼다. '여기에 강제로 끌려온 조선인들이 있으니 빨리 돌려보내달라'는 내용이었다. 편지 맨 밑에다 '스티븐 김Steven Kim' 이라고 썼다. 스테파노라는 세례명을 영어식으로 표현한 것이다. 그러나 일본군 구역과 미군 구역은 차단되어 있어 편지를 전달할 방법이 없었다. 그러던 어느 날 김수환과 조선인들에게 미군 주둔 지역으로 도로 보수 작업을 나가라는 명령이 내려왔다. 김수환은 트랙터를 운전하는 미군 병사에게 준비했던 편지를 건넸다. 다행히 그의 편지는 릭시 대령에게 전달되었다.

며칠 후, 릭시 대령은 '스티븐 김'을 찾아서 데려오라는 명령을 내렸다. 그러나 그는 김수환에게 질서 문란 행위는 용납하지 않는다는 엄포를 놨다. 단지 도로공사를 시킬 일손이 필요했던 것이다. 실망한 김수환이 사령관실에서 나오는데 사령관 부관인 중위가 불렀다. 중위는 그에게 혹시 미군 조종사들의 행방에 대해 아는 것이 있느냐고 물었다. 수환이 제대로 알아듣지 못하자 방으로 데리고 들어가 종이에다 영어

로 썼다. 수환이 고개를 끄덕였고, 그때부터 본격적인 필담筆談과 손짓발짓이 시작되었다. 김수환은 손짓발짓이 안 통하면 그림을 그렸다. 그는 지금 조선인들은 일본군과 함께 있기 때문에 말할 수 없다며, 미군 구역을 그림으로 그리면서 이쪽으로 옮겨주면 말해주겠다고 했다.

중위의 보고를 받은 릭시 대령은 김수환뿐 아니라 안병지 등 몇 명의 조선인 학병을 불렀다. 그는 증언에 협조를 하면 조선인들을 미군 구역으로 옮겨주겠지만, 통솔을 책임져야 한다는 조건을 달았다.

릭시 대령의 사무실에서 나온 김수환과 안병지는 미군 구역으로 옮기는 문제에 대해 먼저 학병들의 의견을 물었다. 그들은 모두 동의했다. 문제는 노무자 쪽에서 발생했다. 학병 몇 명 때문에 돌아가지도 못하고 미군의 종살이를 하게 됐다며 거칠게 항의했다. 김수환은 미군의 손을 거쳐야 우리가 자유를 얻을 수 있다며 그들을 설득했다. 다행히 노무자들 중에 목격자 세 명이 있었다.

12월 21일, 김수환과 안병지를 비롯한 조선인 학병들은 40여 명의 노무자들과 함께 미군 구역으로 건너갔다. 릭시 대령은 학병과 노무자들에게 협조가 끝나면 빠른 시일 내에 일본으로 보내줄 것이며, 조선인 전용 막사는 물론 미군과 같은 급식을 제공하겠다고 약속했다. 그리고 곧 미군 조사관들이 증언의 신뢰성을 확인하기 위해 개별 면담을 시작했다. 김수환과 안병지도 들은 소문을 증언했다. 심문을 끝낸 미군은 그때부터 직접 목격자 세 명과 현장을 확인했다.

김수환과 대부분의 조선인들은 다시 도로공사에 투입되었다. 작업 현장에는 미군 헌병이 나와서 감시를 했다. 포로 아닌 포로 생활이었지만, 헌병들이 함부로 대하지는 않았다. 김수환은 손짓발짓을 하며 미군들과 대화를 텄고 가톨릭 신자를 찾아서 대화를 넓혀갔다. 김수환이 가톨릭 신학생 출신임이 알려지자, 가톨릭 신자 해병대원들이 오히려 호기심을 갖고 찾아왔다. 그들 역시 외로웠고, 일본군이 아니라 조선인 학병이라는 사실에 호감을 갖고 이야기를 나누고 싶어 했다. 그때부터 김수환은 그들과 친구가 되어 손짓발짓을 섞어가며 이것저것 물으면서 친하게 지냈다. 그들을 통해 미국에도 가톨릭 신자가 많다는 사실을 알았다.

이때 수환은 미국에서 공부하고 싶다는 생각을 했다. 이제 일본이 망했고 한국도 독립이 되었으니 영어를 잘하면 신부가 돼서도 할 일이 많을 것 같았다. 김수환은 릭시 사령관의 부관 중위를 만나 미국의 가톨릭대학교 이름과 주소를 구해달라고 부탁했다. 얼마 후 부관 중위로부터 미국 대학 명단을 받은 김수환의 눈이 휘둥그레졌다. 가톨릭대학교가 스무 개도 넘었다. 그는 소신학교 때 장면 교장이 말했던 것처럼 미국이 큰 나라라는 실감이 났다. 그러나 김수환은 당장은 어찌해볼 도리가 없어 그 명단을 잘 갈무리해뒀다.

12월 24일, 미군 친구들 덕분에 이오지마섬에 있는 군종신부가 와서 성탄전야 미사를 집례한다는 사실을 알았고, 참석해도 좋다는 허락을 받았다. 그는 벅차오르는 마음으로 미사에 참례했다. 2년 만에 드리는 미사였다. 마음속에 하느님을 만났다는 감동이 몰려왔다. 미사가 끝나고도 그는 의자에 앉아 기도를 계속했다.

다음 날, 군종신부가 12월 25일 성탄 첫 미사를 집례했다. 그런데 미사가 시작되었는데도 복사가 나타나지 않았다. 그는 복사 없이 미사를 집례하는 신부를 바라보다가 뚜벅뚜벅 제대를 향해 걸어나갔다.[54] 신부 옆에서 아무런 실수 없이 복사를 서면서 미사 집전을 도왔다. 미사 내내 그의 마음속에서는 뜨거운 눈물이 흘렀다.

미사가 끝났다. 군종신부는 제의도 벗지 않은 채 그를 껴안으며 물었다.

"자네는 누구인가?"

"저는 한국에서 온 가톨릭 신학생입니다."

"한국의 신학생 복사를 만나다니…… 이렇게 감동적인 미사는 처음이다. 가톨릭은 역시 인종, 민족, 언어, 이념을 초월하는 종교다."

군종신부의 목소리는 떨렸고, 그 역시 감격스러운 눈길로 신부를 바라봤다.

그날 밤, 그는 켈리Kelly 군종신부와 헤어져 막사로 돌아와서도 미사의 감격을 잊지 못하고 밤늦도록 기도를 드렸다.

---

54   《추기경 김수환 이야기》103쪽.

1946년 1월, 조선인 학병들과 노무자 그리고 일부 일본군의 증언이 취합되면서 희생된 미군 조종사들의 매장지가 밝혀졌다. 김수환과 학병들은 유해 발굴 작업에 투입되었다. 증언이 마무리되면 조국으로 돌아갈 줄 알았던 그들은 한숨을 내쉬었다. 김수환은 흙 속에서 나오는 유해 조각들을 보며 다시 한 번 일본군의 잔학성에 대해 할 말을 잃었다. 그리고 뼈들이 하나둘 맞춰지면서 인간의 형태가 이루어져가는 걸 지켜보며 인간과 생명의 존엄성에 대해 생각했다.

"천주님, 당신은 인간을 당신 모습으로 창조하셨습니다. 그래서 인간에게는 천주님의 모습이 깊이 새겨져 있습니다. 그런데 이렇게 잔학하게 희생되었습니다. 천주님, 너무도 비참하고 참혹합니다. 인간이 어떻게 이런 비인간적인 죄악을 저지를 수 있단 말입니까. 이것은 인간에 대한 모독 중에서도 가장 잔인한 모독입니다. 천주님, 이 희생자들을 불쌍히 여겨주소서. 그리고 제 마음속에 있는 증오를 긍련히 여겨주소서……."

1월 중순, 김동한 신부는 부산 범일동성당 보좌

실종된 미군 조종사의 유해 발굴 작업. 가운데 안경 낀 이가 김수환 학병으로 추정된다.

신부로 부임했다. 그는 일본에서 귀국선이 들어온다는 소식이 들릴 때마다, 부둣가에 나가 혹시 동생이 내리는지 살폈다. 그러나 배에서 사람들이 다 내릴 때까지 기다려도 동생 수환은 보이지 않았다. 일본이 패전한 지 6개월이 지나도록 귀국하지 않는 것이 영 불안했지만, 그는 성당에 돌아가 동생을 위해 기도했다.

대구의 어머니도 마찬가지였다. 추운 겨울이었지만 하루도 쉬지 않고 교구청 사무실에 들러 막내아들의 소식이 있는지 알아봤다. 교구청 신부들이 소식이 오면 곧바로 찾아가서 알려드리겠다고 했지만 소용없었다. 어머니는 바쁘신 신부님들에게 그런 폐를 끼치는 것은 송구한 일이라며 고개를 숙였다. 그러고는 돌아오는 길에 성모당에 들러 무릎을 꿇고 성모님을 향해 묵주기도를 바쳤다.

2월 초, 릭시 대령은 미군 사령부에 일본 본토로 돌아간 일본군 중장학 행위 관련자들의 명단을 건넸다. 일부는 체포되었고, 일부는 스스로 목숨을 끊었다. '식인 사건' 연루자로 지치지마섬에 억류돼 있던 육군의 다치바나 중장과 해군의 모리 중장을 포함해 모두 25명이 체포되었다. 릭시 대령은 그들을 괌에서 열리는 전범 군사재판에 회부했다.[55]

3월, 김수환은 다시 한 번 낙담했다. 김수환과 안병지, 또 다른 학병한 명 그리고 조선인 노무자 세 명은 식인 사건의 증인으로 괌에서 열리는 전범재판에 참석해야 한다는 것이었다. 미군이 처음에 한 약속과 달랐고, 집에서 기다릴 어머니와 가족들이 걱정되었지만, 선택의 여지가 없었다. 그와 조선인 증인들은 미군 함정을 타고 괌으로 출발했다.

---

55   전범재판과 관련해서도 《Fly Boys》와 《Sorties into Hell: The Hidden War on ChiChiJima》를 참고해서 재구성했다. 사진도 위의 두 책에서 인용했다.

괌 전범재판 기사. 동아일보 1946년 2월 27일자로, 1946년 말까지 진행될 예정이라는 내용이다.

괌에서는 재판이 열리는 날 외에는 한가했다. 일본군 학병이 아니라 증인 신분이라서 노역도 없었다. 지치지마섬에 있을 때보다 자유로웠다. 그는 영어 공부를 하기 위해 미군들과 손짓발짓을 섞어 대화를 했다.

괌에 도착한 후 첫 번째 일요일이 되었다. 그는 군종신부가 집전하는 미사에 참례하기 위해 천막 성당으로 갔다. 고해소에서 군종신부에게 고해성사를 하고 싶었지만 자신의 영어 실력으로는 어림없는 일이었다. 그는 무릎을 꿇고 천주님 앞에 고백하며 잘못을 빌었다.

잠시 후 군종신부가 복사들을 데리고 제대를 향해 입당했다. 고개를 살짝 돌리니, 지치지마섬에 와서 성탄미사를 드렸던 켈리 신부였다.[56] 그는 미사가 끝난 후 천막 밖에서 켈리 신부에게 인사를 했다. 켈리 신부는 깜짝 놀라며 그를 얼싸안았다.

켈리 신부는 이오지마섬에서 괌으로 사목지를 옮겼다고 했다. 김수환은 영어와 라틴어, 필담을 섞어 괌에 오게 된 이유를 설명했다. 다음 날부터 켈리 신부는 그를 불러 영어를 가르쳐주었다. 그는 그렇게 영어를 배우면서 자신이 미국의 가톨릭대학이나 일반 대학에 갈 방법이 있는지를 물어봤다. 켈리 신부는 그건 자기가 얼른 대답할 수 있는 게 아

---

56   《추기경 김수환 이야기》103쪽.

니라면서 미국에 알아봐주겠다고 했다.

얼마 후 그는 지치지마섬 일본군들의 재판은 5월에야 시작된다는 일정을 통보받았다. 어머니를 생각하면 하루라도 빨리 돌아가고 싶었지만 기다리는 방법 외에는 다른 길이 없었다. 그때부터 그는 더욱 자주 켈리 신부를 만났다. 동성학교 을조 시절에 기초영어를 공부했던 덕분에 회화 실력은 빠르게 늘었다. 대화가 조금씩 가능해지면서 그는 켈리 신부에게 일본 제국주의자들의 만행을 용서할 수 없는 자신의 심정을 이야기했고, 켈리 신부는 영어 성경과 영일英日사전을 갖다주며 용서의 마음을 가지라면서, '남을 탓하느라 너 자신을 잊으면 안 된다'고 말했다. 증오와 분노의 마음이 들 때일수록 더욱 열심히 천주님을 찾고 기도해야 한다면서 그를 위로했다. 그는 켈리 신부 덕분에 마음의 안정을 찾아갔다.

얼마 후 켈리 신부는 미국에서 답신이 왔다며, 미국의 가톨릭대학에 가기 위해서는 대구교구장의 서류가 필요하다고 했다. 한국에 돌아간 후에라도 자신이 도와줄 일이 있으면 언제든 편지를 보내라고 했다. 자신이 괌을 떠나도 다음에 오는 군종신부를 통해 전달받을 수 있다는 것이었다.

5월에 시작된 증언은 8월 말에 마무리되었다. 재판 결과, 5명에게 사형이 선고되어 이듬해인 1947년 9월 24일 집행되었다. 5명은 종신형에 처해졌고, 나머지 15명은 죄질에 따라 유기징역형이 선고되었다. 김수환을 비롯한 조선인 증인들은 돌아가도 된다는 허락이 떨어졌다. 해방된 지 1년 만이었다. 김수환은 켈리 신부의 환송을 받으며 괌을 떠났다. 배에 오르기 전 켈리 신부는 그를 끌어안으며 꼭 훌륭한 신부가 되라고 당부했다.

9월, 일본에 도착한 김수환은 먼저 조치대학의 게페르트 신부를 찾

146

∝ 일본군 전범재판 증인으로 갔던 괌에서 찍은 사진. 사진 뒷면에 '괌에서'라는 김수환 추기경의 글씨가 있다. 함께 찍은 이들은 지치지마섬에서 함께 생활했던 조선인 학병과 징용 노무자들로 추정된다.

아가서 인사를 했다. 게페르트 신부는 그를 보는 순간 몸이 얼어붙은 듯 아무런 말도 못하다가, 잠시 후 그를 얼싸안고는 살아 돌아와서 고맙다며 그의 등을 두드렸다. 기숙사에 짐을 푼 그는 게페르트 신부의 도움으로 대구교구청에 전보를 쳤다. 교구청에 알리면 어머니와 동한 형에게 소식이 전해지는 건 시간문제였다.

그날 밤 그는 게페르트 신부에게 지치지마섬과 괌에서의 일을 이야기하면서, 이런 마음 상태에서는 일본에서 더 이상 공부를 할 수 없어 미국의 가톨릭대학에 가서 공부를 하고 싶다고 했다. 그의 이야기를 들은 게페르트 신부는 자신은 머지않아 한국에 가서 예수회에서 운영하는 대학을 만들어볼 계획을 갖고 있다며 아쉬워했다. 그러나 김수환은 미국 가톨릭대학에 가서 공부하고 싶은 마음이 앞섰고, 며칠 후 대구교구로 미국 유학 승낙을 부탁하는 편지를 보냈다.

　당시 대구교구는 해방과 함께 사임한 하야사카 주교 후임으로 성유스티노 신학교 출신인 주재용(1894~1975) 신부가 교구장으로 착좌했다. 대구교구는 이 과정에서 파리 외방전교회와의 사이에 행정적으로 해결해야 할 일이 많아, 김수환의 미국 유학 청원서에 신경 쓸 여유가 없었다. 그러나 김수환은 그런 사정을 모르고 계속 기다렸다. 그사이에 대구와 연락이 되는 천주교 신자들을 통해 셋째형 김동한 신부의 소식을 알아봤다. 그러나 '새 신부'인 동한 형의 소식을 아는 이는 없었다. 동성학교 을조 선배이자 형님 신부와 서품 동기인 신상조 신부가 부산 범일동성당의 보좌신부로 있다는 얘기만 들을 수 있었다.

　12월 말, 세 달 동안 미국 유학 승낙서를 기다리던 그는 그만 포기하고 귀국하기로 결심했다. 귀국선을 타기 위해 도쿄에서 임시열차를 타고 규슈 지방의 하카타에 도착했다. 그러나 귀국선은 자주 있지 않았다. 그는 가마니가 깔린 큰 창고에서 모포 한 장을 덮고 건빵을 먹으며 귀국선을 기다렸다.

귀국 그리고
마지막 세 고비

8

"신부는 모름지기 자신의 약점이 뭔지 알아야 해. 그래야 그걸 이겨내고
성덕을 쌓을 수 있지. 그렇기 때문에 스테파노는 꼭 신부가 되어야 해."

| 장병화 신부 |

1947년 1월 초, 25세의 청년 김수환은 부산항에 도착했다. 강제징집
을 당한 지 3년, 해방된 지 1년 반 만의 귀국이었다. 그는 살아서 다시
조국땅을 밟는다는 사실에 가슴이 벅차올랐다. 저녁 어스름이 내릴 무
렵 귀국선에서 내린 그는 한시라도 빨리 어머니에게 가고 싶어 부산역
을 향해 걸음을 옮겼다. 길거리 곳곳에서 익숙한 경상도 사투리가 흘러
나왔다. 그는 드디어 해방된 조국에 도착했다는 실감이 났다. 역에 도
착했으나 대구로 가는 마지막 기차는 이미 떠나고 없었다.

그는 동한 형의 동창인 신상조 신부가 있다는 범일동성당으로 향했
다. 멀리 성당 종탑이 보였다. 성당으로 들어가니 오른쪽에 사제관이
있었다. 불이 켜져 있는 사제관 문을 두드렸다. 사제관 문이 열리고 나
타난 얼굴은, 신상조 신부가 아닌 동한 형이었다. 형이 신상조 신부의
후임이었던 것이다.

두 형제의 눈길이 마주쳤다. 그 순간, 형제는 얼어붙은 듯 움직이지

않았다. 아무 말도 못한 채 그 자리에 서서 서로를 바라봤다. 찰나였다. 형제의 눈에서 눈물이 흘러내렸다. 김동한 신부가 먼저 그에게 다가왔다. 동생을 끌어안고 살아와줘서 고맙다며 말을 잇지 못했다. 그도 형을 껴안았다. 형제는 그렇게 한참을 있었다. 사제관에서 교리 공부를 하고 있던 아이들의 박수소리가 들렸다.

잠시 후 형제는 성당에 가서 성체조배를 하고 감사기도를 드렸다. 성당에서 나온 형은 그에게 배가 고플 테니 빨리 밥을 먹자며 사제관으로 데리고 갔다. 그는 지치지마섬에서의 일과 괌까지 갔다온 이야기를 들려주었다.

"그동안 정말 고생이 많았구나. 여기 식구들은 네가 돌아오지 않아 무슨 변이라도 당한 줄 알고 얼마나 걱정을 했는지 모른다. 특히 어머님의 상심은 이루 말할 수도 없었다. 그런데 네가 일본에서 교구청으로 보낸 전보를 통해 살아 있다는 걸 아시고는 가슴을 쓸어내리셨다. 천주님의 보살핌 덕분에 이렇게 다시 만나게 되어 정말 다행이다. 그런데 일본에서는 왜 빨리 안 돌아오고 몇 달을 있었던 거냐?"

"어, 그건…… 괌에서 만난 군종신부님께서 교구장 허락과 승낙서가 있으면 미국에서도 공부할 수 있다고 해서, 일본에서 교구청에 편지를 보내고 승낙서를 기다리고 있었어. 그런데 세 달이 되도록 아무런 연락이 없고 그렇다고 무작정 기다릴 수도 없어서 온 거야……."

그의 대답에 형은 그제야 이해가 된다며, 복잡한 교구 사정을 설명했다. 수환도 형의 설명을 듣고 승낙서가 왜 안 왔는지 알겠다며 고개를 끄덕였다.

"그런데 필수 형님네와 누나들은 어떻게 살고 있는 거야? 필수 형님은 이제 좀 자리를 잡으셨어?"

"아니야. 사실 지금 집안 형편이 말이 아니다. 필수 형님은 하던 일이 잘 안 됐다. 그래서 지금은 서울에 올라가 여관 생활을 하면서 이것저 것 알아보시는 중이야. 큰누님이 어머니와 조카들까지 돌보느라 많이 힘드시지…….

형의 말에 수환은 표정이 어두워지며 고개를 숙였다.

"그런데 이제 성유스티노 신학교가 없어져서, 너는 서울로 가서 대신 학교를 다녀야 할 거야."

"그건 또 무슨 소리야? 성유스티노 신학교가 왜 없어져?"

"그게 설명하려면 좀 긴데…… 그러니까 해방되기 몇 달 전에 성유 스티노 신학교 건물 전체를 일본군의 육군병원으로 징발을 당했어. 하 야사카 주교님이 백방으로 노력했지만 어쩔 수가 없었어. 3월 중순에 수업을 중단했지. 그때는 전쟁 막바지라 아수라장이었어. 유럽에서 미 군이 성당은 공습하지 않았다며, 대구의 주교좌성당인 대성당뿐 아니 라 평양부터 경주까지 수많은 성당과 부속건물을 군용으로 징발해서 군사시설을 은폐했어. 그리고 프랑스 신부님들은 사목활동을 중지당하 셨어. 그렇다 보니 적당히 계실 곳이 없어 하야사카 주교님이 우리 남 산본당에 계시도록 했지. 그런데 식량이 부족하니까 당신들이 텃밭에 서 농사를 지었고, 신자들이 이렇게 저렇게 십시일반으로 식량을 모아 전달해드리면서 해방을 맞은 거야…….

"그럼 형은 신학교가 폐쇄된 후 어디서 공부를 하고 언제 신품을 받 은 거야?"

"우리 부제들은 공부가 얼마 안 남았으니까 교구청 안에 있는 성직 자 휴양소에서 최민순 교장신부님께 계속 강의를 들었어. 해방이 되자 9월에 신학교 건물로 돌아와서 부제반 과정을 마친 후 12월 15일에 서 품을 받았단다. 그러나 신학과(연구반) 학생 일곱 명은 함경남도 덕원신 학교로 올라갔고, 예과인 철학과와 라틴어과 학생들은 서울에 새로 생긴 대신학교로 가서 공부를 하게 되면서 성유스티노 신학교는 자연스럽게 폐교가 되었어……."

"그럼 내가 공부를 계속하기 위해서는 서울 대신학교로 가야 한다는 건데, 그건 어디 있어? 그리고 교구에서 계속 공부를 하게 해줄까?"

"현재 사제가 부족한 형편이니까 그건 문제가 되지 않을 텐데, 새 학년을 9월에 시작하니까, 그때까지 어떻게 지낼지는 교구청에 가서 주재용 신부님과 상의해야 할 거야."

김수환은 몇 년 사이에 일어난 엄청난 변화가 실감이 나지 않아 어리둥절했다. 그는 그동안의 피로에 다음 날 늦게까지 잤고, 며칠 동안 몸과 마음을 추스른 후 대구행 기차를 탔다.

해 질 무렵, 김수환은 대구역에 도착했다. 기차에서 내려 플랫폼을 밟는 순간, 3년 전 이곳에서 손을 흔들던 어머니의 모습이 떠올랐다. 그는 주머니에서 어머니 사진을 꺼냈다. 어머니, 막내아들이 살아서 돌아왔습니다. 역사 밖으로 나온 그는 사방을 둘러봤다. 대구는 변하지 않고 그대로였다.

그는 형이 그려준 약도를 펼쳤다. 허름한 집이 워낙 많고 골목도 꼬불꼬불한 동네였다. 골목을 돌고 돌아 약도에 표시된 집 앞에 도착했다. 나무판잣집 사이의 옹색한 집이었다. 그는 허탈한 마음으로 한참을 서 있었다. 그동안 어머니가 감당하셨어야 할 고생에 가슴이 저려왔다. 가난을 벗어나지 못하는 어머니의 애달픈 삶을 생각하니 가슴이 먹먹했다.

그 순간, 어디선가 술병 깨지는 소리가 들리더니 욕지거리와 함께 싸우는 소리가 들려왔다. 전쟁만 사람을 황폐하게 만드는 게 아니라 가난도 마찬가지구나…… 그는 아득한 눈길로 밤하늘을 바라보았다. 한참을 그렇게 서 있었다.

잠시 후 그는 허름한 대문으로 눈을 돌렸다. 문이 잠긴 것 같지 않았다. 손으로 살짝 밀었다. 문은 삐걱 소리를 내며 스르르 열렸다. 어머니가 문을 잠그지 않고 그를 기다리고 계셨던 것이다. 그가 마당으로 들어서는 순간, 인기척 때문인가 아니면 모성의 본능적 직감인가, 어머니가 방문을 열고 고개를 내미셨다. 그 순간, 어머니는 벌떡 일어나 맨발로 달려나오셨다. 그가 "어머니!" 하고 불렀다. 어머니는 대답 대신 그를 와락 끌어안으셨다. 그도 어머니를 껴안고 한참을 서 있었다.

어머니가 그의 손을 잡고 방으로 데리고 들어가셨다. 큰절을 올리자 어머니가 눈물을 닦으셨다.

"큰 욕 봤데이. 그래, 어디 다친 데는 없나?"

"없습니다. 전쟁이 끝났어도 워낙 먼 섬에 있어서 연락을 드릴 방법이 없었습니다. 걱정을 끼쳐드린 불효를 용서하십시오……."

"아이다. 그래도 일본에서 보낸 전보를 받고부터는 내가 다리를 뻗고 잠을 잘 수 있었데이. 그런데 이렇게 멀쩡하게 돌아온 걸 보니, 정말로 천주님과 성모님의 보살핌이 크셨구나. 감사하고 또 감사할 뿐이다……."

"어머니, 그동안 고생이 많으셨습니다."

"아이다. 전쟁에 끌려간 네 고생에 비하면 우리는 편안하게 지냈데이. 여기 이불 속에 네 밥을 넣어놨으니 잠깐만 기다려라, 얼른 밥상 차려올 테니까."

그는 이불 위로 불룩하게 튀어오른 밥그릇을 바라봤다. 어느 날 돌아올지 모르는 아들을 기다리며 매일 이렇게 이불 속에 밥그릇을 넣어두셨을 어머니…… 그는 어머니의 사랑에 다시 한 번 목이 메었다.

다음 날 그는 먼저 대구교구청으로 인사를 하러 갔다. 임시교구장인 주재용 신부는 지방으로 사목 방문 중이었다. 일주일 후에야 돌아올 거

대구교구청 뒤 성모당에서 기도하는 어머니. 동그라미 친 이가 김수환 추기경의 어머니. 조카 김병기 씨는 할머니가 가족들과 함께 정말 열심히 기도하셨다고 회고했다.

라고 했다. 김수환은 선배 신부들을 찾아다니며 인사를 했다. 만나는 신부님마다 이구동성으로 "자네는 어머니 덕에 살아왔네"라고 했다. 어머니가 비가 오나 눈이 오나 하루도 거르지 않고 교구청 뒤에 있는 성모당에서 아들을 위해 기도하셨다는 것이다. 어느 날은 가족들도 데리고 오셨다고 했다.

교구청에서 나온 그는 큰누나 집으로 갔다. 어린 시절 그를 키우다시피 한 누나는 무사히 돌아온 막냇동생을 보고는 눈물을 훔쳤다. 그러나 해후의 기쁨도 잠시였다. 큰누나는 "집안 형편이 너무 어렵다. 네 형이 신부가 됐는데, 너까지 또 신부가 돼야겠느냐"며 한숨을 내쉬었다. 그가 아무 대답도 못하자, 서울에 가서 둘째형을 만나 상의해보라며 차비를 건네줬다. 그는 고개를 떨궜다. 신앙심이 좋은 큰누나가 이런 말을 할 정도면 집안 형편이 자신이 상상하는 이상으로 안 좋은 것 같았다.

며칠 후, 김수환은 서울 청진동에 있는 여관을 찾아갔다.[57] 필수 형은

---

57   《신동아》 1969년 7월호 박권상과의 인터뷰.

아,
김수환
추기경

여관 쪽마루에 앉아 담배를 피우고 있었다. 형은 갑작스러운 막냇동생의 출현에 깜짝 놀라며 그를 얼싸안았다.

"나는 네가 잘못된 줄 알았는데, 이렇게 멀쩡히 살아와서 정말 다행이다. 그동안 고생 많았다."

"형님과 가족들에게 걱정을 끼쳐서 죄송합니다……."

그때부터 형제는 여관방에 앉아서 지난 이야기를 나눴다. 둘째형이 생각하고 있는 일은 미군부대 물류 관계 일이었다. 그는 영어를 조금 할 수 있는 자신이 둘째형을 도우면 가족들이 고생에서 벗어날 수 있을 것 같았다. 그는 곰곰이 생각하다가 형에게 물었다.

"형님, 아무래도 제가 세속에 나와 형님을 도와야 할 것 같습니다. 어찌할까요?"

이번에는 형이 생각에 잠겼다. 영어를 하는 동생이 도와준다면 길이 쉽게 트이고, 대대로 가난에 쪼들린 집안을 일으킬 수 있을 것 같았다. 달콤했다. 그러나 그건 어머니 가슴에 못을 박는 일이었다. 성聖과 속俗의 갈림길이었다. 어려웠다. 담배가 타들어갔다. 새로 피워 물었다. 또 피워 물었다. 형은 세 번째 담배를 비벼 끄며 자세를 고쳐 앉았다.

"네 말은 참으로 고맙다. 그러나 곤경에 빠진 나 때문에 네 앞길을 막을 수는 없다. 너는 어머니의 소원대로 신부가 되는 길을 가거라."

형의 목소리는 단호했다. 그는 안타까운 눈길로 형을 바라봤다. 배움이 별로 없는 형님이 어떻게 미군들과 일을 하시려는가. 그러나 형은 애써 의연한 표정을 지었다. 그러고는 다시 한 번, 내 걱정 하지 말고 훌륭한 신부가 되라고 당부했다. 여관방에서 일어서며 그의 등을 떠밀었다.

그는 청진동 골목을 나왔다. 대신학교에 가서 동창들을 만나볼까 하다가, 대구로 돌아가 먼저 주재용 신부와 상의를 하는 것이 순서인 것 같았다. 발걸음을 서울역 쪽으로 옮겼다. 덕수궁 근처에 와서 뒤를 돌아보니 멀리 북한산이 보였다. 저 산에서 친구들과 성가를 불렀지. 그래, 그 길이 나의 길이다. 가자, 예수님의 십자가를 지는 길로……

며칠 후 김수환은 주재용 신부를 만났다. 주재용 신부는 성유스티노 신학교 졸업생 중 첫 번째로 사제 서품을 받은 이였다. 주 신부는 그에게 9월에 대신학교에 편입해서 남은 과정을 마치라면서, 그 사이에는 교구청에 나와서 서류 정리하는 걸 도와달라고 했다.

그는 이튿날부터 교구청으로 가서 일을 도왔다. 가끔 형 김동한 신부가 보좌신부로 있는 범일동성당의 주임신부가 영어 통역을 부탁하는 연락을 해왔다. 그러면 교구장의 허락을 받은 후 형도 만날 겸 부산으로 가곤 했다. 당시 범일동성당에서는 보육원(고아원)을 운영하고 있었다. 주임신부는 가끔 보육원의 구호물자 관계 일로 미군 군종신부를 만나러 갔다. 그때 따라가서 통역을 해주며 일을 도왔다.

⌒ 플래너건 신부가 방한 시 부산도 방문했다는 기사. 경향신문 1947년 6월 5일자.

6월 초, 당시에 유명했던 영화 〈소년의 마을〉의 실제 주인공 플래너건 Flanagans 신부가 부산을 방문한다는 소식이 들려왔다. '고아의 아버지'라고 불릴 만큼 고아원 일에 열심인 신부였다. 주임신부는 그에게 플래너건 신부가 부산에 오면 범일동성당에서 운영하는 보육원도 방문하도록 주선해보라고 했다. 몇 군데 뛰어다닌 덕분에 플래너건 신부가 범일동성당 보육원을 방문했다. 그때부터 주임신부는 더욱 자주 그를 부산으로 불렀다.

그런데 여기서 하나의 '사건'이 벌어졌다.

당시 범일동성당에는 보육원에서 일하면서 가끔 사제관 청소를 해주는 여인이 있었다. 무슨 마음의 근심이 있는지 표정이 늘 어두운 이였다. 형은 그녀가 해방이 되면서 38선이 생기자 월남한 북한 출신이라고 했다. 어느 날 형이 그를 불렀다.

"다름 아니라, 가끔 사제관 청소를 해주던 보육원 보모가 병으로 누웠다. 그런데 다른 사람들은 그 여자를 좀 어려워하니 네가 가서 병간호를 해주면 좋겠는데, 네 생각은 어떠냐?"

형의 말에 그는 그 정도 수고는 아무 일도 아니라는 듯 고개를 끄덕이고는 보육원으로 갔다.

그녀는 자신의 세례명이 '젬마'라고 소개했다. 나이는 그보다 몇 살 많았다. 그녀는 담담한 목소리로 자신이 살아온 이야기를 들려주었다. 그는 그녀의 말을 들으며, 지금 그녀에게 가장 필요한 것은 고해성사라는 생각이 들었다. 그러나 본당 신부님은 그녀가 어려워할 것 같았다. 며칠 후 그는 영도에 계시는 프랑스 신부님을 모셔왔다. 그녀는 한 시간도 넘게 고해성사를 봤다.

다시 며칠이 지났다. 그녀가 불쑥 물었다.

"나를 받아줄 수 있겠어요?"

그는 깜짝 놀랐다. 아니, 하늘이 노래지는 것 같았다. 동성학교 을조 시절 방학이 되어 고향에 내려갈 때면 교장신부님은 '여자는 아예 쳐다보지도 말라'고 신신당부했다. 그때부터는 안면이 있는 여자에게도 고개를 돌렸는데 청혼까지 받게 될 줄이야…… 그는 얼굴이 붉어진 채 아무 말도 하지 않고 방에서 나왔다.

그는 도망치듯 대구로 돌아왔다. 하지만 그는 스물다섯 살의 청년이었다. 갈등이 생기지 않을 수 없었다. 그는 어린 시절《육효자전》의 김효정처럼 결혼해서 어머니를 모시고 살면서 효도하고 싶다는 생각을 한 적도 있었다. 물론 그건 어릴 때의 생각이었다. 그런데 지금 다시 마음이 흔들리다니…… 그는 성당에 가서 무릎을 꿇고 기도를 드렸다.

"천주님, 그리스도를 위해 몸을 바치겠다던 제가 지금 혼란에 빠져 있습니다. 주님은 당신의 뒤를 따를 제자들을 위해서 '이 사람들이 진리를 위해 몸을 바치는 사람들이 되게 해주십시오'라고 기도하셨습니다. 주님, 저를 위해서도 그런 기도를 해주셔야겠습니다. 제가 흔들리지 않도록 도와주소서……."

갈등은 계속되었다. 한 번도 경험해보지 못한 사랑이란 걸 내가 할 수 있을까? 한 여인만 행복하게 해주면서 살 수 있을까? 그 삶은 젊은 베르테르가 말했던 것처럼, 즐거운 날이 적고 반대로 나쁜 날이 더 많은 삶일 텐데, 그런 세상의 삶에서 나는 진정한 행복을 느낄 수 있을까? 그의 머릿속에서 계속해서 '불빛 없는 마술 환등幻燈', '순간적인 환상', '슬쩍 비치는 그림자' 같은 구절들이 떠올랐다.

시간이 지날수록 그는 자신이 사랑에 눈이 멀지 않았다는 사실을 깨달았다. 그동안 자신이 가졌던 감정은, 그 여인과 한평생을 함께하고 싶다는 운명적 사랑이 아니라, 어린 시절 품었던 꿈에 대한 그리움인 것 같았다. 그는 "행복하여라, 마음이 깨끗한 자여"라는 성경 구절을 떠올렸다. 그리고 신부가 되어 부족하나마 사랑의 봉사를 하면 많은 사람들에게 도움이 될 것이라는 생각이 들었다. 그런 사랑이 바로 예수님께서 말씀하신 사랑이리라. 자신의 모든 것을 주되 상대방에게는 아무것도 요구하지 않는……. 그는 시간이 지날수록 마음의 평정을 찾기 시작했다. 나는 사제의 길을 가야 할 사람이라는 확신이 굳어졌다.

김수환은 보육원으로 갔다. 그녀를 만나 단호한 목소리로 청혼을 거절했다. 그녀가 더 이상 미련을 갖지 못하도록 화도 냈다. 그녀는 아득한 눈길로 그를 바라보았지만, 그는 보육원 문을 지나 기차역을 향해 뚜벅뚜벅 걸음을 옮겼다.

얼마 후 그녀는 보육원을 떠났다. 집에 다니러 온 김동한 신부는 그동안의 사정을 모른 채, 젬마가 갑자기 간호장교로 여군에 입대했다고 전했다.[58]

그는 홀가분한 마음으로 계속해서 교구청 일을 도왔다. 그러나 신학교에 복학할 날이 가까워질수록 불안함이 몰려왔다. 아무리 생각해도 자신은 천주님 앞에 너무나 부족한 사람이라는 생각이 지워지지 않았다. 사제의 마음은 예수님의 마음을 닮아야 하는데, 그런 너그러운 마음을 가질 자신이 없었다. 가족 걱정도 마음을 무겁게 했다. 예수님의 제자들이 그랬듯이 사제는 부모, 형제, 친척들에게서 멀어져야 하는데, 어머니 걱정, 둘째형님 걱정, 조카들 걱정을 떨칠 자신도 없었다. 무뚝뚝한 성격이 고쳐지지 않는 것도 마음에 걸렸다. 자신은 사도행전 6장 3절에 나오는 '신망이 두텁고 성령과 지혜가 충만한' 사람이 아닌 것 같았다. 그렇게 결점투성이인 자신이 사제가 되면 오히려 문제가 될지도 모른다는 생각까지 들었다.

김수환은 시간이 지날수록 자신감을 잃었다. 아무리 기도를 해도 마음은 걷잡을 수 없이 무너져갔다. 그는 어머니와 가족들이 출석하는 성요셉성당의 주임신부인 장병화 신부를 찾아갔다. 장 신부는 그가 성유스티노 신학교 예비과를 다닐 때 대신학교 과정을 밟고 있었기 때문에 2년 동안 함께 생활을 한 형님 같은 분이라 스스러움이 없었다. 일본에

---

58   여인의 청혼 부분은 조카 김병기 씨의 증언과 오효진, 오홍근, 박권상 등과의 인터뷰에서 언급한 내용으로 재구성했다.

장병화 주교. 김수환 추기경은 〈지금도 주님께 용서를 빈다〉에서 "지금 생각하면 어머니와 공베르 신부, 장병화 주교, 게페르트 신부님이 내가 사제의 길을 택하도록 한 은인들이라고 생각된다"고 밝혔다. 장병화 신부는 김수환 초대 마산교구장이 서울대교구장으로 승품된 후 제2대 마산교구장 주교에 임명되었다.

서 돌아온 후에도 자주 만나 훈련소와 지치지마섬에서 겪었던 일들을 이야기했다. 장 신부는 그런 경험이 사제가 되어 힘든 일을 만났을 때 큰 도움이 될 거라며, 그때 겪었던 어려움을 잊지 말라고 격려했다.

김수환은 장병화 신부에게 자신은 사제가 되기에는 부족한 부분이 너무 많다면서 지도를 청했다. 장 신부는 그의 이야기를 다 들은 후, 한 달 동안 기도하고 생각할 여유를 달라고 했다.

정확하게 한 달이 지났다. 장병화 신부는 아침미사에 왔다가 돌아가는 그를 불렀다.

"한 달 동안 기도하면서 생각해보았는데, 아무리 생각해도 스테파노에게는 신품 성소가 있어. 신부는 모름지기 자신의 약점이 뭔지 알아야 해. 그래야 그걸 이겨내고 성덕을 쌓을 수 있지. 그렇기 때문에 스테파노는 꼭 신부가 되어야 해."

그는 장 신부의 말에 얼굴이 붉어지면서 고개를 숙였다. 장 신부가 계속 말을 이었다.

"우리가 무슨 힘이 있다고 빛이 되고 소금이 될 수 있겠어. 우리 자신의 힘으로는 아무리 능력이 있고 언변이 좋다 해도 불가능해……. 우리가 빛이 되고 소금이 되는 것은 오로지 주 예수 그리스도를 믿고 따를 때 가능한 거야. 내가 스스로 하겠다는 마음을 버리고, 그분의 마음을 간직하고 사랑하겠다는 마음이 중요해. 그때 우리는 비로소 빛과 소금

아,
김수환
추기경

이 될 수 있는 거지, 우리 힘으로는 절대 못해. 스테파노의 능력으로 주님을 따르겠다고 생각하지 말어. 오로지 주님의 능력을 믿겠다고 생각하고 자신을 천주님께 맡겨.”

그 말을 듣는 순간, 그는 이제까지도 자신을 온전히 죽이지 못했다는 사실을 깨달았다.

“예, 신부님. 제 생각이 짧았습니다. 사도 바오로께서 ‘내 안에 사는 것은 내가 아니고 그리스도이시다’라고 하신 말씀을 이제야 조금 깨달을 것 같습니다. 지금부터 저 자신을 낮추고 죽이도록 더욱 기도하겠습니다.”

“그래, 스테파노. 그 말씀만 생각하면 되는 거야. 우리는 아무 능력이 없어. 그걸 잊어선 안 돼. 그걸 잊으면 교만이 생기는 거야. 자네는 틀림없이 좋은 신부, 가난한 이웃의 아픔을 아는 신부, 그들을 보듬어주는 신부가 될 수 있을 거야…….”

김수환은 성당의 십자가 앞에서 무릎을 꿇었다.

“천주님, 당신의 아들이지만 연약하기 이를 데 없는 저 스테파노가 신학교에 복학하기 위해 무릎을 꿇었습니다. 천주님께서 이미 아시듯이, 저는 부족한 것이 많고 성소도 여러 번 흔들렸습니다. 그래도 이제 다시 주님 앞에 무릎을 꿇습니다. 천주님, 저는 믿음이 약하고 부족한 점도 많습니다. 하오나 당신 뜻에 순종하기 위해 저 자신을 온전히 비우도록 노력하겠습니다. 주님 앞에 엎드려 간절히 기도드립니다. 천주님, 부족하기 이를 데 없는 저 스테파노를 불쌍히 여기시고, 오로지 주님만 바라보며 공부하는 신학생이 되도록 도와주소서. 주여, 부디 저를 내치지 마시고 당신의 도구로 써주소서. 저 스테파노를 당신 뜻대로 하소서…….”

좁은
문
9

"그리스도 예수님께서 지니셨던 바로 그 마음을 여러분 안에 간직하십시오."

| 필립비서 2장 5절 |

1947년 9월, 김수환은 서울역에 도착했다. 혜화동에 있는 대신학교인 성신대학(지금의 가톨릭대학교 성신교정)에 편입 수속을 하기 위해서였다. 그는 다시 공부도 하고 소신학교 동창들도 만날 생각에 마음이 들떴다. 마침 셋째형 김동한 신부가 대구대성당 보좌신부로 왔고, 사제관에서 어머니와 함께 기거하기로 해서 마음이 가벼웠다. 그는 전차를 타고 창경궁 앞에서 내린 후, 종종걸음으로 동성학교를 향했다. 동성학교 을조 때 공부하던 건물이 대신학교로 바뀌었던 것이다. 정문을 지나 언덕을 오르자 회색 건물이 보였다. 그런데 무슨 일인지 담으로 막혀 있었다. 다시 언덕을 내려와 수위실에 물었다. 수위는 잘못 들어왔다면서 혜화동성당 옆에 새로 교문을 만들었으니 그리 가라고 했다.

그는 동성학교 돌담길을 끼고 혜화동성당 옆에 있는 조그만 길로 올라갔다. 대신학교 수위실이 보였다. 그곳이 성聖과 속俗의 경계였다. 잠시 철문을 바라봤다. 내가 있을 곳은 여기가 아니라 저 안이다. 그는 철

162

○ 당시 성신대학의 모습. 1956년 사진이지만 1947년 당시와 달라진 부분이 없다.

문을 향해 걸음을 옮겼다. 아무런 망설임도 없었고, 발걸음도 무겁지
않았다.

그는 가슴을 폈다. 성큼성큼 언덕을 오르자 5년 동안 다녔던 동성학
교 을조 건물이 보였다. 6년이라는 세월이 지났지만 건물은 그대로였
다. 마치 고향에 온 듯 마음이 푸근했다. 개학까지 며칠 남아서인지 운
동장은 한산했다. 검은 수단을 입은 학사들이 운동장 한쪽을 거닐며 생
각에 잠겨 있었다. 나도 1년 후면 저 검은 수단을 입겠구나……

그는 행정실 문을 열었다. 엄격주의자인 주재용 대구교구장은 그에
게 조치대학에서 본과 1학년을 마쳤지만, 일본에서 배운 과목과 다를
수 있으니 본과 1학년 과정부터 새로 시작하라고 했다. 그가 서류봉투
를 건넸다. 서류를 일별한 직원은 그에게 몇 가지 서류를 더 작성하게

한 후 여기저기 도장을 찍었다. 직원은 그에게 수강신청서를 주면서 내일까지 작성해 제출하라고 했다. 그렇게 그는 대신학교 학생이 되었다.

김수환은 설레는 마음으로 기숙사로 향하는 계단을 올라갔다. 본과 1학년 기숙사 방문을 열었다. 그가 들어서자 동성학교 을조 5학년 때 1학년이던 후배들이 다가와서 인사를 했다.

"스테파노 선배님, 친구들이 계신 방은 여기가 아닌데요."

후배들은 방을 잘못 찾았다며 짓궂은 표정으로 김수환을 바라봤다. 그런 후배들에게 무슨 말부터 해야 할지 난감한 그는 눈앞에 보이는 침대에 털썩 앉았다.

"그게 아니고, 이제부터는 나도 너희들과 동급생이다."

"예? 선배님은 유학지명을 받아 일본에서 공부하셨잖아요?"

"그 사연을 다 이야기하자면 길고, 일단 옆방에 가서 동기들 좀 보고 올게……."

그는 어리둥절해하는 후배들을 뒤로하고 다른 기숙사 방을 기웃거렸다. 본과 3학년 방이었다. 소신학교 시절 짝이었고 함께 학병에 끌려갔던 김정진이 보였다. 김정진도 그를 보더니, "스테파노!"하고 소리치며 달려나와 얼싸안았다.

"이야, 스테파노! 살아 있었구나. 우리는 네가 잘못된 줄 알고 걱정 많이 했는데, 이렇게 건강한 모습을 보니까 정말 반갑다."

"어, 바오로. 너도 무사히 돌아왔구나."

한참 동안 손을 잡은 채 서로의 얼굴을 바라보던 두 친구는 운동장으로 나왔다.

"아니, 왜 이렇게 늦게 나타난 거야?"

"어, 일본 본토 남쪽에 있는 지치지마섬에 끌려갔다가 종전 후에 괌으로 가게 되는 바람에 늦게 귀국했어."

"스테파노, 고생 많았겠구나. 그쪽으로는 전투가 심했다던데, 천주님과 성모님이 보살피셨구나."

"그건 그래. 만약 그 지치지마섬 아래에 있는 이오지마섬으로 끌려갔으면 그냥 개죽음을 당했을 거야. 다행히 천주님과 성모님의 은총으로 내가 있던 섬에서는 총 한 번 안 쐈어."

"스테파노, 정말 다행이다. 우리는 정말 네 걱정 많이 했어."

"근데, 우리와 함께 학병으로 끌려갔던 최익철하고 최석우, 신종호는 다 무사한 거지?"

"어. 모두 다 천주님이 보살펴주셨지. 최석우는 니가타에서 훈련을 받고 센다이와 마쓰시마로 끌려다니다가 탈영에 성공해서 조선인들 사이에 숨어 지내다 해방을 만났어. 최익철과 신종호는 일본 본토에서 근무하다가 해방되자마자 돌아왔고. 그런데 스테파노 너만 너무 오랫동안 안 돌아와서 사실 우리는 잘못돼도 단단히 잘못됐나 보다고 생각했었어. 그런데 이렇게 멀쩡히 돌아왔으니, 정말 다행이다."

김정진은 다시 한 번 그의 손을 잡으며 싱글벙글했다.

"그럼 우리 학병 출신들은 모두 본과 3학년이야?"

"최석우와 신종호도 나와 같은 3학년인데, 최익철은 귀국 후 고향에 가서 몸을 추스르느라고 늦어서 2학년이야. 다른 동창들은 모두 사제품을 받았는데 우리 유학지명자들은 그놈의 학병 때문에 동창 신부들 복사를 서고 있어, 하하……."

김수환과 김정진은 식당에 가서 밥을 먹은 후에도 한참 동안 학병 때 고생한 이야기를 나눴다.

대신학교에서의 생활은 소신학교와 비슷했다. 외출하려면 학장신부님께 사유를 말하고 허락을 받아야 했지만, 서울에 아무 연고가 없는 그로서는 외출할 일이 없었다. 목요일에는 동성학교 을조 때처럼 그룹 산보 시간이 있었다. 오후 4시부터 5시까지였는데, 성균관대 뒷산이나 낙산 등에 가서 성가를 부르며 스트레스를 풀었다. 산보 후에는 '산보 보고서'를 써내야 했고, 귀교할 때 술냄새가 나면 교칙 위반 경고를 받았다.

김수환은 성서학과 기초신학, 교리학, 라틴어문학羅文學을 신청했다.[59] 당시 교수신부로는 최민순, 선종완, 정규만, 한공렬 등이 있었는데, 우리나라 사제 양성과 성서 번역, 책 번역 등에 큰 업적을 남긴 쟁쟁한 실력파 신부들이었다. 당연히 신학교는 면학 분위기였고, 당시 신학생들은 교실에서뿐 아니라 도서관과 연학실研學室이라고 불리는 공부방에서도 쉬지 않고 전공서적과《준주성범》[60]을 읽었다.

교수신부들은 '바람직한 사제의 모습'을 설명하면서 성덕Sanctitas, 건강Sanitas, 지식Scientia의 3S를 강조하며, 사제는 이 세 가지를 모두 갖춰야 한다고 했다. 이 셋 중에서도 가장 강조한 'S'는 '성덕'이었다. 성덕이 없으면 아무리 건강하고 지식이 있어도 사제로서는 가장 본질적인 것을 갖추지 못한 것이라고 했다. 성덕을 갖추기 위해서는 먼저 마음이 가난해져야 한다고 했다. 그리스도 없이는 아무것도 아니고, 한 시간 아니 단 1초도 존재할 수 없는 보잘것없는 존재라는 사실을 깊이 깨달아야 한다고 역설했다. 그리고 내가 가진 모든 것은 천주님의 은혜임을 깊이 깨닫고 감사하게 생각해야 한다고 했다. 이렇게 참되게 마음으

---

59   대신학교 학적부에 근거.

60   독일 출생의 수도원 사제였던 토마스 아 켐피스(Thomas à Kempis, 1380(?)~1471)가 15세기에 쓴 책이다. 우리나라를 비롯해 전세계적으로 번역되어 성경 다음으로 많이 읽힌 신심서(信心書)로, 그리스도를 따르는 데 필요한 거룩한 모범을 제시한 책이다. 신자와 특히 수도자의 내적 생활을 심화시키기 위한 내용을 담고 있다.

◯ 신학생들이 자율학습을 하던 연학실의 모습.

당시 성신대학 일과표

5:00	기상	3:45	휴식
5:30	아침기도 및 묵상	4:00	연학
6:00	미사, 감사기도 및 성서 독서	5:25	영적 독서 및 성체조배
7:00	아침식사 및 청소	6:00	저녁식사 및 휴식
8:00	연학 혹은 수업	7:15	묵주기도와 저녁기도
11:50	특별(양심) 성찰	7:30	영적 훈화 후부터 대침묵
12:00	점심식사 및 휴식	8:00	연학
2:00	연학 혹은 수업	9:00	취침

_《가톨릭대학교 신학대학 1855~2005》, 가톨릭대학교 신학대학, 2007, 236쪽.

로 가난한 사람만이 천주님의 위대함을 알고 천주님께 의지할 수 있다는 것이었다. 그뿐 아니라, 마음이 가난해야 겸손하고 오만하지 않으며 자기만족에 도취되지 않는다고 했다.

신학생들이 지켜야 할 규율과 금기가 많았지만, 교수신부들은 여자, 술, 재물이 사제의 삶을 가로막는 '세 가지 마귀'라며 늘 조심하라고 당부했다.

김수환은 혼자 생각에 잠기는 시간이 많아졌다. 천주님과 만나려는 노력이었기에, 외롭다는 생각은 들지 않았다. 동성학교 을조 후배들과 함께 공부를 했지만, 그들은 김수환을 동급생이 아니라 선배로 깍듯하게 대했다. 쉬는 시간이나 그룹 산보 시간이 되면 유학과 학병 시절에 있었던 일을 이야기해달라며 졸랐다. 세상물정에 어둡고 외국 구경은 생각도 못해본 그들에게는 그런 것도 호기심의 대상이었다.

김수환은 신학교에서 또 한 명의 반가운 사람을 만났다. 공베르 신부였다. 그는 대신학교 언덕 위에 있는 가르멜수녀원의 지도신부로 있었다. 그러나 가르멜수녀원은 교황과 추기경을 제외한 남자(신부 포함)는 들어갈 수 없는 봉쇄수녀원이다. 그래서 공베르 신부는 대신학교와 수녀원 사이에 있는 마당의 사제관에서 기거했고, 가끔 대신학교 미사에도 참례했다. 김수환이 인사를 하자, 공베르 신부는 반갑다며 어깨를 두드리고는 "스테파노, 웃으라니까" 하며 파안대소했다.

1948년 9월 21일,[61] 대신학교 2학년 신학생이 된 김수환은 삭발례를 위해 학교 성당으로 갔다. 삭발례란 세속을 끊고 자신을 하느님께 바친다는 의미로 머리를 자르고 검은색 수단을 착용하는 예식이다. 당시에는 삭발례를 마치고 수단을 입는 순간부터 성직자로 인정했다. 성직 입문의 첫 단계인 셈이었다.

삭발례는 서울대교구의 노기남 대주교가 직접 주례했다. 김수환과 몇 명의 신학생들은 제단 앞으로 나갔다. 노기남 대주교는 큰 가위를

---

61   날짜는 대신학교 학적부와 《가톨릭대학교 신학대학 1855-2005》에서 확인.

1948년 삭발례 3개월 후의 모습. 동성 소신학교 동창 강만수(앞줄 동그라미, 한국전쟁 때 순교)의 사제 서품
기념사진. 맨 뒷줄 동그라미가 김수환 신학생이다.

들고 앞으로 나온 신학생들의 머리카락을 잘랐다. 그의 머리카락도 잘
려나갔다. 가슴이 떨렸다. 이제부터 세속에서는 죽고 오직 천주와 교회
를 위해서 봉헌하는 마음을 의미하는 검은색 수단을 입는다.

수업은 계속되었다. 삭발례의 감동은 가슴 깊은 곳에 자리 잡았고,
그는 그리스도를 닮으려 노력했다. 교수신부들은 사제의 정신과 영성
을 계속 강조했다. 그는 시간이 날 때마다 '사제의 모습'에 대해 생각했
다. 사제가 되었을 때 본당 신자들이 바라는 신부의 모습은 어떤 걸까,
신자들은 신부에게 무엇을 기대할까 생각해보곤 했다.

그는 사도 바오로가 필립비서 2장 5절에서 한 "그리스도 예수께서
지니셨던 마음을 여러분들의 마음으로 간직하십시오"라는 말씀을 떠
올렸다. "나는 마음이 온유하고 겸손하니 내 멍에를 메고 나에게 배워

라"라는 마태오복음 11장 29절의 말씀도 생각했다. 그는 시간이 날 때마다 조용히 눈을 감고 묵상했다.

"천주님, 저희를 위해 당신을 비우시고 낮추신 예수님처럼, 사랑과 겸손 속에 사는 사제가 되게 도와주소서. 특히 가난한 이, 굶주린 이, 고통받는 이들의 벗이 되고 형제가 되게 하여주소서. 마음이 무뚝뚝한 저를 사랑의 사람으로 변화시켜주소서. 생명과 죽음의 선택을 요구받는 일이 생길 때는 죽음을 선택하는 사제가 되게 해주시고, 축복과 저주의 선택을 요구받을 때는 저주를 택하는 사제가 되도록 도와주소서. 예수님을 본받아 복음적 청빈과 순명, 정결의 길을 가게 해주시고, 저 자신을 날로 비우는 그런 사제가 되게 도와주소서……."

1949년 6월 11일,[62] 27세의 김수환은 사제가 되기까지 받아야 하는 칠품七品 중 첫 두 가지인 수문품과 강경품을 받았다. 수문품守門品은 성당 문을 지키면서, 성당에 들어오기에 합당하지 못한 자를 쫓아내는 문지기의 직무였다. 그러나 실제로 성당 문을 지키지는 않았다. 성직에 갓 입문한 신학생으로서 자신의 마음의 문을 잘 단속할 수 있도록 무언의 교훈을 느끼게 하는 의미의 품이었다. 강경품講經品은 신앙의 기본 교리를 가르치고 빵과 새 과일을 축복하며, 미사 예절 중에서 시편과 독서를 낭독하는 두 번째 단계의 소품이었다.

두 가지 소품을 받은 김수환은 대신학교 2학년 과정을 마쳤다. 그즈음 교정 밖은 좌우익으로 나뉘어 매우 혼란스러웠다. 6월 26일에는 민족주의자이자 상해 임시정부 주석을 지낸 김구 선생이 육군 포병 소위

---

62   날짜는 대신학교 학적부와 《가톨릭대학교 신학대학 1855-2005》에서 확인.

1949년 수문품과 강경품을 받은 후의 모습. 맨 앞줄은 교수신부들이다. 왼쪽부터 박귀훈, 오기순, 최민순, 윤을수, 서울대교구장 노기남 주교, 신인균, 한공렬, 정규만, 이문근 신부.

안두희에게 저격당하는 사건까지 일어났다. 어지러움이 정점을 향해 치닫고 있었다.

그해 가을, 김수환은 3학년이 되었다. 벌써 2년이 지났고, 사제품을 받기까지는 이제 2년이 남았다. 세상은 시끄러워도 신학교는 조용했다. 당시 가톨릭교회는 우익 성향을 보이기는 했으나 기본적인 입장은 중립이었다. 신학생들 역시 그러했다. 김수환은 자신은 좌익과 우익 중간에 있는 하느님당 당원이라고 생각하며 학업에 매진했다.

1950년 3월, 방학이 끝나 다시 신학교로 돌아온 김수환은 반가운 친구를 만났다. 동성학교 을조 4학년을 마친 후 결핵으로 고향인 평양(중화)으로 갔던 지학순이었다. 다행히 고향에서 요양하며 치료를 받아 건

칠품

1973년 이전에는 사제가 되려는 신학생은 누구나 칠품(七品)을 단계적으로 받아야 했다. 1품은 수문품(守門品), 2품은 강경품(講經品), 3품은 구마품(驅魔品), 4품은 시종품(侍從品), 5품은 차부제품(次副祭品), 6품은 부제품(副祭品), 7품은 사제품(司祭品) 혹은 신품(神品)이었다. 신학생은 제7품을 모두 합당하게 받아야만 정식으로 사제가 될 수 있었다. 칠품 중 처음 사품을 소품(小品)이라고 하고, 나머지 삼품을 대품(大品)이라고 불렀다. 대신학교에 다니지 않으면 어떠한 서품도 받을 수 없었고, 품급에 오르려는 신학생은 서품 전에 주교 혹은 주교를 대리하는 신부에게 자신의 의사를 분명히 밝혀야 했다. 교회가 정한 부적격자는 서품을 받지 못했다.

소품은 두 가지를 같은 날 서품했지만, 네 가지를 동시에 받을 수는 없었다. 그리고 대품은 두 가지를 같은 날 동시에 받을 수 없도록 되어 있었다.

제2차 바티칸공의회의 결과로 이루어진 전례 개혁에 따라서, 1973년 1월 1일부터 삭발례, 수문품, 구마품, 차부제품은 폐지되었다. 소품 중에서 독서직과 시종직은 유지되었고, 평신도도 참여할 수 있는 직무로 전환되었다. 그리고 부제품부터 성직자의 신분으로 인정했다.

강을 되찾았고, 덕원신학교에서 공부하다 겨우 내려왔다고 했다.[63]

지학순의 얘기를 듣던 김수환은 자신도 일본에서 청진 가는 배를 타고 덕원신학교로 가려고 했었다는 이야기를 하며 반갑게 손을 잡았다. 그러자 지학순은 그때 왔어도 자칫하면 큰일 날 뻔했다고 손을 저었다.

"스테파노, 덕원신학교는 작년 5월 9일에 인민정부 당국에 접수되었고, 신학교를 관리하던 베네딕토수도원의 대원장이자 원산교구장이던 자우어 주교님은 독일인 신부님 세 분과 함께 보위부원들에게 끌려갔

---

[63]   지학순 주교 부분은 《그이는 나무를 심었다》(지학순정의평화기금 엮음, 도서출판 공동선, 2000, 19~37쪽)를 참고해서 재구성했다.

어. 신학교는 폐쇄되었고. 다행히 신학생들은 고향으로 돌아가게 해줬지만……."

"주교님과 신부님들이 무사하셔야 할 텐데."

김수환은 말을 잇지 못하며 한숨을 내쉬었다.

"지금 북조선 상황은 매우 심각해. 내가 덕원신학교 상황을 보고하기 위해 교구청에 들렀는데, 바로 그날 교구장 홍용호 주교님이 보위부에 끌려가셨어."

"그럼 북조선 천주교회는 이제 어떻게 되는 건가?"

"부주교님께서 나에게 북조선 천주교회 상황을 서울에 가서 알리라고 하셨어. 그런데 해주로 가서 38선을 넘으려고 하다가 인민군에게 붙잡혔어. 석 달 조금 넘게 감옥 생활을 하다가 겨우 풀려나서 다시 평양으로 가 기회를 엿보다가 안내인을 소개받았어. 출발하는 장소로 갔더니 덕원신학교에서 부제품을 받은 윤공희 부제(훗날 대주교)도 연락을 받고 기다리고 있었어. 반갑더라고. 안내인을 따라 38선을 넘었는데 천주님의 보살핌으로 남한에 도착했어. 국군의 조사를 받은 후 명동성당에 도착해서 노기남 주교에게 북조선 천주교회가 처한 상황을 설명하고 윤공희 부제와 함께 여기로 와서 개학을 기다렸던 거야."

말을 마친 지학순은 지난 몇 달 동안의 고생이 진저리 쳐지는 듯 고개를 절레절레 흔들었다. 김수환은 자신의 고생은 지학순에 비하면 아무것도 아니었다는 생각이 들었다.

"다니엘, 사선을 뚫고 내려오느라 고생 많았다. 요즘 38선이 매우 위험하다던데, 다치지도 않았으니 천주님이 도우셨다. 그런데 상황이 그 정도면 평양교구의 우리 동창들도 위험할 텐데……."

"나도 신학교를 늦게 들어가서 동창들 소식은 못 들었지만, 모두 신품을 받고 본당으로 나갔으니 위험할 거야."

김수환과 지학순은 한숨을 쉬며 이야기를 이어나갔다.

며칠 후 지학순은 3학년에 편입해서 함께 공부하게 됐다. 당시 신학교 총급장은 3학년 학생 중에서 선출했는데, 나이가 많은 두 사람이 후보가 되었다. 그러나 덕원신학교를 다니다 갓 온 지학순에 비해 계속 성신대학을 다닌 김수환이 지명도가 높은 건 당연했고, 결국 그가 선출되었다.

4월 15일,[64] 김수환은 소품의 3, 4품인 구마품과 시종품을 받았다. 구마驅魔는 마귀나 악령을 구축驅逐(몰아서 내쫓음)한다는 뜻이다. 그리스도의 제자들이 악령에 사로잡힌 이들을 구마하는 힘을 받았고, 실제로 구마한 사례가 기록에 남아 있어, 3세기에 만들어진 직책이다. 그러나 구마를 하기 위해서는 주교의 허락을 받아야 했기 때문에, 이 직책은 독립적으로 수행되지 않았고, 사제품에 이르는 상징적인 직책이었다. 시종품侍從品은 장엄미사에서 차부제를 도와주고 교회의 재산 관리나 제대에 초와 제물을 준비하는 역할을 맡았다. 김수환은 이날로 네 가지 소품을 모두 받았다. 앞으로 세 가지 대품인 차부제, 부제, 사제품을 받으면 신부가 되는 것이다.

6월 22일, 방학이 가까워오자 대구교구에서는 김수환에게 로마에 가서 공부를 하고 오라고 했다. 두 번째 유학지명이었다. 당시 대구교구장은 주재용 임시교구장이 사임한 후 착좌한 최덕홍 주교였다. 최 주교는 동성학교 을조 기숙사 사감 시절부터 김수환의 어학 능력과 암기력을 눈여겨보고 있었다.

---

[64] 날짜는 천주교회보(가톨릭신문의 당시 명칭) 5월 25일자와 대신학교 학적부, 《가톨릭대학교 신학대학 1855~2005》에서 확인.

◇ 1950년 4월 15일, 구마품과 시종품을 받은 후의 모습. 셋째 줄 맨 왼쪽이 김수환 신학생이다. 맨 앞줄은 이날 사제 수품자들이다. 왼쪽부터 후배 임응승, 동창 신종호, 동창 김정진, 오른쪽에서 세 번째가 최석우 신부다. 둘째 줄은 부제 수품자들인데, 왼쪽에서 네 번째가 최익철 부제다.

◇ 동성학교 을조 동창들의 사제 서품 후. 1950년 4월 15일 대신학교 마당에서 찍은 사진이다. 앞줄 왼쪽부터 신종호, 김정진, 최석우 신부. 뒷줄 왼쪽부터 김수환 신학생, 나상조 동성학교 동창, 김재덕 신부, 최석호 신부(최석우 신부의 형), 김영일 신부, 최익철 부제, 지학순 신학생. 나상조 동창은 동성학교 갑조 출신으로 경성제대 법학부에 입학했다가 해빙 후 서울대를 졸업했다. 이 사진을 찍은 얼마 후 신학교에 입학했고, 사제가 되었다.

김수환은 갑작스러운 유학지명에 깜짝 놀랐다. 동성학교 을조 졸업 당시의 유학지명과는 달리 가슴이 설렜다. 로마는 가톨릭의 심장인 교황청이 있는 도시였다. 그곳에 가서 쟁쟁한 교수신부들에게 신학을 배우는 일은 신학생으로서는 선택받은 기회였다. 그는 설레는 마음으로 여권 수속을 시작했다.

그때, 6월 24일이 공베르 신부의 서품 50주년을 기념하는 금경축金慶祝 날이라는 소식이 들려왔다. 가만있을 수 없는 일이었다. 공베르 신부는 그뿐 아니라 신학생 대부분의 은사였기 때문이다. 그는 총급장 자격으로 다른 신학생들과 함께 금경축 행사를 준비했다. 김수환은 공베르 신부에게 가 기쁜 표정으로 금경축 행사 계획을 알렸다. 공베르 신부도 고맙다며 함박웃음을 터뜨렸다. 그러나 6월 24일에는 가르멜수녀회, 파리 외방전교회 등에서 행사를 할 뿐 아니라 동생인 줄리앙 공베르 신부도 오니 그다음 날인 25일에 하기로 했다.

6월 25일 새벽, 소련의 지원을 받아 무기와 장비를 갖춘 북한 인민군이 38선을 넘었다. 그러나 신학교는 바깥세계와 단절되어 있었고, 더구나 드나드는 사람이 없는 일요일이라 그 사실을 몰랐다.

총급장인 김수환과 신학생들은 학교 성당에서 공베르 형제 신부와 교수신부들을 모시고 경축미사를 드렸다. 미사가 끝난 후 김수환은 신학생 대표로 공베르 형제 신부에게 꽃으로 만든 화환을 목에 걸어드렸다. 한국에서 오랫동안 많은 수고를 해주셔서 고맙다며 준비한 선물도 건넸다. 모두들 즐거워했다.

금경축 행사가 끝난 후, 외출했던 학생들이 급히 뛰어오며 전쟁 소식을 알렸다. 총급장인 그는 바로 학장실로 달려가서 보고를 했다. 그러나 정규만 학장신부는 고개만 끄덕일 뿐이었다. 교수실에서도 아무런 지시사항이 없었다.

6월 26일, 김수환을 비롯해 신학생들 그리고 교수신부들까지 모두 잠을 설쳤다. 그래도 강의는 계속되었다. 당시 신학교 교풍은 '강의 시간 엄수'였다. 교수신부들은 평소와 다름없이 교실에 들어와 강의를 했고 학생들은 들었다.

오후 수업이 시작되었다. 쉴 새 없이 군용트럭 소리와 함성 소리가 들려왔다. 군인들은 군용트럭 위에서 태극기를 흔들며 군가를 불렀고, 국민들은 그들을 향해 함성을 지르며 격려했다. 국군은 혜화동을 지나 미아리고개를 넘어 의정부 방향으로 갔고, 국민들은 의정부 방향에서 미아리고개를 넘어 대신학교가 있는 혜화동을 거쳐 남쪽으로 오고 있었다. 학생들이 웅성거렸다. 교수신부들은 라디오 방송을 통해, 전에도 가끔 있던 국지전이 아니라 38선 전역에서의 전투라는 사실을 알았다. 그러나 이날도 학장신부와 교수신부들은 아무런 지침을 내리지 않았다.

6월 27일 새벽 2시, 이승만 대통령은 인적이 끊긴 서울역에서 대전행 특별열차에 몸을 실었다. 정부는 이 대통령이 무사히 서울을 빠져나간 것을 확인한 새벽 3시에 비상국무회의를 열어 수도를 수원으로 옮기기로 결정했다. 새벽 4시에는 비상국회를 열었다. 210명 중 174명이 참석했고, 만장일치로 '서울 사수'를 결의했다. 새벽 5시, 육군본부의 긴급참모회의에서는 '정부나 국회는 후퇴해도 국군만은 최후까지 서울을 사수한다'는 내용을 결의했다. 오전 8시, 인민군은 의정부를 지나 창동까지 진입했다. 그러나 정부에서는 시민들에게 이 사실을 알리지 않았다. 중앙방송KBS에서는 하루종일 "국민 여러분 안심하십시오. 적을 서울 교외에서 소탕해서 궤멸시켰습니다. 서울이 안정됐으니 돌아오십시오. 안전합니다"라는 내용의 뉴스를 계속 내보냈다.

시간이 지날수록 상황은 급박하게 돌아갔다. 의정부 방면에서 피난민들이 혜화동으로 물밀듯이 쏟아져들어오기 시작했다. 총급장인 김수환은 학교 성당 안에 있는 성체聖體를 공베르 신부의 사제관 지하실로 옮겼다.

포성이 점점 가까이에서 들려왔다. 인민군이 점점 가까이 오고 있다는 소리였다. 기다리다 못한 김수환은 학장실로 뛰어올라갔다. 정규만 학장신부는 1942년 로마 유학 중 그곳에서 사제 서품을 받았고, 1946년 신학박사 학위를 받은 후 귀국했다. 1950년 1월 대신학교 학장에 취임한 그는 당대 최고의 가톨릭학자답게 학구적인 교풍으로 학교를 이끌어가고 있었다. 정 학장신부는 김수환에게 침착한 목소리로 말했다.

"총급장, 내가 로마에서 유학하면서 제2차 대전을 지켜봤는데, 적탄이 날아온다고 반드시 점령을 의미하는 것은 아니다. 하루종일 방송에서 얘기했듯이 일본에 있는 맥아더 사령부에서 수백 대의 비행기를 곧 보낼 터이니 안심해도 된다. 만약 공산군이 서울을 점령한대도 중공中共의 예를 보면 신학교 교육은 계속할 수 있으니 절대 안심하라."[65]

김수환은 아무 말도 못하고 학장실을 나왔다. 신학생은 학장신부의 말에 순명해야 했기 때문이다.

해가 기울었다. 국군들이 신학교 뒤편 성벽 돈대墩臺 위에 포를 설치하기 시작했다. 혜화동에는 부상병을 싣고 후퇴하는 군용트럭이 줄을 이었다. 드디어 인민군이 미아리고개까지 밀고 내려왔다는 소식이 들려왔다. 쾅! 쾅! 포탄 터지는 소리와 기관총 소리가 아주 가까이에서 들렸다.

---

65   이 부분은 최민순 신부가 천주교회보에 발표한 6월 27일 일기에서 그대로 인용했다. 김수환 추기경은 이 부분에 대해 평생 함구했다.

아,
김수환
추기경

결국 학장신부는 피난 명령을 내렸다. 그때부터 교수신부와 신학생들은 어디로 가야 하느냐, 무엇을 갖고 가느냐, 하며 우왕좌왕했다. 김수환과 신학생들은 도서관의 책들이라도 옮겨야 하는 것 아니냐며 웅성거렸다. 날씨는 점점 어두워지고 비가 주룩주룩 내렸다. 혜화동은 한강 다리를 향해 몰려가는 피난민으로 아수라장이 되어 있었다.

김수환은 신학생을 인솔해야 하는 총급장으로서 더 이상 머뭇거릴 여유가 없었다. 그는 일단 신학생들과 명동성당을 향해 뛰었다. 명동성당도 노기남 주교가 로마 교황청 출장 중이라 대책 없이 우왕좌왕하기는 매한가지였다. 교수신부들은 명동성당 주교관에 남아서 대책을 의논했고, 신학생들은 각자 집을 향해 뿔뿔이 흩어졌다. 김수환을 비롯해 집이 남쪽 지방인 신학생들은 한강 인도교가 가까운 삼각지성당으로 갔다. 비가 너무 많이 오고 밤이 깊어 본당 신부님께 잠자리를 부탁하기 위해서였다.

오후 10시, 중앙방송에서 이승만 대통령의 목소리가 흘러나왔다. "유엔에서 우리를 도와 싸우기로 작정하고, 이 침략을 물리치기 위해 공중으로 군기와 군물을 날라와서 우리를 도우니까, 국민은 좀 고생이 되더라도 굳게 참고 있으면 적을 물리칠 수 있을 것이니 안심하라"는 내용이었다. 이것은 대전에서 전화한 것을 녹음한 방송이었지만, 서울 시민들은 그 사실을 알 리 없었다.

28일 새벽 2시 30분, 한강 인도교가 폭파되었다. 인민군이 한강 인도교에 도착하기 여섯 시간 전의 일이었다. 당시 한강 다리를 폭파하는 과정에서 다리를 건너던 수많은 피난민(최소 500명, 최대 4천 명 추정)이 사망했다. 한강을 건널 수 있는 유일한 다리인 인도교가 폭파되자, 정부의 발표를 믿고 피난 가지 않았던 수많은 서울 시민이 고립되었다. 한강 이북에 있던 국군 5개 사단 그리고 지원부대 국군장병 7만여 명과 차량 1,318대를 비롯한 무기와 식량이 고립되었다.

김수환과 신학생들은 요란한 폭발음에 잠에서 깨어 일어났다. 누군가가 문을 두드리면서 "인민군이 시내까지 들어왔다"고 소리쳤다. 서둘러 밖에 나가보니 비가 억수같이 퍼붓고 있었다. 이른 새벽 거리에 피난민들과 차량들이 넘쳐났다. 김수환과 신학생 몇 명은 장대비를 맞으며 삼각지성당에서 나와 피난민 행렬을 따라 한강 인도교를 향해 걸었다. 그러나 한강 다리는 끊어져 있었고, 피난민들은 갈팡질팡했다. 소문이 난무했다. 광나루에는 벌써 인민군이 도착했다, 한남동과 서빙고 도선장에서는 돈만 주면 배를 태워준다, 마포 하중리 나루터가 더 쉽다더라, 군인들 먼저 태우느라 피난민들은 안 태워준다더라……. 어떤 말이 맞고 틀린지 알 수 없었다.

어둠이 걷히면서 동이 트기 시작했다. 시야가 확보되자 피난민들은 철교 한쪽은 끊어지지 않았다며 그쪽으로 달려갔다. 김수환과 신학생 몇 명도 남아 있는 철교를 건너 수원으로 갔다. 수원성당에 도착해 보니, 미리 온 신학생들이 있었다. 모두 반갑게 해후를 하고 그곳에서 하룻밤을 지내며 다른 신학생들을 기다렸다.

6월 29일, 김수환은 수원성당 신부님께 고맙다는 인사를 하고, 대신학교와 소신학교 학생들을 데리고 수원역으로 갔다. 그리고 저녁에 화물열차 지붕에 올라타고 오산, 대전을 거쳐 대구까지 갔다. 그때 셋째 형은 경남 진양군 문산성당 주임으로 있었고, 어머니는 대구에서 둘째 형과 함께 계셨다. 대구에 도착한 그는 형의 안부가 궁금해서 달려가고 싶었지만 어머니가 말렸다. 교통편도 좋지 않았다. 그는 교구청으로 가서 최덕홍 주교에게 인사를 했다.

"스테파노, 혹시 잘못되지는 않았는지 걱정했는데, 이렇게 무사히 와서 다행이다. 일본에 끌려갔다가도 살아서 오고, 서울의 그 난리통에도

180

아,
김수환
추기경

살아온 걸 보니 천주님께서 아무래도 너를 크게 쓰시려나 보다. 고생 많았다."

최 주교의 말에 그는 얼굴이 붉어지면서 고개를 숙였다.

"세상이 이렇게 되었으니 로마 유학은 천주님의 뜻이 아닌

교황 비오 12세의 발표문. 천주교회보 1951년 6월 20일자 1면에 실렸다.

것 같다. 이 난리가 조금 잠잠해지면 여기서 공부를 마치고 사제품을 받아라."

"예, 주교님. 그런데 전황에 대해서는 들으신 말씀이 있는지요?"

"여기저기서 이런저런 얘기를 들어봤는데, 이곳 대구를 뺏기면 부산이 북측 고사포 사정권에 들어가기 때문에 결사적으로 방어를 할 거라는구나. 그런 줄 믿고 기도해야지 어쩌겠느냐. 그러나 만약 전황이 계속 불리해지면 모두 나가서 싸울 각오를 해야 하니, 너도 마음을 단단히 준비하고 있어라."

당시 교황청은 종교를 부정하고 천주교 신부와 신자를 탄압하는 공산주의를 '반그리스도'로 규정하고 있었다.

"예, 주교님."

최 주교의 방을 나온 김수환은 전황이 예상보다 좋지 않다는 걸 직감했다.

7월 7일, 미국을 포함한 유엔군 16개국의 파병이 결정되었다. 7월 9일, 미 제8군 사령부가 대구에 설치되었고, 7월 16일에는 정부가 대구로 옮겨왔다. 7월 20일, 북한 인민군은 대전을 점령했다. 파죽지세의 남하는 계속되었다. 한국군과 유엔군은 낙동강을 방어선으로 설정하고 8개 사단(1개 사단은 만 명 내외. 당시 한국군 전체는 9만~10만 명 미만)을 투입했다.

북한 인민군은 낙동강을 넘겠다며 총력전을 펼쳤다. 낙동강 전선에 13개 사단(당시 인민군 전체는 약 20만 명)을 투입했고, 철교가 있는 왜관 지역에 약 4만 명을 집결시켰다. 전쟁의 광기가 낙동강을 짙게 물들였다. 8월 중순, 대구에 있던 정부는 부산으로 옮겼다. 이때부터 치열한 낙동강전투가 시작되었다.

전황은 한 치 앞을 내다보기 힘든 상황으로 돌입했다. 북한 인민군들이 전국에서 천주교 신부들과 신자들을 학살한다는 소식이 들려왔다. 소문이 아니라 사실이었다.

얼마 후 미군은 먼저 왜관 철교를 폭파했다. 계속해서 B-29 폭격기로 왜관 일대를 집중 포격했고, 인민군 4만 명 중 약 3만 명이 사망하거나 부상당했다. 대구 방어에 가장 중요한 다부동(대구 북쪽 22킬로미터) 전투에서도 북한 인민군은 패배했다. 2만여 명의 인민군과 전차 34대를 동원했던 전투였기에 타격이 컸다. 공중폭격을 견뎌내지 못한 인민군은 후퇴해야 했다.

국군과 연합군은 9월 15일 인천상륙작전을 성공시키며 서울로 진격했다. 9월 28일, 중앙청에는 다시 태극기가 올라갔다.

아,
김수환
추기경

섬기기 위해
자신을 완전히 바치는 사람
10

"너희가 가서 열매를 맺어
너희의 그 열매가 언제나 남아 있게 하려는 것이다."

| 요한복음 15장 16절 |

1950년 12월, 중공군의 개입으로 다시 전황이 악화되자, 천주교 참사회의에서는 부산으로 피난 온 신학생들을 제주도로 보내 수업을 재개하기로 결정했다. 그러나 대구로 피난 온 4학년 신학생 김수환과 왜관 출신 신학생 정하권 그리고 부제품을 받았던 대구교구 신학생 두 명과 대전교구 신학생 두 명은 대구교구청에서 수업을 받도록 했다. 김수환과 신학생들은 최덕홍 주교와 전에 성유스티노 신학교에서 교수를 했던 신부들의 지도로 학업을 시작했다. 한 과목 강의가 끝나면 최덕홍 주교 앞에서 시험을 봤다.

10월 말에 최덕홍 주교는 김수환과 정하권에게 5품이자 세 가지 대품 중 첫 번째인 차부제품 준비를 하라고 했다. 당시 교회법에는 차부

∝ 김수환 추기경이 사용하던 《성무일도서》(전3권,
1924). 당시에는 '경본(經本)'이라고 불렀다. 성경을
요약한 책이라는 뜻으로 신구약성서, 성인전, 기
도문 등으로 편찬되었다. 성직자와 수도자들의 일
과기도서다. 성무일도 기도는 60~70분 정도 걸
리는 긴 기도이기 때문에 여러 번에 나눠서 드릴
수 있다.

제품을 받기 위해서는 소품을
다 받은 후 1년 정도 충분히 생
각해볼 여유를 주도록 되어 있
었다. 차부제품을 받은 후에는
두 가지의 어려운 의무를 지켜
야 하기 때문이었다.

첫 번째는 평생을 독신생활로
일관하는 의무다. 그리고 두 번
째는 매일 《성무일도서聖務日禱書,
Liturgia Horarum 혹은 Officium Divinum》
를 읽고 기도를 드리는 의무를 지
켜야 했다. 사제생활이 아무리 바

빠도 기도를 하면서 천주님을 만나라는 의미에서 만들어진 제도다. 최덕
홍 주교는 김수환과 정하권에게 이 두 가지 의무를 설명하고, 12월 성탄
때까지 기도하면서 마음을 결정하라고 했다.

김수환은 다시 한 번 마음을 가다듬으며, 독신과 고독에 대해 조용히
묵상하곤 했다.

"천주님, 이제 저는 독신서약을 할 단계에 왔습니다. 지금은 제가 천
주님만 바라보고 있지만, 고독과 외로움은 모든 인간이 갖고 있는 마음
입니다. 천주님, 제가 그런 고독을 극복할 수 있겠습니까? 고독은 바다
보다 더 깊은 심연深淵이라고 하는 이도 있는데, 제가 그 속에 빠져 허우
적거리지 않겠습니까? 혹 누군가가 나타난다면 정이나 사랑의 충동을
느끼지 않겠습니까? 그러나 천주님, 제가 주님의 사랑 속에 살고 있음
을 깨닫고, 제가 먼저 고독과 친숙해질 수 있게 해주소서. 제가 그리스
도의 빛 속에서 외롭지 않고, 독신서약을 그리스도의 부르심 속에 살기

∝ 부제 서품식. 1950년 12월 24일. 오른쪽이 김수환 부제. 그 옆이 정하
권·정삼권 부제다.

위해 받은 특별한 은총으로 생각하게 하여주소서. 독신을 통해 천주님
의 백성 속에서 더욱 백성답게 봉사할 수 있도록 도와주소서."

　12월 23일, 최덕홍 주교는 대구교구청 건너편 샬트르 성바오로 수녀
원 성당에서 김수환과 정하권 두 신학생의 차부제 서품식을 거행했다.
최 주교는 강론을 통해 "세상에 나가 언제까지나 썩지 않을 열매를 맺
어라"(요한복음 15장 16절)라고 당부했다.[66]

　그리고 다음 날인 24일, 부제 서품식이 거행되었다. 부제에서 사제품
을 받는 데는 일정 기간이 필요하지만, 차부제에서 부제가 되는 데는

66　　　천주교회보 1951년 1월 14일.

기간 제약 규정이 없었다. 그리고 부제 서품식은 평일보다는 성탄이나 부활절 같은 축일에 행하는 것이 당시 관례였다. 최덕홍 주교는 해를 넘겨 부활절까지 기다릴 필요가 없다고 판단해서 성탄절에 부제 서품식을 한 것이다.

부제는 사제의 바로 아래 단계로, 신약성경 사도행전의 "부제로 뽑힌 7명처럼"에서 유래했으며, 사제적 영성의 바탕이라고 할 수 있는 봉사정신과 깊이 관련되어 있다. 제2차 바티칸공의회 이전인 당시의 부제는 교회의 봉사직으로서 강론, 세례, 결혼식 주관, 본당 운영, 그 외의 사항에 있어서 사제를 보좌하는 일을 담당했다. 부제의 라틴어 어원의 의미도 '천주님과 이웃을 진심으로 섬기는 사람', '섬기기 위해 자신을 완전히 바치는 사람'이다.

최덕홍 주교가 기도를 시작했다.

"주여 이들에게 성령을 내리소서. 당신의 일곱 가지 선물의 은혜로 이들이 부제의 직위를 충실하게 수행할 수 있도록 하소서."[67]

김수환 부제도 엎드려 기도를 드렸다.

"천주님, 부족한 제가 어떻게 그리스도를 닮아 모든 이에게 봉사하는 부제의 역할을 수행할 수 있을지 두렵습니다. 저는 주님 없이는 아무것도 할 수 없고, 주님 없이는 아무것도 아닙니다. 천주님, 저 자신을 버리고 그리스도께서 가신 십자가의 길을 갈 수 있도록, 예수님께서 지셨던 십자가를 질 수 있도록 도와주소서……."

---

[67] '일곱 가지 은혜'는 '성신칠은'으로, 지혜(sapientia, 슬기), 이해(intelectus, 깨달음 혹은 통달), 의견(consilium, 일깨움), 지식(scientia, 앎), 용기(fortitudo, 굳셈), 효경(pietas, 받듦 혹은 공경), 두려워함(timor, 경외)이다.

아,
김수환
추기경

1951년 1월, 김수환 부제는 어느새 29세의 청년이 되었다. 최덕홍 주교는 그에게 교구사무처장(당시 명칭은 '당가신부')인 장병화 신부를 보좌하면서 부제 수업을 받으라고 했다. 장병화 신부는 김수환 부제가 일본에서 돌아와 성소가 흔들릴 때 자신감을 심어준 성유스티노 신학교 선배였다. 그는 장병화 신부를 보좌하면 배울 점이 많을 것 같다는 생각에 기쁨을 감추지 못했다.

장병화 신부는 시간이 날 때마다 사제가 갖춰야 할 덕목에 대해 이야기해주었다. 그러나 장 신부는 그에게 말뿐이 아니라 행동으로 사제의 모습을 보여줬다. 장 신부는 신자나 아랫사람에게 사랑을 베풀면서 자상하게 배려했다. 천주님을 향한 믿음도 굳건했다. 김수환 부제는 그런 장병화 신부의 모습에 고개가 숙여질 때가 한두 번이 아니었다.

"신부님도 신학생 때 신부 되기 싫다는 생각을 가져본 일이 있으세요?"

그의 물음에 장병화 신부는 빙그레 웃었다.

"동기들 중에도 성소가 흔들린 친구들이 있었지만, 나는 이상하게 한 번도 신부가 되기 싫다는 생각을 가져보지 않았다. 오직 사제가 되고 싶은 일념뿐이었어. 걱정이 있다면 혹시라도 시험을 잘 못 봐서 퇴학을 당하면 어쩌나 하는 정도였지."

김수환 부제는 그 말을 들으며 고개를 끄덕였다. 굳건한 신앙이 있었기에 성소도 흔들리지 않고, 지금도 기쁨으로 사목활동을 하는 것이리라. 장병화 신부는 아무리 힘들어도 피곤하지 않은 것처럼 보였다. 당시 교구 살림은 상상하기 힘들 정도로 어려워서 밤낮 쪼들렸다. 그래도 장 신부는 짜증을 부리거나 화를 내지 않았다.

"신부님은 이렇게 쪼들리고 모자라는 상황이 힘들지 않으세요?"

"왜 안 힘들겠어. 힘들지. 정말 힘들어. 그러나 주님께서 짊어지셨던 십자가보다는 가벼워. 생각해봐, 주님은 온 세상의 모든 이를 구하는 십자가를 지셨는데도 '내 멍에는 편하고 내 짐은 가볍다'(마태 11:30)고 하셨어. 그걸 생각하면 내가 어떻게 이 정도 일을 힘들다고 할 수 있겠어. 주님에 비하면 내 짐은 가벼운 거야. 그럼, 비교조차 할 수 없을 정도로 가벼운 거지. 하하!"

그는 생각했다.

'예수님은 인간을 사랑하셨기 때문에 그 무거운 짐을 지시고도 '내 멍에는 편하고, 내 짐은 가볍다'라고 하신 거다. 장 신부님은 그걸 마음속 깊이 아시기에, 교구 일이 아무리 복잡하고 힘들어도 오직 사랑만을 생각하면서 즐거운 마음으로 받아들이시는 거다. 그래서 짜증도 화도 안 내시는 거다. 맞다. 장 신부님은 그런 주님의 사랑을 아시기에 교구를 사랑하고, 나를 사랑하고, 신자들을 사랑하신다. 그래, 나도 장 신부님처럼, 아니 예수님처럼 사랑하는 마음으로 모든 일을 하자. 신자들을 사랑하는 마음으로 십자가를 메고 골고다언덕을 오르자. 이것이 사제의 자세이고, 사제가 가야 할 길이리라.'

4월 5일, 새 학기가 시작되자 대신학교는 제주도를 떠나 부산으로 왔다. 청학동 토성초등학교 한쪽 건물에 임시 교사와 기숙사를 만들었다. 대신학교가 개학했다는 소식을 들은 김수환 부제는 기차를 타고 부산으로 달려갔다. 교수신부님들께 인사를 한 후 동창과 후배들을 만났다. 모두 무사해서 다행이라며 손을 잡았다. 지학순이 보이지 않아 동창인 김영일에게 물으니, 지학순은 군에 입대해서 평양까지 올라갔다가 후퇴길에 원주 부근에서 다리가 부러졌다고 했다. 지금은 대청동에 있는 부산 제3육군병원으로 후송되어 입원 중이라는 것이었다. 그는 병원으로 달려갔다.

김수환이 병실 문을 열고 들어갔다. 지학순은 다리에 깁스를 하고 침

◁ 부산 대신학교에서. 나무기둥 왼쪽이 한공렬 당시 교수신부, 종 밑이 김영일 신부, 종 오른쪽이 선종완 교수신부, 그 오른쪽에 안경 낀 이가 김수환 부제, 맨 오른쪽에 서 있는 이는 동창인 김재덕 신부다. (최익철 신부 증언)

대에 누워서 책을 읽고 있다가 그가 들어서자 반갑다며 손을 잡았다.

"스테파노, 여기까지 찾아와줘서 고맙다."

"다니엘, 그런데 얼마나 다친 거야?"

김수환 부제는 그가 많이 다친 것 같아 걱정스러운 목소리로 물었다.

"아, 이거 사실 별거 아니야. 1·4후퇴 때 내려오다가, 원주에서 횡성 들어가기 직전에 큰 다리가 하나 있는데, 왼쪽 발목이 삐끗하면서 넘어졌어. 근처에 있는 미군 병원에서 진료를 했는데, 복사뼈가 깨졌대. 그래서 처음에는 발바닥부터 무릎까지 붕대를 감고 회반죽을 바르고 여기로 후송되었는데, 지금은 거의 뼈가 붙어서 깁스도 발목 부근에만 할 정도야."

"그럼 강원도에서 여기까지 오느라 고생이 많았겠네."

∝ 소신학교 동창인 지학순과 함께 찍은 사진. 지학순은 평양으로 진격하는 부대를 따라갔다가, 평양에서 50리 떨어진 고향 중화에 가서 형과 동생들 그리고 큰누나를 만났다.

"아니야. 내가 미 보병 2사단 소속이라, 난생처음 군용기를 타고 왔어. 그때는 급히 수술을 받지 않으면 생명이 위태로운 부상병들이 워낙 많아서 비행기가 매일 떴거든. 그런데 스테파노는 부제품을 언제 받았어?"

지학순이 그의 로만칼라를 보면서 물었다.

"응, 지난 성탄 때……."

그는 친구가 전선을 누빌 때 부제품을 받은 게 민망해서 말꼬리를 흐렸다.

"이야! 그러면 이제 부제님이시네. 축하해, 스테파노 부제님!"

"쑥스럽게 그런 소리를…… 아무튼 고마워, 다니엘."

"그런데 여기는 어떻게 알고 온 거야? 혹시 부제 되었다고 자랑하러 온 거야? 하하!"

"아니야. 대신학교가 영도 앞 청학동에서 학교 문을 다시 열었다고 해서 왔다가 소식을 듣고 온 거야."

"아, 개학을 했구나. 그럼 나도 빨리 일어나 제대하고 다시 학교를 다녀야겠네."

"그래 다니엘, 다리도 다쳤으니까 그만 제대 수속을 해."

"알았어. 전선도 그만그만하니까 제대하고 나도 빨리 사제품을 받아야지. 이거 원, 동창들은 모두 신부님이 되셨는데 나는 아직도 소품자로 동창 신부 밑에서 복사를 하게 생겼으니 체면이 말이 아니잖아. 하하하!"

"그래도 걱정 마, 다니엘. 성경에도 늦게 된 자가 먼저 된다고 했으니, 그때는 우리가 아래에서 받들어줄게. 하하!"

그의 말에 지학순은 손을 저으며 웃었다. 그러나 말이 씨가 된다는 말을 증명하듯, 동창 중 가장 늦게 사제 서품을 받은 지학순이 동창 중 가장 먼저 주교에 서품되었다. 두 친구는 그런 미래를 모른 채 계속해서 이야기꽃을 피웠다.

김수환 부제는 시간이 날 때마다 대신학교에 와서 그동안 제대로 못 들었던 강의도 듣고 지학순도 찾아갔다. 그러나 지학순은 제대 수속이 진행되는 동안 동성학교 을조 시절에 앓았던 폐결핵이 재발해 육군병원에서 퇴원했다. 결핵 환자는 일반 환자들과 함께 있을 수 없었기 때문이다. 지학순은 미국 메리놀회 수녀들이 부산 청학동에 세운 요양소로 옮겨 치료했다. 다행히 이듬해에 다시 완치되어 대신학교에 복학할 수 있었다.

7월 중순, 부산 대신학교는 방학을 했다. 4학년인 부제들에게 방학은 졸업을 의미했다. 최덕홍 주교는 그와 정하권 부제를 불렀다.

"자네들도 이제 사제품 받을 준비를 하게. 언제 사제품을 받으면 좋을지 자네들이 상의해서 날짜를 잡아보게나."

"예, 주교님."

최덕홍 주교에게 인사를 하고 나온 김수환과 정하권 부제는 서품 날짜를 상의했다. 동성학교 을조 5년 후배인 정하권 부제는 선배인 김수환 부제의 의견을 따르겠다고 했다. 김수환 부제는 너무 서두르지 말고 기도할 시간을 충분히 갖자고 했다. 그는 9월 '첨례표瞻禮表'를 펼쳤다. 첨례표는 당시 천주교 신자들이 기도와 미사 그리고 특별히 기념해야 할 축일祝日을 표시한 천주교 달력으로, 지금의 '전례력典禮曆'이다. 첨례표를 한참 동안 살펴보던 그는 사제 서품일을 '고통의 성모 마리아 기넘일'인 9월 15일로 정했다.

그는 기도를 하며 사제 서품식을 기다렸다. 그때 셋째형 김동한 신부가 해군 군종신부로 자원입대하기로 결정했다. 당시 천주교에서는 심신이 지쳐 있는 병사들에게 종교를 통한 회복의 기회를 마련해주기 위해 군종신부단을 설립하고 각 군에 군종신부를 파견했다. 최덕홍 주교가 초대 지도주교(총재주교)를 맡았고, 8월에는 군종신부 파견 범위를 해군으로까지 넓혔다. 그러자 의협심이 강한 김동한 신부가 해군 군종신부 1호로 자원한 것이다.

김동한 신부는 입대하기 전에 어머니와 가족을 만나기 위해 대구로 왔다. 어머니는 일제강점기 때는 막내가 학병에 끌려가더니 이번에는 김일성 때문에 셋째가 전쟁터에 간다며 눈물을 흘리셨다. 김동한 신부는 해군에는 위험한 전투가 없으니 안심하라며 어머니를 위로했다.

김수환은 형과 함께 교구청 언덕 위로 올라갔다.

"스테파노 부제님, 서품 준비는 잘 돼가시는가?"

형이 웃으며 물었다.

"상본에 넣을 성구까지 정했는데, 서품 때 휴가를 못 받으실까요?"

그는 형이 신부가 된 후에는 경어를 썼다.

"사실 나도 알아봤는데, 그때는 훈련 중이라 휴가가 안 된다더라."

"그래도 최 주교님이 지도주교니까 말씀드리면 안 될까요?"

"나도 그 생각을 안 해본 건 아닌데, 아무리 높은 빽이 있어도 훈련소에서는 휴가를 안 내보낸다더라. 나도 섭섭하지만, 그래도 우리 천주교 신자들과 비신자들을 전교하기 위해서 나가는 거니까 니도 이해해라."

"그건 그렇지만, 우리는 왜 이렇게 서로 서품식 때는 뭔가 일이 생겨 엇갈리는지 모르겠어요."

"부제님, 그것도 다 천주님 뜻이라고 생각해라. 우리는 어차피 고향

✂ 입대 전의 형 김동한 신부와 함께. 해군 군종신부 1호로
입대하기 전 가족을 만나기 위해 대구에 온 형과 함께 대
구교구청 입구에서 찍은 사진이다.

과 가족을 떠나서 천주님의 심부름을 하는 사람들이다. 형제가 너무 다
정하게 보이는 것도 남들 보기에 안 좋을 수 있기 때문에 그러시는 거
라고 생각해."

　"그래도 서품식 때는 가족들이 다 오는데, 좀 섭섭하네요."

　"섭섭해하지 마라. 그래도 나는 이제 우리 어무이 소원이 이뤄지실
날이 얼마 남지 않아서 참 좋다. 그리고 아슬아슬하던 네가 성소를 잘
지켜서 여기까지 온 것도 대견하고…… 이제 우리는 열심히 천주님의
일을 하면 된다."

　"형님 신부님도 제가 그렇게 아슬아슬하게 보였어요?"

"하하! 이제는 지난 얘기지만, 그렇게 보일 때도 있었다. 그래도 나는 너와 어머니의 기도를 믿었다. 그리고 순교하신 조부님도 천국에서 너를 위해 기도 정말 많이 하실 거라고 믿었고……."

"저도 그렇게 생각해요…… 그래서 내가 이번 상본 구절을 '천주님, 저를 불쌍히 여기소서'로 정했어요."

"하하, 정말이가? 그 구절 정말 좋다. 그 상본은 꼭 가지고 있다가 나휴가 나오면 주거라."

"예, 그런데 해군은 정말 안 위험해요?"

"걱정 마라, 우리는 천주님과 성모님 빽이 있어서 걱정하지 않아도 된다."

"그래도 조심하세요……."

형제는 그렇게 밤이 늦도록 이야기를 나눴고, 며칠 후 김동한 신부는 진해로 떠났다. 김수환 부제는 9월 15일 대구대성당에서 사제품을 받았다.

교회 쇄신과 현대화에 앞장서다

II

"베드로의 성전 문을 활짝 열어라"

—
"세상 속으로 나아가서 소외되고 고통받는 이웃을 보듬으며 함께 가라."

_교황 바오로 6세

가난한
순서

11

"예수님이라면 이 상황에서 어떻게 하실까?"

| 김수환 신부 |

1951년 9월 16일, '새 신부'가 된 김수환은 어머니와 누나들이 다니는 성요셉성당(지금의 남산성당)에서 주일미사를 집전했다. 새 신부가 되면 출신 성당에서 첫 미사를 집전하고 부임지 성당으로 떠나는 것이 관례였다.

미사를 마치고 신자들과 인사를 나눈 그는 교구청으로 가서 최덕홍 주교를 만났다. 최 주교는 그에게 첫 사목지가 안동읍성당(지금의 안동교구 목성동 주교좌성당)의 주임신부로 결정되었다고 전했다.

"김 신부, 안동읍본당 형편이 별로 좋지 않아. 교적(등록 신자를 정리한 서류) 통계로는 신자가 500명 정도인데, 그중에 공소 신자가 얼마고 본당 신자가 얼마인지는 가서 파악해야 할 거야. 안동이 워낙 전투가 치열했던 지역이라 아직도 피해복구가 안 된 곳이지. 특히 극빈자 비율이 높기 때문에 교회 상황이 녹록지 않을 거야. 전임 신부가 신자들에게 마음의 상처를 받고 이동을 요청할 정도였어. 김 신부라면 가서 잘

할 수 있을 것 같아서 거기로 보내는 거니까, 가서 열심히 해봐."

"예, 주교님. 열심히 기도하면서 저 자신을 비우고 낮은 곳에서 신자들을 섬기겠습니다."

"그래, 김 신부. 바로 그거야. 신부가 먼저 낮아지면 신자들이 자연히 따라오게 돼 있어. 본당 신부는 그 어떤 경우에도 신자들에게 존경을 강요하면 안 돼. 신자들이 스스로 존경하고 따라오도록 솔선수범을 보여야 해."

"예, 주교님. 명심하겠습니다."

"그럼, 내일 아침에 일찍 떠나."

"예, 주교님."

최덕홍 주교는 그의 첫 사목을 위해 기도한 후 강복했다. 그리고 차비라면서 흰 봉투를 건넸다. 사제 월급이 없던 시절이었다. 미사 예물로 생활을 해야 했기에, 당분간 쓸 돈을 건네준 것이다.

김수환 신부는 집으로 와서 어머니에게 내일 아침에 안동으로 떠난다고 말씀드렸다.

"새 신부님. 이렇게 본당 신부가 되어서 신자들을 만나러 간다니, 어미 마음이 참으로 기쁩니더. 아이구 내 강아지, 하고 궁둥이를 두드릴 때가 엊그제 같은데, 이렇게 의젓한 신부님이 되셨으니 천국에 계신 아버님도 기뻐하실 겁니다."

어머니는 감회가 북받치는지 다시 한 번 눈물을 흘리셨다. 그도 울컥하는 마음을 진정시키고 짐을 싸기 시작했다. 어제 받은 제의와 옷가지들 그리고 《성무일도서》를 비롯한 미사 관련 책이 전부였다.

그날 밤, 김수환 신부는 천주님의 부르심을 받고 고향을 떠난 아브라함을 생각하며, 첫 번째 사목을 잘 감당할 수 있게 해달라고 오랫동안 기도했다.

1951년 안동읍의 모습. 중앙선 철교가 끊어져 있다.

다음 날 아침, 김수환 신부는 어머니와 둘째형에게 인사를 하고 대구를 떠났다. 안동본당의 신자들은 어떤 이들일까? 전임 신부가 이동을 요청한 곳인데, 과연 나는 잘할 수 있을까?

성당은 안동 읍내에서도 보이는 목성산 중턱에 자리 잡고 있었다. 건물은 붉은 벽돌이었지만, 지붕은 나무였고, 종탑은 함석으로 짜서 올린 소박한 건물이었다. 안동읍(1963년 시로 승격)이 한눈에 내려다보였다. 멀지 않은 곳에서 낙동강이 흘렀다. 안동 읍민 모두도 성당을 바라볼 수 있었다. 정말 열심히 해보겠다는 의욕에 가슴이 두근거렸다.

김수환 신부는 성당 문을 열고 들어가 십자가를 바라보며 마룻바닥에 꿇어앉았다.

"천주님, 전쟁의 상흔이 고스란히 남아 있는 안동에 왔습니다. 천주님, 저 자신을 온전히 낮추고 주님의 백성인 신자들을 섬기는 종이 되도록 하여주소서. 형식적이 아니라 신자들을 진심으로 섬기기 위해 저 자신을 완전히 비울 수 있도록 도와주소서. 예수님께서는 수난 바로 전날, 당신은 제자들 앞에 엎드려 그들의 발을 몸소 씻어주셨습니다. 천주님, 제가 바로 이러한 예수님의 마음을 닮을 수 있는 은총을 내려주소서. 봉사받으러 오시지 않고 봉사하러 오신 그리스도를 본받아, 사랑과 겸손과 봉사의 정신으로 신자들과 이웃을 섬기는 사제가 되도록 도와주소서……."

김수환 신부가 성당에서 나오자, 어디선가 연락을 받고 달려온 본당 회장이 허리를 숙여 인사했다.

"찬미예수, 새 신부님, 어서 오십시오. 기다리고 있었습니다. 제가 안동본당 사목회장인 엄영기 베드로입니다."

"아멘. 회장님이시군요, 반갑습니다. 김 스테파노 신부입니다. 이곳이 첫 본당이라 모르는 것이 많고 부족합니다. 잘 부탁드립니다."

"아이구, 신부님. 별 겸손의 말씀을 다 하십니다. 오시느라 시장하실 텐데, 먼저 식사하러 나가시지요."

"괜찮습니다, 회장님. 일단 사제관이 어딘지 들러 가방을 내려놓겠습니다."

사제관은 성당 뒷마당 구석에 허름하게 자리 잡고 있었다. 회장에게 열쇠를 받아 문을 열고 들어갔다. 부엌이 보였는데 살림살이가 거의 없었다. 모든 것이 궁하던 때라, 이전 신부가 갖고 떠난 것이다. 그는 아무래도 밥은 며칠 동안 밖에서 해결해야겠다고 생각했다.

사제관에서 나온 김수환 신부는 회장과 함께 성당 주변을 둘러보았다. 고아원이 성당 옆 허름한 건물에서 곁방살이를 하고 있었다. 그 외에 별다른 건 없었다.

⌒ 안동성당 주임신부 시절. 김수환 추기경은 옆에 있는 이가 누구인지 알 수 있는 기록은 남기지 않았다.
뒤에 보이는 안동성당은 1956년 화재로 유실된 후 이듬해에 재건축했다.

"새 신부님, 이렇게 식사를 안 하시면 제 마음이 불편합니다. 제발 요
아래 내려가셔서 식사부터 하시지요."

사실 그도 배가 고팠다. 그러나 첫날부터 폐를 끼치는 게 마음에 걸
려서 사양한 거였다.

"예, 회장님. 그럼 내려가시지요."

회장은 식당에서 밥을 먹으며, 안동성당의 형편과 안동의 가톨릭 역
사를 이야기해주었다.

"새 신부님, 우리 안동 지역에 신앙이 전파된 것은 신해박해(1791)
와 신유박해(1801)를 피해 충청도와 전라도 지역의 신자들이 경상도
일대로 몰려든 때였다고 합니다. 그런데 을해박해(1815)와 병인박해

(1866~1872)가 시작되자 신자들은 산 속으로 들어갔습니다. 새 신부님도 아시지요? 왜관이나 신나무골 같은 옹기마을⋯⋯."

"예, 회장님. 잘 압니다. 저도 옹기장이 출신입니다."

"아, 그러세요? 그럼 구교우 가정 출신 신부님이군요."

"예, 그렇습니다. 조부님이 무진년 군난 때 충청도에서 치명(순교)하셨습니다. 그 후 아버님이 경상도로 와서 옹기장이를 하셨고, 저는 대구·선산·군위 옹기촌에서 어린 시절을 보냈습니다."

그의 말에 회장은 두 손을 모으고 고개를 숙였다.

"아이고, 신부님. 치명자 자손이라니 더욱 반갑습니다. 사실 현재 신자들 중에는 구교우 가정도 여럿 있습니다. 그러나 모두 형편이 어려워 잘 나오지는 않습니다."

"저도 가난하게 자랐기 때문에 그 형편을 이해합니다."

김수환 신부는 고개를 끄덕였다. 가난하게 살던 선산과 군위에서의 기억이 잠시 머리를 스쳤다.

"아이구, 정말 고맙습니다. 지금 교우들 형편이 말이 아닙니다. 새 신부님께서 그들을 위해 기도 많이 해주세요."

"예, 회장님. 열심히 기도하겠습니다."

당시 안동읍의 인구는 5만 정도였다. 조선시대에는 안동 김씨, 안동 권씨, 진성 이씨 가문을 중심으로 양반들이 학문을 닦았고, 도산서원을 중심으로 유명 유학자들을 많이 배출해 '유학의 본거지'라고 불렀다. 그래서 천주교의 기반은 매우 약했고, 오랫동안 배척의 분위기가 짙게 드리웠던 지역이었다.

"새 신부님, 이곳 안동이 대구 사수와 관련이 있던 전략적 요충지라 양측의 교전이 심했는데, 천주님과 성모님의 보살핌으로 다행히 본당은 무사했습니다. 오실 때 보셨겠지만, 지금 안동에는 성한 집보다 불타버린 집이 더 많은데, 2년 연속 흉년이 들다 보니 손을 볼 엄두를 못 내고 있습니다."

당시 안동성당은 교적에 올라 있는 497명의 신자 중 80퍼센트인 390명이 극빈자였다. 그중 상당수는 본당 미사에 참례하는 신자가 아니라 시골 공소에 등록된 이들이었다.[68]

9월 21일 토요일 오후, 고해소 앞에 신자들이 줄을 섰다. 그는 고해소에 들어가 첫 번째 신자의 죄 고백을 들은 후 "그리스도의 이름으로 이 교우의 죄를 사하나이다" 하며 죄를 사해주었다. 그 순간 그는 자신이 그리스도를 대신해서 권능을 행사한다는 사실에 마음이 두렵고 떨렸다.

9월 22일, 김수환 신부는 부임 첫 주일미사를 드렸다. 본당신부로서 처음 집전하는 미사라 마음이 떨렸다. 미사 예절을 마친 후 그는 성당 앞에서 신자들과 인사를 나눴다. 이날 미사에 참례한 신자는 50명 정도였다. 전임 신부와의 갈등도 원인이었지만, 그보다는 전쟁의 피해가 워낙 컸던 곳이기 때문이었다.

그는 월요일부터 신자회장과 함께 교우들의 집을 방문했다. 그때서야 안동의 전쟁 피해가 얼마나 참혹한지 실감할 수 있었다. 그는 서울에서 대구로 온 후에는 부산만 오갔기 때문에 다른 도시의 피해는 실감하지 못했다. 추석이 막 지났는데도, 소나무 속껍질을 벗겨서 가루를 내어 죽을 끓여 먹고 사는 집이 대부분이었다. 예상보다 더 참혹한 상황이었다.

---

68   《대구대교구 100년사−은총과 사랑의 자취》(2012) 309쪽 '전쟁 후 대구대목구 본당별 신자와 극빈자 수'.

성당으로 돌아온 그는 기도를 했다.

"천주님, 가난한 신자와 이웃이 너무 많습니다. 그들의 삶이 참으로 비참합니다. 너무나 가난하기에 그들에게는 희망도 마음의 여유도 없습니다. 그들의 마음속에는 어두운 절망이 가득할 뿐입니다. 천주님, 그들이 곧 닥쳐올 혹한의 겨울을 어떻게 넘길지 정말 걱정이 됩니다. 천주님, 안동의 가난한 신자들과 이웃들을 지켜주소서."

김수환 신부는 며칠 동안 교우들 집을 찾아다니며 인사를 했다. 그러다가 낙동강변에 주둔하고 있는 미군부대 앞을 지나갔다. 그 순간 그는 부산 범일동성당 보육원 일을 도울 때 주임신부님이 미군 군종신부를 만나 구호물자를 부탁하던 일이 떠올랐다. 그는 발길을 돌려 부대 앞 초소로 갔다. 미군 헌병에게 자신은 안동성당 스테파노 신부라고 소개하며, 이 부대에 군종신부님이 계시냐고 물었다. 헌병은 로만칼라를 일별하더니 신부님은 안 계시다며 손을 저었다. 그가 다시 군종신부님이 어느 도시에 계신지 아느냐고 물었다. 헌병은 모른다며 오늘은 늦었으니 내일 아침에 부대 안에 들어가서 물어보라고 했다. 그는 고맙다는 인사를 하고 발길을 돌렸다.

"아이고, 새 신부님, 영어를 아주 잘하십니다. 허허!"

"아닙니다. 잘하는 건 아니고 그냥 조금 할 뿐입니다."

"새 신부님, 그런데 뭐라고 하신 건지 여쭤봐도 되는지요. 제가 궁금한 건 못 참아서요. 허허!"

"괜찮습니다. 혹시 구호물자를 좀 얻을 수 있을까 해서 군종신부님이 계시냐고 물었는데, 여기에는 안 계시다면서 내일 부대 안에 들어가서 물어보라는군요."

"아, 그런 거군요."

"내일 알아보면 근처 부대에 계신 군종신부님을 만날 수 있을 겁니다."

신자회장은 새 신부가 옹기마을 출신이라 가난한 사람들에게 가장 필요한 게 뭔지 안다는 생각을 하며 고개를 끄덕였다.

이튿날부터 그는 미군부대를 들락거리면서 밀가루를 비롯한 구호품들을 얻어오기 시작했다. 그는 구호품이 도착할 때마다 성당에 곁방 사는 고아원부터 시작해 가난의 순서대로 배분했다. 직접 찾아오기 힘들 정도로 아픈 사람의 집에는 직접 갖고 갔다. 좀 멀리 떨어진 공소 신자들에게는 공소 회장을 불러서 전달했다. 신자가 아닌 사람이라도 형편이 너무 힘들다고 도움을 청하면 함께 나눴다.

이렇게 가난에 따라 나눠주다 보니, 누군 더 주고 누군 덜 준다는 불평이 나왔다. 하지만 그런 소리가 들려도 '가난한 순서'라는 배분의 원칙을 이야기하지 않았다. 그저 "그러지 말고 서로 사랑으로 나누어서 서로 잘살자"며 불평하는 신자들을 다독였다.

또 다른 불평도 있었다. 구호품을 받기 위해 성당에 등록하는 '밀가루 신자'에 대한 문제였다. 그는 성당으로 온 양들을 천주님 앞으로 인도하는 건 내가 감당할 몫이라면서, 그들도 한 형제로 대해줘야지 차별을 하면 절대 안 된다고 설득했다.

1952년, 서른 살이 된 김수환 신부는 계속 신자들의 집을 방문했다. 매일 저녁에 교리 공부를 하니까 시간 되는 날에 나오라고 권유했다. 가난 구제도 중요하지만 영혼의 구제가 더 중요했기 때문이었다. 새로 온 신부가 열심을 보이자 예비신자는 물론 교리 지식이 부족하다고 느끼는 신자들이 하나둘 참석하기 시작했다.

봄이 되면서 보릿고개가 시작되자 대부분 신자들의 생활은 궁핍을 넘어 참혹한 상태가 되어갔다. 그는 말로 형언하기 어려운 비참한 소식이 들릴 때마다 가슴을 쥐어짜는 듯한 고통을 느꼈다. 산등성 움막에

∝ 위는 구호단체에서 보내준 밀가루를 받으며 환하게 웃는 모습(1952년경). 아래는 안동성당 안에 있던 고아원에 도착한 구호품.

사는 아이들이 남이 아니라 천주님의 자식이고 자신의 조카라는 생각에 더욱 괴로웠다. 그러나 미군부대와 구호단체의 구호품이 밤낮 있는 것이 아니었다. 그는 이런 상황을 속수무책으로 바라볼 수 없어 '예수님이라면 이 상황에서 어떻게 하실까?' 생각하면서 기도했다.

며칠 후 김수환 신부는 작년에 천주교회보에서 본 미국 주교회의 가톨릭복지협의회National Catholic Welfare Conference, NCWC의 대대적인 구호활동 기사가 생각났다. 당시 지부장이 캐롤 안 주교였는데, 부산 범일동성당 보육원 관계 일로 몇 번 만난 적이 있었다.

김수환 신부는 며칠을 궁리한 끝에 부족한 영어 실력으로 주민들의 딱한 사정을 기록한 영문 편지를 들고 캐롤 안 주교를 찾아갔다. 안동지역의 사정을 전하면서 도움을 청하기 위해서였다. 그러나 안 주교는 일본 출장 중이어서 자리에 없었다. 그는 낙담이 되어 한참을 서 있었다. 그때 주교 십자가를 걸고 있는 외국인 주교가 그를 불렀다.

"나는 일본 주재 교황대사로 한국 교황사절을 겸하고 있는 푸르스텐베르크 대주교인데, 젊은 신부는 누구인가?"

그는 대주교라는 말에 깜짝 놀라 존경의 예를 표했다.

"존경하는 대주교님, 저는 안동본당에서 사목을 하고 있는 새 신부 김 스테파노입니다."

"캐롤 주교를 찾아온 목적이 뭔지 물어봐도 되겠는가?"

"예, 존경하는 대주교님. 제가 사목하는 대구교구의 안동은 전쟁 피해가 너무 심한 도시입니다. 그래서 그 사정을 캐롤 주교님께 아뢰고 도움을 요청하기 위해 찾아왔습니다."

김수환 신부는 영어 단어가 막히면 손짓을 섞어가며 방문 목적을 설명했다. 그는 갖고 온 편지를 가방에서 꺼내 푸르스텐베르크 대주교에게 공손히 건넸다. 대주교는 봉투에서 편지를 꺼내 읽더니 고개를 끄덕

천주교회보 1951년 1월 14일자 기사.

가톨릭 구호위원회의 구호활동

미국 주교회의 가톨릭복지협의회(NCWC)는 1946년부터 '가톨릭 구호위원회(Catholic Relief Service, CRS)' 한국지부를 설치해서 밀가루와 양곡으로 구호사업을 펼쳤다.

1958년 보건사회부 통계에 따르면, 1947년 이래 74개 외국 구호단체에서 도입한 구호물자의 72퍼센트가 CRS를 통해 들어왔다.[69] 그러나 CRS는 종교색을 드러내지 않고 활동했다.

이 단체의 한국지부장은 메리놀 외방전교회의 조지 캐롤 안(George Carroll) 주교였다. 그는 1931년 미국에서 사제로 서품된 후 곧바로 조선에 와 평양교구에서 사목했다. 제2차 세계대전으로 1942년에 강제송환당했지만, 1947년 다시 한국에 와 NCWC 한국지부에서 사목활동을 했다.

캐롤 주교는 미국 가톨릭 신자들에게 "한국에 형제적 사랑을 베풀어달라"고 호소하면서 활발하게 구호활동을 했다. 그는 전쟁 후 경기도 시흥(지금의 의왕리)에 한센병 환자 정착촌인 '라자로마을'을 세웠다. 1954년 보사부장관 표창, 1961년 문화훈장을 받았으며, 1981년 9월 19일 선종했을 때 김수환 추기경이 장례미사를 집전했다.

이고는 그에게 잠깐 기다리라고 한 후 2층으로 올라갔다. 이때부터 그는 자신이 대구교구를 통하지 않고 이렇게 직접 온 부분이 마음에 걸

∝ 한국 주재 교황사절이었던 번 주교가 한국전쟁 와중에 납북되었기 때문에, 그를 대신해서 일본 주재 교황대사인 푸르스텐베르크 대주교가 1952년 3월 12일 대구교구청에서 열린 한국 천주교주교회의에 참석했을 때 사진이다. 왼쪽부터 최덕홍 주교, 대전교구장 라리보 주교, 교황대사, 노기남 주교, 캐롤 안 주교.

렸다. 가톨릭에는 질서가 있는데, 왜 개인적인 행동을 하느냐고 물으면 어떻게 대답을 해야 하나, 생각하니 진땀이 다 났다. 시간이 지날수록 점점 더 불안해졌다. 그러나 나쁜 일을 한 게 아니니까 크게 문제 될 것 같지는 않았다.

얼마 후 대주교가 2층에서 내려왔다.

"캐롤 주교는 일본에서 내일 돌아오시니, 그분을 꼭 만나고 가게."

---

69   통계는 평화신문 2008년 3월 2일자 인용.

"예, 존경하는 대주교님."

그는 다시 한 번 예를 갖추어 인사한 후, 조심스러운 발길로 사무실을 나왔다. 그의 머릿속에서는 왜 내일 안 주교를 만나라고 하신 걸까, 하는 생각이 맴돌았다. 어쩌면 안동을 위해 무슨 방책을 마련해주시려고 그러시는 것 같았다. 그는 동성학교 을조 3년 후배인 이갑수 신부[70]가 보좌신부로 있는 범일동성당으로 향했다.

이튿날 캐롤 안 주교를 만나러 간 김수환 신부는 사무실 문 앞에서 심호흡을 했다. 조심스럽게 문을 열고 주교님이 일본에서 돌아오셨느냐고 물었다. 사무원이 2층으로 올라가더니 잠시 후 그에게 올라오라고 했다.

"김 신부, 오랜만이오. 반가워요, 이리 앉아요."

안 주교가 유창한 한국어로 그를 반겼다.

"예, 존경하는 주교님. 그동안 안녕하셨는지요?"

"푸르스텐베르크 대주교님으로부터 김 신부가 어제 왔었다는 이야기를 들었어요. 그리고 편지도 잘 읽었고요."

"무리한 부탁을 갖고 와서 죄송합니다."

"아니에요, 김 신부. 전쟁 전에도 고아원을 위해서 열심히 뛰어다니더니 여전하네요. 그때 부산에 왔던 플래너건 신부님이 그다음 해에 선종하셨는데, 소식 들으셨어요?"

"예? 플래너건 신부님께서 선종하시다니요. 그때는 건강하셨는데, 어떻게……?"

"예, 정말 훌륭한 신부님이셨지요. 고아들을 위해 좋은 일 정말 많이

---

70   1971년 주교 서품, 1975년 부산교구장 역임.

아,
김수환
추기경

하셨어요. 그런데 심장마비로 갑자기 돌아가셨어요."

그는 그렇게 쾌활하고 열정적이던 분이 갑자기 선종하셨다는 말에 명한 표정을 짓다가, 그를 위해 잠시 기도를 했다.

"김 신부, 푸르스텐베르크 대주교님께서는 3월 12일 대구교구청에서 열렸던 한국 천주교주교회의에도 참석하셨고, 대구뿐 아니라 여러 교구와 교회를 사목 방문하셨습니다. 그뿐 아니라 올 1월에는 한국의 여러 전선도 시찰하면서 전쟁의 참화를 직접 보셨어요. 그래서 지금 한국 농촌이 처한 어려운 사정에 대해 깊은 이해가 있으시지요. 김 신부, 기뻐하십시오. 푸르스텐베르크 대주교께서 안동교회에 특별 구제금을 주고 떠나셨습니다."

"아이고, 고맙습니다. 존경하는 주교님."

김수환 신부는 교황사절 대주교가 대구뿐 아니라 두 차례에 걸쳐 한국의 여러 지역을 둘러봤다는 사실에 깜짝 놀라며, 안도의 한숨을 내쉬었다.

캐롤 주교는 그에게 수표를 한 장 건네주었다.[71] 그는 고개를 숙이고 수표를 받았다. 그런데 '2' 자 뒤에 '0'이 많아 세어보니 무려 7개였다. 2천만 원이었다. 생전 처음 보는 큰돈이었다. 그는 너무나 놀라 아무 말도 못하고 캐롤 주교를 바라봤다.

캐롤 주교는 최덕홍 주교님께 전해주라면서 편지도 한 통 건넸다. 그는 허리가 굽어지도록 몇 번이나 인사를 하고 사무실을 나왔다. 꿈인지 생시인지 구분이 안 되어 허벅지를 꼬집었다.

---

71   이 부분과 돈 배분 관련해서는 《김수환 추기경의 신앙과 사랑》(천주교 서울대교구 엮음, 가톨릭출판사, 1997) 42~43쪽, 《추기경 김수환 이야기》 140~142쪽을 참고해서 재구성했다.

당시 재무부에서 발행하던 복권광고. 1등 상금 1천만 원, 2등 상금이 100만 원이었다. 우리나라는 한국전쟁 이후 몇 차례 화폐개혁이 있었다. 당시 가치를 쌀값으로 계산해보자. 1952년 4월 부산 국제시장 거래 기준으로 쌀 80킬로그램 한 가마니에 약 8만 원이었다. 2015년 기준으로 80킬로그램 쌀값은 약 16만 원이다. 따라서 당시 2천만 원의 가치는 현재의 4천만 원인 셈이다.

2천만 원! 1952년 정부에서 발행하는 복권의 1등 상금이 1천만 원이었으니, 복권 두 장이 한꺼번에 당첨된 액수였다. 푸르스텐베르크 대주교가 두 차례에 걸쳐 한국을 방문했을 때 농촌도 둘러보았고, 그때 전쟁 피해와 가난이 어느 정도인지 알고 있었기에 큰돈을 준 것이었으리라. 그는 떨리는 마음으로 수표를 안주머니에 넣고 대구행 기차를 탔다. 기차가 터널에 진입하면 누가 그 수표를 훔쳐갈까 봐 양손으로 안주머니를 꼬옥 감쌌다.

대구역에 내린 그는 교구청으로 가서 최덕홍 주교에게 수표와 편지를 드렸다. 마음속으로 300만 원(현재 가치 600만 원)만 떼어주면 좋겠다고 생각하며, 최 주교가 편지를 다 읽을 때까지 기다렸다.

"김 신부, 얼마쯤 받아가고 싶어?"

"주교님, 제가 그걸 어떻게 말씀드리겠습니까. 저는 주교님이 주시는 대로 받아가겠습니다."

"그럼, 절반이면 되겠지?"

"예? 그렇게 많이요? 아이고, 감사합니다. 주교님, 정말 고맙습니다."

1천만 원이면 지금 가치로 약 2천만 원에 해당되는 큰돈이었다. 당시 밀가루 값은 20킬로그램 한 포대에 1만 원이었으니, 1천 포대를 살 수 있었다. 그는 뛸 듯이 기쁜 마음으로 몇 번이나 절을 했다.

"알았네, 그럼 당가신부에게 처리해서 주라고 할 테니 장 신부 방에 가서 기다리게."

"예, 주교님. 다시 한 번 고맙습니다."

그가 싱글벙글하자 최 주교가 픽 웃으며 한마디 했다.

"바보 같은 녀석인 줄 알았는데, 이런 일을 어떻게 했지? 허……."

그는 다시 한 번 인사를 꾸뻑 하고 당가신부인 장병화 신부 방으로 갔다. 그가 돈을 타온 이야기를 하자, 장 신부는 지금 교구에 돈이 없던 차에 1천만 원이 교구에 남게 되었으니 무척 잘된 일이라며 기뻐했다. 그때 최덕홍 주교가 방으로 들어서며 말했다.

"김 신부, 원하면 그 돈 다 가져가라."

"예?"

그는 최 주교가 무슨 뜻으로 그런 이야기를 하는지 몰라 어리둥절한 표정을 지으며 얼굴이 벌게졌다. 그때 장병화 신부가 나섰다.

"주교님, 지금 교구에 돈이 필요한데, 무슨 말씀이세요?"

"편지를 자세히 읽어보니 그건 안동교회로 보내는 구제금이야. 그걸 어떻게 교구에서 써. 그러니까 김 신부가 다 가져가라."

"아닙니다, 주교님. 저는 천만 원도 과분합니다. 나머지는 교구에서 쓰시는 게 맞습니다."

"예, 주교님. 지금 교구만 바라보는 본당이 한둘이 아닙니다. 다 같이 나눠쓰는 게 좋지, 한 본당으로만 다 가는 것도 좋은 모양이 아닙니다. 안 그래, 김 신부?"

"예, 맞습니다. 저는 이 돈도 너무 과분해서 얼마든지 더 나눌 수 있습니다."

"김 신부 뜻이 그렇다면 당가신부가 각 본당 형편에 따라 잘 분배하는데, 이 돈은 꼭 구제금으로만 사용하고 나에게 그 내역을 건네주게. 그리고 김 신부도 구제금의 사용내역을 잘 정리해서 캐롤 주교에게 보고하고, 일본에 계신 푸르스텐베르크 대주교님께도 감사인사와 함께 사용내역을 보내드리게. 말씀은 안 하셨지만, 이렇게 큰돈은 그렇게 처리하는 게 옳아."

"예, 주교님."

두 신부의 대답에 최 주교는 수표를 장 신부에게 건네주고 방을 나갔다. 그러자 장 신부는 수표를 들고 한참 보더니, 그의 등을 두드렸다.

잠시 후 두 신부는 은행으로 갔다. 그는 받은 돈 중 조금만 안동으로 갖고 가고 나머지는 통장을 만들어 저금했다. 치안이 불안하던 때라 은행보다 안전한 곳은 없었다.

안동으로 돌아온 김수환 신부는 신자와 주민 중 가난한 사람들에게 성당 보수 작업을 시킨 후 품삯을 후하게 쳐줬다. 그는 신자와 비신자를 구별하거나 차별하지 않았다.

안동 시내보다 형편이 더 어려운 시골의 공소 신자들을 위해서는 부활절 판공성사(부활절과 성탄 때 하는 고해성사)를 통해 돈을 나눠줬다. 판공성사를 보러 오는 신자는 신앙을 지키는 이들이었기 때문이다. 그는 신자들 중에서 가장家長이 고해성사를 보러 고해소에 들어오면 교적을 대조해가면서 집안 형편, 생업 수단, 농사 평수 등을 꼬치꼬치 물은 후 형편에 따라 현금을 건넸다. 그러면서 "여긴 비밀이 지켜져야 하는 고해방입니다. 여기서 돈 받은 얘기를 밖에 나가서 하면 절대 안 됩니다"라고 엄하게 못을 박았다. 누구는 더 받고 누구는 덜 받은 게 알려지면 뒷말이 나올 것 같았기 때문이다. 다행히 신자들은 고해소에서의 약속을 잘 지켜 잡음이 일절 없었다.

안동성당에서 남자 신도들과 함께. 당시 김수환 신부는 흰 고무신을 신고 다닐 정도로 근검절약했다. 그림은 아리 셰퍼(Ary Scheffer)의 〈성 아우구스티누스와 그의 어머니 성 모니카〉(1846) 복제화로, 성당 행사를 위해 준비한 그림으로 추정된다.

김수환 신부는 시간이 날 때마다 열심히 전교활동을 했다. 교리 교육에도 더욱 열심을 냈는데, 너무 엄격하게 가르친다는 소리가 들리자 약간 부드러운 방식으로 바꾸기도 했다. 해가 지면 교리반을 사랑방으로 만들었다. 여성 교우들이 돌아가면 남성 교우들과 둘러앉아 소주를 몇 순배 돌리면서 이야기꽃을 피웠다. 청소년들에게는 형과 오빠가 되어 신앙상담뿐 아니라 장래에 대한 조언도 아끼지 않았다.

신자들이 조금씩 늘어나기 시작했다. 50명에서 100명 되기가 어려웠지, 100명에서 200명 되는 데는 그리 오래 걸리지 않았다. 그래도 그는 자만하지 않고 더욱 낮은 자세로 전교를 했다. 병자성사(신자가 병이나 노쇠로 인하여 죽을 위기에 처했을 때 받는 성사)를 부탁하면 시간이 늦어도, 거리가 아무리 멀어도 한걸음에 달려갔다.

안동에서의 두 번째 가을이 저물어가던 1952년 10월 중순, 대구에서 천주교회보 기자가 그를 찾아왔다. 지방에 있는 성당들을 소개하는 연재기사를 쓰기 위해서였다.

"김 신부님, 안동이 서품 후 첫 본당이신데, 사목에서 가장 중요하게 생각하시는 게 무엇인지요?"

"아, 제일 어려운 걸 제일 먼저 여쭈십니다. 저는 사목은 저의 능력으로 되는 것이 아니라 천주님의 은총이 있어야 한다고 생각하기 때문에, 기도를 많이 하는 편입니다. 기도를 하지 않고는 천주님의 사랑을 얻기 힘들고, 사랑이 없으면 강론도 자선도 그 밖의 어떤 것도 소용이 없다고 바오로 사도는 말씀하셨습니다. 그래서 바쁠수록 기도를 더 많이 합니다. 그래야 천주님의 사랑을 세상에 전할 수 있습니다. 안동은 아직도 전쟁의 상처와 피해가 많이 남아 있습니다. 그래서 천주님께서 사랑으로 이 안동을 새롭게 변화시켜주시기를 간절히 원하는 마음으로 기도하고 또 기도합니다."

"김 신부님은 문서전교文書傳敎에도 관심을 갖고 있다고 들었습니다. 구체적으로 어떤 계획을 갖고 계신지요?"

"그건 저의 대신학교 은사님이시자 지금 천주교회보 발행인 겸 편집인으로 계시는 최민순 신부님께 상의를 드린 적이 있습니다. 문서전교라는 것이 결국에는 천주님의 사랑을 세상에 잘 전달하는 건데, 어떤 식으로 글을 써야 할지 생각만 하고 있는 중입니다."

"반가운 말씀입니다. 저희 천주교회보도 그런 글을 싣고 싶은데, 신부님들이 모두 바쁘시고 또 아직 여러 가지가 불안정한 때라 원고 청탁을 드리기가 어려운 실정입니다. 앞으로 글이 준비되면 언제든지 보내주십시오."

취재를 마친 천주교회보 기자는 대구로 돌아갔다. 그리고 얼마 후 안동성당 소개와 함께 장문長文의 기사를 내보내면서 이렇게 마무리했다.

> 김 스테파노 신부의 서고書庫는 완전히 개방되어 있다. 필자는 김 신부가 그를 찾아오는 모든 분들에게 인생과제를 참되게 해명해줄 예지叡智를 천주님께 빈다. 이러한如斯 바쁜 실정에도 문서전교에 착안하여 소걸음 격이나마 착실한 진일보를 시도하는 김 신부에게 격려와 경의를 아끼지 않는 것이며, 아울러 그리스도 사업에 발전을 빈다.
>
> _천주교회보 1952년 11월 1일자

이 글은 그의 신부로서의 활동에 대한 첫 번째 기사였고, 앞으로 그의 행보를 예고하는 기사이기도 했다.

천주교회보에 나온 안동성당 소개와 김수환 신부가 문서전교에 뜻을 두고 있다는 내용을 소개한 기사. 1952년 11월 1일자.

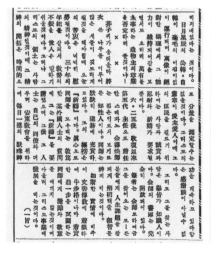

교황청
피데스통신원
12

"가톨릭 액션의 목적은 그리스도교적 공동체를 건설하는 것입니다."

| 김수환 신부 |

1953년 4월 15일, 김수환 신부는 대구교구장인 최덕홍 주교의 비서 신부로 발령이 났다. 1년 반 동안 정들었던 안동성당에서는 그를 위해 조촐하게 송별회를 준비해주었다. '새 신부'로서의 모든 열정을 바쳤던 곳이기에 많은 추억이 있었다. 그는 신자들과 웃다 울다를 반복하며 작별했다.

대구에 도착한 김수환 신부는 교구청 주교실에서 근무했다. 숙식은 교구청 사제관에서 해결했다. 최덕홍 주교, 장병화 신부와 함께 지내는 생활이었다. 그러나 어머니가 걱정이었다. 필수 형님에게 모시라고 하기가 부담스러울 정도로 건강이 점점 나빠지셨다. 그는 자신이 가끔 들러 뵐 수 있고, 여차하면 대구교구에서 운영하는 해성병원으로 모시고 가기에 가깝도록 교구청 근처에 셋방을 구해드렸다.

최덕홍 주교는 대구교구에서 발행하던 천주교회보의 명칭을 3월부터 가톨릭신보로 바꿨다. 3월 7일자 '개제改題의 변辯'에서 "시대적 요구에 보다 효과적으로 충실하기 위해서, 우리끼리의 의미가 강한 회보 이미지를 탈피하고 '가톨릭'의 존재 의미를 세상에 널리 알리기 위해서"라고 밝혔다.

최덕홍 주교는 신문의 변화를 꾀하면서 그를 로마 교황청 포교성성布敎聖省(지금의 인류복음화성) 산하 가톨릭통신사인 피데스Fides(1928년 창설 후 현재까지 활동)의 대구교구 통신원으로 임명했다. 교황청 소식과 유럽 가톨릭의 흐름을 가톨릭

∝ 김수환 신부가 피데스통신의 대구교구 통신원으로 임명되었다는 '알림' 기사. 가톨릭신보 1953년 6월 1일자.

신보에 소개하라는 의미였다. 최 주교는 그가 영어, 독일어, 불어를 한다는 사실을 알고 있었기에 적임자라고 판단했다.

김수환 신부는 시간이 날 때마다 대구교구청 건물 안에 있는 가톨릭신보 사무실에 들렀다. 대구교구의 소식을 피데스통신에 보내기도 하고, 피데스통신의 기사를 통해 로마 교황청과 세계 각국의 가톨릭 흐름을 알기 위해서였다. 사제 서품 18개월 만인 31세 때였다.

그는 피데스통신 기사를 통해 가톨릭 전통이 오래된 독일과 이탈리아에서 '가톨릭 액션Catholic Action'[72]이 활발하게 진행되고 있다는 사실을 알게 되었다. 그는 가톨릭 액션에 관한 기사를 관심 있게 살펴봤다. 유

---

72   '가톨릭 운동'이라고도 한다. 좁은 뜻으로는 교회 당국의 지도나 위임에 따라 교회 사업을 평신도가 돕거나 실천하는 일을 말한다. 남자신도회, 청년회, 부인회, 농민회, 대학의 가톨릭학생회 등의 활동을 들 수 있는데, 각기 지도신부를 두고, 교구 주교의 감독 아래 교구가 중심이 되어 총괄한다. 주로 포교·자선·사회사업·출판사업 등에 종사한다.

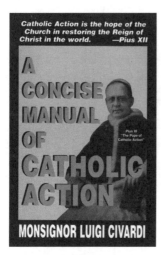

Catholic Action is the hope of the Church in restoring the Reign of Christ in the world. —Pius XII

A CONCISE MANUAL OF CATHOLIC ACTION

MONSIGNOR LUIGI CIVARDI

∝ 전후 유럽 가톨릭에 큰 영향을 준 가톨릭 액션 소개 책자.

럽의 청년, 노동자, 농민이 가톨릭의 깃발 아래 연합해서 자신들의 권익을 찾는 운동이었다. 유럽의 사제들은 그리스도가 가난하고 병든 사람들을 사랑하신 모습을 닮아야 한다면서 가톨릭 액션을 조직적으로 이끌었다.

가톨릭 액션! 김수환 신부는 드디어 자신의 사명을 발견한 것처럼 가슴이 부풀었다. 본당신부로 있을 때 이를 사목현장에 적용했더라면 안동본당을 좀 더 안정적으로 이끌었을 것이다. 자신들의 권익과 관련된 운동이므로 신자는 물론이고 비신자들에게 접근하기도 아주 좋을 것 아닌가. 막연하게 생각했던 문서전교를 이 운동과 병행했다면 놀라운 성과를 내지 않았겠는가. 이 운동이 활성화되면 신자들은 천주님의 사랑과 인간을 위한 희생을 더욱 이해하면서 신앙심이 깊어지고, 비신자들은 가톨릭에 호의를 갖게 될 것이다.

하지만 우리나라에서 가톨릭 액션은 1930년대에 이미 알려져 있었으나 1939년 비오 11세의 선종 이후 유야무야된 상태였다. 먹고 살기 힘든 시대였고, 가톨릭 액션 자체를 잘 모르기도 했다. 이끌어주는 리더가 없으므로 신자들도 성당에서도 별로 관심을 두지 않았다.

김수환 신부는 주먹을 불끈 쥐었다. 이제부터라도 자신이 나서서 가톨릭 액션을 알리고, 당장 조그만 조직이라도 만들어 시작해야겠다고 다짐했다. 아득하게 멀리 보이던 전교 대상이 손을 흔들며 눈앞으로 다가오는 것 같았다.

그는 의자에서 일어나 교구청 건물 밖으로 나왔다. 그동안 마음속에서 안개처럼 맴돌고 있던, 엉킨 실타래 같던 문서전교의 사명이 가톨릭 액션을 통하면 보다 쉽게 풀릴 것 같았다. 그는 가슴을 활짝 펴고 푸른 하늘을 바라봤다.

"천주님, 저에게 가톨릭 액션을 효과적으로 전개할 수 있는 힘을 주소서. 신자들의 믿음이 더욱 단결되고, 비신자들도 그 운동을 통하여 주님의 사랑을 깨달으면서 궁극적으로는 함께 하늘나라에 갈 수 있도록 하여주소서."

7월 27일, 판문점에서 정전협정이 체결되었고, 전선에서는 총소리가 멎었다. 그는 이제 총소리가 멈췄으니 우리나라에서도 본격적으로 가톨릭 액션을 활성화시키고 그리스도의 사랑을 세상에 알릴 때가 되었다고 판단했다.

그는 글을 쓰기 시작했다. 교황 비오 11세가 교서에서 제시한 것처럼, 먼저 교회 언론을 통해 신자들에게 가톨릭 액션을 알리겠다는 의도였다. 그로서는 처음 발표하는 글이라 열심히 준비했다. 8월 25일자에 첫 번째 글을 발표했다. 그는 가톨릭 액션을 정확히 이해하는 독자가 많지 않을 것 같아, 먼저 비오 11세가 발표했던 개념과 정의를 소개했다.

> 가톨릭 액션은 일반 신도가 성직자의 사도적 사업에 참가하는 것이다. 그 목적은 종교적·도덕적 원리를 옹호하고 교회 당국자의 지도 아래 일체의 정치적 당파를 초월하여 사회와 가정에 (사랑과 봉사의) 가톨릭적 생활이 회복되기를 위하는 운동이다.
>
> _교황 비오 11세

그는 "가톨릭 액션의 목적은 그리스도교적 공동체를 건설하는 것"이라고 규정하고, "인간 상호간의 연대성이 붕괴된 현대 사회에서 그리스도교적으로 다시 회복되고 구제되는 길은 기본적인 생활공동체를 다시 찾는 데 있다"고 소개했다.

"내용 없는 형식에 치중한 활동과 상호 연관적 통일의 결여가 우리나라에서 가톨릭 액션이 발전하지 못한 주요 원인이고, 많은 회會들이 불과 한두 명의 열성 신자로 체면유지에 허덕이는 것이 현실"이라고 지적했다. 그는 가톨릭 액션이라는 신앙공동체를 활성화하면 교황 비오 11세가 말한 것처럼, 사회의 여러 분야에 영향을 줄 수 있을 것이고, 그 영향력이 커질 때 사랑과 겸손과 봉사의 가톨릭 정신도 확산될 수 있다고 강조했다.

9월 10일 발표한 두 번째 글에서는, 2천 년의 역사를 가진 가톨릭이 왜 개신교의 YMCA나 YWCA 같은 조직을 갖고 있지 못한지에 대해 통렬한 반성을 해야 한다고 역설했다.

10월 7일 발표한 세 번째 글에서는 교육과 출판 사업에 대해 통렬한 비판과 반성을 했다. "가톨릭 교육자들의 조직적 운동과 가톨릭 출판문화인 운동의 결여가 원인"이라면서 "교육·출판 사업이 어떻게 운영되는지에 따라 가톨릭 액션의 성패가 좌우된다"고 주장했다. 그는 글을 쓰면 쓸수록 가톨릭 액션의 중요성과 필요성을 점점 더 깊이 느꼈다.

10월 28일 발표한 네 번째 글에서는 유럽의 가톨릭 액션 단체의 활동이 소개된 포스터 두 장도 함께 실었다. 실제로 어떻게 활동하는지를 독자들에게 보여주고 싶었다. 그는 이 글에서 가톨릭 액션의 성공을 위해서는 "지도자들의 단기훈련이라도 필요하며, 한 걸음 더 나아가서는 이미 큰 성과를 거두고 있는 선진국에 유학을 보내는 계획이 필요하다"고 주장했다.

11월 25일, 그는 연재의 마지막인 다섯 번째 글을 발표했다. 그동안

〈가톨릭 운동을 위하여〉. 가톨릭신보에 다섯 번에 걸쳐 실렸던 이 글은 김수환 추기경 생전에는 알려지지 않았지만, 그가 34세에 왜 독일로 그리스도교 사회학을 공부하러 갔는지를 이해할 수 있는 귀중한 자료다.

피데스통신을 통해 알게 된 독일과 벨기에의 가톨릭 액션을 소개했다. 먼저 독일의 예를 들었다. 남자와 여자 청년연합운동이 어떻게 활동하는지와 책, 팸플릿, 잡지, 성가집 등의 출판물을 어떻게 이용하는지에 대한 구체적 사례를 소개했다. 벨기에에 대해서는 가톨릭노동청년회 JOC, 가톨릭청년학생회JEC, 가톨릭청년대학생회JUC, 가톨릭청년농민회 JAC의 움직임을 소개했다. 그리고 JOC는 이제 국제화된 조직이라는 설명도 덧붙였다.

그는 점점 더 가톨릭 액션에 심취되어갔다. 교황 비오 11세가 '가톨릭 액션의 교황'이라고 불리는 것처럼, 자신은 한국의 '가톨릭 액션 신부'가 되고 싶었다. 교구에서 허락하면 자신이 유럽으로 유학을 가서 가톨릭 액션에 대해 체계적으로 공부하고 돌아와 그 운동을 본격적으로 전개하고 싶었다. 유럽에서 일고 있는 가톨릭 액션의 물결이 그의 눈앞에서 어른거렸다. 유럽에서 성공한 가톨릭 액션이 우리나라에서 성공 못할 이유가 없을 것 같았다. 그런 생각을 할 때마다 그의 가슴은 뛰었다. 폐허 위에서 가톨릭 액션을 생각한다는 것은 쉬운 일은 아니었지만, 그는 집념과 열정을 갖고 실천 방법을 모색했다.

1954년, 가톨릭신보는 일간지 외에는 '신문', '신보'라는 단어를 쓸 수 없다는 공보처의 결정에 따라 신문 이름을 가톨릭시보로 변경했다. 그리고 '학생판'과 '교육판'을 새로 만들었다.

서른두 살이 된 김수환 신부는 교구 비서 겸 피데스 대구교구 통신원 외에도 대구교구 가톨릭학생회 지도신부가 되었다. 그는 1954년 1월 15일에 발행된 첫 번째 '학생판'에 '가톨릭 학생 제군에게—학생운동의 바른 방향'이라는 제목의 글을 실었다. 학생들에게 가톨릭 액션이 왜 중요한지를 설명하는 글이었다. 그는 또 학생회 회원들에게 가톨릭 교리 교육을 시켰다. 당시 학생회 총무였던 경북대학교 학생 이문희 군은 훗날 대주교가 되어 대구대교구장을 역임했다.[73]

김수환 신부는 몸이 세 개라도 모자랄 정도로 바빠졌다. 가톨릭시보 학생판뿐 아니라 교육자 섹션에도 글을 썼다. 모두 가톨릭 액션에 대한 글이었다. 늘 시간이 부족했지만 사제관으로 학생들이 찾아오면 교구청 마당에 나가서 밤이 늦는 줄 모르고 이야기를 나눴다.

10월이 다 지나갈 무렵, 교구청으로 집주인 아주머니가 뛰어올라 오셨다. 그는 가슴이 덜컥 내려앉았다. 어머니가 갑자기 쓰러졌다고 했다. 그는 혼비백산해서 집으로 뛰어갔다. 정신을 잃은 어머니를 업고 해성병원으로 달렸다. 다행히 어머

위는 대구에서 수업 중이던 고려대 가톨릭회 대학생들과 대구교구청 앞에서 찍은 사진. 아래는 가톨릭시보 1954년 1월 15일자에 기고한 '가톨릭 학생 제군에게'라는 글.

니는 의식을 찾으셨지만, 중풍은 어쩔 수가 없었다. 의사가 그에게 어머니가 연로하신 데다 중풍까지 있으시니 앞날을 장담 못한다고 했다.

---

73   "학생회는 당시 주교 비서로 있던 김수환 스테파노 신부가 맡아서 9시 미사 끝에 한 시간씩 교리 설명을 했다. 교리를 모르던 때라 재미있었다."_이문희 대주교, 《저녁 노을에 햇빛이》(대건인쇄출판사, 2008) 36쪽.

그는 최덕홍 주교에게 사정 이야기를 해서 교구청 담벼락 뒤에 있는 무허가 집을 헐값에 구입했다. 남의 셋방에서 큰일을 치를 수는 없었기 때문이었다. 그는 그때부터 집에서 출퇴근했다.

11월 24일 저녁, 김수환 신부는 사무실에서 지방으로 사목 방문을 간 최덕홍 주교가 돌아오기를 기다리고 있었다. 최 주교는 저녁 늦게야 돌아왔다. 그런데 최 주교의 안색이 황달 환자처럼 누렇고 몹시 피로해 보였다. 10월 말에 한미합동 성체대회를 치르자마자 11월 초부터 안동, 영주, 봉화, 예천, 청송, 밀양 등에 사목 방문을 다녔던 것이다. 각 성당뿐 아니라 지방의 공소에도 들러 견진성사, 축성식을 집전하고 지방 인사들과 면담 등을 하며 매일 100킬로미터 이상의 강행군을 했다.

이튿날 아침 그는 최덕홍 주교를 모시고 해성병원으로 갔다. 암인 것 같다는 진단이 나왔고, 며칠에 걸친 검사 결과도 같았다. 12월 10일, 최덕홍 주교는 시설이 좋은 육군 제1병원으로 옮겨서 수술을 했다. 그러나 암세포가 너무 많이 퍼져 있었고, 결국은 며칠을 넘기지 못했다.

최덕홍 주교의 장례를 마친 그는 허탈했다. 가톨릭 액션의 꿈에 부풀었던 1954년이었다. 그러나 최 주교가 세상을 떠났고, 그를 신부의 길로 이끌었던 장병화 신부는 신학 공부를 더 깊게 하기 위해 6월 말 벨기에의 루뱅대학으로 유학을 떠났다. 두 명의 정신적 기둥이 그의 곁을 떠난 것이다. 그러나 그에게는 슬퍼할 틈이 허락되지 않았다. 임시교구장인 서정도 신부를 보좌하는 주교 비서직을 계속 수행해야 했고, 교구 재정부장인 관리국장에 임명되었다. 그래도 그는 시간이 날 때마다 가톨릭시보에 가서 피데스통신원 일을 계속했고, 학생회 회원들 지도도 계속했다. 가톨릭 액션의 꿈을 포기할 수 없었다.

1955년, 어머니는 하루가 다르게 쇠약해졌다. 김수환 신부는 언제 닥칠지 모르는 큰일에 대한 마음의 준비를 하며, 아침저녁으로 어머니를 위해 기도했다. 셋째형 김동한 신부는 해군의 군종신부로 장기복무 중이라 휴가 때 잠시 와서 걱정을 할 뿐, 오래 머물 수 있는 처지가 아니었다.

3월 중순, 그는 성당과 성모당에 다녀온 어머니께 저녁을 차려드렸다. 어머니는 잘 잡수셨다. 그는 어머니가 식사를 마치자 잔무를 처리하기 위해 주교관으로 갔다. 그러나 조금 후 옆집 아주머니가 주교관으로 달려왔다. 그는 떨리는 마음으로 집으로 뛰어갔다. 어머니, 하고 부르며 방으로 들어갔다.

어머니는 살포시 눈을 뜨셨다. 힘겨운 손짓으로 그에게 가까이 오라고 하셨다. 그는 어머니 앞으로 가서 무릎을 꿇었다. 눈을 제대로 뜨지 못하는 어머니의 손을 잡았다. 어머니가 머리를 들고 싶어 하시는 것 같았다. 그가 머리를 받쳐드리자 어머니는 막내아들의 무릎에 기대셨다. 그는 어머니가 유언을 남기시려는가 하고 고개를 숙여 귀를 가까이 댔다. 그러나 어머니는 아무런 말씀도 하지 않고 그의 손을 잡았다. 그러나 그것도 잠시, 어머니는 숨을 한번 내쉬더니 손에 힘을 잃었다. 그는 실감나지 않았다. 한참을 멍한 상태에서 어머니의 손을 잡고 있다가 벽에 걸려 있는 십자가를 향해 무릎을 꿇었다. 어머니를 위한 기도를 드렸다.

"주여, 어머니를 천국으로 보내주소서. 평생 당신을 사랑한 어머니를 주의 품에 안아주소서. 가난한 옹기장수에게 시집와서 평생 고생을 하시면서도 두 아들을 사제로 만드신 어머니를 긍련히 여겨주소서. 방랑벽이 있는 큰아들을 찾아 세 번씩이나 만주 일대를 헤매신 어머니에게 평안을 주소서. 막내아들이 성덕을 갖춘 사제가 되기를 기도하셨던 어머니이십니다. 천주님이시여, 어머니를…… 주님의 자비로운 축복 속

∝ 위는 어머니의 장례미사. 해군 군종신부인 김동한 신부가 미처 도착하지 못해 그가 주례했다. 아래는 하관 예절. 긴급 휴가를 받고 도착한 김동한 신부가 주례했다.

아,
김수환
추기경

에 영원한 안식을 누리게 하여주소서."

셋째형 김동한 신부가 긴급 휴가를 받고 뛰어왔다. 형은 임종을 지키지 못한 애통한 마음으로 그와 함께 하관 예절을 거행했다. 김동한 신부는 "주여, 망자에게 영원한 평안함을 주소서. 영원한 빛을 비추어주소서"라는 라틴어 기도문을 읊조렸다. 그리고 천국에서 영복永福을 누리시기를 기도하며, 어머니의 영구에 세 번 성수를 뿌렸다.

형제는 어머니가 계시던 방으로 돌아왔다. 어머니는 방을 깨끗하게 정리해놓고 떠나셨다. 김동한 신부는 아무 말도 하지 않았다. 그도 아무 말도 하지 않았다. 그날 밤 형제는 어머니의 방에서 잤다.

이튿날, 김동한 신부는 진해로 떠났다. 그는 할 일이 산더미 같은 주교관으로 돌아왔다. 그러나 최덕홍 주교가 선종한 지 네 달이 지나도록 신임 교구장 선임은 이루어지지 않았다. 교구 일은 점점 많아졌다. 그는 이런 상황이라면 차라리 교구에서 운영하는 중고등학교에 가서 학생들과 가톨릭 액션을 실천하고 싶었다. 그는 임시교구장인 서정도 신부에게 자신의 생각을 말했다. 서 신부는 5월 신부 정기이동 때 고려를 하겠다고 대답했다.

5월 13일, 김수환 신부는 김천시성당(지금의 황금동성당) 주임신부로 이동되었다. 신임 관리국장으로 온 박상태 신부에게 서류를 인계한 후 김천으로 떠났다. 김천시성당은 성의중고등학교를 운영하고 있었다. 그는 김천 성의중학교와 성의상업고등학교 교장신부를 겸임했다. 그의 나이 33세였다. 학생들을 중심으로 하는 가톨릭 액션을 펼칠 기회가 생긴 것이다. 그러나 김천성당의 규모는 안동성당에 비해 두 배 이상 커서 일이 많았고, 학교 일도 해야 했다.

당시 김천성당의 신자는 인근 지방 공소 신자까지 합쳐서 천여 명이었고, 그중 750명 정도가 형편이 매우 어려웠다. 가난한 농촌이라 수업

 김천성당 주임신부 시절. 사진 뒤편의 초가집을 통해 당시 생활상을 알 수 있다.

료를 제때 못 내는 학생도 많았다. 학교 운영 책임자로서 선생님들을 통해 수업료 납부를 독촉할 일이 난감했다. 그는 '오죽하면 자식 학비를 대지 못할까' 하는 생각에 가난한 학생들에게 관심을 기울였다.

그는 다시 부산 가톨릭구제회의 캐롤 안 주교를 찾아가서 밀가루, 분유, 의류 등 구호품을 받아왔다. 그러나 신자 수가 많다 보니 안동성당 때처럼 비신자들에게도 나눠줄 여유가 없었다. 그러자 구호품을 타기 위해 성당에 나오는 '밀가루 신자'가 생겨났고, 그들은 신앙생활에는 관심이 없었다. 안동성당에서도 경험했던 일이었다.

그는 '밀가루 신자'들에게 그리스도의 사랑을 심어주는 문제에 대한 깊은 고민에 빠졌다. 그리고 이 문제를 해결하기 위해서는 가톨릭 액션과 그 실천에 대해 전문적인 교육을 받는 것이 절실하다고 생각했다. 그는 대구교구와 연결이 있고 가톨릭 액션이 일찍부터 전개된 나라 중 하나인 벨기에의 루뱅대학에 가서 가톨릭 액션에 대해 보다 체계적으로 공부하고 싶었다. 그때부터 그는 이 문제를 갖고 기도를 시작했다.

9월 15일, 김수환 신부는 새로 대구교구장에 임명된 서정길 주교 착좌식에 참석하기 위해 대구에 갔다. 서정길 주교 역시 성유스티노 신학교 출신으로, 오랫동안 계산동 주교좌성당의 주임신부로 사목을 했다. 김수환 신부는 서정길 주교를 만난 자리에서 가톨릭 액션에 관심을 갖고 있음을 밝히면서, 장병화 신부가 공부하고 있는 벨기에 루뱅대학으로의 유학을 청원했다.

교구 재정이 어려운 상황에서 유학 이야기를 꺼내기는 쉽지 않았다. 그러나 당시 유럽 대학은 학비가 거의 안 들었다. 장병화 신부는 가끔 보내오는 편지에서 생활비는 미사 집전 등을 통해서 조달한다고 했다. 그리고 당시에는 사제의 유학이 결정되면 공부 열심히 하고 돌아오라며 비행기 값을 지원하는 '은인(가톨릭에서는 후원자를 이렇게 표현한다)'들이 있었다. 루뱅대학에서 입학허가를 해주면 교구에서는 재정적 부담이 없었다. 그래서 그가 용기를 낼 수 있었던 것이다. 그의 말에 서 주교는 좋은 생각이라고 고개를 끄덕이면서, 학교까지 관리해야 하는 김천성당의 후임자를 결정하기가 쉽지 않으니 조금 시간을 갖고 생각해보자고 했다.

그리스도교 사회학을
배우러 떠나다

13

"천주님, 저의 길을 인도하여주소서. 저는 독일에 가서 그리스도교 사회학을
공부하고 싶습니다. 저의 앞날을 당신께 바칩니다."

| 김수환 신부 |

1956년, 김수환 신부는 신년인사 겸 교구청에 가서 서정길 주교를
만났다. 서 주교는 장병화 신부에게 연락해서 필요한 서류를 준비하라
고 했다. 그는 서정길 주교에게 고맙다는 인사를 하고 다시 김천으로
돌아왔다. 드디어 본격적으로 가톨릭 액션을 향한 길이 보이는 것인가.
그는 며칠 동안 잠을 설칠 정도로 설렜다.

3월 초, 김수환 신부는 루뱅대학교 대학원의 입학허가서를 받았다.
가을 학기부터 공부할 수 있다는 서류였다. 그는 부푼 가슴을 안고 대
구교구에 가서 서정길 주교에게 보고했다. 서 주교는 후임 신부를 구하
는 대로 떠날 수 있게 해주겠다고 약속했다.

5월, 대구교구청에서 연락이 왔다. 김천성당과 학교를 성베네딕토 왜
관 수도회에서 맡아주기로 했다며, 후임자에게 인계할 서류 정리와 유
학 수속을 시작하라고 했다. 드디어 유럽에 가서 가톨릭 액션에 대해
전문적인 공부를 할 수 있게 되었다는 사실이 실감났다. 일주일쯤 지났

을까, 서 주교는 그에게 비행기표를 후원해줄 은인이 나타났다면서, 여권 수속을 하라고 했다.

김수환 신부는 며칠 후 서울 가는 기차를 탔다. 서울역에 내린 그는 대신학교 은사 신부들에게 인사하기 위해 성신대학에 들렀다가 조치대학 때의 은사 게페르트 신부가 서강대학교 설립을 위해 한국에 체류하고 있다는 소식을 들었다. 작년에 설립된 예수회 한국지부 사무실에 가면 만날 수 있을 것이라고 했다. 그는 은사 신부들에게 인사를 마친 후 예수회 한국지부로 달려갔다.

"아니, 이게 누구야? 스테파노! 드디어 신부님이 되었구나. 축하하네, 하하하."

게페르트 신부가 그를 와락 껴안았다.

"내가 한국에 온 줄은 어떻게 알고 찾아온 건가?"

게페르트 신부는 그에게 의자를 권하면서 물었다.

"서울에 올 일이 있어 대신학교에 들렀다가 신부님 소식을 들었습니다. 말씀하셨던 대학교 설립이 실현된다니 축하드립니다."

"이제 시작이라 아직 남은 일이 많네. 그보다 스테파노가 이렇게 신부님이 된 모습을 보니 참으로 감격스럽군. 지금 어디서 사목을 하고 있나?"

"경상도 김천이라는 도시에서 사목을 하는데, 이번 여름에 벨기에 루뱅대학으로 유학 갈 준비를 하고 있습니다."

"그래? 가서 무슨 공부를 하려는가?"

그는 게페르트 신부에게 자신이 피데스통신의 대구교구 특파원이 된 후 유럽에서 일어나고 있는 가톨릭 액션에 감명받은 이야기, 가톨릭신보에 가톨릭 액션을 소개한 이야기를 들려주었다. 그리고 한국에서도 가톨릭 액션을 통해 사회와 비신자들에게 가톨릭 정신인 그리스도의 사랑을 전파하기 위해 좀 더 체계적인 공부를 하고 싶다고 자신의 포부를 밝혔다.

"스테파노 신부, 정말 좋은 생각을 했네. 자네의 가슴속에 있던 뜨거운 불덩이가 독립운동에서 가톨릭 액션으로 바뀐 것을 진심으로 축하하네. 잘 생각했네. 예수님은 가난한 사람들과 죄인들을 위해 아낌없이 자신을 내주는 실천을 보여주신 분이네. 우리 가톨릭에는 그렇게 실천하는 운동이 필요하네. 그런데 내가 생각할 때, 가톨릭 액션을 공부하기 위해서는 그리스도교 사회학을 공부하는 게 좋을 것 같은데……."

"예?"

그는 깜짝 놀란 눈으로 게페르트 신부를 바라보다가 물었다.

"그리스도교 사회학이 구체적으로 어떤 학문인지요?"

"쉽게 설명하면, 종교와 사회에 대한 학문이네. 그 방면으로는 독일 뮌스터대학에 있는 요제프 회프너 교수가 저명하네. 그분을 만난 적은 없지만, 그분의 책을 읽어보니까 이론이 매우 깊고 건전하더군. 특히 '사회 교리는 이론이 아니라 실천을 위한 기초이며 동기'라고 한 말이 인상 깊네. 그분이 말한 그 실천이 바로 가톨릭 액션이라고 할 수 있지. 가톨릭 액션이라는 실천을 통해서 사회에 그리스도의 사랑이 무엇인지를 알게 해주는 것일세. 그리스도교 사회학을 배우면 장차 한국에서 가톨릭 액션을 펼치는 데 많은 도움이 될 걸세."

그리스도교 사회학! 김수환 신부는 또 하나의 세상을 만나는 듯했다. 새로운 독일 건설에 큰 자극을 주었다는, 실천을 통한 신뢰! 그는 실천을 할 수 있는 이론을 배워야 한다는 말에 가슴이 들떴다. 그러나 어떻게 회프너 교수를 만나고 어떻게 독일로 가서 뮌스터대학에서 공부할 수 있단 말인가. 그가 그런 고민을 이야기하자 게페르트 신부는 인자한 미소를 지으며 말했다.

"하하, 스테파노 신부님. 그건 걱정할 필요가 없네. 유럽에서 다른 나라 가는 건 옆 동네 가는 것같이 쉬워. 벨기에에서 기차를 타고 가면 되니까 걱정하지 않아도 돼. 문제는 뮌스터대학 입학인데, 내가 추천서를 써줄 테니까 그걸 갖고 회프너 교수를 만나보게. 나는 그분이 그냥 교수인지 신부인지도 모르고, 내 추천서가 통할지 안 통할지도 모르네. 그러나 걱정하지 말고 가서 부딪쳐보게. 만약 안 되면 원래 계획대로 루뱅대학에서 공부하면 되고. 나는 스테파노 신부의 열정과 독일어 실력이면 모든 일이 잘 풀릴 것이라고 생각하네. 무엇보다도 스테파노의 계획이 천주님을 위한 일이니, 그분께서 도와주시리라고 믿네."

그날 저녁 게페르트 신부는 그를 데리고 나가 함께 식사를 했다. 추천서는 다음 날 받기로 했다.

7월 12일, 김수환 신부는 성의중학교, 성의상업고등학교 학생들과 작별인사를 했다. 불과 1년 동안 있었던 곳이지만, 신자들과 학생들은 그동안 진심으로 자신들을 사랑해준 그와의 이별을 아쉬워했다.

7월 13일, 그는 진해 해군본부에 가서 셋째형 김동한 신부를 만났다. 형은 군종사목이 중요하기 때문에 해군 군종신부 기반을 좀 더 다진 후 내년에나 제대할 생각이라고 했다. 제대 후에는 미국 메리놀회 군종신부를 통해 미국에 가서 교육학을 공부할 계획을 세우고 있었다. 그는 형님도 교육의 중요성을 인식하고 있다는 것이 반가웠다. 그날 밤 그는 형과 함께 하룻밤을 보냈다.

"형님, 그러면 우리는 언제쯤이나 다시 만나게 될까요?"

"하하, 글쎄다. 너도 몇 년은 걸릴 거고, 나도 몇 년은 걸릴 테니, 그때 나는 마흔이 넘겠구나. 그거 참, 세월이 빠르기도 하다……."

"글쎄 말이에요. 어머니가 세상을 떠나신 지도 벌써 1년이 훌쩍 지났으니까요."

∞ 유학 떠나기 직전 형 김동한 신부와 함께.

"그래 맞다. 벌써 그렇게 되었구나. 그럼 아직은 벨기에에서 공부를 할지, 독일에서 할지 확실히 모르는 거구나."

"예, 형님. 그렇지만 가능하면 독일에서 공부해보려고 해요."

"그래, 너는 천주님과 성모님의 보살핌으로 일본에서 지치지마섬으로, 거기서 또 괌으로 갔다가도 살아왔으니, 이번에도 꼭 독일에서 공부할 수 있을 거야. 그러니까 기도 열심히 해. 우리가 할 수 있는 건 기도밖에 없잖아."

"예, 형님. 형님도 무사히 복무 마치시고, 미국에 가서 교육학 공부 실컷 하세요. 아까도 말씀드렸지만 제가 생각하는 가톨릭 액션은 교육과도 밀접한 관계가 있으니까, 사랑과 겸손과 봉사의 가톨릭 정신을 알리는 데 도움이 될 것 같아요."

"그래, 맞다. 그러나 형제가 너무 가까이 지내면서 무얼 하면 오히려 모양이 안 좋을 수도 있다. 우리는 늘 그걸 신경 써야 한다. 괜한 구설에 오르지 않도록 우리는 처신을 잘해야 한다."

그는 형님의 속 깊은 생각에 고개를 끄덕였다. 김동한 신부, 그는 이날의 말대로 훗날 동생이 주교, 대주교, 추기경이 되었을 때 근처에 나타나지 않고 먼 시골로 가 가난하고 소외된 결핵 환자들과 함께 살았다.

다음 날 형제는 아침을 함께 먹은 후 굳은 악수를 나눴다. 그는 부대로 들어가는 형을 향해 계속 손을 흔들었고, 형도 계속 뒤를 돌아보며 그를 향해 손을 흔들었다. 그날 오후에는 교구청에 가서 서정길 주교와 선배 신부님들께 작별인사를 했다. 그리고 두 누님을 찾아가 인사한 후, 둘째형 집으로 가서 하룻밤을 보냈다.

7월 15일 아침, 그는 서울행 기차를 탔다. 서울에 도착해 게페르트 신부를 찾아가 인사를 했다. 게페르트 신부는 그에게 봉투를 건네며, 벨기에에서 독일 가는 기차표 값이라고 했다. 그는 스승의 사랑에 다시한 번 가슴이 뭉클했다. 그는 게페르트 신부에게 허리 숙여 인사했다. 게페르트 신부는 웃으면서 그의 손을 굳게 잡아주었다.

김수환 신부는 대신학교로 향했다. 기숙사에서 자고 아침 일찍 김포공항으로 가기 위해서였다. 저녁때, 서울에 있는 소신학교와 대신학교 동창들이 환송식을 해준다며 그를 찾아왔다. 김정진, 최석우, 신종호, 최익철과 소신학교 때 반장을 하던 최찬옥 등이었다. 그러나 최찬옥은 사제복이 아니라 양복을 입고 나왔다. 동성 소신학교를 졸업한 후 용산 대신학교가 폐교되어 함경남도 덕원신학교에서 공부를 하다가, 철학이 너무 어려워 성소를 잃었다며 쓸쓸한 표정을 지었다.[74] 김수환 신부는 "도마(토마스) 형, 그래도 교회는 떠나지 않은 거지?" 하며 최찬옥의 손을 잡았다. 최찬옥은 빙그레 웃으며 고개를 끄덕였다. 그는 먼 훗날 최찬옥을 다시 만났을 때 얼굴에 화상이 심해 못 알아보리라는 건 상상도 하지 못한 채 오랫동안 그의 얼굴을 바라봤다.

저녁을 먹고 다시 대신학교로 돌아온 그는 운동장을 거닐었다. 까까머리로 여기 왔을 때가 엊그제 같은데 벌써 20년…… 소신학교 시절과 대신학교 시절의 추억이 주마등처럼 스쳤다. 꾀병을 부리다가 진짜 축농증으로 판명 났던 일, "신부는 되고 싶다고 되고, 되기 싫다고 안 되

---

74   사촌인 최익철 신부의 증언.

○ 김수환 신부의 유학을 알리는 기사. 경향신문 1956년 7월 17일자.

는 게 아니"라던 공베르 신부님, "일본에 가서 더 공부를 하라"며 유학
지명을 해주신 무세 주교님, 괌에서 돌아왔을 때 만났던 소신학교 동창
들, 삭발례 때의 감동, 한국전쟁 때 급히 대신학교를 떠나던 일들이 주
마등처럼 스쳐지나갔다.

7월 16일 오후 2시, 김수환 신부를 태운 도쿄행 서북항공NWA 비행기
가 요란한 굉음을 내며 김포공항을 이륙했다. 조그만 창문 아래로 조국
의 산하가 펼쳐졌다. 나무 없는 민둥산과 초가집이 가득한 가난한 조국
의 모습에 서글픔이 몰려왔다.

"천주님, 저는 이제 가톨릭 액션과 그리스도교 사회학을 공부하기 위
해 비행기에 탔습니다. 그러나 아직은 저의 앞길을 알지 못합니다. 그
러나 천주님은 아시오니, 저의 길을 인도하여주소서. 저는 독일에 가
서 그리스도교 사회학을 공부하고 싶습니다. 저의 조국 대한민국에 가
톨릭 액션을 일으키고, 그 운동을 통해 주님께서 몸소 보여주고 실천하
신 사랑의 가톨릭 정신을 이 땅에 전파하고 싶습니다. 천주님, 가톨릭
과 조국 대한민국을 위해 제가 쓰일 수 있는 길을 걷게 하여주소서. 이
제 저의 앞날을 당신께 맡깁니다. 천주여, 당신의 종 스테파노를 불쌍
히 여겨주소서."

7월 말, 김수환 신부는 벨기에에 도착했다. 그는 루뱅대학에서 공부

아,
김수환
추기경

뮌스터대학 대학원 학생증. 오른쪽에는 등록한 학기
내용이 기록되어 있다.

하고 있던 장병화 신부와 함께 게페르트 신부가 소개해준 요제프 회프
너 교수를 수소문했다. 얼마 후 그가 교수이자 신부이고, 방학 중이라
소속 교구인 쾰른성당 사제관에 있다는 사실을 알 수 있었다. 그는 기
차를 타고 쾰른으로 갔다. 회프너 교수신부를 만나 게페르트 신부의 추
천서를 전달하면서 뮌스터대학에서 그리스도교 사회학을 공부하고 싶
다고 말했다.

회프너 교수신부는 먼저 게페르트 신부의 추천서를 읽었다. 그리고
한국이라는 이름조차 생소한 나라에서 온 그를 인자한 눈길로 바라보
며, 그리스도교 사회학을 공부하고 싶은 이유를 물었다. 그는 한국의
전후 상황과 자신이 지난 2년 동안 가톨릭 액션에 관심을 가졌던 경위
를 설명했다. 회프너 신부는 뮌스터대학에 입학하기 위해서는 먼저 독
일어시험에 합격해야 한다면서, 쾰른성당에 다른 교구 신부들이 사용할
수 있는 방이 있으니 그곳에 머물면서 준비하라고 했다.

두 달 후, 노르트라인베스트팔렌주 뮌스터시에 있는 뮌스터대학교 대
학원에서 편지가 왔다. 독일어시험에 통과했다는 내용이었다. 김수환 신
부는 대학원 신학부에 등록했다. 공부가 직무인 학생신부가 된 것이다.

그는 학교 부근에 있는 성당 부속건물 기숙사에 방 한 칸을 얻어 자
취를 했다. 그러나 기숙사에서 주는 차고 딱딱한 독일 음식에 적응하기

Curia dioecesana
Vicarius Generalis

Litterae commendatitiae

R.D   Stephanus   K i m ,

Vicariatus Apost. Taikouensis
(Korea),
Presbyter Dioecesis Monasteriensis, scientiarum et
morum ratione vere est commendabilis, quare RR. DD.
Rectores ecclesiarum, quos in itinere faciendo adierit,
enixe in Domino rogamus, ut eundem ad S. Missae
Sacrificium celebrandum admittant.
Praesentibus valituris ad annum.

Monasterii die 29 Octobris   1956

Vicarius Eppi Glis.

No 173/1-2008/56.
Taxa

◁ 미사권 위임 확인서. 사제가 자신의 소속 교구(국
가)가 아닌 다른 교구(국가)에서 미사를 집전하기
위해서는 해당 교구장의 승인이 필요하다.

가 쉽지 않았다. 특히 비가 내려 날씨가 음산한 날이면 김이 모락모락 나는 밥과 김치와 된장국 생각이 간절했다. 그는 캠핑용 버너를 구해 가끔 자신의 방에서 밥을 했다. 김이 모락모락 올라오는 밥 위에 양념간장을 붓고 날계란을 풀어 쓱쓱 비벼먹곤 했다.[75] 생활비는 성당 옆에 있는 수녀원에서 아침미사를 집전하고 받는 사례비로 해결했다. 세계 어디서나 라틴어로 미사를 드릴 때라 가능한 일이었다.

공부는 쉽지 않았다. 무엇보다도 조치대학 시절에 배운 독일어 실력으로는 강의를 제대로 이해하기 힘들었다. 그래도 그는 의욕이 넘쳤다. 그리스도교 사회학을 배워 한국에서 가톨릭 액션을 제대로 펼쳐보겠다는 목적을 달성하기 위해 밤이 늦도록 사전과 씨름을 했다. 힘이 들 때면, 자신이 온전히 천주님께 쓰임을 받을 수 있도록 공부를 잘 따라가게 도와달라고 기도했다.

1957년, 그는 서른다섯 살이 되었다. 학교에 온 지 1년이 지나자 귀

75   《추기경 김수환 이야기》 164~165쪽.

아,
김수환
추기경

요제프 회프너(Joseph Höffner, 1906~1987) 교수신부는 독일 베스터발트 지방에서 태어났다. 1929년 로마 교황청 대학인 그레고리안대학에서 철학박사 학위를 취득한 후 1932년 사제 서품을 받았다. 1934~1940년에 세 개의 박사학위를 추가로 받았다. 1944년 〈가톨릭과 인간존엄성〉 논문으로 교수자격을 취득했고, 1951년 뮌스터대학교 가톨릭사회과학부 정교수가 되었다. 교수직을 수행하면서 독일 정부의 가족 및 청소년부, 건설부, 노동부 산하 자문기관의 일원으로 활동했다.

요제프 회프너 신부.

그의 그리스도교 사회학 이론은 가톨릭이 '교회 현대화(교회 쇄신)'를 위해 열었던 제2차 바티칸공의회(1962~1965)에도 큰 영향을 미쳤다. 1969년 제자인 김수환 추기경과 함께 추기경에 서임되었고, 쾰른대교구장을 지냈다. 1976~1987년 독일 주교회의 의장과 독일의 가톨릭 구호단체인 미제레오르의 책임자를 역임했는데, 이때 한국 가톨릭에 많은 도움을 주었다. 그의 저서 《그리스도교 사회론(Christliche Gesellschaftslslehre)》은 1979년 박영도 교수의 번역으로 출판되어(분도출판사) 우리나라에도 소개되었다. 2000년에는 윤여덕 교수의 번역을 서강대학교 출판부에서 '가톨릭 사회론'이라는 제목으로 출판했다.

가 뚫렸다. 그때부터 회프너 교수신부의 강의 내용이 재미있어졌다. 박사 과정 지도교수Doktor Vater였던 회프너 신부는 글자 그대로 '박사 아버지Doktor Vater'다운 분이었다. 그는 세상과 가톨릭의 역할을 균형 잡힌 시각으로 바라보라고 했다. 또한 자신의 주장을 전개할 때 확실한 논리적 근거를 제시했다. 그는 학생들에게 단순히 지식만 넓히지 말고 신앙을 성장시키기 위한 복음적 가치에도 관심을 가져야 한다고 역설했다. 학자이기 이전에 예수 그리스도에 대한 깊은 신앙을 지닌 사제였다.

회프너 교수신부는 그리스도교 사회학은 하느님의 사랑에 바탕을 두면서 인간의 존엄성과 자유, 평등을 강조하는 학문이라고 했다. 그에게는 생소한 세계였다. 강의를 이해하기 위해 많은 참고도서들을 읽어야 했다. 그러나 그는 노력한 만큼 그리스도교 사회학을 이해하기 시작했다. 인간의 존엄성이 왜 존중되어야 하는지, 이를 위해 교회가 어떤 역할을 해야 하는지를 깨달아갔다. 이때 배운 그리스도교 사회학은 훗날 그가 서울대교구장과 추기경이 되면서 30년 동안 한국 가톨릭을 이끌어갈 때 많은 도움이 되었고, '인간'이 그의 생각과 사목을 지배하는 큰 주제가 되는 데 큰 영향을 미쳤다.

또 한 명의 교수신부가 그를 새로운 세계에 눈뜨게 해줬다. 신학을 가르치던 폴크 교수신부였다. 그는 학생들에게 모든 인간은 인간존엄성의 주체라면서, "나라는 존재는 이 인류 세계에서 오직 하나다. 현재도 하나이고, 과거에도 미래에도 똑같은 나는 없다"고 했다. 그는 학생들에게 '나'의 유일성과 '나와 너'라는 인간관계에 대해 질문을 던지면서 토론을 유도했다. 김수환 학생신부는 폴크 교수신부의 강의와 토론을 통해 인간존재의 중요성을 깨달아갔다.

그는 성서학 강의도 들었다. 한국에서 듣던 강의에 비해 내용이 깊고 방대했다. 신구약성경은 원전으로 읽게 했다. 산 너머 산이었다. 그는 성서학을 공부하기 위해 그리스어와 히브리어를 배워야 했다.[76] 힘이 들었다. 그러나 이때 공부한 성서학은 훗날 그가 강론과 강의에서 성경 구절을 자유자재로 풍부하게 인용할 수 있는 밑거름이 되었다.

그가 공부에 재미를 붙여가던 1957년 5월경, 한국에서 간호직업훈련생(간호학생)들이 독일에 오기 시작했다.[77] 한국에 진출해 있던 독일 베

---

76   구약성서 원전은 히브리어, 신약성서 원전은 그리스어다.
77   한국에서 독일로 광부를 파견한 것은 1963년 12월 21일 제1진 123명의 출국으로 시작되었다. 정식 간호사가 독일로 파견된 것은 1964년부터다.

마인츠교구에서 사제 서품을 받은 헤르만 폴크 (Hermann Volk, 1903~1988) 교수신부는 1945년부터 뮌스터대학교에서 신학교수로 재직했고, 제2차 바티칸공의회에 '공식 신학자(Council Father)'로 참석할 정도로 박식한 신학자였다. 1973년 추기경에 서임되었다.

"폴크 교수의 중심 테마는 '인간이 무엇이냐' 하는 것이었어요. 그 인간이라는 것을 우리말로 표현하기는 힘든데, 영어의 person이라는 것 있지요? 그 person이 뭐냐? 이런 질문을 던지면서 하던 강의가 지금도 생각납니다. 개신교 신학에서는 person이라는 것은 '관계'를 말한다, 가톨릭 신학에서 person은 '실체'를 말한다, 그러면 그 어느 쪽이냐? 그러면서 던진 질문이 아주 인상적이었어요. 그게 바로 모든 인간은 인간존엄성의 주체라는, 인간으로서 우리는 다 똑같다 그거죠."_《김수환 추기경과의 대화》 63~64쪽.

∝ 헤르만 폴크 신부.

네딕토회는 중학교와 고등학교를 졸업하고 할 일을 찾지 못한 여학생들에게 독일행을 주선했다. 소녀들은 나이팅게일 모자를 쓴 간호사 보조로 일하면 3년 후에 정식 간호사가 된다고 생각했다. 그들은 도착 후 병원에서 간호보조원 일을 했다. 그러나 그들에게 주어진 일은 생각했던 일과 달랐다. 병실 청소, 환자 용변 돕기, 변기 청소, 환자 씻기기와 이동 보조, 배식, 약 먹이기 같은 간병인의 역할이었다. 그뿐 아니었다. 간호사 식사 준비와 병원에 있는 수녀들을 돕는 일도 그들의 몫이었다.[78] 언어도 통하지 않았고, 일은 고됐다.

결국 문제가 발생하기 시작했다. 화장실 청소를 시키는 독일 간호사

---

78   간호직업훈련생 부분은 나혜심의 《독일로 간 한인 간호여성》(산과글, 2012) 참고.

1957년 8월 31일, 당시 독일에서 간호직업훈련을 하는 한국 수련생들과 탄광체험을 하면서 찍은 사진이다.

와 싸움을 하기도 하고, 간호사들의 식사 준비를 하다가 "내가 식모 하려고 여기 온 줄 아느냐"면서 쟁반을 바닥에 내던지며 울음을 터뜨리는 훈련생도 있었다. 이런 훈련 과정이 한국인에 대한 차별은 아니었다. 변기 청소나 간호사 수발 등은 독일인 간호학생들도 실습 기간에 하는 일이다. 독일식 훈련 과정을 이해하지 못해서 생기는 문제였고, 결국 사전교육 부족이 원인이었다.

문제는 그뿐이 아니었다. 당시 한국과 독일 정부 사이에는 노동자 파견에 대한 어떤 협약도 없었다. 훈련생들의 체류 문제 해결이 쉽지 않았다. 베네딕토회에서 도와줬지만 통역은 김수환 학생신부의 몫이었다. 그는 베네딕토회나 훈련생들의 부탁으로 통역을 도왔다. 통역을 하다 보니 어려운 일에 대한 상담까지 하게 되었다. 훈련생들은 그에게 자신들이 병원에서 가장 힘든 일을 하면서도 월급은 가장 적게 받는다며 눈물을 흘렸다. 그들의 하소연을 들어주는 것도 김수환 학생신부의 몫이었다.

시간이 지날수록 사방에서 "도와달라", "꼭 와달라"는 연락이 빗발쳤다. 그는 공부해야 한다고 사정을 말했지만, 소용없었다. 훈련생들에게는 신부님의 공부보다 자신들의 고통과 어려움이 더 급했다. 그는 달려갔고 간호훈련생들의 눈물겨운 이야기를 들으며 힘없는 노동자가 안고 있는 여러 가지 문제에 대해 관심을 갖게 되었다.

회프너 교수신부는 학생들과 자주 토론 시간을 가졌다. 그는 열린 마음으로 학생들의 말에 귀를 기울였고, 겸손한 자세로 경청했다. 김수환 학생신부는 토론 시간에 힘없는 노동자들에 관해 자주 묻곤 했다.[79] 간호훈련생들을 도와주며 알게 된 문제점들을 회프너 교수에게 질문한 것이다. 회프너 교수신부는 그의 노동자 관련 질문에 대해, 산업시대의 노동 상황과 직업 상황에 적용하면서 설명했다.

"만약 노동자가 빈곤 때문에 어쩔 수 없이 저임금에 동의했다면, 그 노동자는 폭력에 굴복한 것이며, 그 계약은 상당히 잘못된 것이다. 노동자도 함께 일하는 사람으로 존귀하고 공정하게 대우해야 한다. 그러나 의사, 간호사, 간병인과 같이 인간을 돕는 일을 하는 사람은 봉사자다. 그들이 자신들의 활동을 하나의 생업으로만 간주한다면 그것은 문제다. 그래서 요즘 젊은이들은 환자를 돌보고 간호하는 종류의 봉사직업에 대해서는 '노동이 과중하다', '쉴 사이가 없다', '사람들의 끊임없는 감시를 받는다'면서 기피한다. 이렇게 헌신적인 일을 좋아하지 않는

---

[79]　김수환 추기경과 요제프 회프너 교수신부 밑에서 함께 공부한 마리타 에스토어(Marita Estor) 박사의 회고다. 평화신문 2012년 4월 8일자.

것은 우리가 생각해봐야 할 또 하나의 문제다."[80]

회프너 교수신부와의 토론에서는 결론이 나올 때도 있었지만, 결론 대신 새로운 연구과제가 제시될 때도 있었다. 그는 이런 토론과 회프너 교수신부의 교수법을 통해 새로운 세계를 계속 만났다. 한쪽의 논리뿐 아니라 다른 한편의 논리도 살핀 후에 자신의 주장을 펼쳐야 하고, 이 론적 근거와 배경을 확실하게 제시해야 설득력을 가질 수 있다는 사실 도 배웠다. 그가 읽어야 할 참고도서 목록은 계속 늘어났다.

당시 로마에서는 동창인 지학순 신부가 우르바노대학에 유학 중이 었다. 지학순 신부는 교회법을 공부했는데, 서로 공부를 쫓아가기 바쁘 고 경제적 여유도 없어 만날 엄두를 내지 못했다. 가족 소식은 셋째형 인 김동한 군종신부(당시 해군 중령)가 보내주는 편지를 통해 간간이 들 었다. 둘째형과 누나들이 가난한 살림을 벗어나지 못하는 형편에 마음 이 아팠지만, 그가 할 수 있는 일은 기도뿐이었다.

1958년 봄, 새 학기가 시작되었다. 강의는 지난 학기에 비해 깊어졌 다. 그는 새로운 세계를 만나는 설렘으로 강의에 집중했다. 회프너 교 수신부는 폴크 교수신부가 강조했던 '인간존엄'의 문제에 대해 좀 더 구체적으로 강의했다. '사회의 질서 원리'에는 '연대성의 원리'가 있고 '공동선 원리'가 있는데, 공동선共同善(영어로는 common good, 라틴어로는 bonum commune) 원리에서 중요한 것은 '인간존엄성의 보호'라고 했다. 회프너 교수신부는 국가가 공동선을 위해서 개인의 자유와 존엄성을 박탈하는 것은 잘못된 일이라고 했다. 물론 인간은 사회 구성체의 일원

---

80   요제프 회프너, 《가톨릭 사회론》(윤여덕 번역, 서강대학교 출판부, 2000) 123~137쪽 요약.

아,
김수환
추기경

∽ 독일 친구들과. 왼쪽은 오스트리아 빈 의사당 건물 앞에 있는 팔라스 아테네 분수 앞에서, 오른쪽은 독일 뮌스터시에 있는 람베르트성당을 배경으로 찍었다.

이기 때문에 국가에서는 국민이 되고 기업에서는 직원이지만, 개인이 존재하고 사고하고 행동하는 모든 것을 독점하려 해서는 안 된다는 것이었다.[81]

김수환 학생신부는 회프너 교수신부의 '공동선'과 '인간존엄성'에 대한 강의를 통해 국민들이 국가의 아래에 있는 존재가 아니라는 사실을 깨달았다. 회프너 교수신부의 그리스도교 사회학은 제2차 바티칸공의회의 주요한 이론적 바탕이 되었기 때문에, 김수환 학생신부는 '제2차 바티칸공의회 이후의 신학'[82]을 선행학습한 셈이다. 그는 이 선행학습

---

81   요제프 회프너의 앞의 책 40~46쪽 참고.

덕분에 제2차 바티칸공의회의 가르침을 정확히 이해했고, 귀국 후 한국 가톨릭에 그 정신을 알리는 선구자적인 역할을 했다. 이런 이유 때문에 그가 서울교구장으로 발탁되고, 곧이어 세계 최연소 추기경에 서임되었을 것이라는 게 일반적인 관측이다. 그리고 그와 한국 가톨릭은 제2차 바티칸공의회 정신을 실천하면서 사회정의와 인간존엄성을 지키기 위해 1970~80년대 우리나라 민주화운동에 적극적으로 동참했다.

여름방학이 가까워지면서 김수환 학생신부는 지난 2년 동안 그리스도교 사회학에서 중요하게 취급하는 인간과 교회와 세상의 관계에 대한 이해가 깊어졌다. 특히 인간존엄성에 대한 부분은 그의 뇌리에 크게 각인되었다. 참고도서를 보는 일이 쉽지 않았지만 이제까지 몰랐던 새로운 세상을 만나는 기쁨에 도서관에서 밤늦게까지 책과 씨름을 했다.

7월 말, 대구교구에서 전보가 왔다. 서정길 주교가 8월 10~13일 베를린에서 열리는 주교회의와 '독일 가톨릭신자대회'에 참석하기 위해 8월 5일 뮌헨에 도착한다는 내용이었다. 서정길 주교가 온다는 소식이 반가웠다. 그렇잖아도 여름방학 때 서 주교에게 그동안의 공부와 박사학위에 대한 계획을 설명하면서 앞으로 3년은 더 걸릴 것 같으니 허락해달라는 편지를 보내려고 하던 참이었다. 그런데 서 주교를 직접 만나서 설명할 수 있게 되었으니, 서 주교의 방문은 안성맞춤이었다. 당시 대구교구에는 한국인 신부가 부족했다. 그래서 대부분의 학생신부들은 석사 과정을 마치면 돌아갔다. 벨기에 루뱅대학교에서 석사를 마친 장병화 신부도 박사 과정을 못하고 귀국했다.

---

82 1950년대와 1960년대 초반까지의 신학은 창조주, 삼위일체, 천주강생, 계시 등과 같은 정통교리를 재확인한 제1차 바티칸공의회(1869~1870)에 기초했다.

아,
김수환
추기경

8월 5일, 뮌헨공항 대합실에서 독일 주교단에서 마중 나온 신부와 함께 서정길 주교를 기다렸다. 입국 수속을 마친 서정길 주교가 출구로 나오는 게 보였다. 병색이 완연한 모습이었다. 김수환 학생신부와 독일 신부는 깜짝 놀랐고, 곧바로 병원으로 향했다. 서정길 주교는 3일 동안 병원에서 응급치료를 받은 후 퇴원했다. 며칠 후 열릴 '독일 가톨릭신자대회' 관계자들과 만나야 했기 때문에 무리해서 퇴원을 한 것이다.

이 대회는 동독의 교회 박해를 생각하면서 '순교정신'과 '전교'를 강조하는 대회였다. 그래서 '순교자의 나라'인 한국의 서정길 주교를 초청했던 것이다. 그는 서정길 주교와 함께 베를린교구에 들러 자이 엑셀렌즈 대주교와 테프하나 주교를 비롯해 관계자들을 만나 인사를 한 후, 이튿날부터 대회에 참석했다. 김수환 학생신부는 서 주교의 통역을 비롯한 비서 노릇뿐 아니라 가톨릭시보 베를린 특파원이라는 직책으로 '독일 가톨릭신자대회'를 취재해서 대구로 보냈다.

4일 동안의 행사가 끝났다. 그는 서정길 주교를 모시고 다시 병원으로 갔다. 의사들은 서 주교를 베를린 시립 결핵요양원으로 이송했다. 전에 앓았던 결핵이 재발했다고 했다. 그는 서정길 주교의 일정을 재조정했다. 서 주교의 유럽 방문 주목적은 그동안 대구교구에 재정지원을 해주던 '오스트리아 가톨릭부인회'[83]를 비롯해 여러 가톨릭 단체를 방문하는 것이었다. 그동안의 지원에 감사를 표하고 계속적인 재정지원을 부탁하기 위해서였다. 그래서 김수환 신부는 잘츠부르크교구뿐 아니라 가톨릭부인회 등 여러 단체에 일정이 변경된 사정을 설명해야 했다.

---

83   오스트리아 잘츠부르크교구 소속 가톨릭 액션 단체로, 여성 복지 향상과 선교를 목적으로 조직되었다. 당시 한국에서는 '오지리 부인회'라고 불렸다.

대구교구가 오스트리아 잘츠부르크교구와 유대를 맺게 된 것은, 루디 서기호 신부[84]의 주선 덕분이었다. 루디 신부는 잘츠부르크 출신으로, 1956년에 사제 서품을 받았다. 이듬해 대구교구에 와서 한센병 환자 구호사업에 관심을 갖고 사목했는데, 한센병 사목을 위해서는 병원이 필요했다. 루디 신부는 오스트리아 교구의 가톨릭 단체에 지원을 요청했고, '오스트리아 가톨릭부인회'가 적극 나서서 도움을 주었던 것이다.

서정길 주교의 결핵은 큰 차도가 없었다. 그는 서 주교의 병수발을 위해 휴학을 했다. 공부도 중요했지만 더 중요한 건 자신이 독일에서 공부할 수 있도록 유학을 보내준 서 주교가 빨리 완쾌하는 일이었다.

11월 말, 서정길 주교는 김수환 신부에게 퇴원 수속을 하라고 했다. 완치되지는 않았지만, 오스트리아에 가야만 했다. 미리 그곳에 가 있던 루디 신부가 "오스트리아 부인회에서 대구교구의 사회사업활동을 위해 미화 8만 달러를 모금했다"며, 성탄절 즈음에 와서 수령하고 인사를 다니면 내년 모금운동에 도움이 될 것 같다는 연락을 해왔기 때문이었다.

당시 모금한 8만 달러는 현재 가치로 100만 달러 이상이었다. 대구교

---

84   루돌프 크라네비터(Rudolph Kranewitter, 애칭 루디), 1966년 한국으로 귀화했다.

○ 오스트리아 가톨릭부인회의 후원으로 열린 '한국의 밤' 행사. 맨 왼쪽이 김수환 신부, 피아노 뒤 맨 오른쪽이 루디 서기호 신부다.

구에서는 이 모금으로 경북 칠곡군에 대지 2,500평, 건평 274평의 한센병원과 대구시 대명동에 대지 2,400평, 건평 80평의 한센병 간호센터를 지을 수 있었다.

김수환 신부는 서 주교를 모시고 기차를 타고 오스트리아로 갔다. 그는 그곳에서 12월 한 달 동안 서정길 주교, 루디 신부와 함께 가톨릭 액션 단체와 독지가들을 만났다.

1959년, 김수환 신부는 서른일곱 살이 되었다. 서정길 주교는 결핵 치료를 위해 오스트리아 빈 근교의 병원에 입원했다. 그는 병수발을 들고 비서 역할을 하느라 학교로 돌아가지 못했다. 그러나 부인회의 활동을 옆에서 보는 것도 그에게는 공부였다. 가톨릭 액션이 어떻게 조직적으로 움직이고 어떻게 실천되는지를 자세히 볼 수 있는 기회였다.

오스트리아 가톨릭부인회에서는 계속해서 대구교구를 위한 모금운

가톨릭시보 1959년 8월 15일 기사. 대구시 신암동 베네딕토수녀원 옆에 대구가톨릭종합병원 공사를 착공한다는 내용이다. 1961년 12월에 완공되었으며, 1962년 8월 22일 '파티마병원'이라는 이름으로 개원했다.

동을 전개했고, 부활절까지 15만 5천 달러를 모았다. 작년의 두 배였고, 엄청난 돈이었다. 서정길 주교는 이 모금으로 그동안 필요성이 제기되던 가톨릭 종합병원을 설립하면 좋겠다고 생각했다. 그러나 종합병원을 건축하려면 10만 달러(현재 가치 최소 120만 달러) 정도는 더 있어야 했다. 서 주교는 오스트리아 가톨릭부인회에 가톨릭 종합병원 건축 문제를 상의하면서 부족한 예산 10만 달러를 건축이 끝나기 전인 1961년까지 지원해줄 수 있는지 물었다. 부인회는 자신들의 모금으로 한국에 가톨릭 종합병원이 건립된다는 사실에 기뻐하며, 내년에 5만 달러 그다음 해에 5만 달러를 틀림없이 지원해주겠다고 약속했다.[85] 신자들에게 천주님의 인간에 대한 사랑을 마음 깊이 깨닫고 실천하려는 신앙이 없으면 불가능한 일이었다.

김수환 신부는 가난한 나라 대한민국의 가톨릭교회를 위해 동분서주

---

85   1958~1964년 대구교구가 오스트리아 가톨릭부인회로부터 받은 후원금 총액은 미화로 66만 4천 달러(현재 가치로 800만 달러 이상)였다. 《대구대교구 100년사-은총과 사랑의 자취》 339~344쪽 참고.

아,
김수환
추기경

하는 부인회의 모습을 보며, 그들이야말로 예수님이 가난한 사람을 사랑했던 정신을 올곧게 실천하고 있다는 생각을 했다. 회프너 교수신부가 "그리스도교 사회학은 이론이 아니라 실천을 위한 기초이며 동기이기 때문에 실천을 통해 신뢰를 주면서 확산시켜야 한다"[86]고 강조하던 모습이 떠올랐다. 그는 오스트리아 부인회를 통해 가톨릭의 세계성과 연대성, 가톨릭 액션의 힘을 느꼈다. 그리고 이 경험은 그가 서울대교구장 당시 사회복지운동을 시작하고 발전시키는 데 큰 도움이 되었다.

1960년 4월 20일, 오스트리아에서 TV를 보던 김수환 신부는 깜짝 놀랐다. 한국의 시청 앞, 국회의사당 앞, 경무대 앞에서 학생들이 시위하는 모습과 경찰이 학생들에게 총을 쏘고 몽둥이로 폭행하는 모습, 최루탄을 쏘는 모습이 보였다. 하루 전인 19일에는 신문에만 보도되었는데, 오늘은 TV에도 나오는 걸 보니 사태가 심각한 것 같았다. 그는 즉시 병원으로 달려가 서정길 주교에게 보고했다.

TV뿐 아니라 라디오와 신문에서도 계속해서 한국의 학생시위 소식을 보도하면서 '폭동이 아니라 혁명'이라고 강조했다. 21일에는 모든 매스컴이 시시각각으로 보도하기 시작했다. 이승만 대통령이 물러나야 한다는 논평들이 쏟아져나왔다. 자유와 정의와 민주주의를 위해 총탄에도 굴하지 않은 한국 학생들의 용기를 극찬했고, 엄정 중립을 지키는 군대와 스스로 치안 유지를 하고 있는 시민들에 대해서도 높이 평가했다. 한국전쟁으로 인해 가난하고 헐벗은 나라 한국이 정의의 나라, 민

---

86   이 부분은 김수환 추기경의 회프너 추기경 서거 10주년 추모 강연에서 발췌 인용했다. 《김수환 추기경 전집》 10권 233~234쪽.

1960년 5월 2일, 오스트리아 기차역에서 로마 교황청으로 떠나는 서정길 주교를 배웅할 때의 모습.

주주의의 나라로 소개되었다. 그러나 김수환 신부는 학생들의 희생에 가슴이 아팠다.

4월 24일, 결국 이승만 대통령은 사퇴 성명을 발표했다. 자유당 정권의 12년에 걸친 장기집권이 종식되었다. 서정길 주교는 앞으로의 정국이 어떻게 될지 모르겠다고 걱정했다. 교황청에 들러 교황 요한 23세(재위 1958~1963)를 알현한 후 귀국하겠다며 서둘러 퇴원했다.

4월 27일, 허정許政의 과도정부가 들어섰다는 소식이 보도되었다. 로마에서 공부하고 있는 백남익 신부가 서 주교의 교황 알현 날짜가 잡혔다는 연락을 보내왔다. 며칠 후 자신이 빈에 와서 서 주교를 모시고 가겠다고 했다. 5월 2일, 서정길 주교는 로마에서 온 백남익 신부와 함께 기차를 타고 로마로 향했다. 김수환 신부도 독일행 기차를 탔다.

가톨릭의 대변혁,
제2차 바티칸공의회

14

"자기 형제가 궁핍한 것을 보고 그에게 마음을 닫아버리면,
하느님 사랑이 어떻게 그 사람 안에 머무를 수 있겠습니까?"

| 1요한 3장 17절 |

김수환 신부는 다시 뮌스터대학교로 돌아왔다. 방학이 시작되어 학교는 조용했다. 그는 마음을 다잡고 도서관에서 다시 책과 씨름했다. 8월 중순, 한국에서는 내각제로 바뀐 새로운 정부 체제에서 동성학교 교장을 지낸 장면 선생이 초대 국무총리에 선출되었다는 소식이 들려왔지만, 그는 도서관에서 자료에 파묻혀 사느라 신경 쓸 정신이 없었다.

가을 학기가 시작되었다. 회프너 교수신부는 '인류'에 대한 강의를 시작했다. 그는 전 인류는 진, 선, 미 그리고 성聖의 동일한 정신적·윤리적 가치들을 지향하도록 규정되어 있다면서, 이들의 가치 실현은 세계 역사 안에서 모든 민족과 문화권의 협력에 의해서 이루어진다고 했다. 그는 과거 유럽의 식민주의를 통렬히 비판했다. 그러면서 식민주의 시대는 끝났다고 단언했다. 이제 세계의 모든 민족은 자신의 자유와 인간의 존엄을 명백하게 자각하고 있다고 했다. 그리고 개발 원조를 악용하여 저개발 국가들의 정치 문제에 간섭함으로써 지배권을 관철하려는

ↄ 김수환 신부는 독일에서 유학할 때 많은 독일인 신부들과 만나 토론을 했다.

모든 종류의 신식민주의에 대해 경계해야 한다고 강조했다.[87]

1961년, 김수환 신부는 어느덧 39세가 되었다. 셋째형 김동한 신부는 보스턴대학교 대학원 교육철학과에서 뉴욕 성요한대학원 교육행정학과로 옮겨서 다시 석사 과정을 밟기 시작했다는 편지를 보내왔다.

봄 학기가 시작되자 회프너 교수신부는 그에게 '한국의 가족제도'를 연구하고, 그 주제로 박사논문을 준비하라고 했다. 당시 독일의 박사학

위 과정은 미국식으로 코스워크를 밟고 논문을 쓰는 방식이 아니었다. 교수는 연구 계획을 지도하고 공부는 개인에게 맡겼다. 학생은 논문을 쓰면서 일주일에 한두 번 교수를 찾아가서 상의하거나 지도를 받는 방식이었다.

김수환 학생신부는 전혀 생각지 못했던 주제 앞에서 막막했다. 가장 큰 문제는 그에 대한 기초자료를 구하는 일이었다. 그러나 당시에는 그런 주제의 한국어 논문이 많지 않았다. 그는 틈나는 대로 도서관에 가서 유교에 대한 자료들을 찾기 시작했다. 한국의 가족제도는 유교 전통에 바탕을 두고 있기 때문이었다. 영어와 불어 자료는 조금 있지만 독어 자료는 거의 눈에 띄지 않았다. 아쉬운 대로 불어 자료라도 참고하려면 대신학교 때 공부했던 불어를 다시 배워야 했다. 문제는 불어뿐이 아니었다. 유교를 학문적으로 접근하기 위해서는 한문으로 씌어진 유교 경전을 읽어야 했다. 그는 자신의 한문 실력 갖고는 어림없는 일인 것 같아 머리를 싸매고 끙끙거렸다.

5월 16일, 도서관에서 자료와 씨름하고 있는 그에게 독일 친구들이 와서 한국에서 쿠데타가 일어났다고 알려줬다. 그는 쿠데타라는 말에 가슴이 철렁했다. 학생들이 피를 흘린 혁명이 불과 1년 전에 있었는데, 이번에는 군인들이 나섰다니 나라가 어떻게 되는 것인가. 그는 이것저것 궁금한 것이 많았지만, 달리 알아볼 방도가 없었다. 그는 계속해서 도서관에서 유교 경전 자료를 찾아 읽었다. 그러나 너무 어렵고 힘에 벅찼다. 그는 지도교수인 회프너 교수신부를 찾아갔다.

"교수님, '한국의 가족제도'라는 주제가 저에게는 너무 힘듭니다. 한국의 유교 경전은 모두 중국의 한문으로 되어 있는데, 저 같은 신학생은 고급 한문을 제대로 배운 적이 없어 해석하는 게 쉽지 않습니다. 독일어 번역본도 없습니다. 불어 번역본은 조금 있지만, 제가 불어 실력이 미미해서 너무 힘듭니다. 다른 주제로 바꿔주실 수는 없는지요?"

그의 말에 회프너 교수는 단호하게 고개를 저었다.

"스테파노 신부님도 아시겠지만, 나는 어느 학생에게든지 출신국의 가족제도를 연구하라고 주문합니다. 출신국의 가족제도를 연구하고 그 속에서 사회철학적·사회신학적인 원리와 주제를 찾아야 각 나라에 맞는 그리스도교 사회학을 발전시킬 수 있기 때문입니다."

그가 아무런 대답도 못하고 고개를 숙이자 회프너 교수신부는 인자한 목소리로 말을 이었다.

"인간은 가정을 통해서 이웃에 대한 사랑, 이해, 융화, 정의, 연대성, 효성, 순종과 명령의 가능성 등 사회가 존립하는 데 없어서는 안 될 사회도덕을 습득하기 때문이에요. 그래서 인간에게 소중한 존재인 가정과 가족제도를 연구하는 것이 매우 중요합니다. 그래야 시대를 초월한 본질적 '사회의 질서구조'를 찾을 수 있어요."[88]

"예, 교수님……."

"스테파노 신부님, 그리고 박사는 외국어를 두세 가지는 할 줄 알아야 해요. 그러니까 이 기회에 불어와 중국 한자 공부도 많이 하세요."

김수환 학생신부는 다시 도서관으로 돌아왔다. 그리고 일주일에 한두 번씩 회프너 교수신부를 찾아가서, 공부하면서 궁금했던 부분과 논문의 방향을 지도받았다. 그렇게 박사학위 논문을 준비하는 사이에 또다시 1년이 흘렀다.

1962년 3월, 그는 여전히 박사학위 준비에 매진하고 있었다. 그즈음,

---

88   요제프 회프너의 앞의 책 106쪽 참고.

대구교구는 한국 가톨릭의 새로운 교계제도 설정에 따라 부산교구와 청주교구를 관할하는 대교구가 되었고, 서정길 주교는 대주교로 승품 되었다.

7월 9일, 유교 경전과 씨름하며 박사학위 논문 준비에 매달리던 그에 게 청천벽력과도 같은 소식이 들렸다. 지도교수인 회프너 신부가 주교 로 서품되면서 뮌스터교구장 주교에 임명된 것이다. 독일식 박사학위 체제에서 지도교수가 학교를 떠난다는 것은 박사학위 논문을 새로 준 비해야 하는 것과 다름없었다. 그는 깊은 한숨을 내쉬었다. 그러나 그 가 할 수 있는 일이란, 새로운 교수가 오기를 기다리는 것뿐이었다.

그런데 새 학기가 되자, 그의 눈앞에 나타난 건 새 교수님이 아니라 제2차 바티칸공의회 소식이었다. 9월 11일, 교황 요한 23세는 바티칸

∝ 가톨릭교회의 변화와 쇄신을 위해 1962년 10월 11일에 개막된 제2차 바티칸공의회.

라디오를 통해 제2차 바티칸공의회 소집 계획을 발표했다. 교수들과 독일 신부들은 가톨릭 최고 의사결정 회의인 이번 공의회에서는 이제까지 교회 담장 안에서 안주했던 가톨릭에 엄청난 변화가 생길 것이라며 세상에 주는 파장이 만만치 않을 것 같다고 예상했다. 회프너 주교와 라칭거 교수신부 등 '사회 속의 교회'를 주장하던 신학자들이 공의회에서 토의할 안건의 '신학 전문위원peritus'으로 발탁되어 이미 교황청으로 갔다는 얘기도 들렸다. 김수환 학생신부는 독일 친구 신부들과 함께 바티칸 방송에 주파수를 맞춰놓고 발표 내용에 귀를 기울였다.

10월 11일, 로마에서 제2차 바티칸공의회가 시작되었다. 세계 각국에서 참석한 주교만 2,540명이었고, 각국 수도회 장상長上(대표자) 위원, 타 교파 대표 등의 참관자까지 합쳐 3천 명이 넘었다. 김수환 학생신부는 텔레비전에 비치는 장엄한 행렬을 보며 전율을 느꼈다.

교황 요한 23세는 제1회기의 개회사에서 이번 공의회의 2대 목적으로 '첫째 교회 현대화(아조르나멘토Aggiornamento), 둘째 그리스도교 재일치 再一致(갈라진 형제 교회와의 일치 운동)'를 천명했다.

교황은 '교회 현대화'를 위해서는 교회 쇄신(체질 개선)이 필요하다면서 "베드로의 성전 문을 활짝 열어라", "교회는 세상과 서로 말을 해야 한다", "교회의 청춘을 회복하라", "교회는 사도시대의 모습으로 복귀해야 한다"고 했다.[89]

이날 교황 요한 23세가 언급한 '교회 현대화'와 '교회 쇄신'은 제2차 바티칸공의회의 키워드였다. 이 말은 전세계 가톨릭인들에게 폭발적인 반향을 일으키며 순식간에 유행어가 되었다. 가톨릭교회가 시대에 맞는 변화를 시작한다고 생각하며 환영한 것이다. 김수환 신부 역시 적극 지지하며 바티칸 라디오를 통해 중계되는 공의회 진행에 관심을 기울였다.

10월 20일, 제2차 바티칸공의회에 참석한 주교와 신학자들이 정리한 메시지가 발표되었다. 마태오복음 20장 28절의 "섬김을 받으러 온 것이 아니라 섬기러 왔고"를 인용하면서 "교회도 지배가 아니라 봉사를 위해서 태어났습니다"라고 강조했다. 그뿐 아니었다. "그리스도의 사랑이 우리를 다그칩니다"(2고린 5:14), "자기 형제가 궁핍한 것을 보고 그에게 마음을 닫아버리면, 하느님 사랑이 어떻게 그 사람 안에 머무를 수 있겠습니까?"(1요한 3:17)라면서, "이번 (공의회) 토론에서 인간존엄성과 관련된 모든 것, 진정한 인간 공동체에 기여하는 것은 무엇이든 중시하겠습니다"라고 천명했다.[90]

---

89   하인, 《제2차 바티칸공의회의 정신을 산다》(가톨릭출판사, 1995) 39쪽.

제2차 바티칸공의회(1962~1965, 제21회 세계 공의회)

공의회(公議會)는 세계 공의회와 지역 공의회가 있다. 제2차 바티칸공의회는 세계 공의회로, 교황의 승인하에 세계 모든 주교가 소집되는 회의다. 교황이 판단해서 대체로 교회와 사회에 문제가 생겼을 때 회의를 소집한다. 이 회의에는 교정권(敎政權)을 가진 주교들이 참석하고, 최고의 결정권을 갖는다. 20세기 중반에 와서 현대 사회가 점점 탈(脫) 그리스도의 길로 치닫자, 교황 요한 23세는 현대인에게 그리스도의 복음을 선포하는 교회의 본질과 사명을 숙고하고, 세상에 대해 교회를 개방하는 자세로서 제2차 바티칸공의회를 소집했다.

1962년부터 1965년까지 4차 회기(會期)를 통하여, 교회가 인간 개인의 존엄성과 자유에 대한 인식을 깊이 할 것을 촉구했다. 이에 따라 사회정의에 대한 참여, 가난한 이에 대한 관심, 정치·사회·경제적 피압박 계층의 자유 회복 등에 교회가 적극적 관심을 갖게 되었다. 《가톨릭대사전》 인용)

"제2차 바티칸공의회는 가톨릭교회가 문을 활짝 열어 새바람을 맞아들이고, 쇄신을 통해 시대 변화에 적응하려는 희망의 대역사(大役事)였다. 가톨릭교회에 변화와 쇄신의 바람이 불어오는 것을 감지했다. 비록 신문과 방송을 통해 공의회 진행을 접했지만 예전에 느껴보지 못한 강한 바람이었다. 독일 신부들과 공의회에 대해 토론하면서 많은 얘기를 주고받았다. 그러한 체험은 내가 신부로서뿐만 아니라 훗날 주교와 추기경으로서 소임을 수행하는 데 큰 도움이 됐다." _《추기경 김수환 이야기》 170~171쪽.

그 발표를 듣는 순간 김수환 학생신부는 강한 전율을 느끼며 온몸이 굳는 듯했다. 이미 회프너 교수신부와 폴크 교수신부의 강의를 통해 들었던 내용들이라 얼른 이해가 됐다. 바로 이거다! 이제 가톨릭이 세상을 향해 엎드리는구나! 성신(성령)이 새로운 도전에 나서는 교황 요한 23세와 함께하고 계시는구나! 그 순간, 그의 눈에서 눈물이 주르르 흘러내렸다.[91] 그는 조용히 눈을 감았다. 바티칸 성베드로대성당의 문이

90   《제2차 바티칸공의회 문헌》(한국천주교중앙협의회, 제2판 1쇄, 2002) 14~15쪽.
91   《추기경 김수환 이야기》170쪽.

열리는 모습이 보였다. 광장을 가득 메운 사람들의 박수소리가 들렸다. 성령의 비둘기가 성당 지붕 위에서 하늘을 향해 날아올랐다.

11월 13일, 제2차 바티칸공의회에서는 "고유 문화를 존중하고, 단일 형식만을 구하지 않는다"라는 요지로 미사 전례에 대한 결론을 도출했다. 미사 집전에서 라틴어가 아닌 모국어를 사용할 수 있고, 십자가를 바라보며 미사를 드리던 사제가 신자들을 바라보는 형식으로 바뀐다는 내용이었다. 제2차 바티칸공의회가 만든 '혁명적 변화' 중 하나였다. 이에 대한 구체적 시행은 다음 해인 1963년 12월 4일 '거룩한 전례에 관한 헌장'이 공표된 후에 이루어졌다.

12월 8일, 제1회기가 폐막했다. 두 달이라는 짧은 기간이었지만, 회의가 열린 성베드로대성당은 변화의 물결이 용솟음치면서 전세계 주교들의 사고방식을 급속히 변화시켰다.

1963년 봄이 되었다. 그러나 후임 지도교수는 오지 않았다. 그는 심란했지만 새 학년이 시작되는 9월까지 기다리기로 했다.

그는 본대학에서 뮌스터대학으로 옮겨온 요제프 라칭거Joseph Aloisius Ratzinger 교수신부의 교의신학 강의를 들었다. 라칭거 신부의 강의 주제는 '신앙의 하느님과 철학의 하느님'이었다. 라칭거 신부는 그보다 다섯 살 아래였지만, 그와 같은 해인 1951년 6월에 사제 서품을 받고, 1957년에 박사학위를 받았다. 라칭거 신부는 교회 쇄신의 지지자로, 지난해 제2차 바티칸공의회에도 쾰른교구의 요제프 프린츠 추기경의 신학 전문위원 겸 독일어권의 대표자 신부 자격으로 참석했다. 이때 회의장 분위기가 현실에 안주 내지는 과거 회귀 쪽으로 기울자 교리·교의·전례 분야에서 번뜩이는 논리로 흐름을 바꿔놓았을 정도로 탁월한 이론가였다. 그는 라칭거 신부를 통해 제2차 바티칸공의회 정신과 교

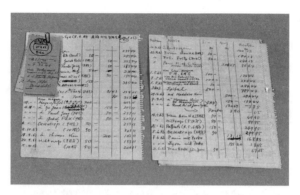

⚮ 유학 시절 가계부. 1963년 4~7월의 것으로, 잔액을 보면 얼마나 쪼들리
며 생활을 했는지 알 수 있다.

회 개혁에 대해 많은 이야기를 들었고, 함께 토론도 했다.

라칭거 신부는 2005년 4월, 교황 요한 바오로 2세의 뒤를 이어 베네
딕토 16세 교황이 되었고, 그때의 학생신부 김수환은 추기경 대표로 지
난날의 스승이며 새로운 교황의 취임미사를 함께 집전했다. 2007년 교
황 베네딕토 16세는 교황청을 방문한 노무현 대통령에게 김수환 추기
경의 안부를 물으며 "독일어를 잘해서 뮌스터대학 시절에 대화를 많이
나눴다"고 회상하기도 했다.[92]

이해에도 독일의 신부들과 신학자, 신학생들의 관심은 온통 제2차
바티칸공의회 제2회기에 쏠렸고, 김수환 학생신부도 마찬가지였다. 그
때 교황 요한 23세가 위독하다는 소식이 연일 들려왔다.

6월 3일, 교황 요한 23세가 서거했다. 가톨릭을 쇄신시키려고 제2차
바티칸공의회를 소집한 요한 23세를 높이 평가하고 있던 김수환 학생

---

92   연합뉴스 2007년 2월 16일자.

아,
김수환
추기경

신부는 깊은 슬픔에 잠겼다.

6월 21일, 추기경들은 바오로 6세(재위 1963~1978)를 새 교황으로 선출했다. 바오로 6세는 전임 교황인 요한 23세가 시작한 공의회를 계속해서 같은 정신으로 이어갈 것은 물론, 공의회의 목적을 더욱 구체화하겠다는 의지를 천명했다. 김수환 학생신부는 가슴을 쓸어내렸다. 가톨릭이 변화되어야 한다는 생각이 강했기 때문이다.

10월 초, 회프너 교수신부가 떠난 지 1년이 지나고 가을 학기가 시작되었는데도 지도교수는 오지 않았다. 그는 한국에 돌아가 지난 7년간 독일에서 보고 배운 것을 사목 현장에서 실천하는 게 교회 발전에 조금이라도 이바지하는 길이라고 판단했다.[93] 제2차 바티칸공의회에 참석하기 위해 로마에 와 있는 서정길 대주교에게 박사학위를 포기하고 돌아가겠다는 편지를 보냈다.

독일에서 보낸 7년의 시간이 주마등처럼 눈앞을 스쳤다. 박사학위는 못 받았지만, 새로운 공부를 체계적으로 할 수 있었던 시간이었다. 회프너 교수신부와 폴크 교수신부는, 가톨릭 액션에만 머물러 있던 자신을 그리스도교 사회학의 세상으로 인도해주었다. 두 교수신부로부터 배운 인간의 존엄, 사회정의, 공동선과 국가와 개인의 관계 등의 학문은 제2차 바티칸공의회 정신의 근간이 되었다. 제2차 바티칸공의회에 대한 선행학습 기간이었다고 해도 과언이 아닐 정도로 신학적 시야와 사고의 폭이 넓어진 시기였다.

그리고 비록 텔레비전 화면을 통해서였지만, 가톨릭의 쇄신을 위한 제2차 바티칸공의회의 뜨거운 열기를 생생하게 접한 것도 큰 보람이었

---

93   《추기경 김수환 이야기》172쪽.

∽ 1963년 귀국 전 유럽여행 때 찍은 사진. 뒤에 보이는 산은 이탈리아 베네토(Veneto) 주에 있는 파소 팔자레고(Paso Falzarego) 알프스다.

다. 세계 각국에서 모인 2,500명이 넘는 주교단의 장엄한 입장 행렬을 보면서 가톨릭의 세계성을 느낀 것도 뜻깊었다. 그는 교황청과 성베드로대성당이 있는 바티칸은 조그만 나라가 아니라 전세계 가톨릭을 대표하는 거대한 나라라는 걸 느꼈다. 그리고 한국 가톨릭도 가난하고 조그만 나라의 가톨릭이 아니라 세계 가톨릭의 한 부분이고, 자신도 세계 가톨릭 사제 중 한 명이라는 자부심이 생긴 것도 소중한 소득이었다.

11월, 서정길 대주교로부터 로마로 오라는 답신이 왔다. 그는 로마로 가는 기차에 몸을 실었다. 가톨릭의 중심인 성베드로대성당 광장에서 제2차 바티칸공의회의 열기를 느낀 후 서정길 대주교와 함께 오스트리아 잘츠부르크로 가서 다시 오스트리아 가톨릭부인회 관계자들을 만났다. 그렇게 몇 달을 지내면서 이제 귀국하면 언제 다시 유럽을 올 수 있겠나 하는 생각에 오스트리아의 신부, 수도자들과 알프스와 프랑스의 루르드 성지를 둘러본 후 한국행 비행기를 탔다.

천주님 빽을 믿고
해보시게

15

"꼴찌가 첫째 되고 첫째가 꼴찌 될 것이다."

| 마태오복음 20장 16절 |

1964년 5월 23일, 김수환 신부는 김포공항에 도착했다. 34세에 떠나 42세에 돌아왔으니, 8년 만의 귀국이었다.

김포공항에서 서울역으로 가는 길에 본 서울은 몰라보게 변해 있었다. 버스와 택시도 많아졌고, 4~5층짜리 건물도 여기저기 보였다. 그는 10년이면 강산이 변한다는 게 괜한 말이 아니라는 생각이 들었다. 그러나 대구로 가는 기차 차창으로 보이는 농촌 마을의 모습은 옛날 그대로였다. 작은 한숨이 나왔다. 도시는 발전하는데 농촌은 왜 그대로인가? 농촌은 아직도 초가집이구나. 도시화·공업화의 물결 속에서, 젊은이들이 도시로 떠나는 현실 속에서 농촌은 어떻게 되는 것일까? 푸른 들판에 어둠이 내리기 시작했다. 만약 농촌이 사목지가 된다면, 어떤 방식으로 사목을 해야 할까? 유럽처럼 가톨릭농민회를 조직한다면 어떤 방향으로 이끌어가야 할까? 그의 머릿속에서는 수많은 그림이 그려지고 지워졌다.

저녁 늦게 대구에 도착한 그는 교구청 대주교관에 가서 서정길 대주교에게 귀국인사를 했다. 서 대주교는 그동안 고생 많았다며, 새로 일을 정해줄 때까지 교구청 사제관에서 머무르라고 했다. 마침 동성학교 을조 3년 후배인 이갑수 신부가 대주교 비서신부였다. 집이 부산인 이 신부는 방학 때 집에 올 때마다 함께 내려왔고, 가끔 그의 집에서 며칠 머물곤 했었다. 그는 편한 마음으로 짐을 풀었다.

이튿날 그는 교구청에서 근무하는 선후배 신부들에게 귀국인사를 했다. 모두들 그가 박사학위를 취득하고 귀국한 줄 알고 축하인사를 건넸다. 그가 얼굴을 붉히며 박사학위를 못 받고 왔다고 대답하자 모두 의아한 표정으로 바라봤다. 그렇다고 구구절절 설명을 할 수도 없는 일, 그는 머리가 나빠서 그리 되었다며 말꼬리를 흐렸다.

김수환 신부는 셋째형 김동한 신부가 임시주임으로 있는 내당성당으로 갔다. 형이 반가운 표정으로 그를 맞았다.

"형님, 그동안 잘 지내셨는지요?"

"응, 나야 미국에서 편하게 지내면서 공부했지만, 동생 신부가 독일에서 고생이 많았을 거야. 그래도 이렇게 건강한 모습을 보니 마음이 가벼워진다, 하하."

오랜만에 만난 형제는 시간 가는 줄 모르고 이야기꽃을 피웠다.

다음 날에는 둘째형님과 누님들 집을 찾아가서 인사를 했다. 전에 비해서는 조금 나아진 것 같았지만, 조카들이 모두 학생이라 등록금 부담을 힘겨워하고 있었다. 그는 마음이 착잡했지만, 가난한 신부가 도울수 있는 일은 기도뿐이었다.

귀국한 지 며칠 후, 서정길 대주교가 그를 불렀다.

"김 신부, 이제 시차 적응이 좀 됐어?"

"예, 대주교님."

"그러면 내일모레부터 가톨릭시보에서 일해."

"예?"

그는 성당이 아니라 신문사에서 일을 하라는 소리에 깜짝 놀랐다.

"김 신부도 알다시피 그동안 신문사 사장신부는 이름만 사장이고 편집국장이 맡아서 했잖아."

"예, 대주교님."

"그런데 편집국장 건강이 안 좋고, 신문사가 힘들어. 직원들 월급 주기도 버거울 정도야. 재정적 안정을 위해 여러 가지 시도를 해봤는데 쉽지가 않아. 김 신부는 전부터 가톨릭시보에 글도 쓰고 독일에서 공부한 것도 있으니까 김 신부가 적임자야. 신문사로 출근하는 상임사장으로 임명해줄 테니까 가서 신문을 잘 살려봐."

"대주교님. 그런데 저는 글은 써봤지만 편집도 모르고 경영은 더더욱 모르는데 어떻게 그 일을 감당할 수 있겠습니까?"

"이봐, 김 신부. 천주님 빽을 믿고 해봐. 가톨릭 액션을 제대로 배워 와서 가톨릭 정신을 세상에 알리고 싶다고 유학을 보내달라던 옛날의 그 용기와 패기는 어디 갔어?"

"……."

"김 신부, 지금은 '아조르나멘토(교회 현대화)'의 시대야. 교회도 변하고 신문도 변해야 해. 독일에서 보고 온 제2차 바티칸공의회 정신을 한국 교회와 신자들에게 알리고 아르조나멘토 바람도 불어넣어봐. 지금은 답답한 게 많아. 변해야 한다고!"

그는 성당에서 사목활동을 하지 못하는 것이 아쉬웠다. 그러나 서 대주교의 말대로 언론을 통해 공의회 정신을 알리고 새 바람을 불어넣는 것도 의미 있는 일 같았다. 교황 비오 10세(재위 1903~1914)가 "돈이 부족하면 내 교황관과 목장을 팔아서라도 미디어를 통한 복음선교 사업에 나서야 한다"고 했던 말도 떠올랐다.

"예, 대주교님. 부족하지만 열심히 해보겠습니다."

"그래, 김 신부는 틀림없이 잘할 수 있을 거야. 그럼 내가 현재 사장인 신현옥 신부에게 인수인계할 준비를 하라고 할 테니까, 6월 1일부터 출근하게."

"예, 대주교님."

그는 대주교실에서 나왔다. 머릿속에서는 안개가 내렸다. 어디서부터 어떻게 해야 할지 앞이 보이지 않았다. 그는 교구청 구내 성당에 가서 무릎을 꿇고 기도했다.

6월 1일, 김수환 사장신부는 남일동에 있는 가톨릭시보사 문을 열고 들어섰다. 대구매일신문사와 같은 건물에 있는 사무실이었다. 열 명 정도 되는 기자와 직원들이 그를 알아보고 인사를 했다. 그도 인사를 한 후 책상이 가지런히 놓여 있는 신문사 사무실을 일별했다. 기다리고 있던 신현옥 사장신부로부터 가톨릭시보사 현황과 재정 상태에 대한 브리핑을 받았다. 잠시 후 신현옥 사장신부가 직원들을 불렀다. 그는 직원들과 정식으로 인사를 나눴다.

이튿날부터 정식 출근한 김수환 신부는 한국 가톨릭교회가 제2차 바티칸공의회 정신에 따라 변해야 한다는 걸 어떻게 알릴 수 있을지 깊이 생각하면서 이런저런 궁리를 했다. 신문을 변화시키기 위해 필자를 가톨릭 사제나 신자뿐 아니라 비신자들까지 확대했다. 독자들과의 소통을 위해 '디알로그(대화)' 난을 신설했다. 신앙에 대한 의문점을 풀 수 있는 '질의응답' 난도 만들었다. 순교 성지에 대한 관심을 독려하기 위한 '순교 성지를 찾아서'도 연재했다.

9월 14일, '제2차 바티칸공의회' 제3회기가 시작되었다. 그는 정신없이 바빠졌다. 그는 국내에는 아직 생소한 제2차 바티칸공의회를 알리

270

∽ 가톨릭시보사 사무실에서. 웃옷은 양복이 아니라 독일식 사제복이다. 그는 "그 당시 독일 신부들은 로만 칼라 대신 와이셔츠에 달린 것 같은 칼라가 붙은 흰옷에 검은 셔츠를 받쳐입었다. 내가 '독일물' 좀 먹었다고 독일식 사제복을 입고 다니다 성당에 신부님을 만나러 가면 잡상인인 줄 알고 문전박대를 당하기도 했다"고 회고했다.

∽ '천주'와 '하느님'의 혼용 승인을 알리는 기사. 가톨릭시보 1964년 9월 13일자. 9월 1일, 한국 천주교주교회의는 '천주'와 '하느님'을 공용(共用)할 수 있다고 발표했다. 이듬해인 1965년부터는 사제가 신자들을 바라보며 한국어로 미사를 집례한다고 했다. 이 변화 역시 제2차 바티칸공의회에서 추구한 '교회 현대화'의 결과였다.

cx 신문사 회의 광경.

기 위해 1면 전체를 공의회 개막 기사로 장식했다. 9월 20일자에는 '공의회 성공 기원하는 우리의 정신자세'라는 사설도 실었다. 같은 건물에 있는 동아통신사에다 "바티칸 소식이 들어오면 버리지 말고 모두 넘겨달라"고 부탁했다. 9월 27일자에는 공의회 기사가 외신으로 들어오는 대로 번역해서 실었고 '공의회 일지'도 게재했다. 그는 공의회 기사뿐 아니라 모든 기사를 챙기느라 몸이 두 개라도 모자랄 정도로 바빴다.

이렇게 바쁜 중에도 그는 독자들에게 읽을거리를 제공하기 위해 노력했다. 일반 신부들이 한국 주교회에 건의하는 '주교회의에 바란다'를 만들어, 일선 사목 현장에서의 목소리를 주교들에게 전달했다. 사제와 평신도들의 칼럼도 실었다. 그는 주간회의와 월간회의를 통해서 신문의 편집 방향을 미리 계획하면서 원고 청탁을 했다.

9월 27일자에는 부산 초장동성당의 주임신부로 있는 지학순 신부의

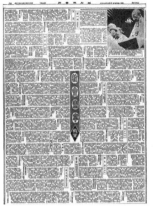

"김 추기경님은 공의회 소식 보도에 무척 열정적이셨다. 공의회에서 발표된 교령과 선언문도 바로 번역해 보도할 정도였다. 공의회 기사 때문에 한 달에 한 번은 4면으로 발행하던 신문을 8면으로 증면하기도 했다. 추기경님은 공의회 문서들이 공식적으로 발표되려면 4~5년이 걸린다며, 그 전에 사제와 수도자, 신자들에게 공의회에서 논의된, 그리고 결정된 사항을 알려 가르칠 필요가 있다고 말씀하시기도 했다. 정말 중요하다고 생각되는 기사는 밤을 새우면서까지도 번역해 보도하려고 하셨다."
_권정신 당시 기자의 증언, 가톨릭신문 2009년 4월 5일자.

가톨릭시보에 실린 〈교회헌장〉 번역문.

'한국 교회도 쇄신해야'라는 제목의 칼럼을 실었다. 지학순 신부는 이 칼럼에서 신자들의 나태한 신앙생활을 비판하면서 "교회는 정의를 가르치고 배우긴 해도 실천할 줄 모른다. 지금 우리 한국에서는 모든 사회악의 원천 중 하나가 불의한 임금 지불 문제다. 그러나 교회나 사업가 신자들 중에서 이런 문제를 생각하는 사람이 그 누가 있는가! 오늘 한국 천주교회는 참다운 종교의 역할을 못하고 있다고 해도 과언이 아니다"라고 썼다. 아픈 지적이자 통렬한 비판이며, 지학순 주교의 정의심을 세상에 알리는 글이었다.

11월 21일, 제2차 바티칸공의회 제3회기가 폐막했다. 다음 해인 1965년 9월 14일부터 12월 8일까지 마지막 회기인 제4회기를 개최한다고 발표했다. 가톨릭시보도 11월 28일자에 폐막 기사를 실었다. 그러나 그때부터 그는 더 바빠졌다. 제3회기에서 통과된 〈교회헌장(하느님의 계시에 관한 교의헌장)〉이라는 역사적 문헌, 교회 일치 율령, '유대인을 포함한 비그리스도교인과의 관계에 대한 선언문'의 번역이 남아 있었다. 그는 밤을 새우며 번역했고, 12월 13일자에 두 페이지에 걸쳐 번역문을 실었다.

가톨릭시보는 달라졌다는 평가를 받으며 구독자 수가 1만 명을 넘어섰다. 그가 지면을 통해 보여주는 변화와 쇄신에 공감하는 독자들이 늘어난 것이다. 편집과 영업 파트를 모두 합쳐도 열 명이 채 안 되는 직원들로 이뤄낸 성과였다. 재정 상태도 좋아졌다. 박봉에 시달리던 직원들의 월급을 적정 수준에 맞춰줄 수 있게 되었다. 특별히 생활이 힘들거나 사정이 있는 직원에게는 남들 눈에 띄지 않게 봉투를 챙겨주기도 했다. 그러나 그는 자신의 월급은 챙겨가지 않았다. 어떻게 하면 신문사 재정을 튼튼하게 할지에만 골몰했다.

1965년, 김수환 신부는 신문사 일에 쫓기면서도 매주 토요일에는 최덕홍 주교 때 한국에 진출한 '예수의 작은 자매들의 우애회'의 부탁으로 수녀원에 가서 미사를 드렸다. '예수의 작은 자매들의 우애회' 수녀들은 가난하고 병든 사람들 속에서 함께 생활했다. 그가 최덕홍 주교 비서신부로 있을 때는 왜관 삼청동 나환자촌과 대구 남산동 남문시장 옆 양말공장에서 노동자들과 함께 생활하며 사랑을 전했다. 방직공장에 취직해 평복을 입고 새벽 6시부터 일을 하는 수녀도 있었다. 수녀들이 새벽부터 일을 하다 보니 일반 성당 신부님들과 미사 시간을 맞추기가 쉽지 않아 그에게 부탁했던 것이다.

그는 헌신적으로 살아가는 자매들의 모습을 보면서 자신의 신앙을 되돌아보며 마음을 다잡곤 했다. 얼마 후 '예수의 작은 자매들의 우애회'는 서울에도 진출해 철거민촌에 들어가 그들과 함께 생활했다. 김수환 신부가 추기경이 되었을 때 목동 철거민촌, 난지도 쓰레기매립장에서 다시 만나게 된다.

김수환 신부는 대구의 행려자보호시설인 '희망원'에도 찾아가 그곳에 살고 있는 가난한 사람들을 위로했다. 당시 시립 복지시설이었던 희망원(1980년부터 대구대교구에서 수탁운영)에는 1천여 명이 수용되어 있었다. 치료 한 번 제대로 받지 못한 가난한 사람들, 거리에서 구걸하다 연고가 없어 수용된 사람들, 손발이 뒤틀린 장애인들, 피를 토하면서 기침하는 폐병 말기 환자들이 모여 있었다. 그는 '희망원'이 아니라 '절망원'이라는 생각이 들곤 했다. 말이 복지시설이지 먹을거리가 아주 부실했다. 가난한 시절이었다. 그는 어떻게든 힘이 되어주고 싶은 마음에 먹을 것을 보내주곤 했다. 그리고 '예수의 작은 자매들의 우애회'에 이야기해서 봉사활동을 해달라고 부탁했다.

희망원에 다녀오고 나면 그런 이들과 함께하면서 그리스도의 사랑을 실천하는 삶이 사제의 삶이 아닌가, 하는 생각이 머릿속을 맴돌았다. 그만큼 그의 관심은 인간에게 있었다. 그중에서도 소외된 인간에게 관심을 갖고 있었다. 그는 가난하고 병든 이들을 보살피면서 그리스도의 사랑을 실천하고 싶다는 생각을 하곤 했다.

일요일에는 교도소에 가서 미사를 집전했다. 본당신부를 하면서 신자들과 그리스도의 사랑을 나누며 가톨릭 액션을 펼치려던 꿈은 접었지만 예수님께서 가난하고 죄지은 자들을 사랑하셨듯이 자신도 그들에게 그리스도의 사랑을 전하고 싶었다. 재소자들은 고해실에서 자신들이 죄를 짓고 교도소에 오게 된 사연을 눈물로 털어놓았다. 가난한 시절이었기에 슬픈 사연도 많았다. 그는 그들의 하소연을 들으며 '무전유죄 유전무죄無錢有罪有錢無罪'라는 말이 가슴에 와닿아 함께 울기도 했다. 선한 사람도 순간적으로 판단을 잘못하면 악한 사람이 될 수 있는 것이

∝ 희망원 전경(위)과 방문해서 재소자를 격려하는 모습.

세상이라는 생각이 들었다. 그는 특별한 일이 없으면 매주 교도소를 방문해서 그들에게 예수님의 사랑을 전했다. 그는 시간이 지날수록 재소자들의 눈빛이 변해가고 있음을 느꼈다. 죄를 뉘우치고 하느님의 사랑

안에서 다시 태어나려고 애쓰는 선한 눈빛이었다.

5월 11일 아침, 지난밤에 들어온 외신과 서울의 합동통신과 동화통신 기사를 살폈다. 반가운 소식이 눈에 확 들어왔다. 부산 초장성당 주임인 지학순 신부가 새로 신설되는 원주교구의 초대주교로 임명되었다는 소식이었다. 그는 얼른 초장성당으로 전화를 걸었다.

"다니엘 주교님, 축하드립니다. 하하!"

"김 신부, 쑥스럽게 왜 이래. 암튼 고마워."

"하느님 말씀에 틀린 말이 하나 없어."

"그건 또 무슨 애기야?"

지학순 주교는 '하느님 말씀'이란 말에 깜짝 놀라 물었다.

"놀라기는…… 마두복음에 보면 '꼴찌가 첫째 되고 첫째가 꼴찌가 될 것이다'(마태 20:16)라고 하셨는데, 동기 중에서 제일 늦게 사제 서품을 받은 신부가 제일 먼저 주교가 되었으니, 성경말씀이 진리야, 진리. 하하……."

"이 친구 참. 그런데 이거 내가 주교 자격이 있는지 모르겠어. 그리고 요즘은 당뇨도 있어서 그 막중한 직무를 잘 수행할 수 있을지도 모르겠고. 그러니까 스테파노 신부도 나를 위해 기도 많이 해줘."

"알았어. 그쪽이 아직 좀 낙후된 곳이기는 하지만, 지 주교는 가난한 이를 위하는 마음이 있으니까 틀림없이 잘할 거야. 그래서 주교로 임명한 걸 거고. 그런데 서품식 날짜는 정했어?"

"아니, 아직…… 실감도 안 나고, 그냥 마음만 무거워……."

"그런 걱정은 천주님께 맡기고…… 이제 동창들이랑 여기저기서 전화가 올 테니까 그만 끊을게. 그럼 서품식 날 보자고."

"응. 고마워, 스테파노."

전화기를 내려놓은 그는 지학순 주교와의 지난 일들을 떠올렸다. 동

∽ 지학순 주교의 원주교구장 착좌식에 참석했을 때. 가운데 의자에 앉은 이가 지학순 주교, 그 위가 동창인 김재덕 당시 신부이고 맨 오른쪽이 최석우 신부다. 왼쪽에서 두 번째가 김수환 당시 신부.

성학교 을조 시절, 대신학교에서의 재회, 부산 피난 시절 병원에서의 만남······ 이제 우리 동기 중에서도 주교가 나왔구나. 이 또한 한국 천주교의 아조르나멘토이리라······.

　당시 한국 천주교는 교세가 늘어나면서 새로운 교구를 계속 만들었다. 그리고 40대 신부들을 주교로 서임한 후 교구장에 임명했다. 2년 전 새로 만든 수원교구 주교에는, 사제 서품은 그보다 빠르지만 나이는 두 살 어린 윤공희 신부를 임명했다. 대전교구의 황민성 주교도 그보다 한 살 어렸다. 한국 천주교에 세대교체의 물결이 일기 시작한 것이다. 조만간 대구대교구에서 안동 지역을 새로운 교구로 분리하면 김수환 신부가 주교가 될 거라는 소문이 있었지만, 그는 그런 소문에 신경 쓰지 않고 신문사 일에 몰두했다.

　9월 14일, 제2차 바티칸공의회 마지막 회기인 제4회기가 개최되었다.

공의회 의의—사랑과 대화로 인간을 구하려

가톨릭시보 1965년 12월 25일자에 실린 칼럼으로, 당시 김수환 신부가 제2차 바티칸 공의회에서 강조한 '교회 쇄신'과 '교회 현대화'의 이유를 정확히 이해하고 있음을 보여준다.

"오늘의 교회는 왜 이같이 전에 없이 사랑에 살고 대화를 강조하는가? 여기에 대해 우리는 많은 이유를 열거할 수 있을 것이다. 그러나 한 마디로 줄여서 답한다면, 그것은 결국 인간 특히 현대인이 이 사랑과 대화에 결핍되어 있기 때문이다. 공의회가 현대 세계의 제반 문제, 빈곤과 기아, 정치, 경제 및 사회 발전, 핵무기와 전쟁과 평화를 취급한 이유는 바로 이 인간 때문이다. 얼핏 생각하면 이 문제들은 종교인 교회의 영역 밖의 일이라고도 볼 수 있다. 그러나 빈곤과 기아, 정치와 경제, 전쟁과 평화는 막연히 비인격적인 사회나 세계의 문제가 아니다. 인간의 문제이다. 굶는 것도 인간이요, 헐벗는 것도 인간이다. 또한 전쟁의 불안 속에서 전전긍긍하는 것도 인간이다. 그렇다면 이 인간을 구하는 것이 존재이유라고도 말할 수 있는 교회가 이 같은 인간 문제를 외면할 수는 없다. 뿐만 아니라 공의회가 강조한 교회 쇄신과 현대화 역시 이 인간 구제를 위해서다."

◁ 김수환 신부가 가톨릭시보에 기고한 칼럼.

3년 동안 제기되었던 많은 의안들에 대한 최종 결정이 이루어지는 회기였다. 그는 '공의회 회고와 전망'이라는 제목의 기사를 상·중·하로 나눠서 싣고, '공의회 일지'를 만들어 상세한 소식을 전달했다. 공의회에서 채택한 문헌이 발표되면 밤을 새워 번역해서 그다음 주 신문에 소개했다.

12월 8일, 만 3년, 햇수로 4년에 걸친 제2차 바티칸공의회가 폐막했다. 김수환 신부는 12월 12일자에 '공의회 3년' 특집 화보를 2면에 걸쳐 실었다. 12월 25일자에는 '공의회 의의'라는 자신의 칼럼을 실었다.

그는 칼럼에서 제2차 바티칸공의회는 인간에 대한 사랑과 인간의 구원을 추구했다고 설명했다. 지학순 주교도 같은 날 신문에 실린 '공의회 참석기'를 통해, 한국 천주교회도 '교회 현대화' 대열에 참여해야 한다고 주장했다.

마산교구장
김수환 주교

16

"네 고향과 친족과 아버지의 집을 떠나, 내가 너에게 보여줄 땅으로 가거라."

| 창세기 12장 1절 |

1966년, 김수환 사장신부는 어느덧 44세의 중년 사제가 되었다. 그는 공의회 기사 때문에 잘 들르지 못했던 교도소와 희망원을 다시 찾았다. 그곳에 있는 이들이야말로 예수님의 사랑을 가장 애타게 기다리는 사람들이었다. 교도소 미사 집전이 끝나면 사형 집행을 기다리는 사형수들을 만날 때도 있었다. 그는 그들을 위로했지만 때론 죽음을 앞둔 그들의 모습에서 영적 감동을 느끼기도 했다. 희망원을 다녀오면 며칠 동안 잠을 제대로 이루지 못하며 괴로워했다. 그들 속으로 뛰어들어가 그분의 사랑을 증거해야지 왜 머뭇거리고 있는가, 하는 자책 때문이었다. 그는 가난하고 소외된 그들을 돌보며 살고 싶었지만, 그러나 자신이 그들과 똑같이 먹고 자면서 살아갈 용기가 있는가, 하는 생각을 하면 고개가 숙여졌다.[94]

그는 그런 고민을 하면서 계속 제2차 바티칸공의회에서 채택된 문헌들을 번역했다. 1월 30일자에는 그 문헌들을 2면에 걸쳐 소개했다. 2월

27일자에는 제2차 바티칸공의회 문헌 중 가장 중요하다고 평가받는 〈현대 세계의 교회에 관한 사목헌장〉(약칭 '사목헌장')을 번역, 소개했다. 그는 〈사목헌장〉을 번역하면서 다시 한 번 인간의 존엄과 사회정의, 공동선, 가난한 이들에 대한 관심 등이 중요하다는 사실을 느꼈다.

3월 2일, 신문사로 김수환 사장신부를 찾는 전화가 걸려왔다.

"김 스테파노 신부입니다."

"김 신부, 나는 교황청 서울 공사[95] 안토니오 델 주디체 대주교일세."

"예, 존경하는 대주교님."

"김 신부를 서울에서 한번 만나고 싶네."

"예, 대주교님. 언제 가면 되겠는지요?"

"만약 일정이 괜찮으면 내일 공사관으로 오게."

"예, 대주교님."

교황공사가 왜 보자고 하는 것일까? 공의회 문헌을 열심히 번역한다고 격려를 해주시려는 것일까?

그는 다음 날 아침 서울 가는 기차에 몸을 실었다. 창밖으로 보이는 들판에는 어느새 봄기운이 내리고 있었다. 그는 가방에서 《성무일도서》를 꺼내 그날의 독서인 창세기 12장 1~4절을 읽었다.

주님께서 아브람에게 말씀하셨다. "네 고향과 친족과 아버지의 집을 떠나, 내가 너에게 보여줄 땅으로 가거라. 나는 너를 큰 민족이 되게 하고 너에게 복을 내리며, 너의 이름을 떨치게 하겠다. 그리하여 너는 복이 될 것

---

94   《추기경 김수환 이야기》 184쪽.
95   당시 한국과 교황청의 외교관계는 공사급이었다. 1966년 9월 5일에 대사급으로 격상되었다.

○< 김수환 신부가 번역해서 가톨릭시보에 소개한 〈현대 세계의 교회에 관한 사목헌장〉.

1965년 12월 27일에 발표된 〈사목헌장〉은 분량이 책으로도 100쪽에 이를 정도로 방대하지만, 김수환 신부는 이듬해인 1966년 2월 27일, 4월 10일, 5월 29일, 6월 26일자에 깨알 같은 글씨로 소개했다. 〈사목헌장〉은 '사회정의' '인간의 존엄성' '공동선'이 왜 중요하고 교회는 이를 어떻게 구현해야 하는지를 제시한다.
'교회는 전 인류와 함께 길을 걸으며 세계와 같은 운명을 겪는다.'_40항
'인간의 기본권과 영혼들의 구원이 요구될 경우에, 교회가 정치질서에 관한 윤리적 판단을 내리는 것은 당연한 일이다.'_76항
〈사목헌장〉은 국민의 기본권과 자유가 억압되던 1970~80년대에 김수환 추기경과 가톨릭 단체들에게 민주화운동 참여의 정당성을 제시해준 제2차 바티칸 공의회 문헌 중 하나였다.

이다. 너에게 축복하는 이들에게는 내가 복을 내리고……"

자주 읽는 구절이었다. 그러나 유난스레 감동으로 다가왔다.[96]
'무슨 기쁜 일이 생기는 걸까? 어쩌면?'
작년에 대구교구에서 안동 지방에 새 교구를 만든다는 소문이 돌았

던 걸 떠올렸다. 그는 한동안 기차 유리창 밖을 내다보았다. 그러나 곧 머리를 흔들었다. 그는 교황청으로부터 그동안 제2차 바티칸공의회를 알리느라고 수고했다는 감사서한이라도 받으면 영광이라고 생각했다.

서울역에 도착했을 때는 사위가 어두웠다. 그는 서울에 올 때 숙소로 이용하는 정동 프란치스코회관으로 가서 하룻밤 숙박비를 지불하고 방으로 올라갔다.

다음 날 아침, 프란치스코회관에 있는 조그만 성당에서 미사를 드린 뒤 아침을 먹고 덕수궁 돌담길을 따라 경복궁 쪽으로 걸었다. 교황청 공사관은 경복궁 옆 궁정동에 있었다. 그가 도착하자 안토니오 대주교가 차를 권했다.

"김 신부, 2월 15일자로 부산교구에서 마산 지방을 떼어 새 교구를 설립하기로 결정됐네. 그리고 교황님께서는 자네를 초대교구장 주교로 임명하셨네."

"예?"

그는 깜짝 놀라며 찻잔을 내려놨다. 어제 《성무일도서》를 읽으며 혹시 했지만 잠시였을 뿐이다. 그의 머릿속에는 아무런 생각도 들지 않았다. 그냥 멍할 뿐이었다. 그러자 교황공사 대주교가 물었다.

"순명하겠는가? 나는 김 신부가 순명할 거라고 믿네."

김수환 신부는 그때서야 정신이 들었다. 하느님의 부르심에 응답한 아브라함처럼 순명하겠다는 마음 외에 무엇이 또 있겠는가. 그가 조그만 목소리로 대답했다.

"예."

---

96   《주간조선》1969년 4월, 《김수환 추기경 전집》15권 7쪽.

"그럼 순명하는 걸로 알겠네. 축하하네, 김 주교. 하하."

공사관을 나온 그는 경복궁 돌담길을 따라 내려왔다. 그는 계속 머릿속이 멍했다. 내가 주교가 되다니…….

교구장 주교가 되었다는 건, 지역 교구의 최고 책임자라는 뜻이었다. 한국 주교회의뿐 아니라 로마 교황청에서 열리는 세계주교회의에도 참석할 수 있는 자격이 있다는 뜻이고, 한국과 세계 가톨릭의 사목 방향에 대한 의견을 제시할 수 있다는 것을 의미했다.

주교 임명 절차는 지역을 관할하는 대교구장으로부터 세 명의 신부를 추천받은 교황공사(혹은 대사)가 한 명을 결정해서 로마 교황청에 품신을 하면 교황이 임명하는 걸로 알려져 있다. 지역 주교들을 관할하는 대교구장, 즉 대주교를 임명하는 경우에는 거꾸로다. 교황공사(대사)가 해당 국가의 모든 주교들로부터 두 명씩 후보를 추천받은 후 명단을 정리해서 교황청에 품신하는 것으로 알려져 있다. 따라서 부산교구를 관할하는 대구대교구장 서정길 대주교가 김수환 신부를 포함해 세 명을 후보로 추천했고, 교황공사는 한국 가톨릭에 제2차 바티칸공의회를 알리기 위해 지난 몇 년 동안 많은 수고를 한 김수환 신부가 새로 설립되는 마산교구에 공의회 정신을 실천할 적임자라고 판단해서 최종 후보로 교황청에 품신한 것이라고 추측할 수 있다.

그는 뒤를 돌아 교황청 공사관을 바라보았다. 백악산 오른쪽으로 북한산이 보였다. 동성학교 을조 시절 공베르 신부에게 가서 신부가 될 자격이 없어 학교를 그만 다니겠다고 했던 때가 떠올랐다. 세월이 참 빠르게도 흘렀구나. 성유스티노 신학교 예비과에 입학한 때가 32년 전이고, 사제 서품을 받은 지도 벌써 15년이 되었으니…….

3월 7일, 동아일보에 그의 주교 임명 소식이 보도되었다. 기사는 크지 않았지만 사회면 상단에 실렸다. 사람들 눈에 얼른 들어오는 자리였

◡ 김수환 신부의 주교 임명을 전하는 신문기
사. 가톨릭시보 1966년 3월 13일자.

다. 여기저기서 축하전화가 걸려왔
다. 동성학교 을조 동창 신부들은 신
부 서품 꼴찌부터 차례로 주교가 된
다면서 반가운 웃음을 터뜨렸다. 동
기 중에 한 명 나오기도 힘든 주교가
두 명이나 탄생한 것은 흔치 않은 일
이었다. 그러나 그가 동기 중의 마지
막 주교가 아니었다. 을조 동창이자

성유스티노 예비과 동창인 김재덕 신부도 1973년 전주교구 주교에 임
명되었다.

주위에서는 주교 서품식 날짜를 빨리 잡으라고 재촉했다. 그러나 마
산교구는 부산교구에서 분리되는 신설 교구였다. 부산교구에서 아직
아무 준비도 못했을 것이므로 최대한 늦춰서 5월 31일로 결정했다.

그에게 마산은 낯설지 않은 도시였다. 이모부인 서동정 어른이 세상
을 떠나기 전까지 마산에 살았기 때문에 그는 소년 시절 자주 어머니와
함께 왔다. 그리고 아직도 외가 친척들이 많이 살고 있었다.

그는 마산으로 떠나기 전에 그동안 다니던 교도소와 희망원을 방문
했다. 그동안 관심을 갖고 보던 이들과 희망원에 와서 봉사하는 수녀들
에게 오랫동안 함께 못하고 떠나게 되어 미안하다는 작별인사를 했다.
그는 걸어나오면서 몇 번 뒤를 돌아보았다. 멀리서 손을 흔드는 그들을
향해 계속 고개를 숙였다. 그는 가난하고 병든 이들을 절대 잊지 않겠
다는 각오를 하며 발길을 돌렸다.

5월이 시작되자 그는 주교직 사목 표어를 무엇으로 할지 생각했다.
사목 표어는 주교로서의 사목 방향을 짧은 성경 구절이나 기도문 등에
서 찾은 성구聖句로, 일종의 각오 같은 것이다.

그는 사제 서품 당시에는 성경 구절에서 성구를 정했지만 이번에는 제2차 바티칸공의회 실천 정신을 나타낼 수 있는 성구로 하고 싶었다. 그는 진정한 주교의 자세는 예수님처럼 세상 사람들을 위해 자신을 온전히 내놓아야 한다고, 가난한 사람들, 병든 사람들, 온갖 고통에 신음하는 사람들과 고통을 나누어야 한다고 생각하며, 그에 걸맞은 성구를 생각하느라 머리를 싸맸다.

얼마 후, 예수님께서 자신을 한없이 낮추시고 몸을 나누어주시며 우리들의 '밥'이 되어주셨듯, 자신도 모든 이에게 먹히는 존재, 많은 이의 '밥'이 되겠다는 마음으로 '여러분과 또한 많은 이들을 위하여Pro vobis et pro multis'라는 경구를 사목 표어로 정했다.

1966년 5월 31일 화요일. 아침에 일어난 그는 창문을 열고 마산의 하늘을 바라보았다. 일기예보에서 오늘 폭우가 쏟아질 거라고 했기 때문이었다. 다행히 하늘은 구름 한 점 없이 맑았다.

주교 서임식과 교구장 착좌식 장소는 푸른 남해 바다가 내려다보이는 완월동 성지여중고 운동장이었다. 부산교구에서 독립하는 교구라 아직 주교좌성당도 없고, 많은 참석 인원을 수용할 큰 성당도 없었다. 이 학교는 김수환 주교가 동성학교 을조를 졸업할 때 유학지명을 해준 대구교구장 무세 주교가 설립했고, 부산교구에서 관리하고 있었다.

성지여중고 운동장은 아침부터 분주했다. 서울대교구 노기남 대주교, 대구대교구 서정길 대주교, 교황공사인 안토니오 델 주디체 대주교, 수원교구 윤공희 주교, 원주교구 지학순 주교를 비롯해 전국의 주교들이 속속 도착했다. 가톨릭시보 주필을 지낸 후 벨기에로 유학 다녀와 정치를 시작한 이효상 국회의장을 비롯해 해군 사령관 등 내외귀빈과 마산 기관장들도 자리를 잡았다. 마산교구의 설립을 축하하기 위해 교구 신자 수천 명도 참석했다. 운동장은 이제 더 이상 발 디딜 틈이 없을 정도로 꽉 찼다.

사회자가 김수환 주교 서품식과 착좌식을 시작하겠다는 안내방송을 했다. 시끌벅적하던 운동장이 조용해졌다. 첫 순서인 성신(성령)께서 서품 예식에 함께하시기를 비는 기도 '성령송가'가 끝났다. 주교 수품 후보자의 약력이 소개되었다. 그는 자신의 이제까지의 삶이 소개되는 것을 들으며, 제일 먼저 어머니를 떠올렸다. 자신이 신부가 될 수 있었던 것은 어머니의 기도 덕분이라는 생각에 가슴이 뭉클해졌다. 약력 소개가 끝나자 주한 교황청 공사 안토니오 델 주디체 대주교가 교황 바오로 6세의 임명칙서를 낭독하고, 주교 직무에 대한 훈시를 했다. 김수환 신부는 순명서약을 한 후 제대 앞에 엎드렸다.

성인호칭기도가 울려퍼지는 동안, 그는 다시 한 번 자신을 비웠다.

"주님, 당신처럼 사람들을 위해 저 자신을 온전히 내려놓겠습니다.

마산 성지여중고 운동장에서 거행된 김수환 주교 마산교구장 착좌식에 참석한 신자들의 모습.

아,
김수환
추기경

교황 바오로 6세의 김수환 주교 임명칙서.

"천주의 종들의 종인 나 주교 바오로는 마산교구 주교로 선임된 교구 소속 사제 출신 사랑하는 아들 스테파노 김수환에게 인사와 교황강복을 보내노라. 나는 바로 오늘 'Siquidem Catholicae'라는 말로써 시작되는 교황칙서를 발부하여 한 주교좌를 설정하였고……

그리하여 포교성의 판단과 시리아의 히에라폴리탄 명의 대주교이며 주한 교황공사인 존경하는 나의 형제 안토니오 델 주디체의 의견에 따라, 사랑하는 아들아, 그대를 나의 교황 권한으로 오늘 바로 설립된 마산교구의 초대주교로 임명하는 바이며, 일반 법규를 따라 그대 직위에 수반되는 권리를 부여하고 의무를 부과하는 바이다. (……)

또한 마산교구의 성직자와 백성들에게는 이 연인(鉛印)이 붙은 교황칙서가 주교좌성당에서 낭독되어야 하며, 성직자와 백성들이 기쁜 마음으로 자신들의 영혼의 아버지와 목자로 받아들이고, 그대가 결정한 모든 훈명에 있어 그대에게 즐겨 순명하기를 촉구하는 바이다.

끝으로, 사랑하는 아들아, 그대는 그대 교구의 모든 주민을 그리스도교 진리와 그것에서 결과되는 영성으로 안전히 인도하기 위하여 맡은 바 주교 직분에 진실하고 전력을 다하라!"

저 역시 예수님처럼 모든 것을 바쳐서 모든 이에게 밥이 되겠습니다. 성신께서 함께해주소서."

주한 교황공사 주디체 대주교는 그에게 성신의 은혜를 주는 안수를 한 다음 서품기도를 했다. 김수환 신부가 주교단과 일치를 이루는 '평화의 인사'를 했다. 대주교는 그에게 주교 표지인 반지, 주교관, 십자가, 지팡이(목장)를 수여했다. 김수환 주교가 주교관을 쓰고 오른손에 목장을 들고 착좌하자, 주디체 대주교는 착좌록에 서명을 했다. 참석자들은 우레와 같은 박수를 보냈다.

김수환 주교가 순명서약을 받을 차례가 되었다. 21명의 마산교구 사제들은 줄을 서서 그의 앞으로 와 무릎을 꿇고 주교 반지에 입을 맞추면서 순명의 인사를 했다. 의식이 끝나자 그가 취임사를 했다. 그는 교황과 교황공사 그리고 주교단과 내외귀빈 참석자들에게 감사인사를 한 후, 마산교구 사제들과 신자들을 향해 자신의 사목 방향을 밝혔다.

"우리 교구는 제2차 바티칸공의회에서 제시한 쇄신 정신과 사목 정신을 최선을 다해 신부들과 수도자, 신자들의 협동하에 구현시켜나가야 할 것이라고 생각합니다. 이 요청을 확신하기 위해서는 복음의 빛 아래 깊이 반성하고 각성해야 합니다. 우리는 밖으로부터 도움을 기대하지 말고 우리 안에서 사도적 인재도, 물질적 면도 스스로 발굴하고 육성시키는 방향으로 완전히 생각부터 바꿔야 할 것입니다."[97]

그는 서임식 며칠 전까지도 제2차 바티칸공의회의 〈사목헌장〉을 번역해서 가톨릭시보에 넘겨줄 정도로, 공의회 정신이 하루빨리 한국 천주교에 정착되어야 한다고 생각했다. 그래서 취임사에서도 공의회 정신을 강조했다. 취임사를 마친 그는 제단에서 내려와 사제단과 교구민들에게 평화의 인사를 하고, 참석자들을 향해 강복했다.

공식적인 기념촬영이 끝나자 그는 옷을 갈아입고 나왔다. 둘째 필수

---

97   가톨릭시보 1966년 6월 5일자.

김수환 신부의 주교 서품식. 위는 제대 앞에 엎드린 김수환 주교.
가운데는 신부들의 순명서약 장면이다. 아래는 계단을 내려오면
서 첫 주교강복을 하는 모습이다. 왼쪽이 대구대교구장 서정길
대주교, 오른쪽이 부산교구장 최재선 주교.

주교 서품식 후 가족, 친척들과 함께. 김수환 주교 왼쪽이 형 김동한 신부다.

형님과 셋째형 김동한 신부, 친척들이 다가와서 축하인사를 했다. 당시 김동한 신부는 경산성당 주임신부로 있으면서 결핵 환자 20명을 돌보고 있었다. 경산성당은 대구교구였다. 그래서 형님 신부는 동생 주교에게 순명서약을 하지 않아도 되었다.

그가 김동한 신부에게 쑥스러운 표정을 지으며 인사를 했다.

"형님이 주교가 되셨어야 하는데, 믿음도 능력도 부족한 제가 먼저 되어 송구합니다."

"그게 무슨 소립니까, 주교님. 동생 신부님이 주교가 되어 내 어깨가 다 으쓱거리는데. 독일에서 공부해온 실력을 마산교구와 주교회의에서 잘 실천하라고 임명한 걸 테니까, 열심히 하세요."

"예, 형님……."

"그런데 주교님. 우리가 지금 여기서 이러고 있을 게 아니라, 여기저

ↄ← 합천 사목 방문 기념사진. (날짜 미상)

기서 막 찾고 기다리니까 그쪽을 먼저 돌보시게. 우리는 빨리 사진이나
한 장 찍고 갈 테니까."

"예, 형님."

김수환 신부는 신자 3만 명, 소속 성당 21곳, 공소 100곳을 관할하는
마산교구의 주교가 되었다. 당시 한국 천주교 신자가 70만이었으니, 조
그만 시골 교구였다. 그래도 관할 지역은 마산, 진주, 진해 등 5개 시와
거제, 삼천포, 남해, 사천, 산청, 하동, 의령 등 13개 군을 아우르는 넓은
지역이었다.

김수환 주교는 주교직 사목 표어인 '여러분과 또한 많은 이들을 위하
여'를 실천하겠다고 다짐했다. 해가 바뀌기 전에 121곳의 성당과 공소
를 모두 사목 방문하겠다는 목표로 쉬는 날 없이 바쁘게 움직였다. 시

골 성당 신부들뿐 아니라 신자들과도 가까이서 호흡하겠다는 의지였
다. 그는 울퉁불퉁한 시골길을 서너 시간씩 달려갔다. 산 넘고 물 건너
야 갈 수 있는 산골 공소도 방문했다. 신부는 물론이요 신자들과 식사
를 같이하면서 사목에 관한 이런저런 이야기를 나누고, 밤이면 산새와
풀벌레 소리를 들으며 잠들었다.

어느 시골 성당에 갔을 때다. 신자들이 그에게 화투로 하는 '나이롱
뽕'을 하자고 했다. 그는 화투를 할 줄 몰랐다. 그래도 얼른 배워서 신
자들과 밤이 늦도록 화투놀이를 했다.

어린 시절 시골에서 자라서였을까, 아니면 가난을 알아서였을까. 그
는 도시의 성당보다 시골 성당이나 공소 방문을 더 좋아했다. 그러나
주교인 그가 사목 방문에만 전념하는 건 불가능했다. 당시 주교회의는
'교회의 쇄신과 현대화'라는 제2차 바티칸공의회 정신을 실천하기 위
한 방안을 두고 수시로 회의를 했다.

7월 6일에도 주교회의가 열려 서울로 가는 기차를 탔다. 주교가 된
후 처음으로 열리는 주교회의였기에 그는 겸허한 마음으로 회의에 참
석해 선배 주교들의 의견을 경청했다. 주교회의 의장인 서울대교구 노
기남 대주교가 사회를 본 이 회의에서는 한국 초대교회 때부터 써오던
주요기도문과 통상미사경을 현대적 감각에 맞게 개정한 새 기도문을
인준했다. 기도문에서 '성신'이 '성령'으로 바뀐 것도 이때였다.

김수환 주교는 3일 동안 열린 주교회의에서 한국 가톨릭교회의 방향
을 결정하는 13개 안을 심의했다. 그는 주교의 책임 범위가 생각보다 넓
고 깊다는 것을 알았다. 어려운 일도 많았다. 그는 결국 주교의 직책은
자신의 힘으로 할 수 있는 일이 아니라 기도를 통해 성령의 도움을 받을
수밖에 없겠다는 생각에 기도를 더욱 열심히 해야겠다는 다짐을 했다.

1967년, 45세가 된 김수환 주교는 신설 교구의 기초를 잡기 위해 동분서주했다. 제2차 바티칸공의회에서 채택한 '평신도 사도직에 관한 교령' 정신에 따라 평신도도 사목 행정에 참여할 수 있는 '사목협의회'를 결성했다. '사제평의회'도 만들었다. 사제와 평신도 간의 대화 창구를 만들기 위해 '신자강습회'도 열었다.

3월 24일, 서울대교구장 노기남 대주교의 사의가 수리되었다. 당시 서울대교구는 재정이 극도로 악화된 상태였다. 노 대주교는 "이제는 늙어서 이를 해결할 기력이 없다"면서 은퇴하고 경기도 시흥군에 있는 한센병 환자들의 공동체인 '라자로마을'로 떠났다. 당시에는 전깃불도 들어오지 않는 산골이었다. 교황청에서는 후임으로 당시 수원교구장이던 윤공희 주교를 서울대교구 교구장서리로 임명했다. 두 교구장을 겸임하게 한 것인데, 그때부터 윤공희 주교는 수원과 서울을 오가며 사태 해결에 매달렸다.

4월 10일, 한국천주교중앙협의회CCK 사무실에서 임시주교회의가 열렸다. 10시부터 11시 30분까지 진행된 회의에서 윤공희 주교를 주교회의 임시의장으로 선출했다. 주교 중 나이가 가장 젊지만, 한국 천주교에서 서울대교구가 차지하는 비중이 컸기 때문이다. 지학순 주교는 군종신부단 총재, 김수환 주교는 가톨릭노동청년회JOC 총재에 선출되었다.

1958년에 출범한 JOC는 한국 주교회의에서 정식으로 인준받은 '가톨릭 평신도 사도 단체'로, 당시 가장 활발하게 활동하는 가톨릭 액션 단체였다. 정부가 추진하는 경제개발 5개년계획의 수행 과정에서 급격한 산업화에 따른 노사문제가 제기되자, 각 산업체의 노동조합 결성, 임금 인상 등 처우 개선 활동, 직업여성 실태조사, 노동 강좌, 버스안내양 교육, 이향노동자 상담 활동 등 노동자들의 인권 신장과 복지 향상을 위한 활동을 하고 있었다. 김수환 주교로서는 반가운 직무였다. 그는 이때부터 총재주교 자격으로 JOC 활동에 깊은 관심을 갖게 됐다.

5월 3일, 제6대 대통령선거가 실시되었다. 이 선거에서 박정희 대통령은 윤보선 후보를 100만 표 차이로 따돌리고 재선에 성공했다. 제1차 경제개발 5개년계획에 이어 제2차 계획도 성공적으로 완수하기 위해서는 공화당 정부의 재집권이 필요하다는 전략이 설득력 있게 받아들여졌던 것이다. 그러나 호남 지방 민심은 경제개발계획이 영남 지방에만 집중되는 데에 불만을 품고 있었다. 그리고 산업화 과정에서 나이 어린 여공을 비롯한 노동자들의 저임금과 노동착취 현상이 점점 심화되기 시작했다. 경제성장의 빛과 어둠이었다.

6월 28일, 김수환 주교는 혜화동 대신학교에서 열린 주교회의에 참석했다. 3일 동안 진행된 이 회의에서 그는 여러 직책에 임명되었다. 4월에 선임된 JOC 총재 외에, 한국 주교회의 공동부의장, 주교회의 산하 기관으로 설립한 매스컴위원회 위원장, 그리고 9월 29일부터 10월 24일까지 로마에서 열리는 세계주교대의원회의Synod에 윤공희 주교가 참석하지 못할 경우 대신 참석하는 보궐대표에 선임된 것이다. 당시 윤공희 주교는 서울대교구의 채무 해결을 위해 동분서주하는 상황이었다. 그로서는 주교 서품 1년 만에 일복이 터진 격이었고, 이때부터 바쁘게 서울을 오가며 일을 처리했다.

세계주교대의원회의에서
주목받다

17

"사도 바오로의 말씀이 불변의 신법입니까?

아니면 그 당시의 상황에만 적용될 수 있는 훈령에 불과한 것입니까?"

| 김수환 주교, 제1차 세계주교대의원회의 |

1967년 9월 23일, 김수환 주교는 로마 교황청에서 열리는 제1차 세계주교대의원회의에 참석하기 위해 김포공항에서 비행기를 탔다. 한국 주교 대표인 윤공희 주교가 결국 참석할 형편이 못 되어 그가 대신 참석하게 된 것이다.

로마에 도착한 김수환 주교는 교황청 사무국에 가서 주교대의원회의 출입증을 발급받았다. 그는 수첩처럼 생긴 출입증을 만지며 감회에 젖었다. 독일에서 귀국을 결심했던 1963년 11월, 그는 공의회에 참석한 서정길 대주교를 만나기 위해 로마에 왔었다. 그러나 신부인 그는 공의회가 열리는 성베드로대성당에는 들어갈 수 없었다. 광장에서 굳게 닫힌 성당 문을 바라보며 기웃거릴 수밖에 없었던 그때를 떠올리면서 빙그레 미소를 지었다.

제1차 세계주교대의원회의는 각 나라에서 대표 주교 한 명씩만 참석하는 회의였다. 약 200명의 주교가 참석했다. 회의 주제는 교회법 개정,

○< 1967년 제1차 세계주교대의원회의 출입증.

신학교(사제 양성), 전례, 신앙 교리, 혼종혼混宗婚(다른 종교인과의 결혼) 등 다섯 가지로 정해졌다.

회의 첫날, 교황 바오로 6세는 건강이 좋지 않음에도 휴식 시간에 커피를 마시며 각 나라에서 온 주교들과 악수를 나누고 짧은 인사를 했다. 교황은 그의 앞으로도 왔다.[98]

"교황성하! 한국 주교단, 성직자, 신자들을 대신해 교황성하께 인사를 드립니다."

교황도 그에게 악수를 청하며 인사를 건넸다.

"나도 한국을 위해 언제나 기도합니다."

그는 이렇게 교황 바오로 6세를 만났다.

김수환 주교가 회의 중에 적극적으로 의견을 표명한 주제는, 신학교의 사제 양성과 다른 종교인과의 혼인 문제 두 가지였다. 사제 양성 주제에 대해서는 이제 각 나라에서 제2차 바티칸공의회 정신에 입각한 신학교 교육을 하고, 가난한 나라들도 신학교 교육을 교황청이나 다

---

98   '김수환 추기경의 주교대의원회의 참석기', 가톨릭시보 1967년 11월 5일자.

아,
김수환
추기경

른 나라의 원조에 의존하지 말고 재정적으로 독립해야 한다는 내용이었다. 회의 분위기는 대체로 찬성하는 쪽으로 흘러갔다. 김수환 주교는 안 되겠다 싶어 발언권을 얻었다. 당시 세계주교대의원회의에서는 회의가 너무 길어지는 걸 방지하기 위해 발표 시간을 10분으로 제한했고, 시간이 지나면 마이크가 자동으로 꺼졌다.

"한국처럼 가톨릭 신자가 많지 않은 나라에서는 공의회 정신과 새 시대에 맞는 사제 양성을 하고 싶어도 인적·물적 난관에 봉착해 있습니다. 이 난관을 해결하지 않고는 이 자리에서 아무리 훌륭한 의견을 얘기해도 탁상공론밖에 되지 않습니다. 아직 포교 단계의 국가에서는 제2차 바티칸공의회에서 채택한 '사제 양성 율령'에 표명된 '사제의 더 적합한 분배'가 실천되어야 합니다."[99]

회의에 참석한 세계 여러 나라의 추기경들과 대주교들이 한국에서 온 신출내기 주교의 발언을 주의 깊게 들으며 그를 바라봤다. 10분 안에 제2차 바티칸공의회 문헌을 정확하게 인용해서 자신의 입장을 설명하는 건 쉬운 일이 아니었기 때문이다. 그러나 김수환 주교는 자신이 직접 밤을 새워서 번역하고, 신문에 큰 제목과 함께 핵심 내용을 간단하게 나타낼 수 있는 소제목을 뽑기 위해 다시 한 번 검토했기 때문에 중요한 부분은 외우고 있었던 것이다.

그의 발언은 찬성 쪽으로 흘러가던 회의 분위기를 바꾸는 계기가 되었다. 조용히 있던 약소국가들의 주교들이 앞 다퉈 발언을 신청했다. 모두들 김수환 주교와 비슷한 논조의 발언이었다. 김수환 주교와 그의 발언은 교황청의 주목을 끌기에 충분했다. 그는 세 명으로 구성되는

---

99   가톨릭시보 1967년 11월 5일자.

'신학교 문제 특별위원회'의 위원주교 중 한 명으로 지명되었다. 회의에서 발표된 100여 명의 발언을 종합 심사해서 문건으로 만드는 작업을 하는 직책이었다. 아직 추기경도 없고 가톨릭 인구도 얼마 되지 않는 조그만 나라에서 주교에 서품된 지 얼마 안 된 그에게 그런 직책을 맡기는 건 일종의 파격이었고, 그만큼 능력을 인정했다는 뜻이었다.

혼종혼 주제에 대해서도 열띤 토론이 이어졌다. 주요 쟁점은 혼인에 관한 교회법을 완화해야 할 것인지, 그냥 유지할 것인지였다. 먼저 두 명의 추기경과 네 명의 대주교가 발언을 했다. 내용은 '개신교 신자와 목사 앞에서 결혼한 것이 가톨릭에서 유효한가, 유효하지 않은가? 앞으로 유효한 것으로 취급될 수 있는가, 없는가? 문제가 되는 법적 조항을 제거하는 것이 가능한가, 불가능한가?'였다. 토론은 계속되었다. 대의원회의가 채택하려는 문헌에서는 신앙 보전 차원에서 신자와 비신자 간 결혼을 부정적으로 보는 시각이 강했다.

김수환 주교는 이번에도 발언권을 얻어 의견을 피력했다. 그는 제안 설명자가 비신자와의 결혼을 금하는 것을 신법神法으로 논한 데 대해 반론을 폈다.

"대의원회의 문헌은 성경말씀을 편협하게 인용하고 있습니다. 저는 이 자리에서 사도 바오로의 고린토1서 말씀을 인용하지 않을 수 없습니다. 사도 바오로는 '어떤 형제에게 신자 아닌 아내가 있는데, 그 아내가 계속 남편과 살기를 원하면, 그 아내를 버려서는 안 됩니다. 또 어떤 부인에게 신자 아닌 남편이 있는데, 그가 계속 아내와 살기를 원하면, 그 남편을 버려서는 안 됩니다'라고 말씀하셨습니다. 사도 바오로의 말씀이 불변의 신법입니까? 아니면 그 당시 상황에만 적용될 수 있는 훈령에 불과한 것입니까? 따라서 신자와 비신자의 결혼 문제는 폭넓게 해석할 필요가 있습니다. 그리고 비신자와 결혼한다고 해서 오늘날에

∝ 가톨릭시보 1967년 11월 5일자.

혼종혼 주제에 대한 김수환 추기경의 발언

"그 회의에서 나는 신자와 비신자 간 결혼 문제에 대해 강한 어조로 발언했다. 한국처럼 신자 수가 적은 전교 지방(포교 지방)에는 적용될 수 없는 얘기였다. 그 당시 한국 신자들만 하더라도 비신자와 결혼하는 이들이 더 많았는데, 그런 결혼을 '있어서는 안 될 일'이라고 규정하는 것은 타당하지 않다고 생각했다. 도저히 안 되겠다 싶어 발언의 기회를 잡았다. 내 주장은 다행히 좋은 반응을 얻었다. 그래서 시노드(세계주교대의원회의) 교부(教父)들은 나중에 그 부분을 내 의견대로 손질했다."

_《추기경 김수환 이야기》195~196쪽.

있어서도 '항상 어디서든지 신앙을 잃어버릴 위험이 있다'고 할 수 있습니까? 〈사목헌장〉 22항은 '하느님의 아들이신 바로 그분께서 당신의 강생으로 당신을 모든 사람과 여러모로 결합시켰다'고 설명하고 있습니다. 현재 한국에서는 다른 종교 신자와의 결혼이 많이 성립되고 있지만 이로 인해 오히려 전교를 할 수 있는 경우가 많습니다. 한국인들은 공자의 (상제론의) 영향으로 어느 정도 그리스도교적 윤리관에서 살고 있기 때문에 '하느님의 참된 뜻'을 지니고 있는 민족이라고 할 수 있습니다. 한국인들은 〈교회헌장〉 16항에 언급된 것처럼 '자기 탓 없이 그리스도의 복음과 그분의 교회를 모르지만 진실한 마음으로 하느님을 찾고 양심의 명령을 통하여 알게 된 하느님의 뜻을 은총의 영향 아래서 실천하려고 노력하는 사람은 영원한 구원을 얻을 수 있다'는 사람들에 속한다고 할 수 있습니다. 그래서 다른 종교 신자와의 결혼을 교회법으로만 다룰 것이 아니라 좀 더 사목적으로 다뤄야 한다고 생각합니다."[100]

김수환 주교는 8분 30초 동안 성경, 제2차 바티칸공의회에서 채택한 〈사목헌장〉과 〈교회헌장〉을 인용했고, 한국의 유교사상까지 언급했다. 제한 시간 안에 할 말을 하면서 논리적 근거를 완벽하게 제시한 것이다. 독일 유학 시절에 토론 훈련을 많이 했고, 회프너 교수신부로부터 자신의 주장을 펼 때는 논리적 근거를 제시해야 한다고 배운 결과였다.

정확한 성서적 근거와 제2차 바티칸공의회 문헌을 인용한 그의 발언은 다시 한 번 주목을 받았다. 그리고 부정적인 방향으로 흘러가던 회의 분위기는 바뀌기 시작했다.

결국 이 회의에서는 다음의 세 가지 결론을 교황에게 건의하기로 했다. 1) 비가톨릭 배우자는 자녀를 가톨릭 신자로 양육하겠다는 서약을 하지 않아도 된다. 2) 가톨릭 배우자는 가톨릭 신앙을 보존하고 자녀를 가톨릭 신자로 세례, 교육시키도록 노력해야 한다. 3) 가톨릭 사제가 혼인을 집전하지 않더라도 혼종혼은 합법적이며 이에 대한 결정권은 해당 교구 주교에게 맡긴다. 그의 주장이 대부분 받아들여졌다. 그의 신학적 실력과 제2차 바티칸공의회 문헌에 대한 깊은 이해는 교황청 관계자들에게 각인되었다.

---

100   가톨릭시보 1967년 11월 5일자.

아,
김수환
추기경

10월 24일, 제1차 세계주교대의원회의가 폐막했다. 처음 참석한 로마에서의 회의였지만, 그는 한국 대표 주교로서의 역할을 충실히 수행했다.

　1968년, 김수환 주교는 '천주의 자녀답게 살자'는 신년사를 마산교구 신자들에게 발표하면서 새해를 시작했다.

　경제는 발전하고 있었지만 소득의 격차가 증가하고 일부 특권층의 부패가 심해졌다. 권력은 박정희 대통령과 측근들에게 집중되었고, 삼선개헌을 준비한다는 말이 흘러나왔다.[101]

　1월 17일, 김수환 주교는 자신이 총재로 있는 JOC 총무로부터 '심도직물 JOC 회원 관련 보고서'를 전달받았다. 보고서를 읽은 그는 이 사건은 노동자들에 대한 '인권 탄압'인 동시에 명백한 '종교 탄압'이라고 판단했다. 이번 사건의 배후조종자로 지목받고 있는 전 미카엘 신부는 인천교구 사목을 담당하고 있는 미국 메리놀회에 소속된 신부로, 가난한 강화도의 발전을 위해 많은 노력을 했다. 특히 대공 취약 지역인 해안가를 환하게 하기 위해 미국에서 발전기를 들여와 불을 밝혔다. 그런 그를 '용공분자'라고 몰고 가는 것은 말이 안 되는 음해였다.

　김수환 주교는 JOC에서 수습대책위원회를 구성했다. JOC 전국 회원들이 해고노동자들을 지원하기 위한 '하루 한 끼 절미節米 운동'도 추진했다. 당시에는 어린 근로자들이 가족들의 생계를 책임지는 경우가 많았기 때문이었다. 그리고 수습대책위원회 이름으로 "1) 교회는 노사 간의 협력을 지향한다. 2) 천주교 신자 고용 거부는 음성적 종교 박해다.

101　　동아일보 1968년 1월 12일자 1면.

천주교 신자들에게 양심과 신앙에 따라 그리스도적 사회정의 구현을 위한 사회운동을 할 수 있는 자유를 보장하라"는 내용의 성명서를 발표했다.

1월 27일, 김수환 주교는 서울로 향했다. 며칠 전인 1월 24일, 강화직물협회가 공개사과를 거부한다는 입장문을 인천교구 나 굴리엘모 주교에게 전달했다는 소식을 듣고 소집한 JOC 긴급회의에 참석하기 위해서였다. 어린 여공들이 열악한 환경 속에서 터무니없이 낮은 임금을 받고 노동력을 착취당하는 것으로도 부족해 부당해고까지 당한 일이라 나서지 않을 수가 없었다. 그들은 시대의 약자였고, 의지할 곳 없는 길 잃은 양이었다. 산업화 정책의 희생양이었다. 강화도만의 문제가 아니라, 시대에 드리운 검은 그림자였다. 그는 추운 겨울바람에 떨고 있는 가난한 농촌을 바라보며, 이번 일은 장차 한국 사회에서 수없이 일어날 충돌의 시작이라는 생각에 마음이 착잡했다.

1월 28일 오전 10시, 서울 정동에 있는 프란치스코회관에는 그를 비롯해 박종성 JOC 전국 지도신부, 강화성당 주임 전 미카엘 신부, 강화사태 해고노동자 등 30여 명이 모였다. 먼저 해고노동자들의 증언을 들었다.

회의에서는 사태 해결을 위한 앞으로의 활동 방안을 논의했고, 1월에 이어 2월에도 해고노동자를 위한 모금운동과 기도, 범가톨릭연대 그리고 각계에 보내는 메시지를 채택했다.

1월 29일, 김수환 주교는 전 미카엘 신부, 박종성 신부와 함께 강화도로 향했다. 먼저 강화성당으로 간 그는 십자가 앞에서 무릎을 꿇고, 가난하고 힘없는 노동자들을 주님께서 보살펴달라고 간절한 마음으로 기도했다.

한참 후 성당으로 트럭이 도착했다. 전국의 JOC 회원들이 하루에 한

끼씩 금식하며 모은 쌀 열일곱 가마니를 신고 온 것이다. 해고노동자 열일곱 명에게 한 가마니씩 나눠주면 가족들이 두세 달은 끼니 걱정을 안 해도 되기 때문에 그렇게 수량을 맞춘 것이었다. 쌀가마니를 받은 해고노동자들은 목이 메어 아무 말도 못한 채 눈물만 닦았다.

강화도 분규 관련 기사. 가톨릭시보 1968년 2월 4일자. 사진은 분규의 내용을 듣고 있는 김수환 주교. 왼편이 전 미카엘 신부.

김수환 주교는 그날 저녁 강화성당 미사에서 강론을 했다. 그는 먼저 JOC 총재 주교로서 일찍 찾아와 괴로움을 나누지 못한 것을 미안하게 생각한다며 고개를 숙였다. 그는 "지금 여러분은 힘든 십자가를 지셨습니다. 억눌리고 고통받는 많은 노동자들을 위해 스스로 십자가를 진 연약한 소녀 여러분들과 JOC 회원들에게 존경을 표할 따름입니다. 그러나 여러분들의 노력은 헛되지 않을 것입니다. 그것은 교회의 역사가 증명합니다"라고 했다.[102] 예수님께서는 언제나 가난한 이들의 편에 서 계셨으며, 약한 자에게 힘이 되시는 분이라고 강조했다. 그는 큰 어려움 속에서 고통당하고 있는 해고노동자들에게 주님의 평화와 은총을 기원하며, 우리 사회가 더욱 인간답게 발전할 수 있기를 함께 노력하고 기도하자며 강론을 마쳤다.

여기저기서 흐느끼는 소리가 들렸다. 그도 가슴이 북받쳤다. 그는 미사가 끝난 후 해고노동자 한 명 한 명과 악수를 하며 다시 한 번 위로를 전했다.

---

102   《추기경 김수환 이야기》201쪽.

2월 7일, 궁정동 주한 교황청 대사관에서는 2월 2일 부임한 신임 교황대사 히폴리토 로톨리 대주교 환영 오찬회가 열렸다. 교황청과의 외교관계가 공사급에서 대사급으로 승격되면서 새로 부임한 대사였다. 오찬이 끝날 즈음, 김수환 주교는 인천교구장 나 굴리엘모 주교를 옆으로 불러, 강화도사태가 진전이 없으니 전국 14개 교구장이 모두 모인 이 자리에서 임시주교회의를 열어 정식 안건으로 논의하는 게 어떻겠냐고 물었다. 나 주교는 고개를 끄덕이며 동의했다.

잠시 후 윤공희 주교회의 의장은 교황대사의 양해를 얻어 임시주교회의를 열었다. 인천교구장인 나 주교가 강화사태에 대해 간략하게 설명했다. JOC 총재 김수환 주교가 조금 더 자세하게 경과보고를 했다. 보고를 들은 주교단은 이 문제를 중대시하고, 사회정의에 입각한 한국주교단 성명서를 발표하기로 결의했다. 성명 기초위원으로 윤공희 주교, 지학순 주교, 김수환 주교, 나 굴리엘모 주교를 선출했다.

2월 8일 오후 2시, 충무로2가 한국천주교중앙협의회 사무실에서는 주교회의 임시의장인 윤공희 주교, 부의장인 김수환 주교와 나 굴리엘모 주교, 원주교구장 지학순 주교가 참석한 상임위원회가 열렸다. 김수환 주교가 작성해온[103] '한국 천주교주교단 성명서'를 발표했고, 수정 없이 채택했다.

오후 3시 30분, 주교회의 사무실에서 기자회견이 열렸다. 조선, 중앙, 동아, 한국, 경향, 가톨릭시보 기자들이 왔다. 윤공희 주교가 성명서를 낭독했다. 한국 주교회의가 예민한 사회문제에 대해 최초로 성명서를 발표한 것이다. 한국 가톨릭이 제2차 바티칸공의회 정신에 따라 교

---

103   윤공희 대주교 증언, 가톨릭신문 2009년 3월 1일자.

우리나라 최초의 천주교주교단 성명인 '사회정의와 노동자 권익 옹호를 위한 주교단 공동성명서'의 내용을 요약하면 다음과 같다.

"교회는 그리스도교적 사회정의를 가르칠 권리와 의무가 있다. 노동력 착취는 자본주의 체제에서 범하기 쉬운 자본의 횡포이다. 따라서 주교단은 강화성당 신부와 노동자들의 정당한 활동을 지지한다. 인간 기본권은 어

천주교주교단 성명서 관련 기사. 가톨릭시보 1968년 2월 15일자.

떤 이유를 막론하고 수호되어야 하기에 주교들은 부당한 노사관계를 개선하는 데 적극 노력할 것이다."

이 성명서는 곧바로 교황청을 통해 교황 바오로 6세에게 전달되었다. 얼마 후 교황청에서는 "한국 주교단이 이 사건에 대하여 슬기롭고 확고한 태도로서 교회의 사회정의에 대한 가르침과 그 실천에 기여했다"는 내용의 격려서한을 보내왔다. (가톨릭시보 1968년 5월 12일자)

회 울타리 너머 바깥세상에 눈을 돌리기 시작했다는 뜻이었다. 기자들의 질문에는 김수환 주교가 대답했다. 그는 기자들에게 주교회의는 가능한 모든 수단을 동원해서 이 사태를 바로잡겠다고 밝혔다.

다음 날, 각 일간지에서는 주교단의 성명서 발표를 보도하면서, 가톨릭 신자를 고용하지 않겠다는 심도직물과 강화직물협회의 결의가 '종교 탄압'임을 지적했다. 여론이 악화되자 정부가 나섰다.

2월 16일, 강화직물협회는 조선일보와 한국일보에 '해명서'를 광고로 게재했다. "그동안 본의 아니게 사회 물의를 일으킨 데 대하여 사과하며 천주교 JOC 회원을 고용하지 않겠다는 결의를 철회하고 이미 해고된 노동자들을 복직시키는 동시에 앞으로는 상호 충실한 대화의 길

을 통해 노사 협력을 기하고 증산增産에 더욱 힘쓸 것을 맹세하는 바입
니다"라는 내용이었다.

김수환 주교는 마산으로 돌아왔다. 교구 일이 산더미처럼 밀려 있었
다. 그는 다시 사목 방문을 시작했다. 시골 성당과 공소를 다니며 신자
들에게 사순절의 의미를 설명했다. 그렇게 4월 14일 부활절을 맞았다.
그는 '우리도 부활해야'라는 부활절 메시지를 마산교구 신자들에게 발
표했다.

4월 22일, 김수환 주교는 교황대사인 히폴리토 로톨리 대주교의 전
화를 받았다. 그에게 급히 서울로 올라오라는 내용이었다. 전화기를 내
려놓은 그는 무슨 일로 급히 오라는 것일까, 혹 지난 2월에 교황청에
보낸 강화도사태 관련 주교단 성명서에 무슨 문제라도 생긴 건가? 그
렇다면 윤공희 주교도 함께 부른 것일까? 이런 생각을 하며 서울로 향
했다.

4월 23일 아침, 그는 궁정동에 있는 주한 교황청 대사관으로 갔다. 인
적이 드문 곳이라 정원에는 새소리가 가득했다. 대사 비서신부가 그를
응접실로 안내했다. 잠시 후 교황대사가 들어서며 반갑게 인사를 했다.

"어서 오시오, 김 주교. 앉으세요."

"예, 대사님."

그가 의자에 앉자 비서신부가 커피를 가지고 왔다.

"드세요, 김 주교."

"예, 대사님."

그는 커피를 한 모금 마신 후 찻잔을 내려놓았다.

"김 주교, 우선 축하부터 해야겠습니다. 제가 교황청엘 다녀왔는데,
교황성하께서 김 주교를 서울대교구장에 임명하셨어요."[104]

"예?"

그가 깜짝 놀라자 교황대사는 빙그레 미소를 지었다.

"김 주교가 대주교로 승품되어 서울대교구장직을 맡게 됐다는 말이에요."

그 말을 듣는 순간, 그는 갑자기 머릿속이 하얘지면서 마른하늘에 날벼락을 맞은 것 같은 충격을 느꼈다. 그는 뭔가 잘못된 것 아니냐는 표정으로 교황대사를 바라봤다.

"대사님, 외람된 말씀이지만 왜 접니까? 저는 주교 된 지 2년밖에 안 됐습니다. 주교단에서도 제일 늦게 서임된 주교입니다. 그런 제가 그 무거운 십자가를 어떻게 지고 가겠습니까?"

"그러나 누군가는 짊어져야 할 십자가입니다. 주님께서 주시는 십자가입니다."

그는 '주님께서 주시는 십자가'라는 말에 아무런 대꾸를 할 수 없었다. 지난 2월에 대주교로 누구를 추천하고 싶으냐고 물어 두 명을 말씀드린 적이 있었다. 그런데 왜 내가, 내가 왜……?

"교황성하께서는 여러 가지를 검토하셔서 김 주교를 대주교로 승품하면서 서울대교구장으로 임명하셨습니다. 김 대주교에 대한 교황성하의 기대가 크십니다."

교황 바오로 6세가 여러 가지를 검토했다는 말이 교황대사가 할 수 있는 최대한의 대답이었다. 더 이상은 교황대사도 모를 수 있을 만큼 교황청 인사는 비공개로 처리하는 게 관례였다.

그는 너무나 갑작스럽게 들은 이야기라 뭐라고 대답할 정신이 없었

---

104   신부의 주교 임명 시에는 순명서약이 필요하지만, 주교를 대주교로 승품하거나 다른 교구장으로 임명할 때는 이미 순명서약을 한 상태이기 때문에 교황의 임명권으로 인사발령을 한다. 가톨릭에서는 대주교와 추기경도 모두 주교 반열이기 때문이다.

다. 신출내기 주교인 자신이 이 큰 직책을 어떻게 감당하라는 것인지 이해가 안 될 뿐이었다.

"김 대주교! 어깨가 무겁겠지만, 기도를 하면 성령님께서 함께해주실 겁니다. 며칠 내로 교황성하의 임명칙서가 도착하면 주교회의에 알린 후, 로마와 서울에서 동시에 발표를 할 겁니다. 그때까지는 비밀을 유지하셔야 합니다."[105]

"예, 대사님……."

대답은 했지만 그의 표정은 어두웠다.

대사관을 나온 그는 2년 전처럼 경복궁 돌담길을 걸어내려왔다. 이건 명예가 아니라 너무도 무거운 십자가였다. 단 한 번도 생각해본 적이 없는 일이었다. 아무리 생각해도 지방의 작은 교구를 맡은 지 2년밖에 안 된 막내 주교가 감당할 수 있는 십자가가 아닌 것 같았다. 당시 서울임시교구장을 겸임하던 윤공희 수원교구장이 "수원에 있다가 서울땅을 밟으면 그때부터 머리가 지끈지끈 아프고, 서울에 있다가 수원으로 넘어오면 휴~ 하고 한숨부터 나온다"며 고개를 절레절레 흔들던 모습이 생각났다. 당시 서울대교구의 재정은 최악이었다. 재정이 어렵다 보니 교구 행정도 제대로 진행되지 않았고 해결할 문제가 산더미였다.

김수환 주교는 마산으로 내려가는 기차에 몸을 실었다. 차창 밖을 내다보면서 깊은 생각에 빠졌다. 하느님의 뜻이 무엇인가? 감당하기 어려운 십자가를 지워 낯선 서울로 보내시는 이유가 무엇일까? 서울대교구와 아무 연고가 없고, 아는 신부라고는 소신학교 동창 몇 명뿐인데…… 한국을 대표하는 수도首都 교구장이면 교황청과 연락할 일도 많은데, 교

---

105   김수환 주교의 대주교 승품과 서울대교구장 임명은 4월 27일 발표되었다.

아,
김수환
추기경

황청에는 작년 9월 말 제1차 세계주교대의원회의에 참석했을 때 처음 방문했을 뿐인데, 교황청에 아는 대주교나 추기경이 단 한 명도 없는 내가 무엇을 어떻게 해나갈 수 있단 말인가. 서울대교구는 처리해야 할 일이 산더미처럼 많다는데, 주교 경험도 2년밖에 안 되는 내가 그 많은 일들을 어떻게 처리할 수 있단 말인가. 미숙한 일처리가 반복되면 내가 망신당하는 게 문제가 아니라, 서울대교구 일이 뒤죽박죽되면서 문제가 더 꼬일 수도 있지 않은가…… 그의 마음은 점점 무거워졌다.

마산에 도착한 그는 주교관 십자가 앞에 무릎을 꿇었다. 주님, 저를 당신의 도구로 써달라는 기도를 수도 없이 했지만, 감당할 그릇을 주셔야 하지 않겠습니까? 그는 하느님께 끊임없이 질문을 던지면서 기도했다. 사제품을 받을 때의 각오, 주교 서임 때의 각오도 반추했다. 이번의 특별한 '부르심'의 뜻이 무엇인지 알려달라고 기도했다. 분명 뜻이 있을 터이니 그 뜻을 알게 해달라고 매달렸다.

서울대교구장에
착좌하다

18

"교회는 모든 것을 사회에 다 바쳐서 봉사하는 세상 속의 교회가 되어야 합니다."

| 김수환 대주교 |

1968년 5월 29일 수요일, 서울대교구장 착좌식 날이 밝았다. 김수환 대주교는 아침 일찍 일어났다. 걱정이 많아 잠을 제대로 이루지 못했지만 더 이상 잠이 오지 않았다.

그는 지난 한 달 동안 서울에서 마산으로 내려온 상서국장(사무국장) 유수철 신부와 장익 신부(훗날 주교, 춘천교구장 역임)를 통해 서울대교구의 현황과 진행되고 있는 상황을 보고받으며, 무엇부터 처리해야 할지 우선순위를 살폈다. 당시 서울시 인구는 약 430만 명이었다. 서울대교구에는 48곳의 성당과 63곳의 공소가 있었고, 신자 수는 약 14만 명이었다. 그리고 지난 1년 동안 임시교구장 체제로 운영되면서 극심한 재정 문제에 시달리고 있었다. 다행히 급한 불은 껐지만, 아직도 해결해야 할 부채가 상당했다. 교구에서 사제들의 생활비도 보장해주지 못하는 형편이었다.

이런 상황에서 "교회는 세상 안에, 세상을 위해서, 인류의 구원을 위해 존재하기 때문에, 세상을 향해 열려 있는 교회가 되어야 한다"는 제2차 바티칸공의회 정신을 실천하기는 쉬운 일이 아니었다.

당시 서울대교구뿐 아니라 많은 교구에서 제2차 바티칸공의회의 '교회 현대화' 실천을 놓고 진통을 겪고 있었다. 가톨릭시보 논설위원인 경북대 이태재 교수는 1967년 연말 좌담회에서 "성직자 중에 많은 분이 공의회가 제시한 방향을 적극적으로 찬성하지 않고 어떤 이는 의식적으로 반대하고 있다. '교회 쇄신(교회 현대화)'을 성공시키려면 성직자가 선두에 나서야 하는데 그게 안 되니까 성공할 수가 없다"고 지적할 정도였다.[106]

한국 천주교주교회의 사무국장인 김남수 신부도 같은 지적을 했다. "공의회를 신부들에게 알려주기 위해 《사목》지를 발간했다. 한 번에 1천 부가 나가는데 읽은 독자가 20명이나 될지 의문이다"라면서 "신부들에게 누가 자극을 줄 수 있느냐가 문제다. 요즘 주교와 신부 사이를 보면, 주교의 말은 명령이라며 안 듣는다. '윗사람은 아랫사람들을 도구나 노예처럼 다루지 말라'는 공의회의 가르침은 재빨리 습득하고 '과거의 권위와 질서를 그대로 유지시켜라' 하는 부분은 읽지도 듣지도 않고 아주 없어진 걸로 여기는 데서 지금의 혼란이 온 걸로 생각된다"고 밝히기도 했다.

한마디로 과도기였다. 제2차 바티칸공의회 정신의 실천은 한국뿐 아니라 오랫동안 가톨릭이 뿌리를 내려온 유럽 등 세계 각지에서 모두 겪는 어려움이었다. 그러나 변화와 쇄신은 시대의 흐름이었고, 물러설 수 없는 사안이었다. 이런 상황에서 그가 서울대교구장에 임명된 것이었다.

---

106   가톨릭시보 1967년 12월 25일자.

김수환 대주교는 세수를 하고 검은 수단을 입었다. 명동성당 아래에 있는 교구청 주교관을 나와 마당으로 나갔다. 아직 미명의 어스름이 가득했다. 그는 뒷짐을 지고 눈앞에 보이는 남산을 바라봤다. 희부연 아침 안개가 소나무숲이 짙푸르게 우거진 산허리를 휘감고 있었다.

그는 붉은 벽돌의 명동성당으로 시선을 옮겼다. 한국 천주교를 상징하는 성당답게 웅장하고 위엄이 있었다. 고개를 들어 지붕 위의 높고 뾰족한 첨탑을 바라봤다. 서울에서 가장 번화하다는 명동을 오가는 수많은 사람들을 내려다보고 있는 첨탑이었다. 첨탑 위에는 십자가가 있었다. 명동성당의 상징이자 한국 천주교의 표상이다. 그는 계속 십자가를 바라보며 생각에 잠겼다.

서울과 비교도 안 되게 작은 마산교구의 주교가 된 지 2년밖에 안 되는 신출내기인 내가 대한민국 수도인 서울대교구를 변화시키고 쇄신할 능력이 있을까? 그의 머릿속에서는 상념이 꼬리에 꼬리를 물고 이어졌다. 성당 뒤쪽에 있는 향나무에서 지저귀는 새소리도 들리지 않았다. 느티나무 사이를 헤치는 스산한 바람소리도 들리지 않았다.

어느새 어둠이 사라지고 쪽빛 하늘이 열리기 시작했다. 남산의 아침 안개가 새벽 햇살 속으로 스며들었다. 푸름이 가득한 소나무숲이 점점 가까이 다가왔다. 그는 다시 주교관으로 돌아갔다. 《성무일도서》를 들고 3층 소성당으로 올라갔다. 그는 무릎을 꿇고 고개를 숙인 채 기도했다.[107]

"천주님, 저는 이미 저의 모두를 교회에 바쳤습니다. 제가 갈 길, 제

---

107   기도는 1969년 4월 《주간조선》 인터뷰와 2007년 9월 5일 일기를 인용해서 재구성했다.

가 할 일, 제가 처할 환경은 주님의 뜻에 달려 있다고 믿으며 살아왔습니다. 그런데 이번에 주님께서는 너무나도 무거운 십자가를 주셨습니다. 제 힘으로는 도저히 감당할 수 없는 대한민국의 수도입니다…… 그러나 주님께서는 저를 위해 십자가를 지시고 저를 위해 목숨까지 내놓으셨습니다. 천주님, 저도 몸과 마음과 제 모든 것을 다 바쳐서 주님께서 주신 십자가를 짊어지겠습니다. 그러나 주님, 제가 쓰러지지 않도록 힘을 주시고, 문제를 풀어나갈 지혜의 은총을 주소서. 저를 주님께 완전히 바칠 수 있도록, 주님께서 저의 몸과 마음을 당신의 사랑으로 채워주소서. 주님, 당신의 종 스테파노를 불쌍히 여겨주소서."

서품식과 착좌식은 오전 10시부터였다. 그러나 명동성당은 8시부터 북적였다. 명동성당에서 서품식과 착좌식을 진행한 후 마당에서 축하식을 갖고, 국민의례와 정부 요인과 외빈의 축사를 진행하기로 했다. 대구교구에서는 전세버스 세 대가 올라왔고, 전국 각 교구의 주교들이 수행신부와 함께 도착했다. 120여 명의 서울대교구 신부들도 하나둘 모여들었다. 나이 든 사제들은 오랜만에 만난 동창 신부들과 반갑게 손을 잡았다.

"넌 어른도 못 돼보고 벌써 늙었구나."

"그런 너는 홀쭉이가 됐구나."

여기저기서 웃음소리가 터져나왔다. 축하객들은 줄지어서 명동성당 언덕을 올라왔다. 2천여 명의 축하객이 몰려든 명동성당은 와자지껄한 축제 분위기였다.[108]

---

108 착좌식 행사와 강론, 히폴리토 로톨리 대주교의 축사는 가톨릭시보 1968년 6월 2일자와 각 일간지 5월 29일자의 보도, 《서울대교구사》(2011), 《추기경 김수환 이야기》를 취합해서 재구성했다.

∝ '김수환 대주교 착좌' 플래카드가 걸린 명동성당.

오전 10시, 100여 명의 성가대가 장엄하게 부르는 마니피캇(성모찬가, Madonna of the Magnificat)이 명동성당에 울려퍼졌다. 교황대사 로톨리 대주교가 이끄는 사제들의 입당 행렬이 성당 안으로 들어오기 시작했다. 신부, 주교의 순서였다. 김수환 대주교는 행렬 맨 뒤에서 신자들에게 강복을 주면서 입장했다. 교황을 대리해 상서국장인 유수철 신부가 임명칙서를 낭독했다. 김수환 대주교는 "천주께 순명하고 모든 교회법을 따르며, 이단 없이 교우들을 가르칠 사명을 다하겠습니다"라고 취임 서약을 했다. 서약이 끝나자 로톨리 대주교가 그를 대주교 자리로 인도했다.

김수환 대주교가 착좌하자 120여 명의 서울대교구 신부들은 나이 순서대로 그의 앞에 와서 장궤를 하며 순명서약을 했다. 그런데 서울대교구에는 나이 많은 노사제들이 많았다. 김수환 대주교는 노사제들이 장궤를 할 때면 쑥스러운 표정을 지으며 자리에서 일어나 몸을 더 굽혔다.

순명서약 다음 순서는 대주교로서의 첫 미사 집례였다. 그는 노기남 대주교, 윤공희 주교 그리고 열 명의 사제들과 공동으로 집전했다. '말씀의 전례'가 시작되었다. 성경 봉독과 복음 낭독이 끝나자 그는 참석 사제들과 신자들을 향해 강론을 시작했다.

"……저는 서울대교구장으로 착좌하는 짐이 얼마나 무거우며 또한 그것이 우리나라의 교회를 위해 어떤 뜻이 있는가를 잘 알고 있습니다. 저의 인간적인 취약성 때문에 저의 힘만으로는 이 자리에 앉을 수가 없습니다. 제가 이 자리에 착좌할 수 있는 것은 저를 이 자리로 불러주신 천주님의 인도를 믿는 신앙심과 신자 여러분의 기도와 협력 때문입니다. 저는 70년 동안 무수한 사제들에게 사제직을 주고 길 잃은 수많은 이를 인도해온 이 명동대성당이 지닌 의미와 제가 대주교로 착좌하는 의미를 알고 있습니다. 제가 이 자리에 착좌하는 것은 저 자신의 영광이 아니라 그리스도를 드러내기 위한 것이며, 모든 이를 위해 저의 모든 것을 바칠 때 이 교회는 천주의 장막이 된다는 것을 잘 알고 있습니다. 우리는 '너희들이 모시고 있다는 그리스도를 생활로써 증거해달라'고 하는 우리 사회의 요구를 명심해야 합니다. 이제 교회는 모든 것을 바쳐서 사회에 봉사하는 '세상 속의 교회'가 되어야 합니다."

'세상 속의 교회'가 서울대교구장으로서의 사목 목표라는 선언이고, 대한민국의 수도인 서울대교구를 제2차 바티칸공의회 정신에 맞게 개혁하겠다는 각오였다. '세상 속의 교회'는 제2차 바티칸공의회의 문헌인 〈현대 세계의 교회에 관한 사목헌장〉의 정신이기도 했다. 교회는 세상 안에 있고, 그래서 교회는 세상과 함께 소통하며 살아야 한다, 세상

김수환 대주교 착좌식. 위는 명동성당에 입당하는 모습, 가운데는 취임 서약, 아래는 서울대교구 사제들의 순명서약을 받는 모습이다.

아,
김수환
추기경

∝ 명동성당 마당에서 거행된 축하 행사에서 답사를 하는 모습.

∝ 대주교 착좌식 이후 찍은 가족사진. 아랫줄 왼쪽부터 외가 친척 두 명, 작은누님의 아들, 둘째형님 김필수, 김동한 신부, 김수환 당시 대주교, 작은누님, 큰누님, 큰매형. 윗줄 왼쪽부터 둘째형님의 첫째아들(김병호)과 둘째아들(김병기), 부인, 딸, 큰누님의 아들(대주교와 젖을 같이 먹고, 군위에서 초등학교를 함께 다님), 그 오른쪽은 친척들. 맨 오른쪽이 작은누님의 아들이다. (조카 김병기 증언)

속에 사는 사람들 특히 가난한 사람들과 함께 기쁨과 희망, 슬픔과 번뇌를 나누어야 한다는 뜻이었다.

그는 이런 생각 속에서 사목 목표를 정했기에 4월 29일 경향신문과의 인터뷰에서도 "현재까지 우리나라 천주교회는 신앙을 구하러 교회에 찾아오는 방식이었으나, 앞으로는 사회 속으로 찾아가는 자세가 되도록 이끌겠다"면서 "천주교회는 앞으로 '가난하고 봉사하는 교회'가 되겠다"고 밝혔던 것이다.

11시 45분, 미사가 끝나자 성당 밖에서 축하 행사가 시작되었다. 공군 군악대가 애국가와 성가 '대주교 영접의 노래'를 연주했다. 식순에 따라 국민의례가 끝나자 꽃다발 증정이 있었다. 뒤이어 이효상 국회의장, 정일권 국무총리, 청담 스님, 교황대사 로톨리 대주교가 축사를 했다.

로톨리 대주교는 참석한 귀빈들에게 감사인사를 한 후 서울대교구 사제와 신자들에게 특별한 당부를 했다.

"교황성하를 비롯하여 교황청 관계자들이 김수환 대주교에게 큰 기대를 걸고 있으며, 김 대주교님의 사목과 다스림이 전국에 걸쳐 깊은 영향을 끼칠 것입니다. 서울대교구의 모든 신부들은 새 대주교를 사랑하기를 예수님을 사랑하듯이 하고, 새 대주교를 맞아들이기를 예수님을 맞아들이듯이 하고, 새 대주교와 협력하기를 마치 예수님과 협력하듯이 겸손하고 아낌없고 온전하고 꾸준하고 애덕愛德에서 우러나오는 협력을 해야 할 것입니다."

교황청과 로톨리 대주교는 세계 여러 나라에서의 경험을 통해서 지방 주교가 수도의 교구장이 되었을 때 일어날 수 있는 문제가 무엇인지를 알고 있었던 것이다. 김수환 대주교 역시 서울대교구 출신이 아니라 대구대교구 출신인 자신이 서울대교구장이 된 것에 대해 불만을 갖고 있는 사제들이 있다는 사실을 알고 있었다. 그래서 서울대교구장에 임명된 직후인 4월 27일 가톨릭시보와의 인터뷰에서 "서울의 신부님들과 신자 여러분의 의견을 듣겠다"고 밝히기도 했다.

공식적인 행사가 끝나자 사진촬영이 시작되었다. 내빈들과 촬영을 끝낸 그는 대구에서 올라온 가족들과 한자리에 앉았다. 두 형님과 두 누님, 외삼촌뿐 아니라 조카들까지 30명이 넘는 가족과 친척들이 '가문의 영광'을 축하하러 왔다. 누님들은 손주까지 데리고 왔다. 모두들 자랑스러운 표정이었다.

명동성당 마당 테이블에는 떡과 음료수가 쉴 새 없이 올라왔고, 축제는 오후까지 계속되었다. 그리고 저녁 6시에는 성당 옆에 있는 계성여고 강당에서 축하연이 열렸다. 그 자리에서 노기남 대주교와 이효상 국회의장 그리고 정부 관계자들은 이제 교구장에 착좌했으니 박정희 대통령에게도 인사를 하러 가는 것이 좋겠다는 의견들을 건넸다. 그는 교구청 신부들과 상의한 후 답변을 주겠다고 했다.

다음 날, 아침회의를 마친 그는 비서인 장익 신부를 불러 청와대에 있는 김학렬 정무수석비서관과의 통화 연결을 부탁했다. 김학렬 비서관은 학병에 강제징집당했을 때 훈련소에서 함께 고생하며 훈련받던 친구였다. 해방 후 제1회 행정고시에 합격했고, 미국 미주리대학과 오하이오주 에크론대학원에서 경제학을 공부했다. 귀국 후 재무부 관료로 들어가 빠른 승진을 거듭해 경제기획원 차관, 재무부 장관, 부총리 겸 경제기획원 장관을 역임하면서 세 차례에 걸친 경제개발 5개년계획을 입안했고 포항제철 설립을 추진했다. 당시 청와대 정무수석비서관으로 근무하면서 박정희 대통령의 신임을 한 몸에 받고 있었다.

전화 연결은 오후에 되었다.

"저 김수환입니다. 기억하시는지요?"

"대주교님, 기억하고말고요. 정말 반갑습니다. 신문에서 보고 깜짝 놀랐습니다. 대주교 승품과 착좌를 축하드립니다."

"고맙습니다. 그때가 벌써 20년도 더 지났습니다."

"예, 맞습니다. 세월이 어떻게 지나갔는지 모르겠습니다."

"나랏일에 수고가 많으시니 그러셨을 겁니다. 바쁘실 테니까 용건을 말씀드리겠습니다. 대통령께서 어제 착좌식에 정일권 국무총리를 보내서 축하를 해주셨습니다. 그래서 이번에 제가 찾아뵙고 인사드리는 것이 도리 같아서 연락을 드렸습니다."

"대주교님, 감사합니다. 이제 종교계의 큰 어른이 되셨으니, 각하와 자주 만나시는 게 서로 좋습니다. 제가 빠른 시일 안에 방문하실 수 있도록 일정을 잡고 다시 연락을 드리겠습니다."

"고맙습니다. 그럼 연락 기다리겠습니다."

그는 전화기를 내려놨다. 24년 전, 마쓰모토 훈련소에서 "조센징, 이놈의 새끼들" 소리를 들으며 두들겨맞던 생각이 났다. 조그만 주먹밥이나 고구마로 허기를 때워야 했던 배고픔의 기억들, 배멀미에 초주검이 된 채 지치지마섬으로 끌려가던 일들이 주마등처럼 스쳤다. 그때 지치지마섬에서 카누를 타고 탈출했더라면 어떻게 되었을까? 상어밥이 되었을까 아니면 미군에 구출되었을까? 그는 그때 탈출을 못하게 하셨던 천주님의 섭리가 오묘하다고 생각했다.

6월 7일 오전, 김수환 대주교는 청와대에 도착했다. 김학렬 비서관이 정문에서 기다리고 있다가 그를 맞았다. 두 사람은 악수를 하며 서로 바라보며 웃었다. 이런 모습으로 다시 만나게 될 줄 어찌 알았으랴. 김학렬 비서관이 그를 응접실로 안내했다. 차를 권하며 몇 가지 주의사항을 알려줬다. 가장 중요한 건 대통령과 악수할 때 바닥에 그려진 선을 절대 넘어가면 안 된다는 것이었다. 그곳에서 악수를 해야 자연스레 허리가 굽어지기 때문이었다. 면담 시간은 15분이라면서, 가능하면 대통

∽ 김수환 대주교가 서울대교구장 취임 인사차 박정희 대통령을 만나 환담하는 모습. 1968년 6월 7일. 뒤에 대형 금고가 있어 집무실로 추정된다.

령의 이야기를 들으라고 조언했다.

그는 응접실에서 나와 김학렬 비서관을 따라갔다. 집무실 앞에서 대통령과 육영수 여사가 비서진들과 함께 그를 맞았다. 그가 바닥에 그려진 선 앞에 서자 박 대통령이 손을 내밀었다. 조금 먼 곳이라 그는 허리를 굽혀 손을 내밀면서 악수를 했다. 육영수 여사는 온화한 미소를 지으며 그에게 인사했다. 그도 따라서 인사를 했다. 비서관이 집무실 문을 열었다. 박정희 대통령이 먼저 들어갔고 그가 조금 먼발치에서 따라 들어갔다. 그는 커다란 금고 옆에 앉았다.

박정희 대통령과 첫 대면이라 조금 긴장이 되었다. 독일 유학 시절 신문과 텔레비전에서 검은색 선글라스를 끼고 혁명군을 지휘하는 모습을 보며 갖고 있던 선입견도 긴장에 한몫했다. 박정희 대통령은 그에게 "한국 천주교회가 사회의 참된 빛과 소금이 되기를 바란다"며[109] 차를 권했다. 박 대통령은 김수환 대주교가 대구에서 태어나 선산을 거쳐 군위에서 어린 시절을 보냈다고 설명하자, 자신의 고향이 선산이라며 반가워했다. 자연스럽게 시골에서 어렵게 살 때의 이야기가 오갔다. 박 대통령은 나라에서 천주교를 위해 도울 일이 있으면 언제든 연락하라고 했고, 그는 고맙다는 인사를 했다.

김수환 대주교는 서울에 온 후 하루도 편할 날이 없었다. 아직 남아 있는 교구 부채를 갚는 일과 '교회 현대화' 외에도 골치 아픈 현안이 매우 많았다. 그의 모교이자 그가 재단이사장으로 있는 동성중고등학교에서는 사제를 교장으로 임명하려고 하자 학생들이 시위를 했다. 스크럼을 짜고 교문 앞에서 사제 교장의 학교 진입을 저지한 것이다. 가톨릭의대에서도 사제가 학장을 맡는 데 대한 반대 여론이 거셌다. 그가 재단이사장인 가톨릭중앙의료원에서는 분열이 일어나 일부 의사들이 따로 병원을 차려 나갔다. 교구에 돈이 없다 보니 사제들의 생활 보장을 제도화하는 문제도 쉬운 일이 아니었다.

업무 파악을 어느 정도 끝낸 김수환 대주교는 사목 방문에 나섰다. 마산에서처럼 각 성당을 방문해서 사제와 신자들을 만나고, 그들로부터 직접 이야기를 듣기 위해서였다. 그러나 서울의 벽은 높았다. 분위기가 냉랭했다. 심지어는 사목 방문을 마치고 함께 밥을 먹을 때 옆에 앉지 않으려는 신부도 있었다. 처음에는 어려워서 그러는가 보다 했다. 그러나 그런 일은 반복되었다. 그때서야 그런 거리감이 도시성都市性 때

---

109   가톨릭시보 1968년 6월 16일자.

아,
김수환
추기경

문이 아니라 자신에 대한 거부감의 표현일지도 모른다는 생각이 들었다. 하지만 그는 아무리 섭섭하고 속상한 일이 생겨도 상대를 단죄하거나 배척하지 않았다. 화도 내지 않았다. 모든 것이 자신의 부족함 때문이라고 자책했다.[110]

서울대교구 사제들이 스스로 따라오게 하는 리더십이 필요했다. 만약 사제들이 지금처럼 따라오지 않으면 제2차 바티칸공의회 정신에 입각한 변화와 쇄신은 시도조차 못하고 좌절될 수밖에 없었다. 밤이 새도록 홀로 생각하고 고민하는 일이 많아졌다. 그는 점점 고독해졌고 책을 읽는 시간이 늘어났다. 하비 콕스의 《세속도시》, '리지외의 성녀 테레사(소화 테레사)'의 무수정판 《자서전》, 나치의 강제수용소를 경험한 유대인 작가 엘리 비젤Elie Wiesel의 《흑야》 등 인간의 실존적 고독과 무신론 등에 대한 종교·문학·철학 책을 읽었다.[111] 그뿐 아니라 제2차 바티칸공의회 문헌들과 교황청에서 오는 새로운 문헌들도 열심히 읽었다.

7월, 김수환 대주교는 서울대교구의 조직을 전문화·세분화하겠다고 마음먹었다. 변화와 쇄신을 교구장이 아니라 교구 조직을 통해 시행하려는 계획이었다. 독일에서 공부할 때, 가톨릭 액션 단체들도 조직화가 되면서 영향력이 강화되는 것을 지켜봤기 때문에 내린 결정이었다. 당시만 해도 서울대교구의 조직은 대단히 미미했고, 그런 모습은 서울뿐 아니라 전국 교구의 현실이기도 했다.

그는 먼저 교구 운영을 연구할 교구운영위원회를 조직했다. 그리고 운영위원회에서 사제들의 생활 보장 문제를 해결할 방안도 함께 연구

---

110   이 부분은 당시 비서신부였던 장익 주교 증언, 평화신문 2009년 2월 22일자.
111   이 독서목록은 1969~1970년의 인터뷰를 참고했다.

하도록 했다. 교구에서 사제들의 생활을 보장해주지 못하기 때문에, 변두리의 가난한 성당에서 사목활동을 하는 사제들 중에는 생활을 힘들어하면서 소외감을 느끼는 경우도 있기 때문이었다. 연구위원으로는 대신학교 동창이자 상서국장을 역임한 최석호 신부, 동성학교 동창이자 가톨릭학생회 지도신부를 오랫동안 한 나상조 신부, 그 외에 김창열·김옥균·유영도·백민관·김창석 신부를 임명했다. 그는 운영위원들에게 시간이 걸리더라도 앞으로 새로운 시대를 이끌어갈 수 있는 조직이 만들어질 수 있도록 최선의 노력을 해달라고 부탁했다.[112] 아직 교구 조직이 전문화되지 않은 지방 교구들에서도 서울대교구의 변화와 움직임을 관심을 갖고 지켜보고 있었다. 운영위원회 인선과 앞으로의 방향을 마무리지을 무렵 한국 천주교에 경사가 생겼다.

---

112   가톨릭시보 1968년 7월 14일자.

아,
김수환
추기경

로마 성베드로대성당에서
미사 집전
19

> "행복하여라, 마음이 가난한 사람들! 하늘나라가 그들의 것이다."

| 마태오복음 5장 3절 |

주한 교황대사 로톨리 대주교가 병인박해 순교자 24위 시복식을 1968년 10월 6일 로마에서 거행하기로 확정되었다는 소식을 전해주었다. '복자福者'는 성인聖人의 전 단계로, 신앙을 지키기 위해 목숨을 바친 순교자들이나 자신의 신앙을 훌륭히 실천하다가 세상을 떠난 사람들에 대한 공식적 공경의 표시다. 우리나라에서는 일제강점기인 1925년에 '기해·병오박해 순교자 79위가 복자품에 올랐고, 이번이 두 번째 시복이었다. 한국 천주교로서는 해방 후 최대의 경사였다. 한국 천주교 신앙의 위상을 '순교자의 나라'로 자리매김하면서 세계 가톨릭에 알릴 수 있는 절호의 기회였다.

한국 천주교는 외국 신부들이 들어와 선교를 해서 시작된 종교가 아니다. 조선시대 일부 지식인들이 중국에서 들여온 천주교 관련 책을 읽고 천주교 교리를 깨달은 뒤 중국에 가서 세례를 받고 조선에 돌아와 교회를 세웠다. 그 후에 중국을 통해 외국인 신부를 초빙해온 것이다.

이런 경우는 세계 천주교 역사에서 우리나라가 유일하고, 순교 규모와 희생자 수에 있어서도 전세계에서 유례를 찾기 힘들다.

10월 3일 오후 2시, 김수환 대주교는 노기남 대주교, 교황청 대사 로톨리 대주교를 비롯해 신부 15명, 수녀 3명, 신자 114명과 함께 알이탈리아 전세기 편으로 김포공항을 떠났다. 전세기는 급유를 위해 홍콩, 방콕, 카라치를 거쳐 20시간 만에 로마 레오나르도다빈치공항에 도착했다. 로마 시간으로 새벽 2시였지만, 교황청에서 나온 콘웨이 몬시뇰이 공항에서 한국 대표단을 기다렸다.

이튿날 아침, 주교단은 교황청을 방문, 늦은 시간에 공항에 나와 영접해준 포교성의 콘웨이 몬시뇰을 찾아가서 인사했다. 몬시뇰은 다시 한 번 환영과 축하 인사를 하면서, 교황께서 시복 예식이 끝난 후의 미사 집전을 김수환 대주교에게 맡기셨다고 전했다. 전혀 예상치 못한 일이라 그는 깜짝 놀랐다.

성베드로대성당은 로마에서 가장 큰 성당이고, 미사 때에는 전세계에서 온 수만 명이 참석한다. 그런 대성당에서 미사를 집전한다는 것은 개인적으로도 큰 영광이었다. 그러나 그는 그렇게 큰 미사를 집전해본 경험이 없었다. 그는 콘웨이 몬시뇰에게 솔직히 고백했다. 그러자 몬시뇰은 그를 향해 미소를 지으며 걱정하지 말고 평소 하던 대로 하면 된다면서, 한국인들이 많이 참석하는 미사이니 제2차 바티칸공의회의 '거룩한 전례에 관한 헌장'[113]에 따라 한국어를 함께 사용해도 된다고 덧붙였다. 세계에서 가장 웅장한 성베드로대성당에서 한국어로 미사를

---

113 "고유 문화를 존중하고, 단일 형식만을 구하지 않는다"는 제2차 바티칸공의회 정신에 따라 미사 전례에서 라틴어가 아닌 모국어 사용이 가능하도록 한 헌장.

아,
김수환
추기경

집전하다니! 이번 시복식을 통해 로마에서 한국 가톨릭의 위상이 한층 높아진 것을 실감할 수 있었다. 김수환 대주교는 콘웨이 몬시뇰에게 감사의 인사를 했다.

10월 6일 오전 10시, 성베드로대성당 파이프오르간에서 입당송이 장중하게 울려퍼졌다.[114] 중앙 제단 좌우편 특별석에는 한국과 유럽 각국에서 온 500명의 한국인 신자들이 앉아 있었다. 교황 바오로 6세가 일곱 명의 추기경을 비롯하여 25명의 대주교, 주교들과 함께 중앙 통로로 입장했다. 시복미사를 집전할 김수환 대주교는 금색 주교관을 썼다. 그리고 주교단 맨 뒤에서 대전교구 부주교 이인하 신부와 프랑스에 유학 중인 서공석 신부의 복사를 받으며 입장했다.

김수환 대주교는 중앙 제단의 가운데에 착석했다. 참회 예식과 자비송이 끝나자 교황이 라틴어로 24위에 대한 시복 선언서를 낭독했다. 이인하 신부가 떨리는 목소리로 한국어 번역문을 낭독했다. 시복 선언이 끝나자 김수환 대주교가 순교자를 찬양하는 성가 '테 데움Te Deum(사은찬미가)'을 선창하자, 교황청 성가대가 따라 불렀다. 성가대의 아름다운 화음이 울려퍼지자 제단 전면 벽에 걸려 있던 휘장이 걷혔다. 24위 복자들의 모습을 그린 그림이 나타났다. 교황은 그림 앞으로 와서 새 복자들에게 경배했다. 대성당을 메운 수만 명 신자들의 눈이 그림을 향했다. 남종삼 복자의 손자손녀들이 조용히 눈물을 흘렸다. 남종삼 복자의 경우 부친과 아들까지 3대가 순교를 했다. 장엄한 화음의 '테 데움' 합

---

114   로마 부분은 가톨릭시보 1968년 10월 13일자에서 11월 10일자까지의 기사와 조병우 '시복식 참석기' 참고. 김정진 신부 회고(《가톨릭청년》 1969년 5월호), 두봉 주교 회고(《명동천주교회 200년사 제1집―한국 가톨릭 인권운동사》, 명동천주교회, 1984, 371~372쪽) 참고.

∝ 김수환 대주교가 주교관을 쓰고 입당하는 모습.

미사를 집전할 때는 주교관을 벗고 그 안에 쓰고 있던 주게토만 착모한다(위). (아래 왼쪽) 제대 뒤의 성화
는 이날 시복된 '24위 순교복자화'이고, 김수환 대주교가 그 아래 오른쪽에서 미사를 집전하고 있다. 아
래 오른쪽은 성베드로대성당을 가득 메운 참석자들.

창이 끝나자 시복 예식은 마무리되었다.

김수환 대주교가 주례로 집전하는 미사가 시작되었다. 대성당 중앙 높이 자리 잡은 중계석에서는 한국어, 영어, 독일어, 불어, 이탈리아어로 중계하는 아나운서 다섯 명의 모습이 보였다. 한국어 중계는 로마에 유학하고 있는 심용섭 신부가 맡았다. 시복식에 참석한 한국인 신자들은 한국인 사제가 성베드로대성당에서 미사를 주례하는 모습을 자랑스럽게 바라봤다. 동성학교 을조 5년 동안 짝이었고 함께 학병에 끌려갔다가 해방 후 대신학교를 함께 다닌 김정진 신부도 침착하게 예절을 집전하는 김수환 대주교의 모습을 보며 흐뭇함과 대견함을 느꼈다.

기도를 비롯해 미사의 여러 부분에 한국어가 사용되었다. 한국어 미사의 절정은 이종흥 그리산도 신부의 독서와 대전교구에서 사목활동을 하던 두봉 신부(주교 서품은 1969년)의 복음 낭독이었다. 당시 두봉 신부는 조선시대에 많은 주교와 사제를 파견하고 순교자를 배출한 파리 외방전교회 한국지부장을 맡고 있었다. 그래서 파리 외방전교회에 대한 감사와 존경을 표하는 의미에서 한국지부장인 두봉 신부가 미사에서 중요한 부분인 복음 낭독을 하도록 배려한 것이다. 파리 외방전교회 신학대학을 졸업하고 1954년부터 한국에서 사목활동을 한 두봉 신부는 유창한 한국어로 마태오복음 5장을 낭독했다.

예수님께서는 그 군중을 보시고 산으로 오르셨다. 그분께서 자리에 앉으시자 제자들이 그분께 다가왔다. 예수님께서 입을 여시어 그들을 이렇게 가르치셨다.

1절과 2절을 낭독한 두봉 신부는 숨을 한번 가다듬었다. 그리고 '진복 8단'을 큰 소리로 외치기 시작했다.

행복하여라, 마음이 가난한 사람들!

하늘나라가 그들의 것이다.

행복하여라, 슬퍼하는 사람들!

그들은 위로를 받을 것이다.

행복하여라, 온유한 사람들!

그들은 땅을 차지할 것이다.

행복하여라, 의로움에 주리고 목마른 사람들!

그들은 흡족해질 것이다.

행복하여라, 자비로운 사람들!

그들은 자비를 입을 것이다.

행복하여라, 평화를 이루는 사람들!

그들은 하느님의 자녀라 불릴 것이다.

행복하여라, 외로움 때문에 박해를 받는 사람들!

하늘나라가 그들의 것이다.

사람들이 나 때문에 너희를 모욕하고 박해하며, 너희를 거슬러 거짓으로 온갖 사악한 말을 하면, 너희는 행복하다! 기뻐하고 즐거워하여라. 너희가 하늘에서 받을 상이 크다. 사실 너희에 앞서 예언자들도 그렇게 박해를 받았다.

낭독을 마친 두봉 신부가 "주님의 말씀입니다"라고 외치자, 한국인 신자들은 한국어로 "그리스도님, 찬미합니다"라고 합송했다.

'말씀의 전례'에 이어 '성찬의 전례'도 순조롭게 마무리되자, 한국인 유학생인 박 신부가 지휘하는 한국어 성가 '병인순교 복자 노래'가 파견성가로 울려퍼졌다. 이번 시복식을 위해 김수환 추기경의 대신학교 스승으로 한국전쟁 때 같이 피난길에 올랐고 대구에서 함께 생활하면서 1951~1956년 가톨릭시보 사장을 역임한 최민순 신부가 작사하고, 당시 서울대교구 부주교이자 한국 가톨릭음악의 개척자인 이문근 신부가 작곡한 성가였다. 성베드로대성당에서 한국어 복음 낭독과 성가가 울려퍼진 것은 이날이 처음이었다. 한국인 참석자들은 "피어라 순교자의 꽃들, 한 목숨 내어던진 신앙의 용사들"로 시작하는 '병인순교 복자 노래'를 3절까지 부르면서 너나 할 것 없이 눈물을 흘렸다.

오후 4시 30분, 교황 바오로 6세는 성체강복과 새 복자들에 대한 경의의 의식을 거행하기 위해 성베드로대성당으로 들어섰다. 성당을 꽉 채운 수만 명의 박수소리가 울려퍼졌다. 성체강복 순서가 끝나자 교황은 연단에 올라 특별 연설을 했다.

교황은 "한국은 순교자들이 피로써 신앙을 기록하고 진리를 선포한 땅입니다. 스스로를 희생함으로써 진리를 선포한 한국 순교자들의 모습은 굳은 신앙의 귀감입니다"라고 극찬하면서, "유럽 신자들은 한국 순교사를 연구해 한국 가톨릭의 훌륭한 모범을 본받"으라고 강조했다. 바티칸 방송을 통해 유럽과 미국에 중계방송된 이날 연설은 한국 신앙 선조들의 순교정신에 대한 최대의 격찬이자 그동안 정당한 대우를 받지 못했던 한국 천주교에 대한 새로운 평가의 출발이었다.

한국 천주교의 순교정신은 이때부터 본격적으로 세계 가톨릭에 알려졌다. 당시만 해도 한국의 존재를 아는 유럽인은 많지 않았다. 그래서 시복식에 함께 참석했던 유럽인들은 행사 후 여기저기서 한국 신자들을 붙잡고 "한국이 어디 있는 나라냐?", "병인박해가 뭐냐?"며 질문을 던졌다.

다음 날 한국 주교단과 신자 360명은 바티칸궁 5층에 있는 작은 성당에서 교황 바오로 6세를 알현했다. 12시 20분, 바오로 6세는 세 명

교황 바오로 6세와 김수환 대주교를 비롯한 한국 주교단, 신자들이 함께 찍은 사진(위). 아래는 단체 알현 후 독대하는 모습.

의 바티칸 성직자와 함께 입장했다. 한국 주교단과 악수를 나눈 교황은 "한국의 순교자는 여러분의 영광인 동시에 세계 교회 전체의 영광입니다. 그리고 그 영광은 그리스도의 영광에 비길 만합니다"라며 축하의 인사를 했다. 통역은 천안성당의 백남익 신부가 했다. 교황은 한국 주교단 대표인 김수환 대주교에게 커다란 성작聖爵을 건넸다. 한국 교회에 주는 선물이라면서 "한국 교회와 한국 국민 모두에게 삼가 인사드리며, 한국민의 번영과 화목과 평화를 기원한다"는 인사를 전했다. 김수환 대주교는 한국 주교단에서 준비한 병풍을 선물했고, 남종삼 새 복자 유족을 대표한 남공우 수녀는 조그만 선물박스를 전했다. 알현 행사는 한 시간 20분 동안 진행되었고, 교황은 한국인 참석자들이 부르는 아리랑을 들으며 성당을 떠났다. 병인박해 순교자 24위 시복은 유럽에 한국 가톨릭의 순교 역사와 순교 영성을 알리는 계기가 되었다.

10월 13일, 서울과 대구, 광주 등 대교구가 있는 도시에서 경축대미사가 거행되었다. 서울에서는 오후 3시 남산 야외음악당에 5만 명(일부 언론은 10만 명으로 보도)의 신자가 모여들었다. 공군 군악대가 연주하는 '병인순교 복자 노래'가 울려퍼지자 신자들은 너나 할 것 없이 순서지에 인쇄된 가사를 보며 "피어라 순교자의 꽃들, 한 목숨 내어던진 신앙의 용사들"로 시작하는 노래를 불렀다.

'복자 찬가'가 울려퍼지자 십자가상을 앞세운 주교단이 입장했다. 김수환 대주교, 노기남 대주교, 지학순 주교, 윤공희 주교가 앞장섰고, 이문근 부주교를 비롯해 서울대교구 사제들이 뒤를 따랐다. 참가자들은 높이 들린 십자가를 보며 더욱 소리 높여 '병인순교 복자 노래'를 불렀다. 저 십자가를 위하여 목숨을 초개처럼 버렸던 순교자들의 신앙 앞에 가슴이 뭉클했을까, 나이 든 여신자들은 손수건을 꺼내 눈물을 닦았다.

○< 1968년 10월 13일 서울 남산 야외음악당에서 거행된 시복식 축하 행사.

　음악당에 설치된 제대 뒤편에는 순교 복자 24위의 이름이 크게 새겨진 금색 병풍이 펼쳐져 있었다. 김수환 대주교는 주교단이 공동 집전한 경축 대미사를 주례했고, 미사는 동양방송TBC TV를 통해 생중계되었다.

　김수환 대주교는 강론에서 "신앙의 선조들은 순교한 지 100년이 지난 오늘 우리에게 큰 영광을 안겨주었다. 그들은 십자가의 죽음으로 우리를 구원한 그리스도를 뒤따랐다"면서 "순교 선열을 본받아 신앙생활을 열심히 하자"고 마무리했다.

　강론이 끝나자 교황 바오로 6세의 축하 메시지가 낭독되었다.

　"훌륭한 조상을 둔 한국 신자들에게 축복을 보내면서 순교정신을 성실히 본받기를 바란다."

　교황의 축하에 신자들은 박수로 화답했다. 분위기는 절정에 달했다.

박정희 대통령은 '진리불변眞理不變 충절상청忠節常青'이라는 축하 휘호를 보냈고, 홍종철 문화공보부 장관도 천주교의 역사와 순교정신을 치하하는 담화문을 발표했다.

병인박해 순교자 24위 시복식은 당시 신자가 인구 대비 3퍼센트도 안 되던 천주교의 존재감이 전국적으로 알려지는 전환점이 되었다. 그러나 이듬해에는 더 큰 경사가 기다리고 있었다.

세계 최연소
추기경

20

"한국 사회에 어둠이 내리고 있으니,
추기경이여 햇불을 들어주시오."

1969년 1월 1일, 김수환 대주교는 서울대교구장으로서 첫 번째 신년 사를 발표했다.[115]

친애하는 교형자매 여러분, 올 한 해는 그리스도와 함께 있고 함께 사는 사람이 되어야 하겠습니다. 그리고 아무리 귀찮고 괴롭더라도 인간 사회를 피할 것이 아니고 그 안에 들어가야 합니다. 그리스도를 모시고 그와 함께 가난과 비참 속에 뛰어들어 사람들을 구하기 위해 그들의 형제가 되어야 합니다. 그들의 고난을 나누고 십자가를 대신 져야 합니다. 그럴 때 세상은 참으로 우리를 통하여 구세주가 계심을 알게 될 것입니다. 오늘날 우리 한국 사회는 우리들 스스로가 길이요 진리요 생명이신 그리스도화되

---

115   《김수환 추기경 전집》1권 123~124쪽.

라고 요청하고 있습니다. 그리스도와 같이 사랑에 불사르는 몸이 되라는 지상명령을 내리고 있습니다. (……) 가난하고 굶주리고 헐벗고, 욕심스럽고 사랑을 망각한 이들에게도 형제적 손길을 폅시다.

교회가 사회에 관심을 갖고 가난하고 소외된 사람들 속으로 들어가야 한다는 메시지였다. 며칠 후 동아일보와의 신년 인터뷰에서는 좀 더 구체적으로 이야기했다.

"정책 수립에 있어서 인간을 먼저 생각해주기를 바란다. 저임금을 성장요인의 하나로 꼽는 경향이 있는데, 저임금을 토대로 한 경제계획이 성과를 거둘 수 있을지 의문이다. 인간을 너무 헐값으로 계산하지 말고 근로자의 생산의욕을 북돋는 것이 오히려 경제 발전에 도움이 되지 않을까 생각한다."

당시 사회는 날이 갈수록 빈부격차는 심해지고 노동자들의 아픔은 깊어지고 있었다. 부패한 정치인들이나 공무원들은 특권층이 되면서 부정축재를 했고, 많은 기업주들은 기업에 혜택을 주는 정부 정책과 노동자들의 희생으로 부를 축적했다. 그러나 그들은 축적한 부를 정치권에 뿌리면서 더 큰 부를 추구할 뿐 노동자들과는 어떤 혜택도 나누지 않았다. 경제는 성장하고 있었지만 부의 편중 현상은 점점 심해졌다. 사방에서 노동자들의 신음소리가 들렸지만, 정부에서는 그들에게 '산업역군'이라는 허울만 씌워줄 뿐이었다.

김수환 대주교는 이런 한국 사회에서 인간의 존엄과 기본권이 가장 위협받는 계층이 저임금의 노동자들이라고 생각했다. 물론 권력층의 부정부패도 사회정의에 어긋나는 부분이었다. 그러나 그는 무엇보다도 인간의 존엄과 기본권을 회복하는 일이 시급하다고 판단했다. 물론 그의 발언이 갖는 사회적 영향력은 미미했지만, 그는 천천히 한 걸음 한

걸음 가다 보면 길이 생기고 영향력이 커질 거라고 확신했다. 그것이 유럽 가톨릭교회가 보여준 가톨릭 액션의 힘이었고, 그 결과로 유럽의 노동환경이 어떻게 바뀌었는지를 자신의 눈으로 직접 확인했기 때문이었다.

3월 28일, 김수환 대주교는 장익 비서신부와 함께 도쿄에 도착했다. 로마 교황청과 미국으로의 출장을 마치고 한국으로 돌아오는 길이었다. 당시에는 미국에서 한국까지 직행 비행기가 없어 일본에서 하루를 잔 후 다음 날 아침 서울행 비행기를 타야 했다. 그는 도쿄에 내린 김에 조치대학의 은사 게페르트 신부를 찾아가서 인사했다. 게페르트 신부는 한국과 일본을 오갔지만, 서강대보다는 조치대에 있을 때가 더 많았다. 게페르트 신부는 자신은 65세라는 나이에 비해 젊고 건강하다며 염려 말라고 제자를 안심시켰다. 인사를 마친 그는 장 신부와 함께 후지산 기슭에 있는 '작은 자매회' 수녀원에 가서 하룻밤 묵을 조그만 방을 빌렸다.

그날 오후 6시, 서울대교구 사무국에는 놀라운 소식이 전해졌다. 교황 바오로 6세가 서울대교구장 김수환 대주교를 추기경에 서임했다는 소식이었다. 주한 교황청 대사관에서 먼저 연락이 왔다. 한국 천주교회사에 기록될 소식이었지만 그가 일본 어디에 묵고 있는지를 몰라 연락을 할 수 없었다. 서울대교구 관계자들은 각 지방 교구에 전화해서 경사를 알렸다. 조금 후에는 외신을 통해 소식을 들은 각 언론사에서 빗발치듯 전화가 걸려왔다. 주인공이 없다고 해도 사진기자가 들이닥쳐 빈 사무실을 찍었다. 그러나 김수환 추기경은[116] 아무것도 모른 채 잠자

---

116   추기경 서임이 발표되면 그때부터 추기경이라고 부른다.

리에 들었다.

3월 29일, 김수환 추기경은 공항에 가기 위해 아침 일찍 수녀원을 나설 차비를 했다. 그때 게페르트 신부로부터 전화가 왔다. 추기경에 서임되었다는 소식이었다. 그는 전화기를 내려놓고 한동안 얼빠진 사람처럼 멍하니 서 있었다. 그토록 무거운 소명이 자신에게 주어졌다는 사실이 실감나지 않았다. 로마에 머무는 동안 교황님은 물론 교황청 관계자 어느 누구도 전혀 암시를 주지 않았다. 그가 어리둥절한 것은 당연했다.[117]

그는 서울로 가는 비행기 안에서 장익 신부에게 말했다.

"장 신부, 만약 이 소식이 오보가 아니라면 이건 내가 아니라 한국 교회에게 내린 영예야. 선교사 없이 천주교를 받아들이고 신앙을 지키기 위해 목숨을 바친 순교 선열들의 믿음을 세계 교회에서 인정한 거야. 이건 절대로 내 개인의 영예가 아닌 거지……."

그는 비행기 창문 아래로 보이는 푸른 바다를 바라봤다. 지나간 세월이 주마등처럼 눈앞을 스쳤다. 군위 용대리에서 어머니가 신부가 되라고 하셨을 때 암담했던 일, 옹기가마 앞에서 매통자루를 내리치며 땀을 비 오듯 흘리던 둘째형님, 예비신학교에서 겨울에 얼음으로 세수하던 일, 동성학교 을조에서 꾀병을 부리다가 진짜 축농증에 걸린 걸 알았던 일, 죄 같지도 않은 건 고백하지 않아도 된다던 공베르 신부님, 옆에 있는 장 신부의 아버님이신 장면 교장선생님께 따귀를 맞던 일, 동성학교를 졸업하고 유학지명을 받아 공부하던 조치대에서 만난 게페르트 신부님, 학병에 강제징집되자 대성통곡을 하던 어머니와 가족들, 부

---

117   《주간조선》 1969년 4월, 《김수환 추기경 전집》 15권 6~7쪽.

산항까지 와서 사나이의 눈물을 터뜨리던 동한 형님, 지치지마섬으로 끌려갔다가 괌까지 갔던 일, 신학교에 복학하기 전에 청혼을 했던 보육원 보모, 한국전쟁 때 소신학교 학생들을 데리고 피난 가던 일, 17년 만에 사제 서품을 받을 때 마룻바닥에 엎드려 자신을 비워내던 일, 가톨릭 액션을 배워오겠다고 독일로 떠나던 일, 제2차 바티칸공의회의 열기에 가슴 뜨거워지던 일, 가톨릭시보 사장신부를 하며 공의회 문헌을 밤새워 번역하던 일, JOC 총재주교가 되어 강화도 어린 여공들의 아픔과 억울함을 성명서에 쓰던 일, 로마 세계주교대의원회의에서 발언하던 일, 갑작스러운 대주교 임명에 어리둥절하던 일, 성베드로대성당에서 미사를 집전할 때의 감동…….

김포공항에는 노기남 대주교와 교황대사 로톨리 대주교, 윤공희 주교 등 사제와 신자 300여 명이 태극기를 흔들며 한국 최초의 추기경을 기다리고 있었다. 오후 4시 20분, 그가 비행기 출구에 모습을 드러내자 마중 나온 축하객들이 환성을 질렀다. 축하객과 취재진들이 엉켜서 북새통을 이뤘고, 신자들은 '환영! 우리의 영광 김수환 추기경 탄생'이라고 쓴 플래카드를 흔들었다. 플래카드 뒤로 사제들의 모습이 보였다.

김수환 추기경은 신자들과 사제들을 향해 힘차게 손을 흔들었다. 비행기 트랩에서 내려 마중 나온 사제들과 인사를 나누는데, 화동이 다가와 그의 목에 화환을 걸어줬다. 꽃다발을 건네주는 화동도 있었다. 여기저기서 박수가 터져나왔다. 정복을 한 법무부 직원이 다가와 정중하게 인사를 하더니 귀빈실로 안내했다. 입국 수속을 해드리겠다며 여권도 받아갔다. 그동안 여러 번 공항을 드나들었지만 처음 있는 일이라 그는 어리둥절했다. 추기경에 대해서는 가톨릭 국가에서는 국빈, 일반 국가에서는 귀빈VIP 대우를 하는 게 관례였다. 그가 귀빈실에 들어서자 기자들이 카메라 플래시를 터뜨렸다. 의자에 앉자마자 질문공세가 시

작되었다.

"추기경에 임명되었다는 소식을 언제 들으셨는지요?"

"오늘 아침 8시 30분쯤 일본에서 들었습니다."

"이 문제 때문에 로마에 가셨었는지요?"

"아닙니다. 교회 공무公務로 갔었고, 2주간 로마에 있으면서도 이 사실은 전혀 몰랐습니다."

"임명된 소감과 신자들에게 하고 싶은 말씀이 무엇이신지요?"

추기경 서임 기사. 가톨릭시보 1969년 4월 6일자. 사진은 출장길에 일본에서 추기경 서임 소식을 듣고 공항에 내리는 모습이다.

"먼저 하느님께 감사드립니다. 전혀 생각하지 못했던 의외의 일이라 처음에는 어리둥절했습니다. 제가 추기경이 된 것은 저 자신이 그럴 만한 자격이 있어서가 아니라 200년간 교회를 지켜온 우리 선조 순교자들 덕분입니다. 따라서 저 개인의 영광이 아니고 한국 교회 전체의 영광이며 신자 개개인의 영광이라고 생각합니다. 이제 한국 교회가 세계교회에서 인정받았다고 할 수 있고, 이 부분이 가장 기쁩니다. 그리고 제가 추기경으로서의 중책을 원만히 수행하기 위해 신자들이 기도로써 적극 협조해주실 것을 부탁드립니다."

그는 자세한 이야기는 한 달 후에 거행되는 서임식이 끝난 후에 하자면서 기자회견을 마무리했다. 노기남 대주교, 로톨리 대주교, 윤공희 주교가 그에게 다가와 축하인사를 했다. 서울대교구 사제 중 가장 연장자인 86세의 이 도마 신부는 "오래 살고 볼 일"이라며 그의 손을 붙잡고 눈물을 글썽였다.

그는 감사기도를 드리기 위해 명동성당으로 갔다. 성체조배를 마친 후에는 내방객들이 기다리는 교구청 집무실로 향했다. 집무실 복도에는 사회 각계에서 보내온 축하 화분이 줄지어 있었다. 그가 들어서자 기다리고 있던 이효상 국회의장과 김상복 내무부 차관 등 정관계 교우들과 사제들이 반갑게 그를 맞았다.

아무도 생각하지 못했던 한국 천주교의 경사였다. 불과 열 달 전, 한국 주교단에서 가장 늦게 주교가 되어 신설 교구인 마산교구장을 맡고 있던 그가 수도인 서울대교구의 대주교로 임명되었다고 언론에서 한바탕 떠들썩했었다. 그런데 이번에는 가톨릭 교계제도에서 교황 다음 가는 성직자 지위인 추기경에 서임된 것이다. 나이 47세의 신임 대주교인 그가 '세계 최연소 추기경'에 서임되어 교황 선거권과 피선거권을 갖게 되었다는 소식이 각 언론에 대서특필되었다.

그러나 교황 바오로 6세가 그를 세계 최연소 추기경에 서임한 이유는 알려지지 않았다. 교황청에서는 주교, 대주교, 추기경의 서임 이유는 공개하지 않는 것이 관례였다. 그러나 교황청 기관지와 일부에서는 몇 가지 이유를 추측했다. 그가 제2차 바티칸공의회 정신과 문헌에 정통하고 젊기 때문에 나이 든 보수적인 추기경들이 주도하는 교황청 회의에서 새로운 시대에 걸맞은 젊은 목소리를 기대했을 가능성과[118] 작년 시복식을 계기로 한국이 '순교자의 나라'로 자리매김하면서 한국 가톨릭의 위상이 높아졌기 때문일 가능성이 거론되었다. 또 하나는 한국 가톨릭이 김수환 추기경을 중심으로 제2차 바티칸공의회 정신을 실천하면서 교회를 세상 속으로 이끌고 가라는 격려일 가능성이었다. 그러나

---

118   교황청 기관지 《로세르바트레 로마노(L'osservatore Romano)》 보도.

이 모든 가능성이 복합적으로 연결되어 그가 추기경에 서임된 것일 수도 있다.

동아일보는 3월 31일자에 앞으로 그의 역할을 기대하는 사설을 실었다.

교황 바오로 6세도 착좌와 더불어 가톨릭교가 안고 있는 낡은 의식면儀式面과 그에 따르는 시대착오적인 신앙생활의 갖가지 방식을 뜯어고칠 것을 전세계 신도를 향하여 다짐한 바 있다. 한국에 복음의 씨를 뿌리는 가톨릭교회도 이러한 교황의 뜻을 이어받아서 신도가 가까이할 수 없을 만큼 봉쇄적이고 고고한 자세를 버리고 좀 더 적극적으로 사회에 참여할 수 있는 기틀을 마련해주었으면 하는 것이 우리가 바라는 솔직한 마음이다. 물론 지난해 5월, 서울대교구장으로 착좌한 김 대주교도 '사회 속의 교회'를 부르짖고 있고, 그런 방향으로 모든 신자들에게 강론하고 있다고 알려지고 있지만, 참여하되 바르게 참여하라는 것이다. 한마디로 불신과 부정 사회를 방관할 것이 아니라 한 줌의 소금이라도 고루고루 뿌려서 누구나 믿고 살기 운동과 바로 살기 운동에 누구보다도 앞장서서 횃불을 좀 더 고발자답게 높이 들어서 신자들뿐만 아니라 거리의 사람까지도 이참에 소리에 귀를 기울여 뒤따라갈 수 있게끔 힘써달라는 것이다.

한국 사회에 어둠이 내리고 있으니 추기경이 된 그가 횃불을 들어야 한다는 주문이었다.

추기경 서임식은 로마에서 4월 28일부터 며칠에 걸쳐 거행되었다.[119]

---

119   로마와 한국에서의 추기경 서임식과 축하 행사는 가톨릭시보 4월 20일자에서 5월 25일자까지와 당시 국내 각 일간지의 관련 기사를 참고해서 재구성했다.

교황 바오로 6세는 추기경들이 모인 회의에서 "교회의 쇄신과 현대화를 위한 제2차 바티칸공의회 계획에 계속 협조"해줄 것을 당부하면서 "교황청 역시 내적 쇄신을 그치지 않고 있다"고 강조했다. 몇백 년 동안 높은 울타리 안에서 신자들을 기다리던 관행을 탈피하고 세상 속으로 나아가서 소외되고 고통받는 이웃을 보듬으며 함께 가는 일이 쉽게 진척되지 않는 것은 한국뿐 아니라 모든 나라가 마찬가지였다. 그래서 이번에 새로 서임된 추기경에는 인도, 필리핀, 한국, 콩고 등 개발도상국 성직자가 열한 명이나 포함되었다. 그동안 유럽과 선진국에 치중되어 있던 추기경을 전세계 성직자에게까지 확대해서 가톨릭교회를 세계로 이끌고 나가겠다는 의지였고, 이 또한 제2차 바티칸공의회 정신의 실천이었다.

김수환 추기경은 이날 독일 뮌스터대학 때 은사인 회프너 교수신부와 극적으로 해후했다. 그에게 그리스도교 사회학을 가르치고 박사학위 지도교수를 하다가 뮌스터교구장에 임명되어 학교를 떠난 것이 1962년이었는데, 7년 만에 서로 추기경이 되어 다시 만난 것이다.

4월 30일, 새 추기경들에 대한 서임 행사가 시스티나성당에서 거행되었다. 미켈란젤로의 불후의 명작 '천지창조'와 '최후의 심판'이 있는 유서 깊은 성당이었다. 말씀 전례 후 교황은 서임장을 낭독하고 새 추기경들의 이름을 선포했다. 새 추기경들은 신앙고백과 교회에 대한 충성서약과 순명선서를 했다. "본인은 교황이 직간접적으로 지시한 사항을 준수치 않음으로써 교황에게 해를 끼치거나 무질서를 유발하는 일을 절대 하지 않는다"는 내용이었다. 그런데 공교롭게도 회프너 추기경의 서임 순서가 제자인 김수환 추기경 다음이었다. 그는 은사보다 앞서 선서를 하고 임명장을 받는 것이 쑥스러워, "교수님, 제자가 먼저 받아서 죄송합니다"라며 얼굴을 붉혔다.

서임식 관련 사진. 교황
의 서임 축복, 교황과
공동 미사 집전.

아,
김수환
추기경

당시 회프너 추기경은 63세로 그보다 16년 연상이었다. 그뿐 아니라 대부분의 추기경들이 60대였다. 그래서 47세의 김수환 대주교가 추기경에 서임된 것에 대해 교황청 기관지《로세르바트레로마노L'osservatore Romano》는 "가톨릭교회에 새로운 시대가 도래했음을 뜻한다. 노소

∽ 뮌스터대학 지도교수였던 요제프 회프너 대주교도 같은 날 추기경에 서임되었다.

를 불문하고 사도직에 충성을 다한다는 좋은 '시대의 징표'를 보여주었다"라고 평가했다.[120]

5월 1일 오전 10시, 교황은 시스티나성당에서 새 추기경들에게 '붉은 모자biretum rubrum'를 씌워주고, '추기경 반지'를 수여했다. 붉은 모자는 추기경의 고귀한 품위를 표상하며, 신앙의 현양과 신자들의 평화와 안녕 그리고 교회를 위해 죽기까지 피를 흘려야 함을 상징했다.

새 추기경들이 교황과 함께 감사미사를 공동 집전하기 위해 성베드로대성당에 입장하자 양옆에 있던 신자들이 모두 일어나 박수를 치며 새 추기경들을 환영했다.

5월 2일, 새 추기경들은 단체로 교황을 알현했다. 바오로 6세는 그에게 "특별히 한국 국민 전체에게 축하와 축복을 보낸다"면서 그의 손을 꼭 잡았다. 그때 그는 바오로 6세가 진심으로 한국을 사랑한다는 사실

---

120   경향신문 1969년 4월 28일자.

△ 김수환 추기경이 명의본당 미사를 집전하면서 강론하는 모습(오른쪽 끝 강론대 앞에 서 있는 이).

1969년 5월 4일, 김수환 추기경은 명의본당인 성펠릭스성당을 방문해서 미사를 집전했다. 명의본당은 교황이 추기경에게 하사하는 로마 근교의 성당으로, 추기경은 명의본당의 주교가 된다. 추기경들이 서로 인종은 다르지만 모두 '로마의 주교'라는 뜻에서 내려오는 전통이다. 그러나 추기경들은 명의본당에서 실제로 사목을 하거나 본당 행정에 주교권을 행사하지는 않는다. 성펠릭스성당은 당시 신자 수가 약 3만 명으로, 규모가 큰 성당이었다.

을 다시 한 번 느끼면서, 교황이 왜 그렇게 한국에 대해 각별한지 궁금했다. 그렇다고 교황에게 그 이유를 물을 수는 없었다. 다만 한국 천주교회가 세계 가톨릭 선교 역사상 유례없이 평신도의 힘으로 세워진 후 박해 속에서도 신앙을 지켰기 때문인 것 같다고 추측할 뿐이었다.

5월 19일 낮 12시 5분, 김수환 추기경이 김포공항에 도착했다. 공항에는 노기남 대주교, 교황청 대사 로톨리 대주교를 비롯한 천주교 성직

◁ 경찰차의 호위를 받으며 시내로 들어가는 김수환 추기경.

자들과 이효상 국회의장, 박경원 내무부 장관, 신범식 문화공보부 장관 등 정관계 인사 그리고 전국에서 온 신자 등 700여 명이 비행기 트랩에서 내리는 그를 환영했다. 환영객들에게 손을 흔들며 공항에서 임시로 준비한 단상에 오르자, 신자로서 아나운서 출신인 임택근 MBC 상무의 사회로 환영식이 시작되었다. 이효상 국회의장이 신자들을 대표해 환영사를 했고, 신범식 문화공보부 장관이 정부를 대표해 환영사를 했다.

그는 답사에서 "제가 추기경이 된 것은 제가 훌륭하고 덕망이 높아서가 아니고, 200년 한국 천주교사 속에 천주를 위하여 피 흘린 수많은 선열들의 피와 그 얼이 꽃피운 것"이라면서, "저 혼자만의 영광이 아니라 80만 교우 전체의 영광인 동시에 한국민 전체의 영광"이라고 밝혔다. 아울러 그는 "천주님의 빛을 한국 사회에 드러내고 천주교가 한국 사회의 빛과 샘이 되겠다"면서 "교회 발전과 조국의 번영을 위해 저의 모든 힘을 바치겠다"며 환영 인파를 향해 머리를 숙였다.

5월 20일 오전 10시, 혜화동에 있는 소신학교인 성신중·고등학교 교정에서 김수환 추기경 서임 경축미사가 거행되었다. 그는 조금 일찍 도착해 회색빛 화강암 건물을 오랫동안 바라봤다. 이곳에 처음 온 것이 열네 살 때…… 벌써 33년 전이구나. 일주일에 한 번씩 성북동이나 정릉으로 산보를 가던 일, 일요일에는 북한산을 다니던 일, 일본에서 돌아와 후배들과 함께 대신학교 과정을 밟던 일…… 그때《준주성범》을 옆구리에 끼고 다니면서 열심히 읽던 일, 교수신부님들이 "성덕Sanctitas, 건강Sanitas, 지식Scientia의 3S가 바람직한 사제의 모습"이라고 설명하시면서, 사제는 이 세 가지를 모두 갖춰야 하지만 그중에서도 성덕이 가장 중요하다고 하셨지. 성덕이 없으면 아무리 건강하고 지식이 있어도 사제로서는 가장 본질적인 것을 갖추지 못한 것이라고, 성덕을 갖추기 위해서는 먼저 마음이 가난해져야 한다고 하셨는데, 지금 나는 허명虛名에 들떠 있는지도 모르겠구나. 그는 그러면 안 된다고 고개를 세차게 흔들었다.

경축미사장에는 정일권 국무총리를 비롯해 정관계 인사들, 전국에서 온 300명의 사제들과 서울의 26개 성당 신자, 각 수녀원을 비롯해 수도단체의 성직자 등 5천 명 이상이 참석했다. 대구에서는 누님과 형님들을 비롯해 40명의 친척이 올라왔고, 마산에서도 외가 친척들이 왔다. 경축미사는 그와 11명의 주교단의 공동 집전으로 진행되었고, KBS··MBC·TBC 세 방송사에서 생중계했다. 그는 추기경 서임을 통해 천주교에서뿐 아니라 우리나라의 대표적인 종교 지도자로 각인되었다. 천주교 신자가 전체 인구의 3퍼센트 정도밖에 안 되지만, 추기경이 갖는 상징성과 세계성 때문이었다.

추기경을 상징하는 붉은 모자에 주홍빛 정장을 한 김수환 추기경이

∞ 김수환 추기경 서임 축하 행사. 위는 축하식장에 입장하는 모습. 왼쪽이 노기
남 대주교, 오른쪽이 서정길 대주교다. 아래는 인사말을 하는 모습이다.

운동장에 모습을 나타냈다. 십자가를 높이 든 복사단을 앞세우고 주교들과 함께 교정을 돌아 운동장에 준비된 노천 제대 위로 올라가자 해군 군악대가 '복자 찬가'를 연주하기 시작했다. 성심여고 합창단이 선창하고 모든 참석자들이 제창하면서 '복자 찬가'는 운동장 가득히 울려퍼졌다. 순교자의 나라였기에, 순교자들의 피 위에 세워진 조선 천주교였기에, 새 추기경 또한 순교자의 자손이었기에 참석한 신자들은 감격과 환희에 찬 표정으로 힘차게 '복자 찬가'를 불렀다. 셋째형 김동한 신부와 둘째형님 그리고 두 분 누님도 감격스러운 표정으로 막냇동생을 바라보았다. 두 누님은 연신 손수건으로 눈물을 닦았다.

경축미사는 엄숙하면서도 기쁨이 가득했다. 신자들은 이제 우리 한국 천주교도 추기경님을 모시게 되었다며 자랑스러운 눈길로 제대를 바라봤다. 미사는 새 추기경의 강복으로 50분 만에 끝났고 이어서 축하행사가 시작되었다. 성신교정 넓은 마당은 그야말로 축제 분위기였고, 모두들 한국 천주교의 앞날에 대한 기대를 감추지 않았다.

이튿날인 5월 21일, 명동성당 사제관 앞으로 캐딜락이 도착했다. 이효상 국회의장과 신자 대표 몇 명이 김수환 추기경에게 자동차 키가 담긴 봉투를 건넸다. 그는 전혀 생각하지 못했던 선물에 당황했다. 그러나 실업인 신자들은 추기경이 되셨으니 품위도 생각해야 한다며 머리를 조아렸고, 이효상 국회의장은 좋은 뜻으로 갖고 온 선물이니 받으시라고 부추겼다. 그는 거절하기가 어려웠고, 그때부터 커다란 캐딜락을 타고 다녔다.

며칠 후, 성심수녀원의 주매분 수녀와 함께 이동할 일이 생겼다. 차가 원효로를 빠져나올 무렵 주매분 수녀가 의미심장하게 웃으며 농담처럼 말했다.[121]

"추기경님, 이런 고급 차를 타고 다니시면 길거리의 사람 떠드는 소

리도 안 들리고 고약한 냄새도 안 나
겠네요."

그 순간 그는 뒤통수를 망치로 얻
어맞은 것 같았다. 얼굴이 붉어진 채
아무 대답도 못했다. 주매분 수녀는
웃음을 멈췄지만 그의 귀에서는 웃
음소리가 계속 들리는 듯했다. 여기

이효상 당시 국회의장의 축하선물 모금 기
사. 가톨릭시보 1969년 5월 18일자.

저기서 시끌벅적하게 이어진 추기경 대접에 가난한 이웃을 잠시 잊었
고, 그들이 자신을 찾는 소리도 듣지 못하고 있었던 것이다.

그날 밤, 그는 주교관 3층 성당의 십자가 앞에서 무릎을 꿇었다.[122] 자
신도 모르게 귀족이 된 모습을 통렬히 반성했다. 가난한 옹기장이 집안
에서 태어났기에 누구보다 가난한 사람의 처지를 이해한다고 생각했
다. 그러나 추기경이 되었다고 미제 고급 차를 타고 다녔다. 그 모습을
가난한 사람들이 보고 뭐라고 할지 생각하지 못했다는 사실이 너무도
부끄러웠다. 자신의 부족함을 반성했다. 고위 성직자가 되었다고 자신
도 모르게 가졌던 교만도 뉘우쳤다. 기도를 하면 할수록 뉘우칠 게 많
이 나왔다. 하느님 앞에 얼굴을 들기 부끄러웠다.

그는 며칠 동안 반성과 참회의 기도를 계속했다. 그리고 깊이 깨달았
다. 추기경은 사람들이 고개를 들어야 보이는 곳이 아니라, 세상 사람
들 옆에 있어야 한다는 평범한 사실을, 가난하고 소외된 힘없는 사람들

---

121 장익 주교의 2014년 5월 30일 강연 '김수환 추기경을 생각하며'에서 인용. 전화 인
     터뷰에서 재확인.
122 김수환 추기경은 이즈음 자신을 반성하는 두 편의 묵상메모를 남겼다. 《김수환 추기
     경 전집》 17권 80~81쪽, 17권 339쪽.

옆에서 함께 웃고 울어야 한다는 사실을.

그는 커다란 미제 승용차를 미안하다는 말과 함께 돌려보냈다. 그리고 평생 좋은 차는 타지 않았다.

경제 발전과 인권 사이에서, 성난 70년대

Ⅲ

"지금 무엇을 두려워하는가?"

—

참된 말이 없는 곳에는 빛이 없다. 빛이 없는 곳에는 생명이 없다. 옳은 말인 줄 알면서 말하지 않을 때, 인간은 의를 떠난다. 지금 무엇을 두려워하는가? 권력에 의한 탄압을 두려워하는가? 옥고를 두려워하는가? 두려워하지말자. 오히려 양심을 두려워하고, 의를 두려워하고, 이를 거스르는 것을 두려워하자.

아,
전태일

21

"우리는 참으로 사랑도 정의도 진리도 포기한 것입니까?
오늘의 세상은 오히려 어느 때보다도 빛을 갈망합니다. 사랑을 갈망합니다."

| 김수환 추기경 |

추기경이 된 후 그는 정신없이 바빠졌다. 서울대교구 일만으로도 정신이 없었지만 국제 행사뿐 아니라 전국 성당에서 열리는 행사에 참석해달라는 요청이 빗발쳤다. 추기경이 참석해야 행사가 빛난다는데 안 갈 수도 없었다. 심지어는 추기경배 가톨릭 신자 낚시대회까지 열릴 정도였다. 신학교 행사에도 참석해야 했다. 군종신부단에서 군인들 견진성사 주례를 요청하면 가야 했고, 외국 가톨릭 단체에서 찾아오면 만나야 했다. 서울대교구 사제가 선종하면 장례미사, 종신서원이 있는 수녀원에 가서 강론과 강복, 국가기념일의 정부 행사에도 참석해야 했다. 그는 몸이 세 개, 네 개라도 모자랄 정도로 바빴다. 그래도 그는 자신의 몸은 교회의 몸이라며 달려가서 기도하고 축복했다. 사제들은 신자들에게 체면이 섰다고 기뻐했고, 신자들은 추기경님과 사진 찍었다고 즐거워했다.

1969년 8월 7일, 4년제 대통령을 세 번까지 할 수 있는 삼선개헌안이 공화당에 의해 국회에 제출되었다. 14일에는 국민투표법안을 국회에 발의했고, 30일에는 장충체육관에서 박정희 대통령을 신임한다는 임시 전당대회를 개최했다.

9월 9일, 공화당은 개헌안과 국민투표법안을 정기국회 본회의에 상정했다. 야당이 찬반투표를 극력 저지했다. 공화당은 국회 본회의 장소를 국회 제3별관으로 옮긴 후 새벽에 여당계 의원 122명만 참석한 가운데 개헌안과 국민투표법안을 통과시켰다.

10월 17일, 삼선개헌안에 대한 국민투표가 실시되었다. 총 유권자 15,048,925명 가운데 77.1퍼센트인 11,604,038명이 투표하여 찬성 7,553,655표(65.1퍼센트)로 통과되었다. 대한민국 헌정 사상 여섯 번째 개헌이었다.

박정희 대통령이 삼선개헌을 추진할 수 있었던 명분은 경제 발전이었다. 박 대통령은 지하자원이 풍부하지 않은 우리나라에서 경제 부흥을 이룰 수 있는 방법으로 수출을 택했다. 지명도가 높지 않은 우리나라 상품이 외국에 수출될 수 있는 방법은 가격 경쟁력이었다. 기업주는 근로자들을 저임금으로 고용했고, 제품을 생산해서 값싸게 수출했다. 여기까지는 국민적 공감대가 형성됐다. 기업이 잘되면 언젠가 근로자들에게도 혜택이 돌아오리라고 믿고 저임금으로 장시간을 일했다. 기업은 날이 갈수록 발전했고, 국가에서 주는 금융 혜택도 받았다.

그러나 '산업역군'이라는 근로자에게 돌아오는 혜택은 없었다. "싫으면 그만둬라, 시골에서 올라온 '애들'이 줄을 섰다"는 식이었다. 미성년자인 여공들이 하루 16시간씩 일주일 내내 일하거나 철야작업을 하는 악순환이 계속되었다. '노동자'라는 단어는 고사하고 '근로자'라는 단어도 듣기 힘든 시절이었다. '공돌이', '공순이'로 불리며 기계 취급을 받는 경우가 대부분이었다.

김수환 추기경은 노동자들이 우리나라에서 가장 약자라고 판단하고 연초부터 교구장 신년사와 언론 인터뷰를 통해 노동환경 개선을 촉구했다. 그러나 정부에서는 관심을 갖지 않았고, 노동자들은 자신들이 처한 열악한 작업환경과 저임금을 개선할 힘이 없었다.

그는 노동자 문제를 이대로 놔둘 수 없다는 생각에 개신교의 강원룡 목사[123]와 만났다. 강 목사는 그가 가톨릭시보 사장신부 시절 원고 청탁도 하고 글도 실었던 인연이 있고, 서울에 온 후로는 가톨릭과 개신교의 일치 운동 문제 때문에 가끔 만나곤 했다.

김수환 추기경과 강원룡 목사는 가톨릭과 개신교 단체들이 힘을 합해 노동환경과 노동자들의 인권 문제에 대한 강연회를 개최하기로 했다. 가톨릭과 개신교가 한목소리를 내면 몇 배의 효과를 내면서 사회적 관심을 끌 수 있기 때문에 어려움 없이 합의했다.

가톨릭과 개신교에서 각각 두 명씩 강연 발표자를 선정하고, 강연 후에는 '가톨릭과 개신교의 공동결의문'을 발표하기로 했다. 언론사의 협조를 구하기 위해 한국신문편집인협회와 한국방송협회의 후원을 받고, 범 가톨릭과 개신교 차원임을 표방하기 위해 한국천주교중앙협의회와 한국기독교연합회도 후원에 포함시키기로 했다. 장소는 3,500명을 수용할 수 있는 광화문 시민회관[124]으로 정했다.

10월 24일 토요일 낮 12시, 시민회관에서는 가톨릭과 개신교 10개 단체 공동 주최 '사회 발전과 노동문제 대강연회'가 열렸다. 1층과 2층의 좌석이 입추의 여지 없이 꽉 찼다. 이날 강연의 연사는 김수환 추기

---

123   1917~2006. 경동교회 목사, 크리스찬아카데미 원장.
124   1972년 화재로 전소, 지금의 세종문화회관 자리.

경을 비롯해 한국천주교평신도 협의회 의장인 유홍렬 교수, 개신교에서는 크리스찬아카데미 원장인 강원룡 목사, 해운공사 주요한 사장[125] 등 네 명이었다.

이번 강연회는 한국 가톨릭의 대표라고 할 수 있는 그가 처음으로 노동문제에 대해 대중강연을 하는 것이라 비상한 관심을 끌었다. 김수환 추기경이 단상에

시민회관 강연 관련 기사. 경향신문 1969년 10월 25일자. 이날 행사는 여러 일간지에 상당히 크게 보도되었다. 당시 언론에서도 근로자의 처우 개선 문제가 심각하고 시급하다는 걸 인식하고 있었다는 뜻이다.

오르자 우레와 같은 박수가 터져나왔다.[126]

"지난번 개헌 유세 때 여당 정치인이 '인간이 있고 정치가 있다'는 발언을 했습니다. 인간이 있고, 인간을 위해서 정치가 있다는 것입니다. 맞는 말입니다. 그렇다면 인간이 있고 경제가 있습니다. 인간을 위해서 경제성장이 요청되는 겁니다. 그러나 우리의 현실에선 너무나 자주 정반대의 현상을 목격하게 됩니다. 그 대표적인 문제가 노동문제입니다. (중략) 그러나 국정을 책임진 사람들과 사회 각계각층의 지도자들이 먼저 희생과 봉사의 십자가를 질 줄 알아야 합니다. 스스로 배부르면서 굶주린 근로대중에게 희생을 강요할 수는 절대로 없습니다. 노동문제 해결은 이 같은 모순된 정신자세, 생활자세가 근본적으로 시정될 때 비

---

125   1900~1979. 시인이자 정치가. 동아일보와 조선일보 편집국장 역임. 국회의원을 거쳐 4·19혁명 후 부흥부 장관, 상공부 장관을 역임했다.

126   이날 강연과 결의문 내용은 경향신문 1969년 10월 25일자, 동아일보 10월 28일자, 가톨릭시보 11월 2일자를 종합해서 재구성했다.

가톨릭과 개신교의 노동문제 공동결의문

1. 근로자의 권익 옹호와 지위 향상을 위해 교회가 할 수 있는 모든 방법을 동원하여 적극 협력하며, 이를 위한 사회 여론 조성에 노력할 것을 다짐한다.
2. 건전한 노동운동 육성을 위한 지도자 양성에 적극 협력하며 지원한다.
3. 우리는 비합리적이고 비현실적인 노동법을 개정하여 근로자가 기업 및 정치에 참여할 수 있도록 입법활동에 적극 노력한다.
4. 우리는 산업 발전의 주체인 노동자의 존엄성이 보장받을 수 있도록 정신적 기조 형성에 공헌한다.
5. 우리는 민주적인 기업인을 적극 지원하여 기업 발전과 민주사회 건설에 교회적 공헌을 할 것을 다짐한다.

로소 가능할 것입니다. 정부나 기업주는 경제성장을 위해 우리나라가 지닌 큰 자원이 바로 노동력임을 잘 인식해서, 그들의 최저생활 보장과 생활 향상의 길을 열어주어 근로자가 안심하고 일할 수 있게 해주어야 합니다."

그가 강연을 마치자 박수소리가 강연장 안에 오랫동안 울려퍼졌다. 강원룡 목사는 근로대중의 경제 건설에 대한 의욕 없이는 경제성장이 불가능하다, 경제 건설로 생긴 부를 언제 어떻게 근로대중에게 분배한다는 것을 보증하라고 열변을 토했다.

유홍렬 교수와 주요한 사장의 강연이 끝나자 5개항의 결의문을 채택했다. 그로서는 마산교구장이자 가톨릭노동청년회JOC 총재주교 시절에 개입했던 강화도 심도직물 사건 때에 이어 두 번째 성명서 발표였다. 이날 행사는 앞으로 사회문제에 대해서는 천주교와 개신교가 연합할 수 있다는 가능성을 예고했다.

11월 중순, 셋째형 김동한 신부에게서 오랜만에 전화가 왔다. 형은 사제가 세상의 인연에 너무 연연하는 모습을 보이는 것은 좋지 않다며 추기경 서임 축하 행사 이후 연락을 하지 않았다. 그 역시 정신없이 바빠 연락을 못하고 있었다.

"형님. 오랜만이시네요. 제가 종종 연락을 드렸어야 하는데, 송구합니다."

"아니야, 얼마나 바쁠지 뻔히 아는데 뭘. 그래서 이제 추기경님 일들은 자리가 좀 잡혀가?"

생각 같아서는 형님을 붙잡고 이런저런 하소연이라도 하고 싶었다. 그러나 그런 얘기를 형님에게 한다고 해결되는 것도 아니고 오히려 걱정이나 끼칠 뿐 아니겠는가.

"예, 형님. 저는 잘 지내고 있어요. 그런데 형님은 어떻게 지내세요? 요즘도 결핵 환자들 돌보는 일은 계속하시죠?"

"나야 늘 똑같이 지내지요. 그런데 내가 그동안 추기경님 걱정할까 봐 얘기를 안 하고 있었는데, 이제는 얘기를 해야 할 것 같아서 전화를 했어."

그 순간 그는 가슴이 덜컥 내려앉았다.

"뭐, 큰일은 아니고, 사실 내가 지난달에 각혈을 했어. 그래서 대구 파티마병원엘 다니며 치료를 받았는데, 이제는 마산에 있는 국립결핵요양원으로 가야 할 것 같애."

그 순간 그는 수화기를 손에서 떨어뜨릴 뻔했다. 형님에게 너무 무심했다는 자책에 가슴이 울컥했다.

"형님……."

그의 목소리는 떨렸다. 눈에서 눈물이 글썽였다. 경산본당에서 돌보시던 환자들에게 감염이 된 게 틀림없었다. 그러나 형님은 담담한 목소리로 말씀을 계속했다.

"아직 초기니까 너무 걱정할 필요는 없어. 그리고 마산이 시설도 좋고 요새는 좋은 약이 많으니까 너무 걱정하지 않아도 되고, 요양원에는 환자들을 위한 우리 교회(가포성당)와 사제관이 있으니까 거기서 지내면 돼. 큰 불편은 없을 거야."

"형님, 왜 그걸 여태 말씀 안 하셨어요?"

"말하면 걱정밖에 더 하겠어. 지금 추기경님은 해야 할 일이 태산인 거 다 알아. 우리는 교회 일이 먼저야. 마산으로 가서 다시 연락할 테니까, 바쁜데 굳이 내려오려고 애쓰지 말어. 이건 내가 형으로서 하는 말이니까, 내 말 꼭 들으시게. 그리고 지금은 초기라서 너무 걱정하지 않아도 돼."

셋째형은 그가 마음 깊이 존경하고 사랑하는 형제였다. 형도 언제나 그를 아끼고 위해줬다. 그런 형이 결핵이라니……

"언제 내려가실 예정이세요?"

그의 목소리가 물기에 젖어 있었다.

"며칠 내로 떠날 거야. 우리야 짐이라야 성경과 《성무일도서》 그리고 사제복뿐이잖아. 그런데 여기 있는 환자들이 걱정이야. 후임 주임신부에게 부탁은 했는데, 내가 없으면 어떻게 될지 모르겠어."

"형님, 지금은 형님 건강을 돌보셔야 할 때입니다."

그는 이 순간에도 다른 환자들을 걱정하는 것이 안타까워 통을 났다.

"추기경님, 모르는 소리 마. 나는 병원이라도 가지만, 이 사람들은 병원에 갈 돈이 없어서 여기서 죽을 날을 기다리는 이들이야. 주임신부에게 부탁했으니까 잘 돌봐주시겠지."

김동한 신부는 자신보다 결핵 환자들을 먼저 생각하는 목자였다. 그는 그런 형이 존경스럽기도 하고 한편으로는 당신의 몸을 해쳐가면서까지 결핵 환자들을 돌보는 모습이 안타깝기도 했다. 며칠 후 김동한 신부는 마산 국립결핵병원 안에 있는 가포성당 사제관에서 요양을 시작했다.

12월 23일, 김수환 추기경은 서대문교도소를 방문해 죄수들과 함께 미사를 드렸다. 교도소에는 가난하고 굶주리고 헐벗고 병든 사람들 천지였다. 그리고 전과 달리 권력에 저항하다 잡혀온 사람들이 적지 않았다. 그는 그들의 눈빛을 보며, 같은 하늘 아래서 같은 공기를 마시며 살고, 같은 핏줄, 같은 한국 사람인데도 그들의 존재를 의식조차 않으면서 살아왔다는 사실이 부끄러웠다. 사제이고, 사제들 중에서도 추기경으로서 예수님과 같은 마음은 아니더라도 비슷한 마음쯤은 돼야 할 자신이 이들의 불행과 아픔에서 너무 멀리 있었다는 자책이 몰려왔다.[127]

12월 25일 밤 12시, 명동성당은 2천여 명의 신자들로 가득 찼다. 김수환 추기경은 성탄미사 강론을 통해 신자들에게 크리스마스트리뿐 아니라 마음의 등불도 밝히자고 했다.[128] 그러면서 이웃과 사회에 사랑을 실천하고 평화를 심는 것이 마음에 불을 밝히는 일이라면서, 인정이 식어가는 이 세상에 사랑의 불을 지르자고 했다. 남을 이해하고 가난한 이들에게 온정을 베풀고 약한 이를 감싸주며, 누가 내게 잘못을 했어도 그것을 용서해주는 그런 따뜻한 불을 지피자면서 강론을 마쳤다.

1970년 1월 1일, 새해 아침이 밝아오고 있었다. 김수환 추기경은 주교관 3층에 있는 성당으로 가서 십자가 앞에 무릎을 꿇었다.

"주님, 이제 1970년대의 동이 트고 있습니다. 우리나라의 정치, 경제 등 모든 움직임이 70년대를 향하여 발돋움하고 있습니다. 특히 제3차 5개

---

127   이날 부분은 1969년 묵상 참고.《김수환 추기경 전집》17권 339쪽.
128   1969년 성탄절 메시지,《김수환 추기경 전집》1권 413~414쪽.

아,
김수환
추기경

년계획을 통하여 자립경제에 이르고, 양단된 조국의 평화적 기틀을 마련하는 데 온 정력을 쏟고 있습니다. 70년대는 이같이 새로운 희망과 포부를 저희에게 안겨줍니다. 그러나 주님, 70년대는 동시에 불안을 내포하고 있습니다. 1960년대의 조국은 정치, 경제 면에서 비상한 변화와 발전의 길을 걸어왔지만, 많은 시행착오도 있었습니다. 부익부 빈익빈, 도시와 농촌의 격차, 수도 서울의 과잉 비대라는 불건전한 부작용, 인간 소외 등의 문제가 있습니다. 주님, 70년대에는 저희 한국 교회가 이런 시대적인 표징을 파악하며 선도적인 예언직의 임무를 다할 수 있는 은총을 허락하여주시옵소서. 교회가 사회와 함께 전진할 수 있도록, 저희 한국 교회를 변화시키고 발전시켜주시옵소서."[129]

1월 중순, 김수환 추기경은 서울대교구 차원에서 노동문제와 노동환경 개선을 전담할 기구를 만들 구상을 시작했다. 노동현실 개선에 관심을 갖고 있는 JOC 등 가톨릭 운동 단체들을 보다 효과적으로 운영하기 위해서는 상설 지휘본부가 필요하다고 판단했다. 오래전 교황청 피데스통신의 통신원을 하면서 유럽 가톨릭 운동에 관심을 가졌을 때와 독일 유학 당시 현장에서 본 경험으로부터 나온 결론이었다.

그는 노동사목에 관심이 있는 신부들을 개별적으로 접촉했다. 먼저 당산동성당의 송광섭 주임신부와 대방동성당의 안상인 주임신부를 만났다. 이 성당들은 노동자들이 밀집되어 있는 영등포 부근에 있어 JOC가 활발하게 활동하고 있었다. 그러나 당시에는 노동문제에 전문적인 지식을 가진 한국인 신부가 없어 준비 작업이 쉽지 않았다.

김수환 추기경은 1966년 서강대에 산업문제연구소를 설립해서 노동

---

129   1969년 메모,《김수환 추기경 전집》5권 369~370쪽.

자들에게 노동법과 노조활동, 단체교섭 방법 등을 가르치고 있는 예수회의 바실 프라이스Basil M. Price(한국 이름 배바실) 신부를 만났다. 프라이스 신부는 노동자 문제는 의욕만 갖고 되는 일이 아니라면서, 전문 지식이 있는 사람이 준비 실무를 맡는 것이 바람직하다고 조언했다. 그는 한국인 신부 중에는 전문가가 없으니 적당한 사람을 추천해달라고 부탁했다. 프라이스 신부는 한참을 생각하다가 도림동성당에서 보좌신부로 사목하면서 JOC 지도신부를 맡고 있는 살레시오회 소속 도요안 신부를 추천했다. 당시 도림동성당은 JOC 핵심 활동 회원만 100명이 넘을 정도로 활발하게 움직였다.

며칠 후 도요안 신부가 교구청으로 왔다.[130]

"도 신부, 나는 지금 서울대교구에서 노동자를 위한 기구를 만들 구상을 하고 있네. 단순히 여러 가톨릭 운동 단체들을 모아 하나의 기구로 만들려는 것이 아니라, 제2차 바티칸공의회 정신에 따라 가난하고 소외된 노동자들의 인권 옹호와 그들의 존엄성을 지키는 데 도움이 될 수 있는 기구를 준비하는 것일세. 물론 처음에는 어려움이 많고 목소리도 미약하겠지만, 하나의 밀알이 된다는 생각으로 노력하다 보면 좋은 결과가 있을 거라고 믿네. 나는 노동사목에 경험이 많은 자네가 이 기구의 준비 작업을 해주면 좋을 것 같아 불렀네. 도림동 주임신부에게는 이미 말씀을 드렸네."

"추기경님! 훌륭한 계획이십니다. 물론 제가 이렇게 큰일은 해보지 않아 잘할 수 있을지 모르겠습니다. 그러나 추기경님께서 해보라고 하

---

130   도요안 신부 증언. 가톨릭신문 2009년 5월 3일자,《광야에서 외치는 이의 소리-도요안 신부 전기》(천주교 서울대교구 노동사목위원회 엮음, 가톨릭출판사, 2013) 147쪽.

아,
김수환
추기경

미국 뉴저지주에서 태어났으며, 1957년 남자 수도회인 살레시오회에 입회했다. 뉴저지 돈 보스코 신학대학교 학생 때인 1958년 한국에 선교사로 파견되었고, 광주 살레시오고에서 3년 동안 영어를, 소신학교에서 라틴어를 가르쳤다. 그 후 이탈리아와 프랑스에서 가톨릭 액션에 대한 공부를 하면서 북아프리카와 중동 출신 이주노동자, 산재노동자, 노숙자들과 어울리며 노동사목 실습을 했다. 1967년 프랑스 리옹에서 사제 서품을 받았다. 1968년 다시 한국으로 돌아와 노동자들이 많이 출석하던 도림동성당에서 보좌신부로 사목하면서 JOC 지도신부가 되었다. 1971년 천주교 서울대교구 도시산업사목연구회 초대위

∞ 도요안 신부(John F. Trisolini, 1937~2010).

원장, 1993년에는 JOC 국제협의회 아시아 지도신부에 임명되었다. 2002년부터는 서울대교구 이주노동사목 담당 신부로 사목했다. 2010년 11월 22일 선종했다. 도요안 신부는 암울한 시절 박대받던 노동자들과 함께한 시절이 가장 행복했다고 추억했고, 생전에 800여 쌍의 노동자들에게 주례를 서줄 정도로 노동자들과 가까이 지냈다.

시니 열심히 하겠습니다."

"고맙네, 도 신부. 사실 지금까지 내가 한 일은 서울대교구 신부 몇 명 만난 정도네. 구체적인 준비는 이제부터 도 신부가 맡아서 해줘야 하네."

"예, 추기경님. 그럼 제가 먼저 계획안을 준비해서 보고를 드리겠습니다."

"고맙네. 그럼 수고를 해주고, 교구에서 협조해야 할 일이 생기면 언제든지 연락을 하게."

"예, 추기경님!"

도 신부에게 일을 맡긴 김수환 추기경은 4월 14일부터 로마에서 열

리는 교황청 회의에서 '아시아에서의 교리 교사'라는 주제로 연설을 하기 위해 출국했다. 올해 들어 벌써 두 번째 국제회의 참석이었다.

10월 13일, 김수환 추기경은 대전 성프란치스코회관에서 열린 한국 천주교주교회의에 참석했다. 이 회의에서 그는 한국 주교회의 의장으로 선출되었다. 의장이던 윤공희 주교는 제1부의장, 제2부의장에는 한공렬 주교가 선출되었다.

그가 주교회의 의장으로 선출된 것은 이제부터 명실상부하게 한국 천주교를 대표한다는 것을 의미했다. 교회법에 따르면, 추기경이나 대주교도 모두 주교다. 그래서 추기경도 주교회의의 한 명일 뿐이고, 공식적으로 한국 천주교를 대표하는 주교는 주교회의 의장이다. 그러나 그동안 주교회의 의장이던 윤공희 주교는 자신이 앞에 나서지 않고 김수환 추기경을 한국 천주교의 '대표'로 인정했다. 주교회의가 열릴 때면 순서에도 없는 '추기경님 한마디' 순서를 넣을 정도로 추기경의 권위를 인정해줬다. 상임위원회에서 어떤 사안이 결정되더라도 추진하기 전에는 꼭 김수환 추기경의 의견을 물었다. 윤공희 주교는 그가 추기경 직을 잘 수행할 수 있도록 보이지 않게 도왔던 숨은 공로자였다.

11월 13일 오후, 김수환 추기경은 라디오 뉴스를 듣다가 큰 충격에 빠졌다. 평화시장 피복공장 재단사 전태일의 분신 보도였다. 자신의 몸에 휘발유를 끼얹고 불을 붙인 후 "근로기준법을 지켜라", "우리는 기계가 아니다"라고 외치며 평화시장 앞을 달리다 "내 죽음을 헛되이 말라"는 외마디 말을 남기고 의식을 잃었다는 내용이었다. 그는 노동자들의 작업환경이 열악하다는 사실을 어느 정도는 알고 있었지만, 스물두 살의 청년이 목숨을 버리면서 사회에 호소를 했다는 사실 앞에서 망연자실했다.

김수환 추기경은 침통했다. 불과 두 달 전에 천주교주교회의에서 발

"추기경님과는 이웃 교구 교구장으로, 또 같은 관구 주교로 자주 만나 이야기를 나눴어요. 제가 주교회의 의장으로 있을 때 한국 교회의 경사였던 추기경이 탄생했으니 정말 기뻤죠. 추기경님과 함께했던 1970년대는 우리 사회 격동의 시기였죠. 당시 추기경님과 저는 주교회의 의장과 부의장을 번갈아 맡으며 그 시기를 함께 헤쳐 나갔어요. 어려움이 많았죠. 그때마다 추기경님은 지도적인 역할을 잘 해내셨어요. 추기경님은 교회의 역할을 잘 정리해주시는 분이었어요. 사회가 교회에 거는 기대를 잘 이해하시고 그때마다 주교님들을 설득하고 교회의 목소리를 높이는 데 온 힘을 기울이셨죠."
_윤공희 대주교 증언, 가톨릭신문 2009년 3월 1일자.

∝ 윤공희 주교와 함께.

행하는 《경향잡지》에서는 노사문제를 특집으로 다뤘고, 그도 '노동문제를 이렇게 본다'는 글을 실었다. 그는 "현재 사용주의 노동자에 대한 관념은 봉건사회에서 지주가 노예를 대하는 것과 별 차이가 없다"고 지적하면서, "정부는 경제가 있고 인간이 있는 것이 아니라, 인간이 있고 경제가 있다는 이 단순한 진리에 입각하여 노동자들을 위한 노동정책을 실현해주기 바란다"고 촉구했다. 기업주와 국정을 책임진 사람들은 배가 부르면서, 어린 소녀들에게 희생을 강요하는 것은 모순이라고도 지적했다.

당시 언론 보도에 의하면, 청계천 5가와 6가 사이에 있는 평화시장

《경향잡지》 1970년 9월호 표지와 김수환 추기경의 글.

내 700여 피복상회에 근무하는 약 2만 명의 나이 어린 소녀 근로자들의 노동조건은 상상을 초월할 정도로 열악했다. 천장 높이 1.6미터의 좁은 공간에서 일요일도 없이 하루 열두 시간 이상 고된 노동을 하고 있었다. 13~15세의 보조종업원(조수, 시다)들의 월급이 불과 3,000원(현재 가치 약 30만 원)에서 3,500원이고, 하루종일 먼지가 가득한 공간에서 일을 해 폐결핵, 위장병, 안질 등을 앓고 있었다. 그래서 지난 10월 6일, 평화시장 안에서 근무하는 나이 어린 소녀 근로자들이 노동청에 진정서를 냈다. 그러나 정부에서 형식적인 조치만 취하자 노동조합을 준비하던 전태일이 노동환경 개선을 요구하며 시위를 벌이다 경찰의 제지를 받자 분신을 한 것이다.

국립의료원에서 응급치료를 마친 전태일은 명동 성모병원으로 옮겨졌다. 그 소식을 들은 김수환 추기경은 성모병원으로 전화를 했다. 그러나 심한 화상에 대해서는 병원에서 할 수 있는 조치가 별로 없다는 보고를 받았다. 그는 환자가 눈앞에 있는데도 손을 쓸 수 없는 상황을 안타까워했다. 그러나 그가 할 수 있는 일은 기도밖에 없었다. 결국 전태일은 그날을 넘기지 못하고 밤 10시에 숨졌다.

전태일의 사망 소식이 전해지자 서울대 상대 학생들은 "정부는 인간의 생존권 보장을 위한 구체적인 근로자 대책을 만들라"는 결의문을 채택하고 평화시장 피복 제조 종업원들의 근로조건이 구체적으로 개선될 때까지 무기한 단식농성에 들어갔다. 이대, 고대, 서울대 문리대와 법대 등 서울 시내 각 대학교 학생들이 "전태일 씨의 죽음을 헛되게 하지 말자"는 구호를 외치며 거리로 나왔다. 학생들은 시내 곳곳에서 경찰과 충돌했고 경찰의 곤봉에 부상을 당한 학생들도 있었다. 전태일의 분신자살은 한국 노동운동사에 한 획을 그은 사건으로, 노학연대, 지식인의 노동현장 참여와 같은 70년대 노동운동의 신호탄이 되었다.

며칠 후, 김수환 추기경은 성모병원을 통해 산업재해 진료와 치료 현황을 알아봤다. 매해 산업재해로 사망하는 노동자가 700여 명에 이르고 상해사고는 보고된 것만 5만 건이라고 했다. 그러나 당시 우리나라에는 산업재해를 전담할 병원이 거의 없는 실정이었다.

그는 성모병원 관계자들에게 성모병원 부속 산업재해병원을 설립하는 문제를 검토하게 했다. 서울대교구에 여윳돈이 있어서가 아니었다. 독일과 유럽의 가톨릭 단체에서 빌려올 생각으로 결정한 일이었다. 고개를 숙이고 아쉬운 소리를 해서라도 노동자들을 위한 치료 병원을 만들면, 그것이 선례가 되어 또 다른 산업재해병원이 생길 수 있을 것 같았기 때문이었다.[131]

김수환 추기경은 산업화의 그늘 속에 있는 노동자들을 위해 실질적인 일을 하는 것이 교회의 사명이고, '세상 속의 교회'가 되는 길이라고 생각하며 한 걸음 한 걸음 내디뎠다. 그는 도요안 신부를 집무실로 불러, 노동문제와 노동환경 개선을 전담할 기구를 만드는 일을 올해 안으로 마무리하고 내년 초에 출범시키자고 했다.

12월 3일, 필리핀 마닐라에서 열린 아시아주교회의에 참석하고 돌아온 김수환 추기경은 기자들과 간담회를 했다. 그는 이 자리에서 아시아주교회의에서 중요하게 토의되었던 빈부의 격차에 대해 설명했다.

"계층 간, 지역 간 빈부격차, 물질주의에서 오는 정신의 공백이 최대의 난제難題라는 데는 이의가 없었습니다. 우리나라도 마찬가지입니다. 빈부격차는 우리 사회에 갈등을 낳고 갈등은 불안을 조성합니다. 사회구조 개혁은 꼭 추진되어야 하나 그것이 폭력에 의한 혁명이 아니라 교회의 사랑을 통한 평화적인 방법으로 성취되어야 합니다. 교회가 좀 더 가난한 자와 가까이할 수 있는 교회, 소리 없는 자의 소리가 되어주는 교회가 되기 위해 전력을 기울이도록 더욱 노력해야 합니다. 이번 회의에 참석하신 교황 바오로 6세께서도 '모든 사람이 정의와 사랑에 입각하여 문명의 혜택을 받아야 한다'고 역설하시면서, 점점 만연하고 있는 물질주의와 싸울 것도 당부하셨습니다."

그는 이 간담회를 통해 다시 한 번 가난한 사람, 힘없는 사람에 대한 교회의 사회적 역할을 강조했다.

김수환 추기경은 하느님이 가장 사랑하시는 존재는 인간이라고 믿었고, 교회는 인간존엄성을 침해하는 불의에 저항하고, 인권과 사회정의

---

131 노동자들의 산업재해병원은 이듬해인 1971년 11월 27일 당시 성모병원(지금의 가톨릭회관 자리) 건너편 건물(지금의 평화방송 자리)에 개원했다. 직업병과 등 7개 임상 분야의 진료과를 개설했고, 침대 200개 규모였다. 특수시설로는 진폐증 환자를 진단하기 위한 심폐기능검사기, 분진실험함, 보행운동 부하장치 등 첨단 의료시설을 갖추고 을지로와 청계천 작업장에서 발생하는 재해 환자를 진료하기 시작했다.

를 위한 일이라면 희생을 두려워하지 않는 것이 제2차 바티칸공의회의 가르침을 따르는 길이라고 생각했다. 물론 그는 '한강의 기적'이라고 불리는 한국의 경제성장을 결코 과소평가하지 않았다. 그 과정에서 인권 유린과 부정부패가 발생했고 결국 사회정의가 사라졌기 때문에 많은 이들을 고통의 수렁 속으로 몰아넣는 결과를 가져왔다는 것이 그의 판단이었다.

12월 24일 자정, 명동성당에서는 2천여 명의 신자가 참석한 가운데 김수환 추기경의 집전으로 성탄대미사가 시작되었다. 영하 9도의 추운 날씨에도 빈자리가 없을 정도로 미사에 참석한 신자들은 그의 강론에 귀를 기울였다. 강론을 하는 그의 목소리는 때론 침울했고 때론 분노에 찬 듯했다.

"현대는 물질문명에 있어서 인류 발전 사상 가장 찬란한 날들을 기록한다고 말할 수 있겠습니다. 그러나 정신 면에서는 거의 암흑시대입니다. 윤리와 도덕은 녹이 슬었고 종교는 퇴색했습니다. 사랑은 얼어붙고 정의와 진리도 이젠 낡은 말들입니다. 인생의 의미조차 정녕 있는지 의문시됩니다. 몇십 명, 몇백 명이 생명을 잃는 사고를 당해도 잠시의 쇼킹한 뉴스로 그치고 맙니다."

열흘 전인 12월 15일에는 제주에서 부산으로 오던 정기 여객선 남영호가 적재중량 초과로 침몰하면서 326명의 승객이 사망하는 사건이 발생했다. 지난 4월 8일에는 서울 마포구 홍익대학교 뒷산인 와우산에 있는 시민아파트 한 동이 준공 후 4개월 만에 부실공사로 붕괴되어 33명이 사망하고 39명이 중경상을 입은 대형사고도 있었다. 그는 우리 사회에 만연해 있는 물질최고주의 때문에 인명사고가 발생하는 것이라고 본 것이다. 그는 강론을 계속했다.

"친애하는 교형자매 여러분, 왜 인간과 인류 사회는 이같이 어두워졌습니까? 우리는 참으로 사랑도 정의도 진리도 포기한 것입니까? 아닙니다. 오늘의 세상은 오히려 어느 때보다도 빛을 갈망합니다. 사랑을 갈망합니다. 정의와 진리를 추구하고 있습니다. 특히 '성난 70년대'로 불리는 이 시대의 젊은 세대, 지성인, 노동자, 영세민, 기타 오늘의 사회 부조리와 부정부패의 희생물로 짓밟힌 사람들이 사회정의, 참된 인간에 대하여 지닌 갈망은 너무 커서 거의 폭발 직전에 있다고 해도 과언이 아닙니다."

그는 절규하는 목소리로 사제와 신자들에게 시대의 아픔, 가난하고 힘없는 사람들의 아픔에 동참하자고 호소했다. 그 길이 가난하고 병들고 죄지은 사람들에게 둘러싸여 살다가 마침내 목숨까지 십자가 제단에 바친 예수 그리스도를 따르는 길이라고 강조했다.

미사를 마친 후 그는 언덕 아래에 있는 교구청 주교관으로 내려왔다. 그는 혼자 마당을 거닐며 다시 한 번 명동성당 첨탑 위의 십자가를 바라보았다.

"주님, 아직은 미약합니다. 이제 겨우 첫발을 내디딘 정도입니다. 그러나 앞으로 계속 가난한 사람들, 고통받는 사람들과 같은 약자의 편에 서서 그들의 존엄성을 지켜주는 길을 향해 가겠습니다. 제2차 바티칸 공의회 정신에 따라 가난하고 봉사하는 교회, 사회정의를 위해 적극적으로 사회 참여를 하는 세상 속의 교회가 되도록 더욱 노력하겠습니다. 주님, 당신의 종 스테파노를 불쌍히 여겨주소서."

교회는
무엇을 할 것인가

22

"인간존엄성과 공동선이 무너지는 것을 보고도 가만히 있는다면,
그것은 교회의 의무를 포기하는 것과 다름없습니다."

| 김수환 추기경, 1971년 성탄미사 강론 |

1971년 새해 아침, 김수환 추기경은 400만 근로자에게 보내는 신년 메시지를 발표했다. 그는 근로자가 누구도 침범할 수 없는 존엄성을 지닌 인간이지 결코 생산의 도구도, 기계도 아니라고 존재 의미를 규정했다. 근로자 모두에게 삶의 희망과 보람을 보다 더 주는 해, 어두움이 걷히고 정의의 빛이 더욱 밝혀주는 해가 되기를 기원했다.[132]

3월 24일, 김수환 추기경은 서울대교구청에서 도시산업사목연구회[133]를 발족시켰다. 서울대교구의 첫 번째 기구였다. 그는 서울대교구의 김철규, 최용록, 명노환, 박성종, 이승훈, 윤고명(루나A. Luna), 김병도, 김병일, 김몽은, 한종훈, 박병윤 신부와 살레시오회의 도요안 신부를 위원으

---

132   《김수환 추기경 전집》13권 318~319쪽.
133   이듬해인 1972년에 '도시산업사목위원회'로 명칭을 바꿈.

로 임명하면서 인사말을 했다.[134]

"우리 신앙인은 언제나 약자 편에 서야 된다는 사실을 잊으면 안 됩니다. 보다 나은 세상을 만들기 위해서, 우리는 무엇보다도 그리스도 정신과 그 마음, 그 사랑에 살아야 합니다. 기업주와 노동자 간에 거리가 있으면 그 거리를 좁히는 중재자 혹은 조정자의 역할을 맡아야 합니다. 그 과정에서 어쩌면 양쪽 모두로부터 공격을 받을 수도 있지만, 꾸준히 성의 있게 또 참으로 인간을 사랑하는 마음으로 노력해야 합니다. 그리고 앞으로 활동할 때 개신교와 힘을 합해야 할 때가 있을 텐데, 그때 교파가 어떻다, 종파가 어떻다, 혹은 너의 단체, 나의 단체를 가리고 구별하면 안 됩니다. 아울러 형제적 유대로 노동자들에 대한 사회적 장애, 빈부의 격차 해결을 위해 우리부터 솔선수범해야 합니다. 이것이 매우 중요합니다."

김수환 추기경은 인사말을 마친 후, 도요안 신부를 위원장에 임명한다고 발표했다. 서울대교구의 첫 번째 기구 위원장에 교구 소속 신부가 아니라 수도회 소속인 외국인 신부를 임명하는 것은 일종의 파격이었다. 그는 소속 교구, 학연, 인연을 따지지 않았다. 노동문제 전문가인 도요안 신부가 가장 적임자라고 판단했기 때문에 위원장에 임명한 것이다. 도요안 신부는 이때부터 김수환 추기경이 서울대교구장에서 사임한 1998년까지 27년 동안 위원장을 맡았고, 서울대교구 노동사목에 평생을 바쳤다. 그리고 은퇴 후에도 미국으로 돌아가지 않고 한국에서 계속 후진 양성을 위해 노력하다 선종했다.

4월 27일, 박정희 대통령이 김대중 야당 후보를 누르고 3선에 성공

---

134   1971년 메모, 《김수환 추기경 전집》 8권 63~64쪽.

했다. 박 대통령은 "이번이 마지막"이라고 강조했고, 김대중 후보는 박 정권의 안보논리와 경제성장론의 허구성을 공격하면서 박빙의 승부를 펼쳤다. 그러나 지방에서 압도적 지지를 받은 박 대통령이 김 후보에게 95만 표 차이로 승리했다. 학생들은 부정·불법·관권 선거라며 시위를 시작했다. 동아일보는 4월 30일자 사설에서 대선에서 불거져나온 지역 감정에 대한 우려를 표명했다.

5월 25일에는 국회의원선거가 있었다. 여당인 민주공화당이 과반수 가 넘는 113명(지역구 86, 전국구 27), 야당인 신민당이 89명(지역구 65, 전 국구 24), 국민당과 민중당이 각각 지역구 1명씩을 당선시켰다.

5월 27일, 서울대학교 6개 단과대 학생들이 부정선거를 규탄하는 시 위를 벌이기 시작했다. 정부는 문리대, 법대, 상대, 사대 등 4개 단과대 학에 무기한 휴업 명령을 내렸다.

8월 10일에는 경기도 광주대단지(지금의 성남시)에서 5만여 명의 주 민들이 "땅값을 내려달라"고 요구하며 대규모 시위를 벌였다. 해방 이 후 최초의 대규모 도시빈민투쟁이었다. 성난 시민들이 시위를 시작한 지 몇 시간 만에 광주대단지를 장악했다. 사태가 심각해지자 오후 5시 경 양택식 서울시장이 주민들의 요구를 무조건 수락하겠다고 약속함으 로써 '광주대단지 사건'은 여섯 시간 만에 막을 내렸다. 이 사건으로 주 민과 경찰 100여 명이 부상하고 주민 23명이 구속되었다. 이때부터 서 울의 판자촌 철거 문제가 심각해지자, 서울대교구는 도시빈민위원회를 만들어 철거민들을 위한 대책 마련에 앞장선다.

8월 23일에는 실미도에서 특수훈련을 받던 무장군인 24명이 섬을 탈 출해 서울로 진입하는 과정에서 군·경과 교전하는 사태가 발생했다. 경찰 2명과 민간인 6명, 그리고 특수훈련 부대원 20명이 사망하고, 4명 은 생포되었다.

∝ 《창조》 창간호의 차례 면.

"오늘의 인간은 분명히 병들어 있다. 오늘의 사회는 확실히 불건전하다. 정신적·물질적 공해로 가득 차 있다. 우리는 이 같은 사회 속에 월간 《창조》를 내놓으면서 무엇인가 창조하고자 한다. 《창조》는 어떠한 종파나 사회 계층에 대해서도 간격 없이 소통하고, 또 포용해 들일 것을 원칙으로 한다. 그렇게 함으로써 《창조》는 오로지 창조적 지성의 발판이 되고자 하며, 그 성과로서도 이 땅의 진실된 역사 창조에 이바지하기를 바라는 것이다."

_《창조》 1971년 9월 창간호 권두언 요약.

9월 1일, 김수환 추기경은 그동안 서울대교구에서 발행하던 《가톨릭청년》의 제호題號를 《창조》로 바꿔 창간호를 발행했다. 교회 중심의 신앙잡지를 일반 교양잡지로 개편한 것이다. 신앙잡지로는 주교회의에서 발행하는 《경향잡지》로 충분하다고 판단했다.

그가 《창조》를 통해 독자층을 일반인으로 확충하려고 생각한 이유는, 지식인 필자들에게 지면을 제공하면서 제2차 바티칸공의회 정신 중 가장 핵심적인 '사회정의'에 대한 여론을 형성하겠다는 의도에서였다. 당시 언론과 잡지는 이미 중앙정보부의 통제를 받고 있었다. 소신 있는 지식인들이 글을 발표할 수 있는 지면은 많지 않았다. 그러나 《창조》는 서울대교구가 발행하는 잡지이기 때문에 비교적 눈치를 보지 않고 글을 쓸 수 있는 지면을 제공할 수 있을 것 같았다. 다른 잡지에서 읽을 수 없는 올곧은 글이 나가면 지식인 독자가 늘어나고, 《창조》는 자연스럽게 중요한 역할을 감당할 수 있을 거라고 생각했다.

그는 《창조》 편집주간으로 문학평론가이자 가톨릭 신자인 구중서를 영입했다. 잡지의 분량도 《가톨릭청년》에 비해 많이 늘어난 200쪽으로 증면했다. 그는 구중서 주간과 몇 가지 원칙을 상의했다. 필진은 그가 가톨릭시보 사장 시절에 이미 시도했던 것처럼 종교를 초월해, 법정 스님이나 개신교 목회자들에게도 원고를 청탁하기로 했다. 그와 구중서 주간이 가장 중요하게 생각한 것은 지식인 필자였다. 그는 저명한 대학교수와 언론인들의 참여가 중요하다면서 이 방면의 필자는 구중서 주간에게 일임했다. 당분간은 잡지의 발행인이자 서울대교구 교구장인 그가 권두언을 쓰면서 잡지의 방향을 보다 확실하게 알리기로 했다.

9월 18일, 김수환 추기경은 세계주교대의원회의에 참석하기 위해 출국했다. 이 무렵 서울의 대학가에서는 교련(군사훈련)에 반대하는 학생들의 시위와 농성이 계속되고 있었다. 정부는 교련을 이수한 학생들에게 병역 혜택을 주겠다는 유화책을 제시하기도 했지만 학생들의 시위는 수그러들지 않았다. 대학생들의 교련 반대 운동은 박정희 정부에 큰 위기로 인식되었다.

10월 15일, 박정희 대통령은 서울에 위수령[135]을 발동했다. 박 대통령은 "학생들의 불법적 데모, 성토, 농성, 등교 거부 및 수강 방해 등 난동은 일체 용납할 수 없다"면서 "주동 학생을 전원 잡아들여 제적 조치를 취하라"고 명령했다. 서울 시내 7개 대학에 공수특전단과 수도경비사령부 등에서 파견된 무장군인(위수군)들이 진입했고, 이 과정에서 1,889명의 학생이 연행되었다. 서울 7개 대학과 전남대에 휴교령이 내려졌다. 그러나 여론은 더욱 나빠졌고, 박 대통령은 10월 23일 각 대학에서 위수군 철수를 명령해 11월 9일에 철수를 완료했다.

---

135   육군 부대가 한 지역에 계속 주둔하면서 그 지역의 경비, 군대의 질서 및 군기(軍紀) 감시와 시설물을 보호하도록 규정된 대통령령.

∝ 휴교령이 내린 고려대학교 앞을 지키고 있는 위수군. 1971년 10월 15일.

11월 22일, 두 달 만에 귀국한 김수환 추기경은 그동안의 일들을 보고받으며 마음이 착잡했다. 그는 이번 세계주교대의원회의해서 집중 논의되었던 '사회정의'를 떠올렸다. 특히 회의 제22일째인 10월 23일에 토의되었던 "교회는 정의를 위해 무엇을 해야 할 것인가?"라는 명제를 곰곰이 생각했다. 부정부패가 만연하고 사회정의가 무너진 대한민국에서 교회가 어떤 방법으로 부조리와 구조악을 바로잡는 데 이바지할 수 있을지에 대한 고민이었다.

12월 6일, 박정희 대통령은 '국가비상사태'를 선언했다. 중공의 유엔가입으로 인한 국제정세의 급변과 그 틈을 탄 북한의 남침 위협 때문에 "대한민국의 안전이 중대한 차원의 시점에 처해 있다"는 것이 이유였다. 이에 따라 정부는 국가안보를 최우선시하고 일체의 사회 불안을 용납치 않으며, 최악의 경우 국민 자유의 일부도 유보하겠다는 등 6개항의 특별조치를 발표했다.

12월 7일, 재향군인회·한국여성단체협의회·노총을 선두로 경제단체와 언론단체들이 지지성명을 발표했다.

김수환 추기경은 나라가 점점 어둠 속으로 빠져든다고 생각했다. 그러나 무소불위의 힘을 가진 '국가비상사태' 앞에서는 정치인을 비롯해 사회의 어느 누구도 반대의견은 고

박정희 대통령의 국가비상사태 선언 관련 기사. 동아일보 1971년 12월 8일자.

사하고 비판도 하지 못했다. 모두들 숨죽인 채 추이를 살필 뿐이었다.

12월 12일, 경상북도 왜관에 있는 '피정의 집'에서 주교회의 정기총회가 열렸다. 김수환 추기경은 세계주교대의원회의 참가 보고를 한 후, '비상사태라는 현실에서 한국 가톨릭의 방향'을 의제로 올렸다.[136]

주교회의는 18일까지 6일 동안 계속되었다. 주교들은 1972년을 '정의·평화의 해'로 선포하기로 의결했다. 내년 1월 1일을 교황청에서 정한 대로 '세계 평화의 날'로 지키고, 다음 날인 1월 2일 명동성당에서 전국의 주교들이 공동 집전하는 합동미사를 봉헌하기로 했다. 그러나 '정의'의 개념을 정확히 알고 있는 신자들이 많지 않을 수 있다는 의견이 있어, 전국 각 교구와 본당 및 가톨릭 단체에서 사회정의에 관한 교육을 실시하기로 했다. 주교단은 이 계획을 수립하고 실천하기 위해 김수환 추기경, 윤공희 주교, 한공렬 주교, 지학순 주교, 두봉 주교 등이

---

136   《경향잡지》 1972년 1월호 10~11쪽.

참여하는 사회정의촉진위원회를 구성하고 김수환 추기경을 위원장에 추대했다.

12월 21일, 공화당은 국가비상사태 선포의 법적 근거를 마련하기 위해 대통령에게 비상대권을 부여하는 '국가보위에 관한 특별조치법'을 국회에 제출했다. 이 법안은 경제질서에 대한 강력한 통제 권한과 언론·출판, 집회·시위, 단체교섭 등 국민의 기본권을 대통령이 독자적으로 제약할 수 있다는 내용을 담고 있었다. 또한 노동자들의 기본 권리인 단체교섭권과 단체행동권을 주무 관청의 허가를 받아야만 행사할 수 있도록 만들어 사실상 두 기본권을 봉쇄했다. 결국 인간의 존엄성과 국민의 기본권을 억압하는 강압적 수단이었다.

김수환 추기경은 '사회정의'의 두 기둥인 인간존엄성과 공동선이 무너지는 것을 보고도 가만히 있는다면, 그것은 교회의 의무를 포기하는 것과 다름없다고 생각했다. 아무도 나서지 않는 상황에서 자신이라도 나서서 이야기하는 것이 교회와 국가를 위한 길이고, 그리스도를 따르는 올바른 자세라고 생각했다. 그러나 자신이 나서기 전에 한 가지 확실하게 알아볼 부분이 있었다. 비상대권 요구가 박정희 대통령의 의지인지 아니면 주변 사람들의 과잉 충성인지 여부였다. 박 대통령의 뜻이 아닌데 반대하는 발언을 하면 오히려 빌미를 줄 가능성이 있었기 때문이다.

김수환 추기경은 군종후원회 회장을 맡고 있는 장덕진 의원에게 전화를 걸었다. 장덕진 의원은 육영수 여사의 큰언니인 육인순 씨의 사위로, 박정희 대통령의 처조카사위였다. 고려대 법대를 나와 사법·행정·외무 '3시'를 패스한 수재로, 재무부 이재국장 겸 대통령비서관, 재무부 재정차관보 겸 대통령 외자관리 수석비서관, 경제기획원 차관, 농수산부 장관을 지냈다. 지난 5월 국회의원선거에서 여당 후보 중 유일하게 서울에서 당선된, 박정희 대통령의 최측근이었다. 그는 장덕진 의원에게 며칠 후 동두천 지역 군인들에게 영세 및 견진성사를 베풀고 부대 위문을 하는 데 함께 가자고 했다.

12월 24일, 김수환 추기경은 동두천 전방 부대에서 행사를 마치고 장덕진 의원을 조용한 곳으로 불렀다. 그는 단도직입적으로 물었다.

"비상대권 요구가 박 대통령 의지입니까? 아니면 주변 사람들의 의지입니까?"

장덕진 의원은 느닷없는 질문에 잠시 멈칫했다. 그러나 그는 국회의원, 대통령의 최측근 이전에 독실한 가톨릭 신자였다. 추기경에게 왜 물으시냐고 되물을 수는 없는 일이었다. 그는 잠시 생각에 잠겼다가 대답했다.

"그건…… 대통령 각하 본인의 의지라고 보시면 됩니다."

김수환 추기경은 고개를 끄덕이며 나지막이 한숨을 내쉬었다.

그가 사제관으로 돌아온 것은 오후 4시경이었다. 그때부터 그는 기자회견에서 충고의 의견을 제시할지, 아니면 KBS 텔레비전과 기독교방송으로 생중계되는 자정미사에서 의견을 표명할지를 두고 고민했다. 아무리 생각해도 언론이 통제되는 상황에서 기자회견을 하면 신문에 보도될 가능성이 적을 것 같았다. 그렇다면 자정미사 강론 때 해야 하는데, 생중계되는 성탄미사의 강론에서 대통령에게 충고를 하는 것이 신자들과 국민들에게 어떻게 받아들여질지, 오히려 거부감을 불러일으킬지에 대한 확신이 서질 않았다.

그는 이미 언론사에 배포한 성탄 메시지를 다시 읽어봤다. 역시 너무 은유적인 부분이 많았다. 그는 고개를 저었다. 그리고 충고할 내용을 어디에 넣으면 좋을지를 살폈다. 이왕 충고를 하려면 본론 부분에서 하는 게 좋을 것 같았다. 그때부터 그는 박 대통령 그리고 정부와 여당을 향한 충고의 메시지를 작성하기 시작했다.

겁이 나서 아무도 하지 못했던, 비상대권에 대한 직설적인 비판이었다. 혹시라도 자신의 비판과 충고가 성직자로서 사회정의를 실천하려는 진심이 아니라 정치적 의도로 오해를 받을 부분이 있는지 냉정하게 살폈다. 충고의 내용이 제2차 바티칸공의회 정신에 어긋나는 것은 아닌지 살피기 위해 〈사목헌장〉도 떠올렸고, 요한 23세의 회칙인 〈지상의 평화〉도 떠올렸다.

그는 저녁도 거른 채 생각하고 또 생각했다. 방 안을 서성거리기도 하고 의자에 앉아 두 손으로 머리를 싸매기도 했다. 십자가 앞에서 무릎을 꿇고 기도도 했다. 그의 절대고독은 계속되었다.

밤 10시가 넘어가고 있었다. 그의 생애에서 가장 긴 시간의 흐름이 계속되었고, 그는 십자가 앞에 다시 한 번 무릎을 꿇었다.[137]

"주님, 세상이 어둡습니다. 우리 사회, 우리 국가, 우리 민족, 우리가 살고 있는 세상이 어둡습니다. 정치·경제가 어둡고, 사회 분위기 전체가 어둡기 때문에 우리 마음도 어둡고, 생활도 어둡고, 모두가 어둡습니다. 말도 함부로 못할 처지에 놓여 있습니다. 정치와 경제를 포함해 모든 문제에 대하여 진실을 진실 그대로 말할 자유가 없습니다. 그래서 현실이 어둡고 미래가 캄캄합니다. 주님, 우리는 어떻게 이 어둠을 극복할 수 있습니까? 어떻게 이 난국을 돌파할 수 있습니까? 주님, 여기에 바로 그리스도인의 사명이 있다고 생각합니다. 절망이 있는 곳에 희망을, 어두운 곳에 빛을, 불신의 사회 속에 믿음을 심는 것이 우리 그리스도인의 사명이라고 생각합니다. 오, 주님! 오늘이 바로 그리스도인의

---

137   《김수환 추기경 전집》5권 276~282쪽, 메모 요약 발췌.

아,
김수환
추기경

말과 행동이 절실히 요구되는 때입니다. 그리스도인의 용기와 사랑이 어느 때보다도 절실히 요망되는 때가 바로 이 시간입니다. 저에게 용기와 확신을 주옵소서."

밤 11시, 그는 십자가 앞에서 일어섰다. 참된 말이 없는 곳에는 빛이 없다.[138] 빛이 없는 곳에는 생명이 없다. 옳은 말인 줄 알면서 말하지 않을 때, 인간은 의를 떠난다. 지금 무엇을 두려워하는가? 권력에 의한 탄압을 두려워하는가? 옥고를 두려워하는가? 두려워하지 말자. 오히려 양심을 두려워하고, 의를 두려워하고, 이를 거스르는 것을 두려워하자.

밤 12시, 명동성당의 성탄 자정미사가 김수환 추기경의 집전으로 시작되었다. 제대 오른쪽에 있는 KBS 텔레비전과 기독교방송 중계석에서는 예년처럼 차분하게 미사를 중계했다. 중계석 책상 위에는 모니터용 텔레비전이 있었고, 담당자들이 화면을 지켜보았다.

같은 시각 박정희 대통령도 청와대에서 성탄미사 중계를 지켜보고 있었다.

복음 낭독이 끝나자 김수환 추기경의 강론이 시작되었다.[139]

"친애하는 교형자매 여러분, 나는 이 모든 괴로워하는 이들과, 슬퍼하는 이들과, 실의에 빠져 있는 이들과 이 성탄 밤에 마주 앉아 이야기하고 싶습니다. 우리의 고통, 여러분의 회의, 여러분의 슬픔을 나누고 싶습니다. 그리하여 모든 것을 믿을 수 없다 해도 어두운 밤을 밝게, 외

---

138   《김수환 추기경 전집》5권 284쪽.

139   강론은《김수환 추기경 전집》1권 421~425쪽 요약. 언론사에 배포된 메시지 외에 추가된 원고지 10매 분량의 '시국 충고'는 김병도 몬시뇰의《흘러가는 세월과 함께》 (천주교 구의동교회, 2001) 110~112쪽 요약. 박정희 대통령의 방송 중지 부분은《추기경 김수환 이야기》219쪽과 김병도 몬시뇰의 책 114쪽.

ⓒ 1971년 성탄미사 강론. 김수환 추기경은 KBS TV를 통해 생중
계된 성탄 자정미사 강론을 통해 박정희 대통령의 '국가보위에
관한 특별조치법' 입안 계획을 강하게 비판했고, 결국 방송은
중단되었다.

로움과 슬픔을 환희와 위로로 바꾸어놓으신 그리스도만은 믿을 수 있
고, 그분만은 우리가 마지막까지 의탁할 수 있는 분임을 말하고 싶습니
다. 우리는 누구나 우리의 고질적 부패와 사회 불안의 연원이 현재의 부
조리한 권력과 금력의 정치체제에 있다는 것을 알고 있습니다. 여기에 진
실로 과감히 혁신이 없으면 부정부패 일소는 도저히 기대할 수 없습니
다. 국민 대중과 영세민들의 생활 향상은 기대할 수 없습니다. 정부나 사

회 지도층은 국민의 소리를 들을 줄 알아야 합니다. 양심의 외침을 질식시켜서는 안 됩니다. 만일 현재의 사회 부조리를 극복하지 못하면 우리나라는 독재 아니면 폭력혁명이라는 양자택일의 기막힌 운명에 직면할지도 모릅니다."

김수환 추기경은 잠시 강론을 멈추고 신자들을 바라봤다. '독재', '폭력혁명' 같은 단어가 나오자 미사 분위기는 순식간에 얼어붙었다. 신자들은 숨을 죽이며 다음에는 무슨 단어가 나올지 추기경을 바라봤다. 무거운 침묵이 감돌았다. 그 순간 박정희 대통령의 표정도 심각해졌다.

"우리는 특히 작금에 있어 비상대권을 에워싼 정부 및 여야 정당과 정계의 심각한 동태를 주시하면서, 이 같은 우려를 더욱 심각히 느끼지 않을 수 없고 또한 우려를 표명하지 않을 수 없습니다."

언론사에 배포된 성탄 메시지에는 없는 내용이었다. 중계석 뒤에 있던 기자들이 잠시 놀란 표정을 지었다. 이때부터 김수환 추기경은 200자 원고지 열 장 분량의 발언을 시작했다.

"차제에 나는 정부와 여당 국회의원 제위에게 상당수 국민의 양심을 대신해서 묻고 싶습니다. 여러분은 과연 이른바 국가보위 특별조치법의 입법이 국가안보상 시기적으로나 정세적으로나 필요불가결의 것이라고 양심적으로 확신하고 계십니까?"

그의 목소리는 침착했지만 단호했다. 텔레비전을 보던 박정희 대통령의 얼굴이 붉게 상기되었을 것이다.

"국가안보의 가장 큰 힘은 국민 총화에 있음을 정부와 여당은 누차 강조했습니다. 우리 또한 공감하고 있습니다. 그런데 국가보위 특별법은 이 시기에 과연 국민 총화를 이룩하는 데 도움을 준다고 정부와 여당 국회의원 여러분은 믿고 있습니까? 이와는 반대로 이 법은 민주국민의 정신을 위축시키고, 정부와 국민의 위화감을 조장할 뿐 아니라,

국민 총화 자체를 오히려 해칠 염려가 크다고 생각해볼 수는 없습니까? 이 법은 북괴의 남침을 막기 위해서입니까? 아니면 국민의 양심적인 외침을 막기 위해서입니까? 국민은 아직도 대통령을 존경하고 있습니다. 그런데 이 법이 대통령의 권한을 거의 절대적으로 만드는 반면에 어쩌면 바로 그 때문에 대통령에 대한 국민의 신뢰와 존경을 격감시킬 수 있다고 생각할 수는 없습니까? 왜 그럽니까? 만약 이 법이 통과되어서 대통령이 이 법을 수행한다면 국민은 대통령을 신뢰하고 존경하기보다 그분을 두려워하게 될 것입니다. 두려워하는 나머지 그분을 경원하게 될 것입니다. 경원하는 나머지 그분을 싫어하게 될 것입니다."

홋날 알려지기로, 박 대통령은 이 순간 방송 중단을 지시했다. 청와대는 순식간에 소란스러워졌고, KBS에 전화를 걸었지만, 중계방송 책임자가 자리에 없었다. 비서진들은 여기저기 전화를 했다. 그러나 텔레비전에서는 계속 김수환 추기경의 강론이 흘러나왔다.

"만일 그렇게 된다면 어느 때보다도 대통령의 영도하에 국민이 총단결해야 할 이 난국을 이 법은 극복에 도움을 주기보다 오히려 파국으로 몰고 갈 염려가 없지 않습니다. 정부와 여당 국회의원 여러분은 참으로 여러분의 양심에 비추어서 만일에 올지도 모르는 이 같은 파국에 대해서 국민 앞에 책임을 질 수가 있습니까? 그동안 이런 소리를 아무도 하지 않았기 때문에, 나는 오늘 한 종교인으로서, 한 종교계 지도자로서 많은 국민이 지금 양심으로 고민하고 있는 이 질문을 정부와 여당 국회의원 여러분에게 던집니다."

여기서 김수환 추기경은 잠시 말을 멈췄다. 이제 충고는 얼마 남지 않았다. 그는 숨을 가다듬었다.

"이 법안에 대하여 좀 더 깊이 심사숙고하지 않으면, 이 법안은 그 취지와는 달리 아무도 책임질 수 없는, 책임지고 싶어도 책임질 수 없을 만큼 우리 모두와 겨레에 불행을 초래할지도 모르기 때문입니다. 오늘날 우리 겨레는 아무도 어떠한 의미의 독재를 원치 않습니다. 혁명도 원치 않습니다. 오늘 우리가 바라는 것은 혁신입니다. 사회 각계각층, 정계, 언론계, 학계, 경제계, 종교계 및 농어민과 근로대중의 민주역량을 성장시키고 규합하는 것이 무엇보다 바람직한 일이고 시급한 일입니다."

여기까지가 저녁에 준비한 원고지 열 장 분량이었다. 아직 방송은 중단되지 않았고, 그는 계속 강론을 이어갔다. 청와대 비서진과 보좌관들은 모두 전화기 앞에 있었지만, 담당자의 행방은 오리무중이었다.

"오늘 우리에게 필요한 것은 모든 국민을 하나로 묶을 수 있는 숭고한 정신, 하느님을 두려워하는 의로운 정신과 행동입니다. 그렇다면 우리는 무엇을 해야 하겠습니까? 특히 국민이면서 동시에 크리스천인 우리들은, 교회는 무엇을 해야 하겠습니까? 2천 년 전에 강생하신 그리스도가 불행과 절망에 빠져 있던 이들에게 실제로 구원의 기쁜 소식이 되었듯이, 교회는 오늘의 사회에 진정한 그리스도로 나타나게 될 것입니다. 우리들이 사회와 정부를 향해서는 정의를 부르짖으면서 우리 안에 정의의 실천이 없다면 우리는 위선자가 되는 것이고 강생하신 그리스도를 배반하는 것입니다. 그런데 오늘의 한국 교회, 특히 나를 포함한 교회의 지도층, 성직자, 수도자들이 이 정신을 가졌습니까? 이 사랑을 가졌습니까? 우리는 어느 때보다도 이 역사의 심야深夜를 밝혀야 할 중대한 사명을 지고 있는 것입니다. 이와 같은 반성이 있고 이 반성을 토대로 교회 자체의 혁신이 있을 때, 그리고 정의와 사랑의 행동이 있을 때, 우리 교회는 이 사회와 나라를 구할 수 있을 것입니다. 그때에야 이 사회와 어두운 세파를 향하여 성탄의 기쁜 소식을 외칠 수 있을 것입니다."

KBS 텔레비전 중계는 여기서 중단되었다. 그러나 김수환 추기경은 이 사실을 모르고 강론을 계속했다. 기독교방송 라디오 중계도 계속되었다.

"친애하는 교형자매 여러분, 우리는 우리들 안에서만이 아니라 삼천리 방방곡곡에 울려퍼지는 구세주 강생의 이 기쁜 소식을 전해야겠습니다. 도시와 판자촌, 공장, 농어촌, 산간벽지 오막살이, 그리고 먼 바다의 낙도에까지 메아리치는 성탄가를 불러야겠습니다. 이제 밤은 더 깊어지지 않으리라고, 태양이신 그리스도의 강생으로 어둠이 사라졌다고 외쳐야겠습니다. 나는 여러분에게 이 은총을 빕니다. 이것이 바로 구세주 강생의 은총입니다. 이 성탄과 새해에 여러분과 여러분의 가족과 온 겨레와 만민에게 이 은총을 거듭 빕니다."

성탄 전례 의식을 모두 마친 김수환 추기경이 제의실에서 옷을 갈아 입는데, 비서신부가 들어왔다. 마지막 부분에서 KBS 중계가 중단되었다고 했다. 그는 잠시 흠칫했다. 그러나 이내 평정심을 되찾았다.

"거기까지 중계가 나갔으면 하고 싶었던 말은 다 나간 거니까, 됐네."

"추기경님, 괜찮으시겠어요?"

"잡혀가면 잡혀가는 거지, 허허……."

그는 이미 각오를 하고 있다는 듯 대답했다. 그러나 그도 인간이었다. 내심 걱정이 되었지만, 신자들에게 인사를 하기 위해 제의실을 나섰다. 인사를 하는 신자들마다 걱정스럽다는 표정이었다. 그러나 그는 의연한 눈빛으로 성탄 축하인사를 건넸다.

주교관으로 돌아온 그는 차분한 마음으로 강론 원고를 다시 한 번 읽었다. 대통령이 듣기에는 기분 나쁜 대목이 있어 중계방송을 중단시켰겠지만, 아무리 살펴봐도 신앙적인 면에서는 문제 될 부분이 없었다. 사제의 정치 개입이 아니라 인간존엄과 공동선을 추구하는 사제로서의

외침이었다. 아무도 말을 못하기
에 광야에서 외치는 심정으로 대
통령에게 충언을 한 것이다.

12월 25일 아침. 청와대, 중앙정
보부, KBS에서 김수환 추기경 성
탄 강론에 대한 대책을 협의하는
긴급회의가 열렸다. KBS에서는
자정미사 방송 책임자가 빨리 방
송을 중단하지 못한 책임을 지고
사표를 냈다.[140]

같은 날 9시 50분경, 신세계백
화점 건너편에 있는 대연각호텔
에서 불이 났다. 호텔 1층 주방의
프로판가스통이 폭발하면서 불이
21층 건물 전체로 번졌다. 서울시

⌒ 대연각 화재. 김수환 추기경은 이날 화재 현장
에서 헌신적인 구조작업을 벌인 소방대원들을
통해 우리 사회의 희망을 발견했다고 회고했다.

내 소방서에 있던 40여 대의 소방차가 모두 출동했다. 그러나 강한 바
람으로 불길이 쉽게 잡히지 않았고, 32미터의 국내 최고 높이 사다리차
도 7층밖에 미치지 못했다. 방송사들은 낮 12시 30분쯤부터 텔레비전
을 통해 화재 현장을 생중계했다. 박정희 대통령은 가능한 모든 경찰력
을 동원하여 화재 진압을 도우라고 지시했다. 당국은 대통령 전용기와
육군 항공대, 공군, 미8군의 헬기를 투입했지만, 화재 발생 10여 시간

---

140   《추기경 김수환 이야기》219~220쪽. 김수환 추기경은 그 희생을 매우 안타깝게 생
       각했다.

후에야 겨우 불길이 잡혔다. 165명이 사망했고 부상자는 68명이었다.

김수환 추기경은 텔레비전을 통해 중계되는 대연각 화재 현장을 안타까운 마음으로 바라봤다. 그리고 한 사람의 목숨이라도 더 살려야 한다고 가슴 조이며 애태우는 무수한 시민들의 표정 속에서 '인간'에 대한 희망을 발견했다.[141] 11층에 생존해 있던 한 사람을 구출하려고 총동원된 장비와 온갖 가능한 노력과 지혜와 선의善意 속에서, 옥상에 대피해 있던 사람들이 헬기로 구출될 때마다 터져나오던 기쁨의 환호성에서, 그리고 한 청년이 헬기에서 내려준 줄을 잡고 매달려가다가 아차 하는 순간에 허공에서 떨어지는 것을 목격한 시민들의 울부짖음 속에서, 인간애는 아직 살아 있음을 느꼈다. 헌신적인 소방대원들을 비롯해 군·관·민의 차이도, 구출 대상자들에 대해 한국인·외국인을 따지는 차별도 없었다. 모두가 먼저 인간이었고, 한마음 한뜻이 되는 것을 보며, 그는 우리 안에 인간성이 아직 죽지 않았다는 사실을 확인했다.

정부는 대연각호텔 화재 참사 수습에 정신이 없었다. 김수환 추기경의 성탄 자정미사 강론 문제는 흐지부지 묻혔다. 그렇다고 '비상대권'을 포기한 것은 아니었다.

12월 27일 새벽 3시, 공화당은 '국가보위에 관한 특별조치법'을 여당 단독으로 통과시켰다. 국가의 안전과 관련된 내정·외교 및 국방상 조치를 사전에 취할 수 있도록 비상대권을 대통령에게 부여하기 위한 법률이었다. 박정희 대통령이 12월 6일 선포한 국가비상사태를 법으로 뒷받침한 것이었다. 세상은 모두 숨을 죽였다.

12월 28일 오후 6시, 언론계와 학계 인사들이 한 명 두 명 혹은 삼삼오

---

141   '평화를 위한 나의 기도', 《창조》 1972년 3월호.

오 짝을 지어 명동성당 주교관에 모였다. 천주교 서울대교구가 발행하는 월간지 《창조》와 《소년》의 발행인인 김수환 추기경이 초청하는 망년회에 참석하기 위해서였다. 언론계에서는 《창조》 창간호(9월호)에 인터뷰를 한 천관우 전 동아일보 편집국장, 10월호에 글을 쓴 리영희 조선일보 기자, 함석헌 《씨알의 소리》 발행인, 송건호 동아일보 기자, 학계에서는 김동길·황산덕·유홍렬·이문영, 여성계를 대표해서 이태영 박사, 문화계에서는 박두진·김현승·김정한·양주동, 아동문학계에서는 이원수·박홍근 그리고 《소년》지에 만화를 연재하는 길창덕 화백 등 당대의 사회 문화계 인사들이 다수 참석해서 성황을 이뤘다.

천관우 전 동아일보 편집국장은 "요즘 한국 민주주의 시련기에 있어서 가톨릭이 사회정의 구현의 기치를 내걸고 사회 참여에 선구적 기여를 하고 있는 점에 대해 경의를 표한다"면서, "앞으로도 계속 모든 가톨릭 지면이 이 땅의 민주 소생을 위해 가장 큰 공헌을 하게 될 것을 믿고 기대한다"고 했다.

김수환 추기경은 참석자들에게 감사를 표하며, "한국 역사상 가장 심각한 암흑기가 될 우려가 있는 오늘날에 있어서 사회의 지도적 지성인들은 결코 실망하지 말고 새로운 용기를 내어 민족의 진로에 빛이 되어주기를 바란다"고 당부하면서, 자신은 종교인이지만 뒤에서 협조를 아끼지 않겠다고 했다.

김수환 추기경은 국가비상사태 선언과 '국가보위에 관한 특별조치법'을 두려워하지 않았다. 자신의 생각과 발언이 하느님의 뜻에 어긋나지 않는다는 확신이 있었기에 인간의 존엄과 인권이 보장되는 정의로운 세상을 향해 계속해서 발걸음을 옮겼다.

정의 없이
평화 없다

23

> "평화는 정의를 갈구할 때 가능하고, 인간존엄성과 공동선에 바탕을 둬야 한다."
>
> | 교황 바오로 6세, '평화의 날' 메시지 |

1972년, 세상은 '비상사태' 선언으로 모두 숨을 죽이고 있었다. 그러나 김수환 추기경은 비상사태를 두려워하지 않았다. 그는 세상을 향해 비상사태가 무엇이 문제이고 무엇이 잘못된 법인지를 외칠 준비를 했다. 교회가 자유와 정의와 진리를 빼앗긴 채 짓눌린 사람들과 함께 신음하고 사회정의와 인권을 위해 노력하라는 것이 제2차 바티칸공의회의 가르침이었다.[142]

명동성당에서는 1월 중순부터 매주 토요일에 '정의와 평화'에 대한 강연을 했다. 강사는 전국 각 지역의 교구장 주교들이었다. 강연마다 1,200명 이상이 참석해 명동성당을 가득 메웠다.

서울대교구 가톨릭노동청년회JOC도 활발하게 움직였다. 3월 10일에

---

142   《김수환 추기경 전집》13권 73쪽.

는 '노동자를 위한 미사'를 봉헌했고, '노동자 교실'도 열었다. 언론통제에서 어느 정도 자유로운 가톨릭시보에서는 매주 '정의 없이 평화 없다'는 주교회의 표어를 소개하며 노동자 권익 옹호와 '사회정의', '정의 구현'의 중요성을 보도했다. 《창조》에서도 천관우, 리영희, 염무웅 등 지성인 필자들을 통해 사회정의의 중요성을 강조하는 글을 실었다. 사회문제뿐 아니라, 기업주 위주의 경제정책을 비판하는 글도 실었다.

한국 천주교주교회의에서도 5월 9일부터 7월 7일까지 5회에 걸쳐 교회와 사회정의에 대한 강좌를 열기로 했다. 천주교와 정부의 긴장관계는 날이 갈수록 고조되었다.

4월 5일, 김수환 추기경은 박정희 대통령과 함께 진해로 가는 특별열차에 올랐다.[143] 마침 해군사관학교 졸업식 참석 일정이 있는 박 대통령과 김 추기경이 대화를 통해 천주교와 정부의 긴장관계를 풀어보라고 육영수 여사가 주선한 만남이었다. 김수환 추기경 역시 박 대통령과 서로 의견을 나눌 수 있는 좋은 기회라고 생각했다.

기차에 오르자 시흥 라자로마을에 있는 노기남 대주교가 보였다. 그가 인사를 하자 노 대주교는 라자로마을을 후원하는 육영수 여사가 함께 여행을 가자고 해서 왔다고 했다. 김수환 추기경과 박정희 대통령의 대화 중 감정이 격해지거나 충돌이 생겼을 때 중재자 역할을 해달라고 불렀을 것이다.

기차는 한강 철교를 건너 서울을 빠져나갔다. 특별열차라 정차하는 곳 없이 빠르게 질주했다. 박 대통령 옆에 앉아 있던 육영수 여사가 이

143   박정희 대통령과의 대화 내용 그리고 그의 생각과 일정은 김수환 추기경의 명상록 《우리가 서로 사랑한다는 것》(사람과사람, 1999) 44~46쪽, 동아일보 1972년 4월 10일자,《추기경 김수환 이야기》220~221쪽을 참고해서 재구성했다.

야기 나누시라는 인사를 하고 자리에서 일어났다. 그때부터 박정희 대통령은 경제 발전 구상과 새마을운동에 대해 설명했다.

김수환 추기경은 박 대통령이 이 땅에서 가난을 없애겠다고 노력하는 대통령이라고 생각하며 그의 설명에 귀를 기울였다.

기차가 대구를 지나자 박 대통령은 종이에 4대강을 그려가면서 개발 계획을 설명했다. 10여 년은 족히 걸릴 개발계획을 설명하는 박 대통령의 모습에서는, 애국심은 정말 강하지만 그 모든 걸 자신이 해내겠다는 의지가 보였다. '장기집권을 해서라도 4대강 개발을 완성하겠다는 거 아닌가?' 그런 생각이 들지 않을 수 없었다.

박 대통령의 국정계획 설명은 진해 공관에 도착해서 함께 식사를 하고 담소하는 동안에도 계속 이어졌다. 박 대통령과 기차에서 일곱 시간, 진해 공관에서 네 시간, 모두 열한 시간 동안 마주 앉았지만, 자신이 하고 싶었던 말은 한 마디도 하지 못했다. 그는 다음 날 해군사관학교 졸업식이 끝난 후 노기남 대주교와 서울로 올라왔다.

진해에서 돌아온 김수환 추기경은 다시 교구 일에 몰두했다. 이제는 교회가 예수님의 가르침대로 사회의 그늘진 곳에 있는 가난하고 소외된 사회적 약자들에게 더 많은 관심을 가져야 할 때가 되었다고 생각했다. 지금처럼 계속해서 외국인 선교단체에 의존할 수는 없는 일이었다. 그러나 당시 서울대교구 안에는 사회복지 사업을 추진할 수 있는 신부나 수도자가 없었다. 사회복지라는 단어 자체가 낯선 시대였고, 전문 인력을 양성하는 교육기관도 없었다.

∝ 박정희 정부의 4대강 개발계획 관련 기사. 동아일보 1970년 12월 18일자.

그는 자신이 가톨릭 액션을 공부하기 위해 유럽으로 떠날 때를 떠올리며 국제적인 사회복지 단체인 독일의 카리타스CARITAS[144]에 가서 교육을 받을 신부를 모집했다. 그리고 얼마 후 안경렬 신부와 이문주 신부를 독일 카리타스로 파견했다.

7월 4일 오전 10시, 이후락 중앙정보부장은 중앙정보부에서 내외신 기자회견을 가졌다. 그는 자신이 박정희 대통령의 명령으로 평양을 방

---

144   카리타스는 '사랑, 애덕, 자선'이라는 뜻의 라틴어로, 가톨릭교회가 사랑을 실천하고 사회정의 구현에 헌신하도록 조성된 기구다. 독일 카리타스는 1897년에 설립되었으며, 1950년 9월부터는 각국에서 자선구호 활동을 하던 조직이 연합해서 활동을 하고 있다.

문해서 김일성을 만났고, 북한의 박성철 부수상도 서울을 방문해서 박정희 대통령을 만났다고 했다. 이후락 부장은 남과 북은 그동안의 회담을 통해 자주·평화·민족대단결의 3대 통일 원칙에 합의했다면서 '7·4 남북공동성명'을 발표했다. 남과 북은 외세에 의존하거나 간섭받지 않고 자주적으로 해결하며, 무력행사에 의거하지 않고 평화적 방법으로 실현하고, 사상과 이념·제도의 차이를 초월하여 하나의 민족적 대단결을 도모한다는 내용이었다.

이후락 부장은 "남과 북은 또한 신뢰 분위기 조성을 위하여 서로 상대방을 중상 비방하지 않으며, 무장도발을 하지 않는다는 것과, 남북 사이에 다방면적인 제반 교류를 실시하기로 합의했다. 양측은 서울과 평양 사이에 상설 직통전화를 개설하고, 남북조절위원회를 설치·운영한다는 데 합의하였다"고 덧붙였다. 이 발표를 들은 국민들은 이제 곧 통일이 되는 것처럼 기뻐했고, 북한에 가족을 둔 실향민들은 눈물을 흘리며 반겼다.

김수환 추기경은 교구청 집무실에서 이 소식을 접했다. 지난 4월, 진해에 가면서 4대강 계획을 설명하던 박정희 대통령의 모습이 떠올랐다. 그는 남북한 집권자들이 '7·4남북공동성명'으로 권력기반을 강화하고 장기화하려는 수단일지도 모른다는 의구심을 떨칠 수가 없었다.[145] 그는 이 성명이 자주적·평화적 통일을 촉진하기보다는 강대국들의 이해관계 때문에 오히려 남북 분단의 영구적 동결과 장기집권을 초래할 수도 있다고 생각하면서 양측이 내놓을 후속조치에 촉각을 곤두세웠다.

박정희 대통령은 8월 3일 0시를 기해 '긴급명령 15호(8·3 사채동결 조

---

145   1972년 7월 메모,《김수환 추기경 전집》17권 225~226쪽.

아,
김수환
추기경

치)'를 발동했다. 각 기업이 갖고 있는 사채를 8월 9일까지 신고하면 월 1.35퍼센트라는 파격적인 금리에 3년 거치 5년 분할상환 조건으로 갚게 해주고, 2천억 원의 특별금융채권을 발행해 단기대출의 30퍼센트를 장기저리대출로 전환해준다는 조치였다. 기업들이 경기하락으로 고전하고 있을 때였다.

8·3 사채동결 조치 관련 기사. 동아일보 1972년 8월 3일자.

기업에 돈을 꿔준 서민에게는 날벼락이었다. 당시 우리나라는 고금리정책으로 은행 대출이자가 22퍼센트였다. 그래도 은행에서 대출받기가 힘들어 기업들은 사채에 의존하는 경우가 대부분이었다. 1971년 통계에 따르면,[146] 사채를 사용하는 기업이 전체의 75퍼센트였고, 평균 사채이자는 연 48퍼센트였다. 금리가 그 이상인 사채를 사용하는 기업도 전체의 55퍼센트였다. 그래서 많은 월급쟁이들이 아껴서 모은 돈을 은행보다 두 배의 이자를 주는 회사에 빌려줬다. 그들은 악덕 사채업자가 아니라 '회사도 좋고 나도 좋은' 의미로 회사에 돈을 빌려준 평범한 중산층이었다.

언론에서도 사채를 동결당한 사람들 대부분은 '생계유지 수단으로 사채를 놓았던 서민들'이라며 안타까움을 나타냈고, 기업인들의 사회적 책임을 촉구했다. 경향신문은 8월 17일자 사설에서, "과거를 돌이켜

---

146   경향신문 1971년 9월 2일자.

볼 때 많은 기업인들이 사회적으로 존경을 받지 못하고 있을뿐더러 어떤 점에서는 증오의 대상이 되고 있다는 것이 부인치 못할 사실이다"라면서, "정부로부터 외화, 자금, 조세 등에 있어 갖가지 특혜를 받고 갖은 사치와 낭비를 일삼은 끝에 재산은 은폐"하는 기업풍토를 통렬하게 비판했다.

김수환 추기경은 '8·3조치'가 "경제성장을 빌미로 자본주의 기본 원칙을 송두리째 무시하고 경제적 약자의 희생만 강요하는 재벌 보호 정책이고, 경영을 잘못해서 파산위기에 몰린 기업들을 보호하기 위한 전형적인 정경유착"이라며 분노했다. 그는 이런 어려운 시기에 국민에게 빛과 소금이 되어야 할 사람은 성직자들이고 바로 자신이라고 생각했다. 그는 십자가 앞에 무릎을 꿇었다.[147]

"주님, 그리스도께서는 저희를 사랑하셨기에 가난한 이들에게 복음을 전하고 찢긴 마음을 감싸주시기 위해 이 땅에 오셨습니다. 그리스도께서 인류 구원을 위해 십자가의 길을 가셨듯이, 저희 교회도 고통받는 모든 사람을 감싸주고 위로하기 위해 주님께서 가신 길을 가야 하지 않겠습니까. 주님, 교회가 가야 할 길을 잃었다는 비난을 받지 않기 위해 고뇌의 기도를 바칩니다. 저희 한국 천주교회가 그리스도의 길을 따라가는 교회가 되도록 은총을 베풀어주시옵소서. 주여, 연약한 당신의 종 스테파노에게 모든 것을 견디어낼 수 있는 용기를 허락하소서."

그는 다음 날부터 광복절 메시지를 작성했다. 7·4남북공동성명과 8·3조치를 거론하면서, 무엇보다도 우리나라가 1인 장기 독재체제로 가서는 안 된다는 점을 강조했다.

---

147   1972년 8월 메모, 《김수환 추기경 전집》 13권 11쪽.

8월 9일 오전 9시, 김수환 추기경은 교구 사무처 직원들에게 모든 신문사와 통신사, 방송국에 연락해서 충무로2가에 있는 한국천주교중앙협의회CCK에서 9시 30분에 광복절 메시지를 발표한다고 알리라고 했다. 그동안 경험으로 하루 전에 알릴 경우 언론사에 기사로 취급하지 말라는 압력이 들어오기 때문에, 30분 전에 알리는 것이었다. 그리고 메시지 발표 도중 중앙정보부와 불상사가 일어날까 봐, 명동 서울대교구 건물이 아니라 충무로 주교회의 사무실인 CCK에서 발표하기로 한 것이다.

　9시 30분이 되자 CCK 사무실에는 동아·조선·중앙·경향 등 각 일간지와 동양·합동·AP 등의 통신사, 아사히 등 외국 신문의 특파원, KBS·MBC TV와 라디오의 방송 기자 등 30여 명이 몰려왔다. 김수환 추기경이 명동성당의 주교관이 아니라 한국 천주교를 대표하는 CCK 사무실에서 기자회견을 하는 것이 심상치 않다고 판단하고 모든 국내 언론과 외국 언론이 달려온 것이다.

　9시 40분, 김수환 추기경은 준비된 인쇄물을 낭독했다. 그는 먼저 한국 천주교회는 국제정세와 이에 따라 소용돌이치는 국내정세를 직시하면서, 우리나라는 어디에 서 있으며 우리 겨레는 어디를 향해 가고 있는지 심각한 우려를 표명하지 않을 수 없다고 했다.[148]

　"이 나라가 민주사회인지 통제사회인지 분간키 어렵게 되었다고 해도 과언이 아니다. 병 주고 약 주고, 다시 약 주고 병 주듯, 정부는 국민을 우롱하면서 독주하고 있지 않은가 하는 것이 오늘의 정치·경제 정책의 난맥상에서 우리가 어쩔 수 없이 느끼는 인상이라고 말하지 않

148　　《김수환 추기경 전집》12권 397~406쪽.

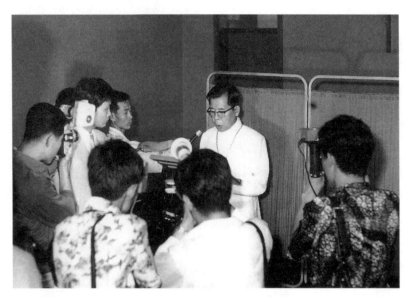

∝ 1972년 8월 9일, 김수환 추기경이 '천주교회의 소신 6개항'을 발표하고 있다.

을 수 없다. 7·4성명의 진의는 무엇인가? 참으로 사상과 이념과 제도를 초월하여 한 민족으로서 민족적 대단결을 도모하고 조국의 자유 평화 통일을 모색하기 위한 것인가? 아니면 허울 좋은 간판이요, 사실인즉 그 저의는 민족의 양단을 영구적으로 동결하는 것인가? 진정 5천만 민족의 염원에 보답하기 위한 진지한 남북대화가 7·4성명으로 시작될 것인가? 아니면 이 성명은 남북한 집권자들의 정권 연장을 위한 권력 정치의 술수인가? 가족 찾기 남북 적십자 회담은 진정 분단 민족의 슬픔을 덜기 위한 인도주의적 회담인가? 아니면 정치 복선이 깔려 있는 책략에 불과한 것인가? 또한 8·3 긴급 재정 명령은 죽어가는 이 나라 경제를 참으로 살리려는 것인가? 아니면 궁여지책으로 다급한 경제위기를 모면하기 위해 많은 영세민의 기본 생존권까지 위협하는 줄 알면서도 내놓은 미봉책인가? 또는 미리 계획된 더 근원적인, 혁신적 정책

이 난국에 임하는 천주교회의 소신 6개항[149]

"본인은 한국 천주교회를 대표하여, 그리고 다수 애국시민의 양심을 대신하여 이 땅의 정치 지도자들에게, 이 돌변하는 사태 추이에 국민이 어떻게 대처해야 할지 충분히 설명해주기를 요청한다. 아울러 광복 27주년을 맞이하여 이 난국에 임한 우리 교회의 소신을 피력하는 바이다."

1. 국민 총화의 장애 요소인 비상사태 철회.
2. 7·4성명 및 8·3조치의 자유토론.
3. 한반도의 긴장 완화와 겨레의 염원인 평화통일을 위한 남북한의 전쟁 포기 선언과 무력 포기 약속.
4. 남북대화에 앞서 사회악과 부정부패를 척결.
5. 국민의 동의와 신뢰를 받을 수 있는 국민의 기본권에 대한 자유 보장과 정의 실현.
6. 남북대화의 성격은 평화 실현이어야 한다.

전환의 한 단계인가? 그것도 아니라면 왜 모든 것을 정보정치의 비밀의 장막으로 가려야 하는가? 이 같은 수없는 의문과 의혹을 국민의 입장으로서는 오늘날 이 땅의 정치 지도자들과 특히 정책 수립자들에게 던지지 않을 수 없는 문제들이다."

김수환 추기경은 계속해서 '이 난국에 임하는 천주교회의 소신 6개항'을 발표했다.

약 35분에 걸친 발표가 끝나자 기자들이 질문을 쏟아냈다. 먼저 앞에 있던 기자가 물었다.[150]

"국민들이 기본권 행사를 억제당하고 있다면 그 해결책은 무엇인

---

149   보도통제로 배포되지 못한 가톨릭시보 1972년 8월 13일자 참고.
150   가톨릭시보 8월 13일자 미배포판에서 인용.

지요?"

그는 단호한 목소리로 대답했다.

"정부는 우선 비상사태 선포를 철회해야 합니다. 만약 그렇지 않으면
국민의 양심세력이 뭉쳐 자주시민 의식을 자각할 수 있는 운동을 전개
해야 하며, 시민의식 자각이 빠를수록 해결은 빨라질 것입니다."

그는 다시 한 번 비상사태 철회를 강조하면서, 시민운동의 중요성을
거론했다. 그러나 당시에는 대부분의 사람들이 반정부 투쟁의 방법으
로는 '학생 데모'만 있는 것으로 알고 있었다. '시민운동'은 단어조차
생소할 때였다. 다른 기자가 질문을 했다.

"7·4성명과 8·3조치의 철회를 요구하시는 구체적인 이유가 무엇입
니까?"

"민주주의 국가에서 7·4성명이나 8·3조치 같은 중요한 일은 몇몇
사람에 의해 결정될 수 없는 일입니다. 저는 7·4남북공동성명의 진의
에 의구심을 갖고 있습니다. 그리고 8·3조치에 대해서는, 경제 전문가
가 아니어서 확실히는 모르겠지만, 영세민의 돈을 빼앗아 기업을 살게
한다는 인상이 짙습니다. 정부는 이 부분을 국민 앞에 해명하고 공론에
부쳐 민주적으로 해결해나가야 합니다."

다른 사람이라면 도저히 할 수 없는 대정부 비판이었지만, 그는 거침
없이 하고 싶은 말을 했다. 그는 한 술 더 떠서 "정부는 국민을 실망시
키고 있다. 그렇다고 결코 현 정권이 전복되어야 한다고 보지는 않고,
오히려 정국의 안정을 위해서는 법정 임기까지 유지돼야 한다"는 말까
지 했다. 그의 답변이 끝나자 또 다른 기자가 질문했다.

"비상사태 선언과 보위법이 국민 총화를 깨뜨리는 구체적인 사례가
무엇인가요?"

"좋은 질문입니다. 지난 연말 비상사태 선언은 전쟁위기 때문에 나왔

습니다. 그런데 7·4공동성명은 비상사태를 선언한 상황 아래서 나왔습니다. 논리적으로 따지면 7·4성명은 비상사태 선포 이유와 앞뒤가 맞지 않습니다. 상황이 이렇다 보니 온갖 유언비어가 횡횡합니다. 왜 유언비어가 횡횡합니까? 정부 발표를 믿지 않기 때문입니다. 왜 정부 발표를 믿지 않습니까? 공정한 언론이 없기 때문입니다. 정부가 언론을 통제하니까 유언비어가 난무하는 것이고, 결국 정부 스스로가 국민 총화를 해치고 있는 겁니다. 여러분은 오늘 저의 기자회견을 얼마나 보도할 수 있다고 생각하십니까? 기껏해야 '김 추기경이 여기서 광복절 메시지를 발표했다'는 몇 줄짜리 단신일 겁니다. 이것이 현재 우리나라의 현실입니다."

그의 말에 기자들이 고개를 떨궜다. 그들도 알고 있었다. 오늘 기자회견 내용이 기사화되기 힘들다는 사실을. 그래도 기자들은 마감 시간 전에 기사를 써야 한다면서 종종걸음으로 사무실을 떠났다.

기자회견을 마친 김수환 추기경은 장익 비서신부와 공항으로 향했다. 13~18일 우간다에서 열리는 아프리카 및 마다가스카르 주교회의 연합회SECAM 연차 정기총회에 아시아 대표로 참석하고, 23~25일 홍콩에서 열리는 동북아시아 11개국 주교회의 연합회 상설기구 추진위원회 회의에 참석하기 위해서였다.

김수환 추기경의 광복절 메시지는 동아일보에만 조그맣게 보도되었다. 8월 9일 석간 사회면 맨 아래에 '민주주의 재생을―김 추기경 광복절 메시지'라는 제목으로 아주 짧게 실렸다.

한국 천주교주교회의 의장 김수환 추기경은 9일 장문의 광복절 메시지를 발표하여 비상사태의 철회를 요청하고 7·4성명과 8·3조치 등을 비판하였으며, 국민의 동의와 신뢰를 받을 수 있도록 민주주의의 재생을 호소

가톨릭시보 8월 13일자. 위가 미배포판, 아래가 재발행판이다. 재발행판의 경우 김
수환 추기경의 광복절 메시지 대신 '예수 십자가에 처형되다'라는 기사와 십자고
상 그림을 실었다. 기사가 실리지 못한 데 대한 무언의 항의였다.

하는 그의 시국관을 발표하였다.

메시지의 핵심을 200자 원고지 한 장도 안 되는 132자로 축약했기에 그나마 보도할 수 있었다. 그러나 김수환 추기경의 이날 발표를 1면 전체에 보도한 가톨릭시보는 당국의 검열로 배포되지 못하고 다시 제작해야 했다.

김수환 추기경과 장익 신부는 홍콩에서 하루를 묵고, 다음 날 아침 우간다로 향하는 비행기를 탔다. 비행기 안에서 장익 신부가 그의 어제 발표가 보도된 홍콩 신문과 일본 신문을 보여줬다. 외신들은 한국 정부의 눈치를 보지 않아도 되기 때문에 성명서 내용을 자세히 정리해서 비중 있게 보도했다.

김수환 추기경의 광복절 메시지는 지난해 성탄미사 강론에 이은 두 번째 정부 비판이었다. 정부로서는 묵과하기 힘든 사태였다. 그러나 상대는 가톨릭의 고위 성직자였다. 추기경을 구속한다는 것은 가톨릭과의 대결을 뜻했고, 국제적 비판은 불문가지였다. 그렇다고 계속 가만히 놔둘 수도 없었다. 박정희 정부는 서울대교구에서 운영하는 성모병원에 대해 세무조사를 했다. 세무조사 요원들이 성모병원으로 들이닥쳐 서류를 박스에 담으며 아수라장을 만들었다.

8월 말, 귀국한 김수환 추기경은 성모병원 세무조사와 교구 상황에 대한 보고를 받았다. 그는 중앙정보부가 성모병원뿐 아니라 서울대교구청까지 발칵 뒤집어놓은 사실에 경악했다. 이제 정부와 갈등의 골은 깊어지고, 그 골이 쉽게 메워질 성질의 것이 아니라는 것을 직감했다. 그리고 그때부터 도청과 미행이 심해지는 것을 느낄 수 있었다.

김수환 추기경은 정부의 탄압이나 도청, 미행을 두려워하지 않았다. 숨길 것도 없고 약점 잡힐 일을 하지 않았기 때문이었다. 그가 걱정하는 것은 따로 있었다. 자신이 정부와 대립각을 세우는 것에 대해 불만을 갖는 사제들과 신자들이 생기고 있다는 사실이었다. 보수적인 성향을 가진 신자, 사제, 수도자들에게 사회정의 문제가 정치 참여가 아니라 제2차 바티칸공의회 정신의 실천이라고 이해시키는 일은 생각보다 쉽지 않았다. 그러나 또 다른 한편에서는 교회가 정의 구현에 더 과감해야 한다면서 교회의 소극적인 태도를 비판하는 움직임도 있었다.

시간이 지날수록 교회 내의 의견이 갈라지면서 대립하는 조짐을 보였다. 밤이 늦도록 고민하고 기도하는 날이 늘어갔다. 그래도 그는 예수님께서 십자가를 메고 가신 길에 비하면 자신은 쉬운 길을 가는 거라며, 제2차 바티칸공의회 정신을 어깨에 메고 험난한 70년대를 걸어갔다. 외로운 길이었고, 힘든 길이었다.

10월 7일, 김수환 추기경의 집무실로 국제 가톨릭 단체인 국제가톨릭형제회 회원 세 명이 방문했다. 국제가톨릭형제회는 '전全(온전한 자아봉헌), 진眞(진실한 사랑), 상常(끊임없는 기쁨)' 정신으로 사회에서 소외된 이웃을 위해 헌신하는 여성 평신도들로 이루어진 단체였다. 명동성당 뒤편 퇴계로에 있는 가톨릭여학생관(지금의 전진상교육관)에 있어, 김수환 추기경이 서울에 올라온 이후 매해 1월 1일에 찾아가서 미사를 봉헌하며 격려하는 단체였다. 새해 첫날, 가난한 사람들을 위해 헌신·봉사하는 그들의 모습을 보면 새로운 기운을 얻을 수 있었다.

이날 찾아온 회원은 콜레트 누아르Colette Noir(한국 이름 노정혜), 최소희(약사), 마리헬렌 브라쇠르Marie-Helene Brasseur(한국 이름 배현정)였다. 벨기에서 평신도 선교사로 어제 저녁에 도착한 26세의 간호사 마리헬렌 브라쇠르를 인사시키기 위해서였다.

"벨기에에서 왔어요?"

"예, 추기경님."

국제가톨릭형제회(아피AFI)

1937년 이본 퐁슬레(Yvonne Poncelet)에 의해 벨기에에서 창설된 국제적인 가톨릭 평신도 단체로, 미혼 여성들로 구성되었다. 중국 선교에 관심이 컸기 때문에 '전진상(全眞常)' 정신을 중요한 생활지침으로 삼는다. 전(全)은 전희생(全犧牲), 즉 그리스도와 완전히 일치된 생활을 하기 위한 온전한 자아봉헌을 뜻한다. 진(眞)은 진애인(眞愛人), 즉 참다운 사랑으로 이웃 형제를 진심으로 사랑하라는 것이다. 상(常)은 상희락(常喜樂), 즉 끊임없는 기쁨으로 어디서나 항상 즐겁고 기쁘게 생활해감으로써 그리스도인의 기쁨이 주위에 전파되도록 하라는 것이다. 40여 개국에 파견된 회원들은 기초교육, 모자보건 등의 의료활동, 여성 기술 교육 등에 종사했다.

1956년 서울대교구 노기남 대주교의 초청으로 독일과 이탈리아 출신 회원 두 명이 한국에 들어와 여성 교육을 중심으로 활동했다. 1970년대와 80년대에는 구속자들의 가족들에게 농성 장소를 제공하면서 시대의 아픔을 함께했다. 한국의 민주화운동을 해외에 알렸고, 해외에서 오는 격려를 전달하는 역할도 했다. 서울 퇴계로에 전진상교육관, 안양에 전진상사회복지관, 시흥에 시흥전진상복지관을 운영하고 있다. 1990년대부터는 이주노동자, 남북통일 문제, 에이즈 환자 문제, 호스피스 활동, 여성 교육, 환경보존운동 등에 역점을 두어 활동하고 있다.

"반갑습니다, 브라쇠르 양. 제가 16년 전인 1956년 7월에 벨기에를 갔었습니다, 하하."

"추기경님, 정말이세요?"

마리헬렌 브라쇠르가 반가운 표정으로 물었다. 함께 온 두 명의 회원도 처음 듣는 이야기에 깜짝 놀랐다.

"예, 루뱅대학교 대학원 입학허가를 받아 갔었습니다. 하하!"

"제가 열 살 때네요. 그러면 루뱅대학원에서 공부를 하셨나요?"

"아니에요, 대학교 구경만 하고 학교는 독일에서 다녔습니다."

브라쇠르가 그의 말에 의아한 표정을 짓자 김수환 추기경이 설명을 했다.

"그리스도교 사회학을 공부하고 싶었는데, 루뱅대학원에는 철학과밖에 없어 독일의 뮌스터대학원으로 가게 되었습니다."

"예, 그러셨군요. 그래도 저의 조국에서 공부할 뻔하셨다는 말씀에 긴장이 풀어집니다. 사실 추기경님이 높으신 분이라, 여기 오기 전에 많이 긴장이 되었거든요."

"다행입니다. 그러면 먼저 한국말부터 배우면서 한국 생활을 익혀야겠네요?"

"예, 추기경님."

"아, 그리고 한국 이름도 만들어야지요."

그러자 최소희 약사가 대답했다.

"예, 추기경님. 성이 '브라쇠르'라서 비읍으로 시작하는 '배' 씨로 하고, 이름은 '헬렌'의 '히읗'으로 시작하는 '현정'으로 하려는데, 추기경님 듣기에 어떠세요?"

"하하. 배현정이라, 좋은 이름입니다. 간호사라니까 할 일이 많을 겁니다. 부디 오랫동안 한국에 살면서 소외된 이웃을 위해 좋은 일 많이 해주기를 부탁합니다."

"예, 추기경님. 열심히 노력하겠습니다."

김수환 추기경은 어제 도착한 배현정과 국제가톨릭형제회 회원들에게 강복한 후 현관까지 내려가 배웅했다. 그는 오랫동안 현관에 서서 서로 손을 잡고 의지하며 사회의 그늘진 곳에서 예수님의 사랑을 실천해가는 그들의 뒷모습을 바라보았다. 그리고 한국 가톨릭도 자체적으로 사회복지 사업을 시행해야 한다고 다시 한 번 다짐했다.

10월 14일 아침, 김수환 추기경은 17~19일 로마 교황청에서 열리는 인류복음화성 총회에 참석한 후 약 한 달간 프랑스와 서독, 미국 가톨릭계를 방문하기 위해 출국했다.

10월 17일, 교황청에서 회의를 마친 김수환 추기경은 문덕주 주 이탈리아 대사의 초대를 받아 저녁식사를 함께 했다. 저녁 자리에는 한국에서 파견된 정보참사도 배석했다. 문 대사는 대구 출신이고 비슷한 연배였다. 서로 편하게 고향과 종교 이야기를 하면서 저녁식사를 했다. 식사가 거의 끝나자 문 대사가 자세를 가다듬었다.

"추기경님, 마침 드릴 말씀이 생겼습니다."

"뭔데요, 말씀해보세요."

"대통령 각하께서 오늘 10월유신을 선포하셨습니다. 국회를 해산하고 전국에 비상계엄령을 선포하셨습니다."

김수환 추기경은 그동안의 장기집권 우려가 현실로 나타났다는 사실에 분노와 허탈감을 억누를 수가 없었다. 그는 문 대사의 설명이 끝나자 단호한 목소리로 입을 열었다.

"문 대사님, 지금부터 제가 드리는 말씀을 한 마디도 빠뜨리지 말고 대통령에게 보고하십시오."

정보참사가 주머니에서 수첩을 꺼냈다.

"10월유신 같은 초헌법적인 통치는 우리나라를 큰 불행에 빠뜨릴 것이라고 단언합니다."

그 말이 끝나기가 무섭게 정보참사가 슬며시 일어나 문을 열고 나갔다. 문밖에 있는 다른 정보영사에게 그의 발언 내용을 알려주며 빨리 서울에 보고하라는 소리가 들렸다. 김수환 추기경은 문밖에서 웅성거리는 소리를 들으며 말을 잠시 멈췄다. 그리고 정보참사가 다시 들어오자 말을 이었다.

"참사께서는 지금부터 하는 말도 꼭 보고하십시오."

정보참사는 얼굴이 벌게졌다. 저녁식탁 위에 무거운 침묵이 감돌았다.

"박 대통령이 이렇게 정권욕에 눈이 멀어 장기집권을 하면 나라만

∝ 1972년 10월 17일, 박정희 대통령의 '10월유신' 선포 후 광화문 앞에 출동한 수도경비 사령부의 탱크.

박정희 대통령은 1972년 10월 17일 오후 7시를 기해 전국에 비상계엄을 선포하고, 4개항의 '특별선언'을 발표했다. "첫째, 국회를 해산하고 정치활동을 중지하며 일부 헌법의 효력을 중지한다. 둘째, 정지된 헌법의 기능은 비상국무회의(당시의 국무회의)가 대신한다. 셋째, 평화통일 지향의 개정헌법을 1개월 내에 국민투표로 확정한다. 넷째, 개정헌법이 확정되면 연말까지 헌정질서를 정상화한다"는 내용이었다.

'유신(維新)'은 낡은 제도를 고쳐 새롭게 한다는 뜻으로, '10월유신'이라는 이름은 일본에서 1868년 에도막부 정권을 무너뜨린 메이지 정부가 통치권을 '천왕'에게 주면서 근대화를 이룩한 '메이지유신(明治維新)'을 본딴 것이다. 박정희 대통령은 일본 '메이지유신' 때의 '천왕'과 같은 절대권력을 갖고 '조국 근대화'를 완성하겠다고 선언한 것이고, 결국 장기집권으로 이어졌다.

불행해지는 것이 아니라 그 자신도 결국 불행하게 끝날 것입니다. 그것이 역사의 교훈입니다. 정보참사는 이 말을 꼭 보고하십시오."

다시 한 번 무거운 침묵이 감돌았다. 아무도 김수환 추기경의 말에 대꾸하지 못했다. 그는 자리에서 일어나 숙소로 돌아왔다.

11월 24일 오전, 김수환 추기경은 해외 일정을 모두 마치고 귀국했다. 유신헌법은 3일 전인 11월 21일 국민투표에 부쳐져 91.5퍼센트의 찬성으로 통과되었다. 유신헌법에서 대통령의 임기는 6년이고 중임 제한은 없었다. 대통령 선출 방식은 국민의 직접투표가 아니라 통일주체국민회의 대의원들에 의한 간접투표로 전환되었다. 대통령선거는 12월 23일 실시하기로 했고, 당선되는 대통령은 긴급조치권을 발동할 수 있는 비상대권, 국회해산권, 법관임면권, 국회의원 3분의 1 지명권을 가질 수 있었다. 한마디로 유신헌법은 박정희 대통령의 장기집권을 위한 헌법이었고, 이때부터 후보자 한 명의 이름만 적혀 있는 투표용지에 찬반을 표시하는 대통령선거가 장충체육관에서 거행되었다.

12월 23일, 대통령선거에서 박정희 후보는 통일주체국민회의 대의원 2,359명 전원이 참석한 투표에서 찬성 2,357표, 무효 2표로 제8대 대통령에 당선되었다.

12월 24일, 많은 이들의 눈과 귀가 명동성당 자정미사를 향했다. 작년 성탄미사 때 박정희 대통령의 비상대권을 직설적으로 비판했듯이, 이번에도 유신헌법과 유신체제를 비판할지에 대한 관심이었다. 아무도 말을 못 하는 때에 그라도 한마디 해주면 속이 시원할 것 같은 기대감에서였다. 자정미사가 가까워지자 1,500명의 신자들이 명동성당을 채웠다. 그러나 그는 작년처럼 직설적인 비판은 하지 않았다. "가난한 이들에게 복음을, 소경과 같이 어둠 속에서 방황하는 이들에게 광명을, 억압된 사람들에게 인간으로서의 해방을 주는 것이 교회의 사명"이라면서, "절망과 체념에 빠지기 쉬운 사회와 세계 속에 희망의 빛을 던져주는 사람들"이 되자고 했다. 하루 전에 선거를 치른 대통령을 비판할 경우 불필요한 충돌을 야기할 수 있다는 판단에서였을 것이다.

12월 31일 밤, 그는 책상 앞에 앉았다. 그리고 노트를 꺼내 자신의 생각을 적어내려갔다.[151]

주여, 우리 겨레를 돌보소서.

비록 이스라엘과 같이 선민은 아니오나

역시 당신의 백성이 아니옵니까?

우리 길을 밝혀주소서.

무엇 때문에 살아야 하는지 그 의미를 깨우쳐주소서.

분노에 찬 표정들입니다.

주여, 우리의 진공 상태를 채워줄 진리는 어디 있습니까?

누가 우리를 마음의 공백에서 해방시켜줄 수 있겠습니까?

그는 십자가를 바라봤다.

"주여, 이제 1972년이 가고 새해 아침이 밝아옵니다. 새해에는 그리스도의 빛이 이 사회의 어둠을 헤치고 온 누리에 비추길 갈망합니다. 주여, 불안과 공포에 떠는 국민들에게 그리스도의 은총과 빛을 내려주소서. 이 땅에 정의와 평화가 흐르게 하여주소서. 저희 교회들도 사랑과 정의를 심는 교회, 믿음과 빛을 심는 교회가 되게 하여주소서."

---

151   1972년 메모,《김수환 추기경 전집》5권 57쪽.

유신정권을
향한 경고

24

"누가 우리를 마음의 공백에서 해방시켜줄 수 있겠습니까?"

| 김수환 추기경 |

1973년 1월 1일, 박정희 대통령은 신년사를 발표했다. '새해에는 무슨 일이 있더라도 유신과업을 계속 과감하게 수행하여 유신이념을 확실히 구현하고 유신질서를 굳건히 정착시켜놓아야 한다. 유신을 저해하고 방해하는 요인이 있다면 과감히 이를 제거하고 시정해나갈 것이다. 자유를 빙자한 무질서를 불용하겠다'는 내용이었다.

2월 27일, 유신헌법에 의한 제9대 국회의원선거가 실시되었다. 한 선거구에서 두 명씩 선출하는 중선거구제였다. 국회의원의 3분의 1은 박정희 대통령이 지명하면 통일주체국민회의에서 선출했다. 투표 결과 선거구 선출 146명 중 공화당이 73명, 무소속 19명, 신민당 52명, 민주통일당 2명이 당선되었다. 여당에 불리하던 도시 선거구를 줄이고 농촌 선거구와 통합시킨 결과였다. 그리고 대통령이 지명한 '유신정우회(유정회)'는 73명이었다. 전체 219명 중 야당은 신민당과 민주통일당을 합쳐도 54석에 불과했다.

3월 7일, 동아일보에 김수환 추기경을 비롯해 전국 주교들의 이름이 보이는 강연 일정과 강연 제목이 소개되었다. 3월 10일에는 수원교구 윤공희 주교가 '인간의 권리', 3월 17일에는 대전교구 황민성 주교가 '인간의 의무', 3월 24일에는 김수환 추기경이 '인간과 공권력', 3월 31일에는 대구대교구의 이문희 신임 주교가 '정치공동체와의 관계', 4월 7일에는 안동교구 두봉 주교가 '인간, 국가, 세계', 4월 14일에는 청주교구 정진석 주교가 '교회의 사명'이라는 제목으로 강연을 한다는 기사였다. 가톨릭 신자들뿐 아니라 지식인과 학생들에게는 봄을 재촉하는 봄비 같은 소식이었다. 3월 10일 첫 강연 때부터 많은 이들이 몰려왔다.

　3월 18일, 전날 두 번째 강연도 성황리에 마친 그는 전주로 향했다. 대구 성유스티노 예비신학교와 동성학교 을조 동창인 김재덕 신부의 주교 서품식과 전주교구장 착좌식의 주례를 하기 위해서였다. 그가 전주교구청에 도착하자 김재덕 주교가 반갑게 맞았다.

　"추기경님, 멀리까지 내려오느라 수고했어."

　당시 지학순 주교를 비롯해 동창 신부들은 그에게 '추기경님'이라고 부르고는 반말을 했다.

　"김 주교, 다시 한 번 축하해. 하하!"

　"추기경님, 고마워. 그런데 나처럼 무능무덕한 사람이 교구장이 된 것은 교구를 위해 불행한 일이야. 그러나 누군가 감당해야 할 무거운 직무를 이 미련한 사람이 지게 되었으니 추기경님도 불쌍히 여기고 큰 협조를 부탁해."

　"무슨 얘기야, 김 주교는 잘 해낼 수 있을 거야. 그런데 우리가 성 유스티노 예비과에서 만난 게 벌써 몇 년 전이야?"

　"글쎄, 그게 언제야. 내가 여기 진안에서 보통학교 마치고 대구로 갔으니까, 1935년인가. 아이쿠 벌써 40년이 다 돼가네, 하하."

"그렇지? 세월이 벌써 그렇게 흘렀지? 그때 김 주교가 형처럼 의젓하게 나에게 조언도 해주고 그랬는데. 동성학교 을조에 가서도 그랬고. 입학시험 보던 날 생각나? 산수시험을 잘 못 본 것 같다고 걱정했더니, 김 주교가 시험 문제가 어려웠다고 위로해주던 일?"

"하하, 역시 추기경님은 기억력이 좋네. 그런데 소신학교 동창 중에서 주교가 세 명이 나온 건 우리 16회 졸업생밖에 없을 거야."

"그러게 말이야. 김 주교 덕분에 내일 오랜만에 동창들 만날 생각을 하니까, 마음이 다 설레네. 하하."

김수환 추기경이 쓸쓸한 미소를 짓자 김재덕 주교가 고개를 끄덕이며 물었다.

"우리 추기경님이 많이 외로운가 보네. 내가 착좌 준비를 하는 지난 한 달 동안 주교관에서 지내보니까 그렇더라고. 그래서 내가 우리 스테파노 추기경님을 위해서 기도했어."

그가 김 주교의 손을 잡았다.

"고마워, 김 주교. 그리고 앞으로 주교회의에서 자주 만나게 되니까, 우리 앞으로 힘을 합해 한국 천주교에 제2차 바티칸공의회 정신을 잘 실천해보자고."

"당연하지. 그리고 추기경님과 나는 순교자 자손이잖아. 우리 천주교도 순교의 피 위에 이루어졌고. 앞으로 교회가 암울한 우리 사회에 희망과 용기를 심어야 해. 나도 미약하지만 열심히 추기경님을 도울게."

"김 주교가 이렇게 말해주니까 힘이 나네."

김수환 추기경, 지학순 주교, 김재덕 주교는 1970년대 유신통치에 맞서서 사회정의와 인간존엄성의 회복을 외쳤던 대표적인 가톨릭 주교들이다. 지학순 주교는 투옥되어 1년 반 동안 옥살이를 했고, 김재덕 주교는 구속 직전의 상황까지 갔을 정도로 온몸을 던져 독재에 반대했다.

"생각 같아서는 24일 추기경님 강연 때 가고 싶은데, 그때는 아무래도 힘들 것 같아. 이해해줘."

"당연하지. 신임 교구장 일이 얼마나 많은데. 내일 서품식과 착좌식 하려면 오늘 저녁에 기도 많이 해야 할 테니까 그만 일어날게. 내일 보자고."

김수환 추기경은 전주교구청에서 마련해준 숙소를 향해 걸음을 옮겼다. 어스름이 내리는 길을 걸으며 어린 시절의 추억들을 떠올렸다. 어머니와 누나들을 뒤로하고 예비신학교의 긴 복도를 향해 걸어가던 일, 추운 겨울에 차가운 얼음물로 세수하던 일, 신학교 별장으로 소풍가면서 앵두를 따먹던 일 등이 주마등처럼 눈앞을 스쳤다.

'까까머리였던 때가 벌써 40년 전, 그동안 대구교구의 드망즈 주교, 타게 교장신부, 줄리앙 신부님은 모두 주님 곁으로 가셨구나. 동성학교 교장이셨던 장면 선생님도 세상을 떠나시고, 흔들리던 성소를 붙잡아주며 웃으라고 하시던 공베르 신부님은 북한으로 끌려가서 순교하셨고, 큰형님 같던 최덕홍 주교님도 천국으로 가셨구나. 나도 벌써 쉰하나, 하늘의 뜻을 깨닫는다는 지천명知天命의 나이가 된 지도 1년이 지났는데, 나는 아직도 하느님의 사랑을 제대로 깨닫지 못하고 있으니……'

그는 걸음을 멈추고 밤하늘을 바라보았다.

3월 24일, 김수환 추기경은 명동성당에서 '인간과 공권력'을 주제로 강연을 했다. 그는 이 강연에서 교황 요한 23세의 회칙 〈지상의 평화〉에서 중요하게 언급된 국가권력과 개인의 관계 그리고 공동선에 대해 이야기했다.[152]

---

152 1973년 '사순절 특강' 요약, 《김수환 추기경 전집》 13권 21~30쪽.

아,
김수환
추기경

"국민소득이 아무리 높더라도 인권이 무시당하고 억압되고 유린되는 곳에서의 국민은 행복할 수 없습니다. 그런 국가의 미래는 암담합니다. 그 때문에 교황님은 인간 사회의 평화를 말하는 이 회칙에서, 한 나라가 참으로 질서 잡히고 발전하고 번영하려면, 그래서 영속적인 평화를 누리려면 공권력이 지향하는 바가 국민의 공동선의 증진이요, 국민의 인간으로서의 권리와 의무를 보호하고 육성하는 데 있다고 강조합니다. 결론적으로 국가의 공권력은 국민의 공동선을 목적으로 해야 합니다. 공동선의 목적은 국민 모두와 인간으로서의 권리와 의무를 보호하고 증진시키는 데 있습니다. 그런데 여기에 우리 현실을 비추어보면, 노동자들을 비롯한 영세민들이 나라의 보호를 충분히 받는다고 보기 힘듭니다. 때로는 그들을 보호해야 할 공권력에 의해서 노동자의 권리가 억제된 경우가 적지 않고, 특히 새로운 개정법을 보면 노동자의 권리는 대폭 제한을 받고 있습니다. 여기서도 국익을 위한다는 명분을 내세우고 있습니다. 그렇지 않아도 실업의 위협과 기아선상에 서 있기 일쑤인 노동자들, 기업주들에게 억압당하고 착취당하며 때때로 인간 이하의 취급을 받으며, 자신들의 권리마저도 보호할 길이 거의 없는 노동자들이, 다른 이들보다 국익을 위한다는 명분으로 왜 더 많은 희생을 감내해야만 하는지 참으로 이해하기 곤란합니다."

그는 준엄하게 노동환경의 열악함을 비판했다. 이어서 유신헌법도 비판했다.

"헌법만 하더라도 개정될 때마다 국민을 위해서라기보다 집권세력의 편익을 위해서 이루어졌다는 사실에 주목하지 않을 수 없습니다. 한마디로 말해서, 한국의 정치인들은 대체로 국민 권리 신장이나 국민 전체의 공동선에는 관심이 희박한 채, 오직 정권의 장악 내지 장기적 확보를 위해 헌법을 마음대로 요리했다는 것을 의미하며, 이는 현재 한국의 민주주의 성장에 근본적 회의와 미래에 대한 체념과 실망을 안겨주고 있습니다."

청중들은 숨을 죽이고 그의 한마디 한마디에 귀를 기울였다.

"법이라 이름을 붙이면 다 법이 될 수 있는 것은 아닙니다. 자연법과 도리에 맞아야 법이 됩니다. 인간의 근본적 자유와 권리의 본질적 내용을 침해할 때에는 그것은 이미 법이라 부를 수도 없으며, 인간 본성과 자연법에 위배되는 악법이요, 그와 같은 법은 교황 요한 23세께서 지적한 대로 법적 효력을 잃게 됩니다."

대단히 위험한 발언이었다. 성당 안에는 팽팽한 긴장이 감돌았다. 그도 잠시 말을 멈추고 숨을 골랐다. 그리고 노동자들의 권익 옹호에 더욱 관심을 갖자면서 강연을 마쳤다. 박수갈채가 쏟아졌다. 명동성당에서 강연 내용을 녹음하면서 메모하던 중앙정보부 요원들과 경찰서 보안과 형사들은 보고서를 작성하기 위해 서둘러 자리에서 일어났다. 다행히 정부에서는 그의 강연을 문제 삼지 않았다.

8월 8일 오후 1시, 일본 도쿄의 그랜드팔레스호텔에서 김대중 전 대통령후보가 한국말을 하는 청년 다섯 명에게 납치당하는 사건이 발생했다. 그리고 5일 후인 8월 13일에 서울 동교동 집으로 돌아왔다. 일본 정부는 한국 정부를 의심했고, 한국 정부는 아니라고 부인했다.

10월 2일, 서울대 문리대에서 유신을 반대하는 최초의 시위를 벌였다. 이때부터 유신 반대 시위가 시작되었다. 4일에는 서울대 법대, 5일에는 상대생들이 시위를 했다. 문리대에서 20명, 법대에서 1명, 상대에서 2명 등 3일 동안 23명의 학생이 구속되었다. 서울대는 구속 학생들을 모두 제명시키고 56명을 무기정학에 처했다. 그래도 학생들의 시위는 들불처럼 번졌다.

10월 6일, 중동에서 전쟁이 발발했다. 석윳값이 급등했다. '제1차 석유파동(오일쇼크)'이었다. 세계 경제는 휘청거렸고 우리나라 경제도 타격을 받았다. 엎친 데 덮친 격으로, 추위가 예년에 비해 일찍 찾아왔다. 석유가 없으니 연탄 사용량이 늘어났고, 서민들은 연탄을 사기 위해 추운 날씨에 줄을 섰다. 서민들에게 독재보다 참기 어려운 것이 배고픔과 추위였다. 불평불만은 점점 고조되었다.

10월 15~19일, 왜관 '피정의 집'에서 한국 천주교주교회의 가을 정기총회가 열렸다. 이번 총회에서는 주교회의 모든 임원의 임기가 만료되어 새로 선출했다. 그 결과 김수환 추기경이 3년 임기의 의장을 연임하기로 했고, 윤공희 주교가 제1부의장, 김재덕 주교가 제2부의장, 그리고 지학순 주교가 상임위원(가톨릭노동청년회와 정의평화위원회 총재주교 겸임), 서기에 인천교구장 나길모 주교가 임명되었다. 세대교체가 이루어지면서 젊은 주교들이 실무를 담당하게 된 것이고, 이들이 수시로 열리는 상임위원회 멤버이기도 했다. 사무총장에는 이종홍 신부가 선임되었다.

11월 7일, 교황 바오로 6세는 윤공희 주교를 대주교로 승품하고 광주대교구장에 임명했다.

11월 24일, 김수환 추기경은 서울 중구 장충동 분도회관에서 열린 토론회에 참석했다. 그를 비롯해 한경직 목사, 김옥길 이대 총장, 백낙준 박사, 이태영 박사, 전 대법관 방순원 변호사, 한승헌 변호사, 김재준 목사, 이문영 고려대 교수 등 각계 인사 30명이 '신앙과 인권'이라는 주제로 토론을 했다. 토론 참가자들은 날이 갈수록 자유와 기본권이 억압되는 현 상황을 더 이상 지켜만 볼 수 없다는 데 의견을 함께하고 '인권선언문'을 채택했다.

1. 학원 사찰을 즉시 중지하고 구속 학생을 조속히 석방하라.

인권선언문 관련 기사. 경향신문 1973년 11월 29일자.

2. 언론 사찰을 중지하고 언론자유를 확립하라.

3. 최저임금제와 사회보장제도를 시급히 확립하라.

이날 발표한 인권선언문은 11월 28일자 동아일보와 11월 29일자 경향신문에 보도되었다. 이 선언의 보도는 당시 기자들도 더 이상 침묵할 수 없다는 의지가 있었기 때문에 가능했다.

12월 3일, 박정희 대통령은 이후락 정보부장을 경질시켰다. 김대중 납치 사건에 대한 문책이라는 이야기가 나돌았다. 후임에는 신직수 법무부 장관을 임명했고, 부분 개각을 단행했다. 그러나 민심은 유신정권에 등을 돌리고 있었다.

12월 5일, 김종필 국무총리가 김수환 추기경을 삼청동 공관으로 초대했다. 이 자리에는 가톨릭 신자인 이효상 공화당 의장서리도 참석했다. 두 사람은 김수환 추기경에게 가톨릭계가 정부에 협조해줄 것을 부탁했다. 김수환 추기경은 열흘 전 인권선언문에서 요구한 사항들을 박정희 대통령에게 전해달라고 했다. 서로 입장 차이만 확인한 자리였다.

12월 16일 오후 3시, 김수환 추기경은 500여 명의 청중이 운집한 종로 2가 YMCA 강당에서 '교회와 인권문제'라는 제목으로 강론을 했다. 에큐메니칼선교협의체(이사장 박형규 목사)에서 세계인권선언일을 맞아 주관하는 행사였다. 에큐메니칼선교협의체는 가톨릭 운동 단체와 개신교 활동 단체가 모인 범종교 단체였다. 가톨릭에서는 가톨릭노동청년회·가톨릭노동자연합회·가톨릭농민회, 개신교에서는 도시산업선교회·수도권도시선교회·한국기독학생총연맹·YMCA연맹·YWCA연맹 등이 회원 단체로 가입해 있었다.

그는 지난 3월 명동성당에서 강연한 후 11월 '인권선언문'을 채택할 때까지 침묵을 지켰다. 목소리를 높여 이야기해도 언론에 보도도 안 될 뿐 아니라 자칫 가톨릭이 탄압을 받는 결과가 초래될 수도 있는 상황이라 묵묵히 때를 기다렸다. 그러나 유신체제는 날이 갈수록 엄혹해졌다. 그는 이제는 교회가 이 사회의 빛이 되고 소금의 역할을 해야 할 때라고 판단하고 행사를 수락했다. 주최 측에서는 이날 행사의 성격을 정부의 압력과 탄압을 피하기 위해 종교 행사로 규정하면서, 김수환 추기경의 강연은 '강론', 개신교 김관석 목사의 강연은 '설교'라고 표현했다.

김수환 추기경의 표정은 무거웠다. 단단히 각오를 한 듯한 결연함도 느껴졌다.[153]

"경애하는 교우 여러분, 그리고 국민 여러분. 교회는 왜 인권 확립을 말하게 되었습니까? 그것은 교회의 사명이 본질적으로 인간 구원에 있기 때문입니다. 인간을 영육 간에 구하기 위해 교회는 창립되었고 세상 속에 파견되었습니다. 우리나라가 그동안 경제성장을 최우선의 과업으로 추진해온 과정에서, 인간은 경제나 이를 주도하는 정치 도구로까지

---

153 《김수환 추기경 전집》 5권 286~292쪽.

격하되었고, 영세 노동자들은 자신들의 정당한 권익마저도 자신들의 힘만으로는 도저히 옹호할 수 없는 상황에까지 이르렀습니다. 각 분야에서 인권 침해가 날이 갈수록 격심해온 것은 우리 모두가 몸소 체험한 바입니다."

그가 숨을 고르기 위해 말을 멈추자 청중들의 박수가 쏟아졌다. 김수환 추기경은 강연대 위에 있는 물을 들이켰다. 중앙정보부에서 파견 나온 요원들과 경찰서 보안과 형사들의 표정은 점점 굳어졌다.

"국가는 인간을 떠나서는 존재할 수 없습니다. 인간이 있고 국가가 있습니다. 인간이 국가 사회의 토대요, 중심이요, 목적입니다. 국민이 곧 국가이지, 정부가 국가이고 국민이 국가 아래에 있는 것이 아닙니다. 그런데 우리의 현실은 어떠합니까? 먼저 국가가 있고 국민이 있는 것으로 인식되어 있습니다. 국민 각자는 국가의 종속물에 불과한 양 간주되고 있습니다. 여기서 권력의 절대화가 생겨났고, 국민의 기본 인권이 크게 침해되는 현상이 나타나고 있습니다. 누구나 아시다시피 그간 권력에 의한 지나친 강압정치, 정보정치로 말미암아 공포 분위기 속에서 용납할 수 없는 심한 인권 유린이 자행되어왔습니다."

다시 박수소리가 강연장에 울려퍼졌다. 김수환 추기경은 잠시 말을 멈췄다. 그리고 청중들을 한번 둘러본 후 결연한 목소리로 강연을 계속했다.

"이른바 10월유신 체제로 정부는 인권과 정상적 민주헌정 질서를 희생시켜가면서까지 일방적으로 국민들의 추종만을 강요해왔고, 또한 국민을 정치와 경제의 수단으로 격하시켜왔습니다. 이런 상황 속에서 정부에 대한 국민의 신뢰도가 감소됨은 당연합니다. 자신들의 정당한 권익, 때로는 기본 인권까지도 잘 보호해주지 않고 오히려 부당하게 억제한다면 그런 정부를 어느 국민이 마음 놓고 신임할 수 있겠습니까? 국민이 공포나 불안 없이 이 나라 국민으로서 안심하고 살 수 있고, 자유로이 옳고 그른 것을 보고 듣고 말할 수 있도록 정치풍토가 제도적으로 개선되어야 하겠습니다."

다시 한 번 열렬한 박수가 터져나왔다. 그는 심호흡을 한 후 이날 강연에서 꼭 하고 싶었던 이야기를 꺼냈다. 이제까지 아무도 공개적으로 이야기하지 못한 유신헌법 개정에 대한 의견이었다.

"국민의 권리와 기본 인권을 제도적으로 확립해야 합니다. 이는 다른 길이 아닙니다. 국민의 국정 참여를 제도적으로 소외시키고 있는 현재의 체제를 지양하고, 현재의 헌법을 개정하여 삼권분립과 평화적 정권교체가 제도적으로 확정된 주권재민主權在民의 올바른 민주체제를 회복하는 길입니다."

그가 유신헌법을 개정해야 한다고 하자 여기저기서 웅성거렸다. 정부를 비판하는 것으로도 부족해 유신헌법 개정까지 이야기한다는 것은 대단히 위험한 일이었다. 다른 사람 같으면 더 이상 강연을 못하고 중앙정보부로 끌려가야 했다. 그러나 김수환 추기경은 눈 하나 깜짝하지 않고 강연을 계속했다.

"지금이 민주체제 회복의 시기입니다. 지금이 이 나라의 진로를 바로잡을 때입니다. 왜냐하면, 이 시기를 놓치고 만일 현 정부가 오늘의 체제의 근본적 변혁 없이 그대로 밀고 나가면 정부와 국민의 괴리는 더욱 심화되어 조만간 국가적 파탄을 면치 못할 심각한 위기에 직면할 수밖에 없기 때문입니다. 정부는 민의의 소재를 올바로 알고 이 기회를 놓치지 말아야 합니다. 정상적인 민주체제 재건만이 오늘날 정부가 해야 할 가장 크고 최우선적인 과업임을 현 정부는 깊이 인식해주기 바랍니다. 이 과업은 오직 대통령만이 그 열쇠를 쥐고 있습니다. 현 시국이 정권을 위해서나 국가 전체를 위해서 불행한 파국으로 떨어지지 않는 길은, 이 나라를 사랑하시고 이 나라 발전을 위해 노력하시는 대통령의 현명한 일대 영단으로 진정한 주권재민의 민주체제가 회복되는 것뿐임을 거듭 강조합니다. 끝으로 하느님께서 우리 겨레가 오늘의 어둠을 헤치고 보다 밝은 국가 장래를 맞이하기 위해 대통령께 지혜와 용기를 주시도록 모든 교회가 끊임없이 한마음 한뜻으로 기도드립시다."

강론이 마무리되자 박수갈채가 쏟아졌다.

잠시 후에는 김관석 목사가 단 위에 올라와 '설교'를 했다. 그리고 김 목사의 설교가 끝난 후에는 '73년 한국 인권선언문'을 채택했다. 다행히 기관원들과 충돌은 일어나지 않았다. 김수환 추기경은 명동성당으로 돌아왔다.

그가 주교관으로 가기 위해 명동성당 들머리로 들어설 때였다. 명동성당 언덕에서 200여 명의 신자들이 '민주헌법 회복하라'는 플래카드를 앞세우고 언덕길을 내려오고 있었다. 명동성당 안에 있는 지하 성당에서 '젊은이들을 위한 희망의 미사'를 마친 신자들이 선언문을 낭독한 뒤 가두시위를 한 것이다.[154]

신자들은 플래카드 외에도 '민주체제 회복' 등의 구호를 쓴 피켓을 들고 사람들이 가장 붐비는 코스모스백화점 쪽으로 내려갔다. 신자들 대부분은 학생이었다. 구경하던 일부 시민도 시위대의 뒤를 따라갔다.

김수환 추기경은 교구청 신부를 보내서 시위대를 다시 성당으로 돌아오게 했고, 경찰이 과잉 진압을 하지 않도록 협조 요청을 하게 했다. 다행히 시위대는 30분 만에 성당으로 돌아왔다. 그러나 주동자 네 명이 충무로에 있는 중부경찰서로 연행되자 학생들은 다시 경찰서 앞으로

---

154   가톨릭시보 1973년 12월 25일자, 동아일보 12월 17일자.

몰려가 6시 30분까지 "연행자 석
방"을 외쳤다. 김수환 추기경은 명
동성당 총대리신부인 최석호 신부
를 중부경찰서로 보냈다. 연행 학
생들은 다음 날 오후에 모두 석방
되었다.

그날 저녁, 여기저기서 전화가
왔다. 추기경이 나서서 유신헌법
에 대해 언급하는 것은 보기 좋지

1973년 12월 16일 명동성당에서 신자들의 시
위. 가톨릭시보 1973년 12월 25일자.

않다는 내용이었다. 그는 착잡한 마음으로 십자가 앞에 무릎을 꿇었다.
자신이 할 수 있는 것은 기도뿐이라는 생각이 들었다. 오랫동안 기도를
하고 책상 앞에 앉아 자신의 심정을 써내려갔다.[155]

교회는 왜 존재하는가? 구체적으로 오늘이라는 이 시간에 사회 속에 교
회는 무엇을 주고 있는가? 교회와 구원은 밀접한 것이다. 적어도 교회는
구원을 주는 교회이어야 하며, 구원을 주는 것이 없을 때는 교회는 이미
교회가 아니다. 그럼 오늘날 한국에서 교회는 무슨 구원을 주고 있는가?
예수님은 우리에게 세상의 빛이 되어야 한다고 말씀하셨고, 땅의 소금
이 되어야 한다고 하셨다. 이 말을 우리는 어떻게 알아들어야 하겠는가?
또 예수님은 "너희는 서로 사랑하라"고 하셨다. 옳은 일에 주리고 목마르
며, 옳은 일을 하다가 박해를 받는 사람은 행복하다고 하셨다. 이 말을 우
리는 어떻게 알아들어야 하겠는가?

---

155   1973년 메모 요약, 《김수환 추기경 전집》 17권 188~190쪽.

예수님은 착한 사마리아 사람의 비유로써 이웃 사랑이 무엇인지를 가르쳐주셨고, 또 가장 보잘것없는 사람, 가난한 자, 굶주리는 자, 병든 자, 옥에 갇힌 자, 소외된 사람 하나에게 한 것이 곧 당신에게 한 것이라고 하셨고, 그들 중 단 하나에게라도 하지 않는 것은 당신에게 그런 사랑을 베풀지 않는 것이라고 말씀하셨다.

교회가 말하는 구원은 죄에서 인간을 구하는 것이다. 그러나, 그렇다면 도대체 죄란 무엇인가?

굶주린 사람을 보고 그냥 지나치는 것, 병든 사람을 방치하는 것은 죄가 아닌가? 더욱이 억압받는 사람들을 알고도 모른 체한다든가 또는 그들의 인간으로서의 주장과 그 주장을 위한 항거를 보고서도 외면하는 것은 아무런 죄도 아닌가? 약한 이들을 수탈하고, 그들의 권리를 빼앗고, 그들을 억누르고, 영장 없이 구금하고 고문하는 행위가 있음을 알고도 가만히 있는 것은, 이웃에 대한 사랑을 거스르는 죄가 아닌가?

또 만일 이와 같은 행위들이 제도적으로 저질러졌을 때, 정치나 경제의 체제 자체가 그렇게 되어 있는데도 불구하고 침묵을 지킴으로 결국 이를 묵인하는 것이 되고, 또는 그에 영합하는 결과를 낳는 것은 죄가 아닌가? 복음의 빛에 비추어볼 때, 과연 우리는 그것이 죄가 아니라고 말할 수 있는가?

한국 교회는 이상하게 이런 것에 대해 죄의식이 희박하거나, 오히려 그런 것이 정치권력과 관계될 때에 문제를 귀찮아하거나 또는 정치 관여처럼 생각하여 교회와 성직자로서는 자기 분수를 잃은 외도처럼 보고 있다. 그것들을 한 번도 진지하게 복음의 빛으로 비추어보려고 해본다든지, 노력해보려고 하지 않는 경향이 더 크다.

그럼 교회가 말하는 이웃 사랑은 어디에 있으며 교회는 무엇으로 세상의 빛, 이 땅의 소금의 역할을 할 수 있는가?

김수환 추기경은 의자에서 일어나 창문을 열었다. 주교관 뜨락에는 흰 눈이 내리고 있었다. 산동네 판잣집에서 추위에 오들오들 떨고 있을 영세민들이 떠올랐다. 그들에게 연탄이라도 갖다줘야겠다는 생각을 하며 하얗게 내리는 함박눈을 오랫동안 바라봤다. 통금이 지났는지 멀리서 자동차 소리가 들렸다.

12월 19일, 박정희 대통령은 공화당과 유정회 국회의원들과의 다과회에서 "유신체제에 대한 비판이나 체제의 변경 요구는 용납할 수 없다"고 밝히면서, "일부 극렬한 야권 성향 인사의 부정적 자세가 문제"라고 불만을 나타냈다. 같은 날 김종필 총리도 경제인들과의 간담회에서 "유신이념과 체제에 정면으로 도전하는 선동적 언행은 용납할 수 없다"고 김수환 추기경의 개헌 발언을 우회적으로 겨냥했다.[156]

12월 20일, 백두진 유정회 회장은 유정회 의원총회를 소집했다. 그는 최근 며칠 동안 박정희 대통령과 김종필 총리가 '반체제 불용납'을 강조했다면서 준비해온 결의문을 낭독했다.

그러나 김수환 추기경은 자신의 생각과 판단을 굽히지 않았다. 그는 사회 원로와 종교계 인사들이 진행하고 있는 '유신헌법 개정을 요구하는 성명서'에 서명했다.

12월 24일 오전 9시 30분, YMCA 2층 회의실에 내외신 기자들이 몰려들었다. 10시가 되자 함석헌, 장준하, 천관우, 김동길, 백기완, 계훈제 등 여섯 명이 일어나 기자들에게 인사를 했다. 장준하 전《사상계》발행인이 "여기 있는 여섯 명 외에 김수환 추기경, 지학순 주교, 법정 스님 등 30인이 서명하여 '현행헌법개정청원운동본부'를 결성키로 했다.

---

156   동아일보 1973년 12월 22일자.

오늘부터 민주주의 회복을 위한 100만인 서명운동을 전개한다"고 발표했다. 그는 계속해서 "현행 헌법은 그 개정의 발의권이 사실상 대통령에게만 있기 때문에, 대통령에게 현행 헌법의 개정을 요구하는 100만인 청원운동을 전개하는 것"이라고 밝혔다.

12월 26일, 시내 곳곳에 개헌 서명대가 설치되었다. 시민들이 줄을 서서 서명했다. 가만있을 정부가 아니었다. 이날 밤 9시, 모든 라디오 방송과 텔레비전에서 김종필 국무총리의 대국민 특별방송을 내보냈다. '헌법을 고쳐야 하느니, 가두에서 무슨 서명운동을 하느니, 민주를 회복하느니 하는 구호 아래서 자유의 선을 넘어 행해지는 일체의 행위를 삼갈 것을 부탁한다'는 내용이었다.

12월 27일 아침, 개헌 서명운동을 주도하고 있는 장준하 통일당 최고위원은 "서명운동은 헌법에 명문으로 규정하고 있는 청원권 행사이므로 당초 예정대로 추진해나가겠다. 그러나 정부가 불허 태도를 표명한 이상 서명운동은 비공개적으로 벌이겠다"고 밝혔다.

12월 28일, 문공부는 언론 규제 기준 3개항을 밝혔다. 1) 10월유신 이념과 체제에 대해 부정하거나 도전하는 기사, 2) 국가안보 및 외교상의 중대한 위협을 초래하는 기사, 3) 사회 불안을 조성하거나 경제 안정 기반을 저해하는 기사는 국가안보 차원에서 규제한다는 내용이었다. 덧붙여서 "종교인이 종교를 빙자해서 사회질서를 파괴하거나 사회에 해독을 끼치며 국가안보를 해치는 활동을 할 때는 관계 법령에 의해 제재를 받아야 한다"고 밝혔다.

12월 29일 오후, 박정희 대통령은 개헌 청원 서명운동을 즉각 중지하라는 특별담화를 발표했다. 각 신문은 호외를 만들어 시내 중심가에 뿌렸다. 박 대통령의 담화는 강경하고 단호했다. 세상은 다시 얼어붙었다.

빛은 사그라들고
진실은 사라지는가

25

"절망이 있는 곳에 희망을, 어두운 곳에 빛을, 불신의 사회 속에 믿음을."

| 김수환 추기경 |

1974년 1월 1일, 52세가 된 김수환 추기경은 어제 오후 늦게 배달된 새해 신문들을 펼쳤다. 1면에는 한결같이 박정희 대통령의 신년사가 실렸다. 유신체제를 유지, 발전시켜나가겠다는 내용이었다. 그러나 지난해 말 그와 지학순 주교가 참여한 '헌법개정청원운동본부'에서 시작한 개헌 서명에 참여한 인원은 며칠 만에 5만 명을 넘어서고 있었다. 그는 정부에서 가만있을 리가 없다고 생각하며, 조그맣게 한숨을 내쉬었다.

한 시간이 넘도록 신문을 살펴본 김수환 추기경은 명동성당 뒤 퇴계로에 있는 가톨릭여학생관을 향해 발걸음을 옮겼다. 국제가톨릭형제회에서 새해 아침 미사를 집례하기 위해서였다. 미사를 마치자 점심으로 떡국이 나왔다. 그는 식탁에서 떡국을 먹으며 회원들과 덕담을 나눴다. 그때 한국어 교육을 마친 배현정 간호사가 그에게 앞으로 어떤 일을 하면 좋을지 물었다.[157] 그가 되물었다.

"배 간호사는 무슨 일을 하고 싶어요?"

"추기경님, 그동안 생각해봤는데요. 저는 시골에 가고 싶어요. 소록도 같은 곳에요."

배 간호사의 대답을 들은 김수환 추기경은 잠시 생각에 잠겼다. 수녀도 아닌 평신도 미혼 여성이 소록도로 가겠다고 생각한 것은 대단한 결심이었다. 그러나 소록도에는 이미 신부와 수녀 그리고 전문 인력이 들어가 봉사활동을 하고 있었다. 그는 천천히 입을 열었다.

"배 간호사, 대단히 훌륭한 생각이에요. 그러나 제 생각은 조금 다릅니다. 지금 서울에는 매해 30만 명 이상의 시골 사람들이 올라오고 있어요. 그런데 그들은 돈이 없기 때문에 변두리 판자촌으로 가요. 나는 그 사람들의 건강이 굉장히 걱정됩니다. 교회가 서둘러서 그런 곳에 가 그들의 이웃이 되어야 하는데, 현재로서는 전문 인력이 부족해요. 그러니 국제가톨릭형제회에서 먼저 들어가서 활동을 시작하면 고맙겠어요. 얼마 전에 가톨릭구제회 한국 책임자인 캐롤 안 주교님과 만나서 이야기했는데, 안 주교님도 그런 말씀을 하셨어요. 나는 배 간호사와 약사인 최소희 선생 그리고 미국에서 사회사업을 공부하고 온 유송자 선생이 팀을 구성해서 서울 근처 변두리로 가면 좋을 것 같아요."

"아, 그런 일도 있군요. 추기경님, 그럼 저희가 상의를 해서 며칠 후에 찾아뵙겠습니다."

"그래요. 결정이 되면 연락을 하고 오세요."

"예, 추기경님."

김수환 추기경은 시흥의 한센병 환자 정착촌인 라자로마을을 방문할 때마다 그 주변의 산동네에 다닥다닥한 판잣집을 보며 예수님이라면

---

157   《그리운 김수환 추기경 2》(가톨릭대학교 김수환추기경연구소, 2014) 237쪽 참고 재구성.

아,
김수환
추기경

서른 밤이 되어 주십시오

추기경 김수환

보내시는 분

받으시는 분

《아, 김수환 추기경 1·2》, 이충렬 지음, 김영사 출간

저런 곳을 가셨을 텐데, 하고 마음이 무거워지곤 했다. 그러나 당시까지도 서울대교구는 도시빈민 사목이나 사회복지 사업을 할 경제적 여건이 못 되었고, 전문 인력도 부족했다. 외국 수도단체에 의존할 수밖에 없는 상황이었다.

며칠 후 배현정과 최소희, 유송자 세 사람이 김수환 추기경을 찾아왔다. 그는 얼마 전 도시빈민 구제 사업에 관심을 갖고 있는 가톨릭구제회 간사로부터 추천받은 서울 근교 변두리 동네 일고여덟 곳을 세 사람에게 이야기해주며 직접 살펴보라고 했다. 그때부터 세 사람은 후보지를 찾아나섰다. 가난한 동네이면서도 자립 가능성이 있는 동네에 자리를 잡아야 했지만, 사회사업으로 의원과 약국을 연 선례가 없었다. 그런 사회사업이 성공할 가능성보다는 실패할 확률이 높다고 해도 과언이 아니었다. 그래도 세 사람의 국제가톨릭형제회 회원은 그때부터 1년 동안 발품을 팔며 후보지를 찾고 타당성 조사를 했다.

1월 7일 정오, 김수환 추기경을 비롯해 윤공희 대주교, 지학순 주교, 김재덕 주교, 신임 교황청 대사 도세나 대주교 등 전국 14개 교구장이 명동성당에서 공동으로 '제7회 평화의 날' 미사를 집전했다. 주한 외교사절을 비롯해 2천여 명의 신자들이 자리를 가득 채웠다. 날이 갈수록 김수환 추기경이 강조하는 인간존엄과 사회정의에 관심을 갖는 이들이 늘어나고 있었다.

이날 미사에서는 교황 바오로 6세의 '평화의 날' 메시지가 낭독되었다. 교황은 메시지에서 "평화는 정의를 갈구할 때 가능하고, 인간존엄성과 공동선에 바탕을 둬야 한다. 평화는 인류의 소망이자 이상이기 때문에 신자들의 기도와 실천으로 선도적 역할을 해야 한다"고 강조했다.

미사는 1시 15분에 끝났다. 그때 성당 입구에서 외국인 수녀 세 명과 한국인 수녀 한 명이 '민주질서 가능하다', '평화는 가능하다'는 플래카

드를 내걸고 '개헌 서명운동을 전폭 지지한다'는 등 5개항이 담긴 결의
문을 신자들에게 나눠줬다.[158] 드디어 수녀들까지 나선 것이다. 그러나
15분 만에 신부들의 제지로 해산되었고, 다행히 아무도 연행되지는 않
았다.

같은 날 오전 10시, 명동 코스모폴리탄다방에 김광섭, 백낙청, 안수
길, 이헌구, 이희승, 이호철, 김지하, 황석영, 천승세, 송영 등 20명의 문
인이 모였다. 그들은 "개헌 서명을 지지한다"고 밝히면서, 61명의 문
인들이 서명했음을 밝혔다. 그리고 4개항으로 된 결의문을 낭독하다가
출동한 경찰에 의해 9명이 중부경찰서로 연행되었다.

같은 날 오후, 서울대 치대생들이 개헌 지지 성명을 발표했다. 전남
대에서는 방학인데도 천여 명이 모여 개헌 지지 결의문을 채택한 후 학
교를 나가 1킬로미터를 행진하며 시위를 벌였다. 지방에서도 개헌 서
명과 유신헌법 반대 운동이 일어났다.

1월 8일 오후 2시, 김수환 추기경은 9~14일 아시아주교회의에 참석
하기 위해 홍콩으로 떠났다. 그는 하늘에서 내려다보이는 조국의 산하
를 보며 가슴이 답답했다. 날이 갈수록 개헌 요구는 거세질 텐데 정부
에서 어떤 식으로 대응할지 걱정이 밀려왔다. 그러나 그가 할 수 있는
건 기도뿐이었다.

같은 날 오후 5시, 박정희 대통령은 긴급조치 1호와 2호를 선포했다.
유신헌법 개정을 이야기하면 영장 없이 체포할 수 있고 15년 이하의
징역에 처한다는 '공포의 조치'였다. 9호까지 이어지는 '긴급조치 시대'
의 시작이었다.

---

158   동아일보 1974년 1월 7일자, 가톨릭시보 1월 13일자.

아,
김수환
추기경

김수환 추기경은 홍콩에서 텔레비전을 통해 긴급조치 소식을 접했다. 자신도 모르게 한숨이 나왔다. 어두운 장막이 한국 사회를 덮어누르는 것 같았다. 빛이 사그라들고 진실이 사라지는 어둠의 장막 안에서 사람들은 체념 속으로 빠져들어갈 것 같았다. 양심이 질식되고 정직이 통하지 않으면 불의와 부정이 더욱 활개를 칠 텐데, 어둠의 장막을 어떻게 걷어내야 할지 앞이 보이지 않았다. 그러나 그것은 반드시 걷혀야 할 장막이었다. 그는 그날 밤, 긴급조치가 장기화되지 않게 해달라고 기도했다.

1월 15일, 김수환 추기경이 귀국한 이날 오후 장준하 통일당 최고위원(당시 56세)과 백기완 백범사상연구소장(당시 42세)이 긴급조치 1호 위반으로 구속되었다. 긴급조치 위반 첫 구속자였다. 1월 21일에는 긴급조치 철회를 요구하는 시국선언을 한 도시산업선교회 소속 인명진·김경락 목사, 청계천 판자촌에서 사목하는 활빈교회의 김진홍 목사 등 11명을 역시 긴급조치 1호 위반으로 구속했다. 다음 날인 22일에는 연세대 강당에서 긴급조치 철회를 요구하는 토론을 벌인 연대 의대생 고영하와 김향 등 7명을 구속했다. 구속자는 정치인에서 종교인, 학생으로 범위가 확대되었다.

재판도 속전속결로 이루어졌다. 2월 1일 비상보통군법재판소는 장준하와 백기완 두 사람에게 징역 15년 및 자격정지 15년을 선고했다. 2월 7일에는 인명진 목사 등에게 징역 및 자격정지 15~10년을 선고했다. 학생들에게는 징역 7~3년을 선고했다. 체포, 구속, 선고의 악순환이 이어졌다.

3월이 되자 각 대학은 개학을 했고, 일부 대학에서는 유신 철폐 시위 움직임이 일었다. 그러나 긴급조치의 무서움 때문에 학생들의 참여율은 저조했다. 구내식당에서 성명서를 낭독해도 구속되는 시절이었다.

4월 3일, 서울대·연대·성대·이대 등에서 소규모 시위와 함께 '전국민주청년학생총연맹(약칭 민청학련)' 명의의 유인물이 뿌려졌다.

　정부는 이날 오후 '민청학련 사건'에 대한 특별담화를 발표했다. "민청학련은 공산주의자의 배후조종을 받는 단체"이며 "정부를 전복하고 노농勞農 정권을 수립하려는 국가변란을 기도했다"는 내용이었다. 그리고 밤 10시, 긴급조치 4호를 선포했다. "민청학련에 가입한 자는 최고 사형, 위반자가 소속된 학교는 폐교까지 할 수 있다"는 내용이었다.

　세상은 꽁꽁 얼어붙었다. 김수환 추기경도 사태의 추이를 예의 주시했다. 한국 천주교가 긴급조치의 폭풍 속으로 들어가게 될 줄은 꿈에도 생각하지 못한 채.

　4월 21일, 김수환 추기경, 윤공희 대주교, 지학순 주교는 22일부터 일주일 동안 타이베이에서 열리는 아시아주교회의 총회에 참석하기 위해 출국했다. 이번 회의는 9월 27일 로마에서 열릴 세계주교대의원회의의 준비회담 성격을 띠고 있었다. 아시아 14개국의 성직자 대표 40여 명이 참석했고, 한국에서도 세 명의 주교가 참석했다.

　4월 30일, 김수환 추기경과 윤공희 대주교가 귀국했다. 그러나 지학순 주교는 함께 돌아오지 않았다. 5월 5일 유럽으로 가서 독일과 오스트리아, 로마를 방문할 예정이었다. 작년처럼 가톨릭 자선단체들을 방문해서 수해복구기금을 확보한 후 7월 초에 귀국할 계획이었다.

　7월 6일, 지학순 주교가 오후 4시 50분 비행기로 김포공항에 도착하는 날이었다. 서울대교구와 원주교구 신부 및 신자들이 마중을 나갔다. 그러나 탑승자 명단에 있던[159] 지 주교가 비행기에서 내리는 모습은 목

159　당시에는 공항에서 제3자도 탑승자 명단을 확인할 수 있었다.

아,
김수환
추기경

격되었지만 공항 출구에 나타나지 않았다. 그때부터 김수환 추기경은 정계에 있는 천주교 신자들을 통해 지학순 주교의 행방을 수소문했다. 그러나 소재는 파악되지 않았다.[160]

7월 8일 오전 9시, 중앙정보부 요원이 김수환 추기경을 찾아왔다. 자신들이 지학순 주교를 연행했다면서, 잠시 후 김재규 중앙정보부 차장이 방문하면 만날 의사가 있는지 물었다.

오전 9시 30분, 김재규 차장과 차장보가 김수환 추기경을 찾아왔다. 김재규 차장이 공손한 목소리로 말했다.

"추기경님, 저희가 지 주교님을 모셔갔습니다. 민청학련 사건 때문에 조사할 것이 있어 모셔갔습니다."

"혐의가 무엇인지 말씀해주실 수 있습니까?"

"김지하 시인에게 108만 원을 건넸고, 이 돈이 민청학련 자금이 되었습니다."

"그 돈을 준 게 그렇게 큰 죄입니까?"

김수환 추기경은 원주교구장인 지학순 주교의 연행과 구금을 매우 엄중하게 생각했다. 가톨릭에서 주교는 교황이 직접 임명하는 고위직이고, 지학순 주교와 같은 교구장 주교[161]는 교구 행정을 총괄하는 교구

---

160   지학순 주교 연행부터 석방, 연금, 재판, 구속까지의 과정에 대해서는 당시 가톨릭시
       보(1974. 7. 7~9. 1), 김수환 추기경의 '지학순 주교 사건 관련 인터뷰'(평화방송 1998년
       1월 15일 녹음,《김수환 추기경 전집》 16권 377~388쪽),《추기경 김수환 이야기》, 지학순
       주교 전기《그이는 나무를 심었다》,《한국 가톨릭 인권운동사》(명동천주교회, 1984),
       김병도 몬시뇰의 회고록《흘러가는 세월과 함께》,《암흑 속의 횃불─70~80년대 민
       주화운동의 증언 제1권》(기쁨과희망 사목연구소),《천주교정의구현사제단 창립 30주년
       기념집》,《1975년 4월 9일(현장 증언)》(빛두레), 최성현《좁쌀 한알 장일순》(도솔출판,
       2004),《명동성당 신문기사 자료집 상(上)》(한국 천주교 서울대교구 주교좌 명동성당), 지
       학순 주교 성명서 '민청학련 사건에 대한 나의 입장' 등을 참고해서 재구성했다.

최고 책임자였다. 주교는 세계적으로 그 권위를 존중받았기 때문에 체포되거나 구속되는 일은 흔치 않았다.

"추기경님, 민청학련은 공산당 세력과 연계해서 정부를 전복할 목적으로 만든 단체입니다."

김수환 추기경은 더 이상 얘기해야 소용이 없다고 판단하고 물었다.

"김 차장님, 제가 지 주교님을 직접 만날 수 있겠습니까?"

"예, 제가 안내하겠습니다."

오전 10시 50분, 김수환 추기경은 중앙정보부에 가서 지학순 주교를 만났다.

"주교님, 몸은 괜찮아?"

김수환 추기경이 지학순 주교의 손을 잡으며 물었다.

"추기경님, 내가 김지하 시인에게 돈을 준 건 사실이야. 돈을 준 액수와 시일에 대해서는 그 정확한 내용을 기억할 수 없지만, 100만 원 내외의 금액을 작년 초겨울에 준 것으로 기억해. 그러나 정부에서 말하는 것처럼 유혈 시위나 폭동을 일으키기 위한 자금으로 준 건 절대로 아니야. 다만 순수한 학생운동으로서 민주주의를 수호하기 위한 기금으로 준 거야. 더구나 공산주의자와 어떠한 관계가 있는 줄 알면서 주었다는 건 상상도 할 수 없는 일이야. 또 학생시위를 통해 정부를 전복하려는 생각은 전혀 없었고. 추기경님도 알잖아. 우리는 성직자지 혁명가가 아니잖아. 물론 나는 여기서도 말했어. 현 정부를 반대한다고. 무엇보다도 부정부패가 많기 때문이고, 현 체제는 삼권분립이 아니라 삼권이 1인에게 있기 때문이고, 장기집권을 하기 때문이고, 가끔 인간의 기본권을

---

161   주교에는 교구장 주교와 교구장을 보좌하는 보좌주교가 있다.

침해하기 때문에 반대하지만 그래도 부정부패를 시정하려는 노력에 대해서는 찬성한다고 했어."

김수환 추기경은 알고 있었다. 지학순 주교가 공산당이 싫어서 윤공희 대주교와 함께 남한으로 내려왔고, 부산에서 군대에 입대한 후 행정병이었지만 국군과 함께 북진했던 사실을. 그래서 그는 용공분자라는 올가미를 씌우려는 중앙정보부의 혐의를 납득할 수 없었다. 그는 중앙정보부의 음모를 파악한 이상 가만히 앉아 있을 수 없다고 판단하며 남산 중앙정보부에서 나와 명동성당 아래에 있는 교구청으로 돌아왔다.

오후 2시에는 교황청 대사 도세나 대주교도 남산에 가서 지학순 주교를 면담했다.

이 시간, 김수환 추기경은 주교회의 사무국장 신부에게, 전국의 주교들에게 지 주교를 만나고 온 사실을 알리고, 주교회의 상임위원회도 소집하라고 했다. 상임위원은 김수환 추기경을 비롯해 윤공희 주교회의 제1부의장, 김재덕 제2부의장, 주교회의 서기 나길모 주교, 상임위원인 지학순 주교 그리고 사무총장인 이종흥 신부였다.

7월 9일 오전 10시, 김수환 추기경은 주교회의 상임위원회에서 지학순 주교의 연행과 구금에 대해 논의했다. 그는 내일 오전 11시에 주교회의 임시총회를 개최하고, 자신이 경위서를 작성해서 주교들에게 배포하고 기자들에게도 알리겠다고 했다. 그리고 내일 오후 6시에 주교와 신부와 수도자, 수녀, 평신도들과 함께 특별미사를 공동으로 집전하기로 했다.

이날 오후 김수환 추기경은 '지학순 주교의 연행에 관하여'라는 주교단 명의의 경위서를 작성했다.

1. 불법 납치 경위.

2. 모 수사기관에서 지 주교를 면회한 경위.

3. 지 주교의 이야기와 수사기관의 혐의 내용에 다른 점이 있음.

4. 주교단은 지 주교를 신뢰한다. 수사기관은 지 주교를 석방하라.

5. 한국 교회의 모든 성직자와 수도자 그리고 평신도는 이 같은 사실을
   잘 인식해서 주교들과 함께 기도해주기를 부탁한다.

6. 근래에 구속된 양심적 정치범들의 석방을 기원한다.

경위서 작성을 끝낸 김수환 추기경은 사무처 직원에게 인쇄를 해오라고 했다. 그러나 당시 인쇄소에서는 이런 문건을 인쇄하면 신고를 해야 했다. 신고를 받은 경찰은 난감했다. 불법 시위를 선동하는 문건이면 압수를 하겠지만 한국 천주교를 대표하는 주교회의 문건을 압수할 수는 없는 일이었다. 보고용으로 몇 장 얻어가는 선에서 마무리되었다.

이날 오후 비상보통군법회의에서는 민청학련 관련자 등에 대한 구형이 있었다. 군 검찰은 김지하·이철·유인태·나병식·김병곤·이현배·여정남 7명에게 사형, 김효순·류근일·안양로 등 7명에 대해서는 무기징역을 구형했다. 이 소식을 들은 김수환 추기경은 깊은 한숨을 내쉬었다.

저녁 7시, 명동성당 주교관 3층 회의실에 서울교구 신부 34명, 지방 교구 신부 4명 등 모두 37명이 모여 지 주교 사건에 대해 이야기를 나눴다. 젊은 사제들이 모였다는 보고를 받은 김수환 추기경은 3층으로 와서 지 주교의 연행 이유를 간단히 밝혔다. 그리고 지 주교의 석방을 위해 기도해달라고 했다.

7월 10일 오전 10시, 김재규 중앙정보부 차장과 차장보가 김수환 추기경을 다시 찾아왔다. 김재규 차장은 약간 초조한 표정이었다.

"추기경님, 어제 인쇄하신 경위서를 입수했습니다."

"몇 장 갖고 갔다는 보고 받았습니다."

"만약 이 발표문이 언론사 기자들 특히 외신 기자들에게 배포되어 외국 언론에 보도되면 정부와 중앙정보부의 입장이 곤란해집니다. 그러나 이 일을 푸실 수 있는 분은 대통령밖에 없으시니, 오늘이라도 각하를 만나보시는 게 어떻겠습니까? 현재로서는 그 방법이 천주교와 정부를 위해 가장 좋은 방법이라고 생각됩니다."

김수환 추기경은 잠시 생각에 잠겼다. 그러고는 천천히 입을 열었다.

"이건 나 혼자 결정할 문제가 아닙니다. 조금 후에 열리는 주교회의 임시총회에서 공식적으로 논의한 후 그 결과를 알려드리겠습니다."

그의 대답에 김재규 차장은 알았다며 일어섰다. 그도 일어나 주교관 3층에 있는 회의실로 올라갔다.

오전 11시, 한국 천주교주교회의 임시총회가 열렸다. 김수환 추기경은 어제 중앙정보부에 가서 지학순 주교를 만난 내용 그리고 지학순 주교의 입장과 정부의 협의 내용의 차이점을 보고했다. 그리고 조금 전 중앙정보부 차장을 만났는데 정부 쪽에서 대통령 면담을 제의했다는 내용도 전달했다.

대통령 면담 없이 강력하게 밀고 나가야 한다는 주장과 대통령을 만나서 우선 지 주교를 석방하도록 하는 게 먼저라는 주장이 너무 팽팽해 투표를 했다. 결과는 6대 6으로 갈렸다. 주교회의 의장인 그의 선택에 맡겨졌다. 그는 결정하기 전에 두 가지를 생각했다. 첫째는 지학순 주교의 건강이었다. 지 주교는 전부터 당뇨가 심해 병원 치료를 받는 중이었다. 두 번째는 어제 사형 구형을 받고 지금 이 시간에 선고공판이 열리는 일곱 명에 대한 구명求命이었다. 당시는 '정찰제 판결'이라는 말이 있을 정도로 구형과 판결이 같았기 때문이었다. 실제로 김지하를 비롯한 일곱 명은 사형을 선고받았다.

김수환 추기경은 대통령 면담을 택했다. 그리고 주교들에게 자신의 결정을 설명했다.

"짧은 시간이지만 여러 가지로 생각을 해봤습니다. 일단 저쪽에서 대화로써 문제를 평화적으로 해결하려는 뜻이 보였습니다. 다음에 강하게 대처할 필요가 있으면 그때 하더라도, 일단은 이 대화 제의를 받아들이는 것이 좋겠다고 생각했습니다."[162]

그의 설명에 주교들은 고개를 끄덕였다. 그는 오후 6시에 예정대로 '사회정의와 평화를 위한 미사'를 봉헌하기로 한 후 집무실로 돌아왔다. 김재규 차장에게 전화를 해서 주교회의 의장 자격으로 대통령 면담 제안을 받아들이겠다고 했다.

오후 4시, 김재규 차장과 차장보가 다시 주교관으로 왔다. 오후 6시로 면담 시간을 잡았다고 했다. 김재규 차장 일행이 돌아가자 그는 윤공희 대주교를 만났다. 면담 일정을 설명하고 저녁미사의 주례를 부탁했다. 그러고는 성당에 모여 있는 사제, 수도자, 수녀, 신자들에게 지 주교 문제로 박 대통령을 만나러 간다며 기도를 요청했다.

미사 시간이 가까워오자 서울대교구뿐 아니라 원주, 인천, 수원, 청주, 대전 등 서울에서 멀지 않은 교구의 주교와 사제, 수도자, 수녀, 평신도 1,500명이 명동성당을 가득 메웠다. 윤공희 대주교를 비롯해 모든 참석자들의 마음이 한곳으로 모였다.

오후 6시, 김수환 추기경은 청와대에서 박정희 대통령과 마주 앉았다.[163] 박 대통령은 먼저 '정교분리政敎分離 원칙'을 들고 나왔다.

---

162   평화방송 1998년 1월 15일 인터뷰.
163   박정희 대통령과의 대화는 《우리가 서로 사랑한다는 것》(사람과사람, 1999) 46~50쪽에서 인용, 재구성했다.

아,
김수환
추기경

"추기경님, 저는 종교란 마음을 순화시키는 것이 목적이지, 정치 문제에 개입하는 것은 종교의 영역을 벗어나는 것이라고 봅니다."

박 대통령의 이야기는 당시 교회 안팎에서 계속 제기되는 근본 문제이기도 했다. 그러나 김수환 추기경에게 정교분리는 독일 유학 시절 회프너 교수신부의 그리스도교 사회학 시간에 여러 번 토론을 했던 주제였다. 그는 두 손을 모으고 차분하게 대답했다.

"대통령께서 종교의 역할을 그렇게 보시는 것은 충분히 이해합니다. 왜냐하면 저희 신자들 중에는 물론이요 저와 같은 성직자들도 그렇게 생각하는 분들이 상당수 있습니다. 따라서 신자가 아닌 대통령께서 그렇게 보시는 것은 어쩌면 당연하기까지 합니다. 그런데 한번 달리 생각해봐주십시오. 사람들이 종교나 교회에 가장 기대하는 것이 무엇이겠습니까? 종교나 교회가 사회에서 '빛과 소금'의 역할을 다해주길 바라고 있습니다. 사회가 윤리·도덕적으로 타락하고 부정부패로 썩어가는데도 교회가 아무것도 하지 않고 방관만 하고 있다면 직무유기라고 말하지 않겠습니까? 교회는 한 사회의 윤리와 도덕의 파수꾼도 되어야 하고, 그것의 향상을 위해 모든 노력을 다 기울여야 합니다. 그렇다면 정치·경제도 포함되지 않을 수 없습니다. 국민 생활에 가장 큰 영향을 주는 정치와 경제가 윤리·도덕의 범주 밖에 있다고는 말할 수 없지 않겠습니까? 저도 대통령께서 지적하신 정교분리의 원칙을 교회도 존중해야 한다고 봅니다. 교회가 정부의 인사나 경제정책 등에 직접 관여하는 것은 옳지 않습니다. 또 성직자가 정치활동을 직접 하거나 정부 정책과 인사에 직접 개입하는 것은 바람직하지 않습니다. 그러나 정치·경제 등 사회 모든 문제에 있어서 인간의 기본 권리를 유린한다든지 정의에 어긋난다든지 할 때는 '그래서는 안 된다'는 말을 할 수 있고 또해야 한다고 생각합니다. 가톨릭교회에도 나름대로 복음정신에 입각한 인간관, 사회관, 국가관, 세계관이 있습니다. 이에 따르면 인간은 하느님 모양으로 창조된 존엄한 존재입니다. 이 존엄성은 국가권력도 침범할 수 없습니다. 뿐더러 나라의 정치는 이 인간이 개개인으로 또는 가정을 비롯한 여러 종류의 공동체로서 인간답게 살 수 있고, 인간으로서 충분히 행복을 누리며 살 수 있도록 해주는 것이 정치 원리입니다."

이번에는 박 대통령이 언론자유와 관련된 언론정책에 대해서 이야기했다. 박 대통령은 서울에서 인쇄되는 일간신문이 그날로 평양에 간다면서, 남북 분단과 공산주의 혁명 침투의 위험 등에 비추어볼 때 국가안보의 절대적인 요청에 따라 현재의 언론정책은 불가피한 것이고, 여기에 비추어 언론자유는 충분히 있다고 말했다. 김수환 추기경이 깜짝 놀라며 물었다.

"석간신문이 그날로 몇백 리 떨어진 평양까지 갑니까?"

그의 물음에 박 대통령은 "그게 우리나라 현실입니다"라고 대답하며 긴 한숨을 내쉬었다. 김수환 추기경은 대통령이 보는 국가안보의 필요성에 동감하면서 자신의 의견을 피력했다.

"국가안보를 위해서는 무엇보다도 강한 국력이 필요합니다. 그런데 강력한 국력이란 무력에 의존된 것이 아니고 모든 국민이 나라를 사랑하는 애국심과 국민의 단결된 힘이라고 생각합니다. 이것이 없으면 아무리 좋은 무기가 있고 잘 훈련된 군대가 있어도 나라를 잘 지킬 수 없습니다. 국민이 자발적으로 나라를 사랑하고 힘을 하나로 모으기 위해서는 정부에 대한 신뢰가 있어야 합니다. 그 신뢰는 신문을 믿을 수 있을 때 가능하고, 그것은 언론자유가 있으므로 가능합니다. 오늘날 국민이 신문을 믿지 않는 것은, 신문이 써야 할 것을 제대로 쓰지 못하고 있고, 그만큼 언론자유가 없기 때문입니다. 신문을 믿지 않는 것은 곧 정부에 대한 불신이 그만큼 크기 때문입니다. 국민이 정부를 믿지 않을 때, 국민의 자발적인 참여는 없고, 국력은 그만큼 약화됩니다. 따라서 언론자유를 권력의 힘으로 제한하는 것은 오히려 국가안보를 해치는 결과를 초래한다고 봅니다. 대통령께서는 이것이 우리나라의 실정이라는 것을 아셔야 합니다.”

다시 박 대통령 차례가 되었다. 이번에는 노동문제였다.

“종교계가 왜 노동문제에 개입합니까? 기업에서는 개신교의 ‘도산(도시산업선교회)이 개입하면 공장이 도산倒産한다’고 말하고 있습니다.”

박 대통령은 실제로 그렇다면서 여러 가지 사례를 그에게 이야기했다. 당시 박 대통령은 ‘지하자원이 없는 우리나라에서는 수출만이 살길’이라는 생각을 갖고 있었다. 그래서 노동조합이 생기는 걸 싫어했고, 노동자들을 부추기는 게 종교계라고 생각하고 있었다. 김수환 추기경은 여기서 숨을 한번 쉬면서 대답했다.

“대통령께서 걱정하시는 것은 충분히 이해합니다. 저도 노동자들이 파업을 일삼는 것은 결코 찬성할 수 없습니다. 그런데 노사관계는 이해관계 때문에 서로 맞서기 쉽습니다. 한쪽은 되도록 헐한 임금이기를 바라고, 다른 한쪽은 적어도 최저생활을 할 수 있는 임금은 물론, 한 푼이라도 더 받고 싶어 이해관계가 상반되니 갈등을 일으키기 쉽습니다. 이런 상황에서 가장 바람직한 것은 문제를 대화로 푸는 노사화합입니다. 노사 간은 서로의 이해관계가 깊은 만큼 서로가 서로를 필요로 합니다. 기업은 노동자 없이 안 되고, 노동자는 기업 없이 생계를 유지할 수 없다는 것을 알고 서로 존중해야 할 것입니다. 그런데 우리나라는 아직 실업자가 많기 때문에 노동자들은 제대로 인간 대접을 받지 못하고 있습니다. 혹사를 당하고 사용주 임의로 해고할 수도 있는 등 노동권이 보장되어 있지 않습니다. ‘물질은 공장에 들어가면 좋은 상품이 되어 나오는데, 사람이 공장에 들어가면 폐품이 되어 나온다’는 말이 있습니다.”

김수환 추기경은 교황 비오 11세가 1931년에 발표한, 사회문제에 대한 교서 '40주년'에 있는 말을 인용했다. 그리고 계속 말을 이었다.

　"이것이 오늘날 노동현장의 현실이어서 노사 간에는 잦은 갈등과 분규가 일어날 수밖에 없습니다. 이런 대립 상황에서는 힘이 센 편이 결국 이기기 마련인데, 그것은 언제나 사용주입니다. 왜냐하면 사용주는 노동자 개개인에 비하면 엄청나게 큰 강자인데, 거기다 중앙정보부, 경찰, 심지어 노동자를 위한다는 명분 아래 만들어진 노동청까지 기업주 편입니다. 노동자 편을 드는 사람은 아무도 없습니다. 대통령께서는 2년 전 저를 진해 여행에 초대하셨을 때, 고향 구미를 지나면서 옛날 가난한 시절에 국민학교를 다니실 때 고무신이 닳을까 봐 신지 않고 들고서 철도를 따라 통학하셨다는 회고담을 들려주셨습니다. 그렇게 가난하게 자라신 분이었기에 5·16군사혁명을 일으켰을 때는 이 땅에 가난을 없애겠다는 빈곤 퇴치의 결의가 있으셨다고 생각합니다. 그런 뜻을 지니신 대통령께서 노사분규 현장에 가신다면, 저는 대통령께서 반드시 노동자 편을 들고 그들의 고충을 들어주시리라 생각합니다. 교회가 하는 것은 바로 대통령께서 하셔야 할 그 일입니다."

　서로 간에 최대의 존중이 오가는 대화였다. 김수환 추기경은 '본론'을 꺼냈다. 지학순 주교를 오늘 밤에 석방시켜달라고 하자, 박 대통령은 그러겠다고 했다.

　김수환 추기경은 박 대통령에게 한 가지 부탁을 더 했다. 어제 비상보통군법회의에서 사형 구형을 받은 민청학련 관련자들에 대한 선처였다. 박 대통령은 잠시 생각에 잠겼다. 그러고는 "그건 좀 생각해봐야 할 문제"라고 대답했다. 열흘 후인 7월 20일 김지하, 이철, 유인태, 나병식, 김병곤 5명은 무기로 감형되었다.[164]

　오후 7시 30분, 김수환 추기경은 한 시간 30분의 면담을 마치고 명동성당 주교관으로 돌아왔다. 그가 주교관에 도착할 무렵 미사는 끝났고, 성직자와 수도자, 수녀 400여 명은 성모동굴 앞에서 철야기도에 들어갔다.

김수환 추기경은 윤공희 대주교를 비롯해 남아 있던 주교들에게 면담 결과를 설명하고 지학순 주교의 석방 연락을 기다렸다. 잠시 후, 김재규 차장에게서 연락이 왔다. 남산에 와서 지 주교의 신병을 인수하라고 했다. 김수환 추기경은 중앙정보부로 달려갔다. 그곳에서 지학순 주교의 주거를 명동성당 옆에 있는 샬트르 성바오로 수녀원으로 제한하기로 합의하고 신병을 인수했다.

그는 지학순 주교와 함께 명동성당으로 돌아왔다. 지 주교는 신부와 수도자, 수녀들에게 감사의 인사를 했다. 모두 박수로 환영했다. 통금시간 때문에 집에 돌아갈 수도 없어서 기도회는 다음 날 아침 6시까지 계속되었다.

김수환 추기경은 지 주교 그리고 원주교구 신부들과 함께 성체조배를 한 후 사무실로 왔다. 먼저 지 주교의 건강 상태를 물었다. 혹시라도 고문에 몸이 상했다면 옆에 있는 성모병원에서 의사를 부르기 위해서였다. 그러자 지 주교는 눈물을 글썽이며 이야기했다.

"정보부에 가서 가장 고통스러웠던 건 설사병이나 당뇨병, 공포심 조장이나 잠 안 재우는 것이 아니었어. 이 새끼 저 새끼, 욕을 하면서 인격을 모독하고, 교회까지도 싸잡아 욕을 하는 것이었어."

지학순 주교는 중앙정보부에 구금되어 있을 때 설사병이 도져서 몸

이 많이 허약해진 상태였다. 김수환 추기경은 지 주교가 휴식을 취하게 조치를 하고 사제관으로 돌아왔다.

7월 11일, 주한 교황청 대사 도세나 대주교는 노신영 외무부 차관을 면담했다. 이 자리에서 도세나 대주교는 지 주교가 구속되지 않도록 요청했다. 그 후 정부는 지 주교를 원주교구장직에서 해임할 것을 석방 조건으로 제시했지만 교황청에서는 타협하지 않았다.[165]

7월 15일, 지학순 주교는 주거지를 성모병원 621호실로 옮겼다. 김수환 추기경이 김재규 차장에게 당뇨 치료를 위해 병원 치료가 필요한 상황이라고 이야기해서 얻어낸 결과였다. 물론 중앙정보부에서 나온 감시요원 두 명이 병실 앞에서 면회객을 통제했다. 그러나 김수환 추기경은 매일 면회를 갔다.

7월 23일 오전 8시, 성모병원 앞으로 내외신 기자들이 모여들었다. 지학순 주교는 마당에서 '양심선언'[166]을 낭독했다. 사제가 끝까지 지켜야 할 가치인 양심을 건 문건을 발표한다는 것은 자신의 전 존재를 걸었다는 뜻이었다.

이때 김수환 추기경은 광주에서 올라온 윤공희 대주교와 오늘은 별일 없을 것이라는 얘기를 하고 있었다. 그런데 교구청 신부가 사무실로 뛰어들어왔다.

"추기경님, 지금 지 주교님께서 병원 마당에서 뭘 하고 계십니다."

---

165   평화신문 2009년 3월 3일자. 2006년 2월 공개된 정부 외교문서에 근거했다고 밝혔다.

166   양심선언은 정보부에서 고문이나 협박으로 허위자백을 받는 일이 많은 시대였기 때문에 연행 전에 자신의 의사를 명백히 밝히는 방법이었다. 이후 많은 민주인사들은 구속되기 전에 양심선언을 하며 고문에 항거했다.

◁ 김수환 추기경과 윤공희 대주교가 양심선언을 하는 지학순 주교를 걱정스러운 표정으로 바라보고 있다.

지학순 주교의 양심선언

당시 언론에는 지학순 주교의 양심선언 내용이 단 한 줄도 보도되지 않았다. 동아일보 백지광고 사태 때인 1975년 2월 11일자 격려 광고 난을 통해 일반인들에게 알려졌다. 그 내용은 아래와 같다. 지학순 주교의 양심선언은 이후 구속을 앞둔 민주인사들에게 중앙정보부의 고문과 조작에 대항하는 수단이 되었다.

1. 소위 유신헌법이라는 것은 1972년 10월 17일에 민주헌정을 배신적으로 파괴하고 국민의 의도와는 아무런 관계없는 폭력과 공갈과 국민투표라는 사기극에 의하여 조작된 것이기 때문에 무효이고 진리에 반대되는 것이다.
2. 소위 유신헌법이라는 것은 국민의 기본 인권과 기본적인 인간의 품위를 짓밟은 것이다.
3. 반대의사를 말하면 사형이나 종신징역에 처할 수 있다는 소위 긴급조치 1호와 4호라는 것은 우리나라 오랜 역사상 가장 참혹한 자연법 유린의 하나다.
4. 본인이 범했다고 하는 내란 선동은 조작된 죄목이다.
5. 본인을 재판하겠다고 하는 비상군법회의라는 것은 스스로 법과 양심에 따라 독립하여 재판할 수 없는 꼭두각시다. 울부짖는 피고인들의 목소리가 밖으로 알려지지 않는 동안에 당국에 의해 통제된 신문들, 텔레비전들은 지금도 계속 증거가 희박한 검찰관의 주장만을 사실처럼 보도하고 있다.

이상 기록한 것이 나의 기본적 주장이며 생각이다. 이 외에 어떠한 말이 나오더라도 나의 진정한 뜻에서 나오는 말이 아니라 타의에 의한 강박에서 나온 것임을 알아주기 바란다.

_1974년 7월 23일 아침, 천주교 원주교구장 주교 지학순

"뭘 하다니?"

김수환 추기경은 되물으면서 급히 병원 쪽으로 뛰어나갔다. 윤공희 대주교도 함께 갔다. 병원 앞은 전세버스로 상경한 원주교구 사제와 신자들로 가득했다. 국내 언론 기자들뿐 아니라 워싱턴포스트의 돈 오버도퍼 기자를 비롯해 뉴스위크, ABC 텔레비전, 월스트리트저널, AP, AFP 등 외신 기자들의 모습도 보였다. 김수환 추기경이 도착했을 때는 이미 '양심선언'을 낭독한 후 기자들의 질문에 대답하고 있었다.

김수환 추기경과 윤공희 대주교는 지 주교가 기자회견을 마칠 때까지 기다렸다가 함께 언덕길을 올라갔다. 잡혀가기 전에 명동성당에서 함께 미사를 봉헌하기 위해서였다.

미사가 끝나자 지 주교는 미사에 참석한 신자들에게 "나를 위해 기도 많이 해주기를 당부한다"면서 성당 문을 나섰다. 문밖에는 예상대로 중앙정보부 요원들이 기다리고 있었다. 지학순 주교는 입을 굳게 다문 채 김수환 추기경 그리고 윤공희 대주교와 악수를 나눴다. 지 주교가 검은색 지프차에 오르자 원주에서 온 여신자들과 수녀들의 흐느낌이 흘러나왔다.

김수환 추기경은 지학순 주교가 수감되지 않도록 여기저기 연락을 했다. 그리고 긴급히 전국주교회의를 소집했다.

7월 24일, 주교회의에 앞서 상임위가 소집되었다. 김수환 추기경은 어제의 상황을 설명하며, 내일 주교회의 임시총회를 소집하고 저녁에는 주교들의 공동 집전으로 특별미사를 거행하자고 했다. 각 수도회 장상들도 내일 미사에 초청해서 지 주교 사건 경위를 설명하겠다고 했다.

그 날 저녁, 김재규 차장으로부터 지학순 주교의 신병을 순천향병원으로 옮겼다는 연락이 왔다. 그러나 이번에는 아무도 면회가 안 된다면서, 장소를 비밀에 부쳐달라고 부탁했다. 김수환 추기경은 지 주교가 중앙정보부에서 고초를 겪고 있지 않다는 사실에 안도의 한숨을 내쉬었다. 정부에서도 사태가 악화되는 걸 원하지 않았던 것이다.

김수환 추기경은 십자가를 바라봤다. 주님의 십자가를 지고 간다는 것이 정말 어렵다는 생각이 들었다. 그는 그때부터 내일 주교회의 이름으로 발표할 '지학순 주교 사건 관련 선언문'의 기초와 특별미사 강론을 준비했다.

7월 25일, 한국 천주교주교회의는 "지학순 주교의 행동은 민주주의의 회복을 위한 것이다"라는 내용의 선언문을 발표했다.

오후 6시, 명동성당에서는 김수환 추기경과 주교단, 수도회 장상들이 공동으로 집전하는 '나라와 교회와 목자를 위한 기도회'가 열렸다. 대부분의 주교들이 참석했고, 사제 약 150명, 수녀 400명, 신자 3천 명이 명동성당 안과 밖을 가득 메웠다. 주한 벨기에 대사와 프랑스 대사도 참석했다. 강론은 김수환 추기경이 했다.

그는 지학순 주교가 모종의 사건과 관련되었다는 혐의 때문에 모 기관에 구인되어 있다고 밝혔다.[167] 그리고 지 주교 사건은 오늘날 우리 교회의 쇄신을 위해 큰 반성의 계기가 되었다고 했다.

"오늘날 교회의 가장 긴급한 관심사로 지적한 사회의식을 우리는 정말로 가졌는가, 우리는 이웃에 대한 관심과 사회감각을 정말 가졌는가를 반성하게 되었습니다. 또한 우리는 사회에 대한 우리의 책임을 다했는가를 반성하고 우리 주교들과 성직자, 평신자 모두가 이 기회에 자신의 신앙생활을 깊이 반성해보도록 촉구하는 계기가 되었습니다."

김수환 추기경은 강한 정부는 결코 물리적 힘의 정부가 아니라 국민

---

167   《한국 가톨릭 인권운동사》(명동천주교회, 1984) 120~122쪽 요약.

의 자발적 지지와 협조와 애국정신 위에 서 있는 정부라고 충고하며, 국민 각자가 인간으로서 하느님으로부터 부여받은 존엄성과 기본 권리가 공권력, 즉 정부의 권력으로부터 보호되어야 한다고 강조했다. 그리고 모든 주교, 사제, 수도자, 평신자들은 그리스도의 진리와 정의를 위하고 남을 위해 자기를 버리고 십자가를 질 때 그리스도의 사랑과 평화를 누린다면서, 한국 교회의 쇄신을 촉구했다.

"오늘의 한국 교회는 바로 이 같은 쇄신을 필요로 합니다. 우리의 이웃과 사회와 겨레를 위해 책임을 다했는가를 반성해야 합니다. 이 반성을 토대로 우리 교회를 쇄신합시다. 또한 참된 신앙으로 살고 있는지, 언제나 그리스도처럼 자기를 바칠 수 있는지를 깊이 반성하며 그렇게 되기 위하여 간절히 기도드립니다."

이날 미사는 무사히 마무리되었다. 그리고 이때부터 원주교구를 시작으로 전국의 각 교구에서 지학순 주교를 위한 특별미사가 봉헌되었다. 원주교구에서는 임광규 변호사를 선임했고, 김수환 추기경은 황인철 변호사와 홍성우 변호사를 선임했다.

7월 말, 김수환 추기경은 도쿄에서 열린 동남아 주교 매스컴 관계자 회의에 참석하기 위해 출국했다. 그가 한국 주교회의 매스컴위원회 위원장을 겸하고 있었기 때문이었다.[168]

도쿄에 도착하자 일본 언론들이 인터뷰 요청을 했지만 그는 응하지 않았다. 찾아와서 질문을 해도 대답하지 않았다. 외국에 나가서 한국 내부 사정을 얘기하는 걸 싫어했고, 외국 언론이 문제 해결에 도움을 주는 것도 아니라고 생각했기 때문이었다.

---

168   가톨릭시보 1973년 10월 28일자.

8월 5일, 오후 8시 30분 귀국한 김수환 추기경은 순천향병원에 가서 지 주교를 45분 동안 면회했다. 건강 상태를 확인하기 위해서였다.

8월 6일, 바티칸 교황청 방송국에서는 "지학순 주교의 구속에 많은 국가가 크게 놀랐으며, 공정한 재판이 되기를 희망한다"고 보도했다.

8월 7일 오전 10시, 지 주교에 대한 2차 공판이 열렸다. 같은 날, 주한 교황청 대사 도세나 대주교는 노신영 외무부 차관을 방문해서 지학순 주교에 대한 공정한 재판과 선처를 부탁했다.

8월 8일, 비상군법회의 검찰은 지학순 주교와 윤보선 전 대통령, 김동길 전 연세대 교수, 박형규 목사에게 '내란 선동 및 긴급조치 위반' 혐의로 징역 15년, 자격정지 15년을 구형했다.

8월 12일, 지학순 주교는 3차 공판에서 징역 15년, 자격정지 15년을 선고받고 법정 구속되었다.

김수환 추기경은 지학순 주교가 구속 수감되었다는 소식을 듣고 오후 6시 특별미사를 봉헌했다. 신부 130명, 수녀 700명, 평신도 3천 명이 참석했다. 미사가 끝난 후 신부 40명과 수녀 500명은 성당에 남아 철야기도를 했다. 주교관에서 홀로 기도하던 그는 11시 30분 명동성당으로 와서 새벽 2시까지 신부, 수녀들과 함께 기도를 했다.

이튿날인 8월 13일, 바티칸 방송은 "지학순 주교에 대한 군법회의 선고 소식은 세계 도처에 큰 충격을 주었을 뿐만 아니라, 깊은 슬픔을 야기했다"고 발표했다.

많은 신자들은 주교와 사제들의 움직임을 주시했다. 김수환 추기경도 며칠째 기도를 하면서 길을 찾았다. 사회 분위기도 정부에 대해 우호적이지 않았다. 언론에서도 국회에서 야당의 대정부 질문 내용 중 '사회정의 마비', '불신에 화살', '부정축재자 처벌 용의는?' 같은 문구를 커다란 제목으로 소개했다. 9월에 개학이 되면 어떤 사태가 일어날

지 모르는 '정중동靜中動'의 상황이었다. 그때 대형 사건이 발생했다.

8월 15일 오전 10시, 서울 장충동 국립극장에서 광복절 기념행사가 열렸다. 10시 20분, 박정희 대통령이 연설대 앞으로 나와 기념사를 낭독했다. 그때 앞줄에 앉아 있던 청년이 일어나 박 대통령을 향해 총을 쏘기 시작했다. 식장은 순식간에 아수라장이 되었다. 몇 발의 총성이 울렸지만, 총알은 박 대통령을 비껴갔다. 그러나 단상에 앉아 있던 육영수 여사가 총탄에 맞아 쓰러졌다. 공휴일에 텔레비전으로 생중계되던 행사에서 일어난 일이라 국민들의 충격은 상상을 초월했다.

육영수 여사는 그날 저녁 7시에 운명했다. 김수환 추기경은 육영수 여사의 서거를 안타까워했다. 육 여사가 '청와대 제1야당'이라고 불릴 정도로 박 대통령에게 직언을 하면서 약자 편을 들어주었고, 박 대통령에게 민심을 전달하면서 귀에 거슬리는 충고도 마다하지 않는다는 말을 전해들었기 때문이었다. 김수환 추기경은 8월 17일 명동성당에서 추도미사를 집전했고, 19일 국민장 때는 천주교 대표로 참석해서 고별 기도를 했다.

8월 23일, 박정희 대통령은 긴급조치 1호와 4호를 해제했다. 그러나 재판은 계속되었다. 지학순 주교가 석방되지 않고 상고심 재판이 진행되자, 천주교는 다시 움직였다.

9월 23일, 김수환 추기경은 27일부터 로마에서 두 달 가까이 진행되는 제4차 세계주교대의원회의에 참석하기 위해 출국했다.

같은 날, 원주교구에서는 300여 명의 신부들이 모여 성직자세미나를 열었다. 참석자들은 각 교구에서 지학순 주교를 위한 특별미사 때 열심히 참여했던 사제들로, 주로 30~40대였다. 제2차 바티칸공의회 이후에 사제가 된 이들이 대부분이었다.

9월 24일, 세미나에 참석했던 사제들은 토의를 통해 뜻을 같이하는 사제단을 결성하기로 하고, 그 명칭을 '정의구현사제단'으로 정했다. 그러나 정의구현사제단은 한국 가톨릭의 최고 의결기구인 천주교주교회의의 인가를 받지 않고 '비공인 단체'로 출발했다. 공인 단체가 되면 모일 때마다 담당 주교의 승인을 받아야 하기 때문이었을 것이다.

10월 9일 오후 2시, 서울 혜화동에 있는 가톨릭대학 신학부(대신학교) 교정에서는 가톨릭 전국성년대회가 열렸다. 25년 만에 열리는 행사여서 전국 14개 교구에서 800여 명의 사제와 수도자, 수녀와 2만여 명의 신자가 참가했다. 당시 김수환 추기경은 로마 교황청, 서정길 대주교는 오스트리아, 윤공희 대주교는 멕시코 출장 중이어서 전주교구의 김재덕 주교가 강론을 했다. 김재덕 주교는 강론을 통해 유신체제를 강력히 비판했다.

4시 45분, 성년대회 마지막 순서가 끝나자 참가자 가운데 5천여 명이

1973년 10월 9일, 가톨릭대학 신학부 교정에서 열린 '가톨릭 성년대회' 후 일부 주교와 사제, 신자들이 거리로 진출하기 위해 경찰과 몸싸움을 벌이고 있다.

지학순 주교의 석방을 요구하며 가두시위에 들어갔다. 정의구현사제단이 앞장을 섰고, 신부들과 참가자들은 '지학순 주교를 석방하라', '헌정질서 회복하라', '민심은 천심이다', '기본 인권을 회복하라' 등의 구호가 적힌 플래카드를 들고 교문으로 향했다. 기동경찰이 교문을 막아서자 주교 다섯 명이 시위대 앞에 나와 대열을 정리했다. 갈 길이 먼 지방 신자들이 나갈 수 있도록 한쪽에 길을 만들어줬다. 시위대는 오후 6시 15분까지 연좌농성을 벌인 후 해산했다. 그러나 1천여 명은 다시 동성중고등학교 앞 혜화동 로터리 부근에서 모여 구호를 외치며 경찰과 대치하다 7시 10분경에 해산했다.

10월 9일 오후 7시는 로마 시간으로 같은 날 오전 11시였다. 세계주교대의원회의가 열리고 있는 교황청 회의실에서는 '인권과 화해에 관한 메시지'가 토론에 부쳐졌다. 현재 세계 각국에서 인권문제가 긴박하다며 올린 안건이었다. 김수환 추기경, 폴란드의 비신스키 추기경 그리고 북아일랜드의 콘웨이 추기경이 발언자로 선정되었다.[169]

발언에 나선 김수환 추기경은 "교회는 기본권 압박에 침묵하면 안 된다"면서, "오늘날의 교회가 자신의 특권이나 구조 등의 침해에 대해서는 요란하게 항의할 준비가 돼 있으면서도 교회 밖의 사람들이 부당하게 압박당하는 데는 침묵을 지키고 있기 때문에 많은 사람들을 교회 안으로 끌어들이지 못하고 있다"고 역설했다.

"인간존엄성의 원칙은 우리 각자 안에 현존하시는 하느님의 모습과 그 반영입니다. 모든 인간으로 하여금 본질적으로 평등하게 하는 이유

---

169   김수환 추기경 인터뷰(《신동아》 1975년 1월호), 동아일보와 경향신문 1974년 10월 11일자. 김수환 추기경의 1974년 10월 22일자 메모, 《김수환 추기경 전집》 4권 5~7쪽.

아,
김수환
추기경

는 바로 이것입니다. 교회는 보다 완전히 주님께 회개하기를 갈망하며, 교회 자체가 생활 속에 인권에 대한 존경과 존중을 보임으로써 그 직무를 수행하기를 소망합니다."

교회가 보다 적극적으로 제2차 바티칸공의회 정신을 실천해야 한다는 발언이었다. 김수환 추기경의 발언 내용은 AP통신 등 외신을 통해 세계로 타전되었다. 그리고 '인권과 화해에 관한 메시지'의 채택 여부를 투표에 부쳤다. 전세계에서 참석한 209명의 추기경과 주교들이 투표를 했고, 205대 4의 압도적인 표차로 통과되었다. 그리고 김수환 추기경은 주교대의원 전체 투표에서 상임위원 열다섯 명 중 한 명으로 선출되었다. 2~3년에 한 번씩 열리는 세계주교대의원회의 의제 등을 준비하기 위해 매해 바티칸에 가서 회의를 해야 하는 중요한 직책이었다.

이튿날인 10월 11일, 비상고등군법재판소에서 지학순 주교에게 징역 15년과 자격정지 15년을 확정했다. 김수환 추기경은 로마에서 외신을 통해 그 소식을 듣고 큰 한숨을 내쉬었다. 그는 공산주의자가 절대 될 수 없는 가톨릭 주교에게 그런 가혹한 형을 내린 정부는 절대 민주정부가 아니라며 고개를 세차게 흔들었다. 그리고 그날 저녁 명의본당인 성펠릭스성당에 가서 지 주교와 조국의 민주화를 위해 기도를 드렸다.

◁ 로마의 명의본당에서 기도하는 모습.

당시 회의에 참석했던 여러 나라 주교단에서도 한국 정부의 판결을 비판적으로 생각하는 주교들이 대부분이었다. 독일 주교단은 이튿날 회의 중에 한국 인권의 심각성에 대해 강하게 비판했다. 오스트리아 빈 교구의 프란츠 쾨니히 추기경, 오스트리아 잘츠부르크교구의 대주교, 프랑스 주교회의의 정의평화위원회 위원장 주교, 미국 주교단에서도 한국의 인권 상황에 우려를 표하면서 지 주교를 지지한다는 메시지를 김수환 추기경에게 전달했다.

10월 12일, 데모하는 대학이 늘어나자 정부에서는 8개 대학에 휴교 령을 내렸다. 그러나 시위 참가 대학은 점점 늘어났고, 10월 18일에는 전국의 거의 모든 대학이 휴교와 휴강에 들어갔다. 문교부에서는 각 대학에 주동 학생들을 제적하고 반체제 성향 교수들은 해직하라고 압력을 가했다. 시대의 어둠은 점점 깊어갔다.

10월 23일, 중앙정보부는 '서울대 농대생 300명 데모' 기사를 문제 삼아 송건호 동아일보 편집국장을 연행했다. 중앙정보부 요원들이 신문사에 상주하면서 기사의 크기와 지면 배치를 간섭하던 때였다. 당시 국민들의 마음을 대변한다는 평을 받으며 인기를 끌던 시사만화 '고바우영감'을 그리던 김성환 화백은 여러 차례 조사를 받았을 정도였다. 그런데 편집국장까지 연행되는 사태가 발생하자 기자들은 송 국장이 신문사로 돌아올 때까지 농성을 하기로 했다.

10월 24일, 동아일보 기자와 동아방송 아나운서 등 130여 명이 편집 국에 모여 '자유언론실천선언'을 발표했다. 몇 시간 뒤부터 조선, 중앙, 한국일보 기자들이 동참했다. 25일에는 서울과 지방의 각 신문과 통신 사들도 '언론자유 수호'에 동참했다.

11월 11일 월요일, 전국 13개 도시에서 일제히 '인권 회복을 위한 기도회'가 열렸다. 서울 명동성당에서 1,500명을 비롯해 전국에서 7천여 명의 성직자, 수도자, 수녀들이 참석했다. 광주와 전주에서는 가두시위로 이어졌다.

11월 18일에는 문인 30여 명이 세종로 네거리에서 '자유실천문인협회 101인 선언'을 발표했다. 박두진, 김정한, 이희승, 이헌구, 박화성 등 원로 문인과 고은, 신경림, 이문구, 염무웅, 이시영, 황석영, 박태순, 송기원, 조해일 등 중견 소장 문인들이 서명한 선언문이었다. 훗날 민족문학작가회의, 현재 한국작가회의의 전신인 '자유실천문인협회'의 탄생을 알리는 고고성이었다.

11월 29일 오후 4시 15분, 김수환 추기경이 두 달 만에 귀국했다. 공항에는 교황청 대사 도세나 대주교를 비롯해 동창인 김재덕 주교 등 30여 명의 사제들이 마중을 나왔고, 각 언론사 기자들이 그를 기다렸다. 전국에서 지속적으로 열리고 있는 시국미사에 대한 의견을 묻기 위해서였다.[170]

"추기경님, 먼저 이번 세계주교대의원회의에서는 어떤 문제가 논의되었는지요?"

"이번 회의에서는 최근 여러 나라에서 문제가 되고 있는 인권 탄압 문제와 동구권의 신앙의 자유에 대해 많은 토의가 있었습니다. 인권 회복 문제에 대해서는 지금까지 여러 차례 천명되어온 제2차 바티칸공의회 정신이 다시 강조되었습니다."

"지난 두 달 동안 국내 천주교에서는 많은 움직임이 있었는데, 어느 정도 알고 계시는지요?"

---

[170]   기자회견은 동아일보와 경향신문 1974년 11월 30일자를 참고해 재구성했다.

"그동안 국내에서 있었던 천주교의 움직임에 대해서는 외신을 통해 대강 알고 있습니다."

"종교인의 현실 참여에 대해 이런저런 말들이 나오고 있습니다. 어떻게 생각하시는지요?"

김수환 추기경은 이 질문에 잠시 생각을 한 후 대답했다.

"참여의 정도에 대해서는 여러 가지 의견이 나올 수 있다고 생각합니다."

교회의 현실 참여에 대한 그의 생각은 확고했다. 제2차 바티칸공의회 정신에 기초해서 교회는 세상 안에, 세상을 위해서 즉 인류의 구원을 위해 존재하기 때문에 세상에 열려 있는 교회가 되어야 한다고 생각했다. 그래서 그는 교회가 군사독재 정권의 반민주적 정치에 저항하고, 가난과 고통에 신음하는 인간 문제에 개입하는 것은 당연하다고 생각했다.[171] 그러나 제2차 바티칸공의회 문헌들은 어디까지가 허용될 수 있는 사회 참여이고, 어느 선을 넘어야 정치에 개입하는 것인지를 명확하게 규정하지 않았다. 문헌을 어떻게 '해석'하느냐의 문제였던 것이다. 그래서 "여러 가지 의견이 나올 수 있다"라고 대답한 것이다.

"그렇다면 추기경님의 입장은 어떠신지요?"

순간 기자회견장에 긴장이 감돌았다. 마중 나온 사제들과 기자들의 눈이 김수환 추기경의 입으로 향했다. 그는 빙그레 웃으며 대답했다.

"그 질문에 대해서는 제가 과거에 취해온 태도나 발언 등을 살펴보시면 정확한 답을 찾으실 수 있을 겁니다."

기자회견을 마친 그는 사제들과 함께 명동성당으로 돌아왔다. 성당

---

171   《추기경 김수환 이야기》 271쪽.

에 들어가 성체조배를 한 후 먼저 도세나 대주교와 지학순 주교 문제에 대해 이야기를 나눴다. 교황대사가 떠나자 총대리신부로부터 두 달 동안 일어났던 일들을 간략하게 보고받았다.

12월 2일, 김수환 추기경이 귀국하기를 눈이 빠지게 기다리던 배현정, 유송자, 최소희 등 국제가톨릭형제회의 세 회원이 집무실로 찾아왔다.[172] 사회사업을 전공한 유송자가 그동안의 과정을 설명했다.

"추기경님, 지난 1년 동안 가톨릭구제회에서 추천한 일고여덟 곳을 다녀봤는데, 서울 변두리 지역인 시흥이 가장 적합한 동네라는 결론이 나왔습니다. 산동네에 약 3만 5천에서 4만 명 정도가 판잣집에서 수도도 없이 살고 있습니다. 마침 성당이 산 아래에 들어와 있는 것도 도움이 될 것 같습니다. 그 밖에 다른 기관은 없는 아주 열악한 곳입니다."

김수환 추기경이 고개를 끄덕이자 이번에는 최소희 약사가 설명을 했다.

"그래서 저희가 일단 약국을 열고, 유송자 선생님과 배현정 간호사가 집들을 방문하면서 무엇이 필요한지 파악하고 정착하려고 했어요. 그런데 약국을 세 얻어 들어가려니, 매해 전세금을 올려달라고 할 텐데, 약국은 옮겨다니면 안 될 것 같고, 그렇다고 산동네로 갈 수도 없는 문제가 있어요. 그래서 아무래도 집 하나를 마련해야 할 것 같아요……."

김수환 추기경이 낮은 한숨을 쉬며 잠시 생각을 했다.

"그러면 약국도 할 수 있고, 환자도 볼 수 있는 집이라야겠군요."

"예, 추기경님."

"그러면 적당한 집을 본 건 있나요?"

---

172   《그리운 김수환 추기경 2》(가톨릭대학교 김수환추기경연구소, 2014) 238쪽.

"예, 추기경님. 쌀가게를 하던 37평짜리 반지하 미니2층집인데, 수도
가 없어서 시세보다는 싸게 나오기는 했지만……."

"그런 집이 있어요? 그러면 물은 어떻게 해결하려고?"

"그건 일주일에 두 번씩 오는 보건소 물차에서 받아 쓰면 돼요."

"그렇군요. 그럼 얼마에 나왔어요?"

"싸다고 그래도 650만 원은 줘야 할 것 같아요."

"2층집인데 그 정도면 서울의 반값이군요."

"예, 추기경님."

"제가 갖고 온 돈도 약간 있고 벨기에서 조금은 도움을 받을 수 있
을 것 같습니다."

배현정이 말하자 유송자와 최소희도 갖고 있는 돈이 조금 있다고 말
했다. 김수환 추기경은 다시 고개를 끄덕였다.

"그래, 알았어요. 나머지는 내가 마련해줄 테니, 세 명이 들어가서 열
심히 해보세요."

"고맙습니다, 추기경님."

세 사람은 고개를 숙이며 인사를 했다. 그러나 그는 속으로 '고마운
건 나다'라고 말하면서 세 사람을 배웅했다. 그는 얼마 전 서울 동숭동
에 가톨릭학생회관을 마련하는 데 도움을 준 오스트리아 부인회 파머
회장에게 편지를 썼다.

12월 4일 오전, 김수환 추기경의 집무실로 신민당 김영삼 총재가 방
문했다. 8월 22일 전당대회에서 당선된 후 방문하려다 추기경의 출국
으로 이제야 만나게 된 것이다.

김수환 추기경과 김영삼 총재는 차를 마시며 40분 동안 대화를 나눴
다. 주교관 밖에서 김 총재를 기다리던 기자들은 김 총재가 이날부터
개헌을 요구하며 국회에서 농성을 벌일 예정이라 이에 대한 지지를 부

탁했을 거라고 추측했다. 그러나 대화를 마치고 나온 김 총재는 기자들에게 "최고 성직자와 나눈 이야기를 공개하는 것은 예의가 아니"라며 구체적인 내용은 밝히지 않았다. 그래도 기자들이 한두 가지라도 이야기해달라며 길을 가로막자 "나는 개신교를 믿고 있지만 이 나라 민주주의를 위해 서로 기도하자고 했고, 김수환 추기경이 이를 받아 다 같이 기도하자고 했다"고 밝혔다.[173] 김영삼 총재는 가톨릭 신자가 아닌 정치인으로서는 첫 번째로 김수환 추기경을 방문한 인사였다. 그러나 훗날 대통령이 되어서는 '약자들의 마지막 피난처'라고 불리던 명동성당에 공권력을 투입한 첫 번째 대통령이 되었다.

12월 6일 저녁, 동아일보 손세일 논설위원이 집무실로 찾아왔다.《신동아》신년호에 실을 인터뷰를 위해서였다. 일간지에 비해 질문이 많다고 해서 집무가 끝난 저녁시간에 오라고 한 것이다.[174]

김수환 추기경은 손세일 논설위원에게 차를 권하며 간단한 인사를 나눴다. 손 위원은 차를 마시며, "정치와 종교의 관계가 어떠해야 하는지에 대한 답이, 정치권력의 복잡한 발달에 따라 그 해답을 얻기가 점점 어려워져가고 있다"면서 분위기를 풀어나갔다. 그리고 세계주교대의원회의에서 토의된 내용을 물은 후 지학순 주교 문제와 정의구현사제단에 대해 질문했다.

"지학순 주교의 '양심선언'이 교황청에도 보내졌다고 하는데, 교황청의 반응은 어떻습니까?"

"교황청에서는 지 주교님의 양심선언뿐 아니라 이 사건 자체에 대한

---

173   동아일보 1974년 12월 5일자.
174   인터뷰는《신동아》1975년 1월호 인용.

관심과 우려가 굉장히 큽니다."

손세일 위원은 정교분리 원칙에 대해 물었다. 당시 교회의 사회 참여와 정교분리를 둘러싼 찬반 논의가 뜨겁게 대두되고 있었기 때문이다.

"정교분리 그 자체를 우리가 어디서 어떤 의미로 해석하느냐에 따라 다르겠죠. 어떤 때에는 해석 여하에 따라서 정교분리가 성립될 수도 있고, 아주 근본적인 문제로 들어갈 때는 성립이 안 될 수도 있습니다."

손 위원은 그의 말을 자르며 구체적인 예를 들어 물었다.

"그와 관련해서 요새 천주교나 개신교의 기도회나 각종 집회 등은 인권운동이라고 말하지만 사실은 인권운동이 아니라 정치운동이라고 말할 수 있지 않습니까?"

도전적인 질문에 김수환 추기경은 자세를 고쳐 앉았다.

"정치를 어떻게 보느냐에 따라 또 다릅니다. 정치라는 것 역시 여러 가지 분야에서 어떤 한 부분을 정치라고 할 수 있고, 전문적·직업적으로 하시는 분들도 있고 한데, 그런 의미에서는 현재 우리 천주교가 하는 것을 정치운동이라고는 할 수 없습니다. 그러나 정치는 인간 생활을 좌우하고 있습니다. 그러므로 교황 요한 23세가 〈지상의 평화〉에서 강력히 말한 공권력의 제1차적인 그리고 가장 중요한 임무는 국민의 기본 인권을 옹호하고 증진하는 데 있습니다. 그래야만 국가 사회의 공동선이 이룩될 수 있는 것입니다. 그런데 정치권력체가 무슨 이유에서든지 인간의 기본권을 유린한다든지 심한 제약을 한다든지 할 때에 우리 천주교는 그렇게 하면 안 된다고 말하게 됩니다. 그러면 이것은 정치에 대한 비판이 될 수 있고, 정치하시는 분들에게는 정치 관여가 되겠지요. 그러나 그것은 정치하시는 분들이 본시 해야 할 사명을 안 하고 있기 때문입니다."

대답을 마친 그는 손세일 위원에게 담배를 권하면서 자신도 불을 붙여 물었다. 손 위원은 담배연기를 탁자 옆으로 내뿜으며 다시 물었다.

"가톨릭 안에는 현재 구속된 지학순 주교가 총재로 있는 정의평화위원회가 있습니다. 또 이와는 별도로 지 주교가 구속된 뒤 젊은 신부들이 주동이 되어 정의구현사제단이 조직되었습니다. '시국선언'도 두 번이나 발표했고, 일련의 '인권 회복을 위한 기도회'도 이들이 주도하는 것입니다. 추기경님께서는 이들의 활동을 어떻게 보시는지요?"

천주교 안에 있는 '정의평화위원회'와 '정의구현사제단'에 대한 질문이었다. 이틀 전인 12월 4일 저녁, 명동성당에서 열린 정의구현사제단 기도회가 끝난 후 함세웅 신부가 기자회견을 했다. 기자들이 김수환 추기경이 기도회에 참석하지 않은 이유를 물었다. 함 신부는 "오늘 기도회는 김수환 추기경이 외국에 있는 동안 준비된 기도회여서 참석하지 않았으나, 오는 10일 밤에 열리는 기도회는 김 추기경께서 집전할 것"이라면서, "10일 기도회는 정의구현사제단과 지학순 주교가 총재로 있는 교황청 산하 조직으로 한국 주교회의 부속 기관인 정의평화위원회가 제휴하여 연다"고 밝혔다. 그리고 이 답변이 어제 동아일보에 실렸다. 손세일 위원이 그 기사에 대한 후속 질문을 한 것이다.

정의구현사제단이 정의평화위원회와 함께 기도회를 여는 이유는, 김수환 추기경이 주교회의 비공인 단체에서 주최하는 기도회에 가서 미사를 집례하지 않으려고 했기 때문이었다. 그러나 그는 손세일 위원에게 이런 자세한 이야기는 하지 않았다. 그저 교황청에 정의평화위원회가 있고, 작년 가을 주교회의 총회 때 지학순 주교를 한국 정의평화위원회 총재주교로 임명한 것이라고 소개했다. 그러면서 정의구현사제단의 활동에 대해 답변했다.

"그분들이 주장하는 원칙이나 뜻하는 것은 찬성입니다. 자발적인 움직임이고 대체로 젊은 분들이 참여의식을 더 강하게 느껴서 하고 있는데,

 인권 회복을 위한 기도회. 1974년 12월 10일, 김수환 추기경이 기도회를 집전한 후 명동성당 들머리 성모 동굴 앞에서.

그에 대한 종합적인 평가는 그분들 자신이 좀 더 시간을 두고 해볼 기회가 있지 않을까 생각합니다. 교회 전체로서도 그런 문제를 언젠가 한번 시간을 두고 종합적으로 검토해보아야 할 것입니다만, 현 단계로서는 거기에 대한 구체적인 코멘트를 하기 어렵지 않느냐 생각됩니다."[175]

주교회의 비공인 단체인 정의구현사제단이 민주화에 이바지하는 것은 긍정적이지만, 교계질서를 중요시하는 가톨릭에서 사제들이 비공인 단체를 만들어 활동하는 것을 제도교회 안에서 어떻게 해결할 것인

---

[175] 교계질서를 중요시하는 가톨릭에서 김수환 추기경이 비공인 단체인 정의구현사제단을 바라보는 시각과, 정의구현사제단이 민주화에 이바지한 것에 대한 평가는 별개다. 이 책에서는 김수환 추기경의 기록과 시각에서 정의구현사제단을 서술했음을 밝힌다.

지에 대한 고민이 담긴 대답이었다. 손세일 위원은 더 이상 구체적으로 묻지 않고 다음 질문을 했다.

"가톨릭 신자 80만 가운데는 현 정권과 직접적이든 간접적이든 이해관계가 있는 사람도 있을 것이고, 따라서 시국관에는 차이가 있을 수 있을 텐데요. 신도들 사이에 이런 의견 대립 같은 것은 없습니까?"

김수환 추기경은 손 위원의 질문에 잠시 생각을 하다가 담담한 어조로 대답했다.

"있습니다. 교회 내에서 서로 의견 차이도 있고, 근원적으로는 교회가 직접적으로 사회 전체에서 일어나는 문제와 부닥치게 되니까, 거기에 대해서 어느 정도까지 나가는 것이 옳으냐, 옛날에는 교회라는 것은 순수 영혼을 구하는 것이었다, 모든 사람의 마음의 정화를 추구하는 것이 교회이지 정치가 어떻고 할 필요가 있느냐, 이렇게 생각하는 사람도 있습니다. 당연하다고 볼 수 있어요. 왜냐하면 지금까지 교회의 전통 속에 그런 것이 있으니까요. 이런 문제는 한국의 교회에만 있는 것이 아니고 전세계적으로 그렇습니다."

그는 답답한 듯 다시 담배를 피워 물며 손 위원에게도 권했다. 두 사람은 담배를 피우며 이야기를 계속했다.

"이번 로마의 주교회의에서도 복음화와 인간해방Evangelization and Liberation의 문제가 나왔어요. 전체 회의 결론에서는 교회가 인간해방을 위해서, 인간 기본권의 신장을 위해서 일하는 것과 복음전도는 아주 긴밀한 연관이 있다고 말하게 되었습니다. 그러나 거기까지 가는 데에는 서로의 의견 차이를 엿볼 수 있었어요. 각 나라의 환경에 따라서 혹은 연령에 따라서 어느 정도 차이를 느낄 수 있었는데, 그런 것을 우리가 마찰로써 혹은 대결로써 해결하기보다는 서로 이해로써 대화로써 해결해나가야 합니다."

여기서 김수환 추기경은 말을 멈췄다. 그리고 잠시 사이를 두었다가 엄숙한 표정을 지으며 말을 이었다.

"오늘과 같이 다원사회多元社會 안에서 의견을 달리하는 사람이 있을 수 있다는 점은 아주 중요합니다. 그리고 이 의견을 달리하는 것을 존중하는 일이 서로 간에 중요합니다."

손세일 위원은 계속 고개를 끄덕였다. 김수환 추기경의 답변은 계속되었다.

"만약 적극적으로 사회 참여를 하는 분들이 사회 참여 안 하겠다고 하는 사람들을 의견을 달리한다고 규탄한다면 그것은 독선입니다. 반대로 사회 참여를 안 하고 전통적인 의미의 종교관념을 가진 사람들이 사회 참여를 '교회의 세속화다', '정치화다'라고 지나치게 규탄해도 독선입니다. 국가 사회 전체 안에서도 의견을 달리한다고 배타적으로만 나갈 것이 아니라 서로 좀 더 존중해나가는 것이 좋을 것 같습니다."

말을 마친 김수환 추기경은 답답하다는 표정을 지었다. 가톨릭 내부에서 분열이 생기는 것에 대한 안타까움이었다.

인터뷰는 두 시간 가까이 진행되었다. 손세일 위원이 미안한 표정으로 이제 다 끝났다며 빙그레 미소를 지었다. 그리고 독자들에게 전할 새해 메시지를 부탁했다. 김수환 추기경도 드디어 인터뷰가 끝났구나, 하는 생각에 미소를 지으며 대답했다.

"금년은 정말 어둡지 않았습니까? 새해에는 정말 밝았으면 좋겠습니다. 정부는 '국민의 일부'라고 하는데, 국민의 일부든지 대다수든지 간에 대결적 현상 같은 것은 민족 전체의 슬기로 극복하기를 기대합니다. 모든 사람이 지혜와 마음을 합하는 새해가 되었으면 하는 마음 간절합니다."

손세일 위원은 감사의 인사를 하며 주교관을 나섰다. 겨울바람이 코

동아일보는 1974년 12월 26일부터 대기업의 광고가 중단되자 '백지 광고'를 싣기 시작했다.

트 깃을 스쳤다. 김수환 추기경은 입구까지 나와서 손을 흔들었다.

12월 26일 저녁, 동아일보를 펼친 김수환 추기경은 광고 면이 비어 있는 걸 보고 한숨을 내쉬었다. 얼마 전부터 대기업에서 동아일보 광고를 해약하고 있다는 이야기가 들렸을 때는 설마 했다. 그런데 정말 큰 광고가 사라지고 작은 광고들만 남아 있었다. '백지 광고' 사태의 시작이었다. 누가 봐도 정부의 소행이었지만, 정부에서는 기업과 신문사 사이의 일이라며 모르쇠로 일관했다.

동아일보는 12월 30일자 1면에 김인호 광고국장 이름으로 "누구나 의견 광고를 내실 수 있습니다"라는 자체 광고를 실었다. 다음 날부터 독자들의 격려 광고가 실렸다. 처음에는 '1단짜리'에 그쳤던 개인 단위 격려 광고가 가족, 친목모임, 단체로 퍼져나갔다. 당시 격려 광고는 언론의 자유와 민주화에 대한 국민들의 뜨거운 염원이었다.

진짜
삶

26

"제 소원은 제가 죽는 날까지 진짜 사람이 되고 싶은 거였습니다. 그런데 청계천 주민들의
삶이 제 머리를 망치로 꽝 내려치면서 '삶이란 이런 것이다'라고 깨우쳐줬어요."

| 정일우 신부 |

1975년 1월 22일 오전, 박정희 대통령은 특별담화를 발표했다. 유신
헌법에 대한 찬반투표를 하고, 만약 반대가 많으면 하야하겠다는 내용
이었다. 그러나 야당은 국민투표는 그 성격상 찬성표가 많이 나오는 것
이 이제까지의 결과였다면서, 개헌을 주장하며 투표거부 운동을 하기
로 했다.

2월 5일, 김수환 추기경은 시흥 판자촌 주민들의 건강을 돌보기 위해
2월 1일 개원한 '전진상' 의료원과 약국을 방문했다.[176] 큰길을 경계로
한쪽에는 판잣집들이 다닥다닥 붙어 있고 길 건너에는 단층 양옥집들
이 들어서 있었다. 전진상이 들어온 집과 같은 모양의 미니2층집도 가
끔 보였다. 동네에는 구멍가게가 두 개 있었다. 판자촌 뒤는 거의 밭이

---

176   지금의 금천구 시흥동 200-2호.

○ 국제가톨릭형제회 배현정, 유송자, 최소희 회원은 김수환 추기경의 후원으로 1975년 2월 1일 시흥에 전
진상 의료원과 약국을 개원했다. 사진은 판자촌에 진료를 하러 간 배현정(오른쪽)과 유송자(가운데) 회원.

었고, 농가도 몇 채 보였다.

김수환 추기경은 황량한 풍경 앞에서 가슴이 먹먹해왔다. 나이 서른
도 안 된, 결혼도 하지 않은 아리따운 처자 세 명이 수녀복도 없고 보호
망도 없이 이곳에서 어떻게 생활을 해나갈지 걱정이 되었다. 그는 축복
미사를 봉헌한 후 배현정, 유송자, 최소희 세 사람에게 "제복 입은 수녀
들도 하기 힘든 일을 평신도 단체인 아피 회원들이 맡아주어 고맙다"
는 인사를 했다.[177]

이때부터 세 명의 국제가톨릭형제회(아피) 회원들은 시흥에서 '전진
상'을 이끌어갔다. 시간이 지나면서 간호사 한 명으로 의료봉사를 하는

177　　평화신문, 2009년 3월 22일자.

데 한계가 와서 서울의대를 졸업하고 사제가 된 김중호 신부의 도움을 받으며, 시흥 가난한 사람들의 벗이 되었다. 김수환 추기경은 라자로마을에 올 때나 지방을 갈 때 수시로 들러 그들의 활동을 격려했다.

2월 12일, 국민투표가 예정대로 실시되었고, 79.8퍼센트의 투표율에 찬성 74.4퍼센트의 결과가 나왔다. 그러나 학생과 지식인 그리고 종교인들은 인권을 탄압하는 유신체제를 받아들일 마음이 전혀 없었다.

2월 15일 오전 10시, 국민투표에서 승리한 박정희 대통령은 민청학련 사건 및 긴급조치 위반 구속자 중 반공법 위반자를 제외하고 모두 석방한다는 특별담화를 발표했다. 지학순 주교도 2월 17일 석방되어, 성모병원에서 건강검진을 받은 후 이튿날 신자들이 기다리는 원주로 떠났다.

1975년 2월 17일 저녁, 석방된 지학순 주교와 함께 구치소 입구를 나서는 김수환 추기경. 그는 이날 지학순 주교의 석방 수속이 늦어지자 구치소 안에 들어가 두 시간을 기다렸다.

3월 중순, 김수환 추기경의 셋째형 김동한 신부는 운영난으로 문을 달을 위기에 처한 대구결핵요양원의 운영 책임을 맡았다. 수중에는 5만 원 (현재 가치 약 250만 원)이 채 안 되는 돈밖에 없었지만, 요양원에 있는 74명의 중중 환자들의 간절한 눈빛을 외면할 수 없었던 것이다. 그리고 이때부터 결핵 환자 치료에 남은 생을 바친다. 김수환 추기경은 뜻은 좋지만 형님의 건강이 걱정이라는 생각부터 들었다. 그러나 김동한 신부의 의지는 확고했다.

4월 초, 김수환 추기경의 집무실로 예수회의 정일우John V. Daly(1935~2014) 신부가 찾아왔다. 정 신부는 예수회의 영성수련장 지도신부를 지냈고, 김수환 추기경이 예수회 모임에 갔을 때 몇 번 만난 적이 있었다.[178]

"정 신부님, 어서 오세요."

그가 반갑게 인사를 하자 정일우 신부는 꾸뻑 인사를 하면서 의자에 앉았다.

"추기경님, 그동안 안녕하셨습니까?"

미국 일리노이주 필로Philo라는 작은 농촌에서 태어난 정일우 신부는 1960년 9월 예수회 신학생 신분으로 한국에 왔다. 수련 기간이 끝난 1963년 미국으로 돌아가 세인트루이스대학교에서 철학을 공부한 후 1966년 예수회 사제로 서품을 받았다. 다음 해인 1967년 고등학교 은사인 프라이스 신부의 영향으로 서른두 살에 다시 한국으로 돌아와 서강대에서 철학을 강의했다. 영성수련원 수련장 지도신부를 하던 1972

---

178   정일우 신부와 제정구의 도시빈민운동 부분은, 예수회 성소실 제작 비디오 〈사람이 되고 싶다 – 정일우 신부님 이야기〉, 《가짐 없는 큰 자유 – 빈민의 벗, 제정구》(제정구를 생각하는 모임, 편집본)과 《그리운 김수환 추기경 1》(가톨릭대학교 김수환추기경연구소, 2013) 99~119쪽을 참고했다.

년, 서강대 학생들이 유신 반대 운동을 하다 중앙정보부에 잡혀들어가자 정 신부는 학생들의 석방을 요구하며 8일 동안 단식했다. 그리고 이듬해인 1973년 청계천 판자촌으로 들어갔다. 그러나 김수환 추기경은 그런 자세한 부분까지는 몰랐다.

"예, 신부님. 저는 이렇게 잘 지내고 있습니다. 요즘 프라이스 신부님은 잘 계시지요?"

프라이스 신부는 그가 독일로 떠난 다음 해인 1957년, 게페르트 신부와 함께 한국에 와서 서강대 설립을 주도했고, 그가 서울대교구 도시산업사목연구회를 만들 때 조언을 구했던 신부였다.

"예, 추기경님. 요즘도 산업문제연구소에서 노동자들과 어울리고 계십니다."

"하하, 그렇군요. 그럼 정 신부님께서는 요즘도 수련장을 하십니까?"

"아닙니다, 추기경님. 저는 2년 전에 수련장을 그만두고 청계천 판자촌으로 들어갔습니다."

"예? 저는 정 신부님이 아직 영성수련장을 하고 계시는 줄 알았는데, 어떻게 거기 들어가실 생각을 하셨는지, 그곳에서 어떻게 사목을 하시는지 궁금합니다."

김수환 추기경은 가톨릭시보 사장 시절 대구에 있는 희망원을 드나들 때 그곳에서 가난하고 병든 이들과 함께 살면서 사목을 하고 싶다는 생각을 했었다. 그런데 정일우 신부가 서울에서 최대의 판자촌일 뿐 아니라 사정이 가장 열악한 그곳에서 사목을 한다니, 어떻게 하고 있는지 궁금했다.

"추기경님, 제가 청계천에 들어간 건 1973년 11월입니다. 신부가 된 후 한국에 와서 6년 동안 살면서 예수회 신학원에서는 영성신학을, 서강대에서는 철학을 강의하다 보니까 '좋은 말'만 하는 교수생활에 불

∞ 1973년 무렵의 청계천 판자촌 모습. 이곳은 당시 서울에서 가장 열악한 환경의 거주지였다.

안감이 생겼습니다. 복음을 입으로만 살고 있었다는 뉘우침이 든 거죠. 그래서 프라이스 신부님께 한 달 동안 가난한 사람들 속에 들어가서 살아보겠다고 말씀드렸더니, 산업문제연구소를 통해 알게 되신 김진홍 목사님을 소개해주셨습니다. 그분을 만나보니까 청계천 판자촌에서 활빈교회를 하고 계시더군요. 그래서 저희 예수회의 아트 수사님과 둘이서 이불보따리 하나 들고 활빈교회 기도실에서 살기 시작했습니다."

김수환 추기경은 정 신부의 이야기에 점점 빠져들어갔다. 담배를 꺼내 정 신부에게 권했지만 피우지 않는다고 해서 그만 혼자 피워 물었다. 정 신부가 이야기를 계속했다.

"기도실에는 이미 한 사람이 살고 있었습니다. 서울대학교 정치학과를 다니다 데모했다고 퇴학당하고 긴급조치 위반으로 감옥에도 갔다

온 제정구라는 학생인데, 저보다 열 살 어려요. 첫인상이 좀 날카롭게 보여서 데모하러 들어온 사람인 줄 알았는데, 며칠 지내보니까 이 학생은 이미 청계천 사람이 되어 있어요. 가난한 사람의 친구가 아니라, 청계천 사람들과 똑같이 달구지 끌고 단무지 장사해서 하루 벌어 하루 먹고 사는 가난한 사람이었어요. 추기경님, 저는 서울대학교를 다니던 학생이 청계천 사람이 되어 있는 걸 보고 정말 놀랐습니다."

정 신부는 가슴이 울컥한 듯 잠시 말을 멈췄다.

"추기경님, 저는 청계천에서 처음으로 가난한 사람들을 만났어요. 사실 처음에는 무척 겁이 났어요. 주민들이 나를 어떻게 볼 것인가? 나를 쫓아낼까? 그런데 그냥 받아주었어요. 네가 왜 왔는지 모르겠지만 한번 살아봐라, 식이었어요. 그런데 저는 청계천에서 그들의 인간적인 면을 봤어요. 주민들은 그냥 있는 그대로 보여주면서 나는 이렇다, 싫으면 싫다, 좋으면 좋다고 솔직하게 말했어요. 너무 인간다운 면이 있었어요. 주민들의 이런 모습을 통해 저의 비인간적인 모습이 보였어요. 저를 보면 감출 것이 많았고, 지킬 것이 많았어요. 그에 비해서 판자촌 주민들은 지킬 게 없으니까 그냥 닥치는 대로 살아요. 전에 저는 학교에서 아침부터 밤늦게까지 학생들과 면담하느라 바빴어요. 그래서 저는 닥치는 대로 못 살았어요. 여유가 없었어요."

정 신부의 말에 김수환 추기경이 고개를 끄덕였다. 자신의 삶이 그랬기에, 그는 자신도 모르게 나지막이 한숨을 내쉬었다. 한편으로는 정 신부가 영성수련장의 책임을 맡았던 사제라 인간의 마음을 보는 시각이 깊다는 생각도 들었다.

"추기경님, 저는 가난한 사람, 철거민, 판자촌 사람들을 통해서 제가 얼마나 비인간적이었는지 깨달았어요. 제 소원은 제가 죽는 날까지 진짜 사람이 되고 싶은 거였습니다. 그런데 청계천 주민들의 삶이 제 머리를 망치로 꽝 내려치면서 '삶이란 이런 것이다'라고 깨우쳐줬어요. 가난뱅이, 술주정뱅이, 병자와 같은 사람들이 사는 자리가 인간이 되어가는 자리였고, 그들이 살아가는 모습이 바로 사람이 되어가는 모습이었어요. 제 마음속에서 저게 바로 사람의 모습이라는 생각이 들었어요. 저로서는 정말 큰 충격이었어요. 그래서 그들을 따라 '사람이 되고 싶다'는 마음이 생겼고, 얼마 후 활빈교회 근처에 방을 구해서 본격적으로 청계천 생활을 했습니다."

김수환 추기경은 파란 눈의 이방인 신부가 서울의 가장 낮은 곳으로 갔다는 사실에 경외감까지 들었다. 정 신부의 말은 계속되었다.

"그런데 74년 1월에 김진홍 목사가 긴급조치를 반대하는 성명을 냈다고 붙잡혀가셨어요. 교회에 목사님이 없으니까 제정구가 제 방에 와서 살았어요. 그때 제정구는 요주의 인물이었고 긴급조치 위반으로 걸려 도망다니기 시작했어요. 그래서 한번은 제가 서강대 사제관에 숨겨준 적도 있는데, 결국 몇 달 후에 잡혀갔다가 올해 2월에 나왔어요. 그런데 청계천이 철거된다고 해서 저는 작년 말에 이사 나왔고, 제정구는 청계천 철거 주민 54세대를 집단 이주시키려고 보상금으로 방이동에 땅을 샀어요. 그래서 건축허가를 받으러 다니고 있습니다."

여기까지 이야기한 정일우 신부는 다 식은 커피를 맛있다며 마셨다.

"그럼, 정 신부님의 현장체험은 이제 끝난 건가요?"

"아닙니다, 추기경님. 그래서 추기경님께 부탁을 드리려고 이렇게 찾아왔습니다."

"제가 정 신부님께 영성지도를 부탁해야 할 상황인데, 저에게 무슨 부탁을 하실 게 있으신지요?"

"추기경님, 저를 한동안 명동성당에 있게 해주실 수 있으세요?"

"정 신부님께서 명동에요?"

∝ 정일우 신부와 제정구.

그가 고개를 갸우뚱하면서 물었다. 예수회 소속 신부는 예수회공동체에서 지내는 게 보통인데, 무슨 사연이 있는 것 같아 그의 대답을 기다렸다.

"예, 추기경님. 사실 제정구가 지금 갈 곳이 마땅치 않아요. 지금은 화곡동 형님 집에 들어갔는데, 감옥에서 나온 요주의 인물이라 형님 집에 있기가 불편한 것 같아요. 그리고 지금은 방이동을 자주 다녀야 하는데, 화곡동은 거리가 너무 멀고요. 그래서 제가 명동성당 보좌로 있으면 골롬반회 신부님들처럼 주교관 숙소에 머물 수 있고, 그러면 제정구도 가끔 와서 있을 수 있을 것 같아서요."

김수환 추기경은 그때서야 이해가 된다는 듯 고개를 끄덕였다. 당시 명동성당 주교관에는 김수환 추기경뿐 아니라 골롬반 외방선교회 소속 몇몇 신부들의 숙소도 있었다. 골롬반회 신부들은 서울 근교의 공소를 오가며 사목활동을 하면서 명동성당에서 신자와 신부들의 고해성사를 담당하고 있었다.

"저야 정 신부님이 여기에 와 계시면 영성지도를 받을 수 있으니까 좋지요. 그런데 명동에 계시는 동안에는 골롬반회 신부님들처럼 일주일에 한두 번씩 하루종일 고해실에서 고해성사를 해주셔야 합니다. 그리고 예수회 한국지부장이신 콜라쉬Eugene C. Kollasch 신부님 허락도 받으셔야 하고요."

"예, 추기경님. 고해신부 하는 건 아무 문제 없고요, 지부장님 허락도 받아오겠습니다. 고맙습니다, 추기경님."

김수환 추기경과 정일우 신부의 대화는 계속되었다. 그리고 며칠 후 정 신부는 명동 주교관 숙소로 왔다. 누구에겐가 선물로 받은 '愛隣如己(애린여기, 이웃을 내 몸같이 사랑하라)' 액자를 걸고 7개월 동안의 명동성당 보좌신부 생활을 시작했다.

4월 30일, 연초부터 계속된 월맹(북베트남)군의 총공세로 월남(남베트남)의 수도인 사이공이 함락되어 즈엉반민Duong Van Minh 대통령이 무조건 항복을 발표하면서 전투 중지를 선언했다. 30년에 걸친 월남전에서 공산군이 승리한 것이다. 사이공의 관공서에는 백기가 걸리고 미 대사관 건물은 불에 탔다. 월남군은 무기를 버렸다. 베트남에서 공산주의가 승리한 여파는 월남전에 참전했던 우리나라에도 영향을 미쳤다.

5월 13일, 월남의 패망에 충격을 받은 박정희 대통령은 긴급조치 9호를 선포했다. 이미 해제한 긴급조치 1, 4호와 비슷한 내용으로, 유신을 비판하거나 유언비어를 유포하면 징역 1년 이상에 처한다는 것이었다. 한국 사회는 이때부터 전에 비해 훨씬 더 혹독한 '민주주의 암흑기'로 들어섰다.

5월 중순의 토요일 오후, 점심식사를 마친 김수환 추기경은 사제복 위에 허름한 양복을 걸치고 주교관을 나섰다. 승용차도 비서신부도 없이 혼자만의 외출이었다. 비서신부가 어디 가시느냐고 물었지만, 그는 저녁 약속이 있어서 나갔다 오겠다며 손을 흔들었다. 명동 언덕길을 내려온 그는 남대문시장 앞에 가서 영등포 방향으로 가는 버스를 탔다.[179]

그가 가는 곳은 목동이었다. 얼마 전, 대구에서 최덕홍 주교 비서신

---

179   '희자 작은 자매 인터뷰'(《그리운 김수환 추기경 1》 229~271쪽)와 마익현 신부의 '내가 만난 김 추기경'(평화신문 2009년 5월 24일자)을 바탕으로 재구성했다.

부를 할 때부터 알고 지내는 '예수의 작은 자매들의 우애회' 소속 수녀에게서 연락이 왔다. 목동 무허가촌에 '협조의 집'[180]을 열었다면서 와서 축복도 해주고 가난한 사람들 손이라도 잡아주면 그들에게 큰 힘이 되니까 한번 와달라는 부탁이었다.

'작은 자매' 수녀들은 서너 명씩 한 조가 되어 가난한 사람들의 동네에 살았다. 한두 명은 공장 일을 해서 수입을 만들고 나머지 한두 명은 가난한 동네에서 도움의 손길을 필요로 하는 사람들을 도왔다. 수녀가 아니라 동네 사람들의 친구로 지냈다. 환자가 있는 집에 가서 빨래며 부엌일을 해주거나 아기를 돌봤다. 동네 사람들을 모아서 교리를 가르치지도 않았다. 누가 세례를 받기 원하면 다른 교사를 초청해 교리를 가르쳤다. 그저 똑같은 이웃으로, 가난한 이들의 친구로 살아갈 뿐이었다. 그들에게 가난한 사람들 속의 생활은 그저 '삶'이고 기도였다.

김수환 추기경은 '예수의 작은 자매들의 우애회'의 전화를 받고, 올해 2월 시흥에 문을 연 전진상의료원, 청계천에서 나와 새로운 정착지를 찾고 있는 정일우 신부와 같이 가난한 이웃들과 함께하려는 움직임이 많아지고 있음을 감사했다.

김수환 추기경은 영등포에서 목동 가는 버스를 갈아타고 수녀들이 알려준 정류장에서 내려 물어물어 수녀원에 도착했다. 아니나 다를까, 말이 수녀원이지 열 평 남짓한 낡고 작은 방이었다. 그 좁은 공간에서 수녀들이 동네 아이들을 돌보고 있었다. 그가 반가운 표정으로 여기에서 몇 명이 지내느냐고 묻자 세 명이 지낸다고 했다. '예수의 작은 자매들의 우애회'는 가족처럼 소규모 공동생활을 했다. 그래서 대구에도 네

---

180   일종의 수녀원 분원 이름.

명, 혜화동 본원에도 불과 여섯 명이 함께 생활을 하고 있었다. 공동체에 식구가 많아지면 높고 낮은 지위가 생기고 관료적인 분위기가 생길 것 같아 소규모로 운영하면서 서로를 '언니', '동생'이라고 불렀다. 그뿐 아니라 수녀원 자체가 아무런 재산도 갖기를 원치 않아 본원으로 사용하는 혜화동 2층집도 소유권을 서울대교구에 기탁했다.

⌒ 목동 무허가촌 방문. '예수의 작은 자매들의 우애회'가 목동 무허가촌 인근에 설립한 '협조의 집'을 방문한 모습이다.

수녀들이 동네 사람들에게 김수환 추기경님께서 오셨다고 사발통문을 돌렸는지, 이 골목 저 골목에서 사람들이 하나둘 모였다. 그는 동네 사람들과 반갑게 악수를 했다. 그러나 사람들은 그를 흘깃흘깃 바라보기만 했다. 추기경이 어떻게 이렇게 허름한 옷을 입고 다니는지, 또 이런 가난한 동네에 왜 왔는지, 믿어지지 않는다는 눈초리였다. 동네 사람들은 진짜 추기경이 맞느냐고 따지듯이 물었다. 그래서 그는 이렇게 서서 골목을 막지 말고 저기 앉아서 진짠지 가짠지 따져보자며 자리를 옮겼다.

그가 담벼락 아래 앉고 동네 사람들이 그 앞에 둘러앉아 '청문회'를 열었다. 텔레비전에서 본 얼굴과 다르다는 사람, 비슷하다는 사람들로 갈렸다. 그러자 어떤 이가 추기경은 월급이 얼마냐고 물었다. 그가 잠시 머뭇거렸다. 월급이 10만 원 정도 나오지만 직접 받지 않고 경리수녀가 갖고 있다가 필요한 곳에 지출을 하기 때문에 월급이 없는 거나 마찬가지였다. 그래서 추기경은 월급이 없다고 하자 동네 사람들은 이분이 신부님은 맞지만 추기경은 아니라며 박장대소를 했다.

그때 사당동 판자촌에서 도시빈민 사목을 하고 있는 골롬반 외방선교회의 마익현 신부가 골목을 들어서며 "추기경님!" 하고 불렀다. 수녀들이 김수환 추기경에게 미사에 필요한 제구祭具를 갖고 오라고 할 수 없어서 근처에 있는 마 신부에게 부탁을 한 것이다. 그때서야 동네 사람들은 "아이고 추기경님, 죄송합니다. 저희가 실수했습니다"라며 미안해했고, 그는 함께 미사를 드리자며 그들의 손을 잡았다.

수녀들이 좁은 방에 제대를 준비했다. 마익현 신부는 준비해온 제구들을 제대 위에 올려놓고 미사를 집전했다. 그런데 그날따라 유난히 천장 위에 사는 쥐들의 소동이 심했다. 쥐가 쉴 새 없이 찍찍 소리를 내며 뛰어다녀 미사에 집중할 수 없을 정도였다. 갑자기 김수환 추기경이 미사를 중단하고 입을 쭉 내밀며 천장을 올려다봤다. 그리고 잠시 후 "마 신부님, 여기 있는 쥐들도 함께 미사를 봉헌한다고, 하느님을 기쁘게 찬양하고 있습니다"라며 빙그레 웃었다. 그러자 미사에 참례한 사람들이 다 한바탕 웃고는 쥐 소리에 신경 쓰지 않고 편안한 마음으로 미사를 봉헌했다.

미사가 끝나자 수녀들이 저녁상을 준비했다. 꽁치구이에 콩나물과 김치를 내놓으면서 한 수녀가 빙그레 웃으며 말했다.

"추기경님께서 오셔서 특별히 꽁치를 구운 거예요."

추기경이 얼른 되받았다.

"수녀, 나도 생선 중에서 꽁치가 제일 싸다는 정도는 알아. 일정이 바쁜 추기경이 여기까지 왔는데 꽁치가 뭐야, 다음에는 고기 좀 구워."

수녀들이 까르르 웃었다. 그들은 알고 있었다. 추기경님이 자기들에게 고기 한번 먹게 하기 위해서 일부러 반찬투정을 한다는 것을.

식사를 마치자 마익현 신부가 퀴즈를 하나 내겠다고 했다.

"추기경님, 그리고 수녀님들! 제가 오늘 여기 오느라고 버스를 탔는데, 여학생 몇 명이 제가 한국말을 못하는 줄 알고 '어머, 저 양코 봐, 그런데 얼굴이 못생겼다', '아니야, 저 정도면 그냥 볼만해', '아니야, 눈이 너무 쑥 들어갔어' 이러면서 떠드는 거예요. 그래서 제가 듣다못해 한마디 했습니다. 뭐라고 했는지 알아맞혀보세요."

김수환 추기경이 대답했다.

"나 정도면 미남인데, 라고 했을까?"

다시 수녀들이 까르르 웃었다. 그러자 마 신부가 대답했다.

"추기경님, 아니에요. 제가 뭐라고 했냐면요. 야, 너희들 까불지 마! 하고 소리를 빽 지르니까 얼굴이 새빨개져서 뒤쪽으로 도망갔어요, 하하하."

당시만 해도 버스에서 외국인을 보기 쉽지 않던 시절이었다. 그래서 호기심의 대상이 될 때였고, 그래서 외국인 사제나 수녀들은 모든 일에 모범이 되는 삶을 살아야 했다.

그날 저녁, 김수환 추기경은 오랜만에 편안한 휴식을 취했다. 오래전 마산교구장을 하면서 신자들과 화투 치던 시절로 돌아간 듯, 동네 사람들과 떠들면서 이야기를 나눴다. 어느새 밤하늘에 별이 보였다. 김수환 추기경이 일어나면서 농담처럼 말했다.

"오늘 내가 왔다갔다는 거 자매들 일기에 꼭 적어. 그래야 자매들이 그 일기를 볼 때마다 나를 위해 기도할 거 아냐."

"예, 추기경님. 저희가 추기경님을 위해서 기도 많이 하고 있어요."

수녀의 대답에 그는 빙그레 웃었다. 그는 때때로 자신의 영혼이 메말라간다고 느끼면 그렇게 주변에 기도를 부탁하곤 했다.

김수환 추기경은 버스에서 유리창 밖을 바라봤다. 불빛보다 어둠이 더 많은 목동을 바라보며 자신은 마 신부님과 수녀님들에 비하면 너무나 편한 생활을 하고 있다는 생각이 들었다. 그들의 삶은 전적으로 희생과 봉사의 삶이었다. 그는 자신도 그들처럼 예수 그리스도만 바라보며 더 낮은 곳으로 내려가야겠다고 다시 한 번 마음을 다잡았다.

8월 27일, 정부는 계간지 《창작과비평》 여름호, 조태일의 시집 《국토》, 《신동엽 시전집》, 박형규 목사의 《해방의 길목》 등 열다섯 권의 책에 대해 판매금지 조치를 내렸다. 문공부는 "국민 총화를 도모하는 긴급조치 9호의 기본 정신에 비추어 조치를 취한 것"이라고 밝혔다.

판매금지가 된 건 책뿐이 아니었다. 양희은의 '아침이슬'과 송창식의 '왜 불러' '고래사냥', 이장희의 '그건 너' '한잔의 추억', 신중현의 '미인', 김추자의 '거짓말이야' 등 88곡[181]의 노래에 대해서도 방송 및 판매 금지 처분을 내렸다. 국민 총화를 해치고 퇴폐풍조를 조장한다는 논리였다. 이른바 '판금도서'와 '금지곡' 시대의 개막이었다.

유신정부는 서민들이 따라 부르는 대중가요의 가사와 제목까지 통제하며 '유신의 나라'를 만들었다. 데모를 하는 대학생은 무조건 구속되었고, 술 한잔 마시고 대통령을 비난해도 구속되었다. 택시에서 반정부적인 발언을 하는 사람을 파출소로 데리고 가서 신고하면 손쉽게 개인택시 면허를 취득할 수 있는 혜택도 줬다. 그리고 구속자들 상당수는 남산의 중앙정보부와 남영동 대공분실로 끌고 가 '죽지 않을 만큼' 고문을 했다. 고문은 애국이고 입바른 소리는 반정부였다. 고문기술자는 애국자라며 승승장구했고, 국민에게 기본권을 보장하라고 소리치는

---

181   6월 43곡, 7월 45곡.

지식인·학생·노동자들은 '일부 몰지각한 국민'으로 치부되었다. 그뿐 아니었다. 그들은 형기를 마치고 출옥한 후에도 '요시찰 인물'이 되어 경찰, 정보부 등 여러 기관의 감시를 받으며 살아야 했다.

김수환 추기경은 민주주의가 유린되고 인간의 기본권과 존엄이 탄압받는 현실을 안타까운 심정으로 바라봤다. 그러나 긴급조치 9호를 앞세운 '유신 광풍狂風'은 작년보다 더 엄혹했다. 유신체제를 비판하거나 대통령의 비위를 건드리는 발언을 하면 어느 누구도 예외 없이 잡아갈 기세였다. 그는 십자가 아래서 기도하며 거센 회오리바람이 가라앉기를 기다렸다.

11월, 정일우 신부가 제정구와 함께 찾아왔다. 김수환 추기경은 지난 몇 달 사이에 제정구와 몇 번 이야기를 나눴다. 그는 제정구가 마음만 바꾸면 얼마든지 편한 삶을 살 수 있는 사람이라고 생각했다. 제정구는 실제로 중앙정보부에서 그런 유혹을 했다고 고백했다. 그러나 제정구는 '판자촌에서 가난한 이들과 함께 살겠다'는 결심이 확고했고, 정일우 신부도 마찬가지였다. 정일우 신부가 입을 열었다.

"추기경님, 저희가 갈 곳을 정했습니다."

"그럼 명동을 떠나시는 겁니까? 어디로 가시나요?"

"안양천 뚝방에 있는 양평동 판자촌입니다."

제정구가 대답했다. 김수환 추기경은 고개를 끄덕이며 두 사람을 바라봤다.

"집은 구하셨나요?"

"예, 추기경님. 예수회에서 50만 원[182]을 보조받고 제정구가 청계천

---

[182] 당시 초등학교 교사 월급이 20만 원이었다.

보상금 받은 돈 30만 원을 합쳐서 집을 두 채나 샀습니다."

정일우 신부가 환한 표정으로 '두 채'를 강조하며 말을 이었다.

"놀라셨죠? 하하. 추기경님, 사실 월세나 전세로 가면 돈이 얼마 안 듭니다. 그러나 그렇게 들어가면 정보부에서 집주인에게 압력을 넣어서 한 달도 못 돼서 쫓겨나요. 그래서 붙어 있는 일곱 평짜리와 네 평짜리를 샀습니다. 정구가 곧 결혼하기 때문에 두 개를 구했어요. 하하!"

김수환 추기경은 제정구에게 축하인사를 했다.

"예수님께서 사셨던 모습을 실천하시는 두 분 모습이 보기 좋습니다. 자리가 잡히면 연락 주세요."

"예, 추기경님. 고맙습니다. 그런데 사실 저희도 거기서 얼마나 살 수 있을지는 모릅니다."

"그건 또 무슨 소리예요?"

"예, 거기도 청계천처럼 몇 년 안에 철거가 될 예정이어서요."

"그러면……?"

"그때까지 판자촌 사람들과 살다가 또 어디론가 가겠죠. 하하!"

김수환 추기경은 아스라한 눈길로 두 사람을 바라봤다. 그때 정일우 신부가 겸연쩍은 표정으로 입을 열었다.

"그런데 추기경님, 명동을 떠나기 전에 부탁이 한 가지 있습니다. 청계천에 있을 때 당한 건데요, 정보부에서는 저희를 동네 사람들에게서 떨어뜨려놓으려고 합니다. 그래서 동네에다 저희가 빨갱이라고 소문을 냅니다. 그러니까 추기경님께서 저희가 빨갱이가 아니라는 증명서를 좀 만들어주세요."

김수환 추기경이 깊은 한숨을 내쉬었다. 1968년, 가톨릭노동청년회 총재주교를 하면서 겪었던 강화도 심도직물 사건 때도 지역 경찰서에서는 노동자를 돕던 전 미카엘 신부를 공산주의자로 몰았다. 그런데 아직도 똑같은 행태가 반복되고 있다는 사실에 그는 분노를 느꼈다. 사제들에게도 이런 취급을 하면 감옥을 갔다 온 제정구 같은 젊은이들이 당할 고통은 얼마나 클까. 실제로 당시 제정구를 관리하는 곳은 중앙정보부, 보안사, 서울경찰청, 지역 경찰서 등 모두 네 곳으로, 그들은 두 사람이 양평동으로 이사한 후 하루가 멀다 하고 찾아와 방 안을 뒤지곤 했다.

"참으로 안타까운 일입니다. 서류를 어떻게 해드리면 되겠습니까?"

그의 말에 제정구가 준비해온 네 장의 서류를 내밀었다.

"고맙습니다, 추기경님. 제 생각에는 전에 지학순 주교님께서 작성하셨던 양심선언 같은 형식이 좋을 것 같아서 비슷하게 준비했습니다. 우리는 공산주의자가 아니다, 우리는 신앙 때문에 이분들과 함께 사는 거다, 앞으로 수사기관에 끌려가 쓰게 될 진술서는 양심에 따라 쓴 것이 아니라 강압과 폭력에 의해 작성한 것이므로 무효라는 내용입니다. 추기경님께서 이 양심선언의 증인이라는 걸 확인해주시면 됩니다."

"당연히 해드려야죠. 그런데 왜 네 장이에요?"

"두 장은 추기경님 보관용입니다. 만약 저희가 잡혀가면 추기경님께서 이 양심선언서를 공개해주셔야 합니다. 하하!"

정일우 신부가 웃으며 이야기했다.

"알았습니다. 그런데 그런 일이 안 일어나야지요."

김수환 추기경은 예수님처럼 가난한 사람들 속에서 사는 것도 쉽지 않은 세상이라는 생각에 쓸쓸한 미소를 지으며 서명을 했다. 그리고 서랍에서 천주교 서울대교구장 직인을 꺼내 서류에다 찍었다.

그날 밤, 김수환 추기경은 정일우 신부와 제정구를 떠올리며 상념에 잠겼다. 오늘과 같은 물질적 부와 능력을 누려본 적이 없을 정도로 부유해진 대한민국에서 아직도 인구의 상당수가 기아와 빈곤에 신음하고 있고, 빈부의 격차가 날로 격화되고 있다는 사실이 그를 우울하게 했다.[183] 발전의 혜택이 가진 자와 특권층에게만 돌아가는 것보다는 비록 발전 속도는 좀 더딜지라도 사회적 약자들에 대해 배려를 하면서 가는 것이 옳은 것 같다는 생각도 들었다. 김수환 추기경은 결국 교회가 소외당한 사람들, 가난한 사람들, 약한 사람들에 대한 사랑을 실천하기 위해 좀 더 노력을 해야겠다고 생각하며 잠자리에 들었다.

---

183   1975년 10월 5일 CBS 인터뷰,《김수환 추기경 전집》15권 92쪽.

분열과
위기

27

"주님, 이런 상황에서 제가 어떻게 해야 합니까?"

| 김수환 추기경 |

1976년 2월 11일 오후, 김수환 추기경은 비서신부와 함께 영등포구 양평동에 도착했다.[184] 안양천으로 넘어가는 오목교에서 서쪽으로 뻗은 안양천 둑길(지금의 문래동에서 서부간선도로로 쭉 이어지는 지역)을 걸어갔다. 양평동 일대 공장에서 나온 폐수가 흐르는 안양천에는 악취가 진동했지만, 둑 아래 다닥다닥 붙은 쪽방에 사는 8천여 세대 주민들에게는 일상일 뿐이었다. 작은 보따리를 든 김수환 추기경과 제법 큰 보따리를 든 비서신부는 둑길 아래에 빼곡히 들어선 무허가 판자촌을 향해 걸음을 옮겼다. 작년 크리스마스 때에도 왔던 길이라 낯설지 않았다.

---

184 가톨릭시보 1976년 2월 29일자, 예수회 성소실 제작 비디오 〈사람이 되고 싶다 - 정일우 신부님 이야기〉, 《가짐 없는 큰 자유 - 빈민의 벗, 제정구》(제정구를 생각하는 모임, 편집본)과 《그리운 김수환 추기경 1》(가톨릭대학교 김수환추기경연구소, 2013) 99~119쪽을 참고해서 재구성했다.

판자촌 입구에서 기다리던 정일우 신부와 제정구가 그의 모습을 봤는지 손을 흔들며 달려왔다. 두 사람은 80만 원 주고 구입한 일곱 평짜리와 네 평짜리 집 두 채를 터서, 가운데에 다섯 평짜리 성당을 만들고 양옆에 세 평짜리 방을 만들어서 살았다. 4월에 신명자와 결혼할 예정인 제정구는 혼자, 정일우 신부는 임씨라는 지적장애인과 함께 살았다. 동네를 돌아다니며 똥 치우는 일을 해서 받은 돈으로 라면이나 건빵을 사서 요기를 하고 남은 돈으로 술을 마시고는 동네 사람들에게 행패를 부리다 리어카에서 잠을 자는 알코올중독자였다. 그런데 어느 날 길에서 쓰러지자 정일우 신부가 병원으로 데려가서 치료를 한 후 집으로 데려왔다. 평생 몸에 밴 냄새가 진동을 했지만, 정일우 신부는 세 평짜리 방에서 임씨와 함께 먹고 잤다. 그리고 훗날 시흥으로 이주할 때도 함께 갔다.

"추기경님, 이렇게 와주셔서 고맙습니다."

두 사람이 인사를 했다.

"이름을 지어줬으니 당연히 와야지요. 하하!"

이날은 다섯 평짜리 성당 위에 십자가를 올리고 '복음자리'라는 간판을 봉헌하는 날이었다. '복음자리'라는 교회 이름도 그가 지어줬다. 교회적으로는 예수님의 복음이 실천되는 성당이고, 동네 사람들에게는 편안히 쉴 수 있는 보금자리라는 뜻에서 그렇게 지었다.

"프라이스 신부님도 조금 전에 오셔서 추기경님을 기다리십니다."

프라이스 신부는 정일우 신부가 소속된 예수회의 신임 한국지부장이었다.

"그동안 신자들은 많이 찾았습니까?"

정일우 신부가 이곳에 와서 가장 먼저 한 일은 이 동네에 사는 가톨릭 신자들을 찾는 일이었다. 청계천에서도 너무 가난해서 성당엘 나가지 못하는 신자들이 있는 걸 봤
기 때문에, 먼저 신자들을 찾겠다
고 했던 것이다.

"예, 추기경님. 현재까지 30세
대 100명쯤 됩니다. 역시 그들은
냉담 상태에 있는 신자들이었습
니다. 그래서 제가 교무금이나 헌

영등포구 양평동 복음자리 현판식.

금 걱정하지 말고 나오라고 했습
니다. 하하!"

"잘하셨습니다, 정 신부님. 사실 교회가 벌써 이곳에 와 있어야 했습
니다."

김수환 추기경은 판자촌을 바라보며 자책의 독백처럼 말끝을 흐렸
다. 그는 미사를 마친 후 프라이스 신부, 정일우 신부와 함께 '예수회
복음자리'라고 쓴 간판을 처마 위에 올렸다. 그는 십자가와 간판을 바
라보며 '예수님이 바로 이런 이들과 함께 사셨는데' 하는 생각을 했다.
그는 다시 한 번 이렇게 악취와 가난 속에 고통받는 사람들 곁에 교회
가 필요하다고 생각하며, 이제부터라도 소외된 이웃, 가난한 이웃을 위
한 사목에 좀 더 신경을 써야겠다고 다짐했다. 그는 미사에 참석한 동
네 신자들과 일일이 악수를 나눴고, 비서신부는 동네 아이들에게 갖고
온 선물을 나눠줬다.

3월 1일, 오후 6시가 가까워지자 명동성당 언덕에는 3·1절 기념미사
를 드리러 가는 사람들로 북적였다. 김대중, 함석헌, 정일형 등의 모습
이 보이자 정보부 요원들과 경찰들은 무전기를 들고 분주하게 움직였
다. 3·1절 기념미사는 신자들에게 3·1정신을 일깨워주기 위해 명동성
당에서 매해 봉헌하는 미사였다. 그러나 이번에는 정의구현사제단 신

부 20명이 공동 집전하는 시국미사라서 김수환 추기경은 보고만 받고 참석하지 않았다. 미사에는 약 700명의 신자들이 참례해 빈자리가 많았다. 정보부 요원들과 사복을 한 경찰청 정보과 소속 경찰들도 상당수 있었다. 미사가 끝난 후, 문동환 목사가 나와 짧게 설교를 했다.

"이스라엘 백성을 이집트에서 데리고 나온 모세는 가나안으로 들어가기 전 민족의 지도권을 여호수아에게 넘겨주었다. 그랬기에 후에 가장 위대한 예언자라고 높이 찬양을 받았다. 그러므로 박정희도 이 시점에서 물러선다면 한국 역사에서 높이 평가를 받는 인물이 될 것이다."

문동환 목사가 설교를 마치자 이우정 전 서울여대 교수가 나와서 김승훈, 함세웅 신부를 비롯한 일곱 명의 사제와 개신교 성직자, 정치인, 재야인사들이 서명한 '민주구국선언'을 낭독했다.[185]

대통령의 하야를 비롯해 긴급조치 철폐를 요구하고 유신헌법을 비판한 기도회를 가만히 두고 볼 정부가 아니었다. 이튿날부터 서명자와 관련자들을 연행했다. 수사 대상은 모두 스무 명이었는데, 그중 일곱 명이 사제였다.

이때부터 김수환 추기경의 머릿속에는 어떻게 해야 일곱 사제의 구속을 막을 수 있을지에 대한 생각뿐이었다. 지학순 주교 때처럼 박정희 대통령을 만나볼 생각을 하면서 정계 요로에 있는 신자들과 접촉했다. 그러나 정부 쪽 분위기가 매우 강경했다.

3월 10일, 서울대교구의 함세웅 신부, 원주교구의 신현봉 신부, 전주교구의 문정현 신부를 비롯해 김대중, 문익환 목사, 문동환 목사 등 모두 열한 명이 구속되었다. 김승훈 신부와 장덕필 신부, 김택암 신부, 안

---

185   《한국 가톨릭 인권운동사》(명동천주교회, 1984) 350~353쪽.

충석 신부, 윤보선 전 대통령, 함석헌, 이태영 등 아홉 명은 불구속 기소되었다. 검찰은 "김대중, 문익환 목사, 함세웅 신부가 주동이 되어 윤보선, 정일형, 함석헌 등의 동조를 받아 국가변란을 획책한 사건"이라고 규정하면서, "종교 행사에 편승해, 이를 악용", "종교 행사를 가장한 불법적 정치활동"이라고 발표했다.

검찰 발표 후, 교구청에는 신자들의 항의전화가 쉬지 않고 걸려왔다. 사제가 일곱 명이나 한꺼번에 기소된 것은 사상 초유의 일이었다. 보수적인 생각을 갖고 있는 이들은 "명동성당에서 왜 그런 행사를 하게 했느냐"고 항의했다. 보수 쪽만이 아니었다. 진보 쪽에서는 "교회가 미온적 태도를 버리고 더 과감하게 민주투쟁에 나서야 한다"고 요구했다. 김수환 추기경도 여러 통의 전화를 받았다.

그날 저녁, 그는 십자가 앞에서 무릎을 꿇었다.

"주님, 이런 상황에서 제가 어떻게 해야 합니까?"

그의 묵상은 밤이 깊도록 계속되었다. 무거운 십자가를 지고 골고다 언덕을 올라가는 예수 그리스도의 고통을 생각했다. 그 고통에 비하면 자신의 고민은 아무것도 아니었다. 아니, 비교조차 할 수 없었다. 답은 하나였다. 예수님을 따라가는 것이다. 가난한 사람들, 고통받는 사람들, 그래서 약자라고 불리는 사람들에게 둘러싸여 사시다가 마침내 목숨까지 십자가 제단에 바치신 예수 그리스도를 따르는 것이었다. 그러나 문제는 묵묵히 갈 수 없다는 데 있었다. 그 길을 어떻게 가느냐 하는 지혜가 필요했다. 무엇보다도 교회의 분열을 막아야 했다. 불면의 밤이 지나갔다.

다음 날 아침, 그는 먼저 주교회의 의장인 수원교구장 윤공희 대주교에게 전화를 했다. 상황을 이야기하면서 상임위원회 소집을 건의했다.

이튿날 윤공희 대주교, 김남수 주교, 정진석 주교, 나길모 주교가 명동성당으로 왔다. 김수환 추기경은 무슨 일이 있어도 시국관에 따른 교회의 분열은 피해야 한다는 자신의 생각을 밝혔다. 모두들 그의 의견에 동의했다. 문제는 방법론이었다.

그는 앞으로 정의구현사제단의 시국기도회는 주교단의 행동지침에 따르게 하자고 했다. 모두들 동의했다. 정의구현사제단 사제들이 계속해서 독자적인 행동을 할 경우 어떤 사태가 일어나리라는 것을 짐작하기는 어렵지 않았기 때문이었다.

김수환 추기경은 명동성당에서 '구속자 석방을 위한 기도회'를 열고, 강론을 통해 구속된 사제들의 행동에 대한 자신의 의견을 밝히면서 보수적인 사제와 신자들의 이해를 구하겠다고 했다. 쉽지 않은 일이지만 꼭 해야만 하는 일이었다.

3월 15일 오후 6시, 명동성당에서는 김수환 추기경, 윤공희 대주교, 나길모 주교 그리고 200명의 사제단과 약 2,200명의 신자가 참석한 가운데 '3·1절 기도회 사건으로 구속된 사제들을 위한 기도회'를 열었다. 기도와 복음 낭독이 끝나자 한국 천주교주교회의 의장인 윤공희 대주교가 '주교단의 명동 3·1절 기도회 사건에 대한 성명'을 발표했다.

1. 구속 입건된 세 명의 신부와 불구속 입건된 네 명의 신부는 정권 탈취를 위한 정부 전복을 기도한 일은 결코 없었다. 사회정의와 인권 수호를 위한 크리스천 신앙과 애국심에 입각한 판단의 발로였다.
2. 앞으로 공정한 재판에 의해 다루어질 것을 촉구한다.
3. 주교단은 이 사건의 처리를 주시하면서, 교회뿐 아니라 정부와 국민 모두를 위해서 하느님의 정의의 빛이 내리도록 기도할 것이다.
4. 앞으로 시국기도회는 1975년 2월 28일자 주교단의 행동지침에 따라야 한다.

성명서 발표가 끝나자 김수환 추기경이 강론을 했다.[186]

"저는 이번 사건에 관련된 신부님들이 무조건 잘했다고는 말하지 않겠습니다. 그렇다고 그들이 아주 잘못했다고도 생각지 않습니다. 왜냐하면 그들의 행위가 정부를 전복하기 위해서 한 것이 아님이 명백하고, 다만 그들 나름대로 신앙적 소신과 사제의 양심에서, 또한 애국심에서 이 나라와 겨레를 보다 밝고 보다 의로운 나라로 만드는 데 최선을 다하겠다는 뜻에서 행동했음을 의심치 않기 때문입니다. 우리가 그들을 탓한다면 방법론에서 찾을 수 있겠고, 재작년 지학순 주교님의 구속 사건 이후 가진 여러 차례의 기도회에서 드러난 대로, 약간은 과격하지 않았나 하는 점을 탓할 수 있겠습니다. 그러나 그들의 동기는 분명히 좋은 것이었고 또 신앙에 입각한 것이었다고 믿습니다. 왜냐하면 그들의 근본적 관심사는 정치체제 이전에 사회정의와 인권 옹호에 있기 때문입니다. 이것은 사실 현대 교회의 가르침입니다."

가톨릭에서 '교회의 가르침'은 절대적 권위를 갖는다. 그는 1971년과 1974년 세계주교대의원회의에서 채택된 정의와 인권에 대한 내용과 역대 교황들의 사회회칙 그리고 제2차 바티칸공의회 문헌을 예로 들면서 사회정의에 대한 '교회의 가르침'을 설명했다.

김수환 추기경은 신부들의 방법과 표현에 과격한 점이 있었고, 오늘의 한국 교회의 신앙 인식에 거슬리는 점이 있었다 하더라도, 그들이 던진 문제 자체에 대해서는 교회는 외면해서는 안 된다고 했다.

"오늘 복음 말씀대로 우리는 남을 함부로 심판하지 맙시다. 그러면 우리도 단죄받지 않을 것입니다. 그들에게 잘못이 있으면 이를 너그러

---

186   《한국 가톨릭 인권운동사》354~359쪽 요약.

이 형제적 사랑으로 용서합시다. 그러면 우리도 용서받을 것입니다. 지금 이 시련이 대단히 괴롭지만, 주께서 이 거룩한 사순절을 계기로 저나 여러분에게, 한국 교회 전체에 주신 쇄신의 은혜가 아닌가 생각합니다. 끝으로 저는 이번 사건에 연루된 신부님들과 마음으로 동조하는 분들에게 말씀드리고 싶습니다. 여러분 역시 여러분과 의견을 달리하는 사람들을 받아들이고, 반대자들까지도 용서하고 사랑할 줄 알아야 합니다. 잘못하면 사람들을 단죄하여 여러분 스스로 하느님의 엄한 심판을 받지 않을까 염려됩니다. 예수님은 원수까지도 사랑하라고 하셨습니다. 예수님은 십자가에서까지도 원수를 용서하고 사랑하셨습니다. 참으로 이 같은 사랑만이 오늘의 세상의 모든 문제를 해결할 수 있고, 또 세상을 구원할 수 있습니다. 사도 바오로의 말씀대로 사랑은 모든 것을 덮어주고, 모든 것을 믿고, 모든 것을 바라고, 모든 것을 견디어냅니다. 사랑은 가실 줄을 모릅니다. 이 같은 사랑이, 사랑 자체이신 주님께서 여러분과 함께 계시기를 빕니다.”

김수환 추기경의 강론은 끝났다. 모두들 고개를 숙인 채 기도를 했다. 결국 가톨릭 사제와 신자들에게 길은 하나였다. 십자가의 길이었고, 그것은 사랑의 길이었다. 그는 한국 천주교가 맞은 최대의 갈등과 위기를 ‘사랑’으로 봉합한 것이다. 그 와중에서 김택암 신부와 안충석 신부는 3월 26일에 기소유예 처분을 받았다.

4월 초, 구속된 사제와 불구속 기소된 사제들에 대한 재판이 열렸다. 김수환 추기경은 구속되거나 불구속 기소된 사제들을 위한 기도회도 매달 한두 번씩 열었다. 해외 출장을 갈 때는 윤공희 대주교, 지학순 주교, 김재덕 주교, 두봉 주교 등 다른 교구의 주교들에게 주례를 부탁했다.[187]

정부와 중앙정보부에서는 천주교에 대한 감시를 한층 강화했다. 웬

만큼 큰 성당에는 기관원들이 들락거리며 기도회에서 정부를 비판하는지 감시했다. 정부는 천주교가 반정부적 성향을 띠게 된 것은 김수환 추기경 때문이라고 판단했다. 그가 '세상 속의 교회'를 주장하기 때문에 정의구현사제단 신부들이 세상 문제에 관여하는 것이라고 생각하면서, 교황청에 사람을 보내 문책을 요구했다. 물론 그럴 때마다 교황청에서는 김수환 추기경에게 그 사실을 알려줬다. 그뿐 아니었다. 교회의 현실 참여에 반대하는 사람들 중 일부도 교황청에 투서성 고발편지를 보냈다.[188] 그런 소식이 들려올 때마다 그는 기도만 했다. 교황청이 꿈쩍도 하지 않자 정부는 기상천외한 방법까지 동원했다.

5월 16일, 정부는 국제문화교류협회라는 단체를 내세워 전 오스트리아제국의 마지막 황태자로 독일에서 기자 생활을 하고 있는 오토 폰 합스부르크 대공大公 부부를 초청했다.[189] 최규하 국무총리가 공항에 나가 영접했고, 5월 17일 정부에서 준비한 오찬에는 박동진 외무부 장관과 김성진 문공부 장관 그리고 박준규 공화당 정책위 의장이 참석했다. 정부에서 그를 극진하게 대접한 이유는 한 가지였다. '한국에서는 김수환 추기경이 권력욕과 허영에 젖어 가톨릭교회를 위태롭게 하고 있다'는 내용의 글을 유럽의 신문에 기고하게 하기 위해서였다.

그러나 유럽 가톨릭계에서는 오히려 김수환 추기경에게 초청장을 보내며 강연을 부탁했다. 한국에서 활발하게 활동하는 골롬반 외방선교회의 본부가 있는 아일랜드의 콘웨이Bertranrd L. Conway 추기경도 그를 초청했다. 그래서 김수환 추기경은 10월에 유럽을 순방하면서 아일랜드

---

187   《한국 가톨릭 인권운동사》359~387쪽, 당시 가톨릭신문 기사 참고.
188   《추기경 김수환 이야기》243쪽.
189   경향신문 1976년 5월 17일자.

오토 폰 합스부르크 대공과 레지나 대공비가 김포공항에 도착해서 꽃다발을 받고 있다.

더블린대성당에서 '제2차 바티칸공의회와 현대 사회의 선교'에 대한 강연을 했다.

9월 15일, 김수환 추기경이 사제 서품을 받은 지 25년이 되는 날이었다. 아침 일찍 일어난 그는 주교관 3층에 있는 성당에서 십자가를 바라봤다.

25년 전, 계산성당에서 그리스도를 따라 십자가와 함께하는 삶을 살겠냐는 부름에 "앗숨!"하고 큰 소리로 대답하던 때가 생각났다. 마룻바닥에 엎드려 자신을 끊고 그리스도를 닮겠다던 다짐도 떠올랐다. 새 신부가 되어 신자들과 어울리던 안동성당, 부산에 가서 구호금을 받아오던 때의 기쁨, 미지의 땅 유럽에서 회프너 교수신부를 만나 머리를 싸매고 그리스도교 사회학을 공부하던 때의 희열과 성취감, 가톨릭시보사에서 밤을 새우며 제2차 바티칸공의회 문헌을 번역하던 일, 주교로 서품되었다는 소식에 놀라던 일, 세계주교대의원회의에서 떨리는 마음으로 발언하던 일, 그 얼마 후 교황님이 서울대교구장으로 임명했다는 소식에 눈앞이 아뜩해지던 순간, 로마 성베드로대성당에서 한국 순교 복자 24위 시복식 미사 주례를 할 때의 감동, 추기경에 서임되었다는 소식에 뭔가 잘못된 이야기일 거라며 머리가 하얘지던 순간, 성탄미사 강론 때 비상대권이 왜 필요하냐며 인간의 존엄성을 존중해달라고 호소하던 일, 지학순 주교가 공항에서 잡혀갔을 때 박정희 대통령을 만나 공장에서 일하는 소녀 직공들이 너무 혹사당하고 있다며 대책을 부탁하던 일, 교회를 세상 속으로 이끌고 나오는 일이 예상보다 어려워 고뇌하던 불면의 밤들…….

"주님, 절대적인 하느님의 사랑이 없었다면 오지 못했을 길입니다. 그러나 저는 그 주님의 사랑을 온전히 깨닫지 못하고 인간적인 생각을 할 때가 많았습니다. 주님, 이 죄인을 용서해주소서. 당신의 아들을 보내셔서 저희의 죄를 용서해주시려고 십자가에 매달리게 하신 당신의 사랑을 온전히 깨닫지 못하는 당신의 종 스테파노를 불쌍히 여겨주소서."

9월 20일경, 김수환 추기경은 바람도 쐴 겸 혼자서 양평동 '복음자리'를 방문했다. 다섯 평짜리 성당이 동네 어른들이 쉬고 놀고 싸우는 공간이자, 아이들이 몰려와서 공부도 하고 놀기도 하는 '양평동공동체'가 되었다는 소식이 들려오곤 했다. 둑길을 따라 내려가 성당으로 들어서자 정일우 신부와 제정구 그리고 신명자가 둘러앉아 이야기를 나누고 있었다.

"요즘 어떻게 지내나 궁금해서 왔어."

김수환 추기경은 신발을 벗으며 인사를 건네고 십자가 앞에 가서 십자성호를 그은 후 잠시 기도를 했다.

"추기경님, 마침 잘 오셨습니다."

기도를 마친 그에게 정일우 신부가 상기된 표정으로 입을 열었다. 그러고는 다짜고짜 버럭 언성을 높였다.

"추기경님, 이 나라에 국민이란 존재가 있기나 한 겁니까?"

김수환 추기경은 깜짝 놀라서 되물었다.

"정 신부님, 무슨 일이에요?"

"추기경님, 양평동 판자촌이 철거되는데 갈 데가 없습니다."

정일우 신부는 그때부터 하소연을 했다. 서울시에서 내년 3월 말까지 판자촌을 떠나라는 철거통지서가 나왔다고 했다. 보상금으로는 한 집당 20만 원밖에 안 준다고 하는데, 그 돈으로 어디로 가느냐는 얘기였다. 김수환 추기경이 듣기에도 딱한 사정이었다. 정일우 신부와 제정구가 들어갈 때 산 값이 80만 원이니, 겨우 반을 받고 나오는 거였다. 무허가로 살던 집이라 철거를 하면 그대로 당해야 하는 입장이었지만, 현실적으로 그 돈으로 갈 수 있는 곳은 없다고 해도 과언이 아니었다. 그때 제정구가 입을 열었다.

"추기경님, 전에도 말씀드렸지만 제가 청계천에서 쫓겨날 때 동네 사람 56세대를 모아 보상금과 각자 추렴한 돈으로 방이동 땅을 평당 2천 원에 매입했습니다. 그런데 서울시에서 방이동을 개발할 계획이라며 건축허가를 안 내줘서 땅을 되팔고 양평동으로 왔던 겁니다. 그래서 이번에도 집단 이주를 할 사람들을 모아봤더니, 무려 54세대가 함께 이주를 하겠다고 신청을 했습니다. 그래서 필요한 경비를 각 집에서 일이백 원씩 갹출해서 땅을 보러 다녔습니다. 그런데 아무리 찾아봐도 이제 서울에는 평당 2천 원짜리 땅이 없습니다. 아무리 변두리 지역이라도 평당 1만 5천 원 이하로는 어림도 없었습니다. 말죽거리 쪽(지금의 서초구 양재동 일대)에는 넓은 땅들이 있는데, 나중에 개발이익을 보겠다고 힘깨나 쓰는 사람들이 다 자기들 것으로 만들어둔 땅이었습니다. 그래서 정 신부님이 땅은 넘쳐나는데 살 수 있는 땅이 없다는 게 말이 되냐면서 화가 나신 겁니다."

고개를 끄덕이며 이야기를 듣던 김수환 추기경이 한숨을 내쉬며 중얼거렸다.

"내가 은행이면 좋겠다."

정일우 신부는 화를 냈던 게 미안한 듯 고개를 숙인 채 아무 말도 하지 않았다.

"성남이나 경기도 쪽은 좀 싸지 않을까?"

⊂⊃ 김수환 추기경은 시간 날 때마다 양평동 무허가 판자촌을 찾아 주민들을 위로, 격려했다.

김수환 추기경의 물음에 제정구가 말했다.

"추기경님, 경기도 쪽으로 나가면 허허벌판이 있기는 합니다. 물론 거기에서 임시로 천막을 지어서라도 살 수는 있습니다. 그러나 땅에 집을 지으려면 일을 해서 돈을 벌어야 합니다. 그런데 그런 곳에는 공장이 없고, 또 있다 해도 너무 멀고 버스도 안 다닙니다."

제정구의 말을 듣던 김수환 추기경의 눈이 반짝였다.

"그럼, 만약에 집 지을 돈을 빌릴 수 있다면, 처음에는 천막에서 살 수 있고 좀 멀더라도 일을 다닐 수는 있다는 뜻인가요?"

"만약 집을 지을 돈만 얻을 수 있다면, 여기 사람들은 10리, 20리 길도 걸어가서라도 일을 할 겁니다. 그러나 빨리 갚아야 하는 돈이라면 그건 또 힘이 듭니다."

"추기경님, 어디 돈을 빌릴 데가 없을까요?"

이번에는 정일우 신부가 눈을 반짝이며 물었다. 김수환 추기경은 눈을 감은 채 미동도 하지 않고 생각에 잠겼다. 나머지 세 사람은 숨을 죽이고 추기경의 입만 바라봤다.

드디어 추기경이 눈을 떴다.

"물론, 이 계획이 성사될지 안 될지는 나도 모르겠어요. 그러니까 확실해지기 전까지는 절대로 주민들에게 이야기하지 말고 추진하셔야 합니다."

"예, 추기경님. 그건 걱정하지 마세요. 만약 그랬다가 일이 안 되면 주민들의 실망이 어떻게 변하리라는 건 잘 알고 있습니다."

제정구의 말에 그는 다시 말을 이었다.

"정 신부님, 독일의 가톨릭 구호단체인 미제레오르Misereor를 들어보셨지요?"

"예, 추기경님. 독일에서는 아직 국민들에게 종교세를 받아서 그걸 꼭 필요한 곳에 장기 저리로 빌려준다는 이야기를 들었습니다."

"맞습니다. 그래서 몇 년 전에 강원도에 홍수가 났을 때 지학순 주교님이 가서 큰돈을 빌려오셔서 수재복구 사업과 수재민 협동조합 사업을 하실 수 있었습니다. 그리고 원주교구에서 그 돈을 잘 상환하고 있다고 들었습니다. 제가 추천서를 써드릴 테니까 정 신부님께서 정구와 함께 계획서를 잘 만드셔서 독일 미제레오르에 다녀오세요. 제가 비행기표 값은 준비해드리겠습니다."

김수환 추기경은 그가 벨기에서 독일로 유학지를 바꿀 때 게페르트 신부의 추천서 한 장 들고 갔던 일을 떠올리며, 이번에는 자신이 추천서를 써주겠다고 한 것이다. 그리고 당시 독일 미제레오르의 총책임자는 그의 뮌스터대학교 은사이자 독일 주교회의 의장인 회프너 추기경이었다. 물론 미제레오르가 누구와의 친분으로 융자를 결정하는 곳은 아니었지만, 추기경의 추천서는 긍정적으로 판단하는 데 도움이 될 것이라는 생각이 들었던 것이다.

"추기경님, 고맙습니다. 추천서만 써주시면 제가 가서 열심히 설득을 해보겠습니다. 정말 고맙습니다."

정일우 신부가 김수환 추기경의 손을 잡으며 절을 꾸벅 했다. 제정구와 신명자도 고맙다는 인사를 했다.

"알아서 잘하겠지만, 독일 사람들에게는 합리적인 계획서뿐 아니라 상환계획서도 잘 만들어야 해요. 미제레오르도 자기네 돈이 아니라 독일 국민이 종교세로 낸 세금을 쓰는 것이기 때문에 매우 깐깐한 걸로 알고 있습니다. 그리고 아까 정구가 말했으니까 알아서 하겠지만, 상환계획은 절대 무리하게 작성하지 말고, 지킬 수 있도록 여유 있게 작성하세요."

김수환 추기경은 한참을 더 이야기하다 일어나면서 배가 불러오고 있는 제정구의 부인 신명자를 옆방으로 데리고 갔다. 그러고는 주머니에서 봉투를 꺼내 생활비에 보태라고 주었다. 주민들에게 100원, 200원 걷은 돈으로는 차비도 부족하고 땅을 보러 다니느라 일을 하지 못할 것이 뻔했기 때문이었다. 신명자는 얼굴을 붉히며 봉투를 받았다. 고맙다는 말이 목으로 올라오지 못했다. 당시 집에는 불과 몇백 원이 남아 있었을 뿐이었다.[190]

세 사람은 둑길을 따라나오며 그를 배웅했다. 안양천 건너 목동 쪽으로 노을이 내렸다. 그는 노을을 바라보며, 목동은 언제 철거가 될지, 그

---

[190] "한 번은 추기경께서 복음자리를 찾아오셨다가 슬그머니 다가오시더니 봉투를 쥐여주셨다. 50만 원이라는 당시로서는 무척이나 큰돈이 들어 있었다. 나는 그 돈에서 매달 4만 원씩을 떼어내 양평동에서의 첫해를 넘길 수 있었다. 너무도 귀한 선물이라 함부로 할 수 없다는 생각에 4만 원에서도 8,700원을 쪼개 저축을 했는데, 지금 돌아보면 추기경께서 우리 가족을 살리신 셈이다."_가톨릭신문 2009년 11월 29일자.

⊂ 서울대교구 가톨릭사회복지회 현판식을 하면서 기뻐하는 모습.

러면 '예수의 작은 자매' 수녀들은 또 어디로 갈지를 생각하면서 이 땅
에 살고 있는 가난한 사람들을 위해 마음속으로 기도했다.

9월 27일, 김수환 추기경은 명동 화교성당 자리에서 그동안 관심을
갖고 추진하던 서울 카리타스의 사무실 개소식에 참석했다. 그는 지난
5월 24일, 4년 전 독일 카리타스에 연수를 떠났던 안경렬 신부가 귀국
하자 그를 서울 카리타스 기구 설립 담당 사제에 임명했다. 사회사업을
본격적으로 추진하겠다는 의지였다. 그리고 앞으로 독립적으로 발전
하기 위해 이름을 '서울 사회복지회'로 정했다. 현재 13개 복지 분야에
250개가 넘는 시설로 열매를 맺은 '서울 가톨릭사회복지회'의 출발이
었다.

11월 3일, 미국 대통령선거에서는 '인권 외교'를 전면에 내세우며 주
한미군 철수를 대선 공약으로 제시한 카터 민주당 후보가 대통령에 당

선되었다.

11월 24일에는 미국 주재 중앙정보부원 김상근(주미 대사관 참사관)이 미국으로 정치적 망명을 했다. 미국에 외교관 신분으로 파견된 한국 중앙정보부원들이 어떤 활동을 했는지를 상세히 적은 자료와 함께 망명한 이 사건은 중앙정보부에 치명적인 타격이었다.

12월 4일, 박정희 대통령은 신직수 중앙정보부장을 해임하고 건설부 장관이던 김재규를 임명했다. 김재규는 박 대통령과 같은 경북 구미 출신으로 동향 후배이자 육사 2기 동기였다. 육군 방첩부대장, 육군 보안사령관, 중앙정보부 차장을 역임한 정보통이었기 때문에 중앙정보부를 다잡을 적임자라고 판단한 것이다.

12월 29일, 고등법원은 함세웅·문정현·신현봉 신부에게 징역 3년에 자격정지 3년, 김승훈 신부는 집행유예 3년, 장덕필 신부는 집행유예 2년을 선고했다.

김수환 추기경으로서는 가톨릭 내부와 외부에서 불어오는 폭풍 속에서 보낸 한 해였다. 그러나 그는 자신이 당한 괴로움은 추운 감방에서 겨울을 보내는 세 명의 사제들에 비하면 아무것도 아니라고 생각했다. 그는 십자가 앞에 무릎을 꿇었다. 그리고 세 사제들을 위한 기도를 바쳤다.

나의 형님
김동한 신부
28

"밀알 하나가 땅에 떨어져 죽지 않으면 한 알 그대로 남고,
죽으면 많은 열매를 맺는다."

| 요한복음 12장 24절 |

1977년 1월 말, 정일우 신부와 제정구가 주교관 사무실로 찾아왔다. 1월 초 독일에 갔던 정일우 신부가 독일 미제레오르에서 미화로 10만 달러(당시 환율은 500대 1)에 이르는 거금을 얻어왔다며 싱글벙글했다. 당시로서는 저렴한 월 1퍼센트의 이자에 1년 거치 4년 분할 상환 조건이었다. 김수환 추기경도 덩달아 기뻐하며 두 사람의 손을 잡고 축하했다. 정일우 신부는 그동안 제정구가 경기도 시흥군 소래면 신천리 33(지금의 시흥시 신천동)에 봐둔, 평당 7천 원짜리 땅이 있다고 했다. 두 사람은 4월 10일, 안양천 둑에서 부활절 미사를 봉헌한 후 170세대와 함께 경기도 시흥으로 이사를 했다. 철거민들은 그곳에 6평, 9평, 12평, 15평짜리 단층 연립주택을 지었고, 총회를 열어 마을 이름을 '복음자리'라고 지었다.[191]

2월 10일, 교황 바오로 6세는 경갑룡 논현동성당 주임신부를 서울대교구 보좌주교로 임명했다. 당시 서울의 성당은 91곳으로 증가했고, 신

∽ 양평동 판자촌 철거민들이 이주할 시흥 땅을 바라보고 있는 모습. 왼쪽이 제정구, 가운데 두 명은 예수회 신부다.

자 수도 30만 명에 육박했다. 김수환 추기경은 계속 성장하는 서울대 교구의 행정을 주교 한 명이 관리하는 것은 무리라고 판단했다. 그래서 1975년 8월 교황청에 자신을 보좌해줄 주교의 임명을 품신했는데, 이 때 결과가 발표된 것이다.

김수환 추기경은 경갑룡 보좌주교를 교구 총대리주교로 임명하면서 교구 인사권과 교구장과 동일한 권한을 위임했다. 당시 그는 대외 행사, 각 수도원 행사, 수많은 가톨릭 기관 방문뿐 아니라 참석해야 하는 국제회의도 많았기 때문에 외부 일은 자신이 챙기고, 내부적인 일은 경 갑룡 주교에게 맡긴 것이다. 실제로 당장 2월에는 20일부터 1주일간 방

---

191 복음자리 마을은 1979년에 이주한 32가구를 합쳐 202가구가 삶의 뿌리를 내렸다. 2004년 12월 31일 주민 동의하에 철거되어 현재는 고층 아파트가 들어섰다.

∝ 홍콩에서 로제 수사를 만나러 철망 아래
로 가는 모습.

김수환 추기경과 떼제공동체

김수환 추기경은 1977년 3월 15일경 아시아주교회의 연합회 일로 홍콩을 찾았
다. 그때 프랑스 떼제(Taizé) 공동체의 로제 수사가 홍콩의 빈민촌에서 생활하
고 있다는 소식을 듣고 홍콩교구의 토머스 웨이(Thomas Wei) 신부의 안내로 수
상 움막집을 방문했다. 떼제공동체는 가톨릭과 성공회, 개신교 등이 함께하는
기독교 초교파 모임으로, 1940년 로제 수사가 프랑스 중동부 떼제 마을에 설립
한 국제 수도회다. 그들은 세계 곳곳의 빈민과 환자를 돕는 등 사랑과 정의를
실천하는 데 앞장섰다. 김수환 추기경은 1972년 프랑스의 떼제공동체를 방문했
을 때, 여름방학이면 종교에 관계없이 세계 80~90개국의 젊은이들이 몰려와
일주일씩 머물면서 삶의 의미를 깨닫고 나눔을 체험하고 돌아가는 모습에 감명
을 받은 적이 있다. 그는 홍콩에서 만난 로제 수사에게 한국의 젊은이들이 보다
깊이 있게 신앙생활을 할 수 있도록 떼제의 수사들을 한국에 파견해달라고 요
청했다. 로제 수사는 흔쾌히 수락했고, 1979년부터 한국에 떼제 수사들을 파견
했다. 김수환 추기경은 살레시오수도회에서 청소년 기숙사로 사용하다 비운 화
곡동 집을 떼제 수사들의 거처로 주선했다. 이때부터 떼제공동체 수사들은 한
국에서 장기수와 사형수를 위한 교도 사목, 대학 강의, 예술 작업 등 다양한 형
태의 활동을 시작했다.

콕에서 열리는 국제회의에 참석해야 했고, 3월 1~4일에는 오스트리아 빈에서 열리는 오스트리아 부인회 한국 지원 20주년 기념행사, 그 후에는 독일의 뮌헨과 룩셈부르크 회의에 참석한 다음 돌아오는 길에 홍콩에 들러 자신이 참석하지 못했던 아시아주교회의 결과를 챙겨야 했기 때문에 꼬박 한 달을 비워야 했다.

3월 20일, 대법원은 함세웅·문정현·신현봉 신부에게 징역 3년에 자격정지 3년, 김승훈 신부는 집행유예 3년, 장덕필 신부는 집행유예 2년을 선고한 고등법원 판결을 확정했다. 3·1절 구국선언 발표 1년 만이었다.

3월 28일 오후 6시, 김수환 추기경은 '구속 사제들을 위한 기도회'를 윤공희 대주교를 비롯한 43명의 사제단과 공동으로 집전했다. 기도회는 이후에도 한 달에 한 번 정도씩 개최되었고, 신현봉 신부는 8월에 그리고 함세웅 신부와 문정현 신부는 12월에 석방되었다.

4월 20일, 각 일간지에 김수환 추기경이 오는 5월 22일 미국의 노트르담대학교에서 지미 카터 미국 대통령, 발트하임 유엔 사무총장과 함께 명예박사 학위를 받는다는 외신이 보도되었다. 그러나 "인권 신장에 공헌"이 수여 이유라는 내용은 정부의 통제로 보도되지 못했다. 당시만 해도 미국에서 명예박사 학위를 받는 일이 많지 않았고, 무엇보다 미국 대통령, 유엔 사무총장과 함께 받는 것은 국위 선양에 가까운 큰 경사였다. 얼마 전 노트르담대학교에서 연락이 왔을 때 김수환 추기경은 당혹했다. 인권을 위해 몇 번 말을 하기는 했지만, 그것으로 인권문제가 나아지지도 않았고, 어떻게 보면 문제만 일으킨 것 같고, 정말 기여한 사람은 옥에 갇히든가 시련을 받았기 때문에 무척 망설여졌다. 그러나 인권을 위해서 헌신하다가 고생하는 사람들을 대신해서 받는다는 생각으로 받기로 결정했다.

∝ 김수환 추기경은 1977년 5월 22일 미국 노트르담대학교에서 지미 카터 미국 대통령과 함께 명예법학박사 학위를 받았다.

5월 2일, 김수환 추기경은 미국으로 떠나기 전에 사제들이 수감되어 있는 홍성, 김해, 공주 그리고 신자인 김대중이 수감되어 있는 진주교도소까지 이틀에 걸쳐 다녀왔다.

5월 22일, 김수환 추기경은 노트르담대학교에서 명예법학박사 학위를 수여받았다. 이날 카터 미국 대통령은 "미국은 도덕적 가치에 기초를 둔 외교정책을 펴나갈 것"이라고 밝혔다. 김수환 추기경은 이에 대한 논평을 요구하는 외국 기자들에게 "매우 고무적이다. 그러나 대한민국의 인권문제는 한국 국민들 스스로가 해결해야 하는 문제다. 우리의 문제는 우리들에 의해서 변화될 수 있으며 카터 미 대통령은 우리를 격려해줄 수 있을 것이다"라고 했다. 이날 카터 대통령은 김수환 추기경

◁ 명예법학박사 학위를 받은 날 노트르담대학교에서 지미 카터 대통령과 환담하는 모습.

에게 백악관에서 만나고 싶다는 희망을 피력했고, 그는 수락했다.

6월 3일, 김수환 추기경은 워싱턴에서 먼저 하비브 미 국무차관을 만났다. 그러나 미국 국무성과 김수환 추기경은 대화 내용을 밝히지 않았고, 언론에서는 한국의 인권 상황에 대해 이야기했을 것이라는 추측 보도를 했다.

6월 10일 오전 11시, 김수환 추기경은 백악관에서 카터 대통령과 만났다. 그는 방문을 마친 후 오후에 열린 기자간담회에서 "카터 미 대통령은 한국과의 우호관계에 변함이 없고, 한국의 인권문제가 개선될 것을 기대하면서 관망하고 있다"는 의견을 표명했다고 전했다.

김수환 추기경은 미국에 있는 교포 성당을 사목 방문한 후 6월 27일 귀국했다. 그는 김포공항에서 명예박사 학위를 수여받은 소감을 묻는 기자들에게 "학위는 감옥에 있는 사람들이 받아야 하는데, 직위 때문인지 인권을 위해 공헌한 일도 없는 내가 대신 받은 것 같다. 따라서 정말 아무 감상이 없다"고 밝혔다. 기자들이 당황하며 카터 미 대통령을 만난 부분에 대해 물었다. 그는 "카터 대통령을 정치인 관점에서 보면 그의 정책이 너무 이상에 치우쳐 현실정치와 거리가 있는 것 같다. 그 때문에 그는 정치가로서는 실패할지 모른다. 그러나 오늘의 정치 현실이 그를 못 받아들인다면 인류 사회는 불행해질 것이다"라고 자신의 의견을 밝혔다.

7월 중순, 김수환 추기경은 셋째형 김동한 신부가 책임을 맡고 있는 대구결핵요양원을 방문했다. 그가 미국에 갔던 5월 말에 48평 크기의 여자 병동과 28평 크기의 취사장 건물을 신축했고, 이번에 후원 조직인 밀알회가 출범한다는 소식이 전해졌기 때문이었다. "한 알의 밀알이 썩어 많은 열매를 맺듯"(요한 12:24)이라는 성경 구절을 인용해서 지은 이름이었다.

지난 1년 반 동안 80명의 환자 중 17명이 완쾌되어 퇴원했지만 환자 수는 줄지 않고 90명으로 늘어났다. 그러나 정부에서는 90명의 환자들에 대해 기본 식비만 보조해줄 뿐, 환자 1인당 월 2만 2천 원의 약값과 환자를 돕는 간호사와 복지사 비용 등 월 300만 원은 김동한 신부의 모금으로 충당했다. 그러나 지병인 당뇨가 심해져 더 이상 '모금 강연'을 다니기가 어려워지자 뜻있는 사람들을 중심으로 후원회가 만들어진 것이다.

요양원 시설을 둘러본 김수환 추기경은 마음속으로 '형님 신부님은 예수님을 닮은 사제의 삶을 사시는데, 나는 그렇지 못해 부끄럽구나' 하는 생각을 했다.

아,
김수환
추기경

"형님, 정말 수고가 많으십니다. 저도 밀알회 회원으로 가입해서 매달 조금씩이라도 보태겠습니다."[192]

"추기경님이 그래주면 환자들이 고마워할 거야."

"죄송합니다, 형님. 그동안 제가 형님 일에 너무 무심했습니다."

"아니야, 추기경님. 오히려 추기경님이 앞에 나서면 사람들에게 추기경님을 등에 업는다는 오해를 받을 뿐 아니라, 추기경님도 사사로이 형님을 도와준다고 구설에 올라."

그동안 김수환 추기경은 형님 신부님이 아픈 몸을 이끌고 전국 각 성당으로 '구걸 강론'을 하러 다니면서 '거지 신부'라고 손가락질받곤 하는 모습이 늘 가슴 아팠다. 그러나 그는 눈을 감고 귀를 막았다. 물론 형님 신부님을 돕는 것은 명분이 있는 일이었지만, 세상은 그렇게 보지 않는다는 것을 너무나 잘 알고 있었다. 하물며 친척들이 취직 같은 부탁을 해오면 매몰차게 거절을 했다.

김수환 추기경은 요양원 사무실로 가서 후원회 가입서를 작성한 후 매달 10만 원을 약정했다. 한 달 월급이었지만 개인적으로 쓸 일이 거의 없고, 가끔 부자 신자들이 좋은 데 쓰시라고 주는 돈도 있었다. 그는 이 회비를 형님 신부가 세상을 떠난 후에도 매달 보냈다. 형님에게 보내는 돈이 아니라 결핵 환자들을 위한 후원금이었기 때문이다. 다행히 밀알회는 이듬해 배은영 여사가 서울 지역 회장이 되면서 점점 활기를 띠었다.

김수환 추기경은 그날 밤 형님 방에서 함께 자며 많은 대화를 나눴

---

192   김수환 추기경은 매달 후원금을 내는 '밀알회 평생회원 7004번'이었다. 선종 후 비서신부와 비서수녀는 통장에 남아 있던 잔액의 3분의 1인 340만 원을 마지막 후원금으로 납부했다.

다. 이야기를 듣고 보니 무엇보다도 당뇨합병증이 심해지면서 시력 저하와 수족에 마비현상이 오는 것이 걱정이었다. 당시 김동한 신부는 외출할 때 기저귀를 차야 하는 상태였다. 화원성당 주임신부직도 수행하기 어려워 대구교구에 요양원에만 전념할 수 있게 해달라는 청원을 한 상태였다. 당시 대구교구의 교구장은 서정길 대주교였고 인사를 담당하는 보좌주교는 고등학생 때 김수환 지도신부 아래서 학생회 활동을 하던 이문희 주교였다. 그런데도 그는 형님 신부님에 대한 그 어떤 부탁도 하지 않았다.

그날 밤 형제는 군위 용대리에서 같은 방에서 함께 잠을 자던 때를 회상했다. 어머니가 장에 옹기를 팔러 가서 늦게 오는 날이면 형제는 '사제 놀이'를 했었다.

"그때 추기경님이 나에게 이런 거 기억나시나? 형아는 신부 해라, 난 주교 할게, 하던 말?"

"예, 형님. 당연히 생각나지요. 그때가 아버지 돌아가시고 얼마 안 지났을 때였지요. 그때 제가 참 철이 없었어요. 형님에게 존대도 안 하고요."

"하하, 그때 그랬지. 그런데 말이 씨가 된다고, 결국 추기경님은 주교가 되었으니, 천국에 계신 어머니도 기뻐하실 거야."

"사실은 형님이 주교가 되셨어야 가난하고 힘없는 이웃을 위해 더 많은 일을 할 수 있으셨을 텐데, 저는 그런 게 많이 부족해요."

"아니야, 추기경님. 주교가 어떻게 그런 일만 할 수 있겠어. 전체를 봐야지. 그래도 추기경님이 잘하는 것 같아 마음이 뿌듯해. 본인은 가시밭길이겠지만."

"아니에요, 형님에 비하면 하느님에 대한 사랑이 많이 부족해요."

그날 밤 형제는 오래도록 이야기를 나눴다.

1978년, 서울의 모습은 10년 전 그가 서울대교구장에 착좌했을 때에 비해 너무나 많이 변해 있었다. 한옥 대신 양옥이 도시를 지배했고, 명동성당 주변에도 고층 빌딩이 들어섰다. 제3한강교(지금의 한남대교)가 개통되면서 영등포의 동쪽이라 '영동(지금의 강남)'이라 부르는 신도시에는 이제까지 보지 못했던 대규모 아파트단지가 속속 들어섰다.

김수환 추기경은 그 부_富가 사회 일부의 부유층에게만 몰리고 있는 현상을 불안한 눈으로 바라봤다. 지난해에는 수출 목표이던 100억 달러를 달성했고, 올해 개인당 소득이 1천 달러가 될 것이라는 발표가 있었다. 그러나 그는 정부가 저임금정책을 고수함으로써 서민과 노동자들이 가난에서 벗어나지 못하고 있다고 생각했다. 당시 많은 노동자들이 월 5만 원의 박봉에 장시간 근무하고 있었다. 월 3~4만 원도 30퍼센트를 넘고, 그 이하인 2만 원도 적지 않았다. 시골에서 올라온 소녀가장 근로자들이 그 적은 돈을 아껴서 저축도 하고 평균 월 5천 원씩이라도 고향의 부모에게 송금하기 위해 기계 앞에서 점심 도시락을 먹고 저녁에는 라면으로 살아간다는 기사를 볼 때는 가슴이 먹먹했다.

거대한 부조리와 불의, 부정, 사회악이 횡횡했지만 정부는 눈을 감았고 언론은 무력했다. 그는 정부와 언론이 이런 사회 부조리를 계속 방관한다면 국가적 차원에서 돌이키기 힘든 부정적 결과가 초래될 수 있다고 생각했다. 위화감에서 오는 계급의식과, 못사는 사람들이 잘사는 사람들에게 시기, 질투, 증오를 갖게 될 것이라는 생각에 잠을 못 이루곤 했다.¹⁹³

6월 말, 압구정동의 현대아파트 분양 과정에서 고위 공무원들이 분

---

193   《김수환 추기경 전집》5권 206쪽.

양 편의를 봐주고 아파트를 특혜분양 받았다는 소식이 신문에 보도되었다. 당시 압구정 현대아파트는 아파트에 동네 이름을 붙이던 관행을 깨고 최초로 건설사 이름을 브랜드로 사용한 최고급 아파트였다. 그래서 평수에 따라 서민들로서는 상상하기 힘든 3천만 원에서 5천만 원이라는 어마어마한 프리미엄이 붙었다(당시 서울 소형 아파트 한 채에 500만 원 정도). 강남 투기의 신호탄 역할을 한 것이다.

문제는 현대에서 처음에는 반은 사원용으로 사용하고 반은 공개분양을 하겠다고 사업승인을 받은 후, 다시 전부 사원용으로 변경해서 금융 특혜와 에너지 관련 특혜를 받고, 또다시 일반인들에게 분양하면서 관련 공무원과 정관계 및 언론계 고위층에게 뇌물 형식으로 특별분양했다는 것이었다.[194]

하루 이틀 지나면서 사건의 실체가 양파 껍질 까듯이 하나둘 밝혀졌다. 연루자가 무려 220명이라는 보도가 나오더니, 며칠 후에는 청와대 비서관·국회의원·전직 장관·장성 등만도 22명이고, 언론인 37명도 받았다고 보도되었다. 그러나 특혜분양을 받은 사람들은 한결같이 분양가를 지불했기 때문에 공짜로 받은 게 아니라며 '특혜설'을 일축했다. 서민들 입에서는 욕이 나왔고, 특혜분양을 못 받은 고위 공무원은 '바보' 취급을 받을 정도로 세상이 떠들썩했다.

7월 6일, 박정희 대통령은 장충체육관에서 열린 대통령선거에 단독으로 후보 추천을 받아 제9대 대한민국 대통령에 당선되었다. 임기는 1984년 12월까지였다. 통일주체국민회의 대의원 2,578명의 투표 중 2,577표를 획득한 압도적 지지였다. 한 표는 반대가 아니라 무효표였

---

194   1978년 7월 8일 검찰 발표 요약.

다. 이날 박정희 대통령은 당선소감에서 "국민의 여망을 받들어 항상 여러분과 고락苦樂을 같이하겠다"고 밝혔다. 국민을 대표한 선거인단인 통일주체국민회의 대의원들은 장충체육관이 떠나가도록 박수를 쳤다.

박정희 대통령이 국민과 고락을 함께하겠다고 선언했지만, 이제 대통령의 말을 그대로 믿는 국민은 많지 않았다. 언론에서는 연일 현대아파트 특혜분양 관련자들의 실명을 보도했다. 그러나 이 사건은 정주영 현대 회장의 둘째아들인 정몽구 도시개발 사장, 서울시 제2부시장, 은행 간부 등 다섯 명이 구속되는 선에서 마무리됐다. 그리고 특혜분양자 중 대부분은 아파트를 반납하지 않았다. 이렇게 부정부패가 심화될수록 서민과 학생, 지식인들의 분노는 깊어갔다.

8월 7일 아침, 교황 바오로 6세가 "휴일을 가질 수 없는 노동자와 병들고 굶주린 사람을 외면하지 말라"는 메시지를 남기고[195] 선종했다는 비보가 날아들었다. 김수환 추기경은 로마 교황청에서 만나면 인자한 미소를 지으며 따뜻한 격려를 아끼지 않던 그의 얼굴과 미소를 떠올렸다. 촌티 나는 자신을 주교, 대주교, 추기경으로 임명해준 데다 한국 교회에 각별한 애정을 갖고 있던 교황이었다. 그는 금방이라도 눈물을 흘릴 듯한 표정으로 주교관 3층 성당에 올라가서 무릎을 꿇고 교황을 위한 기도를 했다. 하느님께 이제 그에게 평안을 달라고 기도했다.

김수환 추기경은 8월 11일 로마로 떠났다. 그리고 장례미사에 참석한 후 새로운 교황 선출을 위한 콘클라베(교황선출회의)에 참석했다. 추기경에게 부여된 투표권을 처음으로 행사했고, 요한 바오로 1세가 새 교황으로 선출되었다.

---

195   가톨릭시보 1978년 8월 13일자.

교황 요한 바오로 2세가 선출된 교황선거(콘클라베)에 참가하기 직전 예식. 오른쪽에서 두 번째가 김수환 추기경이다.

그런데 그가 한국으로 돌아온 지 얼마 지나지 않은 9월 28일, 새 교황 요한 바오로 1세가 즉위 26일 만에 심장마비로 선종했다. 그는 다시 로마로 가서 장례미사와 투표에 참석했다. 새 교황에는 그와 함께 세계주교대의원회의 상임위원회에서 활동했던 요한 바오로 2세가 선출되었다.

김수환 추기경은 12월 1일 귀국했다. 12월 13일 총선에서 공화당은 31.7퍼센트, 신민당은 32.8퍼센트, 무소속 입후보자들이 28.1퍼센트를 득표했다. 민심이 박정희 정권을 떠나고 있다는 신호였다. 또한 무소속 득표율이 높은 것은 야당도 국민을 대변해주지 않는다는 무언의 항의였다.

이 무렵 김수환 추기경은 기도에 집중하려고 노력해도 잡념 때문에 마음의 문이 열리지 않았다.[196] 영적 어두움 속에 빠져 있다는 불안이 그를 감쌌다. 어둠 속에서 빛으로 건져달라고 기도했지만 아무 소용이 없었다. 그동안 바쁘다는 핑계로 기도를 너무나 소홀히 해왔다는 자책이 몰려왔다. 영적 위기였다. 사제에게 영적 위기보다 큰일은 없었다. 그는 새해가 되면 한 달 피정을 하기로 결정했다.

---

196   《김수환 추기경 전집》 17권 417~418쪽.

무너진
유신정권

29

"자유를 박탈하면 인간을 노예화하는 것이요,
자유를 죽이면 인간을 죽이는 것과 같다는 것을 알아야 할 것입니다."

| 김수환 추기경, 3·1절 기념사 |

1979년 1월 15일, 김수환 추기경은 한 달 동안 피정을 하기 위해 수원에 있는 '피정의 집'으로 들어갔다. 그곳에서 그는 하느님과 만나고 싶다는 소망을 안고 묵상과 기도에 침잠했다.[197]

아무 소리도 들리지 않는 깊은 고요의 세계. 그는 십자가 앞에서 무릎을 꿇었다. 모든 잡념을 없애고 자신의 온 존재가 하느님을 향할 수 있도록 마음을 비웠다. 교구 일, 세상 일을 마음 밖으로 밀어냈다. 어둠의 심연 속에서 빛을 기다리듯, 깊은 침묵의 시간 속에서 마음의 밑바닥으로 내려가며 문이 열리기를 기다렸다.

"주여, 당신만 바라보고 당신과 함께 걸어가게 하소서. 어디로 가시든지, 어디로 인도하시든지 당신과 함께 걸어가고 싶습니다."

---

197   피정일기 참고, 《김수환 추기경 전집》 17권 417~ 483쪽.

아,
김수환
추기경

그는 계속해서 기도했다. 마음의 맨 밑바닥을 향해 내려갔다. 문이 보였다. 그 안에 있는 자신의 모습을 보기가 두렵고 부끄럽다는 생각이 들었다.

"문제는 주님께 대하여 내가 얼마나 진실하냐 하는 진실성 여부에 있다. 주님은 나를 100프로 사랑하신다. 내가 잘나서가 아니라 '나'이기 때문에, 있는 그대로의 '나'를 사랑하신다."

문을 열었다. 그 순간 우월감과 귀족의식에 물들어 있는 자신의 초라한 모습이 보였다. 그리스도의 복음을 따라 살아야 할 주교로서 근본적으로 가져서는 안 될 의식구조를 갖고 있었다. 그는 십자가 앞에 무릎을 꿇었다.

"아버지, 때가 왔습니다. 당신께 회두回頭(마음을 돌려 다시 돌아옴)할 때가 왔습니다. 그리스도와 함께 저의 매일의 십자가를 질 때가 왔습니다. 저도 아버지의 뜻에 따라서, 그 뜻에 완전히 순종하며, 그 뜻에 완전히 투항할 때가 왔습니다."

그는 자신의 신분과 환경에 따른 대접으로 자신도 모르게 무의식중에 '귀하신 몸'이 된 자신을 통렬하게 반성했다. 그런 자신의 모습이 너무 부끄럽고 슬퍼, 마음속에서는 쉬지 않고 눈물이 흘렀다.

"나의 출신은 서민이다. 가난한 집의 자식이다. 어린 시절 선산에서는 셋방에서 살았다. 그 후 군위에 와서는 방 두 칸의 작은 초가집에서 살았다. 그런데 신부가 되면서부터 점점 서민의식은 사라지고 주교, 대주교, 추기경이 되면서 명실공히 '귀족'이 되었다."

자신이 갖고 있던 문제를 발견한 그는 마음을 차분하게 가다듬으며 묵상과 기도를 계속했다.

"주교일수록 서민과 같은 소박함을 가져야 한다. 본시 하느님이시면서 우리를 구하시기 위해 당신을 완전히 비우시고 가난한 자 중에서도 가난한 자 되신 그리스도의 겸손을 본받아야 한다. 겸손 자체이신 그리스도를 닮지 않고서는 크리스천 정신, 복음 정신에 젖은 주교, 가난하고 봉사하는 주교가 될 수 없다."

피정이 막바지에 접어들었다. 그는 차분하게 마음의 각오를 다졌다.

"주여, 저는 이것저것 생각하지 않겠습니다. 주님께 대한 저의 사랑도 재지 않겠습니다. 그저 주님만 바라보고 주님과 함께 걸어가겠습니다. 어디로 가시든지, 어디로 인도하시든지 주님과 함께 걸어가고 싶습니다. 주여, 저를 받아주소서. 본시 모든 것이 당신의 것이오니 있는 그대로 당신께 맡깁니다. 생긴 그대로 바칩니다. 저 스테파노를 불쌍히 여겨주소서."

2월 18일, 그는 그리스도와 일치된 삶을 살게 해달라는 기도를 하며 서울로 올라왔다.

명동성당 주교관으로 돌아온 김수환 추기경을 기다리는 건 암울한 이야기들이었다. 구속자가족협의회는 각 교도소에서 발생하고 있는 구타 등 인권 유린에 항의하여 퇴계로에 있는 가톨릭여학생관에서 농성을 벌였고, 농성을 하던 구속자의 어머니는 경찰에 연행되었다. 감옥에 있는 문익환 목사는 17일 동안 옥중 단식을 했다. 긴급조치 위반으로 구속된 학생, 지식인들이 재판을 거부하는 사태가 속출했다. 감옥에서 박정희 대통령을 비판하는 구호를 외친 학생들은 추가 기소를 당했다. 자유실천문인협회는 '구속 문인의 밤'을 열었고, 데모 관련 학생들은 강제로 군에 입대되었다.

인간이 인간답게 살기 위한 기본 권리요, 인간 삶의 필수 조건이 '자유'라는 사실을 정부는 모르는 척했다. 그는 수년 전 국민소득이 300~400달러였을 때, 정부가 자유를 제한하는 이유 중의 하나로 우리나라의 경제 상황이 아직도 그런 자유를 누릴 처지가 못 된다고 하면서, 국민소득이 1천 달러가 되면 자유의 폭이 그만큼 늘어날 거라고 했던 말을 기억하고 있었다. 그러나 이제 국민소득이 1천 달러가 되었다고 발표했지만 자유의 폭은 늘기는커녕 오히려 줄어들고 있었다. 그는 이런 상황을 보고만 있을 수 없다고 생각했다.

3월 1일, 김수환 추기경은 3·1절 기념사를 발표하면서, 정권을 향해 무서운 경고와 함께 나라의 장래에 대해 깊은 우려를 표명했다.[198] 그의 우려는 제2차 바티칸공의회 〈사목헌장〉 76항에 있는 "인간의 기본권과 영혼들의 구원이 요구될 경우에, 교회가 정치질서에 관한 윤리적 판단을 내리는 것은 당연한 일이다"에 근거를 두고 있었다.

"자유를 박탈하면 인간을 노예화하는 것이요, 자유를 죽이면 인간을 죽이는 것과 같다는 것을 알아야 할 것입니다. 집권자나 국민이나 다 같이 같은 인간으로서, 같은 국민으로서, 같은 민족으로서 공감의식을 가지고 대동단결하는 힘을 지니기 위해서는 국민에게 기본 자유를 보장하고 신장해야 합니다. 그러나 우리는 현재와 같은 자유 제한의 억압의 굴레를 벗을 길이 묘연하다는 판단에 이르지 않을 수 없습니다. 이같은 판단은 슬픈 일입니다. 그것은 국민을 좌절과 체념에 빠지게 하는 것이고, 미래에 대한 희망을 더욱 멀리 밀어내는 것이며, 민족의 활기와 정신, 힘과 성장을 막는 것입니다. 이것은 언제 닥쳐올지 모르지만 결국은 어떤 폭발 사태를 유발하고야 말 것입니다. 이것은 누구도 원치 않는 것이지만, 뚜껑을 꽉 닫고 계속해서 물을 끓이면 폭발하는 이치와 같이 피할 수 없는 결론입니다."

김수환 추기경의 경고는 여기서 그치지 않았다. 이날 오후 6시 명동

---

198   《김수환 추기경 전집》 5권 310쪽.

성당에서 열린 '민족의 평화와 통일을 위한 기도회'의 강론에서도 "아무리 인내심이 많은 국민이라 할지라도 불과 몇 사람이 권력과 금력을 잡고 나라의 주인 행세를 자행하고 관존민비官尊民卑 사상에 젖어 국민을 깔보고 우롱한다면, 나라의 운명을 불행으로 인도하는 것"이라고 경고했다.[199]

그러나 쇠귀에 경 읽기였다. 박정희 대통령은 마치 브레이크가 없는 자동차처럼, 인권과 기본권을 계속 탄압했고, 근로자들이 아닌 기업주 위주의 정책을 멈추지 않았다. 가난한 근로자들의 눈물은 강이 되어 흘렀고, 유신체제를 반대하는 학생들의 함성은 그치지 않았다. 학생과 지식인 구속자는 끝없이 늘어났다. 구속된 교수는 감방에서 구속된 학생들을 가르쳤다. 세상의 학교는 감옥이나 다름없었고 감옥은 학교로 변했다.

5월 중순, 경상북도 영양군 청기면 가톨릭농민회 오원춘 분회장이 보름 동안 실종되었다 돌아왔다. 지난해 영양군에서 소득증대 사업으로 가을감자를 심으라고 해서 농민들은 씨를 받아 심었다. 그러나 감자는 싹이 트지 않았고 결국 농사를 망쳤다. 오원춘 분회장은 청기면 농민들과 대책위원회를 구성해서 정부에 피해보상을 요구했다. 몇 개월 동안 투쟁을 했지만 대부분의 농민은 영양군의 설득과 회유를 받아들였다. 그러나 오원춘 분회장과 가톨릭농민회 회원들은 타협하지 않고 투쟁해서 지난봄에 34가구의 피해보상으로 150만 원을 받아냈다. 오원춘 분회장은 감자 피해보상 사례를 가톨릭농민회 소식지인 《파종》에 발표해서 전국의 농민들에게 알렸다. 이때부터 오원춘은 안동경찰서와

---

199   《김수환 추기경 전집》 5권 210~215쪽.

아,
김수환
추기경

중앙정보부 안동지부의 '요주의 인물'이 되었고, 5월 5일 실종되었다가 보름 만에 돌아온 것이다.

오원춘 분회장은 영양성당 주임신부에게 두 명의 괴한에게 납치되어 울릉도에 끌려갔다가 돌아왔다고 했다. 주임신부는 이 이야기를 안동교구 사목국장 정호경 신부와 교구장 두봉 주교에게 알렸다. 안동교구에서는 이 사건의 심각성을 인식하고 교구 사제를 중심으로 진상조사를 했고, 오원춘은 7월 5일 '양심선언문'을 작성해서 제출했다.[200]

본인은 가톨릭 신자로서 소명을 다하여 농촌 사회에 그리스도적 사랑을 실천하고 사회정의 실현을 목적으로 1976년 12월부터 가톨릭 농민운동을 시작하여, 이웃 농민들의 아픔과 보람을 함께 나누고자 애써오던 중, 1979년 5월 5일 영양 버스정류장에서 정체불명의 두 사나이로부터 납치당하여 안동을 거쳐 포항 모 건물(포항제철 부근 잿빛 건물) 안에서 이유도 모를 폭행을 당하고(체제에 반항하는 놈은 그냥 둘 수 없다며 폭행하였음) 울릉도까지 15일간 강제 격리된 상태에서 불안한 날들을 보낸 사실이 있어 이를 교구 정의평화위원회에서 구성한 조사단과 가톨릭농민회 조사단, 본당 신부에게 양심에 의하여 진술한 바 있습니다. 이 사실은 어떠한 일이 있어도 '사실'이며, 만약 번복된다면 이는 외부의 압력이나 위협에 의한 강제적 결과일 것입니다. 가난하고 억압받는 농민들과 함께 일하려는 나의 동료 형제들에게 또다시 가해질지도 모르는 이런 폭력과 압력 밑에서, 주여! 작은 저희들을 지켜주소서.

_영양천주교회 십자가에 달리신 주님 앞에서

200　　　《한국 가톨릭 인권운동사》 552~553쪽.

안동교구에서는 오원춘의 '실종'을 '납치 사건'으로 규정하고 안동경찰서장에게 항의했다. 그러나 경찰과 지방 중앙정보부 관계자는 함께 현장검증을 하자고 약속한 후 포항에서 현장검증을 하다가 오원춘을 강제연행했다. 그리고 경찰은 다음 날 "오원춘의 납치는 허위 조작이었음을 자백했다"고 발표한 후, 권종대 가톨릭농민회 안동교구 연합회장과 정재돈 안동교구 사목국 농민사목부장도 연행했다.

7월 23일, 안동교구에서는 교구청에 오원춘 사건을 항의하는 현수막을 내걸었다. 그러자 얼마 후 30여 명의 경찰관이 교구청에 난입해서 현수막을 철거하고 사목국장 정호경 신부를 강제로 끌고 갔다.

7월 26일, 안동교구는 오원춘 사건과 교구청 난입 사건을 "농민 사목 활동을 짓밟기 위한 음흉한 종교 탄압"이라고 규정하면서 "양심과 복음에 따라 진실을 밝히겠다"는 결의문을 발표했다.

그동안 사건의 추이를 보고받던 김수환 추기경은 여러 정황을 놓고 볼 때 오원춘 분회장과 안동교구의 조사와 주장이 맞다고 판단했다. 그리고 정부에서 오원춘 사건을 납치가 아니라 '외도를 한 후 양심의 가책으로 홀로 여행한 것'으로 규정하는 것은 가톨릭의 도덕성에 치명타를 가하려는 유신정권의 의도라고 판단했다.[201]

김수환 추기경은 더 이상 가만히 있을 수 없다는 결론을 내렸다. 8월 6일 그의 첫 사목지였던 안동성당(지금의 목성동성당)에서 자신이 주례하는 '전국기도회'를 열기로 했다.

8월 6일 저녁, 기도회에는 김수환 추기경, 두봉 안동교구 주교, 김재덕 전주교구 주교 및 150명의 사제, 200여 명의 가톨릭농민회 회원과

---

201   《추기경 김수환 이야기》 300쪽.

일반 신자 등 1천여 명이 참석했다. 강론은 김수환 추기경이 했다.[202]

안동성당에서는 언덕 위에 있는 성당 마당에 스피커를 설치했다. 그래서 김수환 추기경의 강론은 산 아래 사는 안동 시내 시민들이 다 들을 수 있을 정도로 크게 울려퍼졌다. 그가 1951년 부임한 후 첫 번째 성탄절 때도 성당에다 스피커를 놓고 크리스마스캐럴을 틀면 안동 시민들이 다 들을 수 있었다. 그런데 이번에는 그런 축복의 노랫소리가 아니라, 시국강론이었다.

그는 먼저 경찰의 교구청 난입과 신부 강제연행의 부당함을 지적했다. 그리고 오원춘 사건은 명백한 납치 사건인데도 수사당국이 자작극으로 몰고 가는 현실을 용납할 수 없다고 했다. 그래서 오늘 가난한 사람들과 약한 사람들, 농민과 근로자들을 위해서, 오원춘과 같은 피해자가 다시는 나오지 않기를 바라는 마음에서 이 시간에 모여 기도를 드린다고 밝히면서, 다시 한 번 유신정권을 향해 무서운 경고를 했다.

"그러나 국민은 절대로 계속 눌려 있지만은 않을 것입니다. 언젠가는 자기를 누르고 있는 정부에 대해 항거하여 일어날 것입니다. 그것이 오늘날 세계 여러 지역에서 독재정권들이 무너지는 근본 이유입니다. 그 독재정권들은 그들이 민주주의를 해서가 아니라, 민주주의를 하지 않았기 때문에 무너졌습니다. 다시 말해서 국민을 어리석게 보고 국민에 대해 우민정치를 하고 특히 노동자, 농민을 수탈하고 계속 탄압했기 때문에 그 정권들은 무너질 수밖에 없었습니다. 그런데 우리에게 그런 사태가 일어나지 않는다는 보장이 있습니까? 없습니다. 저는 정말 이 점을 두려워합니다."

---

202   《한국 가톨릭 인권운동사》 557~564쪽.

그는 농민, 근로대중이 이 나라 국민으로서 보람을 느끼고 그들의 기본권이 존중될 때, 그들이 정말 인간으로서 천시받지 않고 존중될 때, 우리나라는 참으로 발전을 하고 평화스러운 나라가 될 것이라고 강조했다.

끝으로 그는 정부당국에 가톨릭을 용공 취급하지 말고 가톨릭농민회 같은 좋은 운동은 오히려 장려해야 한다면서, 이번 '안동농민회 사건'을 정부가 대승적인 차원에서 해결해주기 바란다고 당부했다.

그러나 정부의 대답은 정호경 신부와 오원춘 분회장 그리고 정재돈 안동교구 사목국 농민사목부장의 구속이었다. 그리고 형집행정지 처분으로 석방되었던 함세웅, 문정현 신부도 재수감했다. 경찰에서는 두봉 주교에게 출석요구서를 보냈다. 천주교에 대해 '전면전'을 선포한 것과 다름없었다.

안동교구에서는 계속 시국기도회를 열었다. 경찰은 안동성당에 진입해서 '신앙·인권 결사수호'라고 쓴 현수막을 철거했다. 다시 현수막을 걸고 기도회를 하면 기도회에 참석하러 오는 남녀 신도들을 무차별 연행했다. 그래도 기도회가 열리면 신부들뿐 아니라 기도회에 참석하고 나오는 신자들까지 강제로 연행했다. 심지어는 안동성당 정문을 봉쇄하고 신자들의 귀가를 막는 사태도 벌어졌다. 8월 11일에는 경찰들이 안동성당 앞에서 군가를 부르며 행진을 하기도 했다.

이때부터 하루가 멀다 하고 안동, 원주, 전주, 광주, 대전 등 전국의 여러 교구에서 시국기도회가 열렸다. 명동 지하 성당에서는 7월 21일부터 가톨릭농민회 회원들이 농성을 계속했다.[203]

김수환 추기경은 사방에서 들려오는 신부들의 연행과 기도회 소식, 경찰과의 충돌 소식을 들으며, 천주교로서는 더 이상 물러설 수 없는 상황이 되었다고 판단했다. 그는 8월 20~23일 홍콩에서 열리는 국제회의에 참가해서 기조연설을 하기로 한 일정을 취소했다.[204] 그리고 8월 20일 명동성당에서 전국의 주교와 사제들이 모여 '오원춘 사태'에 대한 천주교의 입장을 밝히는 '정의 평화를 위한 기도회'를 열 준비를 했다. 그때 충격적인 사건이 일어났다.

8월 11일 새벽 2시, 무장경찰 1천여 명이 이틀 전부터 YH무역 여성 근로자 187명이 일방적 폐업 철회 등을 요구하며 농성을 벌이고 있는 마포구 도화동 신민당사에 진입했다. 그런데 진압 과정에서 노동자 김경숙 양이 4층에서 추락해 사망했다. 경찰은 몇 차례 말을 바꾼 끝에 김경숙이 동맥을 끊고 투신했다고 발표한 후 서둘러 화장을 했다.[205]

김경숙 양은 여덟 살 때 아버지를 여의고 편모슬하에서 가족을 부양하기 위해 초등학교만 졸업하고 열세 살에 공장에 들어온 노동자였다. 사망 후 발견한 그녀의 일기장에는 "내가 배우지 못한 공부를 가르쳐서 동생만은 성공할 수 있도록 하는 것이 간절한 소원", "혼탁한 먼지 속에 윙윙거리는 기계 소리를 들으며 어언 8년 동안 남은 것은 병밖에 없다"고 적혀 있었다. 그녀 나이 스물한 살이었다.

신민당 김영삼 총재는 박정희 정권을 규탄하며 항의농성에 들어갔다. 중앙정보부에서는 정치공작을 꾸몄다. 원외지구당 위원장 세 명을 동원해 법원에다 김영삼 총재 직무정지 가처분 신청을 했다. 정국은 한

---

203   《한국 가톨릭 인권운동사》575~579쪽.
204   가톨릭시보 1979년 8월 26일자.
205   2008년 '진실화해를 위한 과거사정리위원회'는 부검 보고서와 시신 사진을 근거로 "손목에는 동맥을 끊은 흔적이 없고, 손등에는 곤봉 같은 둥근 물체로 가격당한 상처가 발견되었다. 사인은 투신자살이 아닌 경찰의 강제 폭력 진압 과정에서 추락사한 것"이라면서, "김경숙이 진압 직전 투신자살했다고 밝힌 당시 경찰 발표는 모두 조작된 것"이라고 밝혔다.

치 앞을 내다보기 힘든 상황으로 치닫고 있었다.

8월 20일 오후 5시, '정의 평화를 위한 기도회'가 열리기 한 시간 전이었지만 많은 사람들이 명동성당 언덕을 올라왔다. 시국이 엄중하기 때문이었는지 정치권 인사들도 여러 명 참석했다. 공화당에서는 이효상 총재고문과 이만섭·정동성 의원, 신민당에서는 최형우·예춘호·정대철 의원, 통일당에서는 김녹영·김현수 의원이 왔다.[206]

신자, 시민, 학생들도 명동성당으로 몰려들었다. 시간이 흐를수록 무서운 속도로 참석자가 불어났다. 최대 1,500명이 들어갈 수 있는 성당 안에는 복도까지 빈틈없이 꽉 들어찼다. 성당 밖도 마찬가지였다. 앞마당, 옆마당을 메우더니 언덕 그리고 성모병원 앞마당까지 발 디딜 틈이 없을 정도가 되었다. 최소 5천 명이었다. 명동성당에서는 마당과 언덕에 있는 참석자들을 위해서 스피커를 설치했다. 성당 주변에는 기동경찰이 배치되었다.

오후 6시, '정의 평화를 위한 기도회'가 열렸다.[207] 김수환 추기경이 주례를 하고 여덟 명의 주교가 공동으로 집전하는 이 기도회에는 400여 명의 신부와 수녀도 참석했다.

기도회 1부에는 주교회의 의장인 윤공희 대주교가 강론을 했다. 윤대주교는 안동교구 가톨릭농민회 사건과 YH무역 사건은 국가의 장래 운명에 큰 영향을 줄 만큼 심각하고 중대한 문제가 되고 있다면서, 정부가 이성을 회복할 것을 촉구했다.

기도회 2부에 천주교 정의평화위원회 명의의 '결의문'을 채택했다.

---

206   동아일보와 경향신문 1979년 8월 21일자.
207   《한국 가톨릭 인권운동사》 545~547쪽.

최근 우리나라 사회 현실이 진정한 의미의 국민 총화와 반대되는 극한점에 와 있는 실정을 절감한다. 오원춘 형제가 납치, 폭행당했음을 밝힌 안동교구의 조사가 진실임을 확인한다. 이 사건에 대해 경찰 측이 오히려 교회에 혐의를 씌우는 데 대해 경악을 금치 못한다. 두봉 주교 및 신부, 신자들에 대한 박해를 중지하라. 가톨릭농민회와 가톨릭노동청년회는 우리나라 사회 발전에 기여하는 단체임을 확인

오원춘 사건에 대한 주교회의 입장 관련 기사. 가톨릭시보 1979년 8월 26일자. 주교회의에서는 안동교구 조사가 맞다고 확신한다는 성명을 발표했다.

한다. 우리는 이 모든 문제가 정의롭고 평화롭게 해결됨으로써 우리 국가 사회의 '공동선'이 더욱 증진되도록 끊임없이 기도한다.

3부에서는 YH사건 진압 때 숨진 김경숙 양을 추모했다. 김 양의 사망은 저임금을 기초로 한 경제성장 정책이 만든 비극이라면서 노동자들에 대한 비인간적인 처우의 개선을 요구하는 성명서를 발표했다.

기도회는 시작한 지 세 시간 30분 후인 오후 9시 30분에 끝났다. 정치인들은 묵묵히 돌아갔고, 성당에서는 사제단과 수녀, 신자, 학생 300여 명이 남아 농성을 했다. 기동경찰이 철수하자 학생들은 스크럼을 짜고 "유신 철폐"와 "박정희 정권 타도"를 외쳤다. 명동으로 내려간 학생들은 한국은행 앞 분수대까지 진출했다. 시민들이 가던 길을 멈추고 시위대를 바라봤다. 학생들은 신세계백화점 분수대 앞에서 긴급 출동한 기동경찰대에 의해 해산되었다. 이 시간, 명동성당에서는 60명의 사제

가 "신앙의 자유 보장 및 인권을 유린하는 법적 장치 철폐, 오원춘 납치와 안동교구청 난입에 대한 책임을 추궁한다"면서 단식투쟁에 돌입했다.

8월 31일, 공화당에서는 서울대교구 사목국장 신부에게 '오원춘 사건'에 대한 대화를 제의했다. 소식을 들은 김수환 추기경은 이 사건을 담당하고 있는 정의평화위원회를 소집했다.

9월 4일, 김수환 추기경은 공화당의 제안을 정식 거부했다. 며칠 동안의 회의 끝에 당시 공화당은 대통령을 설득할 힘이 없다고 판단한 것이다. 그래서 그는 기자들에게 "공화당과의 대화는 실효가 없다. 만약 진정성이 있었다면 오원춘 형제에 대한 재판을 연기했어야 하는데 그런 조치가 없었다"고 지적했다.

이날, 대구 계명대학교 학생 1천여 명이 "유신 철폐"를 외치며 가두시위를 벌였다. 경북대학교와 영남대학교 학생들도 선언문을 발표했다. 강원대학교 학생 800여 명도 "유신 철폐"를 외치며 교내에서 농성을 했다. 서울에 비해 경찰력과 정보기관의 감시가 덜한 지방에서 시위가 벌어진 것이다.

9월 8일, 서울민사법원은 김영삼 총재에 대한 직무집행정지 가처분 신청을 "이유 있다"고 판결하면서 직무집행정지 처분을 내렸다.

9월 10일, 김영삼 총재는 기자회견을 열고 박정희 대통령에게 하야하라고 맞받아쳤다. 같은 날 서울대생 1만 5천 명이 교내에서 시위를 벌였다. 폭풍 전야였다.

9월 10일 저녁, 전주 중앙성당에서는 전주교구장 김재덕 주교의 주례로 '교권敎權과 인권 수호를 위한 대기도회'가 봉헌되었다.[208] 지난해

---

208   《한국 가톨릭 인권운동사》549~550쪽.

아,
김수환
추기경

부터 계속되는 전주교구 사제들에 대한 미행과 최근의 오원춘 사건 그리고 YH사건에 대한 기도회였다. 기도회에는 전국에서 온 100여 명의 사제단과 3,500여 명의 신자와 시민들이 참석했다.

김재덕 주교는 강론을 통해 민주주의란 개인의 존엄성과 국민의 자유가 보장되고, 모든 국민이 평등해야 한다고 강조했다. 그리고 최근의 YH무역 여공 사건, 신민당사 난입 사건, 학원사태, 신민당 총재단 직무집행정지 가처분 신청 등을 거론하면서, '현 정권의 직무집행정지 가처분'을 주장했다. 현 정권에 대해 정면도전을 선언한 김재덕 주교는 기도회가 끝난 후 전동성당까지 침묵시위를 벌였다.

9월 11일, 정부는 루치아노 안젤리니 주한 교황청 대사에게 김재덕 주교에 대한 구속 방침을 통보했다.[209] 교황대사는 김수환 추기경을 궁정동에 있는 교황청 대사관으로 불렀다. 교황대사로부터 정부의 방침을 전해들은 그는 만약 김재덕 주교가 구속되면 지학순 주교 구속 때와는 비교할 수 없는 사태가 벌어진다면서, 교황청 차원에서 강력히 저지해줄 것을 요청했다. 그는 교황대사에게 만약 정부가 김재덕 주교를 연행하려고 한다면 자신이 앞장서서 막고, 자신도 함께 구속되겠다고 했다. 교황대사는 한숨을 내쉬었다.

김수환 추기경이 교구청으로 돌아온 것은 저녁 어스름이 내릴 때였다. 그는 운전비서와 함께 저녁식사를 한 후 전주로 향했다.[210] 통행금지가 있던 시절이라 운전비서에게 과속으로라도 달려서 오늘 밤 안으로 꼭 전주에 도착해야 한다고 했다. 생전 처음이자 마지막으로 부탁한

---

209   김진소,《천주교 전주교구사》, 천주교 전주교구, 1998, 1159~1160쪽.
210   운전비서 김형태 증언, 동아일보 1998년 7월 3일자.

과속운전이었고, 운전비서는 시속 140킬로미터로 달려 통금 직전에 전주교구청에 도착했다.

이튿날 아침, 김수환 추기경은 김재덕 주교를 차에 숨긴 채 교구청을 빠져나와 서울로 향했다. 그 소식을 들은 전주교구 사제 46명도 뒤따라 서울로 출발했다. 서울에 도착한 그는 윤공희 대주교, 김재덕 주교와 함께 교황청 대사관으로 가서 루치아노 안젤리니 교황대사를 만나, 다시 한 번 김재덕 주교가 구속되게 놔둬서는 안 된다고 강조했다. 그리고 이미 전주교구 사제들이 명동성당에 도착해 있다면서, 만약 경찰이 김재덕 주교를 잡아가려고 서울대교구청이나 명동성당에 진입한다면 전주교구 사제들과 자신까지도 모두 잡아가야 할 것이라고 힘줘서 말했다.

교황대사는 다시 한 번 한숨을 내쉰 후 자신의 집무실로 가서 여기저기 전화를 했다. 몇 시간 후, 교황대사는 한국 정부에서 김재덕 주교 구속 방침을 철회했다고 알려줬다. 당시 신민당과 맞서고 있던 정부로서도 가톨릭과 정면대결을 하는 것은 부담이 되었을 것이다.

전주교구 문제는 해결됐지만, 안동교구는 오원춘 재판이 진행되면서 계속 소란스러웠다. 정부에서는 교황청과 두봉 주교의 출신국인 프랑스 정부에 두봉 주교를 추방하겠다고 통고했다. 두봉 주교는 교황청에 부담을 주기 싫다면서 교황 요한 바오로 2세에게 교구장 사직서를 제출했다. 25년 동안 정들었던 한국을 떠나기 싫었지만, 자신 때문에 한국인 사제들과 신자들이 더욱 고통을 당하는 것 같아서였다. 교황청은 고민에 빠졌다. 사의를 수락할 경우 한국 정부의 압력에 굴복하는 모양이 되면서 한국 가톨릭을 위축시키는 결과를 가져올 수 있기 때문이었다. 요한 바오로 2세는 김수환 추기경과 한국 주교회의 의장인 윤공희 대주교를 교황청으로 불렀다.

9월 24일, 두 주교는 로마로 떠났다. 교황 요한 바오로 2세를 만난 김수환 추기경과 윤공희 대주교는 두봉 주교의 사의를 수리하면 '오원춘 사건'에 대한 한국 정부의 입장에 동의하는 것이 된다면서 반려해야 한다고 진언했다. 교황은 한국 가톨릭을 대표하는 두 주교의 의견대로 두봉 주교의 사직서를 반려했다.

김수환 추기경과 윤공희 대주교는 10월 3일 귀국했다. 그사이에 학생들은 본격적으로 데모를 했다. 9월 26일에는 이화여자대학교에서 시

두봉 주교의 추방을 반대한 김수환 추기경

"두봉 주교를 추방하려고 그랬어요. 그 문제 때문에, 내가 주교회의 의장이었으니까 김 추기경님이랑 교황님을 보러 갔어요. 추기경님은 의장은 아니었지만 추기경님이니까 대표 격으로. 그래서 교황님 뵙고 한국의 사정, 정치 상황에 대해 이야기하고 했지. 추기경님이 가시면서 편지를 준비하셨더구먼. 구두로 다 설명 못할 수도 있으니까 편지를 준비해서 드리려고. 교황님이 다 들으시고는 '우리 폴란드 교회도 데모 많이 했다'고 그러시는 거야.

그런데 (교황청) 국무성, 교황대사는 정부하고 너무 직접 부딪치는 대결을 하지 않기를 바라는 거지. 정의를 얘기하는 건 당연한 사명인데 방법적으로는 여러 가지가 있을 수 있잖아. 지금도 잊히지 않는 거는 교황님이 폴란드 얘기도 하시고, 추기경님이 '두봉 주교는 지금 추방되어서는 안 됩니다' 그런 말을 했다는 거지.

하여간 교황청에서 체류 연장을 안 해주는 걸 묵인하는 걸로 하면 두봉 주교는 쫓겨나는 거란 말이야. 그런데 그렇게 돼서는 안 되니까 거기에 대해 설명을 했지. 지금 이런 단계에서 두봉 주교가 추방되어선 안 된다고 간곡히 말씀드리자, 교황님은 두봉 주교가 추방 안 되도록 동의하시는, 당신 생각도 그렇다는 표시를 하셨어요.

교황님도 잘 알았다고 그러셔서 옆방에서 기다리고 있던 두봉 주교를 불러서 다 같이 만났어요. 두봉 주교는 먼저 나가고 나중에 추기경님하고 나하고 나오는데 교황님이 또 문간에 서서 웃으시면서 '잘 알겠다, 잘 알겠다' 하시더니, '정부하고 전쟁하지 말고 좀 부드럽게(not war, modestly)' 그러시더라고."

_'윤공희 대주교와 인터뷰'(2015년 5월 22일), 《기쁨과희망》 2015년 여름호, 기쁨과희망 사목연구소, 106~139쪽.

위가 있었고, 27일에는 연세대학교에서도 시위가 일어났다.

10월 4일, 공화당과 유정회는 300명의 경찰을 동원해, 야당 의원들의 접근을 막은 채 김영삼 신민당 총재의 의원직 제명처리안을 가결했다.

10월 16일, 이화여자대학교 학생 2,500명이 교내에서 시위를 벌였다. 시위는 부산으로 번졌다. 16일과 17일에 부산대학교와 동아대학교 학생 5천여 명이 시민들과 함께 대규모 시위를 벌였다. 시민들이 합세한 것이다. 18일에는 마산대학교와 경남대학교 학생들이 시민들과 함께 어제 부산에서보다 더 격렬한 시위를 벌였다. 유신정권에 대한 시민들의 분노가 폭발한 '부마항쟁'이었다.

박정희 대통령은 18일 부산에 계엄령을 선포했고, 20일에는 마산에 위수령을 선포했다.

10월 19일, 김수환 추기경은 로마에서 열리는 인류복음화성 회의와 11월 5일부터 열리는 추기경단 회의에 참석하기 위해 비행기에 몸을 실었다. 부산과 마산에서 시민들까지 합세한 반정부 시위가 걱정되었지만, 추기경단 회의는 100년 만에 처음 열리는 것이라 도저히 불참할 수 없어 착잡한 마음으로 출국한 것이다.

더욱이 출발 직전에 받은 가톨릭시보는 마음을 더욱 안타깝게 했다. '교회 현실을 우려하는 연장年長 사제' 명의로 발표된 '주교단에 드리는 호소문'이 1면 하단에 크게 실려 있었다.[211] 나이 많은 사제 49명이 "사회 참여에 대한 교회적 한계와 교회적 방법에 대한 지침을 공개 명시해 달라"고 요구했다. 또한 두봉 주교를 직접적으로 거론하지는 않았지만 외국인 선교사의 처신, 그리고 사제들은 평신도 교육에만 전념할 수 있

---

211   가톨릭시보 1979년 10월 21일자.

아,
김수환
추기경

는 지침을 내려달라는 내용이었다.

그는 비행기 안에서 그 성명서를 읽고 또 읽었다. 그리고 49명의 '연장 사제' 명단도 몇 번씩 살펴봤다. 모두들 교회를 사랑하는 분들이고, 그가 존경하는 사제도 많았기에 더욱 가슴이 아팠다. 가슴에서 하염없이 눈물이 흘렀다. 가슴이 찢어지는 듯 아팠다. 그러나 그가 할 수 있는 일이라곤 기도밖에 없었다.

"주여, 한국 교회를 보살피소서. 주여, 이 죄인을 불쌍히 여기소서."

로마에 도착한 김수환 추기경은 가톨릭 신자인 신현준 교황청 주재 한국 대사의 관저에서 머물렀다.

현지 시간 10월 26일 늦은 밤, 신현준 대사가 급하게 방문을 두드렸다. 그는 잠옷 바람으로 신 대사를 맞았다.[212]

"추기경님, 긴히 드릴 말씀이 있어서 실례를 무릅쓰고 방문을 두드렸습니다. 지금 막 미국에 사는 큰딸에게서 전화가 왔는데, 박정희 대통령께 유고有故 사태가 발생했다는 뉴스가 미국 방송에 속보로 나오고 있다고 합니다."

김수환 추기경은 깜짝 놀라 물었다.

"무슨 유고랍니까?"

'유고'는 특별한 사정이나 사고가 있음을 뜻하는 단어였다. 그래서 그는 쿠데타에 의한 납치나 돌발사고로 인한 무슨 변고로 생각하며 얼른 물은 것이다. 그러나 신 대사도 그 이상은 몰랐다.

그가 박정희 대통령이 김재규 중앙정보부장의 총에 맞아 숨진 구체적 상황을 알게 된 것은 그다음 날 오전이었다. 믿어지지 않았지만 모

---

212   《추기경 김수환 이야기》315~316쪽.

든 외신이 같은 소식을 되풀이해서 보도했다. AP통신 기자가 그를 찾아왔다. 그는 기자회견을 통해 국민들에게 "모든 증오심을 버리고 단결하여 중대한 국가위기를 슬기롭게 극복해나가자"고 했다.[213] 그리고 모든 신자들은 국가와 국민의 단결을 위해 기도하라고 당부했다. 모든 정치 지도자들은 여야 그리고 모든 정치적 견해를 떠나서, 국가의 존망이 걸린 이 시점에 일치단결하여 국가적 위기를 극복해나가줄 것을 부탁했다.

김수환 추기경은 박정희 대통령의 큰 영애인 근혜 양에게는 "충격과 슬픔 속에 깊은 애도를 표합니다. 가신 아버님께 주께서 영생의 복을 주시고 유족에게는 위로를 내려주시기를 기도합니다"라는 조전을 보냈다. 그리고 경갑룡 보좌주교에게도 연락을 해서 28일 정오미사를 '고 박정희 대통령의 서거를 추모하는 위령미사'로 봉헌하라고 했다. 그는 교황 요한 바오로 2세에게 국내 상황을 설명한 후 조문과 장례식을 위해 급히 귀국했다.

10월 31일, 김수환 추기경은 청와대 본관 대접견실에 마련된 빈소를 찾아 분향한 후 조문록에 "주여, 가신 박정희 대통령 각하에게 길이 평안함을 주소서"라고 썼다. 11월 2일에는 명동성당에서 열두 명의 주교와 루치아노 안젤리니 교황대사 그리고 60여 명의 사제단과 2,500명의 신자들이 참석한 추도미사를 봉헌했다.

11월 3일 오전 10시, 중앙청 광장에서 영결식이 거행되었다. 최규하 대통령권한대행을 비롯한 각계 인사의 조사가 끝나자 종교의식 순서가 되었다. 김수환 추기경은 명동 샬트르 성바오로 수녀원 성가대의 성가

---

213   동아일보, 경향신문 1979년 10월 28일, 29일자 종합.

∝ 고 박정희 대통령 청와대 조문(위)과 명동성당에서 봉헌된 추도미사.

◁ 중앙청 광장에서 열린 고 박정희 대통령 영결식에서 기도하는 김수환 추기경의 모습.

합창이 끝나자 기도를 했다.[214]

"선하신 주 하느님! 이 시간, 온 겨레가 주님 앞에 모여 겸손된 마음으로 고 박정희 대통령을 위해 기도드립니다. 그분의 너무나 충격적인 죽음 앞에서 우리는 모두 할 말을 잃었습니다. 인생의 무상을 통감하면서 주님만이 참으로 영원한 생명이심을 깊이 깨닫게 되었습니다. 주여, 인자로이 주의 종 박정희를 돌보아주소서. 이제 이분은 대통령으로서가 아니라 한 인간으로서 주님 앞에 엎드려 주님의 자비를 믿고 생명을 목말라합니다. 인자하신 주여! 이분의 영혼을 받아주소서. 그에게서 죄와 죽음의 사슬을 끊고, 그를 당신 생명과 광명의 나라로 인도하소서.

---

214   《김수환 추기경 전집》17권 27쪽.

아,
김수환
추기경

그리고 아버지를 잃고 비통에 젖은 그 자녀들을 불쌍히 여기시고 주님의 위로와 용기를 주소서. 또한 우리 모두의 마음도 밝혀주시어 이분의 죽음 속에 담긴 의미를 깨닫고, 의롭고 밝은 나라 건설을 위해 한마음 한뜻이 되게 하소서. 우리 주 그리스도를 통하여 비나이다. 아멘.”

12시, 영결식이 끝나자 고 박정희 대통령의 유해를 실은 운구차는 ‘장송행진곡’ 속에 중앙청을 떠나 동작동 국립묘지로 향했다. 그리고 고 육영수 여사 오른편에 안장되었다.

주교관으로 돌아온 김수환 추기경은 흙에서 나서 흙으로 돌아가는 몇십 년 짧은 인생의 한계와 궁극적으로 인간이 무기력하다는 생각을 하며 명동성당 위의 십자가를 바라보았다. 그는 한 인간이 훌륭한 동기로 위대한 뜻을 지녔다 할지라도 그 결실이 의도대로 되는 것은 아니라는 생각을 하며 다시 한 번 고인이 평안히 쉴 수 있게 해달라고 기도했다.

그는 장례가 끝난 후가 중요하다고 생각했다. 이번 일이 하나의 중대한 역사적 문제를 내포한 사태인 동시에, 이 사건을 계기로 민족 역사의 새로운 장이 펼쳐질 거라고 생각한 것이다. 그는 이제 한국의 역사적 운명은 크게 발전할 수도 있지만, 더욱 침체할 수도 있는 갈림길에 있기 때문에 위기이고 고비라고 보았다. 그는 다시 한 번 십자가를 바라봤다. 만약 정치가들이 민심의 소재와 국민의 민주 역량, 자유와 개방, 인권과 이념과 민족의 통일을 위한 실질적 대비와 경륜을 외면하고서 어느 일당의 집권욕에만 급급한 태도를 보인다면 이것이야말로 국가와 민족에 큰 환란이 될 것이라고 생각했다. 그는 그런 일이 일어나지 않기를 기도했다.[215]

11월 24일, 김수환 추기경은 윤공희 대주교, 김남수 주교와 함께 최규하 대통령권한대행을 만났다. 김수환 추기경은 최 대행에게 “지금은 무엇보다 국민 화해가 시급한 때"라고 지적하면서 "국민적 화해를 위해 구속자들의 조속한 석방이 이루어지게 해달라"고 건의했다. 그러나 최 대행은 자신의 상황이 이렇게 될 줄 누가 알았겠느냐며 신세타령을 늘어놓았다. 그는 최 대행의 나약함에 고개를 떨궜다. 이분이 과연 중심을 잡고 나라가 처해 있는 '힘의 공백' 상태를 잘 수습할 수 있을지 걱정스러웠다.

12월 6일, 통일주체국민회의는 최규하 대통령권한대행을 제10대 대통령으로 선출했다.

12월 7일, 긴급조치 9호가 해제되었고, 그다음 날 함세웅·문정현·정호경 신부 그리고 오원춘 등 가톨릭농민회 사건 관련자들이 모두 석방되었다.

12월 12일 저녁, 합동수사본부장을 맡고 있던 보안사령관 전두환 소장은 계엄사령관인 정승화 참모총장을 보안사 서빙고분실로 강제연행했다. 최규하 대통령의 재가 없이 무력으로 연행한 군사반란이었다.

김수환 추기경은 전두환 소장과 신군부의 등장을 불안한 눈길로 바라봤다.[216] 이렇게 누가 이 나라를 이끌고 갈지를 모르는 상황이 오래가면 온 국민의 기대를 저버리는 엉뚱한 생각과 행동을 하는 사람이 나타날 수도 있다는 염려도 들었다.

성탄절이 지난 며칠 후, 정명조 육군본부 군종신부로부터 전화가 왔다. 가톨릭 신자인 전두환 소장과 몇몇 장군, 장교들이 1월 1일 그를 방문해 새해인사를 하고 싶어 한다고 했다. 김수환 추기경은 그 말을 듣

215   《김수환 추기경 전집》 4권 179~180쪽.
216   한국일보 인터뷰 '일요 아침에', 1980년 1월 6일자.

아,
김수환
추기경

는 순간, 이들의 움직임이 심상치 않다는 느낌이 들었다. 잠시 동안 여러 생각이 뇌리를 스쳤다. 그러나 직접 만나 이야기를 들어보는 것도 의미가 있을 것 같았다. 그는 정명조 신부에게 방문을 해도 좋지만 불필요한 오해를 피하기 위해 기자들에게 알리지 말고 비공개로 오라고 했다.

그는 교구청 앞마당으로 나왔다. 세찬 바람이 몸을 움츠리게 했다. 그는 아무도 없는 교구청 뜨락을 거닐었다. 지난 10년 동안 희망으로만 품고 있던 민주화와 정치 발전이 질서 속에서 평온하게 이루어지면 좋겠다는 바람과 신군부 출현에 대한 불안함이 그의 머릿속을 흔들었다. 그는 고개를 들고 명동성당 첨탑 위 십자가를 바라봤다. 눈보라가 달빛을 따라 흩어지고 있었다.

(2권에 계속)

김수환 추기경을 찾아 떠났던 여정

김수환 추기경 전기를 쓰겠다고 했을 때 많은 이들이 물었다. 왜 김수환 추기경이냐고.

현재 우리 사회의 불평등과 부의 불균형 문제는 점점 심각해지고 있다. 사회 계층 간 갈등의 골도 깊어지고 가치관도 혼란해지고 있다. 이제 우리 사회는 이런 문제를 해결할 수 있는 길과 방법을 찾아야 한다. 그렇지 않으면 사회 갈등은 깊어갈 수밖에 없다. 그렇다면 그 길은 어디에 있고 방법은 무엇일까?

김수환 추기경은 우리 현대사에서 몇 안 되는 정신적 지도자 중 한 명이었다. 약자를 사랑했고, 도저히 풀 수 없을 것 같던 어려운 문제를 대화를 통해 풀어내곤 했던 사회 갈등의 중재자였다. 이런 김수환 추기경이 생전에 보여준 삶과 정신 그리고 그가 추구했던 가치관에서 우리 사회가 가야 할 길과 방법 하나를 발견할 수 있을지도 모르겠다는 생각이 들었다. 이 책을 쓴 이유다.

김수환 추기경의 말과 생각과 가치관을 독자들에게 정확하게 전달하기 위해 3년을 자료 속에서 살았다. 가장 먼저 한 작업은 사진의 연도별 분류였다. 초등학교 5학년 때인 성유스티노 신학교 예비과 입학 사진이 가장 오래된 사진이었다. 검은색 두루마기를 입은 열두 살 소년 김수환은 굳은 얼굴로 주먹을 꼭 쥐고 있었다. 가족을 떠나 2년 동안 기숙사에서 신앙 훈련을 받는 것에 대해 두려움을 느끼는 듯한 모습이었다. 그러나 그는 예비신학교 과정을 잘 마쳤고 제법 의젓한 모습으로 졸업사진을 찍었다.

한 달 후 동성상업학교 을조에 입학해 소신학교 신학생이 된 그는 가슴을 활짝 펴고 사진을 찍었다. 한 달 전과는 또 다른 모습이었다. 열여섯 살 때 사진에서는 키가 훌쩍 큰 모습이었다. 앳된 모습은 사라지고 건강한 청소년으로 성장하고 있었다. 여기저기 덧대 기운 교복 바지에서 가난이 보였지만 그의 표정은 당당했다. 실제로 그는 가난을 부끄러워하지 않았다.

사진 취합 작업을 가장 먼저 한 이유는 글을 쓸 때의 감정이입을 위해서였다. 1930년대 그의 모습과 삶을 생생하게 묘사하기 위해서는 사진이 다른 자료만큼 중요하다는 믿음에서였다. 글을 읽는 독자들도 사진과 함께 그의 삶을 읽는 것이 더 실감나리라는 나름의 판단도 있었다.

그러나 김수환 추기경의 사진자료는 방대했고 한곳에 있지 않았다. 30년 동안 교구장 생활을 한 천주교 서울대교구의 절두산 순교 성지 박물관에 가장 많이 있지만, 그곳에 있는 사진이 전부가 아니었다. 그의 출신 교구인 대구대교구에도 있었고, 역사가 깊은 가톨릭신문에도 많았다. 서울에 있는 한국교회사연구소, 평화신문사, 김수환 추기경이 각별히 신경 썼던 시흥 전진상, 막달레나의 집, 라파엘클리닉에도 있었다. 그러나 천주교 교구나 단체에는 시국과 관련된 사진은 없었다. 많은 곳을 다니며 사진을 구했고, 주요 일간지 사진도 1천여 장 이상 열람했다.

이 과정에서 여러 미공개 사진을 구할 수 있었다. 사진 구하는 게 너무 힘들어 털썩 주저앉고 싶을 때도 여러 번이었지만, 새로운 사진을 찾는 성취감에 다시 일어서곤 했다. 그러나 찾는 게 끝이 아니었다. 김수환 추기경이 사제 서품식 때 부복한 사진은 이제껏 공개된 적이 없다. 부복은 사제에게 가장 중요한 순간 중 하나이고, 그의 경우 부복 때의 심정을 여러 인터뷰를 통해 밝혔다. 다행히 오래된 앨범에서 그 사진을 발견했는데, 엎드려 있는 사진이라 누가 김수환 추기경인지 알 수 없었다. 다행히 함께 사제 서품을 받은 정하권 당시 부제(현재 몬시뇰)가 아직 생존해 있어 확인할 수 있었다.

1930년대부터 1950년대까지 사진 중에서도 미공개 사진의 경우 옆에 있는 이들이 누구인지 정확히 알아야 했다. 그럴 때는 소신학교 동창 중 유일한 생존자인 최익철 신부님을 찾아가 여쭀다. 최 신부님은 사진 판독뿐 아니라 소신학교 당시의 생활과 추억도 생생하게 증언해 주셨다.

미공개 사진 중에는 김수환 추기경이 일본이 패망한 후에도 조국으로 돌아오지 못하고 일본군 전범재판의 증인으로 갔던 괌에서 찍은 사진도 있다. 매우 중요한 사진인데, 그 당시 상황을 모르면 언제 어디서 찍은 사진인지를 알기 어려워 묻혀 있었던 것이다.

사진 찾는 작업과 함께 병행한 것은 김수환 추기경이 남긴 기록의 조사와 검토였다. 다행히 2001년에 출판된 《김수환 추기경 전집》 18권에 2,079편의 미사 강론과 강연, 인터뷰, 개인 메모 등이 수록되어 있었다. 덕분에 자료조사 시간을 많이 절약할 수 있었다. 전집에 수록된 자료들을 연도별, 월별, 날짜별로 정리하는 기본 초고 작업을 시작했다. 그리고 동창과 선후배 신부 중 그와 가깝게 지냈던 분들, 비서신부들의 책에서 그와 관련된 부분을 찾기 시작했다. 오래전에 절판된 책을 구하기 위해서 헌책방 사이트를 뒤졌다. 구체적인 동선動線, 당시 사회적 상황과 배경을 파악하기 위해서 50년 동안의 주요 일간지와 가톨릭신문, 평화신문 기사를 검색했고, 중요한 부분은 기본 초고에 포함시켰다.

이 과정에서 풀리지 않는 의문이 두 가지 있었다. 첫 번째는 왜 독일로 유학 가서 당시 우리나라에서는 생소했던 그리스도교 사회학을 전공했는지였다. 그가 뮌스터대 대학원에서 공부한 그리스도교 사회학은 그의 삶에서 매우 중요한 위치를 차지했기 때문이었다. 물론 김수환 추기경은 벨기에 루뱅대 대학원 철학과로 유학을 가려고 했을 때 일본 조치대 유학 시절 스승인 게페르트 신부가 그리스도교 사회학을 추천했기 때문이라고 했다. 그러나 이 설명으로는 의문이 풀리지 않았다. 무엇보다도 왜 김천성당(지금의 황금동성당) 주임신부 자리를 내려놓고 철학을 공부하기 위해 벨기에로 유학을 가려고 했는지를 이해할 수 없었다. 그때부터 그가 사제가 된 1951년부터의 가톨릭신문(당시 천주교회보) 축쇄본을 한 장 한 장 넘겼다. 이 과정에서 그동안 알려지지 않았던 그의 글과 생각, 행적들을 발견할 수 있었다.

그가 안동성당(지금의 목성동성당) 주임신부 시절에 문서전교에 뜻을 가지고 있다는 인터뷰가 있었다. 그리고 1953년 대구교구장 비서신부 시절에는 로마 교황청 산하 피데스통신의 대구교구 통신원에 임명되었다. 그때부터 유럽에서 전개되고 있던 '가톨릭 운동(가톨릭 액션)'에 관심을 갖기 시작했고, 가톨릭신문(당시 가톨릭신보)에 '가톨릭 운동을 위하여'라는 글을 5회에 걸쳐 연재하면서 한국에서도 가톨릭 운동이 필요하다고 역설했다. 그는 한국에서 가톨릭 운동을 활성화시키기 위해서는 신부를 유럽에 보내 체계적으로 공부하게 해야 한다고 주장했다. 그가 독일에 가서 그리스도교 사회학을 공부하게 된 이유였다.

그렇다면 그는 생전에 왜 이런 자세한 이유를 밝히지 않았을까? 아마도 자세히 물어보는 사람이 없어서였거나, 누가 물었다 해도 자세하게 설명하려면 복잡했기 때문이었을 것이다. 실제로 그는 인터뷰 때 '그걸 설명하려면 복잡하고 기니까 생략하자'는 답변을 많이 했다.

두 번째로 궁금했던 것은, 당시 한국 천주교 교구 중 가장 작았던 신설 마산교구의 신출내기 주교가 2년 후에 어떻게 서울대교구장에 임명되고, 그다음 해인 1969년에 세계 최연소 추기경에 임명되었는지에 대한 부분이었다. 이에 대해 그는 어느 날 교황청 공사가 불러서 갔더니 통보해줬고, 추기경 서임도 스승 게페르트 신부가 뉴스를 듣고 알려줘서 알았다고 했다. 교구장 임명과 추기경 서임은 교황의 고유 권한이고, 이에 대한 내용은 외부에서 알 수 없기 때문에 이렇게 말한 것이다.

그렇다고 그의 삶과 정신을 총체적으로 조명하는 전기에서 그렇게 두루뭉술하게 넘어갈 수는 없는 일이었다. 서울대교구장 임명과 추기경 서임은 그의 일생에서 가장 중요한 일이었다고 해도 과언이 아니기 때문이다. 결국 이 부분에 대한 의문을 조금이라도 풀기 위해 그가 마산교구장에 임명된 1966년부터의 가톨릭신문(당시 가톨릭시보)을 읽으면서 그 이유를 짐작할 수 있는 몇 가지 단초를 찾을 수 있었다.

이런 조사 과정을 거치면서 초고를 쓰기 시작했다. 전기는 역사적 평가나 저자의 판단을 곁들이는 평전과 달리, 독자들 스스로 주인공의 삶을 평가하게 하는 장르이기 때문에, 독자들이 정확하게 판단할 수 있도록 사실에 근거해서 서술해야 한다. 그래서 철저하게 사실에 근거하는 작업을 했고, 그의 기록과 객관적 자료가 많이 남아 있는 1964년 가톨릭시보 사장신부 때부터의 그의 동선, 생각, 독백은 물론이고 거의 모든 대화도 기록에서 인용했다.

초고를 완성하고 보니 원고지로 8천 매, 두꺼운 책 네 권 분량이었다. 취사선택은 불가피했고, 우선순위를 정했다. 그의 삶에 직접적인 영향을 준 일과 배경 그리고 우리 사회에 영향을 미친 사건을 우선적으로 다뤘고, 그동안 잘못 알려졌던 사실을 바로잡았다. 분량을 반으로 줄이면서 꼭 들어가야 할 부분은 모두 포함시켰지만, 묻어두기에 아까운 내용과 사진들이 꽤 있었다. 이런 부분들은 2권 말미의 화보에 포함시켰다.

자료를 조사하고 글을 쓰는 3년 동안 역부족임을 느낄 때가 한두 번이 아니었다. 과연 내가 김수환 추기경의 전기를 쓸 능력이 있는 것일까, 하는 의문도 여러 번 품었다. 그러나 이미 너무나 많은 분들이 인터뷰에 응해주셨고, 서울대교구와 많은 교회기관의 도움을 받았기에 포기하겠다는 말을 할 용기가 나지 않았다. 특히 서울대교구에서는 교회의 여러 기관에 20여 장의 협조 요청 공문을 발송해줬고, 절두산 순교성지 박물관에서는 수십 권에 달하는 김수환 추기경의 사진첩을 열람하도록 허락했으며, 여러 차례에 걸쳐 200여 장의 사진자료를 제공했다.

이 모든 진행 상황이 나의 능력이 아니라 '추기경님 책'이기에 가능했고, 중간에 포기하면 '내 이름을 팔아먹고 끝을 내지 못한 한심한 놈'이라는 꾸지람을 들을 것 같았다. 그래서 김수환 추기경님께 누가 되지 않는 책을 만들겠다고 마음을 다잡으며 나름대로 최선을 다했다. 그러나 돌이켜보면 부족한 부분이 많다. 이 책을 뛰어넘는 또 다른 김수환 추기경 전기나 평전이 출판되어 많은 독자들이 그의 깊고 넓은 삶과 정신세계를 온전히 만날 수 있기를 기대한다.

이 책의 추천사를 써주신 서울대교구장 염수정 추기경님과 감수자 조광 교수님께 깊은 감사를 드린다. 다른 분들에 대한 감사는 '감사의 글'에서 밝혔다.

김영사에서 다섯 번째 책이다. 두 권짜리인데도 흔쾌하게 출판을 허락해주신 김강유 대표께 감사드린다. 그리고 좋은 책으로 만들겠다며 오랜 시간 고생해주신 김윤경 편집주간과 편집부, 디자인부 여러분께 감사드린다.

이 책 인세의 반은 김수환 추기경께서 생전에 직접 설립한 옹기장학회의 장학기금으로 사용하기로 했고, 구체적인 실천은 출판사에 위임했다. 김수환 추기경님의 '마음 속 아호'를 따서 설립된 옹기장학회가 더욱 발전하고, 나눔의 정신이 더욱 확산될 수 있기를 바란다.

이 책을 삼가 김수환 추기경님 영전에 바친다.

2016년 1월
이충렬

| 감사의 글 |

자료를 찾고 책으로 출판하는 과정에서 많은 분과 기관의 도움을 받았다.

김수환 추기경님의 저작권을 관리하고 있는 서울대교구 홍보국 허영엽 신부님과 이희연 대외협력팀장님은 지난 3년 동안 각 교회기관에 20여 장의 협조 요청 공문을 발송해주셨다. 깊은 감사를 드린다.

김수환 추기경님의 사진앨범을 관리하고 있는 서울대교구 절두산 순교 성지 정연정 신부님의 도움에도 큰 감사를 드린다. 아울러 여러 차례에 걸쳐 많은 사진을 스캔 작업해주신 절두산 순교 성지 한국천주교 순교자박물관의 강정윤 학예실장님께도 감사를 드린다.

평화방송·평화신문 안병철 사장신부님은 사진자료 사용과 김수환 추기경님의 구술 회고록인《추기경 김수환 이야기》의 인용을 허락해주셨다. 큰 도움에 감사드린다. 한국교회사연구소에서는 미공개 사진자료를 제공해주셨다. 그리고 출판부 송란희 팀장님은 1권의 사진 캡션에 나오는 신부님들의 성함과 전례 부분을 감수해주셨고, 방상근 연구실장님은 김수환 추기경님의 조부에 대한 학술적 감수를 해주셨다.

대구대교구 문화홍보실장 정태우 신부님, 가톨릭대학교 김수환추기경연구소 박일영 소장님도 많은 도움을 주셨다. 동성고등학교 총동창회에서는 김수환 추기경님의 '바보야' 도판과 그림 그리실 때의 사진 등 많은 자료를 제공해주셨다.

대구대교구사 연구에 깊은 관심을 갖고 오랫동안 자료조사를 해오신 대구의 김진식 전 가톨릭상지대학교 학장님은 많은 자료들과 지금은 구할 수 없는 가톨릭신문 창간호부터의 영인본 여덟 권을 빌려주셨다. 이 자료들로 이 책의 내용이 좀 더 풍성하고 정확해졌다.

김수환 추기경님의 동성상업학교 을조(소신학교) 동창으로 함께 일본 유학을 했던 최익철 신부님은 고령의 나이에도 불구하고 여러 차례에 걸쳐 많은 증언을 해주셨다. 최 신부님 덕분에 김수환 추기경님의 소신학교 시절을 복원할 수 있었고, 당시 사진 속의 인물들도 정확하게 알 수 있었다.

김수환 추기경님과 함께 사제 서품을 받은 정하권 몬시뇰도 중요한 증언을 해주셨고, 김수환 추기경님이 서울대교구장에 착좌하셨을 때 비서 신부였던 장익 주교님도 귀한 증언들을 해주셨다. 깊은 감사를 드린다.

서울대교구 사목국장을 역임하신 송광섭 신부님과 김수환 추기경님께 옹기장학회를 제안하고 함께 설립한 박신언 몬시뇰도 많은 증언들을 해주셨다. 조카인 김병기 님도 가족과 관련된 많은 증언을 해주셨고 사진도 제공해주셨다. 막달레나의 집 이옥정 대표님, 시흥 전진상의 유송자 선생님, 라파엘클리닉의 안규리 교수님도 귀한 사진자료를 제공하고 증언도 해주셨다. 이 외에도 많은 분들의 도움을 받았다. 이 자리를 빌려 도와주신 모든 분들께 깊은 감사를 드린다.

바로잡아야 할 사실

1. 김수환 추기경 조부 김보현과 《치명일기》의 김요왕은 다른 순교자다.

조부의 순교는 1869년이다.

김수환 추기경의 어머니가 남긴 증언과 셋째형 김동한 신부가 조사 후 남긴 기록에 의하면, 조부 김보현(세례명 요한, ?~1869) 공은 1869년 충남 연산에서 관군에 체포됐다. 병인박해는 1866년부터 대원군이 실각하기 한 해 전인 1872년까지 행해진 천주교 박해로, 천주교 박해사 자료를 보면 병인년(1866)보다 무진년(1868)에 더 많은 신자들이 체포되고 희생되었다. 두 번에 걸친 박해로 당시 있던 2만 3천에서 2만 5천 명 정도의 신자 중 8천에서 1만여 명이 순교했다고 전해지고 있다.

조부와 함께 체포되었던 할머니(강말손姜末孫)께서는 아버님(김영석金永錫, 아명 '군오', 세례명 요셉, 1869. 12. 28~1929. 12. 31)을 임신하고 계셨는데, 당시 국법에 대역죄인이라도 임신한 여인과 어린아이들은 처벌하지 않는다는 조항이 있어, 그때 여덟 살짜리 장녀(성명 미상), 네 살짜리 장남(성명 미상, 아명 '군선') 그리고 열다섯 살짜리 양녀와 함께 풀려났다.

할머니가 집으로 돌아와보니, 집과 재산은 이미 몰수되었고 기다리는 건 멸시와 냉대뿐이었다. 이때부터 광산 김씨 양반집 마님에서 유리

걸식을 하는 신세가 되었고, 그해 12월에 산비탈 움막에서 김수환 추기
경의 부친인 김영석 공을 해산했다. 몸을 추스른 후 알아보니, 남편은
이미 순교를 당한 후였다.

김수환 추기경의 어머니는 할머니에게 들은 순교 장소에 대해, 셋째
아들 동한에게는 충청도 공주라고 했고, 막내인 넷째아들 수환에게는
충남 합덕이라고 말씀하셨다. 그래서 조부가 정확히 충청도 어디서 순
교했는지는 모르지만, 아버지가 유복자로 1869년 12월에 태어나셨기
때문에, 1869년 중반에 충청도에서 순교했다고 할 수 있다.[217]

《치명일기》의 김요왕 순교자와는 순교 연도가 다르다.

1980년대 초반, 어느 교회사연구자가 《치명일기》 348번의 김요왕 순
교자가 김수환 추기경의 조부와 고향이 같고 세례명이 같기 때문에 조
부일 가능성이 많다는 주장을 했다.

"뮈텔 주교의 《치명일기》에 보면 충남 연산 사람으로 서울로 잡혀올라
와 옥에서 죽은 사람 중 '요왕'이라는 이름이 나옵니다. 학자들은 이 사람
이 제 조부인 것 같다고 해요."

_김수환 추기경, 〈평화신문〉 인터뷰, 1993년 4월 18일자.

이때는 김수환 추기경도 조사자들의 주장이 '추정'이라는 사실을 정
확히 알고 있었다. 그런데 2004년에 출판한 《추기경 김수환 이야기》에

---

217   김수환 추기경의 《추기경 김수환 이야기》와 김동한 신부의 회고《밀알》 23호, 밀알회,
       1993), 오효진의 〈김수환 추기경의 뿌리 3대〉《월간경향》 1984년 1월호) 참고.

서는 '김요왕' 순교자가 조부라고 확정했다.

조부 보현(요한) 공은 병인교난 때 충남 연산에서 붙잡혀 서울 감옥에서 아사餓死하셨다.

_《추기경 김수환 이야기》 2004년 초판본 179쪽, 2008년 증보판 226쪽.

이때부터 김수환 추기경의 조부는 《치명일기》 348번 김요왕 순교자이고 서울의 옥에서 굶어 죽었다는 내용이 사실처럼 알려졌다. 그러나 2008년 6월, 김수환 추기경은 무슨 이유에서인지 이 주장을 펴던 교회사연구자에게 조부의 순교에 대한 보다 확실한 자료를 부탁했다. 그리고 연구자는 2009년 2월 12일 강남성모병원에 입원 중인 김수환 추기경을 찾아가 〈김수환 추기경 가문의 천주교 신앙에 관한 연구〉라는 논문을 봉정했다. 이 논문에도 조부가 《치명일기》의 김요왕이라는 주장만 있을 뿐, 결정적 근거는 없었다. 그러나 당시 김수환 추기경은 논문을 읽어볼 수 있는 상태가 아니었다. 그는 논문을 앞에 두고 기도를 바쳤고, 며칠 후 선종했다.

《치명일기》의 김요왕 순교자가 김수환 추기경의 조부라고 주장한 연구자는 2013년 10월 10일 필자와의 인터뷰에서 "고향이 같고 성이 같다는 것을 근거로 추정했다"라고 밝혔다.

학술적 근거

만약 《치명일기》의 김요왕 순교자를 김수환 추기경의 조부라고 할 경우, 추기경의 부친은 유복자가 아니다. 정축년이 1877년이고 부친이 태어난 해는 1869년이기 때문이다. 일부에서는 '뎡축년'이 정묘년을 잘못 인쇄한 것일 가능성도 제기했지만, 정묘년은 1867년이라 이 역시

《치명일기》의 '김요왕' 부분. "김요왕, 련산 사람이다. 명축년에 다른 교우와 함께 경포(京捕)에게 잡혀 서울로 와서 옥에서 굶주려 죽으니 나이 삼십륙세러아." (충청도 연산 사람으로 서울에서 온 포졸에게 붙잡혀 정축년(1877) 옥에서 굶주려 죽었는데, 그때 나이 36세였다.) 1895년에 출판된 《치명일기》는 병인박해 때 순교를 당한 총 877명에 이르는 순교자들의 출생지와 신앙 상태, 체포된 날짜와 장소, 순교 일자와 장소, 나이 등을 지역별로 일련번호를 붙여 기록한 책이다.

부친의 출생 연도와 맞지 않는다.

이런 의문에 대한 답은 가까운 곳에 있었다. 《치명일기》의 근거가 된 자료 중 하나인 《병인박해 순교자 증언록》에 김요왕 순교자에 대해 보다 자세한 기록이 있다.[218] 이 책을 보면 김요왕 순교자의 형제 중에는 김영삼 순교자(《치명일기》 770번)가 있고 김 토마스라는 조카도 있었다는 내용이 수록되어 있다. 그러나 이들은 김수환 추기경의 집안과 어떤 연관성도 없다.

결론

《병인박해 순교자 증언록》에 근거한 이 조사 결과에 대해, 천주교 서울대교구 한국교회사연구소 방상근 연구실장은 "개인적인 입장으로는, 김보현과 《치명일기》의 김요왕을 같은 인물로 보아야 할지는 의문"이라고 했다. 따라서 김수환 추기경의 조부 김보현 요한 공은 '서울의 옥에서 굶어 죽은 김요왕' 순교자가 아니라, '병인박해 때인 1869년 충청도에서 순교한 김보현(요한)'으로 정리되어야 한다.

---

[218] 《병인박해 순교자 증언록》(한국교회사연구소, 1987) 현대문 편 221쪽과 195쪽의 정리 번호 133(문서번호 86C), 고문·색인편 443~444쪽.

2. 군위군 용대리 초가집은 생가가 아니라 옛집이다.

현재 일부에서는 김수환 추기경의 부모가 용대리 집에서 살다가, 대구의 외가에 가서 출산한 후 다시 용대리로 돌아왔기 때문에 '생가'라고 주장하고 있다. 그러나 이는 사실이 아니다.

김수환 추기경은 1993년 3월 31일 정채봉 동화작가와 김병규 동화작가(당시 소년한국일보 취재기자)와 함께 생가가 있던 자리를 방문했다. 이때 김수환 추기경은 태어나서 선산으로 이사 가기 전까지 살았던 생가의 위치는 대구대교구청 아래 현재의 보성황실 아파트 자리라고 밝혔다.

"내가 태어난 대구의 남산동 집터에는 보성주택 아파트가 들어서 있었다."

_김수환, 《바보 별님》(정채봉, 솔출판사, 2009) 185쪽. 김병규 작가의 증언. 김수환 추기경의 조카 김병기 씨 증언.

이는 김수환 추기경의 셋째형 김동한 신부의 생전 기록과도 일치한다.

그해(1922) 아버지 김영석은 착실히 모은 가산을 정리, 직지사로 들어가는 길목에 있던 옹기굴 동네 지대골에서 대구로 이주하고, 이미 출가한 맏딸 명례와 사위 김기출과 더불어 옹기전을 차렸다. 그해 아버지 김영석은 55세, 어머니 서중하는 41세로 김천 지대골에서 임신한 아기를 대구 남산동에서 낳으니(음력 5월 8일), 그가 동생 수환(스테파노)이다."

_김동한 신부, 《밀알회와 김동한 신부》(밀알회, 1993) 373~374쪽.

그리고 3년 후에 선산으로 이사가 심상소학교 옆에서 1년 정도 산 후 군위군 용대리 227번지로 왔다. 이는 대구교구사의 기록과도 일치한다.

1926년 선산에서 이사 온 김영석(김수환 추기경의 부친) 가정이 살면서 옹기굴 옆에 있는 그의 집이 '용대공소'가 되어 주일 예절을 드렸다. 이후 신자들이 늘어나서 가실본당의 여동선(빅토르) 신부가 1년에 두 번 방문해 미사를 드렸다.

옛집 | 종이 위에 오일파스텔, 2007.

_《대구대교구 100년사—대구본당사》(천주교 대구대교구, 2012) 104~110쪽, 《대구대교구 100년사—은총과 사랑의 자취》(천주교 대구대교구, 2012) 71~72쪽

이처럼 용대리에 있는 집은 네 살 이전에는 아무런 관련이 없는 집이기 때문에 '생가'나 '임신한 집'이 아니다. 네 살 때부터 살면서 신앙을 키운 '옛집'이다. 김수환 추기경도 2007년에 그 집을 그린 후 '옛집'이라고 표기했다. 이런 고인의 뜻을 존중해 용대리 집은 '생가'가 아니라 '옛집'으로 자리매김되는 것이 옳다.

천주교 용어 해설

* 《미디어 종사자를 위한 천주교 용어 자료집》(2011. 11. 10, 한국천주교중앙협의회)과 《김수환 추기경 전집》의 용어 해설에 따랐다.

가톨릭(Catholic) '보편적', '일반적', '공번된'이라는 뜻의 그리스어 katholikos에서 유래한 말.

감실(龕室) 성당 안에 성체를 모셔둔 곳. 대체로 제단의 뒤쪽 중앙, 또는 한편에 위치한다.

강론(講論) 가톨릭 성직자가 미사 등의 전례에서 신앙의 신비와 그리스도인 생활 규범을 성경 구절로 해설하는 것을 뜻하는 말.

강복(降福) 하느님께서 내려주시는 복, 또는 복을 내려주심을 뜻한다.

강생(降生) 하느님께서 인간이 되심. 곧 성자 하느님께서 성령으로 마리아에게 잉태되시어 신성(神性)을 지니신 채 인성(人性)을 취하신 사건을 가리킨다. (성육신과 같은 말.)

견진성사 가톨릭교회의 일곱 성사 가운데 하나. 세례성사를 받은 천주교인에게 신앙을 성숙시키고 나아가 자기 신앙을 증언하게 하는 성사.

경본(經本) '성경을 요약한 책'이라는 뜻으로, 성직자와 수도자들의 일과기도서를 일컫는 말.

고해성사 가톨릭교회의 일곱 성사 가운데 하나. 세례성사를 받은 신자가 세례 이후 지은 죄에 대해 하느님께 용서받으며 교회와 화해하게 하는 성사다.

고해소(告解所) 고해성사가 이루어지는 장소. 보통 성당 뒤편에 설치되어 있다.

공소(公所) 신부가 상주하지 않는, 성당보다 작은 단위의 신앙공동체.

공의회(세계) 전세계 가톨릭 주교들이 모여 갖는 회합. 교황만이 소집할 수 있으며 교회법상 교황이 의장이 되어 진행 순서를 정하고 의제들을 설정한다. 그러나 공의회 의장의 동의가 있으면 의제들을 참가자들의 투표로 결정할 수 있다. 세계 공의회의 결정 사항들이 실제 효력을 가지려면 교황의 인준과 공표가 있어야 한다. 가장 최근에 열린 세계 공의회는 제2차 바티칸공의회(1962~1965)다.

교구(教區) 가톨릭교회를 지역적으로 구분하는 하나의 기본 단위. 교회 행정상의 구역으로 주교가 관할한다.

교리(教理) 일반적으로 종교의 근본 원리나 이치를 뜻하나, 가톨릭에서는 하느님께서 계시하신 신앙의 진리와 교회의 가르침을 말한다.

구교우(舊教友) 여러 대에 걸쳐 내려오는 가톨릭 교우나 그 집안을 일컫는 말. 박해시대부터 신앙을 지켜온 교우을 일컫기도 한다.

9일기도 9일이라는 기간은 예수님께서 승천하시고 제자들이 성령을 받기 위해 예루살렘에 머물러 9일 동안 기도한 후 10일 만에 성령이 강림하셨고 새로운 은혜를 받고 만방에 퍼져 복음을 전하기 시작했다는 데서 유래되었다.

군난(窘難) 천주교 박해.

금경축(金慶祝) 사제나 주교 수품, 또는 수도자 서원 50주년을 축하하는 일.

대교구 대주교가 다스리는 교구. 한국에는 서울대교구, 대구대교구, 광주대교구가 있다.

대신학교 신학교를 지칭하는 라틴어 'Seminarium'은 '못자리'라는 뜻으로, 대학과 대학원 과정이 있다. 대신학교에서 사제 후보자들은 사제로 서품되기 전에 철학과 신학을 포함한 제반 학과를 5년 이상 수료하여야 하며, 현재 우리나라에서는 대학원을 포함하여 7년 과정으로 운영된다.

대주교 주로 대교구를 관할하는 주교. 교황청에 근무하는 주교나 교황사절 등에게도 대주교 칭호가 주어진다.

말씀 전례 미사는 말씀 전례와 성찬 전례로 구분된다. 말씀 전례는 하느님 말씀인 성경을 읽고 들으며 하느님께 찬미를 드리는 예식이다. 흔히 미사의 전반부에 거행하며 독서, 화답송(시편 또는 성경의 찬가), 복음 환호송, 복음 낭독, 강론, 신앙고백, 보편 지향 기도 순서로 거행된다.

목장(牧杖) 주교의 지팡이. 주교의 품위와 관할권을 상징한다.

몬시뇰 주교품을 받지 않은 가톨릭 고위 성직자에 대한 경칭. 교황청 고위 성직자와 덕망 높은 성직자가 교황에게 몬시뇰 칭호를 받는 것이 보통이다.

묵주기도 묵주알을 굴리면서 예수 그리스도의 탄생, 복음 선포와 수난, 부활과 승천, 성령 강림에 이르는 신비들을 성모 마리아와 더불어 묵상하며 바치는 기도.

미사 예수 그리스도의 십자가 죽음을 재현하고 성체성사를 이루는 가톨릭교회의 제사. 미사는 크게 하느님 말씀을 듣고 찬미하는 '말씀 전례'와, 그리스도의 죽음과 부활을 기리며 예수의 몸인 성체를 받아 모시는 '성찬 전례'로 구성된다.

복사(服事) 미사, 성체 강복 등을 거행할 때 사제를 도와 예식이 원활하게 진행되도록 보조하는 봉사자. 지금은 주로 어린이들이 맡고 있다.

복자(福者) 가톨릭교회가 시복(諡福, 복자로 추대함)을 통해 신자들의 공경의 대상으로 공식 선포한 사람. 남자는 복자, 여자는 복녀라 한다. 복자가 시성(諡聖, 성인으로 추대함)되면 성인(여자는 성녀)이 된다.

본당 교회 행정 단위에서 신부가 상주하는 성당들은 본당에 해당한다. 교구장의 권위로 본당신부에게 사목을 맡긴, 교구의 한 부분을 이루는 신자들의 공동체.

본당신부 보통 본당 책임자인 주임신부를 일컫는다.

봉쇄수도원 바깥세상과 사귀거나 드나듦이 막힌 수도원. 봉쇄 구역 안에서 봉쇄 규범을 지키며, 모든 생활이 내적 명상으로 향해 있다.

사목교서 교구장 주교가 관할 교구 내 모든 신자에게 보내는 서한 형식의 공식 문서. 내용은 교구민들이 특별히 믿고 실천해야 할 교리, 신앙, 전례 등을 다룬다.

사제관 사제가 거처하는 집. 본당신부는 성당 곁의 가옥에 상주해야 하는데 이 집을 사제관이라 한다.

사제 서품 사제품을 주는 일. 사제품을 주는 예식(사제 서품식)에서 교구장 주교의 안수를 통해 사제로 축성된다.

삼종(三鐘) 기도 오전 6시, 정오, 오후 6시에 성당의 종소리를 울려 시간을 알리면, 이 소리에 따라 바치는 기도. 세 번씩 세 번 치고, 잠시 후 계속 종을 친다. 신자들은 종을 치는 동안 예수 그리스도의 강생 신비를 기리는 뜻으로 기도를 한다. 밀레의 그럼 '만종'에 표현된 기도 모습이 바로 오후 6시 성당의 종소리가 울렸을 때의 장면이다.

선종(善終) 착하고 거룩하게 삶을 마침. 곧 임종 때 병자성사를 받아 대죄 없는 상태에서 죽는 일. 한국 천주교 초기부터 써온 용어로, '선생복종(善生福終)'의 준말이다.

성소(聖召) 거룩한 부르심, 하느님의 부르심이나 선택을 뜻한다. 사제나 수도자로 부름받는 사제 성소, 수도 성소를 가리킨다.

성인(聖人) 순교자나 거룩하게 살다 죽은 이 가운데 훌륭한 덕행과 모범이 인정되어 공식적으로 성인품에 오른 사람.

성인열품도문(聖人列品禱文) 모든 성인에게 도움을 구하는 성가. '성인호칭기도'의 옛 명칭이다.

성찬 전례 미사 때 말씀 전례에 이어 계속되는 부분. 예수님의 최후 만찬에 기원을 두고 있으며 크게 세 단계로 나뉜다. ① 빵(제병)과 포도주를 봉헌하는 예물 준비, ② 빵과 포도주를 축성하는 감사기도, ③ 축성된 성체를 모시는 영성체 예식.

성체(聖體) 예수님의 몸. 축성된 빵의 형상을 띠고 실제적으로, 본질적으로 현존하는 예수 그리스도의 몸을 일컫는다. 미사 때 성체를 받아 모시는 행위를 영성체라 한다.

성체성사 가톨릭교회의 일곱 성사 가운데 하나. 사제가 예수님께서 최후의 만찬 때 하신 말씀을 그대로 반복함으로써 빵과 포도주가 예수님의 몸과 피로 축성되어 성체성사가 이루어진다. 교회는 미사에서 성체성사가 거행될 때, 축성된 빵과 포도주의 외적 형태는 그대로 남아 있지만, 그 실체는 그리스도의 몸과 피인 성체와 성혈로 변화된다고 가르친다. 신자들은 한 분이신 예수님의 몸과 피를 나눔으로써 그리스도와 일치함은 물론 교회 안에서 모든 형제자매와 서로 일치하게 된다.

성체조배(聖體朝拜) 성체 앞에서 개인적으로 또는 공동으로 특별한 흠숭과 존경을 바치는 가톨릭 예절. 성체 안에 살아 계신 예수님을 찾아 존경심과 애정을 가지고 기도하며 주님과 대화하는 것을 말한다. 조용히 묵상하며 기도할 수도 있다.

성품성사 가톨릭교회의 일곱 성사 가운데 하나. 성직자로 선발된 이들이 인호(印號)를 받고 품계(주교품, 사제품, 부제품)에 따라 그리스도를 대신해 하느님 백성을 가르치고 거룩하게 하며 다스리도록 축성받는 성사.

성혈(聖血) 예수님의 피. 축성된 포도주의 형상을 띠고 실제적으로, 본질적으로 현존하는 예수 그리스도의 피를 일컫는다.

성호 손으로 이마와 가슴과 양쪽 어깨에 십자 모양을 긋는 행위. 그리스도교 신앙을 나타내는, 널리 알려진 상징이다. 성호는 십자가의 죽음으로 인류를 구원하신 예수 그리스도에 대한 신앙과 삼위일체의 신앙을 고백하는 것이며, 그리스도교 신자임을 밝히는 표시다.

성호경 십자성호를 그으면서 "성부와 성자와 성령의 이름으로. 아멘."이라고 외우는 기도문. 짧지만 가장 중요한 기도로, 천주교 신자들이 모든 기도와 일의 전후에 바친다.

세례명 가톨릭 신자들이 세례 때 받는 이름. 세례 때 새 이름을 받는 것은 예수 그리스도 안에서 새로 태어남을 뜻한다. 세례명은 좋아하는 성인의 이름을 골라 정하는데, 일생 동안 그 성인을 수호자로 공경하며 그 덕행을 본받으려고 애쓴다. 흔히 본명(本名)이라고도 한다.

세례성사 가톨릭교회의 일곱 성사 가운데 가장 먼저 받는 그리스도교 입문 성사.

소신학교 대신학교에 들어가기 위한 준비 과정의 학교. 성소 배양을 위해 인문 및 과학 교육과 함께 특별 종교 교육을 전수하도록 마련된 중등교육 과정의 신학교다.

수호성인(守護聖人) 가톨릭 신자 개인 또는 단체나 성당을 보호하며 하느님께 기도하는 수호자. '주보(主保) 성인'이라고도 한다. 교구, 성당, 나라, 도시, 단체, 직업, 개인마다 특정한 성인을 모신다.

순명(順命) 하느님에 대한 사랑으로 자신을 희생하며, 자유의지를 가지고 기쁨으로 명령에 따르는 덕을 뜻한다. 특히 성직자들과 수도자들은 교황과 소속 직권자에게 존경과 순명을 표시할 의무가 있다.

신부(神父) 사제품을 받은 성직자. 신부라고 부르는 이유는 사람들에게 영적 생명을 베풀어주며, 아버지처럼 신자들의 영혼을 지도하고 인도하기 때문이다.

신품성사 '신품'이라는 단어는 신부품(神父品)만을 뜻하는 제한적인 의미다. 현재는 주교와 신부, 부제의 세 등급을 동시에 포괄하는 성품성사(聖品聖事)로 바꿔서 부른다.

아빠스 대수도원장. 베네딕토 규칙서를 따르는 수도회들과 일부 특정 수도회, 대수도원 수장에 대한 칭호이자 직함이다.

영명축일 가톨릭 신자가 자신의 세례명으로 택한 수호성인의 축일. 대개 그 성인이 선종한 날이 축일이 된다.

영성체 신자공동체가 미사 때 축성된 그리스도의 몸과 피를 받아 모시는 일. 신자들은 영성체를 통해 하느님과 일치하며 신자 상호 간에도 일치를 이루게 된다.

예비신자 천주교 세례를 받고자 소정의 교리 교육을 받으며 준비하는 사람.

은경축(銀慶祝) 사제나 주교 수품, 또는 수도자 서원 25주년을 축하하는 일.

장궤(長跪) 기도할 때 무릎을 꿇는 것을 말하며, 미사 중에는 성체 축성 때에 무릎을 꿇는다.

장백의(長白衣) 사제나 부제가 미사 때 제의 안에 입는, 발끝까지 내려오는 희고 긴 옷. 사제가 미사 때 갖추어야 할 육신과 영혼의 결백을 상징한다.

장상(長上) 교회 안에서 다른 사람에 대해 권위를 가진 인물을 통칭한다. '교회 장상'은 교회를 다스리는 권한을 가진 사람으로, 교회의 최고 장상은 교황이며 전세계 교회에 대한 권한을 갖는다. 수도회를 다스리는 권한을 받은 사람을 '수도회 장상'이라고 한다.

제의(祭衣) 사제가 미사를 집전할 때 장백의 위에 마지막으로 입는 반(半) 원추형의 옷. 제의는 예수님의 멍에를 상징하고 애덕을 표시하며 십자가, 비둘기, 물고기, 밀이삭, 포도 등 예수님과 성령, 성체성사를 상징하는 여러 무늬로 장식되어 있다.

주교(主敎) 주교들은 지역 단위 교회(교구) 사목을 책임지며, 교황이 직접 임명한다. 주교에는 교구장 주교가 있고, 대주교를 보좌하는 보좌주교가 있다. 자국과 세계 주교회의에 참석할 수 있다. 교구장 주교는 만 75세가 되면 사표를 제출해야 한다.

주교좌성당 교구장 주교는 교구 내 어느 본당에서도 머물 수 있지만 특정 본당을 지정해 영구적으로 관할하는데, 이 성당을 주교좌성당이라고 한다. 주교좌성당은 교구의 중심 본당으로서 주교가 직접 관할하며 미사도 집전한다.

지성소 원래는 계약의 궤를 넣어두는 곳이었으나, 특별히 신에게 봉헌된 장소로 침해할 수 없는 엄밀한 곳을 말한다.

착좌식(着座式) 교황과 교구장 주교가 정식으로 직무를 인수받는 취임 의식.

총고해 고해성사의 하나. 고해성사는 지은 죄에 대해 하느님의 용서를 받는 성사이며, 총고해는 일생 동안 지은 죄를 한꺼번에 반복하여 고백하고 용서받는 것을 말한다.

치명(致命) 하느님과 교회를 위해 목숨을 바치는 일. 한국 천주교회가 박해받던 시기에 교우들이 쓰던 말로, 현재는 순교(殉敎)로 바꿔 쓴다.

통공(通功) 모든 성인의 통공을 말한다. 곧, 교회공동체의 모든 구성원이 공로(功勞)를 서로 나누고 공유함을 뜻한다. 기도 안에서 영적 도움을 주고받음을 말한다.

파스카(과월절過越節) 이스라엘 민족의 선조들이 이집트 노예 생활에서 탈출하여 해방된 것을 기념하는 축제. 하느님께서 이집트인 가정의 모든 맏아들과 짐승의 맏배를 멸하실 때 문설주에 어린양의 피를 바른 집은 그냥 지나가셨다.

판공성사(判功聖事) 모든 신자가 부활대축일과 성탄대축일을 앞두고 의무적으로 받는 고해성사. 공로(功)를 헤아려 판단(判)한다는 뜻이다. 판공성사 제도는 우리나라에만 있다.

팔리움(pallium) 교황과 대주교(경우에 따라 다른 주교)가 제의(祭衣) 위 목과 어깨에 둘러 착용하는 좁은 고리 모양의 양털 띠. '주교 임무의 충실성'과 교황 권위에 참여함을 상징하고, 교황청과 일치를 보여주는 외적 표지다.

피정 가톨릭 신자들이 영성생활에 필요한 결정이나 새로운 쇄신을 위해 일상에서 벗어나 고요한 곳에서 묵상과 성찰 기도 등 종교적 수련을 하는 일. 피세정념(避世靜念) 또는 피속추정(避俗追靜)의 준말이다.

혼종혼인(混宗婚姻) 가톨릭 신자와 세례받은 비(非) 가톨릭 신자 사이의 혼인. 다원화 사회에서 가톨릭교회는 혼종혼인에 대해 "정당하거나 합리적인 이유가 있으면"(교회법 제1125조) 이를 허락할 수 있다고 선언했다.

회칙(回勅) 전세계 교회에 대해 교황이 발표하는 공식적 사목교서. 교황이 매우 장엄한 형식으로 주로 전세계 교회 구성원들을 향하여 주로 교의, 윤리, 사회문제들을 다루는 공적 교시다.

희년 7년에 한 번씩 오는 안식년이 일곱 번 지난 뒤 50년째 되는 해. '대축제의 해', '해방의 해'로서 영적 은혜를 얻을 수 있는 해를 말한다. 성인 교황 요한 바오로 2세는 빚 탕감과 노예 해방 등이 행해졌던 희년의 정신을 기려 특별히 새천년이 시작되는 2000년을 대희년으로 선포했다.